GrafiTäter & GrafiTote

Leo P. Ard/Michael Illner: Flotter Dreier - Gemischtes Doppel • *Leo P. Ard/ Reinhard Junge:* Der Witwenschüttler - Meine Niere, deine Niere - Die Waffen des Ekels - Das Ekel schlägt zurück - Bonner Roulette • *Dorothee Becker:* Mord verjährt nicht - Der rankende Tod • *Jacques Berndorf:* Eifel-Jagd - Eifel-Rallye - Eifel-Feuer - Eifel-Schnee - Eifel-Filz - Eifel-Gold - Eifel-Blues • *Horst Bieber:* Kaiserhof • *Horst Eckert:* Finstere Seelen - Aufgeputscht - Bittere Delikatessen - Annas Erbe • *Christoph Güsken:* Spiel's nicht noch mal, Henk - Mörder haben keine Flügel - Schaumschlägers Ende - Angsthase, Pfeffernase - Bis dann, Schnüffler • *Harald Irnberger:* Ein Krokodil namens Wanda - Das Schweigen der Kurschatten - Geil - Stimmbruch - Richtfest • *Andreas Izquierdo:* Jede Menge Seife - Das Doppeldings - Der Saumord • *Annette Jäckel:* Talk • *Reinhard Junge/Leo P. Ard:* Das Ekel von Datteln • *Reinhard Junge:* Straßenfest - Totes Kreuz - Klassenfahrt • *Jürgen Kehrer:* Der Minister und das Mädchen - Irgendwo da draußen - Das Schapdetten-Virus - Das Kappenstein-Projekt - Bären und Bullen - Spinozas Rache - Schuß und Gegenschuß - Wilsberg und die Wiedertäufer - Kein Fall für Wilsberg - Killer nach Leipzig - Gottesgemüse - In alter Freundschaft - Und die Toten läßt man ruhen • *Agnes Kottmann:* Tote streiken nicht • *Leenders/Bay/Leenders:* Eulenspiegel - Clara! - Feine Milde - Jenseits von Uedem - Belsazars Ende - Königsschießen • *Fabian Lenk:* Der Gott der Gosse - Mitgefangen, mitgehangen - Schlaf, Kindlein, schlaf - Brandaktuell • *Hartwig Liedtke:* Scharfe Schnitte - Tod auf Rezept - Klinisch tot • *Heike Lischewski/Stefanie Berg:* Bananensplit • *Reiner Nikula:* Tödliches Schach - Ein Stückchen Hirn • *Theo Pointner:* Rechts-Außen - Einer nach dem andern - Scheinheilige Samariter - Tore, Punkte, Doppelmord • *Beate Sauer:* Der Heilige in Deiner Mitte • *Niklaus Schmid:* Der Hundeknochen - Die Wettreise • *Ursula Steck:* Alles im Fluss • *Werner Schmitz:* Nahtlos braun - Dienst nach Vorschuß - Auf Teufel komm raus • *Gabriella Wollenhaupt:* Zu bunt für Grappa - Grappa-Baby - Grappa und die fantastischen Fünf - Killt Grappa! - Grappa und der Wolf - Grappa fängt Feuer - Grappa dreht durch - Grappa macht Theater - Grappas Treibjagd - Grappas Versuchung • *Jan Zweyer:* Alte Genossen - Glück auf, Glück ab

W0199851

az_krim1/0199.cdr5

Chemnitzer Str. 31, D-44139 Dortmund
Internet: http://www.grafit.de
E-Mail: Grafit-Verlag@t-online.de

Umschlagzeichnung: Peter Bucker
Druck und Bindearbeiten: Elsnerdruck GmbH, Berlin
ISBN 3-89425-218-9
1. 2. 3. 4. 5./01 00 99

Horst Eckert

Finstere Seelen

Kriminalroman

grafit

Der Autor

Horst Eckert wurde am 7.5.1959 in Weiden (Oberpfalz) geboren. Er studierte in Erlangen und Berlin Politische Wissenschaft. Seit 1987 lebt er in Düsseldorf und arbeitet als Fernsehjournalist.

1995 erschien sein erster Kriminalroman *Annas Erbe;* ein Jahr später folgte *Bittere Delikatessen.* Für sein drittes Buch *Aufgeputscht* erhielt Eckert den renommierten Krimipreis ›Marlowe‹ der ›Raymond Chandler Gesellschaft‹ für den besten deutschsprachigen Kriminalroman, der 1997 erschienen ist.

Teil I

Schwarzer Advent

»Wenn die Nacht anbricht, verlasse ich heimlich das Haus, um ziellos auf den Straßen spazierenzugehen. Ich liebe es, junge Frauen zu belauern und ihnen von weitem zu folgen. Ich stelle mir vor, sie zu lieben und von ihnen geliebt zu werden, obwohl ich weiß, daß das niemals möglich sein wird. Meine Wahnvorstellung dabei? Die abgetrennten Köpfe der jungen Frauen zu besitzen.«

Der Serienmörder Edmund Emil Kemper
bei einer Vernehmung 1991

1.

Ein Schauer trieb Thilo und Schalowski unter das schmale Vordach einer Frittenbude. Menschenmassen zwängten sich durch den Weihnachtsmarkt, Streben vorbeischwebender Regenschirme hackten nach Thilos Augen. Heinz Schalowski gab die Bestellung auf, dann entdeckte er die Tauben, die zu seinen Füßen Krümel pickten.

»Welche fliegt eher weg?«

»Wo hast du das denn her?«, fragte Thilo Becker.

»Clint Eastwood, *In the Line of Fire.* Ich setz auf die Braune, du auf die Weiße. Der Verlierer bezahlt das Essen.«

»Okay.«

Sie hielten still, um das Schicksal nicht zu beeinflussen. Eine Horde holländischer Teenies mit Nikolausmützen zog vorbei. Die Tauben wurden nervös. Als Erstes machte die Weiße die Flatter.

Schalowski hatte mal wieder kein Geld und musste sich die neun Mark für die Krakauer von seinem jungen Kollegen leihen. Thilo biss in die Wurst, Fett spritzte auf seine Hand und er verbrannte sich den Gaumen.

»Jetzt um die Getränke«, schlug Schalli vor. »Der nächste Kunde an dieser Stinkbude. Kerl oder Tussi?«

»Tussi«, sagte Thilo.

Frauen waren in der einkaufswütigen Masse eindeutig die Mehrheit. Tatsächlich: Eine Dame im Pelzmantel bestellte Pommes Rotweiß. Schalowski pumpte sich das Geld für zwei Altbier.

Ein ausgemergelter Junkie trat an die Bude. Offensichtlich kannte er den Frittenverkäufer. Aus einer Plastiktüte zog er ein Autoradio. »Zwanzig Mark?«, fragte er.

Ein Automarder. Thilos und Schalowskis Blicke kreuzten sich. Der Mann in der Bude winkte den Junkie nach hinten und schloss den Handel durch einen Türspalt ab.

Thilo schüttelte den Kopf. »Hast du Lust auf Überstunden? Freitagnachmittag? Ich nicht.«

»Ich auch nicht. Da vorne kommt ein Lieferwagen. Hey, Partner. Um die Summe, die ich dir schulde.«

»Du wirst wieder verlieren.«

»Diesmal nicht. Ich spür's in den Haarwurzeln. Gerade oder ungerade?«

Thilo überlegte kurz – reine Glücksache. »Ungerade.«

Der Junkie stopfte die leere Tüte in die Hosentasche und schob ab. Wahrscheinlich hatte ihn der Frittenverkäufer auf die Hälfte heruntergehandelt. Zehn Mark für ein Radio, das neu fünfhundert gekostet hatte. Und vermutlich war der Schaden am geknackten Auto noch weit höher. Wenn der Junkie Glück hatte, konnte er sich genügend gestrecktes Dreckzeug für einen Schuss kaufen, der drei oder vier Stunden vorhalten würde. Dann war das nächste Fahrzeug fällig. Zweitausend solcher kranken Idioten gab es in Düsseldorf. Solange sie keinen anderen Weg fanden, ihre Sucht zu befriedigen, florierte das Geschäft der Händler schlechten Heroins und guter Autoradios.

Der junge Kommissar sah auf die Uhr. Nur noch eine halbe Stunde bis Schichtende. Die Festnahme des Automarders und seines Hehlers hätte den beiden Beamten der Zivilstreife mindestens drei bis vier Überstunden beschert. Die Ausbeute war auch so ansehnlich genug: vier Taschendiebe im Vorweihnachtsgewühl, ein bekiffter Kleindealer sowie zwei Punks, die sich an der Rolltreppe zur U-Bahn dessen schuldig gemacht hatten, was die Straßenordnung ›Aggressives Betteln‹ nannte.

Alltag beim Einsatztrupp der Altstadtwache.

Bereits nach drei Monaten hatte Thilo Becker einen untrüglichen Blick für Heroinverkäufer entwickelt, für kleinkriminelle Machos mit Schnappmesser in der Jacke, für Nutten, die sich im Sperrbezirk als Hausfrauen tarnten. Nach einem weiteren Vierteljahr hatte er nun die Nase voll vom Einsatz auf der Straße, vom Einsammeln der Verrückten und Gestrandeten, der Verzweifelten und

Krawallmacher. Thilo hielt es für möglich, dass der Umgang mit menschlichem Abschaum auf Dauer abfärben würde. Er hatte keine Lust, wie sein älterer Partner Heinz Schalowski zu enden: als Trinker, der zusehends verfettete, als Zyniker, dem sogar das eigene Leben gleichgültig schien.

Thilo wollte möglichst rasch zur ›richtigen Kripo‹. Einen Schreibtisch in der ›Festung‹, wie das Präsidium am Jürgensplatz genannt wurde – für die Beamten, die vor Ort in den Wachen für Verkehrssicherheit, Streifendienst und kleine Kriminalität zuständig waren, hatte diese behördeninterne Bezeichnung den Beiklang von *ihr dort drinnen, wir da draußen*. Trotz der so genannten ›Strukturreform‹, die vor zwei Jahren den Unterschied zwischen Schutzpolizei und Kripo aufgehoben hatte, zumindest in den Plänen und Organigrammen hoch bezahlter Sesselfurzer.

Der Lieferwagen schob sich durch die Fußgängerzone. Thilo sah das Nummernschild und musste grinsen. Ungerade.

»Nicht mein Tag«, kommentierte Schalowski. »Dafür gibst du mir jetzt noch ein Bier aus.«

»Sag mal, Schalli. Du warst doch früher bei den Mordermittlern. Wie bist du nur zu dieser Scheiße hier gekommen?«

»Hab 'ner Leiche die Uhr abgenommen. Du weißt schon, Spielschulden. Hab gedacht, dem Toten würd's nichts ausmachen. Hab gedacht, keiner würd's merken.«

»Spielerpech.«

»Also, so schlimm, wie du tust, ist der Job in der Altstadtwache auch nicht. Naja, ich versteh schon, dass du weg möchtest von uns rauen Kerls. Karriere machen. Ich war auch mal so drauf. Aber ich brauch das nicht mehr.«

Thilo wischte sich die Hand an einer Papierserviette ab. »Ich hab nur Angst, nie mehr wegzukommen. Welches Kommissariat nimmt schon einen, der aus der Altstadtwache kommt, bei dem Ruf, den unsere Dienststelle hat?«

»Wegen der Pennergeschichte? Ach was. Längst verjährt. Das hat die Presse bloß aufgebauscht. Die Schlägerwache ist eine reine *Blitz*-Erfindung.«

»Immerhin hat man die Hälfte der Belegschaft gegen unbelastete Neulinge wie mich ausgetauscht.«

Schalli winkte ab. Thilo wusste, dass sein dicker Kumpel nicht gern über die Nacht redete, in der fünf Obdachlose von Kollegen in der Ausnüchterungszelle misshandelt worden waren – zumindest hatten es die Zeitungen so dargestellt. Schalli war nicht dabei gewesen, aber er wusste Bescheid. Er befolgte das Motto des Wachleiters Hanke: dichthalten und die Dinge intern regeln. Wie ihr gemeinsamer Chef die Affäre überstanden hatte, war Thilo ein Rätsel. Hanke musste einflussreiche Freunde haben.

Der Dicke stieß Thilo mit dem Ellbogen an. »Die Nutte da drüben kenn ich doch. Die ist mir noch was schuldig. Hältst du so lange die Stellung? Bin gleich wieder da. Nur mal schnell 'ne Matinee durchziehen.«

»Wenn's sein muss.«

Sein älterer Kollege wechselte die Straßenseite und sprach die Frau an. Thilo konnte auf zehn Meter Entfernung ihre Unruhe ausmachen: die Nervosität einer Drogennutte mit ein paar Briefchen Heroin in der Einkaufstasche. Sicher hätte sie nie im Leben damit gerechnet, auf dem Weihnachtsmarkt an einen Kunden zu geraten. Noch dazu auf einen, der nicht bezahlen würde.

Schalowski und die Nutte steuerten das nächstgelegene Parkhaus an. *'ne Matinee durchziehen* – irgendwann würde Schallis Obsession auffliegen, eine der Frauen ihn verpfeifen. Doch Thilos Warnungen schlug der Kollege stets in den Wind. Es mussten Professionelle sein, möglichst während der Dienstzeit. Zu Hause bekam der Dicke keinen hoch.

»Kann ich hier mal telefonieren?«, fragte Thilo den Frittenverkäufer. Der Schürzenträger kramte ein klebriges Handy hervor und reichte es dem jungen Polizisten.

Thilo wählte Schallis Privatnummer.

Antje Schalowski war sofort dran.

»Nachher schon was vor?«, fragte er.

»Eigentlich wollte ich zum Power-Yoga.«

Thilo stellte sich Antjes gut trainierten Körper vor. In engen Gymnastiksachen. Ohne diese Sachen. »Ich weiß was Besseres. In einer Stunde bei mir zu Hause?«

»Ist gut. Was treibt der Dicke?«

Ließ gerade die Hose runter. »Im Einsatz. Harter Tag heute. Will anschließend noch mit ein paar Kollegen in die Kneipe.«

»Habt ihr wieder gewettet?«, fragte sie weiter. »Wie viel schuldet er dir?«

»Wir sind auf zweiunddreißig Mark plus den Hunni, den er sich neulich geliehen hat.«

»Warum lässt du ihn nicht mal gewinnen?«

»Gib ihm lieber sein Taschengeld.«

»Wenn er alles verwettet, bleibt mir nichts anderes übrig, als es ihm zu sperren.«

»Pech im Spiel, Glück in der Liebe.« Thilo stellte sich für einen Moment die Drogennutte vor, wie sie vor Schalli kniete.

»Wieso das denn?«, fragte Antje.

»Naja, er ist mit dir verheiratet.«

»Ha, ha. Liebe. Da ist nicht mehr viel zwischen mir und Heinz. Ich hab ihm gesagt, er soll erst mal abnehmen und aufhören zu trinken.«

»Sei nicht so streng zu ihm.«

»Halt dich da raus. Also – in einer Stunde?«

Thilo verabschiedete sich und gab das Handy zurück.

»Macht fünf Mark«, sagte der Frittenverkäufer. Seine Augen guckten aus tiefen Höhlen.

Einen Fünfer – der Tünnes war auf dem Holzweg. Völlig verstrahlt, würde Schalli sagen – seit der Dicke im letzten Jahr an der Sicherung eines Castor-Transports zum Atommülllager Ahaus teilgenommen hatte, war das sein Lieblingswort für alle Clowns und Idioten, die ihm unterkamen. Genauso wie ›Tünnes‹ das behördeninterne Wort für jeden war, mit dem ein Polizist in dienstlichen

Kontakt geriet, ob Zeuge, Opfer oder Beschuldigter. Oder für jemanden, den man jederzeit zu einem Beschuldigten machen konnte – wie diesen Frittensieder.

»Handy is' teuer«, erklärte der Typ mit der großen Nase, nachdem Thilo keine Anstalten machte, das Geld herauszurücken.

»Mal halb lang.« Thilo zeigte seinen grünen Ausweis. »Ich könnte Sie jetzt wegen Hehlerei festnehmen und Ihre Bude dichtmachen. Während Sie in der Zelle schmoren, kriegen Ihre Krakauer Beinchen.«

»Hehlerei? Wegen dem Autoradio? Das gehört mir nicht. Ich bewahr es nur auf. Für einen Freund.«

»Wetten, dass Sie zu Hause noch mehr davon haben? Mich würde es reizen, mal nachzusehen.«

Der Schürzenträger wurde unruhig. Thilo fiel die bevorstehende Weihnachtsfeier der Altstadtwache ein. »Für einen Karton Asbach und eine Kiste Cola könnte ich ein Auge zudrücken.«

»So viel hab ich nicht da«, stotterte der Typ.

»Schade für Sie. Dann kommen Sie mal mit auf die Wache.«

»Na gut, gewonnen.« Der Frittenverkäufer hob ächzend zwei Kisten auf den Tresen.

Schalli kam zurück, ein Grinsen im Gesicht. »Sie nennt es Summ-Job«, flüsterte er in Thilos Ohr.

»Wie?«

»Ja. Sie nimmt die Eier in den Mund und summt *Jingle-Bells.*«

»Passt immerhin zur Jahreszeit.« Thilo klopfte gegen den Asbachkarton. »Schau mal, wir haben einen neuen Sponsor für unsere Party am Donnerstag.«

»Wer soll das denn schleppen?«, fragte sein dicker Partner besorgt.

Thilo lieh sich noch einmal das Handy, rief die Wache an und verlangte einen Streifenwagen. Schalli hatte Recht. Es waren mindestens dreihundert Meter bis zur Wache an der Heinrich-Heine-Allee. Und das nach einer harten Schicht.

2.

Die Hansaallee ging in einen ungeteerten Weg über, davor stand ein Grünweißer und verblitzte sein blaues Licht. *Polizeiabsperrung* stand auf dem rotweißen Flatterband. Hauptkommissar Benedikt Engel hielt, ein Kollege in grüner Kutte trat vor sein Auto – Regenwasser troff vom Schirm seiner Mütze. Ben hielt seinen Dienstausweis vor die Windschutzscheibe, der Schupo hob das Absperrband und winkte ihn durch. Im Weiterfahren erhaschte der Mordermittler einen Blick auf die Uhr über der Werkseinfahrt zu seiner Linken: zehn Minuten nach drei.

Der Anruf hatte Ben erreicht, als er gerade mit Sozialarbeitern und ein paar Typen vom Sportamt das Programm für das kommende Frühjahr beratschlagte: *Sport gegen Gewalt e. V.* – eine der ebenso gut gemeinten wie verzweifelten Ideen, um chancenlosen Jugendlichen in den hässlichen Randbezirken der Stadt eine Alternative zur Bandenkriminalität zu bieten. Street-Soccer statt Autoklau, Handtaschenraub und Abziehen von Mitschülern. Längst hatte sich Frust breit gemacht: Die Streetworker klagten über Stellenstreichungen, dem Sportamt fehlte das Geld, um unzerstörbare Basketballkörbe aus Eisenketten zu kaufen. Die Kids nahmen die Angebote der Initiative nur mit, um gleich danach zu ihren alten Gewohnheiten zurückzukehren.

Im letzten Frühjahr hatte Ben wider besseres Wissen zwei Wochen seines Urlaubs dafür geopfert, um mit Metin, einem damals Dreizehnjährigen aus Garath, Abenteuerferien an der Dordogne zu machen. Der Junge hatte einhundertzweiunddreißig Straftaten auf der Liste und das Ausländeramt erwog die Abschiebung samt seiner Eltern in die Türkei. Die Idealisten vom Jugendamt handelten eine Schonfrist aus und konnten ausnahmsweise Geld für die Reisekosten lockermachen. Zwei Wochen lang hielt Ben den kleinen Türken in Frankreich auf Trab: Klettern, Touren mit dem Mountainbike, Kanufahrten im Wildwasser. An die erzieherische Wirkung einer Abschiebung konnte der Hauptkommissar nicht glauben, und dass geschlossene Erziehungsheime kein Rezept waren, wusste er aus eigener Erfahrung.

Fünf Tage nach der Rückkehr stach Metin ein Nachbarmädchen nieder, das sich weigerte, für ihn auf den Strich zu gehen. Seitdem sperrte sich Ben gegen sein sporadisch aufflackerndes Helfersyndrom.

Er hätte gar nicht erst zu diesem Vereinstreffen gehen sollen. Die Sportamtfuzzis beknieten ihn, das für die Osterferien vorgesehene Turnierkicken zu organisieren. Die Idealisten von der sozialpädagogischen Fakultät appellierten daran, dass er einst den Anstoß zur Initiative gegeben hatte – ein durchsichtiger Angriff auf Bens sentimentale Ader. Noch mehr hasste es der Mordermittler, dass ihn die Jugendarbeit an seine eigene verkorkste Kindheit erinnerte.

Er machte der Runde klar, wo seiner Meinung nach der x-te Versuch der Integration nordafrikanischer Schlägergangs, kurdischer Kinderdealer, albanischer Messerhelden und pickliger, deutscher Möchtegernhitlers enden würde. Dann schlug sein Piepser an.

Der Leichenfund hatte ihn davor gerettet, von den Sozialarbeitern als arroganter Zyniker beschimpft zu werden. Fast war er froh gewesen, einen Grund zu haben, abzuhauen. Allerdings war es kein schöner Grund.

Bens Golf rumpelte langsam weiter, entlang einer schier endlosen Fabrikhalle, die von dieser Seite fast einer Ruine glich. Die Fahrspur war schmal, zu beiden Seiten von Gestrüpp und dürren Birken gesäumt. Weiter rechts lagen die Gleise der Straßenbahnlinie, die stadtauswärts führte.

Nach etwa vierhundert Metern versperrte eine Reihe weiterer Grünweißer den Weg. Auch aus der Gegenrichtung waren Polizeifahrzeuge eingetroffen – irgendwo hier verlief die Stadtgrenze zu Meerbusch-Büderich.

Ein kalter, nasser Windstoß fuhr unter seine Jacke, als Ben seine Einszweiundneunzig aus dem Wagen schälte. Das Empfangskomitee: acht Uniformierte und zwei Kollegen von der Kriminalwache. Stummes Händeschütteln. Der Jüngere der beiden Kripomänner tippte bereits seinen Bericht in ein Notebook – sicher sein privates Eigentum, denn mit moderner Technik tat sich die Behörde notorisch schwer. Der Ältere, ein Stämmiger mit Vollbart, winkte Ben mit der Taschenlampe und setzte sich in Bewegung.

Der Mordermittler stapfte hinterher. Mit einer Hand hielt er den Lederblouson über der Brust zusammen. Das alte Ding mit den zerschlissenen Strickbündchen – Sonja hatte ihn deshalb schon verspottet. Aber es passte so gut zu seiner Lieblingskrawatte.

»Scheußliche Sache, ein junges Ding«, sagte der Bärtige, die Lampe schwenkend, als habe er vergessen, wo die Leiche lag.

Hinter einem Strauch sah Ben den fahlen Körper im blauen Flackern der Streifenwagen schimmern, dann erfasste ihn auch der Lichtkegel – weiße Haut leuchtete auf.

Der Kollege schniefte. Ben reichte ihm ein Tempo. Der Bärtige schnäuzte sich und sagte: »'tschuldigung.« Ben fiel die Lammfelljacke des Kollegen auf. Vielleicht sollte er sich so ein Ding besorgen.

Er bog die blattlosen Zweige zur Seite: Die Leiche lag mit dem Gesicht nach unten im feuchten Gras, unmittelbar am Fuß der Mauer, die das Fabrikgelände umgab. Sie war vollständig entkleidet, Arme und Beine waren grotesk verdreht. Wo das Haar nicht Kopf und Hals verdeckte, nahm Ben malträtierte, blutunterlaufene Haut wahr. Er griff nach ihrem Arm: kalt und steif – tot seit mindestens sechs Stunden.

Der Hauptkommissar hob den Blick und starrte auf rote Ziegel, rostigen Stacheldraht und die Reihen blinder Fenster der Werkshalle der Böhler AG. Kein Laut kam vom Fabrikgelände, Sonntagsruhe.

Er wandte sich seinem Begleiter zu. »Zeugen?«

»Bis jetzt noch nicht. Nur der Tünnes, der die Leiche gemeldet hat. Wir haben ihn nach Hause geschickt. Er hat versprochen, sich bereitzuhalten.«

Der Bärtige machte Ben auf eine Reihe verschiedener Fußabdrücke aufmerksam. Auf den ersten Blick erkannte der Hauptkommissar, dass sie wertlos waren. Die einen waren zu frisch, sie stammten von dem Hundebesitzer oder von Kollegen, die älteren waren vom Dauerregen aufgeweicht.

»Reifenspuren?«, fragte Ben.

Der Mann von der Kriminalwache schüttelte den Kopf. »Hier fahren zu viele durch.« Er schnäuzte sich wieder.

Ein roter Kleinwagen schlitterte durch die Pfützen und stoppte. Ela Bach, Bens neue Mitarbeiterin, frisch vom Landeskriminalamt ins Kriminalkommissariat 11 der Düsseldorfer Polizei versetzt – die Dienststelle für Tötungsdelikte.

Sie stieg aus und stiefelte ihm entgegen, eine Kleine mit strenger, schwarzer Kurzhaarfrisur und sinnlichen Lippen, die ihre Figur in einem großen Pullover versteckte und auf burschikos machte. Sie hatte einen breiten Schal um den Hals gewickelt, dessen Muster Ben gefiel – vielleicht war so etwas ein passendes Weihnachtsgeschenk für Sonja.

Er verstellte der Kollegin die Sicht auf die Tote, als müsse er sie vor dem Anblick schützen.

»Hallo, Chef.« Ela zog den Mund schief. »Und ich dachte, ich sei diesmal schneller am Fundort als Sie.«

Er musste lächeln. »Haben wir nicht vereinbart, uns zu duzen?«

»Sorry, aber mein Vorgesetzter beim LKA trug auch immer Anzug und Krawatte. Das war so ein Formeller, Überkorrekter. Ich muss mich erst daran gewöhnen, dass es auch anders geht.« Sie suchte den Grund für die Versammlung und entdeckte die Tote. »Was ist passiert?«

»Fremdeinwirkung«, erklärte der Bärtige überflüssigerweise.

Ben ging zu einem der Streifenwagen und funkte die Zentrale an, damit sie die Rechtsmedizin und den Dienst habenden Staatsanwalt benachrichtigte. Eine Funkwagenbesatzung hatte genug gesehen und setzte zurück, zwei Vectras in grünweißer Vereinsbemalung kamen ihm entgegen, gefolgt vom Transit der Kriminaltechniker. Die Wagen mussten rangieren, die Schlange wurde immer länger. Auf der Tür des Transporters stand Weiß auf Grün ein Werbespruch: *Die Polizei wünscht Ihnen ein Weihnachten in Frieden und Sicherheit.*

Ein Generator brummte los, Licht flammte auf. Die Techniker zogen ihre weißen Overalls über. Zwei durchstreiften das Gestrüpp entlang des Wegs, ein dritter fotografierte den Fundort aus verschiedenen Blickwinkeln und griff dann zu einer Handycam, um das Gleiche auf Video zu bannen. Ein gutes Dutzend Beamte standen herum und warteten darauf, dass die tote Frau umgedreht wurde. Die größte Attraktion des vierten Advents.

Ein Weißkittel rief Ben zu sich, Kollegin Bach und der K-Wachen-Kollege mit dem Notebook fühlten sich ebenfalls angesprochen. Sie überquerten den aufgeweichten Weg. Ein Lampenschein traf ein Bündel Klamotten unter einem Gebüsch auf der anderen Seite. In diesem Moment rauschte ein Zug vorbei, Linie 76 Richtung Hauptbahnhof. Dutzende neugieriger Gesichter klebten an den Fenstern.

Der Fotograf legte einen Maßstab neben das Bündel und stellte ein Schild auf: *Nummer 2.* Er verschoss ein paar Aufnahmen, dann nahmen die behandschuhten Finger seines Kollegen vorsichtig die oberste Schicht auf: ein orangefarbenes Sweatshirt.

»Könnte die Größe der Toten sein«, bemerkte Ela.

Der Techniker verstaute das Sweatshirt in einem transparenten Beutel – die Fasertanten im Labor des Landeskriminalamts würden Arbeit bekommen. Ben sah den Kragen einer Jeansjacke. Der Weißkittel griff danach, plötzlich entfaltete sich das Knäuel: Weißes, blutverschmiertes Teddyfutter kam zum Vorschein, fleckige

Unterwäsche rutschte zu Boden und ein braunrotes, faustgroßes Ding kullerte vor die Schienen. Den Kollegen stockte der Atem.

Ben fasste in eine Plastiktüte, ging in die Hocke und stülpte die Tüte über das Ding. Er hielt es hoch, der Techniker leuchtete darauf: ein bräunlicher Muskelklumpen, aus dem Stummel von dicken Blutgefäßen ragten. An einer Seite war er aufgerissen – Ben erkannte eine Bissspur.

»Was ist das?«, fragte Ela.

»Ein Herz.«

Der K-Wachen-Kollege ließ die Tasten seines Notebooks klappern.

Ben fragte ihn: »Was ist mit deinem Partner los? Für euch sind Leichensachen doch an der Tagesordnung?«

»Sie erinnert ihn an seine Tochter. Er hat sie vor drei Jahren rausgeworfen. Jetzt lebt sie in Berlin und lässt nichts mehr von sich hören.«

Ben und Ela Bach teilten sich auf, um die Schaulustigen zu befragen, die sich inzwischen an beiden Enden des Weges versammelt hatten. Ben hatte kein Glück: Unter denen, die an der Hansaallee standen, hatte niemand am Morgen etwas Auffälliges gesehen.

Ein Auto hielt an der Absperrung, Ben erkannte Alex Vogels Kombi – auf der Beifahrertür textgewordener Schwachsinn, typisch für das Blatt, für das Vogel schrieb: *Schnell, schneller, BLITZ!*

Der Reporter drängelte sich mit seiner Kamera durch die Schaulustigen. »Hallo, Benni, du siehst gut aus. Solarium?« Vogel machte Anstalten, über das Absperrband zu klettern.

Ben schob ihn zurück – heute nicht. »Nein, Kanaren.«

»Mensch, Alter, lass mich durch«, beschwerte sich der *Blitz*-Reporter. Ben bemerkte eine Glühweinfahne und Flecken von Lippenstift an Vogels Wange. Offenbar hatten sie ihn von einer Weihnachtsfeier aufgescheucht. Er flüsterte in Bens Ohr: »Einmal Clara Schumann, wenn ich meinen Schnappschuss machen darf.«

»Nichts da.«

»Zweimal«, quengelte Vogel mit leiser Eindringlichkeit.

Ben sah sich um und schüttelte den Kopf. »Keine Chance, Alex. Die Zeiten sind vorbei. Ich bin jetzt Kommissariatsleiter, verstehst du?«

Vogel wurde giftig. »Na warte.« Er fuchtelte mit dem Zeigefinger vor Bens Nase. »Komm du mir noch mal mit der Bitte um einen Gefallen.«

Der Zeitungsmann schien mächtig unter Druck zu stehen – nicht mein Bier, dachte Ben. Er sah Vogel nach, der in die Mitte der Straße trat, um wenigstens den Uniformierten neben dem Streifenwagen aufs Bild zu bekommen. Der Kollege drehte dem Reporter den Rücken zu.

Ein alter Ford rollte vor den rotweißen Plastikstreifen.

»Der Gerichtsmediziner«, erklärte Ben dem Kuttenträger, der das Band hob. Ben stieg zu und ließ sich von Professor Rosenbaum die kurze Strecke bis zum Fundort chauffieren. »Ein Weihnachtsgeschenk, auf das wir gerne verzichtet hätten«, sagte er.

»So ist das Leben«, antwortete der alte Rechtsmediziner. »Ohne den Tod ist es nicht zu haben.«

Ben drehte sich um: Im Heckfenster des Ford blinkte eine bunte Lichterkette.

»Das Auto meiner Schwiegertochter«, erklärte Rosenbaum. »Waren gerade beim Canastaspielen. Hatte 'ne Gewinnsträhne. Eine verdammte Schande ist das.« Er sah die Fahrzeugschlange. »Meine Güte. Ein Auflauf, als wär's 'ne nackte junge Frau.«

»Erraten, Professor.«

Sie stiegen aus. Der Alte schnaufte mit seinem Hebammenkoffer den Weg entlang. Ächzend stellte er die Tasche vor der Leiche ab. Ein Techniker reichte ihm einen Overall. Die Bestatter trafen ein, zwei traurige Gestalten in grauen Regenmänteln, das Rollgestell mit dem Leichensack klapperte.

Zuerst maß der Rechtsmediziner die rektale Körpertemperatur der Leiche sowie die von Luft und Boden. Er befühlte die Totenstarre und murmelte lateinisches Zeug in sein Diktiergerät. Dann nahm er Abstriche und verstaute die Wattestäbchen in Gläsern mit Schraubverschluss, die er mit Hieroglyphen beschriftete, die nur er lesen konnte.

Rosenbaum winkte den Bestattern zu, doch die beiden rührten sich nicht – ein Völkchen für sich. Ben sprang ein und half dem Professor, die Tote umzudrehen.

Ein Raunen ging durch die Reihe der gaffenden Kollegen. Der Bärtige wandte sich ab, sein zerknülltes Papiertaschentuch vor die Nase gedrückt.

Die steifen Gliedmaßen machten den Leichnam sperrig. An Hand- und Fußgelenken bemerkte Ben Druckstellen – die junge Frau war gefesselt worden. Er versuchte, nicht in ihre toten Augen zu sehen. Der Anblick des aufgeschlitzten Körpers wühlte ihn auf – als hätte ihn das herausgetrennte Herz nicht gewarnt.

Rosenbaum knipste sein Bandgerät wieder an, zählte Stichverletzungen, berührte Hämatome und Schürfstellen, tastete in die klaffende Wunde, die den Leib der Frau in zwei Hälften teilte. Der Rechtsmediziner erhob sich.

»Sie wurde geschlagen, im Kopf- und Halsbereich, ich schätze, mit bloßer Faust. Auch an den Unterarmen hat sie einiges abgekriegt, Abwehrverletzungen, würde ich sagen. Demnach war sie noch nicht gefesselt, als sie geschlagen wurde. Möglicherweise wurde sie später bewusstlos, ich wünsche es ihr jedenfalls. Sie wurde aufgeschnitten und ausgeweidet. Leber und Herz fehlen. Sie wurde gewaschen, die Bauchhöhle regelrecht ausgespült. Deshalb ist nicht feststellbar, welche der Schnitt- und Stichverletzungen post mortem zugefügt wurden und welche vorher. Hier draußen ist es jedenfalls nicht geschehen. Sehen wir uns zur Obduktion, sagen wir: morgen um acht?«

Ben musste sich räuspern, bevor er Rosenbaum darauf hinweisen konnte, dass sie das Herz bereits gefunden hatten. Dann stülpte er Plastikbeutel über die Hände der Toten und befestigte sie mit Gummiringen, um mögliche Spuren unter ihren Fingernägeln zu bewahren.

Die Bestatter hatten Mühe, den starren Körper in den blauen Sack zu zwängen. Als sie das Alugestell zu ihrem schwarzen Kombi rollten, begann das Blitzlichtgewitter. Alex Vogel und seine Kollegen hatten den Weg über die Straßenbahngleise gefunden und fluchten, dass sie zu spät kamen, um mehr von der Toten zu sehen. Uniformierte scheuchten die Pressegeier zurück, der nächste Zug brauste heran, diesmal in Richtung Krefeld.

Ben atmete tief durch. Er erinnerte sich an die Worte seines Vorgängers Frank Brauning: *Entweder du bist ein guter Bulle oder du bist es nicht.* Ben hatte Wasserleichen gesehen mit kreideweißer Waschhaut und blaurot angelaufenem Kopf. Verweste Leichen, Tierfraß, von Ohr zu Ohr durchschnittene Kehlen. Er hatte gedacht, nach fast zwanzig Jahren im Polizeidienst würde ihn nichts mehr erschüttern können, vielleicht abgesehen von misshandelten Kindern.

Trotzdem ein guter Bulle, redete er sich ein.

Ela Bach kam von der Büdericher Seite zurück. Ben hoffte, dass sie ihm nichts anmerkte. »Und?«, fragte er.

»Nichts«, antwortete die Kollegin. Sie starrte dem Wagen des Beerdigungsinstituts hinterher. »Wieder was für unsere Alpträume, was?«

Ben ignorierte Elas Bemerkung. Sie kannte seine nächtlichen Dämonen nicht und ihre konnte sie für sich behalten. Er wandte sich den Weißkitteln von der Technik zu. Entlang des gesamten Weges keinerlei Blutspur – die junge Frau konnte überall getötet worden sein, nur nicht hier vor dieser Mauer.

Die beiden Mordermittler machten sich auf den Rückweg zu ihren Autos. Ben fühlte einen unbestimmten Hass. Er schwieg.

Der Bär von der Kriminalwache trat ihnen mit geröteten Augen in den Weg. Ben war jetzt weit entfernt davon, sich über ihn lustig zu machen.

»Das gab's schon mal«, sagte der Kollege. »Genau so.«

»Wie bitte?«, fragte Ben und musste an die Tochter des Bärtigen denken.

»Der Kannibale. Ich hab bei seinem ersten Opfer den Tatort gesichert. Ich werd nie vergessen, wie die zugerichtet war. Absolut genauso, ich schwör's.«

Das Faxgerät ratterte.

Ben kippte das Fenster des muffigen Büros auf. Er sehnte sich nach Sonja, doch vor Dienstag würde sie nicht in Düsseldorf sein. Egal – er musste mit den Belastungen seines Jobs ohnehin alleine fertig werden. Er war nicht der Typ, der im Bett über Leichen sprach.

Die Faxmaschine beendete den Empfang mit einem Piepston.

Ben überflog das Blatt. »Bingo.« Er reichte es an Kollegin Bach weiter. »Eine Vermisstenanzeige, eingegangen bei der Wache Goethestraße.«

Sie las vor: »Weiblich, wohnhaft Achenbachstraße, 22 Jahre, 1,67 groß – könnte stimmen. Beruf Krankenschwester. Vor zwei Stunden gemeldet, von ihrem Freund.«

»Wir fahren hin. Das ist im Zooviertel.« Ben stürmte auf den Gang.

»Sollten wir ihn nicht gleich zur Identifizierung in die Rechtsmedizin bestellen?«, fragte Ela, mit ihm Schritt haltend.

»Auch. Aber zuerst will ich mir die Wohnung ansehen. Die allermeisten Morde sind Beziehungstaten.«

Sie nahmen die Treppe – aus irgendeinem Grund mied die Kollegin den Paternoster.

»Was meinte der Kollege von der K-Wache vorhin mit dem Kannibalen?«, fragte Ela.

»Irgendeine alte Sache, vor meiner Zeit als Werdermittler.«

»Ein Serienmöder?«

»Vielleicht.« Er berührte ihren Arm. »Wir dürfen uns nicht aus der Ruhe bringen lassen.«

Vor dem Präsidium stiegen sie in Bens privaten Golf. Er trat aufs Gas und schoss hinaus auf den Fürstenwall. »Hast du heute Abend schon etwas vor?«, fragte er mit einem Seitenblick.

Ela zögerte. »Wieso?«

Ben zeigte ein Lächeln. Dann erklärte er: »Sag es ab. Bei einem Mord sind die ersten zwölf Stunden entscheidend. Wenn wir nicht heute noch einen entscheidenden Hinweis bekommen, wird's schwierig.«

3.

Sie hörte abrupt auf, den Kopf hin und her zu werfen, und sah ihn an. Große, braune Augen, die ihm sagten, dass auch sie jetzt genug hatte. Er verweilte noch in ihr, küsste Schweißtropfen von der geröteten Stirn, dann rollte er zur Seite. Pure Lust hatte sie zusammengeführt – Liebe würde alles nur komplizieren.

Er griff nach dem Päckchen mit Zigarettentabak und sah sie fragend an. Sie nickte.

»Was hast du deinem Mann gesagt?«, fragte er. »Power-Yoga?«

»Red nicht von Heinz. Er probt mit seiner Band. Früher hab ich das alles toll gefunden. Heute könnte ich sein Saxophon aus dem Fenster werfen. Diese Band ist nur ein Vorwand, um nach der Probe in die Kneipe zu gehen. Wenn Heinz nach Hause kommt, ist er viel zu blau, um Fragen zu stellen.«

»Du übertreibst.« Er verteilte Tabak auf zwei Blättchen, dann wickelte er den braunen Stoff aus der Plastikfolie.

»Nein, tu ich nicht. Ich hab's wirklich satt.«

Thilo hoffte, dass sie damit nur die Jazzband meinte. Er brach einen Krümel ab, so groß wie der Nagel seines Zeigefingers, und erwärmte ihn mit der Flamme seines Feuerzeugs. Dann zerrieb er ihn über dem Tabak und drehte daraus zwei dünne Zigaretten.

Antje tastete nach der Narbe auf seiner Brust. Er stoppte ihre Hand, indem er seine drauflegte. Sie wischte sich eine Strähne aus dem Gesicht. »Haarscharf am Herzen vorbei«, sagte sie. »Was war das für ein Gefühl?«

»Kein gutes.«

Manchmal glaubte Thilo, die Narbe machte ihn für Antje erst richtig interessant. Das Andenken an seinen ersten Einsatz als Beamter der Altstadtwache, damals noch im Streifendienst. Eine Kneipenschlägerei, die andauerte, als er dazukam. Der Messerstich traf ihn, bevor er die Situation überhaupt erfasste. An den Schmerz konnte er sich nicht einmal erinnern.

Darüber würde er nie mit Antje sprechen: Dass ihr Mann es war, der ihn damals vor dem Verbluten bewahrt hatte. Dass Heinz Schalowski ihn in die Lehre genommen hatte, damit sich das nicht wiederholte.

Zum Dank vögelte er die Frau des Dicken. Keine moralischen Bauchschmerzen – sein Kumpel nahm es selbst nicht genau. Es war in Ordnung, solange Schalowski nichts erfuhr. Solange Antje bei ihrem Mann blieb. Es berührte das Leben seines Kumpels nicht wirklich. Das durfte es auch in Zukunft nicht.

Thilo steckte die Joints an und gab einen davon weiter.

»Wenn Heinz fragen sollte, dann war ich im Studio«, sagte Antje und inhalierte tief.

Er tat es ihr nach. Sofort spürte er das leichte Schwindelgefühl. So gefiel ihm der Sonntag: Sex entspannte den Körper, Shit den Geist. »Schon mal was von Fitnesswahn gehört?«, fragte er, nachdem er den Rauch aus den Lungen entlassen hatte.

»Du treibst doch auch Sport.«

»Das bisschen Tennis und Laufen ist kaum der Rede wert.«

»Und Karate?«, fragte sie grinsend. Vor ein paar Wochen hatte er ihr einige Übungen vorgeführt. Zu ihrer Belustigung hatte er das Gleichgewicht verloren und hätte beinahe die Gardine abgerissen.

»Ist mir zu blöd geworden.«

»Warum?«

»Der Trainer hat sich aufgeführt wie ein Guru. Dem ging es um irgendeine fernöstliche Philosophiekacke statt um Sport. Jeder einzelne Schnaufer hatte einen tieferen Sinn.«

Antje kuschelte sich in die Bettdecke. Thilo lag plötzlich halb im Freien. Er kämpfte, um seinen Anteil an Federbett und Wärme zurückzuerobern. Dann rauchten sie schweigend vor sich hin.

»Ich muss grad dran denken, wie wir uns kennen lernten«, sagte sie.

»Und?«

»Diese Kneipe, in die ihr Altstadtbullen immer geht. Ich warte auf Heinz und auf einmal bringt mir der Kellner 'n Glas Sekt, ohne zu sagen, von wem.«

»Du bist auf mich gekommen.«

»Ein Dutzend Kerle glotzte mich von der Theke aus an. Du warst der Hübscheste. Du mit deinem knuffeligen Blondschopf.« Sie legte einen Arm um seine Brust und rammte ihr Kinn lächelnd in seine Rippen. Ihre Finger fuhren in sein Haar und er hob den Kopf, um zärtlich nach ihrer Nasenspitze zu schnappen.

»Ich muss dir was gestehen«, sagte er. »Von mir kam der Sekt nicht.«

»Ich weiß. Dafür bist du viel zu geizig.«

»Hör mal, wer spendiert hier den Shit?«

»Und warum drehste die Heizung nicht höher auf?« Sie griff neben das Bett und zog das Portemonnaie aus ihrem Rucksack. Sie zählte. Scheine, Münzen.

Er hob die Hände und spielte lachend den Empörten. »Bin ich ein Callboy?«

»Einhundertzweiunddreißig. Die Summe, die Heinz dir schuldet.«

Thilo küsste ihre Lippen. Dann sah er in ihre Augen. Kluge, braune Augen. »Das geht nicht«, sagte er.

»Spiel jetzt nicht den Großzügigen.«

»Was sag ich, wenn Schalli mir das Geld geben will? Nein danke, deine Frau hat deine Schulden schon beglichen, neulich, als sie bei mir im Bett war?«

Antje lachte – diese dreckige, unverschämte Lache, die ihn so anmachte.

Er erklärte: »Du siehst, er muss es mir selbst geben.«

»Das wird dauern.«

Synchron zogen Thilo und Antje an ihren Glimmstängeln. Ihre Hand ging wieder auf Wanderschaft und er tastete nach ihren Brüsten. Gerade, als er spürte, dass er bereit war für ein zweites Mal, hörte sie auf.

»Heinz sagt, im tiefsten Inneren bist du sensibler, als man meint.«

»Tolles Lob.« Er nahm die Hand von ihrer Brust. »Hab ich was falsch gemacht?« Er war nicht wirklich beleidigt – Hasch macht lasch.

Antje lachte wieder drauflos. »Gar nicht, mach weiter.«

»Was sagt er noch?«

»Dass die Altstadtwache nicht der richtige Ort für dich ist. Dass du 'n klasse Ermittler sein könntest, wenn sie dich richtig einsetzen würden.«

Stimmt, dachte er. Zum Beispiel als Mordermittler. Schallis ehemaliger Job. Die Arbeit, die sein Vater tat, bevor er aus dem Polizeidienst ausschied. Die Dienststelle, die sein Onkel leitete, bevor er die Kriminalgruppe gegen organisiertes Verbrechen aufbaute.

Nach dem Abitur hatten alle von Thilo Becker etwas anderes erwartet. Doch er bewarb sich für den Polizeidienst. Weil er Mordermittler werden wollte.

»Und er sagt, dass es vor elf Jahren 'n Mord gab, der dich bis heute nicht losgelassen hat. Die Frau hat dir viel bedeutet, isses wahr, Thilo?«

»Sie hat mich praktisch großgezogen. Sie war wie eine Mutter für mich.«

Während seine leibliche Mutter wie sein Vater berufstätig war. Nur morgens am Frühstückstisch konnte er sicher sein, die Eltern zu sehen. Ansonsten war es Christa, die für ihn da gewesen war.

»Heute haben sie wieder 'ne Tote gefunden«, sagte Antje und blies Rauch in Richtung Zimmerdecke. »Hier in Düsseldorf. Hab's vorhin im Radio gehört. Schrecklich, wie viele gewalttätige Kerle es gibt.«

Thilo hörte nicht hin. Er reagierte nicht, als Antje seine Narbe mit Küssen bedeckte. Er drückte seinen Joint aus, bevor er ihm die Fingerkuppen versengte. Schlechter

Stoff, er fühlte sich nicht sehr entspannt. Er musste an damals denken.

Er ging in die zehnte Klasse. Wenn er von der Schule kam, hatte Christa für ihn gekocht. Nur an diesem Novembertag nicht. Ein kalter, stürmischer Tag. Das Haus der Zimmermanns war menschenleer, genauso wie das der Beckers. Er verzog sich gelangweilt auf sein Zimmer, hörte Musik, las ohne Konzentration im *Handbuch für den jungen Hobbyfotografen*. Dreimal lief er hinüber zum Haus der Zimmermanns, doch Christa war nicht da. Er blätterte in den Zeitschriften seiner Eltern, doch nicht einmal die nackten Brüste und Hintern in den Artikeln über *Frauenliebe, Pornostar Karin Schubert* oder *Wie viel Männer braucht eine Frau* konnten seine wachsende Unruhe bremsen. Im Radio meldeten sie einen Leichenfund, ohne einen Namen zu nennen.

Am Abend kam Mutter aus dem Büro. Sie war noch nervöser als er, gab aber vor, nichts zu wissen. Als Stunden später sein Vater die Tür öffnete und den regennassen Mantel an den Haken hängte, das Gesicht grau und verzweifelt, wie Thilo es nie zuvor bemerkt hatte – da wusste er Bescheid.

Er hatte sich so sehr gewünscht, einen letzten Blick auf Christa werfen zu können. Sich zu verabschieden. Thilo wusste, wo Ermordete aufbewahrt wurden und dass der Pförtner an der Einfahrt seinem Vater die Schlüssel zur Baracke des rechtsmedizinischen Instituts aushändigen würde, ohne Fragen zu stellen. Doch Hermann Becker, der damals noch Kriminalbeamter im Kommissariat für Tötungsdelikte war, hatte Thilos Bitten ignoriert.

4.

Trotz der Kälte trug die Zeitungsverkäuferin einen kurzärmligen Kittel. Sie stellte schwammige, nackte Oberarme zur Schau und raunzte Ben an, die Zigarette nicht aus dem Mund nehmend: »Dat Übliche?«

Ben griff nach der Montagsausgabe des *Blitz*. Er war neugierig, was Vogel geschrieben hatte. Noch im Büdchen riss der Mordermittler die Zeitung auseinander. Die Verkäuferin musste ihn erinnern, das Wechselgeld einzustecken.

Die Bilanz eines scheinbar ganz normalen Wochenendes: Ein vierzehnjähriger Stricher hatte seinen Freier niedergestochen. Ein Rheinbahnfahrer hatte mit 3,2 Promille seinen vollbesetzten Bus gegen einen Weihnachtsbaum gesetzt. Eine Prostituierte beschuldigte einen TV-Star der Zuhälterei. Bewohner des Bahnhofsviertels klagten über zunehmende Belästigung durch Junkies, Nutten, Freier und Diebe. Zwölf Wohnungseinbrüche im gesamten Stadtgebiet.

Dann entdeckte er Vogels Artikel. Gerade mal zwölf Zeilen auf der letzten Seite, kein Foto: *LEICHE EINER UNBEKANNTEN FRAU GEFUNDEN!*

Ben war der Zeitung einen Schritt voraus.

Der Mann, von dem die Vermisstenanzeige stammte, hatte die Tote noch am gleichen Abend als seine Freundin identifiziert: Britta Landwehr, Krankenschwester im Marienhospital an der Rochusstraße.

Der Freund hieß Bernd Felix – ein quirliger, junger Werbetexter mit der Figur eines Marathonläufers. Auf dem Weg zum rechtsmedizinischen Institut hatte er vor sich hin gequasselt, Mutmaßungen anstellend, wo Britta überall stecken könnte. Er wollte den Mord nicht wahrhaben. Als Ben die Leiche aus dem Kühlraum schob, verging Felix die Aufgedrehtheit mit einem Schlag. Allein das von Schlägen rot unterlaufene Gesicht der toten Krankenschwester sah grauenvoll genug aus. Den Rest des Körpers ließ Ben abgedeckt. Ela musste einen Arzt verständigen, der dem Freund eine Stärkungsspritze gab.

Während Ela die Nachbarn der beiden in dem feinen Wohnhaus an der Achenbachstraße aushorchte, brachte Ben den Werbetexter ins Präsidium, um sich dessen Version vom letzten Abend mit seiner Freundin erzählen zu lassen. Eine nur schwer nachprüfbare Geschichte: Sie hatten sich in einem Lokal der Altstadt getrennt, angeblich aus dem schlichten Grund, weil die Krankenschwester länger bleiben wollte. Er sei nach Hause gefahren, dort sei ihm eingefallen, dass Britta kaum Geld dabei hatte – zu wenig für ein Taxi. Er sei zurückgekehrt, doch sie sei bereits verschwunden gewesen. Zeugen konnte er nicht benennen. Er sei schließlich wieder in die Achenbachstraße gefahren und habe vor Sorgen nicht schlafen können. Felix beschrieb zum Beweis den Spielfilm, den er im Nachtprogramm gesehen haben wollte – die x-te Wiederholung eines Schwarzweißklassikers, den jedes Kind kannte.

Unter den sichergestellten Kleidungsstücken der Toten hatte der Werbetexter einen dunkelblauen, wattierten Anorak mit Kapuze vermisst sowie ein Kettchen mit goldenem Anhänger in Delphinform, dessen Auge aus einem kleinen Diamanten bestand. Felix hatte den Wert mit rund dreihundert Mark angegeben. Wenn es Raubmord war, würde das Kettchen vielleicht in einem der Leihhäuser Düsseldorfs auftauchen.

Vor dem Büdchen pikste kalter Nieselregen gegen Bens Kopf. Er eilte zu seinem Golf.

Der *Blitz*-Artikel war kurz genug, dass Ben ihn an einer roten Ampel im schwachen Schein der Innenbeleuchtung überfliegen konnte. Keine Rede vom Zustand der Leiche, kein Wort vom Kannibalen. Aber was nicht war, konnte noch werden – Vogel war ein hartnäckiger Rechercheur mit Gespür für sensationsträchtige Begleitumstände. Ben musste aufpassen, dass der Modus operandi nicht an die Öffentlichkeit kam. Das konnte Geständnisse wertlos machen und im schlimmsten Fall Nachahmungstäter auf den Plan locken.

Ben bemühte sich, die negativen Gedanken zu verjagen. Eigentlich war er auf der Siegerstraße. Er hatte auf Lanzarote eine viel versprechende Beziehung zu einer interessanten Frau geknüpft und sein Verhältnis zu den Obermuftis der Behörde war entspannt wie selten. Er hatte die Begehrlichkeiten der Mitinitiatoren von *Sport gegen Gewalt e. V.* abwehren können und konzentrierte sich wieder auf den Job – der Fall Landwehr schien spektakulär genug, dass ihm eine rasche Klärung bei der anstehenden Beurteilung die maximale Punktzahl einbringen würde. Dann könnte er den Dienstgrad des Ersten Hauptkommissars überspringen und am Auswahlverfahren für den höheren Dienst teilnehmen. Nach drei Jahren Polizeiakademie in Hiltrup würden ihm als Kriminalrat aufgeschlitzte Frauenleichen höchstens noch in Form von Aktennotizen begegnen.

Ja, er glaubte sich dem *perfekt kartographierten Paradigma des Lebens* zu nähern – ein wundervoll verschrobener Begriff, den er am Strand von Famara im Roman eines amerikanischen Erzählers entdeckt hatte. Die kryptische Formulierung hatte ihn zunächst nur amüsiert, aber je mehr er versuchte, sie zu entschlüsseln, desto mehr wurde ihm klar, was er im Innersten anstrebte: jenes entscheidende Mehr als das *ganz schön,* in dem er bislang gelebt hatte.

Als Erstes rasierte Rosenbaum der Toten den Kopf und beschrieb die Verfärbungen der Haut. Er schnitt sie bis auf den Knochen ein und klappte die Hautlappen auseinander. Er führte die kreischende Elektrosäge durch die Schädeldecke und hob sie vom Rest des Kopfes. Dann untersuchte er das Hirngewebe und wog es. Mit geschäftsmäßiger Gelassenheit diktierte der Rechtsmediziner den Befund in das Mikrofon, das von der Decke hing: massive Blutungen im Schädel, ein *subdurales Hämatom* – wäre die Frau nicht erstochen worden, so hätte der Druck des austretenden Blutes auf das Hirn mit gewisser Zeitverzögerung wahrscheinlich zum Tod geführt. Ob die Frau ihr Bewusstsein verloren hatte, bevor sie starb, blieb unklar.

Ben bewunderte die Ruhe, mit der sich der Professor der Öffnung der Brust- und Bauchhöhle der Toten widmete. Der Staatsanwalt gab vor, eine Zigarettenpause nötig zu haben, und verließ den gekachelten Raum.

»Wie heißt das Mädchen?«, fragte Rosenbaum, als sein Assistent die Landwehr mit groben Stichen wieder zunähte. Der Staatsanwalt kehrte zurück und verbreitete Nikotinmief, der vom Geruch des toten Fleisches ablenkte.

»Sie hieß Britta«, sagte Ben. »Sie war in Ihrer Branche tätig. Krankenschwester.«

Der Rechtsmediziner tätschelte die Wade des Opfers. »Hast es nicht leicht gehabt, Britta. Im Vaginalabstrich habe ich übrigens bewegliche Spermien gefunden.«

Der Staatsanwalt kombinierte sofort: »Der Täter hat sie ...«

»Möglicherweise. Entweder hatte unsere Britta in den letzten zehn Stunden vor dem Tod einvernehmlichen Geschlechtsverkehr oder der Täter hat tatsächlich seinen genetischen Fingerabdruck hinterlassen. Hatte sie einen Freund oder Ehemann?«

»Ja«, antwortete Ben.

»Dann hätte ich gern eine Speichelprobe von ihm.«

»Wenn wir diesen Werbetexter ausschließen können, dann kommt eigentlich nur ein Sexualmörder in Frage«, mutmaßte der Staatsanwalt voller Vorfreude auf einen Triebtäterprozess. Ein Medienspektakel – für jeden Vertreter seiner Zunft eine erstklassige Chance zur Profilierung.

Als Ben das Funkeln in den Augen des Staatsanwalts sah, sank seine Stimmung auf den Nullpunkt. Keine Zeugen, kaum Spuren – wenn Britta Landwehr tatsächlich das Zufallsopfer eines kranken Mörders war, würde es für ihn umso schwerer werden. Und umso mehr würde dieser Staatsanwalt Druck machen.

Zurück in die Festung. Auf dem Schreibtisch fand Ben eine Nachricht. Elas Handschrift:

Eltern: keinerlei brauchbare Hinweise.
Leihhäuser: negativ, kein goldener Delphinanhänger aufgetaucht.

Spurensicherung noch am Fundort. Bin jetzt bei Hundehalter, der die Leiche gefunden hat.
Bis später, E. Bach.
P. S. Der Kripochef verlangt nach Ihnen.

Ben musste schmunzeln. Das *Ihnen* war durchgestrichen und durch ein *Dir* ersetzt.

Er brachte eine Zeichnung des Kettchens hinüber zum KK 32. Die für Diebstahl und Hehlerei zuständigen Kollegen versprachen, ihre Informanten für Bens Fall einzuspannen.

Der Mordermittler unterdrückte das Knurren und Zwicken seines Magens. Er nahm den Paternoster in die Chefetage. Hier verströmten Milchglaslampen warmes Licht, keine nackten Neonröhren wie in den Fluren der gewöhnlichen Kommissariate. Teppichboden dämpfte die Schritte – auf den Stockwerken darunter gab es nur abgewetztes Linoleum.

Sonntags Sekretärin telefonierte. Sie winkte ihn durch.

Offiziell gab es Schutzpolizei und Kripo nicht mehr, Sonntags Unterabteilung hieß jetzt Zentrale Kriminalitätsbekämpfung. Doch im Sprachgebrauch der meisten Kollegen war der graue, alte Mann, der sich schon längst hätte pensionieren lassen können, noch immer der Kripochef.

Der Leitende Kriminaldirektor war nicht allein. Ihm gegenüber saß der Polizeisprecher und machte eine wichtige Miene – der Präsident hatte seinen Mann für Medienkontakte geschickt, die schlechten Zeichen häuften sich.

Beide standen auf, um Ben die Hand zu geben.

Clemens Sonntag nestelte an seiner Krawatte. »Sagen Sie mal, Herr Engel, was hat es mit diesem Kannibalen auf sich?«

Ben war verwundert. »Dazu kann ich noch nicht viel sagen.«

»Der Kannibale wurde nie gefasst. Ihr Vorgänger Brauning musste die Ermittlungen einstellen.«

»Trotzdem. Ein Serienmörder, der elf Jahre lang nichts von sich hören lässt – ich weiß nicht.«

Sonntag beugte sich über seine Telefonanlage und drückte mehrere Tasten, bis er die Richtige fand. »Wo bleibt Dr. Romberg? Haben Sie sie nicht erreicht, oder was?«

Bevor die Sekretärin antworten konnte, drückte Sonntag sie weg.

»Kennen Sie Alex Vogel?«, wollte der Pressesprecher von Ben wissen.

»Den *Blitz*-Reporter? Flüchtig. Wieso?«

»Weil Vogel irgendetwas über die alte Sache aufgeschnappt hat.«

»Sie glauben, ich hätte ...«

»Nein. Aber vielleicht könnten Sie ...«

Der Kripochef wedelte mit einer Notiz und unterbrach den Sprecher. »Zwei Morde vor elf Jahren. Weitgehend übereinstimmende Handschrift.« Sonntag blickte Ben an – fast flehend. »Zwei Frauen, denen der Täter das Herz aus dem Leib schnitt. Und jetzt wieder. Die Presse glaubt jedenfalls nicht an einen Zufall.«

»Das wäre der erste Serienmörder, der elf Jahre Ruhe gibt, bevor er sich wieder ans Werk macht.«

Der Pressesprecher antwortete an Stelle des Kripochefs. »Das habe ich Vogel auch gesagt. Aber für den *Blitz* ist die Sache ein gefundenes Fressen. Wir müssen eine Panik in der Öffentlichkeit vermeiden. Könnten Sie nicht mit Vogel ...«

Ben drehte den Spieß um: »Was ist mit Ihren Drähten? Sie kennen doch den Chefredakteur.«

Der Pressesprecher wandte den Blick ab und zuckte hilflos mit den Schultern.

»So kommen wir nicht weiter«, entschied der Kripochef, das Revers seiner Jacke nach Schuppen absuchend. »Wir müssen der Öffentlichkeit mit Fakten entgegentreten.«

Wie der Dicke in der *Focus*-Fernsehwerbung, dachte Ben. Fakten, Fakten, Fakten.

Sonntag pochte auf einen Aktenstapel, der neben seinem Schreibtisch bis zur Tischplatte reichte – Staub quoll zwischen den Deckeln hervor. »Hier sind die Unterlagen von damals. Ich verlange, dass Sie den Kannibalen-Aspekt unverzüglich überprüfen, Herr Engel.«

Es klopfte, Sigrid Romberg trat ein, die Männer standen auf. Ben hatte mit der Polizeipsychologin zuletzt im Fall des Feinkostkönigs Fabian zu tun gehabt, vor zweieinhalb Jahren. Die silbernen Fäden auf Sigrids Kopf hatten sich seitdem vermehrt, ihre Brille war stärker geworden – sie war nicht eitel genug, um sich die Haare zu färben oder Kontaktlinsen zu tragen, wie das viele in der Festung taten.

»Da sind Sie ja«, sagte der Kripochef.

In ihrer Hand trug die Psychologin Bens Tatortbefund und den Bericht über die äußere Leichenschau vom Vortag. »Gute Arbeit, Benedikt.«

»Und?«, fragte Sonntag.

Sigrid ignorierte den Alten. Sie baute sich vor dem Mordermittler auf, so nah, dass er ihren Atem spüren konnte. »Ich kann mir denken, warum du den Fall selbst übernommen hast.«

»Irrtum, Frau Doktor«, antwortete er rasch. »Ich hatte Mordbereitschaft.« Die hatte er erst ab heute Morgen, aber keiner würde es nachprüfen. Es ärgerte ihn, dass sie sich aufspielte – als habe sie Spaß daran, ihn aus der Fassung zu bringen. Noch dazu im Beisein des Kripochefs.

Sigrid zeigte ihr professionelles Lächeln. Sie nahm Platz, die Männer folgten ihrem Beispiel.

»Es gibt zwei Möglichkeiten«, begann sie, an den Kripochef gewandt. »Wie wir wissen, sind neun von zehn Morden Beziehungstaten. Entweder ist es auch hier so und der Mörder hat einen sexuell motivierten Mord vorgetäuscht, um von sich abzulenken. Oder ...« Sie zuckte mit den Schultern – jeder verstand. Ein Psychopath.

Ohne eine innere Regung zu zeigen, fuhr sie fort: »Im zweiten Fall ist er männlich, zwischen sechzehn und sechsunddreißig Jahre alt. Er tötet nicht aus kriminellen

Gründen, nicht aus Streit oder Selbstschutz. Es sind sexuelle Motive, die nur für ihn Bedeutung haben. Er ist beweglich, hat ein Auto. Er wohnt allein, wahrscheinlich sogar abgeschieden, ist unverheiratet und seine sozialen Kontakte gehen über Oberflächlichkeiten nicht hinaus.«

Ben konnte sich die Bemerkung nicht verkneifen: »Du kennst ihn also?«

»Es gibt Statistiken. Es gibt eine regelrechte Serienmörderforschung. In manchen Kollegen scheint selbst ein kleiner Triebtäter zu schlummern, so begeistert sind sie von diesem Phänomen.« Sie lächelte, Sonntag und der Polizeisprecher lachten mit – der Punkt ging an Sigrid.

Dem Hauptkommissar fehlten die nötigen Reserven an guter Laune. »Wenn er abgeschieden wohnt, kannst du mir vielleicht schon mal die Adresse verraten.«

»Der Täter konnte sein Opfer schwerlich in einem Mehrfamilienhaus oder einer Reihenhaussiedlung misshandeln. Das hätten die Nachbarn hören können. Und beim Wegbringen der Leiche hatte er offenbar keine Angst, dass man ihn beobachten könnte. Sonst hätte er das Opfer zerstückelt. Er wohnt abgeschieden oder er hat einen Schrebergarten, eine Werkstatt, eine entlegene Garage, wo er das Opfer tötete. Irgendetwas in der Art.«

Auch dieser Punkt ging an Sigrid. Sie hatte ihre Hausaufgaben gemacht. Sonntag nickte, als stelle er sich den Abtransport der toten Landwehr bildlich vor. Der Alte hatte den obersten Knopf seiner Weste in Arbeit. Auf-zu-auf-zu.

»Nach der Statistik ist er also mindestens siebenundzwanzig Jahre alt«, brummte Ben. »Der Leitende Kriminaldirektor meint nämlich, wir könnten es mit dem so genannten Kannibalen zu tun haben, der für zwei ungeklärte Morde vor elf Jahren verantwortlich gemacht wird.«

»Diese Fälle kenne ich nicht«, bekannte Sigrid vorsichtig. »Über Zusammenhänge kann ich aus dem Stand nichts sagen. Vielleicht hatte er sich eine Weile in Griff und dann erlebte er eine auslösende Stresssituation,

Verlust des Partners, Tod der Eltern. Irgendein emotionales Trauma, das ihn durchdrehen ließ, oder die Erinnerung an ein Trauma seiner Kindheit. Denkbar ist alles. Zum Beispiel auch, dass der Täter von damals in der Zwischenzeit im Gefängnis oder in Therapie gewesen ist. Oder er war die ganze Zeit über aktiv, ohne dass jemals ein Zusammenhang auffiel, im Ausland vielleicht. Es gibt Computersysteme, in denen ich nachsehen kann. Gib mir ein paar Tage Zeit, Benedikt.«

Der Kripochef stand auf, die Sitzung beendend. In der Hand hielt er den abgerissenen Westenknopf. »Sie haben es gehört, Herr Engel: Denkbar ist alles. Machen Sie sich an die Arbeit. Dr. Romberg wird Ihnen ein Täterprofil erstellen und es mit den alten Fällen abgleichen.«

Ben hatte es befürchtet: Jetzt hatte er auch noch die zwei ungelösten Mordfälle aus grauer Vorzeit am Hals. Altlasten aus der Ära Brauning.

Das Telefon klingelte. Sigrid Romberg und der Polizeisprecher wandten sich zum Gehen.

»Die meisten meiner Leute sind in Urlaub«, gab Ben zu bedenken.

Der Kripochef hob abwehrend die Hand, den Hörer am Ohr. Er antwortete dem Anrufer höflich, distanziert. Ben stellte fest, dass es um seinen Fall ging – wahrscheinlich der Staatsanwalt.

Der Kripochef legte auf. Mit dem Knopf in der Hand deutete er auf Ben. »Sie erhalten Verstärkung aus den Dienststellen vor Ort.« Sonntag rief dem Pressesprecher hinterher: »Nennen Sie es Sonderkommission, verkaufen Sie Engel den Medien als unseren fähigsten Ermittler!«

Um ihn umso tiefer fallen lassen zu können, falls die Ermittlungen scheitern würden. Falls Ben nicht weiter kam als sein Vorgänger Brauning im Kannibalenfall.

Das perfekt kartographierte Paradigma des Lebens stand auf dem Spiel.

5.

Blitz, Dienstag, 23. Dezember, Seite eins:

BLUTIGER ADVENT
KANNIBALE VON HEERDT WIEDER AKTIV?
Britta L., 22, war hübsch und lebenslustig (Foto Mitte). In der Nacht zum vierten Advent wurde ihr junges Leben auf schockierende Weise ausgelöscht. Die Tote von der Hansaallee: geschlagen, gefesselt, verstümmelt. Eine Tat, die Erinnerungen weckt: an eine ungeklärte Mordserie vor elf Jahren. Damals nannte die Polizei den Täter den »Kannibalen von Heerdt«. Er aß die Herzen seiner Opfer. Er wurde nie gefasst. *Weiter auf Seite vier.*

Auf Seite vier:

BRUTALER MORD AN DÜSSELDORFERIN GIBT RÄTSEL AUF
Von Alex Vogel.
Der brutale Mord, der Düsseldorf seit Sonntagabend in Aufregung versetzt, trägt eine bekannte Handschrift. Auch der »Kannibale von Heerdt« tötete auf diese Weise, heißt es in Kripokreisen hinter vorgehaltener Hand. Hat sich die Bestie zurückgemeldet? Zwei Morde gingen vor elf Jahren auf das Konto eines vermutlichen Psychopathen. Wie damals wurde am vergangenen Sonntag die verstümmelte Leiche einer Frau auf linksrheinischem Stadtgebiet entdeckt. Wurde Britta L. ein Opfer des Kannibalen? Wird er weiter morden?
Der neue Fall: Unter Kollegen galt die Krankenschwester als liebenswürdig und lebensfroh. Mit ihrem Freund Bernd F., 29, besuchte sie am Samstagabend das Altstadtlokal »Notorious«. Kurz vor Mitternacht trennten sich ihre Wege. Ihr Freund ahnte nicht, dass er sie nicht mehr lebend wieder sehen würde. Gegen halb eins verließ

Britta L. das Lokal. Lief sie in der nächtlichen Altstadt ihrem Mörder in die Arme?
Die Art der Tat lasse auf große Wut oder eine abnorme Veranlagung des Täters schließen, so ein Polizeisprecher. Eine Sonderkommission wurde eingerichtet. Ihr Leiter ist Hauptkommissar Benedikt Engel, 40, ein erfahrener Mordermittler. Offiziell wird ein Zusammenhang mit den Morden des Kannibalen noch nicht bestätigt. Möglicherweise habe der Täter eine Triebtat nur vorgetäuscht, so der Sprecher der Behörde. Es werde in alle Richtungen ermittelt.
Die Bestie von 1987 wurde nie gefasst. Hat sie wieder Blut geleckt?

Ben stopfte das Blatt mit den großen Überschriften in den Papierkorb. *Ein erfahrener Mordermittler* – offenbar hatte Vogel ihm die Abfuhr am Fundort der Leiche schon verziehen. *Sonderkommission* – ein Witz. Erst am Freitag hatte Ben alle Mitarbeiter, die Familie hatten, mangels Arbeit über die Feiertage in Urlaub geschickt. Er rief die Kollegen an und erreichte nur Anrufbeantworter. Das hatte er von seiner Gutmütigkeit.

Das Umfeld und die Vergangenheit der Landwehr mussten ausgeleuchtet werden – nicht zu vergessen ihr Freund. Familie, Nachbarn, Bekannte und Kollegen waren zu befragen, Leihhäuser, Taxifahrer und Altstadtkneipen abzuklappern. Eigentlich stand Ben nur Kollegin Bach zur Seite, sowie Sigrid Romberg, die versuchte, den Psychoaspekt zu durchleuchten. Und ein gutes Dutzend Beamte aus den Polizeiinspektionen, die der Kripochef beim Leiter der Abteilung Gefahrenabwehr/Strafverfolgung für die Sonderkommission angefordert hatte – aber wer von denen würde sich zu Weihnachten für eine fremde Dienststelle den Arsch aufreißen?

6.

Der Wachleiter knallte den Hörer auf die Gabel. »Die spinnen doch«, schrie Hanke. »Die in der Festung glauben wieder mal, wir hätten nichts Besseres zu tun, als nach ihrer Pfeife zu tanzen.« Er sah ungehalten auf das erloschene Ende seiner Zigarre. »Immer wenn sie in den Kriminalkommissariaten nicht mehr weiter wissen, sollen wir vom Fußvolk die Kohlen aus dem Feuer holen. Und wenn's hinterher um die Lorbeeren geht, sind wir auf einmal vergessen.«

»Wer war's denn?«

»Sonntag, der Leiter ZKB. Die graue Eminenz vom Jürgensplatz persönlich.«

»Geht's um den Mordfall Hansaallee?«, fragte Thilo. »Die neue Kannibalengeschichte?«

»Sie brauchen Leute für 'ne Sonderkommission, die nach Zeugen suchen.« Hankes Miene hellte sich auf. »Seit wann so eifrig? So kenn ich dich gar nicht.« Er lachte, dann schüttelte er den Kopf. »Nein. Nicht du, Becker. Jede Überstunde, die du für die Festung machst, fehlst du hinterher mir. Ich brauch dich im Einsatztrupp.«

»Ich könnte auf freie Tage verzichten.«

»Was ist in dich gefahren? Meine Güte!«

Er weiß es nicht, dachte Thilo. *Er hat keine Ahnung von Christa.*

Hanke steckte die Davidoff wieder in Brand. »Na gut. Ich will dich nicht bremsen. Aber du brauchst 'n zweiten Mann.«

»Ich nehm Schalli mit, sobald er kommt.«

Hanke sah auf die Uhr, Qualm durch Mund und Nase verströmend. »Der kommt heute nicht mehr.«

»Er verspätet sich, aber er hat noch nie gefehlt.«

»Wie du meinst. Aber strapazier den Dicken nicht zu sehr. Und noch was, Becker.«

»Ja?«

Hanke sah auf die Glut seiner Zigarre. »Würdest du auch die Nachtschicht am ersten Weihnachtstag für mich übernehmen?«

»Muss das sein?«

»Denk dran, dass ich deine Beurteilung noch nicht geschrieben habe. Noch schwanke ich. Zwischen drei und vier.«

Der Abend der sagenumwobenen Party. Keiner würde da freiwillig arbeiten. Thilo zögerte.

Hanke paffte und grinste. »Ich versteh schon, dass du lieber auf die Soko verzichtest als auf die Party. Zumal du letztes Jahr noch nicht dabei warst.«

»Okay. Fünf Punkte, dann mach ich's.«

Hanke zwinkerte ihm verschwörerisch zu und schob den Zettel mit der Nummer des Sokoleiters über den Tisch.

Fünf Punkte, die Spitzenwertung. Damit stand einer Versetzung in die Festung nichts im Weg.

Um halb zehn betrat Schalowski den Empfangsraum der Altstadtwache: schlecht rasiert, die Augen entzündet.

»Du kannst deine Jacke gleich anlassen«, empfing ihn Thilo. »Wir machen 'ne kleine Kneipentour.« Er glaubte, eine Fahne wittern zu können. »Du kannst sozusagen an deinen Tatort zurückkehren.«

»Wie meinst du das denn?«

»Heute schon in den Spiegel geguckt?«

»Nee. Lieber nicht. Ist gestern ein bisschen spät geworden.«

Thilo zog Schalli ins Freie. Murrend folgte der Dicke. Sie passierten den Eingang zur U-Bahn-Passage und das Carsch-Haus und bahnten sich den Weg durch die Massen Spätentschlossener, denen eingefallen war, dass es höchste Zeit war, Geschenke zu besorgen.

»Wir proben jetzt öfter. Im Januar haben wir einen Auftritt in der Jazzschmiede. Unser Comeback, wetten?« Als Thilo nicht reagierte, fragte Schalli voller Skepsis: »Um was geht's überhaupt?«

»Liest du keine Zeitung?«

»Scheiße, ich hätt's mir denken können.«

»Wir fangen im *Notorious* an, wo die Krankenschwester zuletzt gesehen wurde.«

»Um die Zeit hat das noch zu.«

»Wir sind verabredet. Der Leiter der Sonderkommission hat uns einen Termin mit dem Geschäftsführer gemacht.« Thilo versuchte, sich das Fieber nicht anmerken zu lassen, das ihn infiziert hatte.

Vergeblich. So verkatert konnte der Dicke gar nicht sein, um ihn nicht zu durchschauen. Im Unterschied zu Hanke wusste Schalli Bescheid. Vor elf Jahren hatte Heinz Schalowski noch im Kommissariat für Tötungsdelikte gearbeitet.

Er boxte Thilo gegen die Schulter. »Hast gleich ›hier‹ schreien müssen, als sie ein paar Dumme für die Drecksarbeit suchten, was? Schon gut, Thilo, ich versteh deinen Ehrgeiz. Ich war auch mal so drauf. Bei mir hat's nur nicht geklappt. Ich werd stolz auf dich sein, wenn du's schaffst.«

Ein Regenschauer ließ die Schirme um sie herum aufklappen. Thilo schlug den Kragen hoch, das Wasser rann ihm in den Nacken. Er senkte die Stimme. »Der Mörder hat ihr Herz und Leber herausgeschnitten.«

»Was willst du damit sagen? Du glaubst doch nicht, was im *Blitz* steht?«

»Bei Christa war's damals doch ähnlich, oder?«

Schalli schwieg.

Thilo wollte ihn festnageln. »Sag du's mir. Mein Vater hat nie mit mir darüber geredet.«

Der Dicke verdrehte nur die rotgeäderten Augen. Plötzlich blieb er vor dem Schaufenster eines Schmuckladens stehen. »Mein Gott, ich hab noch nichts für meine Alte.«

Alte war gut – Antje war fast zehn Jahre jünger als ihr Mann.

Schalli sah ihn fragend an. Thilo zuckte mit den Schultern. Dann deutete er auf ein Paar kleiner, vergoldeter Kreolen. Schalli verschwand im Laden.

Zwei Minuten später trat er wieder auf die Straße und ließ ein kleines Päckchen in der Innentasche seines Anoraks verschwinden. »Hab sogar Rabatt gekriegt. Danke für den Tipp.«

Thilo wunderte sich, woher Schalli auf einmal das Geld hatte. Vielleicht hatte der Dicke wieder angefangen, nebenher zu jobben – Versicherungen verticken, Mietwohnungen makeln, nachts an Tankstellen die Kasse hüten.

Ein Punk stellte sich in den Weg: »Hasse mal 'n paar Groschen für was zum Essen?«

Thilo ignorierte den ausgestreckten Plastikbecher und die Beschimpfung, als sie vorüber waren. Werbezettel mit Sonderangeboten wehten übers Pflaster. Eine Schar orientierungsloser Provinzler brachte den Strom der Passanten zum Stocken.

Thilo wühlte sich durch, mit seinen Gedanken bei den toten Frauen. »Und wenn es doch der Kannibale war?«, fragte er.

Schalli wirkte kribbelig – er hatte heute noch nichts getrunken. »Quatsch. Wer leitet eigentlich die Mordkommission?«

»Benedikt Engel, der Chef des KK 11.«

»Und, was meint er?«

»Engel bezweifelt, dass es derselbe Mörder ist.«

»Na, siehst du.« Schalli schien erleichtert zu sein. Er legte den Arm um Thilos Schulter, wieder ganz der Lehrmeister. »Hör zu, Partner: Dein Onkel, Frank Brauning, hat damals die Kommission geleitet. *Kommission Schlitzer* nannten wir sie intern. Dein Vater und ich waren seine Partner. Wir sind Tausenden von Hinweisen nachgegangen, haben meterweise Akten gefüllt. Wir sind mit dem Gedanken an den Kannibalen nachts in die Federn gefallen und nach vier, fünf Stunden voller Alpträume mit dem gleichen Gedanken aufgestanden. Und jede Spur endete im Nichts. Zwei Morde, die gleiche Handschrift. Alles ist uns zwischen den Fingern zerronnen. Der Typ ist verschwunden, sonst hätten wir ihn gekriegt. Schlag dir den Kannibalen aus dem Kopf.«

Thilo spürte ein Kribbeln die Wirbelsäule aufsteigen.

Sein Kollege fuhr fort: »Ich weiß, wie nahe dir das zweite Opfer gestanden hat. Dir und deinen Eltern. Aber es hat keinen Zweck, dem alten Phantom hinterherzulaufen. Die Krankenschwester ist ein völlig neuer Fall. Der Mörder hat ihr was rausgeschnitten. Na und? Es gibt 'ne Menge verstrahlter Irrer in diesem Land.« Schalli war laut geworden, einige Passanten drehten sich zu ihm um. »Ein Serienmörder, der mehr als ein Jahrzehnt Pause macht und dann wieder losschlägt? Absoluter Quatsch. So was gibt's nur in der Phantasie skrupelloser Zeitungsschmierer, die mit Angstmache ihr Geld verdienen. Lass dich bloß nicht von diesem Unsinn anstecken.«

Selten hatte Thilo ihn so viele Sätze an einem Stück reden hören – jedenfalls nicht in nüchternem Zustand. Aber der junge Kommissar konnte nicht lockerlassen. »Wenn Christas Mörder sich noch rumtreibt, muss ich ihn kriegen.«

Schalli blieb dabei: »Mensch, Partner, vergiss es.«

»Solange die Fälle nicht aufgeklärt sind, kannst du nicht sicher sein.«

Sie standen vor der Tür des *Notorious*. »Dann wetten wir eben«, schlug der Dicke vor. »Um das, was ich dir zurzeit schulde. In Ordnung?«

Thilo ahnte, dass Schallis Nervosität nicht nur vom Durst kam. Er ignorierte die ausgestreckte Hand des Kollegen und betrat das Lokal.

Der Geschäftsführer hatte alle erreichbaren Angestellten zur Befragung ins Lokal bestellt und spendierte Getränke. Nach dem ersten doppelten Wodka kam Schalli zur Ruhe. Er begutachtete die Jazzplatten, während Thilo den Discjockey vernahm, einen Schwarzen, der sich an einen Streit zwischen der Ermordeten und ihrem Freund erinnern konnte. Um was es ging, hatte er nicht mitbekommen. Er beschrieb drei Männer, die mit dem Pärchen am selben Tisch gesessen hatten. Möglicherweise bessere Zeugen, aber Namen konnte der Schwarze nicht nennen – keine Stammgäste. Die drei waren eine gute halbe

Stunde länger als Britta Landwehr geblieben. Zu lange, um ihr noch nachzuschleichen, überlegte Thilo.

Kurz vor Schließung des *Notorious* sei der Freund zurückgekommen. Er habe nach der jungen Frau gefragt und einen verzweifelten Eindruck gemacht – das konnte genauso gut ein Ablenkungsmanöver sein.

Die Kellnerinnen sahen aus wie geklont: schlanke, junge Mädels mit Haaren bis zum Hintern. Doch ausgerechnet die Bedienung, die in der Mordnacht für den Tisch des Pärchens zuständig gewesen war, war verreist.

Thilo sammelte alles, was er an Informationen bekommen konnte, Schalli ließ sich nachschenken.

Als die beiden Polizisten das Lokal verließen, hatten sie die Privatadresse der fehlenden Bedienung sowie die Namen einiger Stammgäste. Eine schmale Ausgangsbasis für weitere Recherchen.

Es regnete. Der Autostau auf den Straßen steigerte sich zum Infarkt. Aus den Kneipen, die geöffnet hatten, drangen Weihnachtsschlager.

Schalowski japste und versuchte mit Thilo mitzuhalten. Weiter.

Zwei Dutzend ähnlicher Altstadtpinten: abgestandener Zigarettendunst, künstliche Tannenbäume mit bunten Glühbirnchen auf dem Tresen, *White Christmas* aus den Lautsprechern. Und jedes Mal nur ein Kopfschütteln beim Vorzeigen der Fotos von Britta Landwehr und ihrem Freund.

Schalli und Thilo bekamen Hunger. Ein blinkender Stern wies den Weg in eine schäbige Pizzeria. Thilo zeigte dem Angestellten das Foto der Landwehr: ein heiteres Mädchen mit dunkelblonder, dauergewellter Mähne – auch die Zeitungen hatten die Aufnahme veröffentlicht.

Der Kellner, ein klein gewachsener Iraner, riss die Augen auf. »Genau. Isse tote Frau. Hatte gegesse Pizza Funghi. Hatte unterhalte mit Mann.«

Thilo hielt ihm das Bild von Bernd Felix vor den schwarzen Schnurrbart.

»Nein, isse nicht diese Mann von Foto. Hatte sein klein bisse älter.«

Der Adrenalinstoß ließ Thilos Herz schneller schlagen: *Der Kleine hat den Mörder gesehen.* »Sind die beiden gemeinsam hierher gekommen?«

Der Kleine machte nur eine hilflose Geste.

»Haben Sie gesehen, ob sie miteinander das Lokal verließen?«

Kopfschütteln.

»Wie sah der ältere Mann aus?«

Jetzt nickte der Kellner eifrig. »Groß. Hatte gehabt so Schleife um Hals.«

»Eine Krawatte?«

»Ja, Schleife.«

»Klasse Beschreibung«, kommentierte Schalli sarkastisch. Der Iraner lächelte freundlich.

Thilo wandte sich weiter an den Kellner: »Gibt es noch jemanden, der die beiden gesehen hat? Kollegen, Stammgäste?«

Der Kleine zeigte einen traurigen Blick. »Diese scheiße Pizzeria nix habe Stammgäste.«

»Sind Sie sicher, dass es die Frau auf dem Foto war?«, fragte Schalli.

»Ja. Hatte getrage orange Dingens – Pullover. Hatte gegesse Pizza und gehe. Jede Gast hier esse schnell-schnell.«

»Und was weiter?«

»Frau zahle mit letzte Mark. Sage nix wisse, wie komme heim ohne Geld. Musse fahre schwarz, ich sage.«

Die Beschreibung der Kleidung, die Tatsache, dass sie kein Geld hatte – Treffer.

Der Iraner schob den Polizisten zwei Pappteller über die Theke. Lauwarme Pizzastücke, fad und zäh, die sie rasch hinunterschlangen. Mit einem Lächeln schob der Iraner die Münzen zurück, als Thilo und Schalowski zahlen wollten. Der Dicke strich seinen Teil ein, Thilo tat es ihm nach – Kollegen müssen zusammenhalten.

»Hatte Kannibale esse Frau?«, rief der Kellner ihnen hinterher.

Schalli trat in eine Pfütze und fluchte. »Sie war in dem Laden«, versuchte Thilo ihn anzustacheln.

»Die Beschreibung hat der Kanake aus dem *Blitz*. Wetten?«

»Dass sie kein Geld mehr hatte, stand nicht in der Zeitung. Der Ältere ist unser Mann. Vielleicht kann der Kellner ein Phantombild liefern.«

»Bei dem Tünnes gibt jeder Zeichner wegen Verständigungsschwierigkeiten auf.«

Thilo ärgerte die Nörgelei des Dicken. »Du solltest nicht so viel trinken«, gab er zurück.

»Du redest wie meine Frau. Warum wollt ihr mir meine Schnäpschen nicht gönnen? Was hab ich denn noch, wenn Antje mich schon nicht drüberlässt?«

»Vielleicht würde sie es tun, wenn du nicht so oft blau wärst.«

»Quatsch. Wenn ich mal nüchtern bin, rennt sie ins Fitnessstudio. Wenn sie was mit dem Trainer hat, bring ich das Schwein um.«

Thilo zog es vor, das Thema nicht zu vertiefen. »Was ist dieser Engel eigentlich für ein Typ?«

»Jazzfan.«

»Dann musst du ihn ja gut leiden können.«

»Beim letzten Sommerfest hat er mit seinen Musikwünschen rumgenervt. Völlig verstrahlt. Wenn's nach ihm gegangen wäre, hätten wir den ganzen Abend nur Sachen von Parker und Gillespie gespielt. Ein Lackaffe, der so tut, als würde seine Scheiße nicht stinken. Immer Anzug mit Krawatte. Ein eingebildetes Arschloch, mit dem man gut auskommen kann, wenn man ihm nicht nahe kommt, wenn du weißt, was ich meine.«

Thilo wusste es nicht, aber er schwieg. Für Schalli bestand die halbe Stadt aus eingebildeten Lackaffen, die andere Hälfte aus dummen Idioten.

Zeugensuche: Imbissbuden, Touristenkneipen, billige Grillrestaurants.

Immer wieder der gleiche Spruch, den Thilo aufsagte. Gratisschnäpse, die sein dicker Kumpel schluckte.

Gegen fünfzehn Uhr dann ein weiterer Hinweis auf Britta Landwehr.

In einem Brauereilokal ließ Thilo seine Fotos herumgehen. Die Gäste schüttelten den Kopf. Ein Köbes reagierte. »Mein Kollege Leo kann Ihnen was über das Mädel sagen. Er rief heute an und hat sich krankgemeldet. Wir haben über die Kleine geredet. Er kann sich an sie erinnern.«

»Was hat er gesagt?«

»Sie war mit einem Typen da. Ob es der auf dem Foto ist, kann Ihnen Leo sagen. Er meinte, der Typ trug 'ne Fliege.«

Hatte gehabt so Schleife um Hals. Thilo drehte sich zu Schalli um. Der Dicke verdrückte gerade ein Alt und trommelte ungeduldig mit dem Daumen gegen einen Stützbalken.

Der junge Kommissar ließ sich die Adresse dieses Leo geben.

Eine Stunde später gab er Schallis Drängen nach. Sie kehrten zur Wache zurück. Thilo fragte sich, wie sein Kumpel es schaffte, nüchtern zu wirken. Er musste seine gesamte Überzeugungskraft aufwenden, damit der Dicke die Schreibarbeit erledigte.

Thilo klemmte sich währenddessen ans Telefon und klapperte sämtliche Namen ab, die er erhalten hatte. Leo war nicht zu erreichen, aber ein paar der anderen möglichen Zeugen – ihre Bereitschaft zur Mithilfe erstaunte ihn.

Der Mythos vom Kannibalen tat seine Wirkung.

Thilo nahm sich vor, mit Engel über eine Versetzung ins KK 11 zu reden. Auch wenn Schalli Recht hatte und der Fall Landwehr mit dem Mord an Christa Zimmermann nichts zu tun hatte – Thilo wollte weiterkommen.

Weniger denn je konnte er seinen Vater verstehen, der damals aufgegeben hatte.

Schalowski hackte seufzend den Schlusspunkt in die Mechanik seiner *Olympia* und schnitt eine Grimasse. »Isse scheiße Job.« Er heftete die letzte Seite in den Ordner und ließ ihn auf Thilos Schreibtisch klatschen. »Morgen machst du den Kram alleine.«

Thilo überflog den Inhalt, während er die Nummer des Sokoleiters wählte. Das Protokoll entsprach Schallis Unlust: nüchterne Sätze, knapp formuliert. Aber nichts unterschlagen. Auf den Dicken war auch im alkoholisierten Zustand Verlass.

»Fährst du mich nach Hause?«, fragte Schalowski.

Engel war innerhalb einer Sekunde dran. Thilo gab die Ergebnisse seiner Tour durch.

Der KK 11-Leiter bat den jungen Kommissar, das Protokoll sofort per Fax zu schicken. Der knappe Befehlston Engels ärgerte Thilo.

Er legte auf und lief zum Faxgerät. Den Kommandoton des Mordermittlers nachäffend, sagte er zu seinem Kumpel: »Die Sonderkommission braucht Ihr Fax unverzüglich. Mit dem eingebildeten Arschloch könntest du Recht haben, Schalli.«

Tausende von Lichtern in den Straßenbäumen, Glockengeläut – während er im Strom der anderen Autos durch die Stadt kreuzte, schweiften Thilos Gedanken ab: das Weihnachten seiner Kindheit, Feste im erweiterten Familienkreis, die Braunings und die Zimmermanns waren fast immer mit von der Partie gewesen. Eine lustige Runde und Thilo Becker stand im Mittelpunkt.

Der Kannibale markierte das Ende seiner Jugend – mit Blut.

Danach war nichts mehr wie zuvor. Dauerzoff zwischen Vater und Mutter, Ärger an der Schule. Der neue Job von Becker senior brachte Wohlstand ins Haus – der Sohn schloss sich einer Clique von Kids an, die als asozial verschrien waren. Er hing mit Ladendieben rum und kiffte wie ein Weltmeister. Erst sein Lieblingsonkel Frank Brauning, der Mann von Mutters Schwester Gerda, schaffte es, Thilo zum Durchhalten bis zum Abitur zu überreden.

Seine Eltern hatten ihm davon abgeraten, die Polizeilaufbahn einzuschlagen. Für Thilos Argument, dass Christas Mörder noch immer frei herumlief, hatten sie kein Verständnis. Ihre Versuche, ihm andere Berufe nahe zu legen, hatten Thilo in seinem Beschluss nur verstärkt.

Schalowskis Wohnung lag in Derendorf.

Der ältere Kollege bedankte sich, als Thilo anhielt. »Kommst du mit hoch?«, fragte Schalli und hob sich ächzend aus dem Beifahrersitz. »Ich würd dir gern etwas vorspielen.«

»Du weißt, ich versteh nicht viel von deiner Musik.«

»Komm schon. Antje würd sich auch freuen. Sie fragt oft nach dir.«

Thilo parkte ein und stieg hinter dem Dicken die knarzende Treppe hoch. Er nahm sich vor, nicht lang zu bleiben – er hatte kein gutes Gefühl, wenn er mit beiden zusammen war.

Antje stand in der Wohnungstür. »Hi, Thilo. Mensch, Heinz, warum hast du nicht gesagt, dass du Besuch mitbringst?«

Thilo drückte ihr ein harmloses Küsschen auf die Wange. »Keine Angst, ich geh gleich wieder.«

Der Dicke schwankte leicht. Thilo folgte. Antje versuchte, zwischen den Beinen hindurch seine Eier zu kitzeln. Er wich aus und stolperte fast gegen seinen Kollegen.

Schalli öffnete die Tür zu dem Zimmer, das er sein Studio nannte. Wände und Tür waren dick mit Schaumstoff und Eierkartons verkleidet, die Nachbarn beschwerten sich dennoch.

Thilo besah sich die verblichenen Poster, Plakate aus der Zeit, als die Band tatsächlich erfolgreich gewesen war: Heinz Schalowski – ein junger Strahlemann im Kreis seiner Musikerkollegen. Ein schlanker Schalli, der für eine Plattenfirma mit seinem Tenorsaxophon posierte. Die Ankündigung eines Auftritts in Hamburg, ein Jazzfestival in Italien.

Ein armseliger Tempel der Nostalgie. Hier übte sein Kumpel allein zu Schallplatten, hier betrank er sich und meistens schlief er auch in diesem Raum.

Mit der Aufnahme, die Schalli ihm stolz vorspielte, konnte Thilo erwartungsgemäß nichts anfangen.

»Kommst du zu unserem Konzert?«, fragte der Dicke trotzdem. »Irgendwann kommen wir ganz groß raus, dann schick ich dir Ansichtskarten. New York, Tokio.« Sein Lachen klang bitter. Wahrscheinlich glaubte er selbst am wenigsten daran.

»Ich muss jetzt nach Hause«, sagte Thilo.

»Quatsch. Da wartet doch keiner auf dich. Wir trinken jetzt ein Gläschen Sekt. Hilf Antje schon mal beim Aufmachen.«

Seine Frau drapierte im Wohnzimmer Lamettafäden über Tannenzweige. Thilo entdeckte eine Flasche in der Küche. Er löste die Blechfolie. Er tat, als überhöre er Antjes Schritte.

Sie schmiegte sich an ihn, knabberte an seinem Hals.

»Nicht jetzt«, flüsterte Thilo.

»Der alte Saufkopf merkt doch sowieso nichts«, erwiderte sie in normaler Lautstärke. »Hat er dich mit seiner Musik gequält?« Sie nahm Thilo die Flasche aus der Hand und nestelte am Draht, der den Korken hielt.

Er packte sie bei den Schultern. Sie küssten sich, ein wilder Kampf der Zungen.

Sie hörten die Tür zu Schallis Studio, Schritte – Antje drehte sich blitzschnell weg und ließ den Korken knallen. Thilo griff nach den Gläsern. Hoffentlich hatte er keinen roten Kopf bekommen.

Schalli trat in die Küche, sein Tenorsaxophon in der Hand. Er sang: »Einmal werden wir noch wach ...« und setzte die Melodie als kurze Improvisation auf seinem Instrument fort. Thilo applaudierte.

»Was macht die Kannibalenjagd?«, fragte Antje. »Im *Lady's Body* gab es heute kein anderes Gesprächsthema.«

Thilo ließ sich einschenken. »Wir haben ein paar Zeugen aufgetrieben.«

»Ich hoffe, ihr schnappt das Schwein.«

Schalli schnitt eine gequälte Grimasse und zeigte auf seinen Kollegen. »Isse völlig besesse von Kannibale.«

Antje sah ihren Mann erstaunt an. »Du nicht?«

Der Dicke winkte ab. »Themawechsel. Ich mag davon nichts mehr hören.« Plötzlich wirkte er alt und müde.

7.

Ben bot dem Werbetexter einen der Holzstühle an, die um den Besprechungstisch standen. Bernd Felix sah aus wie ein Gespenst, völlig übernächtigt. Er trug Turnschuhe, Baseballmütze, eine bunte Filzjacke mit *Rhine-Fire*-Aufdruck. Und da soll noch mal einer behaupten, Werber trügen ausschließlich schwarze Anzüge.

Erwartungsvoll blickte der Freund der Toten dem Mordermittler in die Augen.

»Sie sind fast Dauergast bei mir«, begann Ben und beugte sich über den Tisch. Seine Krawatte fiel auf das kleine Aufnahmegerät. »Macht Ihnen doch nichts aus, oder?«

»Hauptsache, das Schwein kommt hinter Gitter.«

Ben drückte die Tasten, der Recorder lief an. Der Landwehrfreund zeigte keine Spur von Nervosität. Ben winkte mit einer Schachtel Zigaretten, die er für Verhöre bereithielt. *Für entspannte Atmosphäre sorgen.* »Immer noch dabei, es sich abzugewöhnen?«

»Ja, klar.«

»Schön. Bin selber Nichtraucher. Muss ich nicht das Fenster aufreißen. Bei der nasskalten Luft holt man sich nur den Tod.«

Felix lächelte sparsam. Keine Erregung beim Reizwort Tod.

Zu Hause hatte der Texter meterweise Kriminalromane im Bücherregal stehen – darunter auch Sachbücher zum Thema Serientäter: *Wie unter einem stummen Zwang, Lust am Töten, Spuren des Schreckens.* Biographien über Jürgen

Bartsch und Jeffrey Dahmer. Das war nichts, um dem Landwehrfreund einen Strick daraus zu drehen, aber Ben war klar, dass dieser Bursche intelligent genug war, um einen Sexualmord zu türken. Der Mordermittler ärgerte sich darüber, dass ihn die Labortanten in der forensischen Serologie wegen der Analyseergebnisse noch immer schmoren ließen – normalerweise genügten vierundzwanzig Stunden zur Auswertung einer Speichelprobe. Urlaubszeit, auch beim LKA.

Ben ließ das Päckchen auf dem Tisch liegen. Er entschloss sich zum Frontalangriff. »Warum haben Sie uns verschwiegen, dass Sie sich mit Ihrer Freundin gestritten haben?«

»Wie kommen Sie darauf?«

»Wollen Sie es abstreiten?« Ben blätterte in seinen Unterlagen. Von allen Beamten der Polizeiwachen, die an diesem Tag für ihn ausgeschwärmt waren, um Zeugen zu befragen, hatte ein junger Kommissar namens Thilo Becker das beste Material geliefert. Ausgerechnet einer aus der Altstadtwache. Am Telefon machte Becker einen unerfahrenen und etwas unsicheren Eindruck – ein Typ, der auf Druck mit Trotz reagiert, statt ohne viel Streicheleinheiten einfach zu funktionieren. Aber vielleicht würde sich Ben trotzdem den Eifer des Jungen zu nutze machen können.

Der Werbetexter schwieg. Vielleicht dachte er jetzt daran, einen Anwalt zu nehmen.

Ben sagte: »Wir haben Zeugen, die behaupten, Sie hätten sich im *Notorious* gestritten.«

»Streit ist zu viel gesagt.«

»Eine Zeugin spricht von ...« Ben blätterte in einer Akte. So etwas machte immer Eindruck. »... einem ungewöhnlich heftigen Wortwechsel.«

»Was hat das mit dem Mord zu tun?«

»Wollen Sie mir nicht sagen, um was es ging?«

»Glauben Sie etwa, ich hätte ...«

»Ich glaube gar nichts. Wir sind hier nicht in der Kirche.« Ben legte an Dringlichkeit zu. »Worum ging es?«

»Eine Lappalie. Wirklich. Wir waren beide überarbeitet. Sie machte Nachtschicht im Krankenhaus und ich hatte Stress mit einer Präsentation. Kurz vor Weihnachten kommt immer alles auf einmal zusammen, verstehen Sie? Ich hatte einen Videorecorder gekauft. Britta war sauer, weil sie meinte, es sei ein Schrottmodell. Sie müssen wissen, dass das Geld von ihren Eltern stammte. Als Weihnachtsgeschenk für Britta. Sie machte mir Vorwürfe, ich hätte mich nicht nach besseren Geräten umgesehen. Das hat mich auf die Palme gebracht.«

Texter waren gut im Geschichtenerfinden. »Am Freitag?«

»Ja.«

»Und?«

»Eigentlich hatten wir uns schon wieder vertragen, aber im *Notorious* fing sie plötzlich wieder an. Sie konnte manchmal richtig hysterisch werden.«

»Sie hatte das öfter?«

»Naja.«

»Sie hat Ihnen das Leben zur Hölle gemacht.«

»Nein«, sagte Felix leise. »So schlimm war es nicht.«

»Britta hat Sie zur Weißglut gebracht. Richtig hysterisch.«

Der junge Mann schwieg.

Ben heuchelte Verständnis: »Da kommen einem schon mal Mordgedanken. Wer könnte Ihnen das verübeln?«

Manche Mörder brauchten das. Als Anstoß, um sich die Schuld von der Seele zu reden.

»Unsinn. Ein Videorecorder ist doch kein Grund, jemanden umzubringen.« Der Werber auf der anderen Seite des Schreibtischs war ein härterer Brocken – oder tatsächlich harmlos.

»Haben Sie an Trennung gedacht?«

»Nein.« Felix blickte kurz zu Boden – ein kleines Zeichen von Unsicherheit.

»Aber Britta, Ihre Freundin.«

»Trennung war kein Thema. Wir liebten uns. Wir hatten mal Schluss gemacht, aber schnell gemerkt, dass wir zusammengehörten.«

Ben fragte nach den Umständen des vorübergehenden Bruchs in der Beziehung. Felix murmelte etwas von einem Arzt, der im Marienhospital arbeitete. Der Hauptkommissar notierte den Namen. *Seitensprünge,* schrieb er dazu und malte eine Reihe von Fragezeichen. Wegen eines Videorecorders würde der junge Mann keinen Mord begehen, aber vielleicht aus Eifersucht.

»Sie haben eine Lebensversicherung abgeschlossen.«

»Was hat das damit ...«

»Und sich gegenseitig als Begünstigte im Fall des Todes eingesetzt. Wie hoch ist die Summe?« Ben kannte den Betrag. Er wollte wissen, ob er auch Felix geläufig war.

Der Werbefritze wich aus. »Sie glauben doch nicht ...« Seine Stimme wurde lauter, die Augen schimmerten feucht. »Hören Sie. Ich gebe zu, dass wir uns am Samstagabend gestritten haben. Ich war wütend und habe einfach meinen Mantel genommen. Es tut mir Leid. Hätte ich Britta nicht allein zurückgelassen, würde sie noch leben.« Bernd Felix versenkte den Kopf in die Hände.

Es klopfte. Im Türspalt stand Kollegin Bach und winkte Ben zu sich.

Ben ging ins Vorzimmer, die Tür hinter sich schließend.

»Ich komme gerade vom Marienhospital«, sagte Ela. »Ein munteres Völkchen. Die Krankenschwester hatte ein Verhältnis. Mit einem Internisten. Das weiß dort jeder.«

»Wie lange ging das?«

»Bis zu ihrem Tod.«

»Wissen die Leute im Krankenhaus etwas über Zoff zwischen der Landwehr und ihm?« Ben nickte in Richtung Tür, hinter der Felix wartete.

»Und ob. Er war am Freitag im Krankenhaus und hat eine fürchterliche Szene gemacht. Und er hat ihr verboten, zum Stammtisch zu gehen. Die treffen sich jeden dritten Samstag im Monat. Pflegepersonal aus allen möglichen Kliniken der Stadt. Der harte Kern umfasst fünfzehn bis zwanzig Leute. Die letzten Male hat Britta gefehlt.« Auch Ela machte die Kopfbewegung in Richtung Tür. »Ihr Freund glaubte, sie würde hingehen, um den Internisten zu treffen.«

»Das heißt, am Vorabend des Mordes war Stammtisch?«

»Ja, stimmt.«

»Wo?«

»Im *Urquell* in der Altstadt. Zwei Straßen vom *Notorious* entfernt.« Ela kniff die Zähne auf ihre Unterlippe.

»Krieg raus, wer alles dazugehörte. Vielleicht hat die Landwehr jemanden von denen getroffen. Wir brauchen die Namen von jedem Einzelnen. Und versuch den Internisten dazu zu bewegen, uns eine Speichelprobe zu geben, damit wir ihn als letzten Intimpartner ausschließen können. Und frag den Weißkittel, wo er die Nacht auf den Sonntag verbracht hat. Danke erstmal.«

Ben schenkte Ela ein kurzes Lächeln und kehrte zurück in sein Büro.

Er sah Felix an und sagte kein Wort.

Nach einer Minute griff der Werber nach den Zigaretten. Ben gab Feuer. Auch das hielt der Hauptkommissar für Verhöre bereit. Felix inhalierte kräftig, Ben öffnete das Fenster.

Der Freund der Toten drückte die Zigarette wieder aus. »Lassen Sie es geschlossen, Herr Engel. Ich möchte nicht auch noch an Ihrem Tod schuld sein.«

»Sie geben den Mord an Ihrer Freundin zu?«

»Nein, war nur ein Scherz.«

»Ein schlechter.«

»Ja. Ein schlechter.« Der Werbefritze starrte in den Aschenbecher. Im Licht der Neonröhre schimmerten seine Augen, als würden sie gleich überlaufen.

»Ihre Freundin vögelte diesen Arzt, auch nachdem Sie beide wieder zusammen waren. Sie wussten, dass da was war. Sie verboten ihr, den Stammtisch zu besuchen. Das war der Grund für Ihren Streit.«

Felix ließ den Kopf sinken und fuhr mit den Fingern durch sein Haar.

»Machen Sie es sich nicht unnötig schwer. Sie haben

das *Notorious* im Streit verlassen. Was geschah danach wirklich?«

Der Werbetexter nahm den Kopf nicht hoch. »Nein, nein«, sagte er in die Handflächen hinein, die über sein Gesicht rieben.

»Herr Felix, ich muss Sie festnehmen.«

So, wie der junge Mann sich verhalten hatte, blieb Ben nichts anderes übrig. Anweisung von Kripochef Sonntag: *Schnappen Sie sich den Freund beim geringsten Verdacht. Und zwar vor Redaktionsschluss der lokalen Presse. Die Medien rösten uns auf großer Flamme, wenn wir nicht rasch eine Festnahme vorzuweisen haben. Und Sie wissen, wen die Geier zuerst anfallen werden, mein lieber Herr Engel.*

8.

Blitz, Mittwoch, 24. Dezember, Lokalteil:

> *ERSTE FESTNAHME – NUR EIN BERUHIGUNGS-MANÖVER?*
> *Von Alex Vogel.*
> *Gestern Abend, neun Uhr. Festnahme im Fall Landwehr. Völlig aufgelöst fährt Bernd F., 29, nach Hause, in Polizeibegleitung. Er holt Pyjama, Zahnbürste, ein Buch zur Ablenkung. Weihnachten wird er in Haft verbringen, in Verhören erklären, was dem Mord an seiner Freundin Britta L. (wir berichteten) vorausging. Was der Beschuldigte dazu sagt, wie man polizeiintern über die Verhaftung denkt – Lesen Sie weiter auf Seite 4.*

Bernd Felix blickte treuherzig aus dem Titelblatt, fast unbekümmert. Unter dem Foto stand: *Ist dieser Mann wirklich ein brutaler Killer?* Vogel hatte ihn offenbar zu Hause aufgesucht. Auch wenn die Zeitung so tat, als zweifle sie an der Täterschaft des jungen Mannes, würde Felix seine Offenheit rasch bereuen. Ben fragte sich, ob er den Werbetexter vor Vogel hätte warnen sollen.

Er blätterte. Seite vier:

Die erste Stunde des blutigen Adventsonntags, wie Bernd F. sie vor seiner Festnahme dem BLITZ in einem Exklusivinterview schilderte: »Wir saßen in einer Jazzkneipe, tranken zwei, drei Bier. Ich fuhr allein nach Hause, musste am Sonntag arbeiten. Britta wollte weiterfeiern.« Bernd F., völlig verzweifelt: »Ich mache mir Vorwürfe, weil ich sie alleingelassen habe.«
Beweise für eine Schuld des jungen Werbefachmanns konnte die Polizei bislang nicht nennen. Die Umstände deuten nicht auf eine Beziehungstat hin. In Polizeikreisen wird immer weniger ausgeschlossen, dass es sich in Wirklichkeit um einen neuen Mord des Kannibalen von Heerdt handelt. Doch Hauptkommissar Engel, Leiter der Sonderkommission, will Erfolge vorzeigen. Auch wenn ein Unschuldiger die Feiertage in einer Zelle verbringen muss. Unterdessen ist der Kannibale noch auf freiem Fuß.
Zeugen werden gebeten, sich bei der Kriminalpolizei zu melden: (0211) 870-4004.

Ben fegte die Zeitung vom Tisch. Er hackte Vogels Privatnummer in seinen Apparat. Nach dem ersten Klingeln hob der Reporter ab.

»Wie geht's, Ben?«, fragte er.

»Das fragst du? Was fällt dir ein, so im *Blitz* über mich zu schreiben? Willst du mich zum Abschuss freigeben, oder stammt das aus meiner eigenen Behörde?«

Vogel zögerte. »Glaubst du tatsächlich, der arme Freund der Krankenschwester war's?«, fragte er.

Ben entschloss sich zur Ehrlichkeit. »Nein.«

»Wieso soll ich dann nicht anprangern, dass ihr einen Unschuldigen einsperrt?«

»Lass meine Person aus dem Spiel, Alex.«

»Nur, wenn du mir was über deine Ermittlungen erzählst.«

Ben war versucht, den Hörer hinzuknallen. »Du bist ein Schwein, weißt du das?«

Er konnte Vogels Schulterzucken fast hören. »Klar.«

»Dir sollte man im Dunkeln auflauern und einen Denkzettel verpassen.«

»Ich weiß. Und jetzt erzähl mir was.«

Ben holte tief Luft. Er wog ab, was ihm mehr schaden würde. »Es gibt einen Hinweis auf einen Dritten. Die Krankenschwester hat jemanden getroffen.«

»Und der ist so mächtig, dass ihr euch an den nicht rantraut?«

»Unsinn!«

»Dass ihr lieber einen Unschuldigen einsperrt, um euch nicht die Finger zu verbrennen?«

»Was soll der Scheiß?«, fuhr der Mordermittler ihn an, unwillkürlich auf seine Tür blickend. Doch die Sekretärin mit den großen Ohren war über Weihnachten in Urlaub. Er brüllte weiter: »Wie kommst du darauf?«

»Höre ich da eine indirekte Bestätigung? Oder sagst du das, weil du im Moment nicht frei sprechen kannst?«

»Ich bin völlig allein im Büro. Noch mal langsam zum Mitmeißeln: Wir kennen die Identität des Dritten noch nicht. Wir haben nur eine vage Zeugenaussage, wir arbeiten daran. Mehr gibt's dazu nicht zu sagen. Und hör auf, mich in deinen Artikeln zur Sau zu machen!«

»Du hältst mich auf dem Laufenden?«

»Damit du weiter mit deinen Schlagzeilen die Leute verrückt machst?«

»Die schreibt mein Chef.«

»Feigling.«

»Außerdem haben wir Pressefreiheit und keinen Polizeistaat. Noch kannst du uns nicht vorschreiben, wie wir zu berichten haben.«

»Die Pressefreiheit ist die Freiheit einer Hand voll Verleger, das weißt du doch besser als ich.«

»Der große Oswald«, sagte Vogel düster und meinte den Mann, dem die Mehrheit am *Blitz*-Verlag gehörte. Dann schoss ein fast fanatischer Unterton in die Reporterstimme. »Du hättest mal sehen sollen, wie mein Chef gestern den Assistenten des Verlegers abgekanzelt hat, als der zu ihm kam, weil Oswald die Linie des Blatts nicht gefiel!«

»Wenn ich die Schlagzeilen lese, muss ich eurem Verleger Recht geben. Ihr schürt Angst und Hysterie. Du und dein verdammtes Scheißblatt.«

»Reg dich ab, Ben«, sagte Vogel. »Vielleicht arbeite ich bald ganz woanders.«

»Klar. Goldenes Blatt, Neue Post.«

»Für eins der Hamburger Nachrichtenmagazine.«

»Muss man sich da nicht ab und zu an die Wahrheit halten?«

»Ben, fang nicht schon wieder an. Wenn sich mein Verdacht bestätigt, bin ich einem richtig großen Ding auf der Spur.«

»Welcher Verdacht?« Als Vogel schwieg, rief Ben in den Hörer: »Komm mir nicht wieder mit dem Mächtigen, gegen den wir nichts unternehmen würden!«

»Ich hab jedenfalls keine Angst, mir die Finger zu verbrennen. Im Gegensatz zu dir und deiner Behörde.«

»Heißt das, du willst dem *Spiegel* deine Verschwörungs- und Kannibalennummer andrehen?«, fragte Ben spöttisch.

»Vielleicht kann ich dich einbauen, als so 'ne Art Vorzeigebullen.«

Plötzlich begriff der Mordermittler. »Sag mal, du verheimlichst mir doch nichts, oder?«

»Ich weiß gar nichts. Ich recherchiere noch. Du verrätst mir ja auch nichts.«

»Du machst dich strafbar wegen Unterschlagung von Beweismitteln! Hörst du?«

»Schrei nicht so, ich bin nicht taub. Ich muss los. Hab noch Termine.«

»Wenn du etwas über den Mord an der Landwehr weißt, musst du es mir sagen. Sofort!«

Ein Klicken in der Leitung machte ihm klar, dass Vogel aufgelegt hatte. Ben trat wütend gegen den Papierkorb – das Ding flog quer durchs Büro und krachte gegen die Bananenpflanze. Eins der großen Blätter fiel herunter und Ben erkannte, dass der Topf Wasser brauchte. Er sah keine Gießkanne – das Gemüse musste sich gedulden.

Aus dem Wust auf seinem Tisch suchte Ben das Foto der lebenden Britta Landwehr. Locken, die fast natürlich wirkten, ein Lächeln wie aus der Zahnpastawerbung, ein Grübchen im Kinn. Kurz vor ihrem Tod aufgenommen. Gestern hunderttausendfach im *Blitz* abgedruckt und an jeden Schupo verteilt, der für die Soko die Runde machte. Ben heftete den Schnappschuss auf die freie Fläche neben dem Stadtplan. Von der anderen Wand winkte Miles Davis dem Mädchen mit der Trompete zu.

Eine Tatortskizze, zwei Fotos des Leichnams, die Zeichnung des Delphinanhängers – Ben drapierte die Bilder seines Falls rund um Brittas kirschholzblonde Löwenmähne.

Im Vorzimmer waren Geräusche, ein Türenschlagen. Die Post. Ben ging nachsehen.

Im Eingangskörbchen des verwaisten Schreibtisches der Sekretärin lag eine braune Versandtasche. Ben erkannte den Stempel des rechtsmedizinischen Instituts der Heinrich-Heine-Universität. Der schriftliche Obduktionsbericht. Professor Rosenbaum hatte sich beeilt – kaum zu glauben.

Der Hauptkommissar riss den Umschlag auf und verschlang den Inhalt: kaltes Medizinerlatein, das seinen wahren Charakter nicht verbergen konnte: die Chronik des Horrors, den Britta Landwehr in ihren letzten Stunden erlebt hatte.

Abdrücke von Fesseln an Fuß- und Handgelenken. Vermutlich von Knebeln hervorgerufene Hämatome über den Kiefergelenken, Scheuerspuren in den Mundwinkeln, Fasern von Polyestergewebe zwischen den Zähnen.

Bens Blick suchte die braunen Augen der lebenden Landwehr. Sie strahlte weiter, als sei das Leben nichts als eine Abfolge freudiger Überraschungen.

Multiple äußere und innere Verletzungen durch direkte Gewalt oder durch einen stumpfen Gegenstand: Prellungen und Quetschungen an Kopf und Schultern, Platzwunden im Bereich der Augenbrauen. Multiple Brüche an Nasenbein sowie beiden Jochbeinen.

Detailaufnahmen waren auf das Blatt geheftet, weiße Haut, dunkel verfärbte Wundränder. Ben blätterte rasch weiter und warf ein Salbeibonbon ein, um das Stechen im Magen zu bekämpfen.

Zweiundzwanzig verschiedenartige Schnitt- und Stichverletzungen im Unterleib. Die Stichkanäle weisen auf ein Messer mit zweischneidiger Klinge von ungefähr fünfzehn Zentimetern Länge und drei Zentimetern Breite hin. (...) Beide Brustwarzen samt umgebender Haut und Teilen des Drüsengewebes wurden durch mehrere Schnitte entfernt. Die Wundränder weisen auf ein Instrument mit glatter Klinge von etwa zwei Zentimeter Länge hin (evtl. Skalpell). Die Bauchdecke wurde vom Schambein bis zum Brustbein durchtrennt (gleiches Instrument). Herz und Leber fehlen.

Die Leber war nicht gefunden worden.

Massiver Blutverlust führte den Tod herbei. Aus dem Zustand des Mageninhalts und der Zeugenaussage, dass kurz vor ein Uhr morgens eine Nahrungsaufnahme erfolgte (Pizza mit Pilzen), errechnet sich ein Todeszeitpunkt zwischen 4.30 und 5.30 des gleichen Morgens.

Der Mörder hatte sich nicht viel Zeit gelassen, die Tote wegzuschaffen. Kurz nach sechs hatte es nach Auskunft des Wetteramts zu regnen begonnen. Der Boden unter der Leiche war trocken gewesen.

Sigrid Rombergs Büro lag in der Chefetage, im Flügel, der dem von Polizeipräsident, dem Stab der Gefahrenabwehr/Strafverfolgung und dem Leiter der Zentralen Kriminalitätsbekämpfung entgegengesetzt war. Ihre Tür war weit und breit die einzige, unter der Licht hervordrang. Ben klopfte.

»Ja?«

Er trat ein. Das Büro glich einer Bibliothek. An der einzigen freien Wand hingen Kinderzeichnungen. »Deine?«, fragte er.

Die Psychologin lächelte, sichtlich stolz.

Der Rest der Einrichtung glich der in seinem Zimmer. Keine Couch. Er setzte sich auf den Holzstuhl für Besucher.

Der harte Sitz erinnerte ihn daran, dass er einmal hier gesessen hatte, als sein Job in Gefahr gewesen war, weil er seinen damaligen Dienst bei der Schutzpolizei als eine Art Rachefeldzug missverstanden hatte. Sigrid hatte wissen wollen, was ihn dazu trieb, gegen Männer gewalttätig zu werden, die er wegen Misshandlung ihrer Ehefrauen festnahm. Ihm rutsche eben manchmal die Hand aus, wenn ihm einer frech komme, hatte Ben geantwortet. Sie stellte die üblichen Seelenklempnerfragen nach seiner Kindheit und er glaubte davonzukommen, indem er einfach abblockte.

Doch irgendetwas an ihr hatte schließlich seinen Widerstand gebrochen – vielleicht die Art, wie sie zuhörte. Er redete sich den Ballast seiner Erinnerungen vom Leib, sprach über die Dämonen, die ihn heimsuchten, seit er ein Kind war. Nach zwei Wochen täglicher Sitzungen schrieb Sigrid das Attest, das ihm den Job rettete.

Seitdem hatte er gegenüber der Psychologin das beunruhigende Gefühl, er sei nackt, ja gläsern – durchschaubar bis ins letzte Hinterstübchen. Und sie verstand es, ihn damit auf die Palme zu bringen, wenn sie wollte.

»Ich hab nachgedacht«, sagte sie. »Hast du dir überlegt, was es bedeuten könnte, wie der Mörder die Leiche abgelegt hat?«

»Klar. Aber das gibt nichts her. Er hat sich nicht die Mühe gemacht, sie völlig verschwinden zu lassen. Wahrscheinlich ist er sicher, dass wir ihn nicht mit Britta Landwehr in Verbindung bringen würden. Er hat sie aber auch nicht besonders auffällig präsentiert, also in irgendeiner Pose oder garniert mit symbolischen Zutaten. Eine Botschaft hat er uns jedenfalls nicht übermittelt.«

Sie zog eines der Tatortfotos aus dem Stapel auf ihrem Tisch. »Das Opfer lag mit der Vorderseite nach unten neben dem Weg. So, dass man ihre Stich- und Schnittverletzungen nicht sah.«

»Stimmt.«

»Wenn man davon ausgeht, dass nichts auf reinem Zufall beruht, dann heißt das, dass es einen Grund dafür gibt. Als wollte der Mörder die Wunden selbst nicht sehen.«

»Du meinst, das Opfer tat ihm Leid?«

»Ich weiß nicht, wie weit diese Reue geht. Kurz nachdem er seine abseitige Lust befriedigt hatte, empfand er in den Tiefen seines Bewusstseins so etwas wie Bedauern. So pervers seine Tat auch ist, wir dürfen nicht glauben, dass wir es mit einem irren Monster zu tun haben, das zähnefletschend jedem Frauenrock hinterher geifert. Möglicherweise führt er ein normales Leben und weder Arbeitgeber noch Nachbarn ahnen, was in ihm schlummert. Wenn du ihm gegenüberstehst, siehst du ihm seine finstere Seele nicht an.«

»Ein klasse Anhaltspunkt«, spottete der Hauptkommissar.

»Wie gesagt, ich weiß nicht, wie weit sein Mitleid in seinen nüchternen Phasen geht, aber sicher verfolgt er die Berichterstattung in den Medien. Es gibt Fälle, in denen der Täter sogar anruft, um sich zu stellen, oder zumindest verschlüsselte Hinweise gibt, die zu seiner Ergreifung führen können. Manche dieser kranken Täter lieben es, mit den Ermittlern regelrechte Spielchen zu treiben. Die Fachliteratur kennt die seltsamsten Fälle. Es gibt Täter, die anrufen, um zu prahlen. Den hilfreichen Zeugen spielen. Was ich sagen will: Ihr solltet jeden einzelnen Anrufer ernst nehmen und jedem Hinweis nachgehen.«

»Klar.« Der Hauptkommissar reichte ihr Rosenbaums Obduktionsprotokoll. »Vielleicht fällt dir noch was Konkretes ein.«

Sigrid blätterte, ihre Züge wurden hart.

Ben kramte nach einem Salbeibonbon. »Die Leber und die Brustwarzen fehlen. Was sagst du dazu?«

»Souvenirs.«

»Wie bitte?«

»Ja, Trophäen, Andenken. Er behält Teile der Leiche, um seinen Genuss zu verlängern. So kann er sich die Tat in Erinnerung rufen und sich daran erregen.«

»Du meinst als Wichsvorlage? Mein Gott, hätte er nicht auch ein Polaroid machen können?«

Jetzt war es Sigrid, die spöttisch reagierte: »Wäre das die Art von Souvenir, die Benedikt Engel mitnehmen würde?«

Der Hauptkommissar ignorierte die Bemerkung: »Und wie lang hält die Wirkung dieser Souvenirs an? Einen Monat? Eine Woche?« Unwillkürlich wurde er laut: »Kann mir Frau Doktor Romberg vielleicht verraten, wann dieser verdammte Schwanzlutscher die nächste junge Frau abschlachtet?«

Das Schimpfwort war ihm so rausgerutscht, dennoch meinte die Psychologin, Ben belehren zu müssen: »Homosexuell ist der Täter sicher nicht, sonst würde er sich an Männern vergehen oder an kleinen Jungs. Nein, im Ernst, ich habe keine Ahnung, wann unser Täter wieder von seinem Verlangen übermannt werden könnte. Mit einer Prognose kann ich nicht dienen, aber vielleicht hilft uns Kollege Computer weiter.« Sie drehte den Monitor, damit auch Ben draufsehen konnte. »Über die Interpol-Datei komme ich in dieses FBI-System. Erinnerst du dich an Jack Unterweger, den Prostituiertenmörder aus Wien?«

»Vage. Als er aus dem Knast entlassen wurde, begann die Mordserie von neuem. Man hat ihn erwischt und er hat sich erhängt.«

Blitzschnell tippte sie auf das Manual. Namen, Daten, Zahlenreihen. Sie gab dem Programm Befehle. Ben las die blaue Kopfzeile: *VICLAS 2.5.*

»Violent Crime Linkage Analysing System«, erklärte Sigrid. »Damit wurde Unterweger in den USA geschnappt, wo er drei Frauen erwürgt hatte. Quasi als Urlaubsvergnügen. Anhand dieses Systems kann ich die Daten unseres Falls weltweit vergleichen.«

Ein Mausklick, der Drucker summte. Seit einem Jahr verfügte auch das KK 11 über Computer, aber Ben hatte noch keine Zeit gefunden, eine Schulung mitzumachen.

Die Psychologin reichte ihm einige Blätter. »Kannst du das bitte ausfüllen?«

Fragebögen – insgesamt 263 Posten. »Was soll das? Vorstrafen des Täters, Automarke, Kleidungsstil. Wenn wir das wüssten, hätten wir ihn schon.«

»Beschränk dich auf das, was uns bekannt ist. Tatort, Opfer, Art der Verletzungen. Die Handschrift sagt sehr viel über den Täter. Wenn wir sie nicht lesen können, dann vielleicht Kollege Computer. Fast hätte ich was vergessen. Die Fälle des Kannibalen, Helga Neumeier und Christa Zimmermann.«

Er nahm zwei weitere Sätze Formulare entgegen. Macht 789 Fragen. »Ich dachte, du wärst mir im Fall Landwehr eine Hilfe, stattdessen verschaffst du mir zusätzliche Arbeit.«

Sigrid nahm die Brille ab. In ihren schutzlosen Augen war ein Anflug von Traurigkeit. »Du bist mir immer noch böse wegen damals.«

»Ach was.«

»Doch. Ich spür das.« Sie legte ihre Hand auf seine. »Das ist eine Projektion. Der wahre Grund ist, dass du dein Trauma nicht überwunden hast.«

Er entzog sich ihr und ging zur Tür. »Ich werd drüber nachdenken.«

9.

Der Köbes wohnte im letzten Haus vor der S-Bahnlinie, an der die Sackgasse endete. Es duckte sich gegen den Bahndamm, umgeben von wildem Gestrüpp. Zwischen Gartentor und Haustür waren keine zwei Meter Abstand.

Ein Zug rauschte näher. Thilo spürte das Vibrieren der Klinke. Er stemmte sich gegen das Tor – es war verriegelt. Die Bahn donnerte vorüber. Hier zu wohnen musste Folter sein. Der junge Kommissar drückte die Klingel, die am Zaunpfosten befestigt war.

Im Haus krachte eine Maschinengewehrsalve los. Hundegekläff antwortete. Thilo legte den Finger noch einmal an die Klingel und löste weiteres Gewehrknattern aus. Sein Herz ging schneller, er griff ans Holster und machte sich auf alles gefasst. Benedikt Engels Worte: *Suchen Sie die Zeugen zu Hause auf, dann können Sie sich einen besseren Eindruck von ihnen verschaffen. Aber nehmen Sie einen zweiten Beamten mit.* An Heiligabend war von Wachleiter Hanke keine Begleitung zu bekommen.

Die Tür ging auf. Ein Mann trat in den Eingang. Er trug einen Tarnanzug und schwarze Militärstiefel. Den Mund verdeckte ein Walrossschnäuzer. An einer Kette hielt der Kerl einen Schäferhund, der knurrend in Thilos Richtung zerrte.

»Wat wollen Sie?«, blaffte er. »Isch kauf nit an dä Tür.«

»Leo Komarek?« Thilo hielt seinen grünen Lappen in die Höhe. »Polizei. Ihr Kollege hat gesagt, Sie können eine Aussage machen zu dem Fall, den wir gerade untersuchen.«

Der Köbes im Kampfdress zischte den Hund an: »Sitz!« Das Tier gehorchte, sein Herrchen schlenderte die zwei Stufen vom Eingang herab und baute sich vor Thilo auf. »Entschuldijen Sie den Empfang, äwer man weiß ja nie. Haben Se de jroße Wohnwagensiedlung dort drüben jesehen? Verlaustes Zijeunerpack. Die haben sisch hier festjesetzt on vermehre sisch wie de Karnickel. De Stadt tut nix. Ihre Kollejen rücken jede Nacht an. Nix als Messerstecher on Fraueschänder, dä do läwe.« Komarek beugte sich dicht über Thilos Ausweis – offensichtlich war er kurzsichtig. Er gab den Lappen zurück. »Isch würd Se jern e beßke reinbitten, äwer isch hätt nit opjeräumt.«

»Schon gut.« Er hatte sich seinen Eindruck bereits verschafft. Der Tünnes war so was von verstrahlt. Thilo hielt ihm das Foto der Ermordeten dicht vors Gesicht. »Ihr Kollege sagte ...«

»Dat isse. Isch hab die Fru öm däm Owend jesehe. On den Mörder hab isch och jesehe.«

Thilo zeigte ihm das andere Foto. Bernd Felix. Der Köbes schüttelte den Kopf. »Nä, nä. Dat wor so 'ne Catchertyp, so 'ne richtische Triebtäterjesischt. Hätt misch jewundert, wat dat joote Mädel von däm jewollt hätt. Äwer worscheinlesch wor dat schon zu anjeschickert, om ze schnalle, wat dä em Schilde jeführt hätt.«

»Wann war diese Frau bei Ihnen?«

»Een Uhr zehn. Isch hab de jeweils 'ne lecker Alt hinjestellt. Sie hätt misch emol öm Feuer jebete. Zuers' dacht isch, de wörd met noch wem verafredet sin.«

BL hat Kellner um Feuer gebeten – Mörder Nichtraucher? schrieb Thilo auf seinen Stenoblock. »Wieso können Sie sich an die Uhrzeit so genau erinnern?«

Der Hund winselte. Der Zug aus der Gegenrichtung rauschte näher. Komarek musste brüllen. »Wenn's em Schichtende zujeht, schau isch op de Uhr. Kann's nit erwarten heimzekumme. Kenn Se dat nit?«

»Wieso glaubten Sie, die beiden waren verabredet?«

»Dä Kerl, die Triebtäterfresse, hätt sisch ön eene Tour öwer de Schulter jesehn, als wöhd do op emol wer kumm. Äwer do kütt keener. Dä wor janz fickrisch, die alte Sau. Kannibale, stonn en dä *Blitz*. Isch hoff, det Se äm krieje.«

»Hängt davon ab, wie gut Sie ihn beschreiben können.«

»Also, jute vierzisch, 'ne rosa Schweinschenjesischt on so en Silbertolle wie so 'ne frühergraute Nachrischtensprecher, dä op seriös maht. Jroß on jode Muckis. Vielleisch hätt de Kerl charmemäßisch wat op dä Pann. Oder irjendwat vorjespellt. Isch weeß nit, wat dat blootjonge Mädel sons en däm Kerl fänd.«

Ein Klassezeuge. Thilo notierte mit, so schnell er konnte.

»Was fiel Ihnen noch auf? Kleidung?«

»Grauer Anzoch, weißet Hemd met Flieje. Roter Propeller. Mäh weeß isch nit mieh. Äwer erkenn wörd isch de Sau sofort.«

Thilo bedankte sich und vereinbarte mit dem Köbes einen Termin beim Polizeizeichner. »Interessante Klingel haben Sie«, sagte er zum Abschied.

»Hörens«, rief ihm der Typ im Kampfanzug hinterher, »isch hoff bloß, dä Kerl maht nit op Psyscho, dat Se äm dämnäx wieder loofelosse. Däm jehören Elektroden öm de Eier on denn durchjejrillt met tausend Volt, dat dä nie mieh op Schweinereie kütt!«

Thilo machte, dass er fortkam. An der übernächsten Kreuzung fand er eine funktionierende Telefonzelle und rief den Sokoleiter an. Engels nüchterne Zurkenntnisnahme enttäuschte ihn – wenigstens ein bisschen verbales Schulterklopfen hätte er schon verdient.

Lackaffe.

10.

Jakobsmuscheln in Champagnersahne, Sauerampfersüppchen, Kaninchenrücken in Senfsauce. Zum gedämpften Swing einer routinierten Vier-Mann-Gruppe rotierte das Restaurant des Rheinturms. Die Lichter des abendlichen Düsseldorfs unter ihnen flimmerten im Festtagsfieber.

Sonja saß Ben gegenüber. Herausgeputzt und attraktiv wie noch nie.

Doch seine Gedanken waren bei anderen Frauen. Bei Britta. Bei Helga und Christa, den ungelösten Fällen von 1987.

Er hatte in alten Akten gestöbert und die Fragebögen ausgefüllt. Er hatte ein Phantombild des Mannes mit der roten Fliege ans Fernsehen gegeben. Die Arbeit drohte ihm über den Kopf zu wachsen, er brauchte Verstärkung. Immerhin hatte der Kripochef seinen Antrag weitergeleitet, den jungen Beamten aus der Altstadtwache in Bens Kommissariat zu versetzen. Den Hinweis des Alten, dass Beckers bisherige Dienststelle den schlechtesten Ruf der gesamten Polizeibehörde hatte, konterte der KK 11-Leiter damit, dass der Junge zurzeit der Schlägerwachenaffäre noch nicht dort gearbeitet hatte. Jetzt lag der Antrag bei Sonntags nächstem Vorgesetzten, bei Friedrichsen, dem Chef der Abteilung Gefahrenabwehr/Strafverfolgung, und der war bekannt dafür, dass er Leute umso lieber förderte, je jünger sie waren. Die Sache war so gut wie geritzt, die nötigen Unterschriften nur eine Frage von Stunden.

Beim Einblick in Beckers Personalakte war Ben klar geworden, was der Grund für den Eifer des Jungen war – diesen Punkt verschwieg er dem Alten. Sonntags Maximen verboten die Beteiligung eines Beamten an den Ermittlungen, wenn er in einer persönlichen Beziehung zum Opfer stand. Sie mache den Beamten unfähig, Rachsucht sei bei der Kripo nicht zu gebrauchen. Ben sah das anders – gegen den Vorwurf der Kreuzzugsmentalität hatte er sich selbst schon einmal wehren müssen.

Beckers Motivation machte die Schwächen des jungen Kollegen mehr als wett – ein Sokoleiter wäre dumm, das nicht auszunützen.

Ben war sich unklar darüber, ob die drei Frauenmorde demselben Täter zuzuschreiben waren. Er hatte eine verwirrende Fülle an Details aus den staubigen Akten gefiltert: Fundort, Tatort, Aussehen der Opfer, Alter, Lebensumstände. Tathergang, soweit bekannt oder im Nachhinein konstruierbar.

Der Modus operandi.

Alle drei Morde schienen von krankhaftem Hass zu künden: aufgeschlitzte Leiber, zerstochene Brüste. Jedes Mal fehlten innere Organe: in den alten Kannibalenfällen das Herz, im neuen Fall zusätzlich die Leber. Trophäen, Souvenirs.

Es gab auch Unterschiede. Die ersten beiden Leichen hatten ihre Brustwarzen behalten und im Unterschied zu den Fällen eins und drei wies Christa Zimmermanns toter Körper keine Spuren von Sperma auf. Das zweite Kannibalenopfer war an einem Schädelbruch gestorben, die Schnitt- und Stichwunden waren erst postum zugefügt worden.

Die Details verwirrten Ben mehr als sie ihm halfen, ein klares Bild zu gewinnen. Er war gespannt, welche Erkenntnisse Kollege Computer aus den Daten filtern würde, und er nahm sich vor, die Mordermittler von damals zu befragen, die sich am Kannibalen die Zähne ausgebissen hatten.

»Der Wein ist alle«, bemerkte Sonja, die Rieslingflasche mit dem Hals nach unten in den Kühler steckend. Ihrer Mienc sah er an, dass sie wusste, was ihm durch den Kopf ging – und dass sie sich darüber ärgerte. Sie setzte trotzdem ein Lächeln auf. »Wie wär's mit Champagner zur Bescherung?«

»Bescherung?«

»Hast du etwa Akten in deiner Tasche?«

Ben musste lachen. »O Gott, nein.« Aus seiner alten, schweinsledernen Mappe zog er einen prachtvoll bebilderten Band mit Biographien berühmter Jazz-Größen. Sonja riss das Weihnachtspapier ab und schien sich aufrichtig zu freuen. Ihr Geschenk war eine Doppel-CD mit afrikanischer Trommelmusik. Ben wurde klar, dass sie glücklicher damit wären, wenn sie ihre Geschenke selbst behalten könnten.

Irgendwann würden sie sich besser kennen.

Er hatte Sonja Thiele vor zwei Wochen auf Lanzarote kennen gelernt und in bester Ferienlaune waren sie miteinander ins Bett gestiegen. Sie stellten fest, dass sie aus derselben Stadt kamen, und jetzt trafen sie sich ab und zu. Über ihre Gefühle sprach Sonja wenig. Sie hatte angedeutet, vor dem Urlaub eine Affäre mit einem älteren Mann beendet zu haben. Ein verheirateter Geschäftsmann. Eine dieser Geschichten, die nie gut ausgingen.

Es gab Momente, in denen Ben spürte, dass etwas zwischen ihnen stand. Vielleicht der Schatten dieser Affäre. Sonja brauchte Zeit, um sich auf einen Liebhaber einzulassen. Sie war eine Frau, die gern Unabhängigkeit demonstrierte, auch in emotionaler Hinsicht. Ben drängte nicht – über das Alter war er hinaus.

Dass sie sich nicht häufig sahen, lag auch an Sonjas Job als Kunsthändlerin. Sie reiste viel, besuchte Einkäufer, Kunden und Experten, saß lange nach Ladenschluss über Lieferscheinen, Abrechnungen und Expertisen, wälzte Kataloge, Fachliteratur, Korrespondenzen. Ihr Laden war noch ziemlich neu und alles andere als etabliert – der verbissene und zugleich bewundernswerte Versuch einer selbständigen Existenz nach Jahren des Studierens und unbefriedigender Gelegenheitsjobs in den diversen Nischen des Kulturbetriebs. Ständig drohten die Banker, Sonja den Kredithahn abzudrehen. Die Betteltouren zur Sparkasse zerrten an ihren Nerven, doch sie gab nicht auf.

Heute war er es, dem die Arbeit im Kopf spukte.

Der Kellner brachte zwei Gläser mit perlendem Inhalt. Ben sah Sonja in die dunklen Augen und versuchte, die Gedanken an tote Frauen zu verjagen. Sie stießen an und wünschten sich frohe Weihnacht. Er nahm ihre Hand – Sonjas Finger waren kalt.

Unter den schrägen Fensterscheiben tauchten die Lichter des Stadttors auf. Das neue Hochhaus war zur Pilgerstätte für Architekturstudenten aus der ganzen Welt geworden. Ein alter Fall schoss durch Bens Erinnerung: Speedjunkie Rolf Nowak – damals war dort unten noch eine Baustelle gewesen.

Mein Gott, Benedikt. Du siehst schon in jeder Straße dieser verdammten Stadt einen Ort, den du am liebsten vergessen würdest.

Noch eine gute Vierteldrehung, dann würde er auf die Altstadt blicken, die Gegend, in der Britta Landwehr zuletzt lebend gesehen worden war. Weitere 45 Grad und hinter der Rheinschleife könnte er die Hansaallee ahnen, wo der Mörder die Leiche weggeworfen hatte. Irgendwo dazwischen war die junge Frau gefoltert worden, aufgeschlitzt und verblutet.

Der Kellner brachte den Nachtisch. Ben spürte Sonjas Blick auf sich ruhen. Er nahm den Dessertlöffel und stocherte im Mangoeis.

Sie beugte sich vor und griff mit beiden Händen nach seinem Arm. »Denk nicht daran.«

»Ich versuch's die ganze Zeit.«

»Ihr habt doch einen Verdächtigen geschnappt. Ihren Freund, habe ich gelesen.«

»Du hast Recht«, antwortete Ben, bemüht, der Antwort keine sarkastische Note zu geben.

»Oder ging es wirklich nur darum, Erfolge vorzuweisen, wie es in der Zeitung hieß?«

Etwas mehr Solidarität hätte er von Sonja schon erwartet. »Unsinn. Der Reporter wollte mir eins auswischen, weil ich ihn nicht die Leiche fotografieren ließ.«

»Mach dir nichts draus. Dem *Blitz* glaubt sowieso niemand.«

»Das beruhigt mich«, log Ben. Seit der Blondschopf von der Altstadtwache die Zeugenaussage angeschleppt hatte, dass ein Unbekannter mit Fliege der letzte Begleiter der Landwehr gewesen war, drängte Ben, den Freund der Krankenschwester freizulassen. Doch der Kripochef wollte erst das Ergebnis der DNA-Analyse abwarten und Sonntag hatte den Staatsanwalt auf seiner Seite.

Mit dem letzten Schluck Champagner stießen sie auf die bevorstehende Nacht an. Auf dem Weg zur Garderobe konnte Ben ausgiebig Sonjas raffiniert geschneidertes Kleid bewundern: schwarzer Tüll, fast transparent. Der Stoff schmiegte sich an ihre Figur. Er freute sich darauf, es ihr vom Leib zu streifen und ihr später beim Anziehen zuzusehen.

Er angelte seine neue Lammfelljacke vom Bügel und half Sonja in den Mantel. Ihre dunklen, langen Haare dufteten.

Mit einem *Dingdong* kam der Aufzug. Der Fahrstuhlführer deutete eine Verbeugung an, Sonja begutachtend.

»Einmal um den Block, Kutscher, und die Augen schließen«, sagte Ben.

Sonja drückte sich an ihn und ihr Kuss ließ ihn ahnen, dass sie so hungrig war wie er. Es ging zurück zur Erde.

Vielleicht würde Ben ihr einmal alles über sich erzählen. Auch das beschissene Zeug.

Sonja hatte eine kleine Wohnung in der so genannten Karlstadt gemietet. Zwei Zimmer, Küche und Bad, die unmittelbar an die Galerie grenzten. Ein beengtes Leben, fand Ben, zumal ein Raum als Büro und Lager diente. Die Galerie lag im Dunkeln, Scherengitter vor der Tür, ein Aufkleber warnte vor der Alarmanlage. Im Schaufenster erkannte Ben Schemen großer Skulpturen – Sonja hatte neu dekoriert.

Sie führte ihn durch den nebenan gelegenen Hausflur in das Apartment. »Möchtest du sehen, was ich aus Paris mitgebracht habe?« Ohne seine Antwort abzuwarten, schloss Sonja die Verbindungstür zur Galerie auf und knipste eine Reihe von Schaltern an.

Unter den Deckenscheinwerfern tauchten ein Dutzend großer Figuren auf. Holzschnitzereien, archaisch, geheimnisvoll – Afrika.

Ben schlenderte näher und legte die Hand auf die Schulter einer mannshohen Figur. Ihre kurzen Arme waren angewinkelt, die Fäuste lagen in Höhe des hervortretenden Nabels am Körper an. Auffällig war der lange, kräftige Hals. Ein strenger Geruch ging von dem dunklen, mit Patina überzogenen Holz aus.

»Alt?«, fragte Ben. Er spürte, dass Sonja Interesse erwartete.

»Absolut. Diese vier Skulpturen stammen aus den ersten Jahren unseres Jahrhunderts. Für die Tropen, in denen das Holz rasch verwittert, sind sie antik. Sie stammen aus dem Süden Nigerias vom Volk der Igbo und symbolisieren Gottheiten, die das Haus beschützen sollen.«

Eigentlich war Ben nicht wegen einer Lektion in Ethnologie gekommen.

Er berührte das Muster aus Rillen und Einkerbungen, das Brust und Bauch überzog, als interessiere ihn die Schnitzarbeit.

»Das sind Ichi«, erläuterte die Galeriebetreiberin. »Ziernarben, wie sie die Igbo selbst am Körper und im Gesicht tragen. Die Ichi geben Auskunft über die Bedeutung der Figur und der Familie, in deren Haus die Figur steht.« Sie machte Ben auf eine andere Gruppe Statuen aufmerksam: hochaufragende Figuren auf kurzen, mehrfach eingekerbten Beinen. »Wie findest du die?«

»Lustig.« Der Körper war eine schlanke Säule, zu dessen Seiten seltsam verdrehte Arme herabhingen, die in klobigen Händen endeten. Die Gesichter ähnelten Kinderzeichnungen, die Ohren standen weit ab, wie Henkel.

Ben wollte Sonjas Hals küssen, doch sie löste sich von ihm.

»Mumuye«, erklärte sie. »Ein Volk von hunderttausend Ackerbauern im Nordosten Nigerias. Kein anderes Volk hat eine solche Phantasie in der Abstraktion entwickelt.«

Solche Figuren gab es sicher nicht auf Flohmärkten, dachte Ben. Seit wann verfügte Sonja Thiele über Kapital? Soviel er wusste, war das Galeriegeschäft ein Handel, bei dem man Bares aufbieten musste, um an Ware zu kommen.

Sie nahm Ben bei der Hand und zog ihn zur letzten Gruppe. »Die absolut wertvollsten Stücke sind diese hier. Nkisi Nkonde. Ich bin sicher, damit wird die Vernissage ein Hit. Heute Nachmittag hab ich mit einem potentiellen Käufer telefoniert. Drück mir die Daumen.«

Drei gedrungene Figuren auf weißen Podesten, über und über mit rostigen Nägeln übersät. Sie starrten Ben mit offenen Mündern an und drohten mit erhobener Faust. Leuchtend weiß stachen Augen und Zähne aus dem Dämmer der nächtlichen Galerie. Die Bäuche wölbten sich zwischen den Nägeln nach vorn. Anstelle eines Nabels blinkten matte Spiegelscheiben.

»Das sind keine Abbilder von Gottheiten, sondern diese Figuren besitzen selbst magische Kräfte. Fetische mit großer Macht. Man muss nur dran glauben.«

»Wie finanzierst du das?«

»Risiko. Spürst du die Erotik, die in diesem Raum herrscht?«

»Und wie.« Er trat hinter sie und fasste sie um die Taille.

»Komm.« Sonja schob ihn Richtung Tür und ließ ihn vorausgehen. Sie löschte das Licht. Endlich betrat er das Apartment – ein anderer Kontinent.

Sie duschten gemeinsam, seiften sich ein und küssten sich, bis das Wasser aus dem Boiler nur noch lauwarm kam. Ben war als Erster abgetrocknet, hüllte sich in einen schwarzen Kimono, den Sonja ihm reichte, und ging ins Schlafzimmer, um auf sie zu warten.

Er mochte die Art, wie Sonja sich einrichtete. Warme, erdige Farben. Über einen Sessel war ein Stoff drapiert, handgewebt mit indianischem Muster. Auf einer alten Kommode standen frische Blumen. Es waren Kleinigkeiten, die Atmosphäre schafften.

Ben hatte Lederjacke und Sakko achtlos aufs Bett geworfen. Er hob sie auf und hängte sie übereinander auf eine Stuhllehne, das Sakko obenauf, damit es nicht knitterte. Dabei glitt Sonjas Handtasche vom Sitz und der Inhalt ergoss sich über den Teppich. Ben sammelte die Utensilien ein. Zuletzt griff er nach einem kleinen Notizbuch.

Es war in rot gefärbtes Leinen gebunden, auf der Vorderseite war ein Bild aufgeklebt: Über einer italienischen Landschaft schwebte ein Engelchen mit Pfeil und Bogen.

»Was machst du da?«, rief Sonja. Sie stand in der Tür, ihr weißer Kimono klaffte auseinander – darunter war sie nackt.

Er schmunzelte und hielt ihr die Vorderseite des Büchleins entgegen. »Ein Amor. Wie passend.«

Sonja stürmte auf ihn zu und entriss es ihm. »Was fällt dir ein, in meinen Sachen zu spionieren? Das geht dich nichts an!«

Ben war verblüfft. »Deine Tasche ist runtergefallen. Das Ding ist rausgerutscht. Ich versteh nicht, warum du dich so aufregst.«

Sie warf das Notizbuch in eine Schublade, drückte sie mit lautem Poltern zu und lehnte sich mit dem Hintern dagegen, als müsse sie mit körperlichem Einsatz eine Kostbarkeit vor Räubern schützen. Ihr Blick musterte ihn misstrauisch.

»Entschuldige«, sagte sie schließlich und setzte ein Lächeln auf, das versöhnlich wirken sollte. »Zu viel Stress in der letzten Zeit.«

In der Nacht konnte Ben nicht schlafen. Er zählte die Schläge der Kirchenglocken, dann lauschte er dem Prasseln des Regens auf den gepflasterten Hinterhof vor Sonjas Fenster. Gegen Morgen schlief er ein und wachte bald darauf schweißgebadet auf. Er schälte sich vorsichtig aus dem Bett, um Sonja nicht zu wecken, und trat ans Fenster. Der Regen hatte aufgehört. Der trübe Himmel reflektierte die Lichter der Stadt als diffusen, gelben Schimmer.

Ihm war, als höre er noch immer die Stimme aus dem Traum: *Lauf weg, Benni.*

»Was ist los, Ben?«, fragte Sonja hinter ihm.

»War nur 'n Traum.«

»Komm her.«

Er kroch zurück unter die warme Decke. Sonja kraulte sein Haar. »Willst du drüber reden?«, fragte sie.

Seelenklempner wie Sigrid Romberg fragten so, dachte Ben. »Es war wie immer. Ein Junge rannte durch den

Wald. Er hatte Angst um sein Leben. Er wollte sich verstecken. Als sie ihn zurückbrachten ...« Ben konnte nicht weitersprechen.

»Und?«

»Der Junge war ich. Ich hab dir doch davon erzählt.«

»Beruhig dich. Das ist dreißig Jahre her. Du warst noch klein. Du kannst wirklich nichts dafür, was damals geschah.«

11.

Seit Christas Tod war das Weihnachtsfest zum freudlosen Ritual geworden, an dem Thilo Becker nur teilnahm, weil seine Eltern sonst beleidigt gewesen wären.

Es kam ihm vor, als protzten die beiden vor sich selbst mit ihrem in den letzten Jahren erworbenen Wohlstand: Abendessen mit Hummer und Kaviar, vom teuersten Partyservice der Stadt angeliefert, danach das Verteilen der Geschenke. Neureichenzeug, als sei Heiligabend das Fest der Statussymbole. Thilo bekam eine Espressomaschine – der Größe des Kartons nach zu urteilen, hätte man damit ein Café ausstatten können.

Gegen neun Uhr abends machte sich wie üblich sein Vater auf den Weg, um an die Angestellten, die an diesem Abend für die Firma Dienst schoben, kleine Aufmerksamkeiten zu verteilen.

Nach einer halben Stunde hatte Thilo keine Lust, noch länger zu Weihnachtsliedern berühmter Knabenchöre ins Kaminfeuer zu starren und mit seiner Mutter Mühle zu spielen. Er ging nach oben in sein Jugendzimmer. Die Einrichtung war seit seinem Auszug nicht verändert worden: Poster von Madonna als *Material Girl*, Karl-May-Bücher und Perry-Rhodan-Hefte im Regal, Modelle von Panzern und Jagdflugzeugen auf dem Schrank, vergilbte Schulhefte im Schreibtisch.

Er zog ein Fotoalbum aus dem Regal. Mit vierzehn hatte er eine Spiegelreflexkamera geschenkt bekommen –

seine künstlerische Phase, bevor er anfing, sich für Mädchen und Joints zu interessieren.

Ein rasches Blättern: das Haus, Mitschüler im Garten, Urlaubsbilder. Auf der letzten mit Fotos beklebten Seite fand er die Aufnahme.

Ihr dunkles Haar war zerzaust, der Blick klar und in die Kamera gerichtet. Sie zeigte das Lächeln, das Thilo sah, wenn er an sie dachte: ein breiter Mund, große, strahlendweiße Zähne, die hellen Augen, die sie gegen die Sonne leicht zusammenkniff.

Christa.

Ein Zittern jagte durch Thilos Körper. Er dachte oft an sie. In seinen Alpträumen erschien ihm ihre Leiche, die er in Wirklichkeit nie gesehen hatte. Manchmal ertappte er sich bei dem Gedanken, wie es wäre, wenn der Kannibale nicht sie, sondern seine Mutter getötet hätte. Er fühlte sich schlecht dabei, aber er konnte nicht anders.

Er starrte auf das Foto – elf Jahre schnurrten zusammen.

Der salzige Geschmack der Seeluft. Das Brennen der Sandkörner, die der Wind gegen die nackten Waden scheuerte. Das Kreischen der Möwen über dem weiten Strand. Sommerferien auf Norderney.

Nach dem fünften, weit verwehten Aufschlag gaben Vater und Christa den Versuch auf, Federball zu spielen. Thilo erinnerte sich, dass er sich die beiden manchmal als Paar vorgestellt hatte. Sie hätten zusammengepasst, zumindest in der Phantasie des Jungen, der sich zugleich ein wenig schuldig fühlte, weil der Gedanke ein Verrat an Mutter war. Außerdem war auch Christa verheiratet. Paul war mit an den Strand gekommen. Er trug den Korb und gab das Signal, zum Parkplatz zurückzukehren – für das geplante Picknick war es entschieden zu kühl und windig.

Mutter hatte das Scheitern des Ausflugs vorhergesagt – sie wusste immer alles besser. Sie hatte es vorgezogen, in einem der Strandkörbe des Hotelgartens zu warten, bis zum Kinn in Decken gewickelt. Sie hatte den gesamten

Urlaub für eine Schnapsidee gehalten. In Düsseldorf zurückbleiben wollte sie allerdings auch nicht.

Thilo überlegte, ob er Christa im Rückblick verklärte. Sie hatte immer gute Laune versprüht, die jeden ansteckte – von Mutter einmal abgesehen. Auch das Nordseewetter schien Christa nichts anzuhaben. Als sie den Federball in Thilos Richtung schleuderte, hatte er auf den Auslöser gedrückt – das letzte Foto von ihr zu Lebzeiten.

Drei Monate später lag der Leichnam von Christa Zimmermann im Unkraut neben einer Lagerhalle im Düsseldorfer Stadtteil Heerdt.

Das zweite Opfer des Kannibalen.

»Manchmal glaub ich, der Psychopath frisst auch in mir«, hatte sein Vater einmal gesagt. Damals, als die Zeitungen voll von Spekulationen über die Morde waren. Damals, als Vater oft sogar nachts ausrücken musste, wenn es neue Spuren gab.

Auch die Erinnerung an den Kripomann Hermann Becker weckte das Foto. Die Anspannung und die Überstunden zehrten an ihm, der große, sportliche Mann klagte über Rückenschmerzen und aus nichtigstem Anlass begannen er und Mutter zu streiten. Doch Thilo hatte den Job des Mordermittlers mehr denn je bewundert. Er fieberte mit seinem Vater, auch wenn dieser ihn nie in die Geheimnisse seiner Arbeit einweihte.

Am ersten Abend hatte Thilo Hunderte von Fragen. Kommissar Hermann Becker hatte die Tote gesehen. An der Art, wie er darüber schwieg, erkannte sein Sohn das Grauen. Es hielt ihn wach, als er zu Bett ging, und später, gegen Mitternacht, hörte er Stimmen aus dem Schlafzimmer der Eltern. Ein leises Schluchzen.

Dass sein Vater in jenen Tagen für ihn noch weniger da war als sonst, machte Thilo nichts aus. Für einige Wochen hatte er in den Augen seines Sohnes das Zeug zum Helden.

Bis Hermann Becker die Entscheidung traf, mit der er sich die Chance verspielte: Er kündigte seinen Job als

Kripobeamter und trat in Opa Fichtes Firma ein. Viele sahen in ihm heute den Gewinner, aber er war nicht glücklich. Thilo wusste, dass alles nur Fassade war. Das Schlimmste war, dass damals alle in der Familie so taten, als habe Vater es für Thilo getan. *Denk an Thilo und die Firma* – ein Satz von Tante Gerda, an den er sich dunkel erinnerte.

Fichte Security.

In alten Zeiten hatte Mutter die Disposition, Buchhaltung und den Steuerkram gemacht, während Opa mit dem Geldtransporter durch die Stadt zockelte oder seinen Leuten das Schießen beibrachte. Heute leitete Hermann Becker an Stelle seines Schwiegervaters den Laden. Mit seinem Renommee als Ex-Bulle hatte er es geschafft, immer neue Kunden anzubaggern. Aus der Familienklitsche von früher war ein richtig großer Laden geworden. Seit Mutter ehrenamtlich für die FDP im Rat der Stadt saß, kam *Fichte* auch an kommunale Aufträge.

Als Politikerin trat Renate Becker für eine schlanke Verwaltung ein, für die Privatisierung öffentlicher Aufgaben – als Ergebnis wurden die städtischen Pförtner und Hausmeister in den Vorruhestand geschickt und, ausgestattet mit blauen *Fichte*-Klamotten und windigen 620-Mark-Verträgen, an ihren alten Arbeitsplatz zurückgeschickt. Seit es Übergriffe der Schwarzen Sheriffs in U-Bahnhöfen und Straßenbahnen gegen Obdachlose gegeben hatte, spielte sich die Ratsherrin auch als Vorkämpferin für Bürgerrechte auf – die Rheinbahn kündigte der bisherigen Firma und wieder wechselte das Personal nur Brötchengeber und Uniform.

Sogar wenn seine Mutter die Christmette besuchte, beschlich Thilo der Verdacht, dass sie Geschäftsinteressen im Sinn hatte. Vielleicht würde *Fichte* demnächst die Kollekte eintreiben. Irgendetwas in dieser Richtung.

Als er ins Wohnzimmer zurückkehrte und seine Mutter sah, wie sie in einer Illustrierten blätterte, schämte er sich einen Moment dafür, dass er schlecht über sie dachte. Thilo stellte fest, dass er sich nur an wenige Momente erinnern konnte, in denen er Zärtlichkeit für seine Mutter empfunden hatte.

Sie hatte sich zurechtgemacht: Make-up, edle Klamotten, Perlenkette. Renate Becker verstand sich aufs Repräsentieren und auch der Kirchgang gehörte dazu. Sie sah auf ihre Cartier-Uhr – Vater sollte längst zurück sein.

Sie goss sich Cognac ein und betrachtete die Lichtreflexe des Kaminfeuers in der braunen Flüssigkeit. Dann sah sie ihrem Sohn in die Augen – prüfend, abschätzend, fordernd. »Ich würde mich freuen, wenn du mit mir nächste Woche zum Neujahrsempfang unseres Bundestagsabgeordneten gehen würdest«, sagte sie.

»Verschon mich mit deinen Politheinis«, antwortete er rasch. Von allen Versuchen, sich in sein Leben einzumischen, war diese Variante die absurdeste. »Kaviarhäppchen und hohle Ansprachen. Was soll ich da?«

»Unser Abgeordneter hört zum Ende der Legislaturperiode auf. Bis dahin könnte ich dich zum Wahlkreiskandidaten aufbauen. Mit sicherem Listenplatz. Du sagst selbst, dass dir dein Job in der Altstadtwache zum Hals raushängt.«

»Ich und Politiker?«

»Unsere Partei ist klein. Wer pfiffig ist, bringt es in kürzester Zeit zum Generalsekretär. Und Innere Sicherheit ist das Thema der Zukunft.«

»Mutter!«

»Sieh's doch mal geschäftlich. *Fichte* kann nicht für immer ein Provinzunternehmen bleiben, wenn es am Markt überleben will. In zehn Jahren werden dein Vater und ich uns aus dem Geschäft zurückziehen. Dann trägst du die Verantwortung. In unserer Branche sind Kontakte und Beziehungen das A und O. Stell dir vor, du sitzt dann im Bundestag. Überleg's dir.«

»Du weißt genau, wie ich über eure Partei denke. Steuern runter und den Mittelstand entlasten. Rot-Grün werft ihr Umverteilung vor, dabei habt ihr all die Jahre zuvor das Gleiche gemacht, nur andersrum. Eure Klientel bereichert sich auf Kosten der sozial Schwachen. Ich krieg doch mit, warum die Kriminalität zugenommen hat. Ihr habt uns den Großen Lauschangriff geschenkt und meint, damit wär's getan.«

»Du redest, als ginge dich das Geschäft nichts an.«

Thilo schwieg. *Das Geschäft*. Er war es leid, darüber zu diskutieren. Er hielt den Lebenslauf seines Vaters für einen Abstieg: vom Mordermittler zum Objektschützer. Für ihn waren Mietbullen nicht besser als Prostituierte, seine Eltern und Tante Gerda so etwas wie Zuhälter der Sicherheitsbranche. Auch wenn *Fichte Security* noch so viel Geld abwarf, mochte er sich nicht an den Gedanken gewöhnen, dass die halbe Firma einmal ihm gehören sollte.

»Außerdem gibt's 'ne Menge hübscher Frauen bei den Jungen Liberalen«, fügte Mutter mit boshaftem Lächeln hinzu. »Das muss dich doch reizen, Thilo. Der Apfel fällt nicht weit vom Stamm.«

Das Schloss der Haustür krachte, die Riegel schnappten. Mutters Lächeln erstarrte. »Wenn man vom Teufel spricht ...«

Vater trat ins Wohnzimmer – sein Gesicht war gerötet, als habe er die Runde zu Fuß gemacht und nicht im firmeneigenen Mercedes.

Hermann Becker grüßte knapp, dem Blick seiner Frau ausweichend. Mal wieder Eiszeit – Thilo hatte sich angewöhnt, sich aus den Krisen der beiden herauszuhalten. Er war froh, dass er schon lange nicht mehr hier wohnte. Die Jahre nach Christas Tod waren schlimm gewesen.

»Du kannst deinen Mantel anbehalten, Hermann«, sagte Mutter giftig. »Die Kirche fängt gleich an und wir müssen noch nach Mettmann.«

»Wir haben Zeit«, antwortete Vater. »Den Umweg können wir uns sparen, Paul kommt nicht mit.«

»Paul?«, fragte Thilo erstaunt. »Paul Zimmermann?«

Vater legte die Stirn in Falten und sah fragend auf Mutter, die im Marmorkamin nach der Glut stocherte. Renate Becker, die so viel Wert auf Diät und Fitness legte, erschien Thilo in diesem Moment nicht schlank, sondern dürr und zerbrechlich.

Er versuchte zu begreifen. »Ist Paul in der Stadt?«
»Renate, hast du's ihm nicht erzählt?«
Mutters Stimme klang, als sei es eine Zumutung zu antworten. »Ich dachte, du ...«
Becker senior wandte sich seinem Sohn zu. »Letztes Jahr wurde er pensioniert und kam zurück nach Deutschland. Es geht ihm nicht besonders gut. Wir haben ihm ein Heim besorgt, in dem er gut aufgehoben ist.«
Kurz nach Christas Tod hatte sich ihr Mann von der Pharmafirma, für die er arbeitete, ins Ausland versetzen lassen. Kapstadt, Singapur, Buenos Aires. Jede neue Station eine Ansichtskarte – auf diese Art hatte Thilo auch Paul verloren. Er konnte es nicht fassen, dass seine Eltern ihm verschwiegen hatten, dass er wieder da war.
»Welches Heim?«, fragte er. »Was fehlt ihm denn?«
Vater antwortete: »Sein Gedächtnis ist sehr schlecht geworden. Er kann sich nicht mehr konzentrieren. Er weiß manchmal gar nicht, wo er ist. Er braucht Betreuung. Es ist ein gutes Heim, Uhlaus Klinik draußen bei Mettmann.«
»In dem Alter?« Thilo rechnete. Seine Eltern waren beide vor kurzem fünfzig geworden. Christa wäre jetzt achtundvierzig. Paul war achtzehn Jahre älter als seine Frau gewesen. Also Sechsundsechzig. »Warum habt ihr mir nicht gesagt, dass er wieder da ist?«
Mutter fuhr ihn an: »Wo du dich doch nicht einmal für deine Eltern interessierst!«
Thilo fiel ein, wie es gewesen war, als er ein Kind war: Seine Mutter schob ihn zu Christa ab – und war eifersüchtig, weil er sich dort wohler als zu Hause fühlte. Thilo freute sich, dass Paul wieder da war, und war zugleich traurig über seinen Gesundheitszustand. Er fragte nach der Adresse des Heims.
»Du brauchst ihn nicht zu besuchen, Thilo.« Mutters Stimme war von scharfer Kälte. »Wahrscheinlich erkennt er dich nicht einmal.«
Das Foto, dachte Thilo. Er nahm sich vor, einen passenden Rahmen zu besorgen. Paul würde sich darüber freuen. An diese Zeit *musste* er sich noch erinnern.

12.

Zwischen den Gräsern lagen Gestalten. Thilo schlich näher, gegen den tosenden Sturm ankämpfend. Er erkannte den Köbes im Tarnanzug und einen Mann mit roter Fliege. Sie zielten mit einem Maschinengewehr auf den Strand. Dort standen Thilos Eltern. Er konnte sie nicht hören, aber er sah, dass sie sich stritten. Er wollte schreien, doch kein Laut kam aus seiner Kehle. Die Geschosse ließen den Sand um seine Eltern herum aufspritzen – still, wie in Zeitlupe. Thilo lief über die Dünen, um sie zu warnen, doch im tiefen Sand versackte er mehr und mehr. Plötzlich türmten sich Leichen vor ihm auf.

Jede hatte das Gesicht von Christa.

Antje rüttelte an seiner Schulter. »Du sprichst im Schlaf.«

Thilo erkannte, dass er für einen Moment eingenickt war. Draußen ging ein heftiger Schauer nieder und das Zimmer versank im Dämmer, obwohl es Vormittag war. Thilo war schweißnass und fror. Die Decke war zu schmal für zwei. Er hätte die Heizung aufdrehen sollen.

Antjes Finger tasteten über Thilos feuchte Haut – als habe sie noch nicht genug.

Thilo drängte sich an ihren warmen Körper. Sein Alptraum war jetzt fast vergessen. »Was hast du Schalli gesagt?«

Die Hand hörte auf, ihn zu streicheln. »Power-Yoga.«

»Hat das Fitnessstudio am ersten Weihnachtstag geöffnet?«

»Nein, aber das kriegt der Saufkopf nicht mit.« Antje drehte sich auf den Rücken und starrte zur Zimmerdecke. »Was würdest du tun, wenn du 'ne gewisse Summe Geld bekämst?«, fragte sie. »Ich meine, 'ne hübsche, dicke Summe.«

»Wieso?«

»Heinz hat mich das gestern gefragt.«

Thilo überlegte. Geld bedeutete ihm nicht so viel. Seine Eltern hatten genug und er brauchte keinen Luxus. »Vielleicht 'ne Wohnung kaufen. Und du? Wetten, du würdest ein Fitnesscenter aufmachen.«

»Und zwar eins mit Schwerpunkt auf asiatische Kurse. Du weißt schon, Meditationsübungen und so. Ich glaube, das wär 'ne echte Marktlücke.«

Thilo dachte an die Marotten seines Karategurus und schwieg.

»Und ich bräuchte nicht mehr in Leas Laden zu jobben und auf jeden Pfennig zu achten, den Heinz ausgibt. Sag mal, Thilo, wie wär's mit was zu rauchen?«

»Ich kann jetzt nichts gebrauchen. Hasch macht lasch. Hab heut 'n langen Tag.«

Er sah auf sein Handgelenk. Elf Uhr. In einer Stunde würde er sich mit einer Ermittlerin aus Engels KK 11 treffen. Und ab zweiundzwanzig Uhr musste er verabredungsgemäß Hankes Nachtschicht in der Altstadtwache übernehmen, damit sein Chef sich vergnügen konnte – Hanke kannte seit Tagen kein anderes Thema als die Weihnachtsfeier.

Thilo stand auf und zog den Frotteemantel über. »Kaffee?«

Antje nickte. Sie regte sich träge und er sah zu, wie sie in ihren Slip stieg. Eine perfekte, durchtrainierte Figur. Der Fitnessladen diente nicht nur als Ausrede. Sie zog ihr T-Shirt über. Schade, dachte Thilo. Sie folgte ihm in die Wohnküche.

Er ignorierte das schwergewichtige Edelstahlteil, das er von seinen Eltern bekommen hatte, und setzte sein altes, gurgelndes Filtergerät in Gang. Als er sich umdrehte, streckte Antje ihm ein Päckchen entgegen. Geschenkpapier mit aufgedruckten Rentieren.

»Frohe Weihnachten.«

Er war verlegen, weil er nichts für sie hatte. Vielleicht sollte er erwähnen, dass die Ohrringe, die ihr Mann gekauft hatte, seine Idee gewesen waren. Er wickelte das Päckchen aus: Präservative, schwarz und genoppt.

»Danke«, sagte er. »Tut mir Leid. Ich hab kein Geschenk, weil ...«

»Weil Heinz dann nur fragen würde, woher ich es habe. Ich weiß. Macht nichts.«

»Das ist ja 'ne Familienpackung«, stellte Thilo fest.

Jetzt musste Antje lachen. »Eher das Gegenteil, meinst du nicht?« Plötzlich wurde sie ernst. »Wieso gehst du in letzter Zeit nie ans Telefon? Hast du 'ne andere?«

»Quatsch. Ich arbeite an einem Mordfall. Da gibt es keine geregelte Arbeitszeit.«

»Versprich mir, dass du diese Gummis nur mit mir verwendest.«

»Klar, versprochen.« Thilo erinnerte sich daran, dass jetzt die Wiederholung der Lokalnachrichten vom Vorabend lief – ein Druck auf die Fernbedienung, die Mattscheibe zischte und wurde hell. Bilder von einer Tankstelle in Ratingen, die überfallen worden war.

»Musst du jetzt Glotze gucken?«

»Warte.«

Da war der Fliegenmann. Ein schwarzweißes, am Computer gestaltetes Phantombild, der Propeller unter dem Kinn rot eingefärbt.

Auch Antje starrte auf den Apparat. »Die Kannibalengeschichte?«

»Ja.«

Auf der Mattscheibe war jetzt Hauptkommissar Benedikt Engel zu sehen, der aus dem Eingang der Festung trat und in einen Strauß von Mikros sprach. Der Lange machte eine gute Figur, als sei er Medienauftritte gewohnt. Schicke Lederjacke, die Krawatte saß perfekt. *Wir bitten den Zeugen dringend, sich zu melden. Nein, einen Zusammenhang mit den Mordtaten vor elf Jahren halten wir im Moment für reine Spekulation.*

»Heinz sieht das anders«, sagte Antje.

»Was?«

»Er ist dermaßen durch den Wind, du machst dir keinen Begriff.« Antje klang ernsthaft besorgt. »Er ist überzeugt, dass der Irre wieder zugeschlagen hat. Heinz tut fast so, als sei er persönlich mitschuldig am Mord an dieser Krankenschwester. Ich glaub, er macht sich Vorwürfe, weil sie ihn damals nicht kriegten.«

»Das ist doch Unsinn!«

»Wusstest du, dass er an dem Fall gearbeitet hat, als der Kannibale seine ersten Morde beging?«

»Ja. Aber mich hat er für verrückt erklärt, als ich fragte, ob es einen Zusammenhang geben könnte.« Schallis Worte: *Ein Serienmörder, der mehr als ein Jahrzehnt Pause macht und dann wieder zuschlägt? Absoluter Quatsch.*

»Tatsächlich? Seltsam.« Es klang, als spreche Antje von einem anderen Heinz Schalowski.

Die Lokalnachrichten brachten das Phantombild ein zweites Mal. Thilo würde den gesamten Nachmittag damit verbringen, mit dieser Zeichnung in der Hand Klinken zu putzen. Gemeinsam mit der KK 11-Tante.

Der Sender blendete die Nummer der Sonderkommission ein.

Der Kaffee war durchgelaufen. Vergeblich suchte Thilo in seinem Kühlschrank nach Milch.

Antje rührte appetitlos in ihrer Tasse. »Früher war Heinz ein völlig anderer Mensch«, sagte sie nachdenklich. »Schlank und sportlich. Als Polizist war er ehrgeizig, kannst du dir das vorstellen? Sicher, auch damals hat er eine Menge geschluckt, auf Feten und so. Aber so richtig begann es erst damals.«

»Damals?«

»Als er zusammen mit deinem Vater und deinem Onkel diese Mordfälle zu bearbeiten hatte.« Sie sah Thilo mit großen Augen an. »Ich glaub, die Geschichte hat Heinz kaputtgemacht.«

Sie schlüpfte in ihren Anorak. Die Hälfte des Kaffees war noch in ihrer Tasse.

»Mein Gott, was hab ich Heinz geliebt«, sagte sie.

Thilo hielt sie am Ärmel fest. »Pass auf dich auf da draußen.«

13.

Thilo Becker, Kommissar im Einsatztrupp der Altstadtwache und Mitglied der Sonderkommission Landwehr.

Für seine letzte Nacht an der Heinrich-Heine-Allee hatten sie ihn zum Wachdienstführer gemacht. Danach würde er drei freie Tage der Suche nach dem Mann mit der Fliege widmen können.

Ab Montag würde er dann als neuer Kommissar des KK 11 ganz für Tötungsermittlungen zuständig sein – in Rekordzeit war sein Antrag auf Versetzung durchgegangen, die Obermuftis von GS und ZKB hatten unterschrieben und Thilos künftiger Vorgesetzter Hauptkommissar Benedikt Engel hatte ihm am späten Nachmittag die frohe Botschaft persönlich per Telefon mitgeteilt. Der weihnachtliche Personalengpass machte es möglich – und ein unbekannter Frauenmörder.

Thilo Becker, aufstrebender Beamter der *richtigen* Kripo – mit Schreibtisch in der Festung am Jürgensplatz und mit Fällen, an denen er sein Können beweisen würde. Mit dem *eingebildeten Lackaffen* Engel würde er schon zurechtkommen.

Er saß allein im Wachraum und hielt sich mit schwarzem Tee und dem Knistern des Polizeifunks wach. In den Schreibstuben und im Aufenthaltsraum hinter ihm kam die Party in Gang. Er wusste, dass er nicht viel verpasste – er stand ohnehin nicht auf Huren und Schnaps.

Macarena-Klänge und Gejohle drangen an sein Ohr. Der Abend des Weihnachtstags war der ideale Termin für eine Feier. Erfahrungsgemäß gab es wenig Arbeit, die Kollegen hatten ihre familiären Pflichten bereits erledigt und von Einsätzen für Verkehrskontrollen blieb die Altstadtwache in dieser Nacht verschont. Sein Chef Hanke sorgte dafür. Thilo vermutete, dass die Party für Hauptkommissar Hanke vor allem dazu diente, Beziehungen zu pflegen. Nicht nur Dienststellenleiter aus zahlreichen Polizeiinspektionen und Kommissariaten der Zentralen Kriminalitätsbekämpfung waren eingeladen, auch ein Richter und ein Staatsanwalt gehörten zu den Gästen. Hankes Seilschaften.

Schnaps und Schampus hatten die Streifenbeamten der Altstadtwache in den letzten Tagen als ›Spende‹ eingetrieben – die Wirte der längsten Theke der Welt wussten, dass sie ohne gute Beziehungen zur Polizei ihre Läden schließen konnten. Die Nutten hatte Schalli herangekarrt.

Deren schale Zärtlichkeiten reizten Thilo heute Abend noch weniger als sonst. Hoffentlich würde nie publik werden, was dort hinten vor sich ging – der Leiter der Abteilung Gefahrenabwehr/Strafverfolgung, dem das unterstand, was man früher Schutzpolizei nannte, galt als penibler Saubermann, der Hanke seit der Schlägerwachengeschichte auf dem Kieker hatte.

Ela Bach, mit der er heute Nachmittag die Runde gemacht hatte, war als künftige Kollegin im Kommissariat für Tötungsdelikte ein Lichtblick. Kein Zweifel: Die Maus hatte Gefallen an ihm gefunden. Ohne zu zögern, hatte sie eingewilligt, sich morgen Abend zum Sport mit ihm zu treffen. Badminton – darauf hatte sie bestanden. Thilo beschloss mitzunehmen, was ihm geboten wurde. Die Kollegin war drahtig und nicht auf den Mund gefallen. Sie war hübsch, zumindest auf den zweiten Blick. Und das, ohne sich irgendwie herauszuputzen. Dass sie offenbar intelligenter war als er, erhöhte für Thilo den Reiz.

In anderer Hinsicht war der Erfolg des Nachmittags schon jetzt unbestreitbar: Der Iraner in der Pizzeria hatte das Phantombild bestätigt. Nur eine Frage der Zeit, bis sie den Fliegenmann schnappen würden. Dann würden vielleicht auch die schrecklichen Erscheinungen ruhen, die Thilo in seinen Alpträumen heimsuchten.

22.10 Uhr. Der Funkempfänger schnarrte aufgeregt: eine Schießerei im serbischen Kulturverein, Dianastraße, Bilk. Thilo atmete auf: nicht sein Revier. Er verfolgte den Einsatz, so weit er ihn zusammenpuzzlen konnte, aus den Sätzen, die durch den Äther krächzten.

Ein Grünweißer fuhr vor und hielt auf dem Bürgersteig, direkt vor dem Eingang. Onkel Brauning betrat den Wachraum. Thilos Begrüßungslachen erfror. Im Schlepptau hatte Frank den Polizeipräsidenten – dessen Gesicht erwartungsfroh gerötet.

»'n Abend, Thilo, mein Junge!«, bellte Brauning los. »Du Armer, hat Hanke ausgerechnet dich dazu verdonnert, die Stellung zu halten?«

»Ist in Ordnung, Frank. Willkommen, Herr Bewerunge«, grüßte Thilo den Präsidenten – der Polizeichef sollte sich an ihn erinnern können. Immerhin war es der junge Kommissar, der durch seine Extraschicht das Vergnügen erst möglich machte – zumindest bildete er sich das in diesem Moment ein. Er drückte den Summer, der die Tür zu den hinteren Räumen öffnete.

Der Polizeichef, ein Mittvierziger in Jeans und sportlichem Sakko, ließ sich vom Leiter der OK-Kriminalgruppe in Richtung Fetenlärm führen. Onkel Brauning musste einen guten Draht zu ihm haben, wenn er ihn auf Hankes Party einführte.

Ohne sich richtig konzentrieren zu können, nahm Thilo die weiteren Funksprüche wahr. Die Schießerei im Serbenverein wurde beigelegt. Kein Verletzter, der Schütze ließ sich ohne Gegenwehr festnehmen. Er hatte lediglich seinem Musikwunsch mit der Waffe Nachdruck verliehen.

Schalli kam nach vorn und brachte Feuerzangenbowle. Er setzte den dampfenden Becher auf die Wachtheke und verschüttete die Hälfte. Sein Hemd hing aus der Hose.

»Sollsauchnichlehmwienhund, Partner.«

Thilo bedankte sich. Schalli klopfte ihm hart auf die Schulter. Beim Rückweg trug ihn die Fliehkraft fast aus der Kurve.

Zwei Uniformierte brachten Pizzanachschub. Sie mussten nüchtern bleiben – die einzige Streifenwagenbesatzung dieser Nachtschicht. Aus einer großen Papiertüte zogen sie einen Stapel flacher Kartons. Thilo schüttelte den Kopf – der Geruch machte ihm alles andere als Appetit. Die beiden Kollegen trugen das Essen nach hinten.

Nach fünf Minuten kam der eine mit dem tragbaren Fernseher aus dem Aufenthaltsraum zurück. Er stellte ihn neben die Funkanlage und zappte durch die Programme, bis er bei *Pro-Sat* hängen blieb. Bruce Lee in *Der Mann mit der Todeskralle* – die übliche Weihnachtsunterhaltung.

Um 22.45 Uhr überschlugen sich die Meldungen: »Signal 93«, hieß es im Funk – das Codewort für bewaffneten Raub, um Reporter, die mithörten, nicht aufzuscheuchen. Ort war die Tankstelle an der Kölner Landstraße im Stadtteil Holthausen.

Die Leitstelle geriet in Hektik und steckte die Kollegen der dortigen Wache an. Der Streifenbeamte schaltete die Glotze leiser und beugte sein Ohr gegen den Funkempfänger.

Mindestens zwei Täter, der Kassierer hatte den Fluchtwagen erkannt: ein angeblich ausländischer Wagen älteren Baujahrs, Düsseldorfer Kennzeichen, weiß mit Stufenheck – so viel konnte Thilo verstehen.

Er starrte aufs Telefon. Wenn sie eine Ringfahndung anordneten, würde es jetzt klingeln. Bereits der fünfte Tankstellenraub in diesem Monat. Soviel Thilo wusste, leitete die Ermittlungen sein Onkel, der gerade mit Hanke und dem Präsidenten Weihnachten feierte. Er überlegte, Brauning zu verständigen. Aber sein Onkel hatte längst Dienstschluss und für die Tatortaufnahme an Feiertagen und nachts gab es die Kollegen von der Kriminalwache.

Der Apparat blieb still. Thilo nippte von der Bowle. Zu süß und nur noch lauwarm.

»Ich glaub, wir drehen mal 'n paar Runden«, sagte der uniformierte Kollege. »Vielleicht wollen die ihre Beute in der Innenstadt verjubeln.«

»Passt auf. Die sind bewaffnet.«

Der Streifenbeamte mimte einen beidhändig schießenden Revolverhelden, dann holte er seinen Partner.

Thilo war wieder allein. Er stellte die Glotze ab. Keine Lust auf Kampfgeschrei und den Karatetanz des chinesischen James Dean.

Eine kräftige Stimme ließ ihn herumfahren. »Mach's gut, mein Junge. Hab noch eine Verabredung und vor Mitternacht will ich bei Muttern sein. Halt die Ohren steif.« Sein Lieblingsonkel stand in der Tür zum Vorraum. »Bin nicht mehr im richtigen Alter für diese Art Vergnügungen. Außerdem hätte Gerda was dagegen.« Frank Brauning klopfte gegen seine Hüfte. »Will alles für sich haben, das alte Mädchen, haha!«

»Schönen Gruß«, sagte Thilo. »Übrigens gab's gerade einen Tankstellenraub. Vor zehn Minuten wurde es gemeldet.«

»Wieder diese Russenbande? Na, wofür gibt's die Jungs von der K-Wache. Ich kann nicht überall sein. Mir reicht's, wenn ich die Scheiße morgen in schriftlicher Form auf dem Tisch habe. Dann stinkt sie vielleicht nicht mehr so.« Er ließ sein Rottweilerlachen hören, dann überlegte er kurz, sich den ausrasierten Nacken kratzend. »Ich hab gehört, ab Montag arbeitest du bei den Mordermittlern.«

»Stimmt.«

»Ich hab den Laden mal geleitet. Viele Jahre, du weißt es, mein Junge. Du kannst jederzeit zu mir kommen, wenn du einen Rat brauchst. Oder wenn Ben Engel dir Stress macht. Ich kenn den Burschen. Der hat's mordseilig, zur Akademie nach Hiltrup zu kommen, und wenn er wieder zurück ist, lässt er sich von dir siezen.«

»Das tut er jetzt schon.«

»Na, siehst du. Versprich's mir, mein Junge. Du beleidigst den alten Rottweiler, wenn du Probleme hast und nicht damit zu mir kommst.«

»Hab keine. Trotzdem danke.«

»Falls du welche kriegst. Versprich es deinem alten Onkel.«

Meine Güte, dachte Thilo. Heute trug er aber dick auf. Wahrscheinlich lag's am Alkohol. *Alter Onkel* – der Erste Hauptkommissar und OK-Leiter war noch keine fünfzig.

»Versprochen. Ist doch klar, Frank.«

Brauning verschwand in die Nacht, die Tür krachte, als sie hinter ihm ins Schloss fiel.

Weitere Besucher gingen, andere kamen. Für jeden, der die Zahlenkombination am Türöffner nicht kannte, musste Thilo den Summer drücken. Er fühlte sich wie der Türsteher eines Puffs. Schwüle Streicherklänge kamen von hinten: *Nights in White Satin* – Bumsmusik.

Nach einer halben Stunde kehrten die beiden Uniformierten zurück und drehten wieder die Glotze an. Auf *Pro-Sat* begann ein Kriegsfilm.

Das Telefon schellte. Wenn es die Meldung einer Ruhestörung war, würde Thilo sie ignorieren.

»Ja, Polizei.«

»Zilkowski. Citadellstraße. Auf dem Dach gegenüber ist ein Spanner. Seit ein paar Minuten steht er am Kamin und lugt dauernd zu uns rüber.«

Zieht doch die Vorhänge zu, dachte Thilo und notierte Namen und Adresse, bevor er auflegte. Er winkte den Männern der einzigen Streife mit dem Zettel zu. Die Citadellstraße war ein feines Wohngebiet, auch ein führendes Mitglied von Mutters Partei wohnte dort. Der Anrufer sollte zumindest einen Grünweißen zu sehen bekommen.

»Bitte nicht«, maulte der eine Streifenbeamte. Der andere bekam die Augen nicht weg von der Panzerschlacht, die auf der Mattscheibe tobte.

»Macht schon. Bis Mitternacht seid ihr wieder da. Soll keiner sagen, wir tun heute nichts und denken nur ans Feiern.«

Werbeunterbrechung. Die beiden zogen los. Thilo drehte zum zweiten Mal die Glotze ab.

Zwei Männer kamen aus Richtung Aufenthaltsraum: Hanke schwankte hinter Bewerunge her, an der Wachtheke nach Halt suchend. »Sie wollen schon los, Herr Präsident? Hat's Ihn' nich' gefallen?«

»Doch. Wirklich beeindruckend. Danke. Schöner Abend. Aber ich muss. Wiedersehen, Herr Hanke.«

An der Tür drehte sich Bewerunge noch einmal um. »Wiedersehen, Herr Becker.«

Thilo grinste. Er hatte noch nicht in der Festung zu arbeiten begonnen, schon kannte der oberste Chef seinen Namen. Ein gutes Omen.

Hauptkommissar Hanke schien das anders zu sehen. Er schloss die Tür hinter Bewerunge und lehnte sich erschöpft dagegen. »Verdammte Scheiße«, rief der Wachleiter quer durch den Raum.

»Wieso?«

»Er hat kein' Schluck von unserem Schampus genomm'. Kein' Schnaps, keine Bowle.«

»Vielleicht ist er Antialkoholiker.«

»Er hat kein Mädel rangelassen.«

»Meinst du, er ist schwul?«

Hanke wurde laut. »Mensch, Becker! Kapierssu nich', wassich meine? Er hat sich das all's nur anneguck'! Als wär's der spaßigste Abend des Jahres für ihn, aber er hat sich all's nur anneguck'!«

Der Chef der Altstadtwache schwankte zurück zur Party. Seine Rechnung war nicht aufgegangen. Jetzt hatte nicht Hanke den Polizeipräsidenten in der Tasche, sondern dieser ihn. Thilo fand das durchaus in Ordnung. Ihm konnte nichts passieren – dass er am Treiben dort hinten nicht beteiligt war, hatte Bewerunge ja gesehen. Und ab Montag konnte Hanke ihm völlig gestohlen bleiben.

In diesem Moment betrat Benedikt Engel, der KK 11-Leiter, die Wache. Der Lange grüßte und sah sich forschend um. Unter der Lederjacke trug er Anzug mit Krawatte, als ginge er zu einem Galaempfang. Thilo fragte sich, woher Engel seine Sonnenbräune hatte. Er tippte fünf zu eins auf Sonnenstudio.

»Sie hier?«, fragte Thilo seinen künftigen Chef.

In den hinteren Räumen steuerte die Party ihrem Höhepunkt zu: Die Meute grölte und klatschte rhythmisch – Thilo erkannte Schallis Stimme, die in höchsten Tönen krächzte, *Last Christmas* von *Wham!* parodierend. Zehn zu eins, dass Engels Anzug Schaden nehmen würde.

»Hanke hat mich eingeladen. Der Rottweiler übrigens auch – Ihr Onkel, meine ich. Ich hab mir gedacht, bei der Gelegenheit könnte ich mit ihm und Heinz Schalowski über die alte Kannibalengeschichte reden.«

Thilo überlegte, ob er Engel warnen sollte. Wer sich mit Prostituierten einließ und zusammengeschnorrten Fusel trank, machte sich verwundbar. »Frank ist schon weg«, sagte er nur. Sein Onkel war auf Distanz gegangen, der Präsident ebenfalls.

»Sie sind offenbar der Einzige, der hier arbeitet.«

»Fast.« Thilo beschlich das Gefühl, der Lange sei gekommen, um ihn zu begutachten.

»Viel los?«

»Nicht im Altstadtrevier. Ein Voyeur, das ist alles. Wir gehen der Sache nach.«

Der Mordermittler zögerte. »Hanke hat mir von der Party vorgeschwärmt. Best spot in town, nicht wahr?«

»Vermutlich nicht jedermanns Geschmack.«

»Nicht Ihr Geschmack, meinen Sie?«

»Hab mich innerlich schon verabschiedet von diesem schönen Ort.« Thilo nickte in eine unbestimmte Richtung und meinte die Theke mit ihrem abblätternden Furnier, die klapprige *Olympia*, die Sperrmülleinrichtung der gesamten Wache. Den Geruch, der dieser Dienststelle anhaftete.

»Willkommen an Bord, Kollege Becker.«

»Danke.«

»Aber bilden Sie sich nicht ein, dass unsere Büros hübscher sind.« Der Lange deutete nach hinten. »Ist Schalowski wenigstens da?«

Thilo dachte daran, wie der Dicke den KK 11-Leiter bezeichnet hatte. Wie Onkel Frank über ihn gesprochen hatte.

»Probieren Sie's mal.« Er setzte ein höfliches Lächeln auf und betätigte den Summer.

Engel drückte gegen die Tür. Die Antwort war das ausgelassene Gekreische der Nutten und ein vielstimmiges Grölen betrunkener Männer.

Der junge Kommissar wäre gern dabei gewesen, wenn sein künftiger Vorgesetzter mit Schalli über den Kannibalen sprach.

Der Grünweiße kam zurück. Die beiden Streifenbeamten schoben einen schmächtigen Mittdreißiger in weiter, wattierter Weste in die Wache. Sein Haar war windzerzaust, in der Hand hielt er einen Fotoapparat.

Der eine Uniformierte gab dem Tünnes einen Stoß, der ihn gegen den Tresen trieb. »Da hast du deinen Spanner.«

Der andere lief sofort vor die Glotze. Ein Knopfdruck ließ den Zweiten Weltkrieg ausbrechen. Die Panzerverbände der Alliierten hatten Luftunterstützung bekommen. Die Nazigeneräle wurden nervös und schrien. Der Held überflog die Front und küsste die schöne Spionin. *Pro-Sat* machte dem Partygebrüll von nebenan harte Konkurrenz.

Der Voyeur begutachtete seine Nikon nach möglichen Schäden.

Thilo zog einen Vordruck aus der Ablage. »Name, geboren?«

»Vogel.«

Eine Nutte kreischte in einem der Hinterräume und der Festgenommene fragte: »Was ist denn da los?«

Thilo ignorierte die Frage. »Vogel, und wie weiter?«

»Alexander Vogel, geboren am 7.7.1963. Ich protestiere. Ich bin kein Spanner.«

»Vogel?«, fragte der Kollege, der neben dem Spanner stand.

Thilo hielt sich an das Formular. »Beruf?«

»Journalist.«

»Das ist das Schwein!« Der Streifenmann rempelte den

Voyeur an. Sein Partner kam näher. El Alamein war plötzlich Nebenkriegsschauplatz.

Vogel empörte sich. »Was soll das?«

»Du Schmierfeder! Weißt du überhaupt, was du damals angerichtet hast? Meine Kinder wurden in der Schule angespuckt. Hankes Frau hat sich scheiden lassen. Du bist schuld!«

»Lasst den Mann in Ruhe«, mahnte Thilo.

»Halt du dich da raus. Das hast du nicht miterlebt. Die Schlagzeilen, die Verhöre, die Pöbeleien auf der Straße. Verheyen hat sich erschossen, weil er's nicht aushielt. Das werd ich nie vergessen.«

»Die Schlagzeilen verfasst bei uns der Chefredakteur.« Vogel drängte in Richtung Ausgang.

Der zweite Streifenbeamte stellte sich ihm in den Weg, packte seinen Arm und verdrehte ihn auf den Rücken. »Schau an, der Schleimer verkriecht sich hinter seinem Chef.«

»Hört doch auf«, versuchte Thilo zu beschwichtigen. »Verheyen hatte Krebs, soviel ich gehört hab.«

»Aber dieses Schwein hat es nur noch schlimmer gemacht! Schlägerwache, nichts als verdammte Lügen.« Er packte den Reporter am Kragen und zog ihn halb über die Wachtheke. Sein Partner riss Vogel die Beine weg. Das Gesicht des Journalisten krachte auf das Holz. Als er hochkam, hielt er sich die Nase und spuckte Blut. Einer der Schupos stülpte ihm die Pizzatüte über den Kopf und landete eine harte Gerade. Vogel schrie. *Pizza Pronto* lautete der Aufdruck. Die Telefonnummer wurde unleserlich – Blut sickerte durch das Papier.

In diesem Moment nahm die Musik an Lautstärke zu. Die Tür schwang auf und irgendein Idiot drehte den Verstärker bis zum Anschlag auf: »Jetzt geht es los, mit ganz großen Schritten ...«

Hanke tanzte in den Wachraum – offenbar hatte er seine gute Laune wieder gefunden. Der Wachleiter trug eine Weihnachtsmannverkleidung, im Mund eine erloschene Zigarre, eine halb nackte Prostituierte stützte ihn kichernd. Eine Prozession drängte nach, Kollegen mit offenem Hemd und glasigem Blick, betrunkene Nutten mit verschmiertem Lippenstift. Sie fassten sich an den Schultern, umrundeten die Theke und sangen mit. Hanke machte dirigierend den Anführer, sein roter Mantel öffnete sich und ließ blasse, behaarte Haut sehen. Innerhalb von Sekunden war alles im Wachraum mit Konfetti übersät.

Zuletzt trottete Schalli herein, blieb auf unsicheren Beinen stehen und schüttete sich den Inhalt einer Flasche in den Hals.

Plötzlich blitzte es einmal, zweimal. Vogel hatte die Tüte von seinem Kopf gerissen, sich von den Uniformierten gelöst und hielt mit der Kamera auf die Polonaise. Ein dritter Blitz. Wie in Zeitlupe glitt Schalli zu Boden, als hätte das Licht ihm den Rest gegeben.

Beim Versuch zu fliehen, lief Vogel den Kollegen in die Arme. Sie droschen mit bloßen Fäusten auf ihn ein. Konfetti wirbelte hoch, die Kamera des Reporters schlitterte über den Boden. Vogel torkelte gegen Hanke, Blut strömte aus aufgeplatzten Augenbrauen über das Gesicht des Journalisten.

Die Nutten kreischten und flohen nach hinten.

»W'ssn los?«, wollte der Wachleiter wissen.

»Aus welchem Flugzeug is 'n der gefallen«, lachte jemand in Thilos Nähe.

Der junge Kommissar setzte über die Wachtheke und warf sich in Richtung des Reporters. »Genug! Hört auf!«, rief er und fing einen harten Stoß gegen die Schulter ein. Eine Hand packte ihn am Gürtel und riss ihn zurück.

Er musste zusehen, wie weitere Schläge Vogel zusammensacken ließen. Einen Moment hielten die Männer inne, dann hagelte es die ersten Tritte gegen den reglosen Körper. Thilo wurde weiter zurückgestoßen. Er trat auf einen Gegenstand. Instinktiv bückte er sich danach – die Nikon.

Als er sich aufrichtete, sah er den Langen. Mit fliegender Krawatte stürzte sich Engel ins Getümmel. Er überragte die meisten um Kopfeslänge, und obwohl er nicht sonderlich athletisch wirkte, verschaffte er sich Platz. »Aufhören! Lasst den Mann in Ruhe!«, schrie der Sokoleiter und beugte sich über Vogel.

Noch immer plärrte der alte Schlager: »Ja, da kommt Freude auf ...«

Thilo begriff. Wenn dieser Zwischenfall für Aufsehen sorgte, würden die Obermuftis nach Schuldigen suchen. Die drei Aufnahmen, die Vogel geschossen hatte, konnten dafür sorgen, dass es die Richtigen traf – und nicht Thilo Becker, der offiziell in dieser Nacht Wachdienstführer war.

Keiner beachtete Thilo. Er hielt die Kamera gegen den Boden gerichtet und presste den Auslöser, bis der Film voll war. Der Motor ließ das Zelluloid zurückschnurren. Hastig tastete Thilo nach dem Klappenverschluss der Kamera, fingerte den Film aus dem Gehäuse und verstaute ihn in der Hosentasche.

Endlich drehte jemand die Karnevalsplatte ab. Die Männer wichen zurück. Der schmächtige Reporter regte sich nicht. Engel fühlte den Puls und verschoss Mörderblicke auf die umstehenden Beamten. »Einen Krankenwagen«, verlangte er in einem Ton, der keinen Widerspruch erlaubte.

Thilo griff nach dem Hörer.

Die Party war zu Ende.

14.

Der fünfte Tag.

Ben starrte auf die Akten, die sich auf seinem Schreibtisch türmten: ein Wust an Protokollen, Analyseberichten, Ordner mit vergleichbaren Fällen.

Immer mehr Zeugen wurden ausgegraben oder meldeten sich von selbst. Ein Psychopath, der sich stellen wollte, war bis jetzt nicht dabei. Alles brave Bürger. Die Pressearbeit zahlte sich aus: Dutzende von Anrufern denunzierten missliebige Kollegen, hysterische Geiferer zogen über ihre Nachbarn her oder beschimpften die Kripo als unfähig. Diese Wichtigtuer auszusortieren kostete mehr Zeit als den Hinweisen nachzugehen, die vielleicht nützlich waren. Die Welt war voller Idioten. Sonntags Worte, als sie zum letzten Mal telefoniert hatten: *Manchmal genügt ein guter Tipp, um den Durchbruch zu erreichen*. Blanker Hohn.

Ben griff nach dem Hörer und wählte die Nummer des Marienhospitals, in das die Sanitäter Vogel verfrachtet hatten. Nach dem Eklat in der Wache war Ben mitgefahren, noch im Rettungswagen war der Reporter aufgewacht. In der Klinik hatte man den armen Kerl mit Schmerzmitteln voll gepumpt und zum Röntgen gebracht.

Dreimal wurde Ben verbunden, bis er hörte, dass Vogel gerade in der Röhre lag – Computertomographie. Der Mordermittler notierte sich die Zimmernummer des Zeitungsmanns.

Er schüttelte den Gedanken an die unselige Weihnachtsparty ab – im Nachhinein empfand er Hankes Schwärmerei und Beckers skeptischen Empfang als eindeutige Warnsignale.

Eine Schnapsidee, mit Schalowski über die alten Sexualmorde reden zu wollen. Völlig alkoholisiert hatte der Dicke ihn beschimpft, auf die allgemeine Kannibalenhysterie hereingefallen zu sein. Dabei hatte Ben ihn nur gefragt, ob Schalowski eine Ähnlichkeit im Modus operandi sah. Der Altstadtwachenmann hatte endlos auf ihn eingelallt, wie satt er den Polizeidienst habe, und zu allem Überfluss klebrige Bowle über Bens hellgrauen Anzug verschüttet. Ein bescheuerter Abend.

Weiter.

Die Fakten seines Falls, soweit er sie anhand verlässlicher Aussagen rekonstruieren konnte: Etwa um 0.30 Uhr in der Nacht zum Einundzwanzigsten verließ Britta Landwehr das *Notorious*. Kurz darauf traf sie in der *Pizzeria Corleone* an der Wallstraße den Mann mit der roten

Fliege. Um 1.10 wurden die beiden im Brauhaus *Schlösser-Gatz*, Bergerstraße, von einem Köbes bedient. Ihren Weggang hatte der Kellner nicht beobachtet, er war sich aber sicher, dass sie gegen 1.30 Uhr bereits aufgebrochen waren.

Rote Stecknadelköpfe markierten die Orte auf dem Stadtplan. Das Bermudadreieck, in dem Britta Landwehr verschwunden war.

Das Phantombild des Fliegenmanns war ein Fortschritt, den man in Händen halten konnte. Obermuftis und Staatsanwalt waren hochzufrieden. Zumindest vorübergehend – dass Alex Vogel in der Altstadtwache verprügelt worden war, hatte sich noch nicht herumgesprochen.

Laborberichte: Hautfetzen unter den Fingernägeln des Opfers, Sperma in der Vagina sowie Zahnabdrücke auf dem herausgetrennten Herzmuskel – der Mörder hatte Visitenkarten hinterlassen. Der Vaginalabstrich wies *H-Substanz* und *A-Blutgruppensubstanz* auf und da Britta so genannte Nichtausscheiderin gewesen sei, stamme das Sperma von einem *Ausscheider der Blutgruppe A*. Was immer das im Fachchinesisch der Reagenzglasschüttler bedeutete, auf Bernd Felix, den Freund der Landwehr, traf es nicht zu – Ben hatte ihn noch am Nachmittag auf freien Fuß gesetzt. Auch der Internist aus dem Marienhospital schied als Verdächtiger aus.

Der Hauptkommissar setzte Kaffee auf.

Zweiter Weihnachtstag, neun Uhr. Morgenbesprechung.

Als Erster klopfte Thilo Becker. Seine kurzen, blonden Haare standen am Wirbel ab, im gebügelten, grauen Anzug ähnelte er einem Konfirmanden – vielleicht glaubte der Junge, damit imponieren zu können. Darunter trug er ein T-Shirt.

»Frohe Weihnachten«, wünschte Ben.

Der Junge wirkte nervös. »Soll ich erzählen, was wir gestern erfahren haben, oder warten wir noch?«

»Ela kommt gleich.«

Das Telefon klingelte. Ein Tankstellenangestellter wollte den Kannibalen anhand des im Fernsehen gesendeten Phantombilds erkannt haben. Drei Tage vor dem Mord an der Landwehr sei der Mann mit der Fliege sein Kunde gewesen. Ben schrieb die Adresse auf einen der herumliegenden Zettel.

Keine Kreditkarte, keine Automarke, keine auffällige Berufskleidung. Nichts, was bei der Fahndung helfen konnte. Nur die blanke Tatsache, dass der Fliegenmann getankt hatte – es lohnte sich nicht, den Tankwart zur Vernehmung in die Festung zu bestellen.

»Wer war das?«, fragte Becker.

Der Hauptkommissar erzählte es ihm, während er Kaffee einschenkte.

Der Blondschopf vibrierte mit dem rechten Knie wie ein Schuljunge, der geil war oder dringend pinkeln musste. »Die Tankstelle an der Kölner Straße? Die ist gestern überfallen worden.«

»Mag sein. Das hier ist das Kommissariat für Tötungsdelikte, falls Sie's vergessen haben.«

»Haben Sie – haben Sie wegen der Sache gestern Abend schon was unternommen?«

»Eure wundervolle Party? Ich will erst mal mit dem Reporter reden. Thann und seine Leute für Beamtendelikte sind vor Montag nicht in der Festung. Mit Sonntag hab ich telefoniert, aber ich hab's ihm vorerst verschwiegen. Vielleicht bleibt der Vorfall unter der Decke. Es hängt alles von dem Reporter ab.«

»Und?«

»Er lebt, wenn Sie wissen wollen, wie es ihm geht. Was ist bloß in Ihre Kollegen gefahren?«

»Dieser Journalist hat ihnen schwer zugesetzt. Er hat vor einiger Zeit eine üble Geschichte erfunden. Er hat die Kollegen zur Zielscheibe gemacht.«

»Die Schlägerwache?«

»So hat er's damals wohl genannt.«

»In dem Fall hat Alex Vogel ausnahmsweise die Wahrheit geschrieben. Die Penner konnten sich schlecht gegenseitig so zurichten. Ihre Hände waren auf den Rücken gefesselt.«

»Das wusste ich nicht.«

»Wir können nur hoffen, dass auch diesmal nichts rauskommt.«

»Meinen Sie, der Vorfall könnte meine Versetzung ins KK 11 gefährden?«

Der Junge dachte zuerst an sich. Nicht an die Kollegen, nicht an den Ruf der Behörde. Ben konnte ihn gut verstehen – er war auch mal einer von der Sorte gewesen. Manche behaupteten, er sei es noch heute.

»Nein«, antwortete er. »Ich kann bezeugen, dass Sie nicht zu den Schlägern gehörten. Seien Sie froh, dass Sie den Sauhaufen verlassen können.«

Becker schwieg und schaufelte selbstverfasste Berichte auf Bens Schreibtisch. Der Junge schuftete. Wie besessen.

Kollegin Bach traf ein, den Drehstuhl der Sekretärin aus dem Vorzimmer hinter sich herziehend. Schlabberiger Norwegerpullover, schwarzweiß gemustert. Elas Kopf war leicht gerötet.

»Bin ich spät dran?«, fragte sie, die vollen Lippen schräger als sonst.

Becker und Ela grüßten sich mit einem kurzen, einvernehmlichen Lächeln.

Ben verstand sofort. »Und?«, fragte er.

»Bis auf den Köbes aus dem *Schlösser-Gatz* und den Iraner im *Corleone* hat keiner den Fliegenmann gesehen«, begann die Bach. »Überall Fehlanzeige, auch im *Notorious*. Wir haben sämtliche Läden rund um das Bermudadreieck abgeklappert.«

Und dabei seid ihr zwei Hübschen euch näher gekommen, dachte Ben. »Die Eltern und der Freund der Landwehr sagen, sie kennen den Fliegenmann nicht«, sagte er. »Was ist mit den Kollegen im Marienhospital?«

»Haben ihn nie gesehen.«

»Und der Stammtisch im *Urquell*?«

»Fünf Männer, die regelmäßig hingehen, haben eine Speichelprobe nehmen lassen. Negativ. Keiner von ihnen will den Fliegenmann kennen, aber es gibt 'ne Menge Leute, die nur ab und zu den Stammtisch besuchen. Ich habe zwei Dutzend Namen, die ich noch nicht überprüft habe.«

»Wozu das alles?«, fragte Becker ungeduldig. »Der Typ mit der Fliege ist unser Mann.«

»Langsam«, mahnte Ben. »Er ist *wahrscheinlich* der Täter. Aber wir dürfen nicht eingleisig fahren. Vielleicht ist er harmlos und nach dem Brauhaus haben sich die Wege der beiden friedlich getrennt.«

»Ich glaube ...«

Ben unterbrach ihn wieder. »Ermittlungen in Mordfällen sind keine Glaubenssache. Merken Sie sich das, Kollege Becker.«

Becker und Bach schlugen synchron die Augen nieder.

Das Telefon im Vorzimmer schlug Alarm. Der Hauptkommissar holte das Gespräch per Knopfdruck auf seinen Apparat. »Engel, KK 11.«

»Guten Morgen.« Eine unentschlossen wirkende Männerstimme. »Ich ruf an – äh – wegen der Frau, die Sie neulich gefunden haben. Wegen dem Kannibalen.«

Etwas an dieser Stimme ließ Ben aufhorchen. Er verfluchte, dass sein Apparat nicht an einen Recorder angeschlossen war. »Was wollen Sie mir mitteilen, Herr ...« Er drückte die Mithörtaste.

»Sie – Sie interessieren sich für die Nacht von Samstag auf Sonntag?« Die letzten Worte wurden von einem vorbeifahrenden Auto fast übertönt. Der Mann stand in einer Telefonzelle.

»Ja. Speziell für die frühen Morgenstunden des vierten Advent.« Ruhig bleiben, ihn kommen lassen.

»Ich glaub, ich hab da Schreie gehört«, sagte der Anrufer. Er wirkte jetzt lebhafter, als sei er stolz auf seine Beobachtung. Als taue er auf.

Becker griff nach Kugelschreiber und Stenoblock. Elas Augen wurden Schlitze, steile Falten wuchsen auf ihrer Stirn.

»Können Sie mir sagen, wo das war?« Ben richtete den

Blick auf Brittas Foto an der Wand. Seine Finger krampften sich um den Hörer.

»Am Kleinforst.«

Ben spürte wieder die Unsicherheit des Anrufers. Als zweifle der Mann plötzlich, ob es richtig sei, die Beobachtung der Polizei zu melden.

»Ist das ein Waldstück?«, fragte der Hauptkommissar.

Becker sprang zum Stadtplan.

Der anonyme Anrufer zögerte. »Nein, eine Straße«, sagte er schließlich mit seiner schüchternen, hohen Stimme. Im Hörer war ein entferntes Kreischen zu hören, wie ein nichtgeölter Einkaufswagen – nur kurz, einmal.

Im Vorraum klingelte erneut das Telefon. Ela sah Ben fragend an. Er nickte, sie ging, um das zweite Gespräch anzunehmen. Thilo Becker machte Zeichen: Er hatte die Straße entdeckt.

Ben bemühte sich um eine väterlich klingende Stimme. Nicht drängen, nicht einschüchternd wirken. »Wo genau war das? Können Sie etwas exakter sagen, was Sie wo und wann gehört haben?«

»Gegen drei vielleicht. Oder war es vier?«

Für einige Sekunden war die Leitung still. Ben presste den Hörer gegen das Ohr, um weitere Geräusche zu erkennen – doch da waren nur sein eigener Herzschlag und Elas gedämpfte Stimme im Vorzimmer.

Dann ergänzte der Anrufer: »Schlimme Schreie.«

»Erzählen Sie weiter.«

Ben konnte das Schweigen am anderen Ende nicht ertragen. »Sagen Sie mir bitte Ihren Namen, Herr ...«

Der Anrufer blieb stumm. Das kurze Quietschen war wieder da. Einmal, zweimal – dann war nur noch Stille im Draht.

»Wir müssen ...«, begann Ben wieder.

Der Anrufer legte auf.

»Feige Sau!«, schrie Ben und trat zu Becker an den Plan. »Wo ist diese Straße?«

»Hier, die Zufahrt zum Unterbacher See, Südstrand und Campingplatz. Gut zwei Kilometer. Auf der einen

Seite Stadtwald, Naturschutzgebiet. Auf der anderen Seite Gewerbe, Baumärkte und so. Und die Bahnlinie nach Hilden.«

»Gibt's da Leute, die was gehört haben könnten?«

»Direkt an der Straße nicht, glaube ich.« Becker deutete auf ein Gebiet südlich der Bahnlinie. »Aber hier. Das Viertel gehört zu Eller. Einfamilienhäuser, Container für Aussiedler, Wohnblocks und so.«

Ben deutete auf eine Fläche am Anfang der Straße, die in hellerem Grün gehalten war als der Wald. »Was ist das?«

»Kleingärten.«

»Und hier läuft ein Bach durch den Wald.«

»Ja, der Eselsbach. Mündet einen Kilometer weiter in die Düssel.«

»Sie kennen sich gut aus.«

»Ich bin gleich um die Ecke zur Schule gegangen, am Kikweg.«

Ben konnte sich die Spitze nicht verkneifen: »Gesamtschulabitur?«

Der Blondschopf sah ihn feindselig an. »Na und?«

Kollegin Bach hatte ihr Gespräch beendet und kam zurück. »Was hat er gesagt?«, fragte sie.

»Das Arschloch zog es vor, anonym zu bleiben.«

»Der Mann ist nicht sauber«, urteilte Becker eifrig. »Er klang seltsam, als hätte er was zu verbergen.«

Es drängte Ben, den Jungen zu bremsen. »Vielleicht nur ein heimlicher Schwuler, auf der Rückfahrt vom Schäferstündchen auf dem Parkplatz am See.«

Die Bach fragte leise: »Vielleicht der Mörder selbst?«

Becker assistierte: »Der Fliegenmann.«

Denkbar ist alles, hatte die Psychologin gesagt. *Manche dieser kranken Täter lieben es, mit den Ermittlern regelrechte Spielchen zu treiben.*

Ben fragte: »Wie alt schätzt ihr ihn?«

»Jung bis mittel. Dreißig, vierzig, nicht älter«, sagte Ela.

Ben nickte zustimmend. »Kam euch die Stimme bekannt vor? Irgend ein Zeuge, der so ähnlich klang?«

Kopfschütteln. Fehlanzeige.

»Was war mit deinem Anruf, Ela?«, fragte Ben.

»Ein ehemaliger Vermieter will den Fliegenmann erkannt haben. Ich hab mir Namen und Adresse geben lassen. Er sagt, der Mann heißt Friedrich Winter. Muss jetzt etwas über vierzig Jahre alt sein.«

»Bingo. Das ist doch was. Ich würde sagen, du suchst diesen Vermieter gleich mal auf und ich versuche, diesen Friedrich Winter aufzutreiben.«

»Irgendwoher kommt mir der Name bekannt vor«, sagte Ela nachdenklich. Sie nahm ihre Tasche.

Becker sprang auf. »Soll ich nicht mitgehen?«

»Nicht nötig«, beschied Ben und winkte Ela einen Gruß hinterher. Sie schenkte Becker ein Augenzwinkern und ging.

»Wieso nicht?«, fragte Becker.

Ben stand auf und sah aus dem Fenster: spärlicher Verkehr auf dem Fürstenwall, glänzender Asphalt, ein paar Regenschirme. Er konnte sich das Wetter schon gar nicht mehr anders vorstellen als lauwarm und nass.

»Trauen Sie mir keine Zeugenbefragung zu?«

»Doch, doch«, sagte Ben. »Sie fahren raus nach Eller. Die Kollegen an der Vennhauser Allee sind für den Bereich zuständig. Ich ruf an und sag Bescheid, dass Sie kommen. Schnappen Sie sich so viele Beamte, wie Sie können. Befragen Sie die Anwohner in dem Viertel südlich der Bahn. Wenn jemand die Schreie bestätigt, können wir vielleicht den Ort lokalisieren, wo die Landwehr misshandelt und getötet wurde. Ich werde veranlassen, dass eine Einsatzhundertschaft den Bach absucht. Wir müssen davon ausgehen, dass es am Tatort Wasser gibt, denn der Täter hat die Leiche gereinigt, bevor er sie ablegte. Machen Sie den Leuten Dampf. Die werden keine große Lust haben, zu Weihnachten für uns Mehrarbeit zu machen. Um die Schrebergärten kümmere ich mich selber.« Er drehte sich zu dem jungen Kollegen um. »Wir brauchen den verdammten Ort, wo das Mädel so zugerichtet wurde.«

»Schon wieder Klinkenputzen«, maulte Becker.

»In meiner Dienststelle tun Sie, was ich sage, sonst können Sie sich Ihren Wechsel in die Festung von der Backe schmieren, junger Kollege. Und noch was.« Ben entfuhr ein Grinsen – er konnte nicht anders. »Wenn Sie meinen, Ela hinterherdackeln zu müssen, dann verabreden Sie sich bitte für die Zeit nach Dienstschluss.«

15.

Der Linoleumboden glänzte, es roch nach Putzmitteln. Ben folgte den Schildern und passierte die Raucherecke, in der Patienten in Bademänteln stumm vor sich hin qualmten. Vogels Einzelzimmer war leer. Ben ging zurück auf den Flur und hielt den ersten Weißkittel an, der ihm begegnete. Er entzifferte das Namensschild des Arztes: *Dr. Lohmeier.*

»Wissen Sie, wie es Alex Vogel geht? Zimmer 412?«

»Sind Sie ein naher Verwandter?«

»Nein, ein Freund. Ich bin der, der ihn heute Nacht hierher gebracht hat.«

»Er hat eine Gehirnerschütterung und jede Menge Prellungen. Er wird es ohne bleibende Folgen überstehen. Aber, wie hat er sich das zugezogen?«

»Er ist in eine Rangelei geraten.«

»Rangelei ist untertrieben. Ich werde Anzeige erstatten müssen.«

Ben zog seinen Dienstausweis hervor. »Nicht nötig, Herr Lohmeier. Ich bin Polizist. Ich habe alles bereits veranlasst.«

Der Weißkittel warf einen kurzen Blick auf den grünen Lappen und gab ihn zurück. »Hauptkommissar Engel. Naja, ich hoffe, Sie schnappen die Leute.«

Schlaumeier, dachte Ben. Er sah, wie der Reporter in sein Zimmer geschoben wurde, und ließ den Arzt stehen.

Vogel hatte den Kopf verbunden, nur ein Auge war frei. Damit funkelte er Ben feindselig an. »Was willst du hier?« Seine Stimme klang wie unter Alkoholeinfluss. Wahrscheinlich Schmerzmittel.

»Sehen, wie es dir geht.«

»Und, zufrieden? Bei jedem Atemzug brennen meine Rippen. Fast hätte ich ein Auge verloren. Dafür wirst du bluten, Benedikt Engel.«

»Wieso ich?«

»Meinst du, ich weiß nicht mehr ...« Vogel machte eine Pause und fasste sich an die Brust. Er sah aus wie eine lebende Mumie. »... was du mir neulich angedroht hast? Im Dunkeln auflauern und einen Denkzettel verpassen.«

»Dann kannst du dich vielleicht auch erinnern, dass ich dich da rausgeholt habe. Ich hab selber was abgekriegt.« Ben knöpfte das Hemd auf und zeigte Vogel sein blau angelaufenes Schlüsselbein.

»Egal. Das müsst ihr mir büßen.« Für jeden Satz ließ Vogel sich Zeit. »Du und Becker und Schalowski. Ich seh schon die Schlagzeile.« Der Reporter brachte ein Lächeln zustande. »Nackte Nutten auf Polizeiparty – Orgie von Sex und Gewalt – Journalist auf Schlägerwache halb tot geprügelt.« Der Zeitungsmann hustete und hielt sich die Rippen.

»Dein Chef schafft das sicher noch knackiger.«

»Arschloch.«

»Was hast du gegen Kommissar Becker? Der hat dir genauso wenig getan wie ich.«

»Deine Kollegen haben miteinander geplaudert, als sie mich zur Wache brachten. Schalowski hat die Nutten besorgt und Becker trägt die Verantwortung. Ich hab's mir genau gemerkt.«

»Bitte, reg dich ab und hör mir zu. Becker trug für nichts die Verantwortung, außer für seinen stinknormalen Scheißdienst. Du solltest eine Nacht darüber schlafen.«

»Hab ich schon. Sie haben mich fast ins Koma gespritzt. Und heute haben sie mich zwei Stunden frieren lassen, bis ich endlich in diese blöde Röhre geschoben wurde. Meinst du, es macht Spaß, vor Schmerzen kaum liegen zu können? Scheißbullen!«

»Aber nicht ich und auch nicht Becker.« Ben legte eine Schachtel Pralinen aufs Bett, die er im Krankenhausshop besorgt hatte. Vogel war verrückt auf Schokolade. »Lass uns Kumpels bleiben, Alex. Alter Spanner. Was hast du eigentlich auf dem Dach gemacht?«

»Meine Geschichte wird die Republik erschüttern. Demnächst arbeite ich nur noch investigativ. Meine Tochter wird mal stolz auf mich sein.«

»Deine Kannibalengeschichte für den Spiegel?«

Vogel riss die Zellophanhülle von der Schachtel und ignorierte die Frage. »Wenigstens nicht schon wieder eine Miles-Davis-CD«, sagte er und pickte eine Weinbrandbohne aus dem Sortiment.

»Hör mir zu, Alex. Hat deine Story mit meinem Fall zu tun?«

Vogel ließ sich beim Auswickeln der Praline Zeit. »Was habt ihr mit meiner Kamera gemacht?«, fragte er.

»Was würdest du sagen, wenn sie in dem allgemeinen Durcheinander abhanden gekommen wäre?«

»Du Schwein!«, rief der Reporter mit vollem Mund. Ächzend reckte er sich und erspähte Bens abgegriffene Ledertasche. »Na gut. Du rückst die Kamera raus und ich überleg mir das mit der Anzeige noch einmal.«

Der Hauptkommissar öffnete die Aktentasche und holte die Kamera heraus. »Wenn es tatsächlich ein Psychopath ist und du hältst Informationen zurück, die zu seiner Ergreifung führen könnten, krieg ich dich dran wegen Beihilfe.«

Vogel griff nach dem Fotoapparat und drehte am Zoomobjektiv herum. »Wenigstens habt ihr sie nicht zerschlagen.«

»Ich schwör's dir«, ermahnte ihn Ben. »Wenn der Mörder noch einmal zuschlägt, machst du dich schuldig.«

»Hetzt du dann wieder deine lieben Kollegen auf mich?« Der Zeitungsmann bewegte einen der vielen Schalter, das Anzeigenfeld auf der Oberseite der Kamera leuchtete grünlich auf. Vogels Züge froren ein. »Du verdammtes Stück Aas«, zischte er leise.

»Was ist?«

Jetzt schrie der Reporter: »Tu nicht so scheinheilig!«

»Sind die Pralinen nicht in Ordnung? Ich hab sie frisch gekauft. Ehrlich.«

»Du Schwein hast den Film geklaut!« Vogel griff sich an die linke Seite.

»Unsinn.« Ben überlegte: Becker war es, der ihm die Kamera gegeben hatte.

»Wenn der Film bis morgen früh nicht da ist, dann zeig ich euch alle an!«

»Schrei nicht so. Nebenan liegen Kranke. Sag mir, was du fotografiert hast.«

»Ich lass mir von dir doch nicht meine Story kaputtmachen! Rück sofort den Film raus, du Sau!«

Die Tür ging auf, Dr. Lohmeier hastete herein und packte Ben am Arm. »Was ist das für ein Tumult hier? Verlassen Sie den Raum.«

»Schweinebande!«, brüllte der Reporter. Seine Augenlider flatterten. Ben war sich sicher, dass Vogel schauspielerte.

Der Arzt wollte ihn zur Tür zerren. Der Hauptkommissar riss sich los. »Beruhig dich, Alex. Ich kümmere mich drum.«

»Lassen Sie den Patienten in Ruhe«, knurrte Lohmeier.

Ben sah das entschlossene Gesicht des Weißkittels und ließ sich abführen.

»Ich schlag Krach, dass euch auf Jahre Hören und Sehen vergeht«, drohte Vogel matt.

Ben raste zurück zur Festung. Im Treppenhaus traf er die Kollegin Bach.

Aufgeregt fragte sie: »Hast du Friedrich Winter ausfindig machen können?«

»Nein. Die zwei, die unter dem Namen in Düsseldorf gemeldet sind, scheiden altersmäßig aus. Was hast du rausgekriegt?« Er steuerte auf den Paternoster zu, dann fiel ihm Elas Abscheu vor den polternden Holzkabinen ein.

Beim Treppensteigen zeigte sie ihm ein Foto: ein paar Leute mit Biergläsern, die gelangweilt vor einer Hollywoodschaukel standen. Im Hintergrund ein frei stehendes Einfamilienhaus.

Ela tippte auf eine verwaschene Randfigur, ein großer, pummeliger Dreißiger, der sich mit einer älteren Frau unterhielt. Ben konnte nicht viel erkennen. »Unser Mann«, sagte sie. »Mir ist eingefallen, woher ich den Namen kenne. Einer vom Stammtisch der Landwehr hat ihn genannt. War ein- oder zweimal mit im *Urquell*. Muss beruflich auch was mit Medizin zu tun haben. Der Vermieter ist sich hundertprozentig sicher, dass sein Winter der Mann auf dem Phantombild ist. Er hatte drei Monate lang die Einliegerwohnung gemietet, draußen in Himmelgeist. Er beschreibt ihn als einen ruhigen und angenehmen Mieter. Jedenfalls passt alles zur Beschreibung des Kellners aus dem *Schlösser-Gatz*.«

»Bis wann hat Winter genau in Himmelgeist gewohnt?«

»September 1987.«

»Der Monat, in dem der erste Kannibalenmord geschah.«

»Siehst du, Benedikt. Er hat die Landwehr gekannt. Sie hat ihm vertraut und ist mit ihm mitgegangen.«

»Konnte der Vermieter sagen, was Winter genau trieb, wer seine Freunde waren?«

»Nein. Dazu ist es zu lange her.«

»Krieg raus, wer Winter auf den Stammtisch mitgenommen hat. Irgendjemand muss ihn kennen.«

In seinem Büro klemmte sich Ben ans Telefon. Eine halbe Stunde später hielt er die Kriminalakte in der Hand.

Friedrich Winter, geboren am 4.2.1956 in Hannover-Bemerode, 1961 Umzug der Familie nach Düsseldorf. Tod des Vaters 1966. Winter wächst in verschiedenen Pflegefamilien auf. Mittlere Reife, Lehre als Krankenpfleger abgebrochen.

1973 Verurteilung zu einem Jahr Jugendstrafe auf Bewährung wegen Betrugs, Fälschung von Dokumenten und

Unterschlagung. 1974 Verurteilung zu zwei Jahren Gefängnis wegen wiederholten Einbruchdiebstahls. 1976 Verurteilung zu acht Jahren Gefängnis wegen einer Serie bewaffneter Raubüberfälle.

Nach sechs Jahren wurde Winter vorzeitig entlassen. Für die folgenden Jahre gab es keinen Vermerk.

Doch dann kam es knüppeldick – Bens Alarmglocken schrillten: Im Juni 1987 zeigte ihn eine Prostituierte an. *Freiheitsberaubung, Vergewaltigung* – ein Vierteljahr vor dem ersten Kannibalenmord.

Die Verletzungen der Frau waren gering, die Beweislage unklar, aber der Richter glaubte ihr und schickte Winter für weitere sechs Jahre hinter Gitter. Die Berufungsinstanz wandelte das Urteil jedoch um: Freispruch zweiter Klasse.

Während des Prozesses gegen Winter wurden Helga Neumeier und Christa Zimmermann ermordet. Der Fliegenmann war zu dieser Zeit gegen Kaution auf freiem Fuß.

Ben las die Adresse des Vermieters, der Winter erkannt hatte. In den Akten stand auch, wohin der Fliegenmann von dort aus umgezogen war: Ab Oktober 1987 wohnte und arbeitete Friedrich Winter in der Privatklinik eines Psychiaters namens Uhlau. Ben erinnerte sich: ein Prominentenversteck im Kreis Mettmann, wo sich alkoholabhängige Politiker und koksende Schauspieler entgiften lassen konnten. Wo Industriellengattinen ihre Depressionen auskurierten und ihre Männer aufgepäppelt wurden, nachdem sie wegen zu viel oder zu wenig Stress zusammengeklappt waren.

Elf Jahre war Winter dort Pfleger gewesen – bis er im letzten Monat kündigte. Drei Wochen vor dem Mord an der Landwehr. Bingo.

Ben rief die Auskunft an, dann die feine Klinik. Ein freundlicher Herr verband ihn an eine noch reizendere Dame – die neue Adresse des langjährigen Pflegers Winter war nicht bekannt.

Wie im Fieber unternahm Ben die nächsten Schritte: Benachrichtigung an die Staatsanwaltschaft, bundesweite Ausschreibung Winters im INPOL–Informationssystem, Beantragung von Suchvermerken in den Dateien der Einwohnermeldeämter und anderer Behörden, Mitfahndungsersuchen an alle Polizeidienststellen Nordrhein-Westfalens sowie die Bundesgrenzschutzdirektionen, schließlich die Benachrichtigung ans Landeskriminalamt.

Eine Stunde Papierkram – Formulare, Vordrucke. Die Schreibmaschine hakte, das Faxgerät ließ meistens das Besetztzeichen tönen.

Sigrid Romberg fiel ihm ein. Ben sammelte die Blätter, auf denen alles stand, was er über Winter hatte, und faxte sie ins Büro der Psychologin. Dann begann das Warten.

Die Rückmeldungen kamen schleppend, die Antworten lauteten gleich: Kein Hinweis auf den Mann, der vermutlich Britta Landwehr ermordet hatte. Friedrich Winter war datentechnisch nicht existent. Kein Anhaltspunkt, kein Lebenszeichen seit dem Weggang aus der Klinik.

Zuletzt kam der Anruf des Leiters der Einsatzhundertschaft: keine Spuren eines Gewaltverbrechens entlang des Eselsbachs im Düsseldorfer Stadtwald. Auch die Kleingartenkolonie war sauber.

Ben lehnte sich zurück und blickte in das unbekümmerte Gesicht von Britta Landwehr. Er schloss die Augen und sah vor seinen Lidern das Bild seiner Mutter: verquollene Augen, aufgeplatzte Lippen, Tränen mischten sich mit Blut. Die letzte Erinnerung, die er an sie hatte.

Das Bild, das ihn so wütend machte.

16.

Thilo fror in seinen regennassen Klamotten, zum Umziehen hatte er keine Zeit gefunden. Stundenlang war er mit Kollegen aus Eller im Gebiet um den Hasseler Richtweg von Tür zu Tür gelaufen. Klinkenputzen. Ein gemischtes

Wohnviertel aus Einfamilienhäusern, Neubauten mit billigen Eigentumswohnungen, Aussiedlercontainern und einer Siedlung des sozialen Wohnungsbaus, in der es die Kollegen besonders eilig hatten weiterzukommen. *In Eller stirbste schneller* – den Spruch kannte Thilo noch aus seiner Schulzeit.

Ein Waldstreifen und die Bahngleise trennten die Häuser von der Straße *Am Kleinforst*, wo der Anrufer zur Tatzeit Schreie gehört hatte. Einige Anwohner bestätigten die Schreie und Thilos Herz schlug jedes Mal höher, doch dann entpuppten sie sich als Familienkrach oder als zu laut eingestelltes Fernsehgerät.

Am späten Nachmittag wiesen die Schupos auf ihr Dienstende hin. Sie taten, als sei noch nicht klar, dass sie morgen die Suche fortsetzen müssten. Am liebsten hätte Thilo allein weitergemacht – der Gedanke an Christa hielt ihn unter Strom.

Stattdessen startete er sein Auto, trat das Gaspedal durch und raste zur A 46. Er blieb zwischen qualmenden Lastwagen auf der rechten Spur, um gleich darauf im Kreuz Hilden auf die A 3 in Richtung Oberhausen einzufädeln. Langsam wurde die Heizung seiner Karre warm. Ein kurzes Stück staufrei dahinströmender Autobahn, vorbei an sanften Hügeln, die ihn an die Toscana erinnerten, dann nahm Thilo die Ausfahrt Mettmann.

Fünf Minuten später erreichte er den Wegweiser: *Haus im Park, Privatklinik Dr. Uhlau, Neurologie, Psychiatrie*. Eine mit Kies bedeckte und von Pappeln gesäumte Privatstraße führte auf das schlossartige Anwesen zu – Heim war der falsche Ausdruck.

Der junge Kommissar stellte sein Auto zwischen Porsches und Jaguars ab. Der Kies knirschte unter seinen Sohlen. Er ließ den Blick über Erker, Zinnen und Ziergitter schweifen und staunte.

Er betrat die Halle – in Bodenvasen standen üppige Sträuße mit Tropenblumen, aus versteckten Lautsprechern klang etwas, das Thilo für Barockmusik hielt. Am Empfang fragte er nach Paul.

Ein älterer Herr mit dünnem Oberlippenbart bat ihn zu warten – Thilo erkannte die Uniform von *Fichte Security*.

Eine junge Frau in Jeans und Pulli holte ihn ab. »Schönen guten Tag. Mein Name ist Schwester Lisa. Darf ich fragen, wer Sie sind?«

»Thilo Becker. Paul Zimmermann ist ein guter Freund meiner Eltern.«

Sie bat ihn zu folgen – mit einem Lächeln, als sei er der Ministerpräsident persönlich.

Thilo spürte den Drang zu erzählen: »Als Kind nannte ich ihn Onkel. Er war so etwas wie ein zweiter Vater für mich. Mein Gott, er ist noch keine siebzig. Ich dachte immer, Alzheimer bekäme man erst in fortgeschrittenerem Alter.«

Sie stiegen eine breite Marmortreppe empor. »Wer hat Ihnen gesagt, dass er an der Alzheimerschen Krankheit leidet?«

»Meine Eltern sagten, sein Gedächtnis sei schlecht, er finde sich nicht mehr zurecht.«

»Dieser Kontrollverlust kann verschiedene Ursachen haben. Dr. Uhlau vermutet eine schwere Art von Depression.«

Ein lichtdurchfluteter Gang führte an großen, schweren Türen aus Eichenholz vorbei. Thilo erhaschte durch das Fenster einen Blick auf den Park und einige Nebengebäude. »Ist es heilbar?«, fragte er.

»Wir versuchen herauszubekommen, auf welche Medikamente Ihr Onkel am besten anspricht. Hier sind wir.« Die Krankenschwester klopfte und öffnete die Tür.

Thilo war erleichtert, dass Paul ihn erkannte. Der alte Herr sah zerbrechlich aus – eher wie achtzig. Sein Haar war vollkommen weiß geworden, die Augenbrauen wirkten wie Wattebäusche. Tiefe Furchen zogen sich von den Mundwinkeln nach unten, doch die Augen glitzerten vor Freude. Thilo umarmte ihn.

Dann zog er das Bild hervor. Für einen Moment huschte ein Schatten über Pauls Gesicht, dann griff er mit beiden Händen danach. Sie zitterten stark.

»Dafür müssen wir einen Ehrenplatz finden.« Er legte das gerahmte Foto auf den Tisch und packte Thilo bei den Schultern. Die knochigen Finger gruben sich hart ein. »Lass dich ansehen, Thilo. Ein Kommissar bist du geworden. Alle Achtung.«

»Ab Montag arbeite ich im Kommissariat für Tötungsdelikte.«

Wieder war es Thilo, als zuckte Pauls Stirn und als finde sein Blick für einen Moment keinen Halt. Wahrscheinlich schmerzte ihn die Erinnerung an den Mord.

Sie nahmen in weichen, hellgeblümten Polstern Platz. Thilo bewunderte das Zimmer: eine Art Suite – Bett und Ankleidebereich waren hinter einem Paravent verborgen, der Rest bot genügend Platz für die Sitzgruppe sowie für Schreibtisch und Fernsehsessel. Eine Fensterfront ging hinaus auf die Terrasse. Er lobte den Ausblick und sie sprachen darüber, wie schön es im Frühjahr sein müsse, wenn alles grün werde und blühe.

»Es ist wie in einem feinen Hotel. Fehlt nur die Bar«, sagte der alte Herr und kicherte leise. »Ich hätte nicht gedacht, dass meine Ersparnisse für diesen Luxus ausreichen. Ich bin deinem Vater dankbar, dass er mein Vermögen für mich verwaltet. Ich schaff das nicht mehr. Mir wächst das alles über den Kopf.«

»Wieso ausgerechnet dieser Promischuppen?«

»Hermann kennt Dr. Uhlau und hat Rabatt für mich bekommen. Du hast Recht. Eine Menge unnötiger Aufwand für einen alten Sack wie mich. Meine Tage sind so überflüssig geworden.«

Thilo hörte die Lebensmüdigkeit und widersprach Paul. Er sei noch lange nicht alt und habe noch viele schöne Jahre vor sich. Er zeigte seine Version eines zuversichtlichen Lächelns und spürte, dass er Paul nicht überzeugen konnte. Der alte Herr krallte sich an der Tischplatte fest – sein Zittern war ihm peinlich.

»Du bist ein Prachtjunge geworden«, sagte er. »Wie alt bist du jetzt?«

»Sechsundzwanzig.«

»Christa hat sich immer ein Kind wie dich gewünscht. Und Renate wollte unbedingt ein zweites. Sie haben sich gegenseitig ganz verrückt gemacht. Weißt du, dass sie deshalb sogar nach Lourdes gepilgert sind?«

Er schob Thilo die Obstschale hin, der junge Kommissar schnappte sich eine Mandarine.

»Christa hat sich damit abgefunden. Aber deine Mutter! Als ihre jüngere Schwester, deine Tante Gerda, ihr zweites Kind bekam, war Renate regelrecht krank. Dabei hatte sie bereits dich. Und das Geschäft.«

Mutter konnte eben nie genug bekommen, dachte Thilo. Er hörte Paul geduldig zu, der Anekdote auf Anekdote erzählte.

Irgendwann fragte Paul ein zweites Mal nach Thilos Alter und verhedderte sich bei der Wiederholung eines Erlebnisses aus der Nachkriegszeit. Thilo überspielte seine Bestürzung und verbesserte ihn nicht.

Der junge Kommissar ließ den Blick wieder hinaus in den Park wandern. Saubere Kieswege, alte Bäume, gestutzte Hecken und von altem Laub befreite Beete und Grünanlagen. Über eine Mauer am anderen Ende ragten Türmchen und Zinnen – ein zweites Gebäude im gleichen neugotischen Stil. Thilo fragte Paul Zimmermann, ob das alles noch zur Klinik gehörte.

»Ja, so weit du gucken kannst«, antwortete der Weißhaarige. »Ein herrlicher Garten. Spazierengehen dürfen wir nur zu bestimmten Zeiten, wegen der Prominenten, die nicht erkannt werden wollen. Der Zivildienstleistende oder die junge Schwester holen mich jeden Tag ab, wenn das Wetter nicht zu schlecht ist.«

Thilo stellte sich alkoholkranke Schauspieler und kokainsüchtige Sänger vor, die sich hier kurieren ließen und an denen sich Klinikchef Uhlau goldene Türklinken verdiente. Zwei Männer in Blau patrouillierten durch den Park – *Fichte* verdiente offenbar mit.

Christas Bild lag noch immer mit dem Gesicht nach unten auf dem Tisch. »Wie hältst du's mit der Religion, Paul?«

Der Alte machte eine schroffe Abwehrbewegung. »Gott ist ein Gerücht. Wir sind allein auf der Welt.«

»Und Jesus?«

»Ein Prediger, der an Gerüchte glaubte. Mir kann das gestohlen bleiben.«

»Dann weiß ich, wo wir das Foto unterbringen.«

Thilo nahm das Kruzifix ab, das zentral über dem Sofa hing, und ließ es in einer Schublade verschwinden. Er zwinkerte Paul verschwörerisch zu und hängte den Schnappschuss an den Nagel. Christa sah herab aus einer Welt, in der es keine Serienmörder gab.

Hinter dem Universitätstunnel verließ Thilo die A 46. Vor dem Südring staute sich der Verkehr. Der junge Kommissar beschloss, sich beim nächsten Besuch mehr Zeit für den alten Herrn zu nehmen, aber er wollte bei seiner ersten Verabredung mit der KK 11-Maus pünktlich sein. Und vorher hatte er noch etwas Dringendes zu erledigen.

Über die Merowinger- und Friedrichstraße raste Thilo in die Innenstadt. In der Luisenstraße war keine Parklükke frei – er bog kurzerhand in die Einfahrt zu Beate Königs Hinterhof und würgte dort den Motor ab. Wenn er jemandem den Weg versperrte, musste der eben fünf Minuten Geduld haben.

In Beates Studio im ersten Stock war Licht. Über der Tür klimperten Metallröhren im Wind, Regen plätscherte von der Dachrinne. Thilo nahm zwei Stufen auf einmal und klingelte Sturm.

»Hallo, Thilo. Auf den allerletzten Drücker. Wollte gerade gehen.«

Thilo hinterließ Schmutzabdrücke auf dem weißen Boden. Der Geruch von Chemikalien stach scharf in seine Nase.

»Heiße Partys, auf die du jetzt gehst«, bemerkte Beate abschätzig. »So kenn ich dich gar nicht.« Sie gab ihm einen Umschlag. »Kontrollier die Abzüge. Was unscharf ist, liegt nicht an mir.«

Die drei Bilder aus der Wache waren gestochen scharf. Ohne Mühe konnte er die Kollegen erkennen, allen voran Hanke. Schalli war ein Problem. Sein Kumpel war auf jedem Foto zu sehen, nackt bis auf die Socken, behängt mit Luftschlangen und breit wie Boris Jelzin. Wenn Thilo gezwungen wäre, die Bilder weiterzugeben, wäre Schallis Job gefährdet. Hoffentlich hielt der Reporter dicht.

Thilo überflog den Rest. Verschwommene Gestalten in nächtlicher Straße. Ein großes, dunkles Auto. Leute stiegen aus, die Thilo nicht erkennen konnte, und verschwanden in einem stuckverzierten Hauseingang. Schüsse mit dem Tele durch ein Fenster – die Arbeit des angeblichen Spanners. Männer in blauen Uniformen – Thilo musste wieder an *Fichte Security* denken. Eine Reihe unscharfer Bilder.

Plötzlich sah ihm ein Gesicht entgegen, das Thilo bekannt vorkam: ein Mann um die sechzig mit grauem, streng zurückgekämmtem Haar. Er trug weiße Handschuhe und einen Mundschutz. Auf dem nächsten Foto war der Mann allein mit einem Zweiten, der nur von hinten zu sehen war. Interessiert blätterte Thilo weiter.

»Was für ein Objektiv hast du verwendet?«, fragte Beate beiläufig. Sie sortierte Rechnungen auf der Arbeitsplatte, die ihr als Schreibtisch diente.

Thilo versuchte sich an die Nikon des Reporters zu erinnern. »Ein Zoom.«

»Ziemlich lichtstark«, sagte sie anerkennend.

Die beiden Männer hatten sich gesetzt. Der Grauhaarige wandte ihm den Rücken zu, der Zweite blickte Richtung Fenster.

Thilo erkannte ihn sofort: sein Onkel Frank Brauning.

Hab noch eine Verabredung.

Was zum Teufel war so interessant an dem Zusammentreffen, dass der Zeitungsfritze für diese Fotos auf das Dach des gegenüberliegenden Hauses geklettert war?

Beate setzte an, über Thilos Schulter zu spähen. »Zufrieden?«

Er packte die Bilder rasch zurück ins Couvert. Er unterdrückte ein Zittern. »Klar. Was kriegst du?«

»Dreißig Mark. Für dich tu ich's ohne Feiertagszuschlag.«

Der Kommissar steckte ihr die Scheine in die Tasche des Kittels. Es gab Zeiten, da hätte sie es für einen Kuss getan.

17.

Im Vorzimmer ratterte das Faxgerät. Ben ignorierte es und wählte die Nummer der Wache in Düsseldorf-Eller an der Vennhauser Allee. Er trommelte auf die Tischplatte, bis er endlich den Wachdienstführer dran hatte.

Der Mann war genervt. Ben musste ihm gut zureden, bis der Schupo einsah, dass er auch morgen einige Leute für die Soko Landwehr abstellen musste. Für heute war die Suche nach Zeugen aufgegeben worden. Becker hatte sein Funkgerät abgegeben und war nach Hause gefahren.

Ben lief ins Vorzimmer und wühlte in den Unterlagen der Sekretärin nach Thilo Beckers Privatnummer. Er richtete eine Unordnung an, die ihm die Kollegin nie verzeihen würde. Sein Blick fiel auf das Blatt, das aus der Faxmaschine wuchs. Er erkannte das Emblem der bayerischen Polizei. Noch jemand, der am zweiten Weihnachtstag arbeitete.

Ben wurde neugierig. Das Gerät piepste und das Papier schwebte in seine Hand.

An:	*Dr. Sigrid Rombach, Zentrale Kriminalitätsbekämpfung Düsseldorf.*
Von:	*KHK Martin Mittermeier, AG Tatortanalyse/Täterprofiling, Kriminalpolizei München.*
Betrifft:	*Anfrage Nr. 08598 vom 23.12.98 zu drei Mordfällen in Düsseldorf aus 87/98.*

Sehr geehrte Kollegin,

der Datenabgleich der Mordsachen ergab folgendes Bild:

1. *Hoher Übereinstimmungsgrad in den Fällen eins und drei. Mit großer Wahrscheinlichkeit derselbe Täter. Die Unterschiede in beiden Fällen resultieren nach unserer Meinung aus einer Weiterentwicklung des Verhaltensmusters des Täters im Verlauf von elf Jahren.*

2. *Die Unterschiede zwischen Fall eins und Fall zwei lassen es möglich erscheinen, dass es sich im zweiten Fall um einen Nachahmetäter handelt. Haben die Ermittler womöglich den Modus operandi publik gemacht? Wenn ja, empfehlen wir, die Möglichkeit eines Trittbrettfahrers in Betracht zu ziehen.*

3. *Keine signifikante Übereinstimmung mit einem der sonstigen uns bekannten Fälle. Allerdings ist unsere im Aufbau befindliche Datei noch nicht zu hundert Prozent vollständig.*

Wir würden uns sehr freuen, wenn Sie uns über den weiteren Verlauf Ihrer Ermittlungen in Kenntnis setzen.

Viel Glück!
Martin Mittermeier

Die handschriftliche Ergänzung lautete:

Hab mir alle Unterlagen noch mal durchgesehen. Der Mann könnte Recht haben.
Wir sprechen uns spätestens am Montag.
Gruß Sigrid

Ben las die Nachricht ein zweites Mal. Dann schälte er ein Salbeibonbon aus seinem Papier und versuchte nachzudenken. Er spürte, dass er müde war. Hunderte von

Eindrücken der letzten Tage schwirrten auf ihn ein. Puzzleteile, die kein Bild ergeben wollten.

Er wählte Beckers Nummer. Vogels Drohung stand noch im Raum. Nach dem fünften Klingeln schaltete sich der Anrufbeantworter ein. Ben legte auf.

Die Tür zum Flur knarrte. Die Psychologin stand da und lächelte ihn an.

»Ich hab Licht gesehen, da bin ich noch mal raufgekommen. Wie ich sehe, hast du mein Fax schon gelesen.«

»Sigrid, was soll das? Haben wir es jetzt mit drei Verrückten zu tun?«

»Mal langsam. Neumeier und Landwehr, das war mit hoher Wahrscheinlichkeit der eine Täter. Der Mord an Christa Zimmermann könnte die Tat eines zweiten sein. Könnte, wohlgemerkt. Ein anderer Lustmörder, der ganz ähnlich tickt, oder jemand, der die Tat des ersten kopierte, um sie diesem in die Schuhe zu schieben. Denkbar ...«

»... ist alles. Ich weiß.« Drei Möglichkeiten. Ein Psychopath. Zwei gleichgestrickte Irre. Ein Triebtäter und ein Trittbrettfahrer, der ganz normal tickte.

Ben führte Sigrid in sein Büro. Sie begann, die Fotos und Zeichnungen zum Fall Landwehr zu studieren, die er an die Wand geheftet hatte. Er hatte wie so oft das Gefühl, sie erforsche sein eigenes Innenleben.

»Ich werde mit Brauning reden«, sagte er, sich hinter seinen Schreibtisch setzend.

»Ich finde, du solltest beide Fälle von '87 komplett neu aufrollen«, empfahl die Psychologin. »Ich hab den Eindruck, im Fall Zimmermann haben sich die Kollegen etwas einseitig auf den Kannibalen versteift. Vielleicht gibt es Spuren, denen nicht nachgegangen wurde.«

»Passt Winter in dein Täterprofil?«

»Gut möglich. Wo war dieser Winter vor elf Jahren?«

»Keine Ahnung. Jedenfalls nicht im Knast.«

»Na, siehst du.«

»Wahrscheinlich hast du Recht.« *Derselbe Täter in den Fällen eins und drei.*

»Wär interessant, mal mit dieser Prostituierten zu reden, die ihn vor zwölf Jahren angezeigt hat.« Sie wandte sich von der Wand ab und lehnte sich gegen seinen Schreibtisch, der Rocksaum schob sich hoch, sie zupfte ihn nach unten. »Da gibt es noch etwas, worüber ich mit dir reden muss. Seit wann arbeitet Ela Bach in deiner Dienststelle?«

»Seit Anfang November. Wieso?«

»Welchen Eindruck hast du von ihr?«

»Sie ist intelligent, hat Einfühlungsvermögen. Beste Voraussetzungen.«

»Sie gefällt dir?«

»Ich bin bereits anderweitig vergeben, wenn du das meinst.« Ben ärgerte sich. »Ich will nur sagen, dass Elas Talente bei ihrem früheren Posten im Landeskriminalamt versauert wären. Soviel ich weiß, hatte sie dort nichts anderes zu tun, als Kriminalstatistiken so zu frisieren, dass sie ins politische Konzept des Innenministers passten. Sie gehört in die Kripo.«

»Sonntag sieht das etwas anders. Er will, dass ich mit dir darüber rede.«

Der alte Korinthenkacker. Es gab nichts, woran der Kripochef nicht etwas auszusetzen hatte. »Was passt ihm an der Bach nicht?«, fragte Ben.

»Er hält sie für ein Risiko. Um es kurz zu machen: Ela Bach ist Neurotikerin. In engen, abgeschlossenen Räumen neigt sie zu Angstzuständen. Ich kann mir vorstellen, dass sie weder U-Bahn noch Aufzüge benutzt. Und dass du sie in kein Flugzeug bringst, zumindest nicht Langstrecke.«

Der Paternoster. »Was sagt Ela dazu?«

»Sie selbst hält ihre Neurose für überwunden. Ich fürchte, sie hält den Dienst für eine Art von Therapie.«

»Du hast sie für Sonntag begutachtet?«

Sie nahm die Brille ab, fixierte ihn und kaute dabei auf dem Bügel. »Während ihres Studiums machte sie ein Praktikum im KK 12. Dabei gab es einen Vorfall, bei dem sie keine gute Figur machte. Deshalb bekam sie danach den Bürojob im LKA. Sie ist in Behandlung bei einem Therapeuten. Schade, dass sie sich mir gegenüber nicht geöffnet hat.«

»Weil du dann einen schönen Fall für dein Buch hättest – ›Risiken bei der Beschäftigung psychisch Traumatisierter im Polizeidienst‹?«

Sigrid schmunzelte. »Vielleicht habt ihr tatsächlich etwas gemeinsam.«

»Und wie fiel dein Urteil im Fall Ela Bach aus?«

»Du weißt, dass es Fälle gibt, in denen ich dem ZKB-Leiter rate, es trotzdem mit der betreffenden Person zu versuchen.«

Ben fühlte sich wieder wie eine Geisel. Diese Seelenklempnerin genoss es, durch ihr Wissen Macht auszuüben. Er verfluchte die Ausrutscher, die ihn in seinen frühen Polizistenjahren zu ihrem Untersuchungsgegenstand gemacht hatten. Und jetzt hatte sie es ausgerechnet auf Ela abgesehen.

Demonstrativ schloss Ben seine Aktentasche und erhob sich. »War's das?«

»Ja. Sonntag will, dass du es weißt und Frau Bach beobachtest. Sollte etwas vorfallen, bitte ich dich, mir Bescheid zu geben.«

»Ich nehm's zur Kenntnis.«

»Du solltest jetzt Schluss machen. Gönn dir einen netten Freitagabend. Gratuliere zu deiner Freundin.«

Ben glaubte, einen spöttischen Unterton zu hören.

Sie fragte: »Das ist aber nichts wirklich Festes, oder?«

»Warum? Du meinst wohl, ich würde als schrulliger Einzelgänger enden, wie unser Kannibale«, sagte Ben gereizt. »Du glaubst, auch ich würde einen klasse Triebtäter abgeben?«

»Du nicht, Ben. Du bist das Beispiel dafür, dass man sich auch anders entwickeln kann.«

18.

Thilo hatte unterschätzt, wie viel Technik Badminton erforderte. Ela hatte ihn zweimal geschlagen und nur aufgrund seiner besseren Kondition hatte er wenigstens das dritte Spiel mit 15:12 für sich entscheiden können. Ihre Brüste hatten ihn abgelenkt – auffallend viel wippte unter ihrem Sporthemd. Ihre Beine waren stämmig, aber ohne ein Gramm Fett. Ihre Taille war noch schlanker als die von Antje. Die KK 11-Maus zog sogar die Blicke der Spieler auf den Nachbarplätzen auf sich. Kein Wunder, dass sie sich im Dienst so unfeminin kleidete.

Beim anschließenden Bier im Bistro des Sportcenters bekam Thilo das Gefühl, ein Flirt sei für die Kollegin die Fortsetzung des sportlichen Wettkampfs auf der Ebene des Intellekts – als sei es ihr peinlich, dass ein Mann sie aufgrund ihres Äußeren attraktiv finden könnte. Er spürte, dass hinter ihrer Fassade Abgründe lauerten, was sie für ihn nur interessanter machte – auch in ihm war der sportliche Ehrgeiz erwacht.

Fast zwangsläufig kamen sie auf den Job zu sprechen, auf die Behörde und auf Elas Vorgesetzten Hauptkommissar Engel, der ab Montag auch Thilos Chef sein würde. Er spürte, dass die Kollegin den Langen sehr schätzte, fast verehrte – er verdrängte einen leichten Anflug von Eifersucht.

Sie vermieden es, den Mordfall zu erwähnen, an dem sie beide arbeiteten. Stattdessen kamen sie auf Thilos Onkel zu sprechen und die Serie von Tankstellenüberfällen, die »Rottweiler« Brauning gerade bearbeitete. Thilo staunte, wie gut die Kollegin über die Vorgänge in der Festung Bescheid wusste, obwohl sie erst vor kurzem aus dem LKA in die Behörde gewechselt war.

Um sie zu beeindrucken, glänzte Thilo mit Detailwissen, das er von seinem Onkel aufgeschnappt hatte, und schilderte die Sache dramatischer, als sie war – als beherrsche die Russenmafia bereits Teile der Düsseldorfer Unterwelt.

Ela widersprach: »Sie reden mit osteuropäischem Akzent, na und? Vielleicht sind es nur ein paar Aussiedler. Es kann doch nicht schwer sein, sie anhand des Fluchtfahrzeugs zu ermitteln.«

Thilo rückte näher, bis er ihr Shampoo riechen konnte. Er lenkte ab – genug der Diskussion, in der sie ständig gewann. »Pass auf, Ela«, sagte er. »Kluge Frauen machen mich an.«

Ihre Lippen verzogen sich zu einem breiten, spöttischen Lächeln. »Dich machen doch alle an.«

Touché. Thilo wusste nichts zu erwidern und trat die Flucht nach vorn an: Er griff in ihr vom Duschen noch feuchtes Haar und küsste sie – unter beifälligem Grinsen des Gläser polierenden Portugiesen, der die Gaststätte gepachtet hatte.

Thilo machte sich auf eine Ohrfeige gefasst.

Aber Ela öffnete die Lippen und erwiderte den Kuss – ihr weicher, fordernder Mund jagte Schauer durch Thilos Körper. Er ließ beide Hände über ihren Rücken gleiten und drängte sich an sie. Er wollte ihre Brüste spüren.

Ela brach die Knutscherei ab. Sie leerte ihr Glas, bückte sich nach ihrer Sporttasche und verabschiedete sich, als sei ihr das Ganze peinlich. Ihre geröteten Wangen sah Thilo als Ansporn, hartnäckig zu bleiben. Er lobte einen Pizza- und Nudelschuppen, der in der Nähe der Festung lag und als der angesagteste der Stadt galt – zumindest unter Restaurantgängern seiner Einkommensklasse. Er fragte, ob sie morgen Abend Zeit habe.

Ela musterte ihn und willigte ein – mit heiserer Stimme.

Thilo blieb noch eine Weile sitzen. Er bestellte ein zweites Bier und brütete über dem Glas. Ohne seine Gedanken steuern zu können, wanderten sie – von Ela und Antje zu Christa Zimmermann und dem Kannibalen. Und dann kehrte sein Alptraum von neulich wieder: Bilder von aufgetürmten Leichen, Blut und hervorquellenden Innereien. Vielleicht hatte er zu viel davon in den Nachrichten gesehen: Aufnahmen vom Balkan oder aus Afrika.

Er trank aus, zählte die Münzen auf den Tresen und ging mit zitternden Knien. Sobald er wusste, dass er nicht mehr im Blickfeld des Portugiesen war, rannte er quer über den Parkplatz zu seiner Karre.

Er startete und konzentrierte sich auf ein ganz anderes Bild: Onkel Brauning und der Grauhaarige in der Wohnung an der Citadellstraße.

Richtung Süden. Von der Badmintonhalle in Erkrath waren es keine drei Kilometer bis zum Haus seiner Eltern im Düsseldorfer Stadtteil Unterbach.

Von der Straße aus erschien das schneeweiß gestrichene Haus fast mickrig: niedrig und abweisend. Die zwei winzigen Fenster neben dem Eingang waren vergittert. Wer es nicht wusste, ahnte nicht, dass zur anderen, hangabwärts gelegenen Seite große Panoramafenster auf zwei Stockwerken einen herrlichen Blick bis hinunter zum See boten. Opa Fichte hatte das Haus zu Beginn der sechziger Jahre gebaut, aber eigentlich hatte es der Bank gehört, bis Hermann Becker das Sicherheitsunternehmen seines Schwiegervaters übernahm und aus den roten Zahlen manövrierte.

Das Garagentor war offen, der BMW fehlte. Seine Eltern waren ausgegangen – Thilo war froh, nicht erklären zu müssen, wonach er suchte. Er öffnete die gut gesicherte Haustür mit seinem Schlüssel.

Zielstrebig peilte er die Zeitschriftenstapel neben dem Sofa in der Kaminecke an. Sein Gefühl verbot ihm, einfach den Onkel anzurufen und ihn zu fragen, wer der seltsame Kerl mit Handschuhen und Mundschutz war, mit dem Brauning sich am ersten Weihnachtstag in der Citadellstraße getroffen hatte – das Treffen war dem Rottweiler wichtiger gewesen als die Tatortbesichtigung in der Raubsache, an der er arbeitete.

Stattdessen wühlte sich Thilo durch die Hefte, die so gut wie ein Pressearchiv der letzten Monate waren. Seine

Eltern hatten eine Reihe von Zeitschriften abonniert, darunter *Stern* und *Spiegel*, oft kauften sie weitere Hefte, je nach Laune. Zum Lesen kamen sie selten, ungelesen warfen sie kaum etwas weg, also türmten sich die Ausgaben halbmeterhoch. Und irgendwann in den vergangenen Wochen war Thilo das markante Gesicht von Vogels Aufnahmen schon einmal begegnet: die grauen, wie mit Gel nach hinten geklatschten Haare, die tiefhängenden Augenbrauen, die aristokratische, markante Nase.

Nach zehn Minuten hastigen Blätterns fand Thilo seine Ahnung bestätigt. In einer *Focus*-Ausgabe von Mitte Dezember erkannte er den Mann wieder. Der Artikel war überschrieben: *MEDIENMOGUL SPÜRT GEGENWIND – KARTELLAMT PRÜFT FUSIONSPLÄNE.* Die Bildunterzeile nannte den Namen des Grauhaarigen: *Adi Oswald: Geheimgipfel in der Staatskanzlei*

Auf dem Foto stieg er gerade aus einem Auto und blickte in Richtung des Lesers. Der Schnappschuss eines Paparazzis. Der Grauhaarige hatte sich regelrecht vermummt – zusätzlich zu dem Mundschutz trug er eine Sonnenbrille. Ein schillernder Wirtschaftslenker, ein Promi der Extraklasse.

Adi Oswald – Thilo versuchte sich an das Wenige zu erinnern, was er je über den Medienzaren aufgeschnappt hatte: ein exzentrischer Unternehmer, reich geworden durch Filmhandel. Irgendwann hatte er die Mehrheit am *Blitz* und an *Pro-Sat* erworben. Laut *Focus* bastelte er zurzeit an einem Monopol im so genannten Zukunftsmarkt Abonnementfernsehen.

Was hatte sein Onkel mit Oswald zu schaffen?

Thilo ließ das Heft aufgeschlagen. Er griff nach dem *Spiegel* der gleichen Woche. Ein längerer Artikel, weitere Schachzüge des Medienmoguls, Gerüchte über Schrullen, Feinde, Milliardenschulden. Noch mehr Fotos, darunter auch alte Fotos aus Oswalds wilden Playboyzeiten, Gemunkel über Frauengeschichten, Seilschaften, Geklüngel mit einflussreichen Kumpels auf *allen* Seiten – Politik, Kommerz, Unterwelt. Viele Andeutungen.

Nichts, was Thilos Frage beantwortete.

Er riss die Seiten aus beiden Zeitschriften und suchte weitere Hefte der gleichen Woche, Ausgaben der Vorwoche. Plötzlich hörte er das Schlagen von Autotüren. Stimmen näherten sich der Haustür. Das unverkennbare Rottweilerbellen seines Onkels.

Fieberhaft versteckte Thilo die Hefte im Stapel. Die losen Seiten faltete er und schob sie in die Gesäßtasche seiner Jeans. Dann sprang er über das Sofa, ließ sich ins Polster fallen, griff nach der Fernsehzeitschrift, die auf dem Tisch lag, und setzte eine Miene auf, die harmlos und gelangweilt wirken sollte.

Der Riegel an der Haustür ließ sein Schnappen hören, durch die Glastür zum Flur erkannte Thilo drei Silhouetten. Mutter trat zuerst ins Wohnzimmer.

»Hallo«, sagte Thilo.

»Was für eine Überraschung. Gerade haben wir noch über dich gesprochen.« Sie trug ein Twinset, dunkelbraune Kaschmirwolle, dazu ein dünnes Goldkettchen. Das Haar schimmerte einen Ton heller als sonst. Passend zum Schmuck, dachte Thilo.

»War in der Nähe und dachte, ich sollte euch noch mal danke sagen für die tolle Espressomaschine.«

»Und wie schmeckt der Kaffee aus der neuen Maschine?«, fragte Mutter.

»Klasse«, log Thilo. Er hatte noch nicht einmal die Gebrauchsanweisung gelesen. Zehn Kilo Edelstahl mit rätselhaften Knöpfen, Hebeln und einem Barometer.

Sein Vater und Onkel Frank erschienen in der Tür. Hermann Becker wirkte angespannt. Brauning zwinkerte Thilo komplizenhaft zu. Wie ernst auch immer das gewesen war, was sie besprochen hatten, Frank war durch nichts zu erschüttern. Durch fast nichts.

Thilo musste daran denken, wie sein Onkel ihn einmal beim Kiffen erwischt hatte. Er hatte ihm wortlos eine gescheuert. Dann war der Mann, den er für den härtesten Bullen der gesamten Behörde hielt, in Tränen ausgebrochen und Thilo, achtzehn Jahre alt und mit brennender

Wange, musste den Rottweiler trösten – sein Ältester hatte zu der Zeit zum zweiten Mal den Heroinentzug abgebrochen und war abgehauen, wahrscheinlich nach Berlin. Ein Jahr später war er tot. Thilo hatte Onkel Frank damals versprechen müssen, nicht zu werden wie sein Sohn. Danach hatte Thilo besser aufgepasst, wenn er kiffte.

Sein Vater zog Brauning weiter ins Arbeitszimmer.

Renate Becker nahm drei bauchige Gläser aus dem Schrank und suchte die Cognacflasche.

»Was ist das? Familienrat?«, fragte Thilo. Seine Mutter reagierte nicht. Als sie die Tür zum Arbeitszimmer öffnete und das Tablett hineinjonglierte, schnappte Thilo die Worte seines Vaters auf: »... hat angerufen. Seine Nerven sind am Arsch.«

Braunings Rottweilerbellen antwortete: »Den überlass mir.«

Von innen drückte Mutter die Tür ins Schloss. Thilo konnte eine Weile nichts mehr verstehen. Er beschloss, nach Hause zu fahren. Hier war er überflüssig, wie so oft.

Plötzlich wurde Renate Becker laut: »Letztlich bist *du* schuld daran!«

Wahrscheinlich meinte sie Vater. Wenn ihr etwas nicht passte, machte sie ihn verantwortlich. *Es ist alles nur Hermanns Schuld,* hatte sie einmal zu Tante Gerda gesagt, als Thilo heimlich lauschte. In der Zeit nach Christas Tod – schon damals ging das so.

Er griff nach seiner Jacke. Er tastete nach den Artikeln in seiner Hosentasche und stand auf.

In diesem Moment kam Renate Becker zurück. Sie setzte sofort ein Gastgeberlächeln auf und nahm Thilo die Jacke ab. Sie nötigte ihn wieder aufs Sofa. »Und wie hast du die Feiertage verbracht?«

Er gab nach und erzählte von der Kannibalensuche: der Anruf des anonymen Zeugen, das Klinkenputzen in Eller. Den Modus operandi ließ er unerwähnt, kein Wort über Christa.

Seine Mutter machte ein aufmerksames Gesicht, als interessiere sie das alles wirklich.

Thilo deutete in Richtung Arbeitszimmer. »Was haben die beiden Wichtiges zu besprechen?«

»Geschäftliches.«

Eine Ausrede, dachte er. Wahrscheinlich wollte sie davon ablenken, dass der Haussegen mal wieder so schief hing, dass Onkel Frank ihn geraderücken musste – um Geschäftsangelegenheiten kümmerte sich normalerweise Mutters Schwester Gerda.

»Ich hab übrigens Paul besucht«, sagte Thilo. »Es geht ihm ganz gut in diesem Luxusschuppen.«

»Na hoffentlich. Hermann gibt ein Vermögen dafür aus. Als täte es nicht auch ein normales Pflegeheim.«

»Wir haben viel geplaudert. Ich wusste gar nicht, dass du und Christa mal nach Lourdes gepilgert seid.«

Sie lachte ein wenig verlegen. »Ach, da warst du noch klein.«

»Ich soll euch grüßen.«

»Danke. Paul Zimmermann sollte aufhören, in der Vergangenheit zu wühlen. Er lebt rückwärts gewandt. Daher kommt auch seine Krankheit.«

Vater trat in den Raum, gefolgt von Brauning.

Hermann Becker ließ sich in den Sessel sinken. »Thilo, es wird Zeit, dass wir mal reden. Wir alle sind der Meinung, dass du in die Firma einsteigen solltest. Mir wächst die Arbeit über den Kopf und Mutter hat in nächster Zeit viel Arbeit mit ihrer Partei. Wir werden in den nächsten Wochen weiter expandieren. Denk an die Tankstellen, die jetzt alle geschützt werden wollen. Du wärst mir eine echte Hilfe und könntest 'ne Menge über den Laden lernen.«

Thilo spürte, wie seine Hände sich verkrampften und zu Fäusten ballten. Mietbulle werden? Jetzt, wo er zum ersten Mal an einem Mordfall arbeitete? Noch dazu an einem Fall, der mit dem Mord an Christa zusammenhing?

Er wurde laut: »Du weißt genau, wie ich darüber denke! Frank hängt den Kripojob doch auch nicht an den Nagel!«

Brauning antwortete ruhig. »Ich bin zu alt fürs Umsatteln. Die Zukunft gehört der kommenden Generation. Du könntest *Fichte Security* ins nächste Jahrtausend führen, Junge. Gerda ist der gleichen Meinung.«

Obwohl sein Onkel ins gleiche Horn stieß wie die Eltern, spürte Thilo eine Spannung zwischen den Dreien, die er sich nicht erklären konnte. »Und eure Tochter?«

»Anita ist zu jung«, sagte Brauning. »Du bist mit der Sicherheitsbranche großgeworden.«

»Ich bin Polizist, kein Mietbulle.«

»Sag's ihm, Frank«, sagte Mutter, ohne ihren Schwager anzusehen. »Sag ihm, wie seine Zukunft bei der Polizei aussieht.«

Sein Onkel räusperte sich. »Hanke hat mich angerufen. Er hat mir erzählt, was gestern Nacht passiert ist. Die Obermuftis werden einen Sündenbock suchen und Hanke droht, dich anzuscheißen. Er glaubt, er könnte mich damit unter Druck setzen. Er hofft, ich würde was für ihn unternehmen. Aber er überschätzt meinen Einfluss. Wenn dieser Reporter Anzeige erstattet, gibt es einen Riesenskandal und du hängst mit drin, Junge.«

»Ich?«

»Als Wachdienstführer. Logisch.«

Das Telefon klingelte, Vater stand auf und ging ran.

Thilo sah den Ernst in Braunings Gesicht. Ihm wurde flau. Er zwang sich, seine Gedanken zu ordnen: Er hatte sich nicht das Geringste zu Schulden kommen lassen.

Er würde die Sache durchstehen – und im Mordfall Landwehr zeigen, was in ihm steckte.

Sein Vater brachte ihm den Hörer des schnurlosen Telefons. »Benedikt Engel, der Sokoleiter.«

Die Stimme des Langen: »Endlich krieg ich Sie, Becker. Ich hab's schon überall versucht. Hören Sie zu, Vogel will den Film. Er verzichtet auf die Anzeige, wenn wir diesen Film rausrücken. Sie haben ihn aus der Kamera genommen, stimmt's?«

»Nein.« Thilo bemühte sich, ruhig zu bleiben. Drei lauernde Gesichter beobachteten ihn.

»Reden Sie keinen Scheiß!«, rief Engel aufgeregt. »Sie sind dran, wenn Sie den Film nicht rausrücken. Vogel will sonst auspacken. Er kennt Ihren Namen. Er weiß, dass Sie gestern Abend Wachdienstführer waren.«

Nach Hanke auch der *Blitz*-Reporter – nun waren es schon zwei, die ihn in die Scheiße reiten wollten.

»Das ist gut«, antwortete Thilo so ruhig wie möglich. Seine rechte Wange begann zu zucken. Er wechselte den Hörer auf diese Seite.

»Sind Sie verrückt?«

»Danke, dass Sie bezeugen wollen, dass ich weder an der Feier beteiligt war noch an der Prügelei.« Er nickte seinen Eltern und Brauning zuversichtlich zu.

»Einen Teufel werde ich tun! Rücken Sie erst mal den Film raus, und zwar rasch! Wenn nicht, werde ich mich hüten, Vogels Aussage zu widersprechen. Es reicht, wenn Sie in die Schusslinie der Obermuftis geraten, verstanden?«

Arschloch, dachte Thilo. Lackaffe. Feige, arrogante Sau. Das verdammte Zucken hörte nicht auf.

»Ich wette, Sie haben den Film schon zum Entwickeln gebracht. Was ist da drauf? Reden Sie! Vogel hat Andeutungen gemacht, seine Fotos hätten etwas mit den Mordfällen zu tun. Die Dinger sind auch für mich wichtig!«

Thilo spürte die Blicke Braunings und seiner Eltern weiterhin auf sich ruhen. Er presste den Hörer fest gegen das Ohr – sein Onkel sollte auf keinen Fall etwas davon aufschnappen. Was der Lange da sagte, erschien Thilo ungeheuerlich.

Engels Stimme bohrte weiter: »Vogel meint es wirklich ernst. Wenn Sie den Film nicht hergeben, haben Sie sich die Konsequenzen selbst ...«

»Okay, bis morgen«, sagte Thilo und drückte die Taste, die das Gespräch beendete. Seine Hand zitterte.

»Was wollte er?«, fragte sein Vater.

»Einsatzbesprechung um neun Uhr früh. Und das am Samstag.«

Zu Thilos Erleichterung nahmen sie ihm das Theater

ab. Sein Vater beschwor ihn noch einmal, über einen Wechsel in die Firma nachzudenken, dann fuhr er Onkel Frank nach Hause.

Mutter brachte einen weiteren Cognacschwenker und schenkte für Thilo ein.

»Ich muss noch fahren«, protestierte er.

»Du kannst doch hier übernachten.«

Er hatte nicht die geringste Lust auf sein altes Bett, auf den Geruch nach achtziger Jahren und Pubertät. Er lehnte ab und nippte trotzdem. Uralter Edelschnaps aus dünnem, mundgeblasenem Kristallglas. Er hielt ein kleines Vermögen in der Hand.

»Kommst du mit?«, fragte sie.

»Wohin?«

»Zu Dr. Benrather. Der Neujahrsempfang nächste Woche.«

»Wie oft soll ich dir noch sagen, dass ich keine Lust auf deinen Parteiklüngel habe. Du kannst aus mir keinen Politiker backen.«

»Du musst nicht beitreten. Ich werd selbst für die Nachfolge von Dr. Benrather kandidieren. Aber es wär trotzdem schön, wenn du mitkämst. Es sieht besser aus. Für mich, verstehst du? Lass mich nicht im Stich.« Sie hielt ihm ihr Glas entgegen, damit er mit ihr anstoßen würde – als Symbol, dass er einlenkte.

Blut schoss ihm in den Kopf. »Wenn es um deine Beziehungen geht, brauchst du mich plötzlich. Als ich eine Mutter brauchte, warst du nie für mich da.«

»Thilo!«

»Stimmt doch«, sagte er. Sein Puls pochte spürbar. »Für dich und Vater hat immer nur das Geschäft gezählt. Ihr habt mich zu Christa und Paul abgeschoben. Und weißt du was? Christa war meine eigentliche Mutter und ich bin froh, dass ich wenigstens sie hatte.«

Seine Mutter kniff die Lippen zu einer Linie zusammen, aus der die Farbe entwich. Der Schwenker in ihrer Hand platzte, Schnaps und Scherben spritzten auf ihr Kleid. Blut lief über ihre Finger.

Thilo zog ein frisches Taschentuch hervor und verband die Hand seiner Mutter. Er sammelte die Scherben ein und murmelte eine Entschuldigung.

Tränen quollen aus ihren Augen.

»Ich hab's nicht so gemeint«, wiederholte er. Er nahm sie in den Arm. Sie klammerte sich an ihn. Ihr Körper bebte. Er spürte Knochen: Schulterblatt, Rippen. Sie befolgte ihre Diät viel zu streng.

Vielleicht eine Minute lang verharrten sie so. Draußen war entferntes Hundegekläff zu hören, Kinderstimmen sangen Weihnachtslieder. Thilo tätschelte Renate Becker den Rücken – es sollte beruhigend wirken.

Endlich löste sie sich von ihm, wickelte die Hand aus dem Taschentuch und begutachtete ihre Schnittwunden. Sie träufelte Cognac aus der Flasche darüber und verzog keine Miene.

»Habt ihr kein Jod?«, fragte Thilo.

»Christa war eine Schlange«, zischte seine Mutter und schniefte.

Thilo erschrak. Die beste Freundin seiner Eltern. Solche Töne hatte er noch nie gehört.

»Sie hat ausgenutzt, dass ich berufstätig war.« Das Taschentuch knetend, wiegte seine Mutter den Oberkörper vor und zurück. »Paul hat als Biochemiker glänzend verdient. Christa war das Luxusweibchen. Ein Kind, das war alles, was ihr zu ihrem Glück fehlte. Ich *musste* arbeiten, Hermann verdiente als Polizist nicht genug und *Fichte* ging es miserabel. Diese Schlange hat ausgenutzt, dass ich keine Zeit hatte. Sie hat dich systematisch abgeworben. Ich musste mich um die Firma kümmern und um das Haus. Christa konnte mit dir spielen, wann immer du wolltest. Sie hat dich wie ihr Kind behandelt und ich konnte nichts dagegen tun.«

Thilo hatte das Gefühl, Christa Zimmermann verteidigen zu müssen. »Sie hat es doch nur gut gemeint. Mit mir *und* mit euch. Ihr konntet doch froh sein.«

»Froh?« Sie wischte sich Tränen und verlaufenes Make-up aus dem Gesicht.

»Natürlich. Ich kann mich noch gut an euren Urlaub erinnern, als ich sieben oder acht war. Ich wäre so gern mitgefahren. Ihr habt mich abgeschoben.«

»Unsere ersten richtigen Ferien seit deiner Geburt. Christa hat sich förmlich aufgedrängt. Hermann glaubte, du seist bei ihr am besten aufgehoben. Hinterher war ich wütend auf mich selbst, dass ich mich nicht durchgesetzt hatte. Ich hab Christas Spiel erst durchschaut, als es zu spät war. Hermann wollte es nie glauben. Er hat mich behandelt, als sei ich hysterisch.« Sie starrte Thilo an. Ihre Augen waren von verschmiertem Lidstrich dick umrandet – er fühlte sich förmlich aufgespießt. »Christa hat sich die Rosinen aus meinem Leben gepickt.«

Das Zucken ihres Zwerchfells wurde stärker und sie gab hemmungslos ihren Tränen nach. Thilo ahnte, wie viel Schmerz sich in dieser Frau angesammelt hatte. Aber er zweifelte, ob ihre Wahrnehmung stimmte. *Hysterisch* – vielleicht hatte Vater Recht.

Thilo überlegte, wie er sie beruhigen konnte. »Der Parteiempfang. Du kannst mit mir rechnen.«

»Ich will doch nur, dass wir drei wieder zueinander finden«, schluchzte sie gegen seinen Nacken.

Teil II

Katzenjammer

»Wenn man nur lange genug im Job ist, wird jede Straße zu einem Ort, den man am liebsten vergessen würde. Jeder neue Fall erinnert einen an Dinge, die man hätte tun sollen, an, was gewesen wäre, wenn. Und jeder Rock erinnert einen an eine andere Frau. Und wenn's einen mal ganz schlimm erwischt hat, immer an dieselbe Frau.«

Robert Towne, *The Two Jakes*

19.

Er nahm das graue Sakko, das in die Reinigung musste, schloss die Wohnungstür ab und knipste das Treppenhauslicht an. Nicht die Tage wurden länger, dachte Benedikt Engel, sondern nur die Dämmerung. Sie begann täglich ein paar Minuten eher und ging irgendwann nahtlos in den Abend über, etwas später als am Vortag. Richtig hell wurde es nie, als liege Düsseldorf irgendwo am Polarkreis. Ben vermisste das Licht Lanzarotes.

Im Treppenhaus hing ein ungewohnt muffiger Geruch, die Tür zur Wohnung unter ihm stand offen. Er klopfte dagegen und lugte hinein – das Misstrauen hatte sein Beruf mit sich gebracht, bei jedem lauten Wortwechsel, bei jeder Person, die ungewöhnlich schnell ging, dachte er unwillkürlich an eine Straftat. Je länger er im Job war, desto weniger konnte er diese Gewohnheit abschütteln, die ihm selbst lästig war.

»Frau Peterson«, rief er, nicht sehr laut.

Ein Poltern kam ihm entgegen. Zwei Sanitäter oder Zivildienstleistende schleppten eine Trage, auf der Emmi Peterson lag, eine drahtige Dame von fast achtzig Jahren. Ben schloss die Tür der Nachbarin und folgte die Treppe hinunter. Ein Sanitäter fragte, ob die alte Dame Verwandte habe, die zu verständigen seien. Seines Wissens nicht, antwortete der Hauptkommissar und stellte erleichtert fest, dass Emmi bei Bewusstsein war. Vielleicht wollte sie nur die Einsamkeit der Feiertage mit der geschäftigen Fürsorge eines Krankenhauses vertauschen. Emmi Peterson war in den letzten Jahren seltsam geworden. Einmal hatte sie ihre Nachbarn, darunter auch ihn, beschuldigt, ihr Apartment mit Kameras zu überwachen und ihr über versteckte Lautsprecher Befehle zuzuflüstern.

Draußen fegte eine kalte Windbö durch die Straße. Die spärlichen Tropfen lohnten nicht, den Regenschirm aufzuspannen. Ben überquerte die Straße zwischen zwei vorbeirauschenden Autos, deren Fahrer sich nicht um die Tempo-30-Zone scherten. Er betrat das Büdchen und griff nach den Samstagsausgaben der Zeitungen – die ersten seit Heiligabend.

Die dicke Verkäuferin sah aus ihrer Lektüre hoch und schimpfte auf die angeblich unfähigen Bullen. Sie nahm sogar ihre Zigarette aus dem Mund – offenbar wollte sie zu einer längeren Rede ansetzen. Ben warf ihr ein paar Münzen zu und machte sich wortlos auf den Weg. Er hatte sich in der Nachbarschaft nie als Polizeibeamter geoutet – jetzt verspürte er noch weniger Lust dazu denn je.

Ben pflückte einen Werbezettel von der Windschutzscheibe, startete seinen Golf, drehte die Scheinwerfer an und tippte den Intervallschalter der Scheibenwischer nach unten. Ein neuer Arbeitstag – während der Rest der Welt den Samstag als eine Art dritten Weihnachtstag feierte.

An der Ampel ein rascher Blick in die Zeitungen: Der jüngste Tankstellenüberfall hatte die tote Krankenschwester von Seite eins verdrängt. Erwartungsgemäß nichts über die Altstadtwache – noch nichts. Dafür glotzte im Innenteil des *Blitz* groß das Phantomfoto des Fliegenmanns entgegen. Offiziell war Winter lediglich ein gesuchter Zeuge – Nachbarn sollten ihn ohne große Gewissensbisse denunzieren können.

Inzwischen krochen aus allen Löchern die Wichtigtuer: Obermuftis, die Ben vor drei Tagen noch auf die Schulter geklopft hatten, wurden nervös, der karrieregeile Staatsanwalt machte Druck und der Polizeisprecher deutete an, dass Friedrichsen, Chef der Abteilung Gefahrenabwehr/Strafverfolgung und vor Kripochef Sonntag Nummer zwei der Behörde, bald die Geduld verlieren und Benedikt Engel der Presse zum Fraß vorwerfen würde. Dazu kamen die ganz normalen Idioten: Weit über das Stadtgebiet hinaus wollten Anrufer die Ermordete zusammen mit dem Fliegenmann gesehen haben, selbst zu Zeiten, als die Landwehr bereits im Kühlraum des rechtsmedizinischen Instituts eingelagert war.

Und im Krankenhaus lag ein Reporter mit angeknacksten Rippen, der düstere Andeutungen über den Fall machte und drohte, Ben als Schläger anzuzeigen und die gesamte Polizei zum Gespött zu machen.

Wieder spürte Ben einen Anflug von Sehnsucht: nach der sonnenüberströmten, trockenen Landschaft Lanzarotes, nach den Ausflügen mit Sonja Thiele. Der Mirador, der Strand von Famara, die Feuerberge. Eine Zeitreise wäre schön, die zwei Wochen noch mal durchleben. Immerhin würde er Sonja heute Abend wieder sehen: anlässlich der Vernissage, die sie seit der Rückkehr aus dem Urlaub vorbereitete und von der sich die Galeristin den geschäftlichen Durchbruch erhoffte.

Er parkte auf dem Innenhof der Festung. Es hellte auf – dicke Wolkenmassen jagten vereinzelte Fleckchen blauen Himmels vor sich her.

Ben trat in sein Büro und warf *Blitz* und *Morgenpost* auf den Tisch. Von nebenan wehte Kaffeeduft an seine Nase, offenbar war Kollegin Bach schon eingetroffen und mühte sich am Telefon mit Spinnern und Denunzianten ab. Becker war den zweiten Tag in Eller unterwegs – der Blondschopf konnte sich auf ein Donnerwetter gefasst machen, wenn er tatsächlich Vogels Film zurückhielt.

Der Hauptkommissar las den *Blitz*-Artikel:

IST DAS DER KANNIBALE?
FIEBERHAFTE SUCHE NACH MANN MIT FLIEGE GEHT WEITER
Die erste heiße Spur im Mordfall Britta L. Ein Zeuge sah die junge Frau in der Nacht zum 21. Dezember in Begleitung eines Mannes, auf den sich die Ermittlungen jetzt konzentrieren (siehe Phantombild). Auffällig: Der Unbekannte trug eine rote Fliege. Der vorübergehend festgenommene Freund der ermordeten Krankenschwester erhebt schwere Vorwürfe gegen die Polizei. »Mit meiner Festnahme wollte die Polizei nur von ihrer Ratlosigkeit

ablenken. Damit hat sie viel Zeit vertan.« Laboruntersuchungen haben seine Unschuld erwiesen.
Auch die Sonderkommission geht nun von einer Sexualstraftat aus – wie im Fall des »Kannibalen von Heerdt«. Einen Zusammenhang verweist der Leiter der Ermittlungen, Hauptkommissar Benedikt Engel, 40, jedoch noch immer »ins Reich der Spekulationen«.
Mehr als einhundert Zeugen befragte die Polizei an den Feiertagen. Von der Vernehmung des Manns mit der Fliege erhofft sie sich weitere Aufschlüsse. BLITZ-Leser können sich an der Suche beteiligen: Die BLITZ-Hotline ist für Sie geschaltet. Rufen Sie an!

Daneben stand in einem Kasten das Ergebnis einer Straßenumfrage:

ANGST ÜBERSCHATTET WEIHNACHTSFEST
In der Altstadt ist der Mord an Britta L. noch immer Thema Nummer eins. Astrid Lehmann, Verkäuferin, 32: »Ich überlege mir zweimal, ob ich das Haus verlasse. Gehe auf keinen Fall allein aus.«
Horst Fuhrer, Versicherungsangestellter, 52: »Das Mädchen war leichtsinnig. Eine Frau sollte sich nicht von einem Fremden ansprechen lassen.«
Katja Boden, 28: »Bin auch Krankenschwester, fürchte mich nicht. Habe immer Tränengasspray bei mir.«
Altstadtwirte klagen über ungewöhnlich schlechte Geschäfte. Jürgen Hofer, 48, ›Pilstränke‹: »Die Singles, die sonst an den Feiertagen für Umsatz sorgen, blieben über Weihnachten aus.«
Anke Kindermann, 37, ›Schluckspecht‹: »Das liegt vor allem am Kannibalen.«
Sagen Sie uns Ihre Meinung. Wählen Sie die BLITZ-Hotline ...

Der Hauptkommissar legte die Blätter beiseite, nahm das große Miles-Davis-Poster von der Wand und begann, weitere Fundortfotos, Portraits und diverse Skizzen auf die Raufasertapete zu heften. Geordnet nach den Daten der alten Kannibalenfälle.

13.09.1987
Helga Neumeier
aufgefunden in der Pestalozzistraße, Stadtteil Heerdt
Alter: 22 Jahre
Körpergröße: 1,65 m
Gewicht: 52 kg
Haarfarbe: blond
Beruf: Verkäuferin
letzte Adresse: Flurstraße 12, Stadtteil Flingern.

Das erste Opfer des Kannibalen hatten spielende Kinder an einem warmen Sonntagmorgen am Straßenrand im Heerdter Gewerbegebiet entdeckt, keine hundert Meter von den nächsten Wohnhäusern entfernt und nur notdürftig vom Laub der Straßenbäume verborgen. Wie Britta Landwehr war sie an Stich- und Schnittwunden verblutet und vom Täter missbraucht worden. Die meisten Messerstiche hatten die Brüste abbekommen, die Bauchdecke klaffte weit auf, die inneren Organe waren regelrecht zerfetzt und das Herz fehlte.

Kriminaloberkommissar Hermann Becker, damals 39 Jahre alt, leitete die Ermittlungen, der junge Kommissar Heinz Schalowski führte die Akten. *Kommission Schlitzer* hieß die Ermittlungsgruppe im internen Sprachgebrauch – besonders subtil waren solche Bezeichnungen noch nie gewesen. Der unmittelbare Vorgesetzte hieß Frank Brauning, mit 37 Jahren bereits Kriminalhauptkommissar und Leiter des Kommissariats für Tötungsdelikte, das damals noch K 1 genannt wurde.

24.11.1987
Christa Zimmermann
aufgefunden in der Wiesenstraße, Stadtteil Heerdt
Alter: 37 Jahre
Körpergröße: 1,75

Gewicht: 65 Kilogramm
Haarfarbe: dunkelbraun
Beruf: Hausfrau
letzte Adresse: Am Weyersberg 4, Stadtteil Unterbach

Zwei Monate nach dem Mord an Helga Neumeier bestand die *Kommission Schlitzer* nur noch aus Hermann Becker und Heinz Schalowski, die nebenher längst an anderen Leichensachen arbeiteten und wahrscheinlich die Hoffnung aufgegeben hatten, den Psychopathen zu finden. Als eine Joggerin an jenem Dienstagabend im Spätherbst die Leiche von Christa Zimmermann fand, war die Aufregung groß. Brauning übernahm selbst die Leitung einer mehr als zwanzigköpfigen Sonderkommission, die Presse veranstaltete einen Riesenwirbel, tagelang war die gesamte Landeshauptstadt einer Massenhysterie nahe.

Als das Jahr vorüber war, sprach keiner mehr vom Kannibalen, neue Spuren blieben aus und bereits am ersten Todestag der Neumeier waren beide Fälle als ungeklärt der Kriminalaktenhaltung übergeben worden, Hermann Becker aus dem Polizeidienst ausgeschieden und Heinz Schalowski wegen irgendwelcher Unregelmäßigkeiten zur Altstadtwache versetzt worden.

Ben zögerte, sich allzu schnell der Meinung Sigrid Rombergs und der Spezialisten aus München anzuschließen. Zwar war Christa Zimmermann an einer Schädelfraktur gestorben und nicht vergewaltigt oder postum missbraucht worden, aber das war der einzige Unterschied zum Fall Neumeier. Die Brüste der 37-jährigen Hausfrau waren genauso traktiert worden, ihre Bauchhöhle ähnlich zerschnitten und auch ihr Herz war entnommen und unauffindbar geblieben wie das der jungen Verkäuferin.

Auf dem Stadtplan markierte er Wohnadressen, Arbeitsplatz, letzte Aufenthaltsorte und die Fundstellen der Toten vor elf Jahren. Zu den roten Nadelköpfen für Britta Landwehr kamen grüne für Neumeier und blaue für

Zimmermann. Der Hauptkommissar bezog hinter seinem Schreibtisch Stellung. Er konnte kein Muster erkennen.

Wohin er auch blickte, sah er sich umringt von den Manifestationen eines kranken Hirns, von Folter und Tod, von Hilfeschreien.

Ihm war, als sei der Kannibale zu ihm in das Büro gezogen.

Es gab Jobs, die weniger schädlich für Körper und Seele waren. Arbeitszimmer mit Blick ins Grüne, Akten ohne Leichenfotos oder Verbrecherkarrieren. Es gab Gehälter, die üppiger waren und an geringeren Einsatz geknüpft. Gegner, die weniger gefährlich waren.

Aber vielleicht war draußen in dieser Stadt eine vierte Frau, die ihn brauchte. Deren Leben davon abhing, dass er den Kannibalen schnappte, bevor die Begierde aufs Neue mit ihm durchging.

Ben bat die Toten um Antworten. Sie blickten ungerührt von den Wänden herab – wie aus einer anderen Welt.

Das Telefon riss ihn aus seinen Gedanken – der Kripochef.

Der Leitende Kriminaldirektor rief von zu Hause an, wahrscheinlich saß Sonntag gerade bei Frühstücksei und Croissants – ausgeschlafen und entspannt. Der Alte ließ sich erklären, warum die Fahndung nach Winter auf der Stelle trat. Ben bemühte sich, sachlich zu bleiben. Ein ungutes Gefühl wegen Vogel rumorte in seinem Magen. Sonntag hatte noch immer keine Ahnung – doch das war nur eine Frage der Zeit.

Es klopfte, Kollegin Bach kam herein, zwei dampfende Kaffeebecher in der Hand. Ein grau melierter Männerpulli hing unförmig an ihr herunter. Elas Gesicht war anzusehen, dass es Neuigkeiten gab.

Bevor sie etwas sagen konnte, schellte es wieder.

»Engel, KK 11.«

»Raabe. Bin ich richtig bei der Kriminalpolizei?« Beim letzten Wort verhaspelte sich der Mann vor lauter Aufregung.

»Ja.« Ben schaltete den kleinen Lautsprecher an, damit Ela mithören konnte. Sie stellte den Kaffee ab und setzte sich an den Besprechungstisch.

»Wegen dem Mann, den Sie suchen. In dem Mordfall mit dem Kannibalen.«

Es war nicht jedermanns Sache, sich geschliffen auszudrücken. »Ja?«

»Das is' Fritz Pollock, den Sie suchen tun. Er arbeitet inner selben Firma wie ich. Deswegen.«

Ben notierte den Namen auf einen Zettel und reihte Fragezeichen dahinter. Ela hob den rechten Daumen. Ben fragte in den Hörer: »Sind Sie sicher, dass es der Mann ist?«

»Hunnert Prozent.«

»Wissen Sie, wo Herr Pollock wohnt?«

»Nein, aber samstags isser meistens hier.«

»Wo?«

»Inner Firma. Er is' hier als Aushilfe. Deswegen.«

»Geben Sie mir die Adresse, bitte.«

»Das is' *Fichte Security*, die Zentrale inner Kettwiger Straße.«

»Wem haben Sie bisher gesagt, dass Sie ihn erkannt haben?«

»Meiner Frau und 'm Chef.«

»Sagen Sie es auf keinen Fall weiter, vor allem nicht Herrn Pollock. Wir sind gleich bei Ihnen. Es soll eine Überraschung sein.«

Ben und seine Kollegin rannten hinunter zur Fahrbereitschaft, wo er sich am Vortag einen Zivilwagen reserviert hatte. Der Hauptkommissar war es leid, seinen privaten Golf für Dienstfahrten zu verschleißen – von den leidigen Benzinabrechnungen ganz abgesehen. Er brachte den klapprigen Opel Vectra auf Touren und jagte Richtung Osten. Ela berichtete unterdessen von dem Anruf, den sie erhalten hatte.

Ein Kneipier in Oberbilk wollte den Fliegenmann ebenfalls erkannt haben. Auch er nannte ihn Fritz und bezeichnete ihn als Gast, der seit ein paar Wochen öfters auf ein, zwei Alt vorbeischaute und sich mit seinen Kumpels treffe. *Düssel-Klause*, hieß das Lokal.

Als Ben an einer Ampel halten musste, bemerkte er, dass Ela sich zurecht gemacht hatte – dezent: Wimperntusche, ein bisschen Lidstrich, die Lippen glänzten.

»Hey, Ela, was ist los?«, fragte er.

»Wieso?«

»Du hast dich angemalt. Zum ersten Mal, seit ich dich kenne. Verliebt?«

»Ach was.«

Die Ampel sprang auf Grün, Ben quälte den Motor des Vectra. »Und ich dachte, du bist nicht leicht rumzukriegen«, sagte er.

Die Bach hielt ihren Gurt fest und schenkte ihm einen kurzen Seitenblick. »Hier ist es«, sagte sie statt einer Antwort und wies auf die Einfahrt.

Sie hatten keine zehn Minuten gebraucht.

Ben lenkte die Zivilkutsche auf einen umzäunten Hof, trat in die Bremse und ließ die blockierenden Reifen über den holprigen Asphalt schlittern. Vor einer langen Reihe blaulackierter VW-Polos kam er zum Stehen. Gegenüber parkten ein gutes Dutzend Geldtransporter, ebenfalls marineblau.

»Scheiße!«, schrie die Kollegin plötzlich und drückte vergeblich gegen die Beifahrertür.

»Warte«, sagte Ben und sprang hinaus, um ihr aus der klemmenden Tür zu helfen.

Doch Ela kletterte über Handbremse und Gangschaltung auf den Fahrersitz und stieg nach links aus.

»Was hast du?« Ben riss am Griff. Mit einem hässlichen Geräusch sprang die rechte Tür auf. »Siehst du?«

Ela keuchte und strich sich durch die Haare. Auf ihrer Stirn standen Schweißperlen. Die Augen wichen Bens Blick aus. »Ich kann das nicht haben.«

Du weißt, dass es Fälle gibt, in denen ich rate, es trotzdem zu versuchen, hatte die Psychologin gestern Abend gesagt. Sie hatte nicht nur Ela damit gemeint.

Sie gingen schweigend auf das Eingangsportal zu.

Fichte Security – Ihr Sicherheitspartner in Leistung und Preis stand auf dem großen, beleuchteten Schild daneben. Der Geschäftsführer erwartete sie beim Pförtner, offenbar war der Samstag auch für ihn ein Arbeitstag.

Ben war Thilos Vater nie zuvor begegnet, aber seine Unterschrift befand sich auf zahlreichen Aktenstücken zum alten Kannibalenfall. Hermann Becker hatte einst den Ruf eines tadellosen Bullen – und heute den eines erfolgreichen Unternehmers. Er hatte die Wach- und Sicherheitsfirma zur Nummer eins im Rheinland ausgebaut.

Ben wollte nicht wissen, wie viele Polizeikollegen bei *Fichte Security* verbotenen Nebenjobs als Fahrer, Nachtwächter oder Ausbilder nachgingen.

Trotz seiner Stirnglatze und der zahllosen Fältchen um die Augen hatte Hermann Becker eine gewisse jugendliche Ausstrahlung bewahrt und erinnerte Ben dadurch stark an seinen Sohn Thilo. Dazu kam jedoch noch etwas anderes: eine selbstbewusste Gelassenheit – die Souveränität eines Unternehmers, der es zu etwas gebracht hatte. Als sei er es gewohnt, ein leichtes Spiel zu haben, in Geschäftsverhandlungen ebenso wie bei Frauen.

Der Fichte-Chef führte die beiden Kripoleute in die Eingangshalle – der Traum eines Innenarchitekten aus Glas, Granit und Edelstahl, für Bens Geschmack einen Tick zu cool.

»Herr Pollock ist seit zwei Tagen nicht zur Arbeit erschienen«, erklärte der Firmenchef. »Er war für heute als Personenschützer eingeteilt, aber ich muss Ersatz schicken. Trotzdem bin ich sicher, dass mein Mitarbeiter nichts mit der Kannibalengeschichte zu tun hat. Er hat sich nie etwas zuschulden kommen lassen.«

Ihre Schritte hallten die Treppe hinauf. Im Vorzimmer wartete ein Angestellter in einer etwas zu eng sitzenden blauen Uniform.

»Das ist Herr Raabe, der Sie verständigt hat.«

Der Uniformierte stellte sich in Positur: breitbeinig, die Hände auf dem Rücken verschränkt. »Wegen dem Bild im Fernsehen«, erläuterte Raabe und ergänzte: »Deswegen.« Offenbar sein Lieblingswort.

»Warum haben Sie uns nicht eher angerufen?«

»Ich wollt mich erst mit meiner Frau beraten. Der Pollock is' kein Kannibale. Glaub ich nich'.« Raabe wippte unruhig auf den Zehenspitzen.

Wenn Verbrecher sich für ihre Entscheidungen ebenfalls so viel Zeit ließen, wäre die Welt friedlicher, dachte Ben. »Kennen Sie die *Düssel-Klause*? Wissen Sie, ob Pollock da verkehrt?«

»Einige Kollegen gehn da hin. Ich nich'. Ich sach immer, wenn die pro Kakerlake inner Friko 'ne Mark extra kassieren würden, wär'n die schon längst steinreich. Deswegen.«

Ben bedankte sich bei dem Angestellten.

»Kommen Sie erst einmal in mein Büro«, lud Becker senior ein. »Meine Sekretärin wird Ihnen Herrn Pollocks Adresse heraussuchen.«

Sie betraten ein geräumiges, helles Zimmer. Es war beherrscht von einem ausladenden Schreibtisch, der schachbrettartig in hellem und dunklem Holz furniert war. An der Rückwand hing eine hölzerne Maske von der Art, wie Sonja sie verkaufte. Unter der Decke waren Überwachungsmonitore angeschraubt. Ihr Bild war ausgeschaltet.

Die Sekretärin schenkte Kaffee in Designertassen. »Ich hab mir auch schon gedacht, dass es der Pollock sein könnte«, sagte sie ungefragt.

Hermann Becker dankte ihr und schickte sie hinaus. Er knöpfte seinen Zweireiher auf und setzte sich. »Herr Pollock arbeitet seit einem Monat in unserem Unternehmen«, erklärte er. »Zuverlässig, zumindest bis vorgestern.«

Klar, dachte Ben. Bis er sein Gesicht im Fernsehen sah. Er trat zum Fenster. Ein weiterer Geldtransporter bog in die Einfahrt. »Sie haben damals im Kannibalenfall ermittelt«, sagte Ben. Der klobige Transporter parkte am Ende der langen Reihe.

»Ja«, sagte der Geschäftsführer nachdenklich. »Sämtliche Spuren verloren sich im Sand. Es war zum Verrücktwerden. Diese Firma hat mich davor bewahrt.« Seine Rechte beschrieb einen Bogen. »Objektschutz, Werttransporte, Personenschutz, Beratungsdienste. Mit Sicherheit kennen wir uns aus, nicht wahr? Mein Sohn glaubt, ich hätte kapituliert. Stimmt es, dass er demnächst in Ihrer Dienststelle arbeitet?«

»Ja. De facto ist er schon seit ein paar Tagen dabei.«

»Ich glaube nicht, dass es das Richtige für ihn ist. Thilo ist kein guter Teamarbeiter. Er ist manchmal zu eigensinnig. Etwas unstet. Ihm fehlt noch die nötige Reife.«

»Danke für den Hinweis«, sagte Ben. Ela zuckte mit keiner ihrer getuschten Wimpern.

Becker senior fuhr fort: »Und bei jedem rätselhaften Mord schreiben die Zeitungen gleich vom Kannibalen. Mein letzter Fall bewegt immer noch die Gemüter. Aber Sie glauben doch nicht, dass an den Spinnereien was dran ist, oder?«

Die Sekretärin öffnete die Tür. Mit stolzer Miene reichte sie Ben ein Blatt Papier, auf dem Pollocks Adresse stand. Er bedankte sich.

Becker senior erhob sich und gab Ben die Hand. »Nett, Sie kennen gelernt zu haben. Mein Schwager hat übrigens oft von Ihnen gesprochen. Sie haben damals den Mord an Hauptkommissar Nowak geklärt, nicht wahr? Richten Sie Robbi Friedrichsen einen schönen Gruß von mir aus, wenn Sie ihn sehen. Stimmt es, dass er es schon zum Polizeidirektor gebracht hat?«

»Wie fandest du ihn?«, wollte Kollegin Bach von Ben wissen, als sie auf den Hof traten.

»Ein Kotzbrocken, der gern Macht und Einfluss demonstriert. Wusste gar nicht, dass der Leiter Gefahrenabwehr/Strafverfolgung auch Robbi genannt wird. Aber viele Frauen stehen auf solche Typen wie Hermann Becker.«

»Ich nicht.«

»Der Sohn gefällt dir besser, was?«

»Ich fahre«, sagte Ela statt einer Antwort.

Ben warf ihr den Schlüssel zu und kletterte auf den Beifahrersitz. Die Kollegin ließ den Anlasser orgeln, während der Hauptkommissar die Leitstelle anfunkte und Einsatzmittel der Schutzpolizei bestellte. Sicher ist sicher – der Fliegenmann war ein schwerer Junge: »Markenstraße 17. Verdacht auf Signal 114.« Das Codewort für Mord, Klarsprache war zu riskant. Zu viele Pressefritzen hörten mit. Manche schliefen sogar auf dem Scanner. Ben fügte rasch hinzu: »Unbedingt auf Signal Null verzichten.« Kein Martinshorn – Pollock sollte nicht vorgewarnt werden.

»Verstanden«, krächzte es zurück.

Es war eine kurze Fahrt von höchstens zwei Minuten, die in den Nachbarbezirk Oberbilk führte. Die beiden Mordermittler warteten auf die Grünweißen.

»Winter und Pollock. Sieht aus, als hätten wir zwei Verdächtige zur Auswahl«, sagte Ela.

Zwei Streifenwagen hielten. In Begleitung von vier Uniformierten gingen sie hinein. Es war ein muffiges Mietshaus voller Küchendünste, abgetretenes Holz auf den Treppenstufen. *Pollock* stand an der Klingel neben der Tür im zweiten Stock – mit Kugelschreiber auf ein Stück Isolierband gekritzelt. Sie klopften und klingelten.

Zehn Sekunden – keine Reaktion. Ben nickte dem Kuttenträger mit der Werkzeugtasche zu. Der Mann angelte Zange und Schraubenzieher hervor.

Mit einem Knall brach der Schließzylinder, Ben gab der Tür einen Schubs.

Kein Mensch da.

Die Wohnung war völlig unmöbliert bis auf die Küche, die Pollock wahrscheinlich vom Vormieter übernommen hatte. Keinerlei Hausrat – stattdessen ein Schlafsack, eine Isoliermatte, drei Koffer. Eine *Fichte*-Dienstuniform hing an einem Drahtbügel vom Fenstergriff. Ein Koffer enthielt zwei Dutzend Fliegen: gepunktete, gestreifte, geblümte – und eine einfarbige in Rot.

»Bingo«, murmelte Ben.

Das Telefon stand auf dem Fußboden. Auf dem Küchentisch lag ein Stadtplan und das Branchenverzeichnis. Ben überflog die aufgeschlagenen Seiten: *Tabakwaren, Tätowierungen, Tankstellen.*

»Hättest du dir so das Zuhause eines Kannibalen vorgestellt?«, fragte er.

»Schon möglich«, antwortete Ela.

Sie durchwühlten Pollocks Sachen auf der Suche nach einem Schmuckanhänger, der wie ein Delphin aussah – vergeblich.

Die *Düssel-Klause* war eine dunkle Höhle zwei Ecken weiter, in der die meisten Gäste schon mittags betrunken waren. Hinter dem Schanktisch stand die Königin des White Trash: eine große, vollbusige Frau mittleren Alters. Schwammiges Gesicht, dunkler Lidschatten, die Bluse so weit aufgeknöpft, dass ihr BH hervorleuchtete – rote Spitze. Ihre Mähne war gelb gefärbt und toupiert. Der kohlrabenschwarze Haaransatz schimmerte durch. Die feisten Beine der Wirtin steckten in eng anliegenden, glänzend schwarzen Leggings.

Sie sah von Ela zu Ben, drückte die Brust raus und knallte den Kripoleuten eine Kaugummiblase entgegen.

Ela versuchte, sich gegen die Schlagermusik durchzusetzen, die aus der Box über dem Eingang kam: »Ist Herr Domgalla da?«

»Wat woll'n Se von däm? Se könn' auch mit mir reden. Isch bin seine Frau.«

Die Kollegin zeigte ihren Dienstlappen und die Phantomzeichnung des Fliegenmanns. »Kriminalpolizei. Ihr Mann hat uns wegen dieses Herrn angerufen, den wir als Zeugen suchen.«

Ben musterte die bunte Truppe, die am einzigen besetzten Tisch der Kneipe die Weltlage diskutierte – unter besonderer Berücksichtigung eines Zweitligavereins namens Fortuna Düsseldorf.

»Dat is' dä Fritz. Dä is' öfters da«, sagte die Wirtin. »Seit paar Wochen. Trächt immer so 'ne Flieje, wenn er nich' in Uniform is'. Jeden Tach 'ne andere Flieje. Dä muss 'ne Sammlung haben. Heut' isser äwer nit da.«

»Was wissen Sie über den Mann?«

Frau Dogalla lehnte sich mit den Unterarmen auf die Theke – Ben war sicher, bis auf ihren Nabel sehen zu können, wenn er es wollte. »Dä schafft als Bodyguard oder so. War mal 'ne Krankenpflejer, soviel isch weeß.«

Ben und Ela tauschten Blicke.

»On manschmal isser mit 'n paar Blaukitteln da. Kollejen von seine Firma. Manschmal trifft er sisch au' mit irjendwelschen Kerlen.«

Ela befeuchtete ihre Lippen kurz mit der Zungenspitze und fragte: »Wissen Sie, wer das so ist? Die Kerle?«

»Einer heeßt Hörbi, der hat 'ne Glatze on Handjelenke, die janz blau sind vor lauter Tattoos. Der hat mal den Bogi angeschleppt, mit däm hing dä Fritz au' oft rum.«

»Haben die Herren vielleicht auch Nachnamen und Adressen?«, fragte Ela.

»Nä. Hier nit. In meinem Bistro jenüch dä Vorname. Dä Bogi heiß' eijentlisch Bogumil on schafft im *Hotel Kontinental*.«

»Danke.«

»En lecker Alt? Geht aufs Haus.«

»Nein, danke«, sagte Ben.

»Frikos? Frisch jemacht?«

»Wirklich nicht, danke.«

Ben fragte die Wirtin, ob sie eine Ahnung habe, wo Fritz Pollock sich gerade aufhielt.

»Woher dat denn? Bin isch 'ne Babysitter?« Sie kaute schmatzend auf ihrem Gummi und grinste über ihren Scherz.

Ben ging zum Tisch der Kneipengäste und ließ das Phantombild herumgehen – ohne mehr zu erfahren.

»Bistro.« Ela schüttelte im Hinausgehen den Kopf. »Sie hat tatsächlich Bistro gesagt.«

Die Kuttenträger, die in ihren Grünweißen vor der Kneipentür gewartet hatten, kannten das *Kontinental*. Es lag auf der anderen Seite der Kruppstraße, zum Hauptbahnhof hin. Eine üble Ecke wie fast alle in diesem Stadtteil, bereichert noch durch Junkies aus dem gesamten Rheinland. Seit sie regelmäßig von den Plätzen am Bahnhof verjagt wurden, wichen sie in die Wohngebiete aus – fast in jeder Nachtschicht erreichte ihre Wache ein Notruf aus dem *Kontinental*, berichteten die Schupos.

Kontinental – Hotel garni verriet das weiße Plastikschild über der Tür. Die Beamten betraten einen gefliesten Hausflur, der vor einem Treppenaufgang endete. Rechts und links zweigten Türen ab. Auf der einen stand *Frühstücksraum*, auf der anderen *Rezeption, 7-20 Uhr*. Daneben war eine Klingel.

Ben drückte und hörte es innen laut schnarren, doch niemand reagierte. Der runde Türknauf ließ sich von außen nicht bewegen, der Hauptkommissar drückte noch einmal. Der Uniformierte mit der Tasche wühlte bereits nach dem Werkzeug, als sie ein Husten vernahmen, das Milchglasfenster der Tür von innen aufgeklappt wurde und in der Öffnung das unrasierte Gesicht eines etwa fünfzigjährigen Mannes erschien.

»Yes?«, tönte es aus dem Gesicht.

Ben roch den Dunst zu vieler Zigaretten, den der Mann verströmte.

»Bogumil?«, fragte Ela.

»Yes. Bogumil Horatschek.« Die gläserne Klappe wurde geschlossen. Ein Schlüsselbund rasselte und der Unrasierte öffnete die Tür und trat in den Flur.

»Wer hat euch geschickt?«, fragte er. Jetzt erst bemerkte er die vier Uniformierten. Sein Gesicht zuckte, er deutete eine Verbeugung an und verbesserte sich: »Womit kann ich Ihnen dienen?«

Die Kuttenträger grinsten. Ela hatte bereits das Porträt des Gesuchten in der Hand. »Fritz Pollock. Sie kennen ihn?«

»Wer sagt das?«

»Er nennt sich möglicherweise auch Winter. Wissen Sie, wo er sich aufhält?«

Der Portier warf einen verstohlenen Blick zur Treppe und schüttelte den Kopf. Seine Hand verschwand tastend im Türspalt hinter ihm. Ben griff nach dem Arm, riss ihn nach vorn und bog ihn Horatschek mit einem kräftigen Ruck auf den Rücken.

»Los«, sagte der Hauptkommissar und die beiden Uniformierten stürmten an Ela vorbei nach oben. Ben riss den Arm über die Schulter hoch. Es knackte und der Portier schrie auf.

»Zimmernummer!«, rief Ben in sein Ohr.

Ela riss die Waffe aus dem Holster.

»Einundzwanzig«, krächzte Horatschek.

»Zweiter Stock!«, rief Ela den Kollegen hinterher und rannte ebenfalls los.

Ben warf einen raschen Blick auf die Wand neben der Tür: ein Kästchen mit Knöpfen und Glühlämpchen – eine Art Sprechanlage.

Er verstärkte den Klammergriff. »Gibt's da oben einen zweiten Ausgang?«

Horatschek keuchte. »Nix verstehen.«

Ben stieß den Pförtner mit dem Gesicht gegen die Wand, riss den Arm noch weiter hoch und trat zugleich in Horatscheks Kniekehlen.

Der Pförtner kreischte wie am Spieß, dann ging der Schrei in ein Wimmern über. »Der Notausgang. Zum Hinterhof.«

Ben ließ Horatschek fallen und lief hinaus.

Neben dem Hotel war die Toreinfahrt, die auf einen Hof führte. Holpriges Pflaster, Montagefahrzeuge einer Elektrofirma. An der Rückfront des Hotels eine überdachte Kellertreppe. Daneben eine graue Stahltür.

Sie schwang auf, krachte gegen die Wand und ein graumelierter, breiter Mann im dunkelbraunen Anzug stolperte ins Freie. Er rannte aufs Pflaster, sah Ben und hielt inne.

Der Mann auf dem Phantombild.

Ben zielte auf den Fliegenmann. »Hände hoch. Keine Gegenwehr, sonst muss ich schießen.«

Pollock floh zurück zur Tür, wo er Ela und den Uniformierten in die Arme lief. Ohne weiteren Widerstand ließ er sich das Fangeisen anlegen. »Ich war's nicht«, sagte er und zeigte ein höfliches Lächeln.

Der eine Grünweiße fuhr den Mann zur Festung. Ela und die beiden anderen Uniformierten kümmerten sich um den Pförtner.

Ben ging durch den Notausgang nach oben. Ein fensterloser, staubiger Treppenaufgang, im zweiten Stock eine weitere Stahltür, dahinter ein enger, mit billigem PVC ausgekleideter Flur. Es roch nach Putzmitteln. Ein Etagenbad und acht Zimmer – sie waren unbenutzt und von trostloser Kargheit. Bis auf das letzte, das zum vorderen Aufgang gelegen war.

Die Nummer einundzwanzig.

Der Raum war keine zehn Quadratmeter groß. Ben ließ seinen Blick über ein zerknautschtes Bett wandern, einen abgeschabten Nachttisch mit Zahnputzglas, Aschenbecher und zurückgelassener Zigarettenschachtel, ein Waschbecken mit antiken Armaturen, einen Papierkorb, der nichts als eine leere Bierflasche enthielt, und schließlich ein Telefon – in den anderen Zimmern hatte Kommunikationstechnik nicht zur Ausstattung gehört.

Neben der Tür war ein Kästchen. Das Gegenstück zu dem in Horatscheks Kabuff.

Keine Klamotten, kein Aktenkoffer mit Papieren, nicht einmal ein Beutel mit Rasierzeug oder Zahnbürste. Nichts, was auf Geschäfte oder einen längeren Aufenthalt hinwies. Pollock alias Winter war ein Mann, der geübt im Untertauchen war, der schnell seine Zelte abbrechen konnte, ohne allzu viel Spuren zu hinterlassen.

Der Schrank war aus wackligem Sperrholz und knarrte beim Öffnen. Er enthielt nicht einmal Drahtkleiderbügel. Keine Handtücher neben dem Waschbecken, kein Läufer auf dem grauen Bodenbelag. Ben starrte auf das flache, weiße Tastentelefon.

Er griff nach dem Hörer. Er sah die Wahlwiederholungstaste und presste den Finger darauf.

Das Freizeichen. Dreimal, viermal.

Dann ein Klicken – die Leitung rauschte und eine weibliche Stimme sagte: »Da?«

Ben lauschte. Im Hintergrund waren Kinderstimmen, keine Worte, die er verstand.

Die Frau fragte wieder, ein langer Satz in einer fremden Sprache, vielleicht eine slawische.

Ben wusste nicht, was er sagen sollte.

»Hallo?«, fragte die Unbekannte jetzt.

»Who are you?«, fragte Ben und die Frau hängte ein.

In diesem Moment summte das Kästchen neben der Tür und ein Lämpchen brannte. Ben hörte ein Krächzen, das ihn rief.

»Ela?«, sprach er dorthin, wo er das Mikrofon vermutete.

»Das ist eine Gegensprechanlage«, antwortete die Stimme der Kollegin. »Damit hat der Pförtner Winter gewarnt.«.

»Ich weiß.«

Das Lämpchen erlosch.

Der Hauptkommissar wandte sich dem Nachttisch zu. Er zog die Zellophanhülle von der Zigarettenschachtel und benutzte sie als Asservatenbeutel, indem er sie über die ausgedrückte Kippe stülpte, die im Aschenbecher lag. Kein benutzter Zigarettenfilter ohne Speichelrückstände – geringste Spuren würden den Labortanten für einen DNA-Vergleich genügen.

Ben ließ den Stummel in die Hülle gleiten.

Gene lügen nicht, dachte der Hauptkommissar.

20.

Sie hatten die letzte Mietskaserne am Hasseler Richtweg durchkämmt und trafen sich am verabredeten Treffpunkt vor den Altglascontainern. Von der nahen Autobahn drang ein lautes Rauschen, das wahrscheinlich auch nachts nicht abriss. Die Rückseite der Lärmschutzwand am Ende der Straße war an Hässlichkeit kaum zu überbieten.

Thilo Becker registrierte, dass ihre Versammlung für die Anwohner die Attraktion des Tages darstellte. Rentner lehnten in den Fenstern, eine Gruppe türkischer Kids lief herbei und begaffte die Polizisten ohne jede Scheu. »Ey, seid ihr Bullen?«, riefen sie. »Cool, ey, jagt ihr Verbrecher?«

»Wir haben alles durch«, meldete ein Polizeimeister in grüner Uniform. »Weiter nach Süden zu gehen hat keinen Sinn, denn so weit hört man auch nachts keinen Schrei von dort drüben.«

»Richtig. Wir fangen noch mal bei den Wohncontainern an und fragen alle, die wir gestern nicht angetroffen haben«, ordnete Thilo an.

Er erntete allgemeines Murren und fuhr die Kollegen scharf an: »Wollt ihr, dass der Mörder das Gefühl bekommt, er kann ungestraft die nächste junge Frau zerschneiden? Los. Wir halten Funkkontakt, wenn was ist.«

Eine junge Beamtin hielt er zurück. »Hinter dem Haus hab ich einen Teich gesehen. Alles, was der Täter brauchte, war ein abgeschiedenes Plätzchen mit Wasserversorgung, wo er die Leiche vom Blut säubern konnte.«

Die Schupo-Kollegin nickte. »Der Zameksee.«

Fahrzeugreparieren und Ölwechsel verboten stand auf einem Schild. Thilo erkannte rasch, dass der kleine Weiher zu dicht an der Mietskaserne lag – in Hörweite und im direkten Blickfeld der Balkone. Dennoch schritten sie die unbewachsene Uferböschung ab.

Nach drei Minuten hatten sie den Teich umrundet. »War wohl nichts«, stellte Thilo fest.

»Übrigens gibt es noch 'n paar bewohnte Häuser an der Straße selbst«, sagte die Kollegin.

»Welche Straße?«

»Am Kleinforst.«

»Und das sagst du mir erst jetzt?«

Das Funkgerät krachte und Thilo erkannte, dass er gemeint war. »Ja?«

Es war jemand aus der Wache an der Vennhauser Allee. »Sie sollen sich sofort in der Festung melden«, krächzte es aus dem Empfänger. »Persönlich antanzen.«

»Wieso?«

»Keine Ahnung. Der Leiter ZKB will Sie sprechen, KK 11-Chef Engel verlangt nach Ihnen und der Leiter der internen Schnüffler.« Die Funkverbindung wurde schlecht, es rauschte. Thilo hörte nur: »... als wär 'ne Bombe hochgegangen ... ausgefressen?«

»Verstanden.«

Es war so weit. Thilo hatte Vogels Aussagen und Hankes Lügen gegen sich. Sein Onkel konnte ihn nicht rausboxen und Engel wollte es nicht – obwohl der Lange ihn als Zeuge des Krawalls am besten entlasten konnte. Sein Hass auf den Chef in spe brodelte hoch.

Er wechselte einen Blick mit der Polizeimeisterin. Dann sah er sich um, doch die anderen Kollegen waren längst bei den Containern der Aussiedler.

»Ich kann da auch alleine hingehen. Null Problem«, versicherte die junge Frau in Uniform.

»Geh lieber kein Risiko ein.«

Sie trennten sich.

Auf dem Weg zum Auto wurden Thilos Knie weich. Er rief sich Christa in Erinnerung. Zähne zusammenbeißen. Durchhalten.

21.

»Ben Engel, wie immer wie aus dem Ei gepellt«, begrüßte ihn Thann.

»Danke.«

»Es gibt Kollegen, bei denen die Warnlampe angeht, wenn sie einen so schicken Beamten sehen. Die fragen sich gleich, woher der Mann bloß die Kohle dafür hat.«

»Was soll das, Karl? Alles ab Fabrik oder Sommerschlussverkauf. Du könntest auch ein bisschen gepflegter rumlaufen.«

»Ich sag ja nur.«

»Tu endlich deinen Job, du Schnüffler, und schalt deinen Recorder ein.«

»Keine Panik, Alter.« Hauptkommissar Thann bot ihm einen Kaugummi an. Ben zog ein Salbeibonbon aus dem eigenen Vorrat vor.

Der junge Leiter des Kommissariats für Beamtendelikte sagte: »Das ist Teil einer Voruntersuchung und kein offizielles Verhör. Kein Mensch beschuldigt dich wegen irgendwas.«

»Sag bloß, dass keine Köpfe rollen werden.«

»Klar wird es Disziplinarverfahren geben. Bevor heute Abend der *Blitz am Sonntag* gedruckt wird, müssen wir reagieren. Es stinkt mir, Kollegen ans Messer zu liefern. Das kannst du mir glauben. Aber diese Feier in der Altstadtwache war ja wohl zu blöd.«

»Das kannst du laut sagen.«

Der Chefredakteur des Boulevardblatts hatte den Polizeisprecher zu Hause angerufen. Aus Fairnessgründen, um der Behörde die Möglichkeit zur Stellungnahme einzuräumen. Seitdem war den Obermuftis das Wochenende verdorben. Die Kacke dampfte – und Ben hatte die Vernehmung des Fliegenmannes unterbrechen müssen. Die Überprüfung der Fingerabdrücke anhand der AFIS-Datei hatte ergeben, dass Fritz Pollock tatsächlich mit dem mehrfach vorbestraften Krankenpfleger Friedrich Winter identisch war.

Doch der Sexualmord an der Landwehr war seinen Vorgesetzten zweitrangig geworden. Es ging um den Ruf der Behörde.

Thann bog eine Büroklammer zurecht, legte die Füße auf den Tisch und begann, seine Fingernägel zu reinigen. »Wenn wir morgen keine Sündenböcke liefern, ist der Ruf unserer Behörde auf Jahre hinaus ruiniert. Wenn es nach Sonntag ginge, müssten wir jeden feuern, der dabei war. Mit dem Präsidenten kann man das aber schlecht machen. Außerdem ist fraglich, ob überhaupt eine Straftat vorliegt. Die Geschichte wird so tief wie möglich gehängt, aber die Medien lassen natürlich nicht locker.« Er deutete mit dem Drahtding auf Ben. »Erzähl, was los war.«

»Hat Bewerunge nicht schon alles erzählt?«, spottete Ben. Er reimte sich die Vorwürfe zusammen, von denen bis jetzt die Rede war. Der Reporter hatte sich zum Angriff entschlossen – doch aus irgendeinem Grund schien Vogel die Schlägerei aus dem Spiel zu lassen, der er selbst zum Opfer gefallen war. Er hatte einige Nutten ausfindig gemacht, die für die Fete engagiert worden waren. Genug, um den Skandal perfekt zu machen, und in der Kürze der Zeit nicht nur eine journalistische Meisterleistung – wahrscheinlich konnte der Zeitungsmann noch immer nicht schmerzfrei durchatmen.

Thann blieb ernst. »Was meinst du, was für eine dicke Luft da oben herrscht. Am liebsten würden Bewerunge und der Leiter GS den Chef der Altstadtwache persönlich steinigen. Und Sonntag sieht sich mal wieder in seiner schlechten Meinung über den Polizeipräsidenten bestätigt. Mich wird man am Ende als Kollegenschwein beschimpfen. Wie immer. Ich hab's wirklich bis hier!« Thann hob die Handkante an die Nasenspitze.

»Steinigen ist vielleicht etwas hart, aber mit Hanke würde es den Richtigen treffen.«

»Hat er die Nutten gebumst? In der Wache?«

»Kann sein. Das hat sich in irgendwelchen Büros abgespielt. Ich war nicht dabei.«

Thanns schräges Grinsen zeigte, dass er Ben nicht glaubte. »Hanke behauptet, er habe die Nutten für Freundinnen von Kollegen gehalten. Er wäscht seine Dreckfinger in Unschuld und tut, als wisse er von nichts. Wenn keiner gegen ihn aussagt, reicht's nicht mal für eine Strafversetzung. In Sachen Schlägerwache hat er sich schon mal rauswinden können. Hanke ist ein Stück nasse Seife.«

»Und was sagen die Nutten?«

»Das wissen nur Vogel und der liebe Gott. Ich hab keine Namen oder Adressen.«

»Tut mir Leid, Karl. Außer Hanke kannte ich nur ein paar vom Sehen. Als ich kam, waren alle schon blau. Ich dachte, Schalowski könnte mir was über die Kannibalengeschichte von '87 erzählen. Aber wenn du ihn beim letzten Sommerfest gesehen hast, dann weißt du, was mit dem los ist. Der Dicke war wirklich jenseits von gut und böse. Strafbar hat sich jedenfalls keiner gemacht. Die Jungs haben nur etwas über die Stränge geschlagen.«

Der Leiter des Kommissariats für Beamtendelikte kritzelte etwas auf seinen Notizblock. »Und Becker?«

»Der Arme musste Dienst schieben.«

»Als Wachdienstführer.«

»Will Hanke die Verantwortung auf den Jungen abwälzen? Ich hoffe, du fällst nicht darauf rein.«

»Tatsache ist, dass Hanke seinen freien Abend hatte. Das mit der Verantwortung ist so eine Sache.«

Ben wusste, was der Schnüffler damit meinte: Vitamin B spielte eine Rolle. Beziehungen. »Hör zu, Karl. Wenn du mir versprichst, dass Becker verschont bleibt, unterschreib ich dir jede Aussage, die Schalowski als Sündenbock darstellt.«

»Hast du was gegen Schalowski?«

»Nicht im Geringsten. Aber wenn ich wählen soll zwischen dem alten Schluckspecht und Thilo Becker – weißt du, der Junge ist vielleicht nicht der Intelligenteste. Aber er leistet gute Arbeit. Und er gehört zu meiner Truppe. Ich brauch ihn im Moment. Den dicken Schalowski kann der Leiter GS meinetwegen sonstwohin strafversetzen.«

»Ich weiß nicht, ob es ausreicht, wenn wir Schalowski versetzen.«

»Nehmen wir mal an, ich würde aussagen, dass der Dicke die Nutten engagiert hat. Denk über mein Angebot nach.«

Thann unterstrich etwas auf seinem Zettel. »Ich werd mit Sonntag drüber reden.«

Ben ging zur Tür.

»Benedikt?«

»Ja.«

»Was habt ihr Burschen in Wahrheit so alles getrieben?«

Jetzt musste Ben grinsen. »Tut's dir Leid, dass du nicht dabei warst?«

22.

Auf dem Flur kam ihm Engel entgegen. Der Lange sah sich um, packte ihn hart an der Schulter und flüsterte ihm zu: »Was ist mit den Fotos? Du musst sie rausrükken. So schnell wie möglich.«

Thilo schluckte. Gib mir lieber Rückendeckung, Lackaffe.

Offenbar konnte der Lange die Angst in Thilos Gesicht lesen. »Was ist? Schiss? Denen geht es nur um die Nutten.« Engel sah sich noch einmal um. »Ich weiß nicht, warum, aber die untersuchen anscheinend nur die Bumserei in der Wache. Keine Rede vom Angriff auf Vogel. Nichts Strafbares, nur ein Dienstvergehen. Hanke will dir die Schuld in die Schuhe schieben. Aber damit kommt er nicht durch, wenn du ein paar Namen nennst, die glaubwürdig klingen. Die Obermuftis brauchen Sündenböcke.«

Thilo wurde klar, dass ihn der Sokochef duzte.

»Verstehst du?«, raunte Engel noch eindringlicher.

»Ja.«

»Sag ihnen zum Beispiel, Schalowski hätte die Nutten besorgt. Soviel ich gehört habe, entspricht das der Wahrheit. So kommst du um ein Disziplinarverfahren herum.«

Schalli ans Messer liefern? Nie!

Hatte etwa der Lange Heinz verpfiffen?

Eine Tür ging auf und ein etwa dreißigjähriger Kollege in Jeans und Sweatshirt machte durch ein Räuspern auf sich aufmerksam. Engels Blick entnahm Thilo, dass es sich um den Chef der internen Schnüffelabteilung handeln musste.

»Halt die Ohren steif«, sagte der Lange.

Der andere Beamte winkte.

Engel rief Thilo hinterher: »Übrigens: Es geht voran. Wir haben Winter geschnappt.«

Thilo folgte dem Internen ein paar Türen weiter in einen Besprechungsraum. Dort stellte sich der Kollege als Hauptkommissar Thann vor, Leiter des Kommissariats für Beamtendelikte. Thilo staunte. Mit dreißig Jahren schon ein hohes Tier.

An der Längsseite des Tisches lag ein Diktiergerät. Thann bat Thilo, davor Platz zu nehmen, und klopfte an die zweite Tür am anderen Ende des Raumes. ZKB-Leiter Clemens Sonntag, der Leitende Polizeidirektor Robert Friedrichsen, der als Chef der Gefahrenabwehr/Strafverfolgung über Sonntag rangierte, eine Hand voll Kofferträger aus ihren jeweiligen Führungsstellen und schließlich der Polizeisprecher als PP Bewerunges rechte Hand traten ein.

Thann setzte den Recorder in Gang und nannte Datum, Uhrzeit sowie die Namen der Anwesenden. Thilo fragte sich, ob der angewiderte Gesichtsausdruck des internen Schnüfflers zur Schau gehörte. Er wusste, dass er gegen die Aufzeichnung Widerspruch einlegen konnte – indem er es nicht tat, wollte er zeigen, dass er sauber war.

Das Verhör begann.

Thann gab den scharfen Hund, um den Chefs zu imponieren. Er bombardierte Thilo mit Fragen nach dem Ablauf der Weihnachtsfeier. Thilo versuchte, die versammelten Obermuftis zu ignorieren und antwortete, wie er es sich zurechtgelegt hatte – ruhig, ohne ins Stocken zu geraten. Er erwähnte ein paar Namen: Kollegen der Altstadtwache, von denen ohnehin jeder wusste, dass sie auf der Feier gewesen waren. Er nannte Hanke, wo immer es nur passte. Brauning ließ er aus dem Spiel – Familie bleibt Familie. Kein Wort über den Polizeipräsidenten, weil er ahnte, ZKB-Chef Sonntag und GS-Leiter Friedrichsen damit auf die Palme zu bringen. Er unterschlug vor allem auch den Anruf aus der Citadellstraße, den Reporter, die Prügelei. *Ich weiß nicht, warum, aber die untersuchen anscheinend nur die Bumserei in der Wache* – hoffentlich hielten die Kollegen in der Sache ebenfalls dicht. Thilo setzte auf Engel, dass er dafür sorgen würde.

Kein Laut über Heinz Schalowski. In puncto Nutten stellte Thilo sich unwissend.

Thann fragte: »Heißt das, Sie wussten nicht, was in den Diensträumen vor sich ging?«

»Da wurde Musik gespielt und gesungen. Das war nicht zu überhören. Ich nehme an, dass auch Alkohol getrunken wurde. Ein Kollege bot mir etwas an, aber ich lehnte ab, denn ich war ja im Dienst.«

»Welcher Kollege war das?«

»Das habe ich vergessen.« Thilo fand, dass er sich prima hielt.

»Haben Sie Hilfeschreie gehört?«

»Nein.«

»Irgendwelche Anzeichen, dass den Frauen Gewalt angetan wurde?«

»Nein.«

»Warum haben Sie nicht verhindert, dass die Prostituierten in die Wache gelangten?«

»Prostituierte? Ich dachte, das seien Bekannte von Hanke gewesen.«

Die Obermuftis sahen sich an. Thilo spürte, dass er vorsichtig sein musste – zu dick aufgetragene Naivität würde sie gegen ihn aufbringen.

Thann räusperte sich. »Noch mal: Wie sind die Damen reingekommen?«

»In Begleitung von Kollegen.«

»Namen, bitte.«

»Ich weiß nicht mehr. Auf alle Fälle war Hanke dabei. Ich wollte nicht der Spaßverderber sein. Meine Beurteilung stand noch aus, verstehen Sie? Immerhin war auch der Polizeipräsident eine Zeit lang da.« Ein Blick auf die Obermuftis: Friedrichsen malte Kringel auf den Speisenplan der Kantine, Sonntag wetzte unruhig auf seinem Stuhl hin und her. Die anderen starrten Thilo an, nur einer traute sich zu grinsen.

Thilo sagte: »Ich habe die Feier als private Veranstaltung betrachtet, die mich nichts anging, und mich auf meine Pflichten als Wachdienstführer konzentriert.« *Lass dir was einfallen.* »In der Nacht gab es immerhin eine Schießerei und einen Tankstellenüberfall. Ich konnte mich keinen Moment aus dem Wachraum wegbewegen.« Das stimmte. Thilo war sicher, mit seiner Version auf der sicheren Seite zu landen. Er weigerte sich, jemanden zu verpfeifen. Außer Hanke.

Sonntag schlug mit der flachen Hand auf den Tisch. »Sie wollen sagen, Sie hätten nicht gewusst, dass in den Räumen der Altstadtwache eine Orgie mit stadtbekannten Nutten vor sich ging?«

Der Polizeisprecher ergänzte: »Die Damen haben meines Wissens der Presse erzählt, dass es diese Sorte Partys seit Jahren gab. Immer am ersten Weihnachtstag.«

Thilo lehnte sich zurück. »Mag sein, aber ich wurde erst vor zehn Monaten an die Heinrich-Heine-Allee versetzt.« Distanzieren von der Schlägerwache – vielleicht würde er damit punkten.

Sonntag warf einen langen Blick in Richtung Thann und zog hörbar die Luft ein. Friedrichsen begann, den Kantinenzettel zu falten – ein Flieger.

Der interne Schnüffler pochte auf die Akte, die vor ihm lag. »Ich habe hier eine Aussage von Hauptkommissar – ähm – Hanke. Demnach hat Ihr Kollege Heinz Schalowski die Damen mitgebracht.«

Schon wieder: Sie wollten dem Dicken an den Kragen.

»Was sagen Sie dazu?«

Thilo schwieg.

Sonntag haute wieder auf die Tischplatte. »Mein Gott, Becker. Wir wollen wissen, ob Hanke das alles erfindet, um seinen Kopf aus der Schlinge zu ziehen, oder ob er Mitorganisatoren hatte. Die Getränke, die Frauen. Reden Sie schon. Welche Rolle hat Schalowski gespielt?«

»Über ihn weiß ich nur, dass er an der Feier teilnahm. Er hatte keinen Dienst. Verantwortlich war er für gar nichts.«

Der ZKB-Chef sah Friedrichsen an, dieser nickte. Sonntag angelte nach dem Aufnahmegerät, fand den Schalter nicht und warf Thann das Ding zu, damit er es stoppte.

»Verstehen Sie nicht, junger Mann?«, sagte der Leitende Kriminaldirektor ungehalten. »Ich will Ihnen eine Brücke bauen. Sie sind jung. Die Zukunft liegt vor Ihnen. Sie wollen im KK 11 anfangen. Gut. Aber es steht Ihr Wort gegen das von Hanke. Natürlich wird Hanke für die Scheiße bluten, die er angerichtet hat. Aber die Öffentlichkeit wird weiterreichende Konsequenzen fordern.«

Der Polizeisprecher nickte zur Bestätigung, Friedrichsen wog den Papierflieger in der Hand, ein Kofferträger räusperte sich. Thann schälte einen neuen Kaugummistreifen aus dem Stanniolpapier. Acht Augenpaare, die Thilo auf seinem Stuhl festnagelten.

Sonntag fuhr fort: »Wir wissen, dass Schalowski seit langem massive Alkoholprobleme hat. Und in seiner Zeit als Mordermittler hat er üble Schnitzer begangen. Wir haben ihn nur deshalb nicht rausgeworfen, weil wir Aufsehen vermeiden wollten. Das war ein Fehler, aus heutiger Sicht.«

Thilo schwieg. Er ballte die Fäuste und ließ locker, wieder und wieder, um den Druck abzubauen, der auf ihm lastete.

»Also, wer hat den Abend mitorganisiert?«

Fragt doch die Nutten, dachte Thilo.

Sonntag knetete das Ende seiner Krawatte. »Ich will offen reden. Wir haben keine Wahl. Auch wenn keine Straftat vorliegt, muss außer Hanke noch mindestens einer seinen Dienstausweis abgeben.«

Die Obermuftis brauchen Sündenböcke. Sag ihnen zum Beispiel, Schalowski hätte die Nutten besorgt.

Schalli, der dicke Kumpel mit dem heiseren Saxophon. Der trank, weil er einst den Kannibalen nicht schnappen konnte.

Sein Lehrmeister.

Thilo fühlte Hass hochsteigen auf die Obermuftis und Karrieristen, die vor ihm saßen.

Er stand auf, zog den grünen Lappen mit seinem Passbild aus der Tasche und knallte ihn auf den Tisch. Im Rausgehen nestelte er am Holster, drehte sich an der Tür um und warf die Sig-Sauer in den Raum. Thann fing. Friedrichsen zeigte ein verächtliches Grinsen und holte mit dem Flieger in der Rechten aus.

Thilo ließ die Tür hinter sich ins Schloss krachen, bevor ihn das Papierding treffen konnte.

23.

Während der Zwischenfall in der Altstadtwache die hohen Tiere und ihre Führungsstäbe in den Etagen über ihm auf Trab hielt, setzte Ben zum x-ten Mal Kaffee auf, obwohl sein Magen bereits rumorte. Die Neonröhre in seinem Büro flackerte, dann gab sie ganz ihren Geist auf. Das einzige Licht, das noch funktionierte, war die Schreibtischlampe.

Er hatte eine Stunde vertelefoniert, um möglichst vielen Schupo-Kollegen der Altstadt-Schlägerwache klarzumachen, dass sie bei ihren Vernehmungen Vogel und die Prügelei aus dem Spiel lassen sollten. Kein Problem – jeder war erleichtert, dass es nur um die Bumserei ging. Ben hatte das Gefühl, im Sinne des Reporters zu handeln. So tun, als sei Alex Vogel nie auf dem Dach an der Citadellstraße ertappt worden – was auch immer er beobachtet hatte, es hatte ihm offenbar Angst eingejagt. Vogel selbst wollte nicht darüber reden. Er war zu besessen von der Idee, mit seiner Story einen Hit zu landen.

Ben beschloss, Becker junior die Daumenschrauben anzuziehen, wenn er nicht bald mit den Fotos rüberkam.

Im Halbdunkel der gegenüberliegenden Wand lauerten drei Mordopfer. Dazu gesellte sich Bens Erinnerung an seine Kindheit. An die Qualen, die seine Mutter nicht überlebt hatte. Die Dämonen gaben keine Ruhe.

In Winters Wohnung und im Hotelzimmer hatten die Kriminaltechniker nach Fingerabdrücken und Textilfasern von Britta Landwehr gesucht. Ein Ergebnis würde nicht vor morgen vorliegen.

Bogumil ›Bogi‹ Horatschek, der Portier des *Kontinental*, war ein Tscheche, der 1968 in den Westen geflohen war, aber nirgends richtig Fuß fassen konnte. In der Vernehmung hatte er herumgetönt, sein Bekannter Winter sei ein »Superhirn«, der »mehrere Eisen im Feuer« habe. Als Ben das genauer wissen wollte, spielte der Tscheche den Unwissenden.

Eine gründliche Durchsuchung des Hotels lehnte der Staatsanwalt ab – kein dringender Verdacht auf eine konkrete Straftat. Sie hatten Horatschek freilassen müssen.

Winter selbst hatte Ben sich ausführlich vorgeknöpft. Außer den Angaben zur eigenen Person war dem Mann kein Wort zu entlocken. Der Hauptkommissar konnte sich nur an wenige Tatverdächtige erinnern, die ihm so sehr das Gefühl gegeben hatten, gegen Beton anzurennen.

Er verfluchte die Mikroskopgucker vom LKA-Labor, die sich mal wieder Zeit ließen. Eine rasche Genanalyse der Speichelreste am Zigarettenfilter hätte ihm das stundenlange Katz-und-Maus-Spiel mit dem Fliegenmann erspart.

Die Kaffeemaschine im Vorzimmer ließ ihr finales Gurgeln hören. Ben legte das erste Band der Vernehmung in sein Diktiergerät, spulte auf Anfang und drückte die Starttaste. Er hörte fast ausschließlich seine eigene Stimme.

Wir sind da, um Ihnen zu helfen, Herr Pollock. Oder soll ich Winter sagen? Eine Zigarette? Nicht Ihre Marke, na gut, wie Sie wollen. Noch eine Tasse Kaffee, Herr Winter?

Er war dem Fliegenmann um den Bart gestrichen.

Die Wahrheit wird alles ganz einfach machen. Sobald Sie mir alles über diese Frau erzählen, werde ich sehen, wie ich Ihnen helfen kann. Denken Sie darüber nach, Herr Winter.

Winter, der so weich aussah, hatte sich als äußerst stur erwiesen. Ben hatte sich eine Stunde lang die Zähne ausgebissen.

Sie sind in einer eingefahrenen Situation. Wenn Sie erzählen, wie es sich zugetragen hat, wird es für Sie viel leichter sein.

Winters Stimme: *Leck mich.*

Ben erinnerte sich an das aufreizende Grinsen, das Überlegenheit signalisieren sollte. Der feiste Fiesling wollte provozieren, den Mordermittler aus dem Konzept bringen, ohne wirklich zu antworten. Winter hing weit zurückgelehnt im Stuhl, tat gelangweilt. Die zugeknöpfte Jacke seines schlechtsitzenden, kackbraunen Anzugs spannte. Der Fliegenmann kratzte sich an den Eiern, musterte die Armbanduhr, gähnte. Ben konterte mit ruhiger Höflichkeit, als habe er alle Zeit der Welt. Er zeigte nicht die Ungeduld, den Hass, der in ihm brodelte.

Nur einmal hatte der Fliegenmann Schwäche gezeigt. Ben wechselte die Kassette. Auf der zweiten fand er die Stelle: *Wir wissen, dass Sie mit Britta Landwehr im ›Schlösser-Gatz‹ waren. Wir haben einen Zeugen, der Sie zusammen gesehen hat. Wir werden eine Gegenüberstellung machen und alles kommt raus. Sie erleichtern sich die Sache, wenn Sie es zugeben.* Keine Antwort. Ein Rascheln – Ben hatte sich an eine eigenartige Formulierung in der Aussage des Brauhaus-Köbes erinnert und in der Akte nach der Stelle gesucht. Dann sein Schuss ins Blaue: *Sie haben im ›Schlösser-Gatz‹ auf einen Dritten gewartet. Wer war das?*

Winters Stimme: *Sag ich nicht.*

Bingo.

Ben war jetzt wieder genauso elektrisiert wie während des Verhörs. Er hatte fast befürchtet, diese Reaktion Winters habe nur in seiner Phantasie stattgefunden. Für den Hauptkommissar war sie eine klare Antwort.

Aber wer zum Teufel war diese dritte Person?

Winter hatte seine Beherrschung rasch wieder gefunden. Das Band rauschte weiter, dann ertönte Bens nächste Frage: *Wo sind Sie anschließend hingegangen?*

Leck mich kreuzweise. Grinsen. Eierkraulen.

Ben stoppte das Band. Er dachte an den anonymen Anrufer von gestern, den er eine Zeit lang für den Täter gehalten hatte. *Schlimme Schreie.* Nein – Winters Stimme war es nicht gewesen, die des Fliegenmanns klang tiefer, voller.

Kollegin Bach rauschte mit einigen Notizen in sein Zimmer. Sie stutzte. »Warum machst du kein Licht?«

»Ich dachte an Kerzen, ein Glas Sekt, gedämpfte Musik.«

Ela ignorierte die Antwort. »Ich hab die Gerichtsakten erhalten. Winter war es. Todsicher. An beiden Tagen war keine Verhandlung, weder als die Neumeier getötet wurde, noch als die Zimmermann erschlagen wurde. Der Prozess gibt ihm kein Alibi.«

»Hör mal«, sagte Ben und spulte ein Stück zurück: *... auf einen Dritten gewartet. Wer war das?- Sag ich nicht.*

»Was soll das bedeuten?«

»Rate mal«, forderte er Ela auf.

»Wenn es wirklich eine dritte Person gibt, warum schiebt Winter nicht die Schuld auf sie? Das wäre doch das nahe liegendste. Ich bin sicher, Winter ist der Psychopath, den wir suchen.«

Ben unterließ es, seine Zweifel auszubreiten. Er war keiner, der allzu viel von Intuition und Vermutungen hielt. Dass er immer noch keinen zwingenden Sachbeweis gegen den Fliegenmann in der Hand hatte, machte ihn kribbelig. Die Erinnerung an den Prozess gegen Winter gab ihm eine Idee.

»Hast du den Namen der Frau, die Winter damals angezeigt hatte?«

»Ja, warte.« Sie wühlte in ihren Notizen, ein Blatt fiel ihr aus der Hand und segelte auf Bens Tisch.

Er griff danach. Es wimmelte von Abkürzungen, die Ben beim Notieren vermied, da sie später das Lesen zur Qual machten: *Ivana Wölfel, geb. 2.10.1960 in Berg. Gladb., wohnh. D'df, Elsa-Brandström-Str. 15., o. Berufsang.*

»Die knöpfen wir uns morgen vor«, sagte der Hauptkommissar.

24.

Ben war spät dran. Er war nach Hause gehetzt, hatte sich rasiert und in Schale geworfen, ganz in Schwarz – ein Armanianzug, den er vor zwei Jahren bei einem Lagerverkauf erstanden hatte. Er hatte keine Ahnung, was ihn erwartete. Die erste Vernissage seines Lebens. Vor Sonjas Schaufenster hielt er inne und prüfte den Sitz der Krawatte.

An der Tür schlug ihm Zigarettenqualm entgegen und der Klang afrikanischer Trommeln. Mindestens vierzig Personen standen in der Galerie und wandten ihm den Rücken zu. Gabi, eine Kunststudentin, die den Laden hütete, wenn Sonja nicht da war, balancierte ein Tablett mit Sektgläsern durch die Menge. Ben brachte seine Tasche ins Büro, in die er Pyjama und Kulturbeutel gepackt hatte – er wollte heute bei Sonja übernachten. Dann mischte er sich unter die Gäste und schnappte ein Glas von Gabis Tablett, um etwas zu haben, an dem er sich festhalten konnte.

Die Trommelwirbel kamen schneller und lauter, plötzlich brachen die Klänge ab. Die Menschen um Ben herum zeigten verzückte Gesichter und applaudierten. Zwischen den hochaufragenden Figuren der Igbo-Gottheiten standen drei Schwarze mit ihren Trommeln und verneigten sich breit lächelnd.

Musik vom Band setzte ein. Die Menge löste sich in Grüppchen auf. Sonja stand bei den Mumuye-Figuren. Zwei potentielle Käufer lauschten ihren Erklärungen und nickten, als verstünden sie etwas.

Gabi, die Ladenhüterin, tippte Ben an. »Kannst du mir mit den Häppchen helfen?« Er folgte ihr ins Büro. Sie nahm die Folie von zwei großen Blechtabletts mit Schnittchen – Roastbeef und Lachs, reich garniert. Bens Körpergröße half, die Bleche durch die Galerie zu tragen. Er platzierte sie auf dem Tisch, auf dem sonst die Kasse stand. Gabi klimperte mit einer Gabel gegen ein Glas – sofort griffen gierige Hände nach dem Essen.

»Ham Se vielleicht noch so 'ne Sprudeljetränk?«, fragte ein beleibter Herr mit Dreitagebart und hielt Ben sein Glas hin, als sei er der Kellner.

»Für mich bitte auch«, flötete seine perlenbehängte Begleiterin.

Ben trug die Gläser ins Büro und suchte im Kühlschrank nach Sekt. Er fand, dass ihm die Gastgeberrolle stand.

Eine Weile half er Gabi bei der Bewirtung. Er wollte Sonjas Verkaufsgespräche nicht stören. Vielleicht würde der Laden endlich mal Gewinn abwerfen. Ben dachte an das Risiko, das Sonja bei der Anschaffung der alten Holzdinger eingegangen war.

Er registrierte Masken an den Wänden, die er an Heiligabend noch nicht gesehen hatte. Vogelgesichter und große, runde Scheiben mit kleinen, quadratischen Mündern, weiß und rotbraun bemalt und mit langen Bastfasern behangen.

»Sie hier, Herr Engel?«

Ben drehte sich um und erkannte den sportlich wirkenden Mann mit Halbglatze, der ihn angesprochen hatte. Thilos Daddy. Mister *Fichte Security*.

Hermann Becker sagte: »Etwas zu sophisticated für einen normalen Bullen, so eine Vernissage. Sie sind dienstlich hier, schätze ich.«

Ben wunderte sich über die Frotzelei. Eine unterschwellige Aggressivität war nicht zu überhören. »Nein, privat.« Ich bumse die attraktive Brünette, der dieser Laden gehört, hätte er am liebsten hinzugefügt. Dann entschloss er sich zur Retourkutsche: »Und seit wann gibt's Leute von der Mietbullenbranche, die für Kunst Interesse aufbringen? Oder waren es die Buschtrommeln, die Sie angelockt haben?«

Becker senior lächelte kalt. »Tut mir Leid, wenn ich Sie aus der Fassung gebracht habe.« Der Unternehmer schwenkte sein Glas und ließ den Schampus kreisen. Ganz der kultivierte Genießer von Golfsport, Cabrios und schönen Frauen. Ben dachte an Beckers Sohn und sah einen trotzigen, unsicheren Jungen, der seinem Vater in puncto Gewandtheit und Charme nicht das Wasser reichen konnte. Vielleicht war dieser Mann Thilos Problem.

»Burkina Faso«, sagte Hermann Becker, auf die Masken deutend – offenbar ein weiterer Versuch, Ben herauszufordern.

»Was auch immer. Als Bürodekoration können Sie's jedenfalls von der Steuer absetzen.«

»Leider nicht der Geschmack meiner Frau.«

»Ist sie da?«

Becker verschluckte sich an einem kurzen Auflachen. Ben musterte den feinen Zwirn seines Gegenübers. Maßgeschneidert. Hermann Becker hätte es in der Behörde weit gebracht, wenn er dabeigeblieben wäre. *Hermann und Robbi.*

Der Unternehmer sah sich kurz um und sagte: »Bin ganz erschüttert, dass einer meiner Angestellten in einen Mordfall verwickelt sein soll.«

»Ihr Herr Pollock arbeitete bei Ihnen unter falschem Namen. Sagt Ihnen der Name Winter etwas?«

Ben sah, wie sich Beckers Gesicht verdüsterte.

»Klingelt's?«, fragte er. »Ist er Ihnen während der Ermittlungen im Fall Helga Neumeier vielleicht mal begegnet?«

»Nein. Ist das Pollocks richtiger Name?«

»Ja.«

Die Frotzeleien waren Becker senior vergangen.

Ben fragte: »Haben Sie eigentlich jemals mit Außenstehenden über den Modus operandi im Fall Neumeier gesprochen?«

»Nein.«

»Ich würd's verstehen. Eine junge Frau, grausam verstümmelt. So eine Sache geht an die Nieren. Da redet man schon mal mit der Frau darüber, mit der Familie oder Freunden, um es verarbeiten zu können.« Wenn man Frau und Familie hatte, dachte Ben.

»Nein. Hab ich nie gemacht. Tun Sie doch auch nicht, oder? Warum fragen Sie?«

»Weil der Mord an Christa Zimmermann eventuell die Tat eines Trittbrettfahrers war.«

Der Unternehmer kippte den Inhalt seines Glases. »Kann ich mir unmöglich vorstellen. Was ist mit Pollock beziehungsweise Winter? Glauben Sie, dass er reden wird?«

»Ich fürchte, das ist ein ausgekochter Bursche. Wenn die DNA-Analyse nichts bringt, stehen wir wieder am Anfang.«

»Ich möchte nicht in Ihrer Haut stecken, Herr Engel.« Beckers Blick signalisierte, dass er den Smalltalk beenden wollte. »Viel Glück.«

Im Büro nahm sich Ben ein Glas Mineralwasser. Gabi kam herein und ließ sich auf einen Stuhl fallen.

»Läuft es?«, fragte Ben.

»Das kann man wohl sagen. Zwei Drittel der Sachen sind weg. Hast du gesehen, wer alles da ist?«

»Ja«, sagte Ben. Außer Becker senior kannte er niemanden.

»Wenn man bedenkt, dass Sonja noch nicht lang im Geschäft ist und alles nur auf Mundpropaganda beruht – Wahnsinn. Weißt du, wer heute Nachmittag da war?«

»Nein.«

»Oswald.«

»*Der* Oswald?«

»Richtig«, sagte Gabi voller Begeisterung. »Zuerst kommen seine Leibwächter in den Laden und versprühen Desinfektionsmittel. Ich hab gedacht, ich ersticke. Dann kommt er rein. Der Mogul persönlich. Von seinem Gesicht hast du nix gesehen. Wie Michael Jackson. Sonnenbrille und Mundschutz. Er soll ja fürchterliche Angst vor Bazillen haben. Innerhalb einer Minute kaufte er alle drei Nagelfetische, dann war der Spuk vorbei und wir mussten bis zum Abend lüften, damit der Gestank abzog.«

Adi Oswald – vom umtriebigen Filmhändler und Jetset-Playboy zum geheimnisumwitterten Kopf eines Medienimperiums. Seit Ben lesen konnte, war der Mogul ein Lieblingsthema der Klatschpresse. Die Journalisten handelten Gerüchte über ihn wie Jungs auf dem Schulhof Abziehbilder von Fußballstars. Wie weit Oswalds Macht wirklich reichte, wusste niemand, nicht einmal Konkurrenten oder Kartellbehörden, die ihn als Gefahr für die Pressefreiheit verteufelten. Vielleicht kontrollierte er längst auch diese und deren Geschrei war nur ein Ablenkungsmanöver.

»Es gibt ihn also tatsächlich«, sagte Ben.

»Wenn's kein Doppelgänger war, den er engagiert hat.«

Ben erinnerte sich an die billigen Heftchen seiner Mutter. Keine Woche ohne neuen Tratsch über Oswald: Partys, Scheidungen, Skandale, dokumentiert durch verwackelte Paparazzifotos – bevor Oswald die Blätter aufkaufte. Später zog er sich zurück, wurde sonderlich.

»Ich hoffe, Sonja hat den Kerl um eine hübsche Summe erleichtert.«

»Ihre ewigen Geldsorgen ist sie jedenfalls los. Wird Zeit, dass Sonja mal zur Ruhe kommt. In jeder Hinsicht.« Gabis Augen waren plötzlich ernst. »Wär schön, wenn es mit euch beiden was Festes wird.«

Ben ging zurück in die Galerie. Die Fetischfiguren – bald würden sie in einer von Oswalds Villen verschwinden. Jeder Nagel im Leib verkörperte einen Kontrakt oder einen Fluch. Der Gesichtsausdruck war pure Aggressivität. Die Menschen, die einst an den Zauber dieser Figuren glaubten, hatten sie gefürchtet wie den Tod. Inzwischen war Geld zum allgemeinen Fetisch geworden, nicht weniger mächtig. Rote Punkte klebten an den Sockeln der Skulpturen – Oswalds Besitzanspruch.

»Wundervoll«, sagte ein hagerer Alter mit schütterem Haar.

»In dieser Größe gibt es nur wenige«, assistierte eine junge Frau, die aufgeregt an einem Zigarillo sog. »Die belgischen Kolonialherren haben schon um die Jahrhundertwende den Nkonde-Kult verboten.«

»Und sich die besten Stücke unter den Nagel gerissen.« Der Alte schien geschmeichelt durch die Aufmerksamkeit, die ihm die Raucherin zollte. »Spüren Sie die Macht, die von den drei Kerlen ausgeht? Es heißt, ein Nagelfetisch konnte Verbrecher identifizieren und sie mit dem Tod bestrafen.«

Früher waren die Polizeimethoden eben etwas rustikaler, dachte Ben.

Die Häppchenplatten waren bis auf die Salatblätter geleert, die Gäste begannen aufzubrechen. Sonja plauschte mit Hermann Becker und erwiderte Bens Blick mit einem knappen Nicken – sie hatte ihn endlich wahrgenommen. Die vertraulich wirkende Art, wie der Sicherheitsunternehmer sich von Sonja Thiele verabschiedete, irritierte Ben. *Sonjas verflossener Lover – ein älterer, verheirateter Geschäftsmann.*

Und wenn schon – verflossen ist verflossen.

Ben half Gabi beim Einsammeln der leeren Gläser. »Wie kam Oswald eigentlich auf euch?«

»Das hab ich Sonja auch gefragt. Sie macht ein Geheimnis draus, als habe sie Angst, dass ich ihr Konkurrenz machen könnte. Ich hab mitbekommen, wie Sonja gestern Nachmittag mit ihm telefoniert hat. Und zuvor war sie lange zum Mittagessen weg. Ich nehm an, da wurde der Ankauf besprochen.«

Müde sah Ben auf die Uhr. Ein letztes Grüppchen hielt Sonja in Beschlag. Eine Frau machte Notizen, vielleicht die Kulturredakteurin der *Morgenpost*. Ein Mann betastete mit den Fingern die Ziernarben einer Statue, ein anderer mit den Blicken Sonjas Ausschnitt. Die Sting-Platte lief schon zum dritten Mal.

Er pirschte sich an Sonjas Seite. »Gratuliere«, sagte Ben, zu ihrem Ohr gebeugt.

Sie ging nicht darauf ein, sondern antwortete einem Kaufinteressenten, der offenbar feilschen wollte.

Ben unterdrückte ein Gähnen, schlenderte in die Küche und trocknete Gläser. Endlich zog Sonja die Tür hinter dem letzten Gast zu und entließ Gabi nach Hause.

Ben sagte: »Ein voller Erfolg, soviel ich mitgekriegt habe.«

»Ich bin geschafft«, stöhnte Sonja und ließ sich auf einen Stuhl plumpsen.

»Ein Glas Sekt?«

»Lieber ein Aspirin.«

»Ich hol dir eins, wenn du mir sagst, wo ich's finde.«

»Will der Kripobeamte wieder herumschnüffeln?«, fragte Sonja und Ben hatte den Eindruck, sie meinte es nur halb im Scherz.

»Was hast du?«

»Ich vermisse mein rotes Notizbuch. Du hattest es neulich in der Hand.«

»Meinst du, ich hätte es mitgehen lassen?«

»Und?«

»Sag mal, wie kommst du darauf? Soll ich dir die Schublade zeigen, in die du's selbst getan hast? Was steht denn so Geheimnisvolles drin?«

Ihre Augen blitzten ihn auf ungewohnte Weise an, dann kehrte der Ausdruck von Müdigkeit zurück. Sie legte den Kopf in die Hände, ihr Haar fiel ins Gesicht. Er ging zu ihr, streichelte ihre Wange, kraulte ihren Nacken. Sein Versuch eines Kusses ging ins Leere – Sonja drehte sich weg.

»Was ist los mit dir?«

»Nichts. Ich will nur meine Ruhe haben.«

Ben setzte sich. »Sagst du mir Bescheid, wenn du mich wieder ranlässt?«

»Vergiss es, Benedikt.« Sie zündete eine Zigarette an, was sie nur selten tat. »Wir hatten unseren Spaß, aber es ist vorbei.«

Ihr Satz traf ihn wie Nägel den Körper einer ihrer Voodoo-Figuren. Ben hatte gespürt, dass etwas vorging – aber damit hatte er nicht gerechnet. »Sonja, bitte. Was ist los?«

Sie schüttelte müde den Kopf und sog heftig an ihrer Zigarette. »Du raubst mir die Luft, Benedikt. Wenn wir zusammen sind, willst du mich ständig umsorgen. Warum seid ihr Männer alle so besitzergreifend? Ich brauch Abstand, verstehst du? Zeit für mich selbst. Du hast keine Ahnung, welchen Stress ich in den letzten Tagen hatte. Ich muss mir erst einmal Klarheit verschaffen, was wichtig und richtig ist für mich.«

»Ich bin also falsch und unwichtig?«

»Wir könnten Freunde bleiben, aber ich fürchte, du bist nicht so cool, wie du immer tust.« Sie hackte die nur halb gerauchte Zigarette in einen Teller und ließ Wasser in ein Glas laufen. In ihrer Handtasche kramte sie nach einer Tablette, ohne Ben eines weiteren Blicks zu würdigen.

Ben stand auf. *Freunde bleiben* – kein Bedarf.

Er floh in die Galerie, die Lampen waren gelöscht. Zigarettenrauch und die Ausdünstungen zu vieler Menschen hingen im Raum – eine rasch verblassende Erinnerung an die Zeit, als er nicht im Traum an eine Trennung von Sonja gedacht hätte. Ewig her – zehn Minuten.

Ben passierte die Schatten von Göttern und Geistern und wusste, dass er ihnen nicht wieder begegnen wollte. Die Tür nach draußen war unverschlossen.

Eine kalte Brise wehte durch die Straße, Ben atmete tief durch.

Er versuchte sich einzureden, dass die Welt die gleiche blieb. Vielleicht hatte die Polizeipsychologin Recht und er war tatsächlich nicht der Typ für tiefere, langfristige Bindungen.

25.

Ela suchte nach dem Schlüssel. Es dauerte etwas, sie waren beide leicht beschwipst. Den Frust ertränken, den der Job mit sich brachte, so nannte es Ela. Mut antrinken traf eher zu, vermutete Thilo.

Die braunlackierte Tür hatte massive Beschläge und zwei Schlösser. Ela hatte darauf bestanden, zu ihrem Apartment zu fahren, obwohl seines näher gewesen wäre. Endlich sprang die Tür auf.

»Willkommen in der Höhle der Löwin«, sagte die Kollegin. Nach zwei Stunden in der Pizzeria hatte Thilo genug erfahren, um zu wissen, dass sie damit ihr Sternzeichen meinte.

Er hoffte, dass er noch nüchtern genug war, um in Elas Bett eine gute Figur zu machen. Er hatte beim Chianti kräftig mitgehalten – dass es sein letzter Tag im Polizeidienst gewesen war, hatte er der Kollegin nicht gestanden.

Er vermied, darüber nachzudenken, was morgen sein sollte. Er drückte einen Kuss auf ihren Nacken.

Sie schob ihn ungeduldig über die Schwelle. »Mach schon, es müssen nicht alle sehen.«

»Na und?« Er sah sich demonstrativ um. Die Türen der Nachbarn waren geschlossen.

»Ich glaub, der Chef ahnt es schon«, sagte Ela.

Engel konnte ihm gestohlen bleiben. Die gesamte Festung konnte ihm gestohlen bleiben.

Die Kollegin schloss die Tür hinter ihm und drehte die Schlüssel. An allen vier Seiten schnappten Riegel ins Mauerwerk. Zusätzlich legte Ela die Kette vor. Perfekter als bei seinen Eltern in Unterbach, dachte Thilo.

Er sagte: »Die Kollegen von der Einbruchsprävention wären stolz, das zu sehen.«

»Hältst du mich für neurotisch?«

»Ach was. Du bist vorsichtig. Verrückt ist was anderes.«

»Hab eben ein ausgeprägtes Sicherheitsbedürfnis.« Sie ging in die Küche und suchte im Kühlschrank nach etwas, das sie nicht fand. »Tee?«, fragte sie. »Oder willsu Allo'ol?« Die Übertreibung ihrer Trunkenheit sollte locker wirken.

»Tee ist okay.«

Ela füllte einen Wasserkocher. Thilo fiel auf, wie aufgeräumt die Küche war. Fotos waren mit bunten Magneten an die Kühlschranktür geheftet. Ela deutete Thilos Blick als Interesse und erklärte: Kolleginnen vom LKA, mit denen sie in Urlaub gefahren war, Kinder ihrer Schwester, die Familie beim Weihnachtsfest vor einem Jahr.

Thilo entdeckte ein älteres Foto zweier Mädchen – Hosen und T-Shirts knalleng, Augen stark geschminkt, das Haar mit Locken und Spray auf Volumen gebracht. Die ältere war unverkennbar Ela. »Du warst mal blond?«

»Da war ich siebzehn. Braun fand ich langweilig. Und lang mussten sie sein und dauergewellt. Richtig prollig, was?«

Sie sei ein wildes Mädchen gewesen, das ihren Eltern viel Kummer bereitet hatte. Ein schwieriges Verhältnis, sagte Ela. Immerhin ein Verhältnis, dachte Thilo. Inzwischen hätten sie längst Frieden geschlossen, erklärte Ela weiter. Dafür müsse sie sich jetzt von ihrer Schwester anhören, sie sei spießig und solle mehr aus ihrem Typ machen.

»Meinst du, ich sollte mir mal wieder die Haare färben?«, fragte sie.

»Du bist klasse, wie du bist«, antwortete Thilo – Frauen hörten so etwas gern. Ihm fiel auf, dass das blonde Mädchen auf dem Foto eine gewisse Ähnlichkeit mit der ermordeten Krankenschwester besaß.

»Meine Schwester meint, ich sollte andere Klamotten anziehen.«

»Ausziehen fänd ich noch interessanter.«

Ela lachte. Sie nahm seinen Kopf in die Hände und sah ihn an. »Ich liebe blaue Augen. Darin kann man lesen.«

Sie gingen in den Clinch und Thilo verdrängte den Gedanken an den Dienst. Bei jeder Frau war es anders und mit Ela war es neu. Antje zu küssen war Gewohnheit – das Knutschen mit Ela erregendes Vorspiel.

Sie strich über seine Schultern und Oberarme, als wollte sie die Muskeln testen. Das Brodeln des Kochers unterbrach sie.

»Woher kommt der Name Ela?«, fragte Thilo. »Michaela?« Er bemerkte, dass die Kühlschranktür offen stand, und versetzte ihr einen Tritt.

»Nein, Gisela. Ich hab den Namen gehasst. Er kam mir so bieder vor. Wenn mich jemand von meinen Mitschülern so genannt hat, habe ich ihm eins über den Kopf gezogen«, bekannte sie, während sie den Tee brühte und in kleine Schalen goss. Dünnes Porzellan, aufgemalte Zweige mit Kirschbaumblüten.

»Wildes Mädchen.«

»Ich hab mich durchgesetzt. Sogar meine Eltern nennen mich Ela.«

Thilo nippte und verbrannte sich die Zunge.

Elas Hand kroch unter sein Hemd. Er umfasste ihre schlanke Taille. Sie schob ihn auf den Flur in Richtung Schlafzimmer, sie blieben eng umschlungen.

»Hast du einen Freund?«, fragte er.

»Psst. Nicht reden.«

»Ich war mal mit 'ner Frau zusammen, deren Mann Kollege war«, sagte Thilo, als wäre es mit Antje vorbei.

»Keine Sorge. Es wird kein Polizist auf dich schießen, wenn du hier rausgehst.«

Die Badezimmertür stand offen – keine männlichen Accessoirs auf der Ablage. Kein Rasierwasser, nur eine Zahnbürste. Auch im Schlafzimmer peinliche Ordnung. Ein Dutzend unterschiedlich große Plüschpinguine standen in Reih und Glied am Kopfende des Betts.

Sie versuchten sich gegenseitig auszuziehen, immer wieder kamen sich ihre Hände ins Gehege. Ela lachte viel, ein etwas kindisches Lachen. Sie feuerte ihren grau melierten Pullover durch das Zimmer und wieder staunte Thilo über die üppigen Brüste, die kaum zu ihrer schlanken Gestalt zu passen schienen. Als er den BH-Verschluss auf ihrem Rücken fand, versteifte sie sich.

»Nein«, sagte Ela.

Eine Art Spiel, das er noch nicht kannte. Mit einer raschen Bewegung von Zeigefinger und Daumen hakte er das Ding auf.

»Bitte«, sagte sie, wand sich aus seiner Umarmung und verschloss den BH.

»Wie du willst«, sagte er. »Marilyn Monroe hat ihn auch immer anbehalten.«

Ela schubste ihn auf die Matratze und kletterte über ihn. »Interessant«, bemerkte sie.

»Was?«

»Mit der Monroe hast du also auch schon geschlafen.«

Ohne Vorspiel dockte Ela an. Sie begann langsam, dann fiel sie in einen raschen, heftigen Rhythmus. Der erste Pinguin fiel auf Thilos Gesicht.

26.

Vor dem Büdchen stand eine Werbetafel. Die Buchstaben waren blutrot und sprangen aus hundert Metern Entfernung ins Auge.

Heute in Blitz am Sonntag:
NEUER SKANDAL UM ALTSTADTWACHE
Polizei ließ sich Weihnachtsfeier von Prostituierten versüßen.

Ben musste für einen Moment grinsen, als er an den Krach dachte, der den verheirateten Kollegen bevorstand.

Bis auf ein Exemplar war das Blatt ausverkauft.

Nicht einmal beim Sprechen nahm die Verkäuferin ihre Zigarette aus dem Mund. »Isch hab's mir schon immer jedacht. Die Bullen stecken mit den Luden unter einer Decke. Da müsst emol 'ne Partei ran, die den Laden rischtisch opräumen tät.« Ihre nackten Oberarme schwabbelten vor Empörung.

Der übliche Faschismus der kleinen Leute. Naja, was heißt klein, dachte Ben beim Blick auf ihre Arme. Er kramte nach den Münzen und gähnte – er hatte die Nacht mit Grübeln verbracht. Wilder Jazz, der sich in seinem Kopf abspielte.

Er und Sonja, Sonja und Oswald. Becker senior, Becker junior.

Dazwischen schoben sich die Rätsel der vergangenen Tage: die Fotos des Reporters. Der Fliegenmann mit den zwei Namen. Drei ermordete Frauen gaben den Rhythmus an – Stoff für viele schlaflose Stunden. Das Ganze überlagert von bizarren Bilderfetzen, frei improvisiert: Echos der schlimmsten Erfahrungen als Kripobeamter, die sich zum nervtötenden Crescendo steigerten.

Am Ende stand der Evergreen seiner Alpträume: die Erinnerung an den letzten Tag seiner Mutter.

»Sie hab'n da wat an Ihr'm Hals«, sagte die Frau hinter dem Verkaufstisch.

Der Hauptkommissar bedankte sich und riss einen kleinen Fetzen von der Haut, den er vergessen hatte. Mit Klopapier hatte er die zahlreichen Blutungen gestillt – den Nassrasierer war seine Haut nicht mehr gewohnt und sein Elektrischer war in der Tasche, die er bei Sonja vergessen hatte.

Die fetten Lettern der Überschrift nahmen fast die ganze Titelseite ein:

Blitz am Sonntag, 28. Dezember, Seite eins:

SKANDAL IN DER ALTSTADTWACHE:
WEIHNACHTSFEIER WIE SODOM UND GOMMORHA
FREUDENMÄDCHEN PACKEN AUS: SO TRIEBEN ES DIE BEAMTEN
Von Alex Vogel.
Der Tag nach der Feier, die das Vertrauen in unsere Polizei schwer erschüttert hat: Nicole Z., 24, sitzt der Schock noch in den Gliedern: »Sie waren betrunken, haben uns überall begrapscht. Wir mussten es geschehen lassen, denn es waren Polizisten.«
Der unfassbare Skandal: Mindestens zehn Prostituierte bezahlte Wachleiter Hauptkommissar H., damit sie ihm und seinen Kollegen eine Weihnachtsfeier in der Wache an der Heinrich-Heine-Allee versüßten.
Weiter auf Seite zwei: Wie Polizeibeamte die Puppen tanzen ließen. Wie der Polizeipräsident reagieren will. Was Düsseldorfer dazu sagen.

Seite zwei:

SEXORGIE AUF STAATSKOSTEN
IST DAS NOCH UNSERE POLIZEI?
Auch Alice K., 22, war von Beamten zum Mitmachen genötigt worden: »Nicht für viel Geld würde ich normalerweise tun, was dort abging. Aber die Beamten setzten uns unter Druck, drohten mit Repressalien.« Einige der Polizisten waren während der Sexparty offiziell im Dienst. Gegen Wachdienstführer Thilo B. und gegen seinen Vorgesetzten, Hauptkommissar H., wird wegen Amtsvergehen ermittelt. Nicht der erste Skandal für die Altstadtwache. In den gleichen Räumen waren im letzten Winter fünf Wohnungslose misshandelt worden. BLITZ berichtete. Bereits damals war H. Wachleiter. Konsequenzen blieben aus. Und diesmal?
Mutige Frauen brechen ihr Schweigen. Simone E., 25, berichtet unter Tränen: »So etwas habe ich noch nie erlebt. Mir wird heute noch schlecht, wenn ich daran denke.« Ein Raum war mit Matten ausgelegt. Die Beamten nannten ihn »Spielwiese«. Wurden die Prostituierten aus Steuergeldern bezahlt? BLITZ fragt: Was tut die Politik? Wer soll diesen Schweinestall ausmisten? Lesen Sie morgen: Freudenmädchen packen aus: In der Wache zum Sex gezwungen. Die Praktiken des Hauptkommissars H.

Vogel hatte wirklich alle Register gezogen. Ben las noch einmal und konnte es nicht fassen: Nutten, die sich übers Grapschen empörten, sich als geschändete Jungfrauen aufspielten – dabei hatten sie ihren Job getan und waren dafür bezahlt worden.

Jemand rempelte gegen Bens Zeitung und der Hauptkommissar merkte, dass er noch im Qualm der Verkäuferin stand und den Zugang zum Büdchen versperrte. Er rieb sich über Kinn und Wangen – kein Papierfetzen mehr dran. Er trat auf die Straße. Frische Luft.

Er stöberte den *Blitz* auf eine Meldung zum Fall Landwehr durch.

Sie stand auf der vorletzten Seite, ganz klein, statt eines Fotos nur die Zeichnung. Dass Polizeibeamte nebenbei auch Verbrecher jagten, würde an diesem Tag bei kaum einem Leser hängen bleiben.

KANNIBALE ENDLICH GEFASST?
Bereitwillig ließ er sich abführen. Die Kleidung ordentlich, der Scheitel gerade. Wie der nette Nachbar von nebenan. Wer würde Friedrich W., 50 (Phantombild), für einen brutalen Killer halten?
Fast eine Woche lang konnte er sich nach dem Mord an einer Düsseldorfer Krankenschwester (wir berichteten) in Sicherheit wiegen. Nach einer im BLITZ veröffentlichten Beschreibung identifizierten Kollegen ihn als den gesuchten »Mann mit der Fliege«.
Unter falschem Namen ließ sich der vorbestrafte Friedrich W. von dem angesehenen Wachschutzunternehmen »Fichte Security« anheuern, für das er als Leibwächter arbeitete, u. a. sollte er die Tochter des bekannten Filmhändlers und Medienunternehmers Oswald schützen.
Die Auswertung nicht näher genannter Spuren soll nach Polizeiangaben Aufschluss geben, ob W. tatsächlich der gefürchtete Kannibale ist.

27.

Das Telefon weckte Thilo. Er tastete nach dem Apparat und fand den Hörer, bevor sich der Anrufbeantworter einschaltete.

»Hallo, Becker, sag mal, spinnst du?« Es war die Stimme des Langen. Schöner Gutenmorgengruß.

»Was 'n los?«

»Das würd ich gern von dir wissen. Wie kommst du dazu zu kündigen?«

Thilo sah auf die Uhr. Kurz nach halb neun. »Warum lassen Sie mich nicht ausschlafen?«, stöhnte er. »Es ist Sonntagmorgen.«

»Als die Landwehr ermordet wurde, war es auch Sonntagmorgen. Ich will, dass du sofort deine Kündigung zurücknimmst und dich an die Arbeit machst.«

Thilo schlüpfte in seine Hausschuhe. Draußen regnete es mal wieder. »Da gibt's nichts zurückzunehmen. Die würden mich sowieso rausschmeißen.«

»Unsinn. Ich hab mit Thann gesprochen. Keiner glaubt ernsthaft, dass die Nutten genötigt wurden. Bei dir hat man nicht einmal an eine Suspendierung gedacht. Das lässt sich einrenken.«

Thilo klemmte den Hörer zwischen Ohr und Schulter und schraubte die Wasserflasche auf, die neben dem Bett stand. Er fühlte sich kraftlos und in seinen Schläfen wurde gebohrt – zu viel getrunken, zu lange mit Ela rumgemacht. Er nahm einen tiefen Schluck gegen den Nachdurst und wünschte sich, dass der Lange Ruhe gab. Zuerst behandelte er ihn wie einen Schuljungen und jetzt sollte er plötzlich unentbehrlich sein.

»Schon in die Zeitung geguckt?«, fragte Engel.

»Oh, Mann, wie denn, um die Uhrzeit.«

»Du machst dich jetzt sofort auf die Socken und holst dir deinen Dienstausweis zurück. Das ist eine dienstliche Anweisung.«

»Nicht, wenn ich dafür den einzigen Kumpel verpfeifen muss, den ich bei der Polizei habe.«

»Schalowski? Ein zweitklassiger Tenorsaxophonist und ein drittklassiger Bulle. Für den willst du den Kopf hinhalten? Den werden sie sowieso feuern.«

Thilo beschloss zurückzuduzen. »Hast *du* Schalowski angeschwärzt?«

»Krieg dich wieder ein. Denk lieber an Christa Zimmermann. Der Fliegenmann will immer noch nicht reden, aber entweder ist er der Kannibale oder er weiß, wer die Landwehr auf dem Gewissen hat. Und wahrscheinlich auch eins der beiden Opfer vor elf Jahren.«

Mit einem Mal war Thilo richtig wach. »Wieso *eins* der beiden Kannibalenopfer? Was soll das heißen?«

»Dass zumindest nach Meinung unserer Psychologin

im Fall deiner Freundin Christa die Handschrift auf einen zweiten Täter hinweist. Was meinst du dazu?«

Thilo durchkämmte den Dschungel seiner Erinnerungen. »Mein Vater hat mit mir niemals über seinen Job gesprochen.« Christa. Ein zweiter Täter?

»Er sagt, das hätte er mit niemandem getan. Aber was ist mit Brauning oder Schalowski? Wenn nur einer geplaudert hat, kann es jemand aufgeschnappt haben, der ein Motiv hatte, die Zimmermann umzubringen. Und er nutzte sein Wissen, um den Mord dem Kannibalen in die Schuhe zu schieben. Hatte sie Feinde? Du kanntest sie doch. Versuch, dich zu erinnern.«

Thilo schwirrte der Kopf. Er musste mit Thann reden. Er musste sich notfalls bei ZKB-Leiter Sonntag und GS-Chef Friedrichsen entschuldigen. Weitermachen – Engel hatte Recht, auch wenn es dem Lackaffen nur um seine eigene Karriere ging.

»Sie dürfen Schalli nicht rauswerfen«, antwortete Thilo.

»Denk lieber an unsere toten Frauen.«

»Das tu ich die ganze Zeit.«

»Noch was: Vogels Film. Ich muss endlich wissen, hinter wem der Reporter her ist. Wenn Alex die Schlägerei verschweigt, hat das einen Grund. Entweder, er hat ein hohes Tier der Polizei beobachtet oder jemanden Wichtiges aus seinem eigenen Laden.«

Oder beides, dachte Thilo. Er fragte: »Wie kommst du darauf, dass die Fotos mit dem Kannibalen in Beziehung stehen?«

»Weil Alex so etwas angedeutet hat. In seiner Verbohrtheit bildet er sich ein, wir würden nicht korrekt ermitteln. Weil wir Schiss vor jemandem hätten, der zu mächtig ist.«

»Er ist mächtig.«

»Wer?«

»Oswald«, sagte Thilo.

»Der Medienheini?«

»Vogel hat Oswald fotografiert. Deshalb hat er die Prügelei nicht angezeigt. Er selbst hat Schiss, dass Oswald spitzkriegt, dass er, der kleine Reporter, ihm nachspioniert hat. Immerhin gehört dem Mann auch der *Blitz*.« Thilo erinnerte sich an die Artikel, die er aufgestöbert hatte. Es hieß, der Filmhändler habe sich mit Milliardenkrediten übernommen, sein Medienimperium stünde vor dem Zusammenbruch. Oswald war ein Spieler. Wie Schalli, nur auf anderem Niveau.

»Du hast die Bilder tatsächlich entwickeln lassen«, folgerte der Lange.

Thilo nahm einen weiteren Schluck Wasser. Die Kohlensäure blähte seinen Magen, fast kam alles wieder hoch. »Klar«, stieß er hervor – es klang wie ein Rülpsen.

»Was ist drauf zu sehen?«

»Nichts. Oswald steigt aus dem Auto, Oswald betritt das Haus, Oswald trifft Leute.«

»Wen?«

»Nicht zu erkennen.«

Vielleicht hatte sich der Reporter nur für Oswald interessiert. Vielleicht lag Vogel völlig falsch und Oswald hatte mit dem Ganzen nichts zu tun. Geschweige denn Onkel Frank.

Thilo versprach Engel, die Fotos auszuhändigen – er nahm sich vor, dasjenige zurückzubehalten, das seine Familie berührte. Endlich gab der Lange Ruhe. Wiederhören, Lackaffe.

Die Zeiger auf Thilos Wecker hatten sich kaum weiterbewegt. Er stieg unter die Dusche. Als er sich einseifte, klingelte das Telefon schon wieder.

Thilo schlüpfte in den Bademantel und ging ran. Vielleicht Ela.

»Morgen, Thilo, mein Junge«, bellte Braunings Rottweilerstimme. »Schon auf? Gut so. Der frühe Vogel frisst den Wurm!«

»Wie du meinst, Frank.« Manchmal schaffte es sein Onkel, ihm ein Gefühl einzujagen, als sei er beim Ladendiebstahl erwischt worden.

»Ich will dir gratulieren. Du wirst deine Entscheidung nicht bereuen. Außerdem hast du Größe gezeigt. Respekt. Den Vorgesetzten die Stirn geboten und deinem Freund Schalowski Loyalität bewiesen. Eine wichtige Tugend. Deine Eltern sind stolz auf dich. Und glücklich, dass du unser Angebot endlich annimmst.«

»Angebot?« Schaum lief Thilos Beine hinab, auf dem Teppichboden hinterließ er einen Wasserfleck.

»Bei *Fichte* einzusteigen.«

»Kommt nicht in Frage.«

»Ich dachte, du hast deswegen die Brocken hingeworfen?«

»Ach, das. Ich hab's mir inzwischen anders überlegt.«

»Weißt du, was das heißt, mein Junge? Du stehst auf der Liste der Sündenböcke und du hast dich verdammt noch mal mit dem Kripochef angelegt. Die Zeitung spricht von Nötigung. Meine Fresse, das ist eine Straftat. Auch wenn du um einen Prozess rumkommst, kannst du dir das KK 11 abschminken. Mach dich schon mal drauf gefasst, die nächsten Jahre mit Alkoholkontrollen auf der Hofgartenrampe zu verbringen. Willst du nicht doch lieber in den Betrieb der Familie einsteigen? Ein Abteilungsleiterposten ist dir sicher.«

Thilo fühlte sich plötzlich, als habe man ihm die Wohnung gekündigt, das Auto gepfändet und obendrein das Konto gesperrt.

»Hat's dir die Sprache verschlagen?«

Er rief sich ins Gedächtnis, was Engel gesagt hatte: keine Nötigung, nicht einmal eine Suspendierung vom Dienst. »Ich will Polizist bleiben. Ich werd mit Sonntag reden.«

»Du verdammter Dickschädel. Ich mag das, ich bin auch so.« Am Ende der Leitung war ein Schmatzen zu hören, wahrscheinlich saß der Onkel gerade beim Frühstück. »Möglicherweise kann ich was drehen, damit du bei Sonntag nicht zu Kreuze kriechen musst. Ich hab einen guten Draht zu Bewerunge, dem Polizeipräsidenten. Vielleicht kannst du bei der OK einsteigen. Wir haben viel Arbeit. Du weißt schon, die Tankstellenräuber. Was sagst du dazu?«

Besser als Alkoholkontrollen. »Okay«, sagte Thilo. Man hatte ihn in einen reißenden Fluss geworfen und ihm blieb nichts anderes übrig, als nach dem erstbesten Rettungsring zu greifen.

»Pass auf, Junge, ich regel das mit den Obermuftis. Sei in zwei Stunden da zur Einsatzbesprechung. Wenn du kommst, liegen Waffe und Dienstausweis auf deinem neuen Schreibtisch bereit. Der alte Rottweiler lässt doch seinen Lieblingsneffen nicht hängen.«

Thilo legte auf. Er fühlte sich wie nach einer Achterbahnfahrt. Alle wollten ihn haben. Engel, der ihn mit seinem arroganten Gehabe ganz kribbelig machte, sein Onkel Frank, dessen Verbindung zu Oswald ihm nicht aus dem Kopf ging.

28.

Kollegin Bach war losgezogen, um Winters Umfeld zu durchleuchten: die Klinik bei Mettmann, der Stammtisch.

Der Hauptkommissar griff nach den Akten zum Fall Neumeier. *Derselbe Täter in den Fällen eins und drei* – vielleicht barg die Sammlung alter, breit getretener und totrecherchierter Spuren einen Hinweis, der ihm weiterhelfen würde.

Auch im Fall Neumeier war der Fundort nicht der Tatort gewesen. Die Stelle, an der Verkäuferin getötet wurde, war nie entdeckt worden. Der Täter hatte die Leiche wie Britta Landwehr mit dem Gesicht nach unten am Rand einer unbelebten Straße abgelegt. Ben überschlug die Fotos, den Obduktionsbericht. Die blutigen Details hatte er bereits durchgearbeitet, als er die Computerfragebögen ausgefüllt hatte. Der große Rest bestand im Wesentlichen aus Zeugenaussagen.

Die Protokolle waren ohne Gewichtung und ohne inhaltliche Sortierung rein chronologisch geordnet – ein Verfahren, das heute nicht mehr üblich war. Ein schier undurchdringlicher Dschungel. Neunzig Prozent der gesammelten Angaben stammten aus der ersten Woche der Ermittlungen. Danach wurden die Hinweise dünner, als habe die *Kommission Schlitzer* an Elan verloren. Ben kannte das Gefühl nur zu gut, das sich in solchen Fällen einstellte – warum sollte es unter seinem Vorgänger Brauning anders gewesen sein: Man giftete sich wegen fehlender Groschen in der Kaffeekasse an, wegen der zu lauten Lache einer Kollegin, wegen einer Tür, die jemand zu schließen vergessen hatte. Man sehnte förmlich die nächste Leichensache herbei, die erfahrungsgemäß weit unkomplizierter zu bearbeiten sein würde.

Ben schwang die Machete und kämpfte sich durch den Dschungel, mit dem Tag des Leichenfundes beginnend. Der dreizehnte September, ein Sonntag wie im Fall Landwehr.

Eltern, Freunde, Kollegen aus dem Supermarkt, in dem die Neumeier gearbeitet hatte. Bekannte aus ihrer Lehrzeit in einer Filiale der gleichen Kette. Freundinnen, mit denen sie in Urlaub gefahren war. Nichts, was zu weiteren Nachforschungen Anlass gab: keine Feinde, keine zurückgewiesenen Liebhaber. Helga Neumeier wurde als ein fröhliches, geselliges Mädchen geschildert, aber zum Zeitpunkt ihres Todes hatte sie keinen Freund, lebte allein.

Der nächste Tag brachte eine Flut von Anrufen – Reaktionen auf die ersten Presseberichte. Nach einer halben Stunde Wühlarbeit stolperte Ben über eine interessante Stelle im Vernehmungsprotokoll eines Vorgesetzten der Neumeier. Der Substitut des Ladens, ein gewisser Kurt Fasskemper, erwähnte, dass Helga sich drei Monate vor ihrem Tod über einen Kunden beschwert hatte, der ihr angeblich nach Feierabend nachgeschlichen war. Ein heimlicher Verehrer, der sich nicht traute, Helga anzusprechen, aber hartnäckig genug war, um sie zu beunruhigen. Ben vermisste nähere Angaben zum wer oder wie. Offenbar hatte der vernehmende Beamte nicht nachgehakt – vielleicht erschien ihm der zeitliche Abstand zur Tat zu groß. Doch dem Leiter der Ermittlungen hätte die

Aussage auffallen müssen. Ben blätterte und wurde enttäuscht – keine zweite Befragung des Substituten. Hermann Becker hatte eine mögliche Spur vergeigt.

Ben schnappte sich den Notizblock und schrieb:

Kurt Faßkemper, 1987 bei Kaiser's, Worringer Straße 94, noch einmal befragen:

1. *Kunde, der HN im Juni '87 verfolgte – bis nach Hause? Nähere Beschreibung!*
2. *weitere damalige Kollegen danach fragen (Namen siehe Akte HN).*

Weiter durchs Dickicht. Die Aussage einer Bekannten, der Helga am Tag vor dem Mord beim Umzug geholfen hatte – nichts, was den Ermittler weiterbrachte. Angaben eines Ex-Freundes, der sich mit ihr versöhnen wollte – unbrauchbar.

Dann hielt Ben eine Seite in der Hand, die mit Kaffeeflecken übersät war, welliges Papier, zum Teil verwaschene Schrift. Die Niederschrift der Aussage einer Daniela König, laut Adresse eine Nachbarin. Sie berichtete von einem Einbruch in Helgas Wohnung, knapp drei Wochen vor der Mordnacht. Nirgendwo sonst hatte Ben einen Hinweis darauf gesehen. Er blätterte weiter – das nächste Blatt war sauber, offenbar eine Abschrift, allerdings ohne weitere Angaben zum vorher erwähnten Einbruch. Am Ende dieses Blatts ein handschriftlicher Zusatz: *Anzeige von HN zum angeblichen Wohnungseinbruch liegt nicht vor – H. Becker.* Dies zumindest hatte der Leiter der Ermittlungen überprüft.

Ben notierte:

Nichtgemeldeter Einbruch in Wohnung HN, ca. 24.8.87.

1. *Daniela König, Fürstenplatz 17 noch einmal befragen.*
2. *Weitere Zeugen: Freunde, Kollegen, Eltern.*
   Wem hat HN Mitteilung von Einbruch gemacht? Einzelheiten/Verdacht?
   Evtl. Sexueller Hintergrund/Fetischismus?

3. *Kriminalakten aus '87. Gemeldete Einbrüche im Umfeld Fürstenplatz, vergleichbare Fälle. Insbesondere mit sexuellem Hintergrund/Fetischismus/Vergewaltigung?*

Auch wenn die Verkäuferin nicht zur Polizei gegangen war – über einen Einbruch redete man. Helga war nicht der Typ gewesen, der eine so beunruhigende Erfahrung in sich hineingefressen hätte.

Der dritte Tag. Der vierte. Das Gestrüpp wurde immer öder. Staub, Dornen, wenig Licht.

Ben überflog die Aussage eines alten Schulfreundes namens Fabio Bleszik, der Helga zwei Tage vor dem Mord besucht hatte. Plötzlich hatte Ben das Gefühl, ein Wort gesehen zu haben, das sich wie ein Puzzleteil in das fügte, was er suchte.

Er las noch einmal und da war es. Ein Nebensatz in der nüchternen Niederschrift eines Beamten: *Der Zeuge half HN beim Anbringen einer Jalousie, wobei HN erwähnte, in Sorge wegen eines Spanners zu sein.*

Seltsame Verehrer, die der jungen Frau in den letzten Wochen ihres Lebens zu schaffen machten: ein Kunde, der sie heimlich verfolgte, ein Einbrecher, ein Voyeur, der in ihr Fenster glotzte. Und schließlich ein Mörder, der sie aufschlitzte.

Vier Unbekannte. Vielleicht auch ein und derselbe.

Ben las weiter. Der Beamte hatte nachgefragt.

Dem Zeugen gegenüber bezeichnete HN den Spanner als »Kid« und als »dieser junge Knilch aus dem Metzgerladen«. Weitere Angaben machte HN nicht.

Immerhin.

Der Hauptkommissar sah von dem staubigen Ordner hoch. Er suchte Blickkontakt mit dem ersten Opfer des Kannibalen. Helgas Foto hing neben dem von Christa Zimmermann und Ben bildete sich für einen Moment ein, Angst im Blick der jungen Frau zu erkennen. Der Hauptkommissar rief sich zur Vernunft – der Schnappschuss stammte aus dem Vorjahr des Mordes.

Erregt notierte Ben weiter, zweite Seite:

1. *Kriminalakten – Anzeigen gegen Voyeure im Umfeld Fürstenplatz, Juni bis September '87.*
2. *Nachbarn, Freunde, Eltern nach Äußerungen Helgas über Spanner befragen.*
3. *Metzgereien im Umfeld Fürstenplatz überprüfen!!!*

Ben las sich die Aussage des Schulfreundes mehrmals laut vor – jedes Mal stolperte er über die gleichen Stellen: *Kid. Junger Knilch aus dem Metzgerladen.*

Der Hauptkommissar wühlte nach Helgas früheren Adressen – es gab nur eine: die ihrer Eltern in der Suitbertusstraße, bei denen das Mädchen bis Dezember 1986 gewohnt hatte, ein drei viertel Jahr vor ihrem gewaltsamen Tod. Um die Ecke, in der Aachener Straße, war der Laden, in dem sie ihre Lehrzeit verbracht hatte.

Es gab nur eine Erklärung.

Ben strich die letzten drei Punkte seiner Notizen durch, blätterte um und schrieb wie im Fieber. Der Kugelschreiber drohte, den Geist aufzugeben – Ben kratzte das dünner werdende Blau aufs Karopapier.

1. *sämtliche Anzeigen gegen Voyeure im Raum Bilk/Friedrichstadt/Oberbilk, 1980-90 überprüfen. Ort und Zeitraum nicht zu eng fassen. Und weiter:*
2. *sämtliche Anzeigen wegen Wohnungseinbruchs, gleiche Bezirke, gleiches Jahrzehnt. Auf möglichen sexuellen Hintergrund achten.*
3. *alle dort und damals angezeigten Sexualstraftaten auf mögliche Übereinstimmungen zu Mordfällen Neumeier/Landwehr prüfen.*
4. *sämtliche Metzgerläden im weiteren Umkreis Suitbertus/Aachener und Fürstenplatz nach verhaltensauffälligem Jungen/jungem Mann befragen!!*
5. *Eltern, Freunde, Bekannte der HN fragen, ob Spanner/Einbrecher/Kunde/›Knilch aus Metzgerladen‹ bekannt!!!*

Er hätte noch mehr Ausrufezeichen auf den Block gedrückt, aber die Mine gab keine Farbe mehr her.

Das Klingeln des Telefons riss Ben aus den achtziger Jahren in die Gegenwart. Es war Karl Thann, der Schnüffler vom Kommissariat für Beamtendelikte.

»Was gibt's?«

»Entwarnung, Alter. Dein Protegé bleibt im Dienst. Er bekommt den Lappen und die Knipse zurück.«

»Thilo Becker?«

»Ja.«

»Weiß er, wer seinen Kumpel Schalowski angeschwärzt hat?«

»Nein, keine Angst.«

»Dann frag ich mich nur, warum Becker sich nicht blicken lässt. Ich brauch den Burschen. Mir raucht der Kopf vor lauter Arbeit.«

»Vergiss es«, antwortete Thann.

»Was soll das heißen?«

»Sein Onkel hat sich Becker geschnappt. OK.«

»Was?«

»Brauning hat versprochen, auf seinen Neffen aufzupassen. Der Kripochef hätte Becker am liebsten in die Verwaltung abgeschoben, so unkooperativ, wie der Junge in der Alstadtwachensache war.«

»Das lass ich nicht zu! Ich sitz hier über dem Fall meines Lebens und hab nur Becker und Ela Bach!«

»Was ist mit deiner Sonderkommission? Sonntag hat dir doch 'ne Menge Helfer aus den Polizeiwachen besorgt.«

»Willst du mich verarschen, Karl? Den Schupos müsste ich doch jede Frage einzeln aufschreiben. Becker ist motivierter als hundert von denen zusammengenommen. Sag Sonntag, er kann mich mal. Nein, warte, ich sag's ihm selbst. Ich geb euch die Munition, um den Dicken abzuschießen, und ihr dankt es mir, indem ihr mir die Leute abzieht. So geht das nicht!«

Ben knallte den Hörer hin.

Fast im gleichen Moment klingelte der Apparat und Ben fragte sich, ob er es war, der das Klingeln ausgelöst hatte. Dann hob er ab. Wenn Thann meinte, ihm den

Kampf mit dem Kripochef ausreden zu können, hatte er sich getäuscht.

Ben riss den Hörer hoch und rief: »Karl Thann, du kannst mich mal. Sag dem alten Korinthenkacker ...«

Eine junge Frauenstimme unterbrach ihn. »Entschuldigung, mit *wem* bin ich verbunden?«

Hoppla. »Engel, KK 11. Und wer sind Sie?«

»Fink. Katja Fink. Ich ruf an wegen des Fotos in der Zeitung. Aber ...« Im Hintergrund waren Stimmen und Musik. »Ich weiß nicht, ob es noch wichtig ist. Bin ich richtig bei Ihnen?«

»Ja. Goldrichtig.«

»Diese Frau, die ermordet wurde. Wir sind gestern Abend aus dem Skiurlaub zurückgekommen und da seh ich in der Zeitung das Foto. Ich wollte Ihnen nur sagen, dass ich die Frau gesehen habe in der Nacht, als sie ermordet wurde.«

»Wo und wann war das?« Er griff wieder nach dem Notizblock. Neue Seite.

»Viertel vor zwei in der Tiefgarage Altstadt.«

»Sind Sie sicher, dass Sie die Frau wiedererkannt haben?«

»Ja. Mein Freund sagt auch, dass sie es war.«

Der bislang späteste Zeitpunkt. Die bislang wichtigste Zeugin. Ben zeigte den toten Frauen an seinen Bürowänden den erhobenen Daumen.

»Rufen Sie aus einer Gaststätte an?«

»Ja. Das *Marktbistro* am Karlplatz. Ich arbeite da.«

»Gibt's bei Ihnen Frühstück?«

»Logisch.«

»Ich bin in zwanzig Minuten dort.«

Der Weg führte durch die Bilker Straße. Ein Amischlitten stand mit seiner dicken Schnauze auf dem Gehsteig. Ben drückte sich gegen das Schaufenster, um vorbeizukommen. Von drinnen glotzten ihn Holzgesichter mit Henkelohren an, Gottheiten mit Ichi-Ziernarben. Ben spürte ein Brennen im Magen. Er schob es auf den Hunger.

Das *Marktbistro* war fast leer. Ben erkannte die Klänge, die leise aus der Kneipenanlage kamen: das McCoy-Tyner-Trio, eine frühe Aufnahme, sechziger Jahre.

Katja Fink brachte ihm das Frühstück: Milchkaffee, Brötchen, Aufschnitt, Käse und ein Ei. Sie setzte sich zu ihm.

Ben legte ihr die obligatorischen Bilder vor: Fritz Winter, Britta Landwehr.

»Ja. Das sind sie«, sagte die Kellnerin. »Die Frau und der eine Typ.«

»Der eine? Da war also noch ein Zweiter?«

»Ja, klar. Der zweite Typ war vielleicht zehn Jahre jünger als der mit der Fliege.«

Bingo – der Mann, auf den Winter und Britta im *Schlösser-Gatz* gewartet hatten. Ben hätte Katja Fink küssen können.

»Weiter! Wie sah er aus?«

»Schlank, groß, nicht ganz so groß wie Sie. Er war scharf auf die Frau, wenn Sie mich fragen. Aber sie unterhielt sich hauptsächlich mit dem Älteren, dem Kräftigen.«

»Mit dem, der die Fliege trug.«

»Ja.«

Ben schrieb mit. Er nickte, um Katja Fink zum Weiterreden aufzufordern.

»Sie war angetrunken, würde ich sagen. Leicht blau und gut drauf, auf diese überdrehte Art. Sie war jung, aber sie wirkte wie jemand, der weiß, wie man Menschen anpackt. Ganz hatte sie sich nicht mehr unter Kontrolle.«

»Sie schwankte oder lallte?«

»Nein. Bisschen euphorisch. Sie kennen das doch, wenn man vier, fünf kleine Biere getrunken hat.«

»Ich trinke keinen Alkohol.«

»Ach.« Sie wirkte belustigt, als glaube sie ihm nicht.

Er fragte: »Wo und wann war das genau?«

»Viertel vor zwei. Wir waren im *Cinema*, mein Freund und ich, Spätvorstellung. Danach noch beim Spanier, obwohl wir am nächsten Tag möglichst früh nach Tirol fahren wollten. Ich war ganz erschrocken, weil es schon kurz nach halb zwei war. Vor dem Kassenautomaten trafen wir die drei. Der zweite Automat war defekt, deshalb mussten wir warten, bis die ihr Ticket bezahlt hatten. Es dauerte 'ne Weile. Der Ältere ließ sich vom Jüngeren Kleingeld geben.«

Die Zeit passte. Aus der Zeitung konnte sie das nicht haben. »Beschreiben Sie ihn mir näher.«

»Den Schlanken?«

»Ja.«

»Er hatte einen hungrigen Blick, wenn Sie wissen, was ich meine. Wie einer von den Typen, die jede Nacht am Tresen rumhängen, kein Wort sagen und mir nur auf den Hintern starren.«

»Und wie sieht so einer aus?« Ben musterte die Kellnerin.

Sie lächelte zurück. Spott in den Mundwinkeln.

»So wie ich, meinen Sie?«

»Nein. Sie sehen aus wie einer, der Ärger hat und beweisen will, dass er allein damit fertig wird.«

»Ich muss. Also, der Typ am Kassenautomat. Was hatte er an?«

»So Klamotten, die vielleicht vor zehn Jahren in waren.«

»Das heißt?«

»Schwarze Bundfaltenhose, grauer Pullover. Könnte Kaschmir gewesen sein.«

»Haare?«

»Die sahen aus, als hätte er sie sich selbst geschnitten. Und das vor langer Zeit. Der Typ wirkte irgendwie schräg.«

»Haarfarbe?«

»Rötlich.«

»Und Sie sind absolut sicher, dass er dazu gehörte und nicht wie Sie nur am Automaten anstand?«

»Dann hätte er sein eigenes Ticket bezahlt. Nein, die haben sich miteinander unterhalten und sind zusammen in den Fahrstuhl gestiegen.«

»Erinnern Sie sich daran, was sie gesprochen haben?«

»Der Ältere wollte noch irgendwohin fahren. Die Frau war unschlüssig. Sie sprachen über einen Typen, der nicht dabei war. Der mit der Fliege sagte, sie solle ihn zappeln lassen, er hätte nicht verdient, dass sie zu ihm zurückkehre.«

»Ihr Freund. Was noch?«

»Der Jüngere machte der Frau Komplimente wegen ihres Haars. Mich hätte er damit nicht beeindruckt.«

»Und? Wie reagierte sie?«

»Als wüsste sie nicht recht, was sie tun sollte. Wenn ich daran denke, läuft es mir kalt den Rücken herunter.«

»Können Sie sich für eine Stunde freinehmen? Ich versuche, unseren Zeichner zu erreichen, damit wir ein Phantombild dieses zweiten Mannes hinbekommen.«

Die Kellnerin sah sich um. Ihre Kollegin spülte Gläser und klönte mit einem Gast an der Theke. »Klar, das geht. Moni kann das hier allein übernehmen.«

»Danke. Mit welchen Komplimenten kann man Sie eigentlich beeindrucken?«

Sie lachte kurz und herzlich. »Gar nicht.« Sie nickte in Richtung seiner Notizen. »Schreiben Sie: Die Zeugin Katja Fink ist bereits in festen Händen.«

Eine Stunde später hatte der Zeichner auf seinem Monitor ein Gesicht zusammengesetzt, das dem nahe kam, was die Kellnerin als *irgendwie schräg* bezeichnete. Während der Drucker das Bild ausspuckte, griff Ben nach dem Telefon und verabredete sich mit Ela Bach.

Er riss die Computerzeichnung an sich und sparte sich die Dankesworte. Er rannte die Treppe hinunter und lief über den Hof zum Polizeigewahrsam. Dort erfuhr er, dass Winter zum Verhör abgeholt worden war. Vom Kripochef persönlich.

Ben nahm den Paternoster und stieß in der Chefetage auf Sonntag und Thann, die gerade aus einem der Zimmer kamen.

»Ist Winter da drinnen?«, fragte Ben.

Sonntag bejahte.

Bens Groll kochte hoch. Er schnauzte seinen Vorgesetzten an: »Was heißt das? Erst wird Thilo Becker entgegen aller Absprachen zur Organisierten Kriminalität versetzt, und dann übernehmen Sie jetzt meinen Fall?«

»Beruhigen Sie sich, Herr Engel. Es ist und bleibt Ihre Ermittlung.«

Ben versperrte den beiden Männern den Weg. Er wartete auf eine Erklärung.

Sonntag zupfte sich Fusseln vom Revers. »Ich hatte ein paar Fragen an den Festgenommenen, die seine Arbeit betreffen, nicht den Mord. Marita Oswald ist verschwunden.«

Thann erklärte: »Die Tochter von Adi Oswald. Winter war einer ihrer Bodyguards, er hätte sie gestern beim Einkaufsbummel begleiten sollen. Der Ersatzmann von *Fichte Security* hat sie nicht angetroffen und seither gilt sie als verschollen. Ihr Vater macht sich mächtig Sorgen.«

Ela Bach traf ein. Sie trug ein extraweites Sweatshirt und richtete einen fragenden Blick auf die Männer. Keiner bemühte sich, ihr die Versammlung zu erklären.

»Wie alt ist die Tochter?«, wollte Ben von Sonntag wissen.

»Achtzehn.«

»Dann kann sie verdammt noch mal selbst auf sich aufpassen. Seit wann werden wir in Vermisstensachen vor Ablauf von 48 Stunden aktiv?«

»Es gab mal Drohungen gegen Oswald. Seitdem lebt er in ständiger Angst, dass seine Tochter entführt werden könnte. Deshalb engagiert er Bodyguards. Außerdem treibt zurzeit dieser Sexualmörder sein Unwesen. Meinen Sie nicht auch, dass wir da nicht zu lange warten dürfen?«

Ben wurde laut. »Der mutmaßliche Mörder sitzt hier drin! Ausgerechnet diesen Typen hat Oswald zum Beschützer seines Töchterchens gemacht? Das ist doch absurd!«

Thann legte Ben die Hand auf die Schulter. »Jedenfalls sagt Winter, dass er nicht weiß, wo das Mädchen steckt.

Damit sind wir fertig und du kannst ihn wieder übernehmen. Es ist und bleibt dein Mann, Alter.«

Der Kripochef schob sich vorsichtig an Ben vorbei, hinter ihm zwinkerte Thann dem Mordermittler zu – es sollte beschwichtigend wirken.

Die beiden konnten ihn mal. »Einer wie Oswald braucht nur mit den Fingern zu schnippen und vom Leitenden Kriminaldirektor abwärts steht alles stramm!«, rief Ben ihnen hinterher.

»Mannomann«, kommentierte Ela.

»Ach, halt den Mund«, fuhr Ben sie an und betrat das Zimmer, in dem Winter saß.

»Guten Morgen!« Der Fliegenmann wirkte ausgeschlafen und gut gelaunt. »Ich hab's mir überlegt. Sie lassen mich frei und ich finde das Goldtöchterchen für Sie. Wär das nicht ein Angebot?«

»Ach, Sie können plötzlich sprechen«, stellte Ben fest. »Wo steckt das Mädchen?«

Winter zögerte, dann sagte er mit seinem Vertreterlächeln: »Ich müsste auch erst suchen, aber ich würde sie finden.« Sein Haar war sorgfältig gescheitelt, sein Jackett knitterfrei. Er trug wieder Fliege.

»Erzählen Sie mir von dem Mann, der mit Ihnen und Britta Landwehr zum Auto ging.«

»Da war kein anderer Mann.«

»Lügner.«

»Da war auch keine Britta Landwehr.«

Ben hielt ihm den Ausdruck vor die Nase. Der Kopf des Zweiten. Ein schüchternes, schmales Gesicht, halb langes Haar, die Augen vielleicht ein wenig zu grimmig gezeichnet.

»Am Kassenautomat hatten Sie nicht genug Kleingeld. Dieser Mann half Ihnen aus. Sie sind miteinander im Aufzug zum Parkdeck gefahren.« Ben knallte das Blatt auf den Tisch und beugte sich zu Winter hinüber. So nah, dass der mutmaßliche Triebtäter seinen Atem spüren musste. »Er hat der jungen Frau wegen ihres Haars Komplimente gemacht.«

»Ich weiß nicht, welche Frau Sie meinen. Ich und eine junge Frau? Das müsst ich aber wissen.«

»Eine Zeugin hat Ihren Freund beschrieben. Er war scharf auf die Landwehr.«

»Mit Mord habe ich nichts zu tun. Zum Haftprüfungstermin heute Nachmittag bin ich ein freier Mann. Sie haben sich verrannt, Herr Kommissar.«

Ben packte Winter beim Kragen und schüttelte ihn. »Sag mir, wer dieser Mann war! Du willst doch nicht für einen anderen in den Knast! Weißt du, wie es Frauenschändern im Knast ergeht?«

Winter zeigte keine Regung. Ben ließ los.

Winter zupfte die Fliege zurecht. »Wenn Sie nicht auf mein Angebot eingehen, Marita Oswald zu finden, dann habe ich meinen Äußerungen nichts hinzuzufügen ...«

»Welchen *Äußerungen*?«, schrie Ben den Fliegenmann an.

»... außerdem bin ich müde. Ihre schweren Beschuldigungen und Ihr Verhalten haben mich in einen Schockzustand versetzt. Ich werde mich beschweren.«

»Du mich auch«, knurrte Ben und verließ den Raum.

An der Treppe holte Ela ihn ein. »Was ist in dich gefahren? Du bist ja wie besessen. Weißt du übrigens, wie du aussiehst? Als hättest du zum ersten Mal mit Messer und Gabel gegessen.«

Ben strich über sein Kinn. »Hab meinen Elektrorasierer liegen lassen.«

»Erzähl weiter. Es gibt nichts Spannenderes als das Privatleben des Chefs.«

Er ging schneller.

Ela bohrte weiter: »Krise?«

Am nächsten Treppenabsatz stieg Ben in den Paternoster um. Dort hatte er Ruhe.

Im Posteingangskörbchen der Sekretärin lagen zwei Hauspostumschläge. Einer von ihnen trug einen Absender: die Kriminaltechnik. Ben riss ihn auf. Das Ergebnis der Untersuchung von Winters Wohnung in der Markenstraße und des Zimmers Nummer 21 im *Hotel Kontinen-*

tal. Nirgendwo Spuren der Landwehr – weder Fasern, Haare, noch irgendwelche Blutpartikel. Mehr hatte das Labor nicht zu vermelden – das Ergebnis des genetischen Vergleichs von Winters Speichelprobe mit dem Sperma des Täters ließ weiter auf sich warten.

Bens Blick suchte wieder die drei Opfer an der Wand seines Büros. Er versuchte zu verdrängen, dass er sie als Mordopfer kannte, als Frauen mit Beruf, Herkunft, Gewohnheiten. Er stellte sich vor, er würde ihnen zum allerersten Mal gegenübertreten.

Das Aussehen bestimmt den ersten Eindruck – wie oberflächlich dieser auch ist. *Der Jüngere machte der Frau Komplimente wegen ihres Haars.*

Es gab eine gewisse Ähnlichkeit zwischen Helga Neumeier und Britta Landwehr: Beide waren blond. Beide trugen ihr Haar aus der Stirn gekämmt und in Locken oder Wellen über die Schultern fallend.

Ben riss den zweiten Umschlag auf. Er enthielt die Aufnahmen, die Alex Vogel so sehnlich vermisste. Oswald. Immer wieder Oswald.

29.

Die Kriminalgruppe ›Organisierte Kriminalität‹ war noch keine zwei Jahre alt und befand sich im Aufbau. Da in der Festung Platzmangel herrschte, residierten Frank Brauning und seine Leute in einer zweckentfremdeten Dreizimmerwohnung im zweiten Stock eines Gründerzeithauses am Jürgensplatz – mit Blick auf die Festung. Die Räume waren groß, die hohen Decken stuckverziert. Die Küche diente als Besprechungsraum, nebenan gab es sogar eine Dusche. An der Klingel stand noch der Name einer Modefirma, die hier einst ihre Büros hatte, und wenn Brauning zu Scherzen aufgelegt war, meldete er sich am Telefon mit »Art and Fashion« – die Kollegen der anderen Dienststellen kannten den speziellen Humor des Rottweilers.

Thilo roch frischen Kaffee, als er die Wohnung betrat. Sein Onkel empfing ihn mit Weihnachtsplätzchen, die Tante Gerda gebacken hatte. Er stellte Thilo den Kollegen vor, die an der Tankstellensache arbeiteten, zwei Kriminalkommissare namens Jochen Ebner und Matthias Heintze. Sie waren ein paar Jahre älter als Thilo und wirkten, als würden sie sich für ihren Chef zerreißen. Beide begrüßten Thilo mit einem festen Händedruck und einer Freundlichkeit, als hätten sie schon immer darauf gewartet, dass der junge Kommissar zu ihnen in die OK-Gruppe versetzt werden würde. Vielleicht glaubten sie, es diene der Karriere, nett zum Neffen des Dienststellenleiters zu sein.

Brauning und Ebner rückten aus, um die Zeugen des jüngsten Überfalls aufzusuchen. Heintze sollte Thilo einweisen. Er führte ihn in eins der Büros. Hell, mit Teppichboden und nagelneuen Möbeln eingerichtet.

»Das ist dein Schreibtisch«, sagte er.

Thilo nahm Platz, der Stuhl federte. Das Telefon hatte ein eingebautes Bandgerät und schwebte am Ende eines Scherenarms über der Tischplatte. Es gab einen Computer, auf das Mousepad war der Polizeistern mit dem nordrhein-westfälischen Wappen gedruckt. Wieder einer dieser Scherze: Statt des springenden Pferdes machte in der Mitte ein Rottweiler Männchen. Sein Onkel hatte Wort gehalten: Dienstwaffe und Ausweis lagen daneben.

Der Raum war trotz der drei Arbeitsplätze nicht überfüllt. Durch das Fenster sah Thilo den abweisenden roten Klotz der Festung. »Schön habt ihr's hier«, sagte er.

»Wir, nicht ihr. Du gehörst jetzt dazu. Frank nimmt nur die Besten, du kannst stolz sein. Wenn er von dir nicht so viel halten würde, hätte er dich nicht geholt, und wenn du zehnmal sein Neffe wärst. Dort drüben hält man uns für überheblich, die tun so, als würden wir uns für was Besseres halten. Der Witz ist, sie haben Recht. Unsere Truppe ist die beste.«

Heintzes Grinsen wirkte ansteckend. Dann kam der OK-Kollege zur Sache.

»Wir hatten bis gestern vier Überfälle auf Tankstellen im Stadtgebiet und einen in Ratingen. Dazu heute Morgen um halb drei der Raub am Südring. Also sechs. Du musst nicht mitschreiben, du kriegst alles schriftlich. Die Zeugenaussagen stimmen weitgehend überein: zwei junge Männer, bewaffnet. Sie sprechen deutsch mit osteuropäischem Akzent. Wahrscheinlich warme Brüder.«

»Wieso?«

»Am besten, ich zeig dir unseren Videoclip.«

In einer Ecke des Raums stand ein Fernsehgerät mit angeschlossenem Recorder. Das Band stammte aus einer der überfallenen Tankstellen, die im Kassenraum über Videoüberwachung verfügte. Es sah aus wie in einem Supermarkt. Am unteren Bildrand befand sich die Theke. Es ging sehr schnell. Zwei Gestalten stürmten herein und richteten ihre Waffe auf den Kassierer, der nicht zu sehen war. Der eine der Burschen reichte eine Tüte über die Theke und erhielt sie halb voll zurück. Der andere tänzelte unruhig zwischen den Regalen umher, warf einen Blick nach draußen und schnappte sich beim Gehen etwas von der Theke.

»Schwulenpornos«, kommentierte Heintze. »Die normalen hat er liegen lassen.«

»Kann ich das Ganze noch einmal sehen?«

Heintze spulte zurück und drückte auf Start: Der stumme Schwarzweißfilm wiederholte sich. Die zwei Männer trugen Masken – Thilo erkannte die Gesichter von Schröder und Lafontaine. Der Bundeskanzler hielt eine abgesägte Flinte in der Hand. Sein Haar war hell, fast blond, und er hatte einen gestreiften Pullover an. Der Nervöse war Lafontaine, er war schwarzhaarig und trug eine Bomberjacke, auf deren Rücken das Wort *Killer* genäht war.

»Und so was haben wir gewählt«, sagte Thilo.

»Ich nicht«, lachte Heintze.

»Wieso ist das eine Sache für die OK-Gruppe?«

»Wir sind seit dem zweiten Überfall im Spiel. Frank ist fix darin zu erkennen, was in unseren Zuständigkeitsbereich fällt, wenn du verstehst, was ich meine. Ab zwei

Tätern ist es 'ne Bande, oder? Und vielleicht sind die beiden ja die Russenmafia, von der unser Polizeipräsident so gern spricht. Wer weiß?«

Heintze zwinkerte und Thilo verstand. Je mehr Fälle eine Dienststelle an Land zog, desto wichtiger war sie, desto rascher wuchs sie – und desto schneller konnten ihre Mitarbeiter Karriere machen.

30.

»Was heißt das, ihr wollt das Phantombild nicht drucken?« Bens Finger packten den Hörer fester, seine Knöchel wurden weiß.

»Schrei mich nicht an«, zeterte Vogel. Leise zischte seine Stimme durch die Leitung: »Sei froh, dass ich dich nicht wegen Körperverletzung angezeigt habe.«

Ben konnte es nicht fassen. Jetzt warf ihm auch noch der *Blitz* Knüppel zwischen die Beine. »Du wirst schon deine Gründe haben, warum du deine Voyeurtätigkeit nicht an die große Glocke hängst«, sagte er.

»Die Presse ist nicht dafür da, der Polizei die Kohlen aus dem Feuer zu holen. Wir haben das Foto der Landwehr gedruckt, wir haben zweimal die Computerzeichnung des Fliegenmanns gebracht. Durch uns hast du diesen Winter gekriegt. Das reicht. Kein vernünftiger Mensch glaubt an deinen ominösen zweiten Mann.«

»Das ist doch nicht auf deinem Mist gewachsen. Sag mal, befolgst du eine Anordnung?«

Vogel schwieg.

»Verstehe, du kannst nicht frei sprechen. Ich stell die Frage anders. Kommt das von oben?«

»Hm.«

»Von ganz oben? Hat dein Verleger wieder seinen Assistenten geschickt, weil ihm die Linie nicht passt? Steckt Oswald dahinter?«

»Ich muss jetzt wieder an die Arbeit. Mir geht's noch nicht so gut und ich muss 'ne Menge erledigen.«

»Warte. Ich hab was für dich. Oder bist du plötzlich nicht mehr scharf auf das, was in deiner Kamera war?«

Vogel hängte ein.

Der Mordermittler besah sich die Fotos.

Oswald. Ihm gehörte die Zeitung. Der Reporter hatte Oswald observiert, Winter passte auf Oswalds Töchterchen auf.

Und Adi Oswald war Sonjas bester Kunde.

31.

Zäher Papierkram – Thilos Gedanken schweiften ab. Heintze telefonierte am anderen Tisch, und nach einer knappen Stunde kamen Brauning und Ebner mit einem Zeugen zurück, den sie nebenan befragten. Die Geräusche machten es Thilo unmöglich, sich zu konzentrieren. Schließlich zog er das Telefon zu sich heran und wählte die Privatnummer seines Kumpels Schalli. Die Sonntage pflegte der Dicke zu Hause in seinem ›Studio‹ zu verbringen.

»Heinz Schalowski.«

Thilo war froh, dass es nicht Antje war. Er spürte Schallis Angespanntheit – ein Indiz, dass sein Kumpel nüchtern war. »Ich bin's, Thilo. Wie geht's?«

»Geht so«, antwortete der Dicke.

Thilo registrierte Heintzes Blick und ließ sich nicht beirren. Immerhin telefonierte er nicht auf Staatskosten mit einer Freundin in Amerika. »Hast du schon Zeitung gelesen, Schalli? Diese Scheißparty. Haben sie dich auch schon verhört? Die Obermuftis wollen dir an den Kragen, sieh dich vor.«

»Schon geschehen.«

»Was meinst du damit?«

»Ich war gerade in der Festung und habe von GS-Leiter Friedrichsen persönlich den Rauswurf entgegengenommen. Hab sowieso keine Lust mehr, für diese verstrahlte Behörde zu malochen.«

»Scheiße!«

Irgendwie hatte Thilo gedacht, Schallis Kündigung abwenden zu können. Er ballte die Fäuste, bis der Hörer in seiner Linken knirschte. Die Verlogenheit der Obermuftis stank zum Himmel: Als wäre die Welt in Ordnung, wenn man alle aussperrte, die Fehler machten. Nur durch den Dienst für die Polizeibehörde war sein Kumpel zu dem geworden, was Typen wie Sonntag an ihm auszusetzen hatten.

»Reg dich ab, Partner. Es kommt noch viel dicker«, sagte Schalli.

»Wieso? Was ist los?«

»Antje betrügt mich.«

Der Schreck fuhr durch Thilos Rückgrat nach oben und setzte sich in den Haarwurzeln fest. »Glaub ich nicht, Schalli.«

»Am ersten Weihnachtstag erzählte mir die Schlampe, sie würde in ihr dämliches Fitnessstudio gehen, aber ich hab's nachgecheckt. Die haben die ganzen Tage über geschlossen.«

Der junge Kommissar versuchte, normal zu klingen. »Und was sagt Antje?«

»Ich weiß nicht, ob ich sie damit konfrontieren soll. Vielleicht werd ich sie observieren. Vielleicht geh ich hin und bring das Schwein von Turnlehrer vor ihren Augen um.«

Thilo atmete durch. »Das gibt's doch nicht. Ich kann mir das einfach nicht vorstellen.«

»Sie lügt mich an. Sie verkauft mich für blöd. Ich halt das nicht aus. Jetzt steh ich auch noch ohne Job da. Sie wird mich verlassen. Ich spür das.«

»Mensch, krieg dich ein, Schalli.«

»Seit einem halben Jahr geht sie dreimal täglich zu diesem Fitnesstraining. Jetzt wird mir klar, warum sie sich immer vorher schminkt. Ich wette tausend zu eins.«

»Antje kann das sicher erklären.«

»Am Donnerstag trug sie sogar diese Kreolen. Sag, geht man mit Schmuck behängt zum Sport?«

»Frauen schon. Außerdem hast du ihr die Ohrringe zu Weihnachten geschenkt. Wenn Antje sie nicht tragen würde, wärst du auch sauer.«

Am anderen Ende der Leitung war es einen Moment still. Dann sagte Schalowski: »Ich hab auch schon dran gedacht, sie zum Teufel zu jagen und ein neues Leben anzufangen. Was meinst du?«

Zum Teufel jagen. Unsinn. Ohne Antje würde Schalli zum Teufel gehen. Thilo fragte: »Neues Leben? Womit denn?«

»Da gibt es eine alte Sache, die mir noch mal was einbringen könnte.«

»Vergiss es, Heinz. Antje und du, ihr gehört zusammen. Apropos alte Sache. Sag mal, habt ihr damals je daran gedacht, dass Christa Zimmermann vielleicht von einem Nachahmetäter ermordet wurde?«

Es blieb still. Nach einer halben Ewigkeit sagte Schalli leise: »Frag deinen Onkel. Ich hab jetzt andere Sorgen. Seit Freitag hab ich keinen Tropfen angerührt. Heute ist der dritte Tag.«

Den Dicken hatte es wirklich erwischt.

32.

Das Telefonbuch – Ben angelte danach und blätterte. *Wölbert, Wölck, Wölfel* ... keine Ivana. Die Prostituierte, die vor elf Jahren den Fliegenmann Winter angezeigt hatte, war nicht eingetragen. Keine Wölfel in der Elsa-Brandström-Straße, wo sie laut Elas Notiz wohnte.

Er rief das Einwohnermeldeamt an und erfuhr, dass Ivana umgezogen war und geheiratet hatte – sie hieß jetzt Voss. Ben ließ sich die aktuelle Adresse geben.

Er schlug das Telefonverzeichnis unter *V* auf.

Bingo. *Voss, Ivana und Otto*. Ben wählte und bekam das Freizeichen. Nach dem fünften Ton sprang ein Anrufbeantworter an. Die Stimme eines älteren Herrn: »Wir sind leider nicht zu Hause. In dringenden Fällen können Sie

Otto Voss im Büro erreichen oder Ivana im Laden. Sie können auch eine Nachricht ...«

Ben legte auf.

Er griff nach dem Protokoll Thilo Beckers über die Suche nach Zeugen im Wohnviertel südlich der Straße *Am Kleinforst*. Der Junge hatte es verstanden, die Kollegen zu motivieren. Lückenlose Arbeit – jedoch keine Bestätigung von Schreien in der Nacht zum Einundzwanzigsten. Becker juniors letzte Arbeit für die Soko Landwehr.

Ein weiterer Bericht: Eine Polizeimeisterin hatte die Häuser besucht, die direkt an der Straße lagen, kurz vor den Parkplätzen am Unterbacher See – obwohl der Streifen nördlich der Bahnlinie offiziell zum Gewerbegebiet zählte, lebten dort Leute. Auch hier keine Tatzeugen, stattdessen hatte ein Anwohner namens Jakob Mellenthin die Polizistin mit einer angeblichen Brandstiftung genervt. Er habe am Vorabend beobachtet, wie ein Unbekannter eine Hütte in der Nachbarschaft abfackeln wollte. Den Mann habe er verjagt, das Feuer löschen können. In ihrer Ratlosigkeit hatte die Schupo-Kollegin eine Strafanzeige aufgenommen.

Ben las:

Die Tür des Verschlags ist großflächig angesengt. Weiterer Schaden wurde durch die Feuchtigkeit der Holzwände und das rasche Einschreiten des Zeugen offenbar verhindert. Der Besitzer, Firma Delius Abbruch- und Entschuttungs-GmbH, wird verständigt.

Der Hauptkommissar registrierte den Zeitpunkt der Heldentat dieses Mellenthin: Freitag, 23 Uhr. Wahrscheinlich ein Versicherungsbetrug. Der Besitzer wollte aus einer wertlosen Hütte etwas Kapital schlagen.

Die Bach rauschte in Bens Büro. Der Leiter einer inzwischen nur noch zweiköpfigen Sonderkommission hielt der Kollegin die Bonbontüte hin. »Salbei, ohne Zucker?«

»Nein danke. Die Zeugen sind jetzt da. So weit alles vorbereitet.«

Ben nahm den Paternoster, während Ela in ihrem Büro Stallwache hielt.

Leo Komarek, der Kellner aus dem *Schlösser-Gatz*, und Faradsch Ghassemi, der Pizzaverkäufer aus dem *Corleone*, warteten in getrennten Räumen. Katja Fink, die Serviererin aus dem *Marktbistro* stand unruhig im Flur – sie hatte es jetzt eilig, zur Arbeit zurückzukehren. Die drei Zeugen hätten eine Gewerkschaft gründen können.

Friedrich Winter stand hinter dem Fenster, das von ihm aus gesehen ein Spiegel war. Inmitten einer Reihe von Beamten in Zivil, die alle eine Fliege am Hals trugen, wirkte sein Lächeln etwas verloren. Mit beiden Händen umklammerte er das Schild mit der Nummer drei.

Ben rief seine Zeugen nacheinander zu sich in das enge Kabuff hinter der Glasscheibe. Unabhängig voneinander erkannten sie den Fliegenmann. Ben zeigte Komarek und Ghassemi das neue Phantombild. Ein Schuss in den Ofen. Auch als der Hauptkommissar die rote Haarfarbe des Mannes erwähnte, erntete er nur Kopfschütteln. Er hatte es nicht anders erwartet. Der Rothaarige war bis zuletzt im Hintergrund geblieben, hatte Winter vorgeschickt, um Britta Landwehr anzusprechen.

Auf dem Weg zurück klang das Poltern des Paternosters, als tauschten die Kabinenbretter Neuigkeiten über den Kannibalen aus.

Ela wartete in Bens Zimmer, ganz versunken in die Betrachtung der Toten an der Wand. Sie erschrak, als der Hauptkommissar eintrat. »Zwei Neuigkeiten«, sagte sie. »Eine gute und eine schlechte.«

»Die schlechten sammle ich heute.«

»Dann zuerst die gute: Der Haftrichter hat entschieden, dass Winter in U-Haft bleibt. Die Runde geht an uns. Die schlechte ...« Das Klingeln des Telefons unterbrach die Kollegin.

»Moment«, sagte Ben und ging ran. Es war Sonntag.

»Hat Winter noch etwas wegen des Mädchens ausgesagt?«, fragte der Alte. Er klang gehetzt – offenbar machte Oswald Druck.

»Nein, hat er nicht.«

»Aber es stimmt doch, dass Winter Ihnen angeboten hat, das Mädchen zu finden?«

»Ein fauler Deal, auf den wir uns nicht einlassen können. Es besteht Fluchtgefahr. Das sieht übrigens auch der Haftrichter so.«

Ela stand ihm mit einem bestätigenden Nicken bei.

»Und wegen des Mordes? Sind Sie weitergekommen mit dem angeblichen zweiten Mann?«, fragte Sonntag.

»Noch nicht.«

»Das *noch* können Sie sich sparen, Herr Engel. Es genügt nicht, das Maul aufzureißen, um den Posten zu verdienen, auf dem Sie sitzen. Ich habe den Eindruck, Sie haben das vergessen. Morgen ist Ihre Dienststelle wieder gut besetzt. Dann erwarte ich rasche Resultate.«

Sonntags Revanche für den Zusammenprall von vorhin. Ben verkniff sich die Antwort und knallte den Hörer hin.

»Und?«, fragte er die Kollegin. »Die zweite Nachricht?«

Ela nagte an ihrer sinnlichen Unterlippe, als suche sie nach den geeigneten Worten.

»Das Labor?«, riet er. »Die Speichelprobe von Winters Briefmarke stimmt nicht mit dem genetischen Dingsbums des Mörders im Fall Landwehr überein?«

»Du wusstest das?«

»Nein. Nur so ein Gefühl.«

»Ich bin sicher, es war der andere, der Rothaarige. Du hattest Recht. Wir haben nichts gegen Winter in der Hand. Dass er mit der Landwehr auf Kneipentour war, reicht nicht für eine Verurteilung. Ich glaub nicht, dass wir ihn noch länger in Haft behalten können.«

Ben brummte. Er wühlte erneut im Telefonbuch, dann fand er die Adresse des Ladens.

Ivana Voss, First Class – Second Hand.

Er griff nach dem Hörer. Bevor er wählte, sagte er zu Ela: »Auch wenn er nicht der Mörder ist, Winter steckt in der Sache bis zum Hals mit drin. Eine Chance haben wir noch. So lange behalten wir ihn in Gewahrsam.«

33.

»Die sprachen so einen komischen Akzent. Wie Russen oder so. Der eine jagte mir richtig Angst ein. Der Typ zappelte ständig so rum und was er auf seinem Hemd stehen hatte, passte echt zu ihm.«

Killer. Brauning hatte Thilo zur Tankstelle am Südring geschickt. Er sollte sich ein Bild vom jüngsten Tatort machen – aus erster Hand.

Die dralle Pächterin ordnete sich die üppige Mähne, in der Fensterscheibe nach einem Spiegelbild suchend. Dann zeigte sie zur Einfahrt der Waschstraße. »Dort stand ihr Auto. Hab ich heute Nacht schon alles zu Protokoll gegeben.«

»Ist Ihnen seitdem noch etwas eingefallen, was wichtig sein könnte?«

»Ging alles sehr schnell. Ich denk, es war ein alter Volvo. Weiß.«

»Jemand drin?«

Sie druckste herum. »Kann sein.«

Ein Kunde stand hinter Thilo, er ließ ihn vor. Während die Frau das Geld einsteckte, sah Thilo sich um – keine Kameras, kein Panzerglas. Leichte Beute für die Räuber.

»Sind Sie sicher, dass es ein Volvo war?«

»Ein Volvo 324 mit Stufenheck. Hab ihn im Wegfahren erkannt. Hab selber mal so einen gefahren. Gleicher Typ.«

»Und er war wirklich weiß, nicht silbergrau?«

Die Frau lachte. »Ja. Aber die Karre war so schmutzig, dass sie fast grau aussah.«

Wieder bezahlte eine Kundin, Thilo sah, wie ihr Sohn Schokoriegel aus einem Wühltisch klaute. Im Gehen bemerkte es auch seine Mutter und verdrosch den Bengel. Sein Heulen war noch zu hören, als sie draußen ins Auto stiegen.

»Meine zweite Kassiererin hat gekündigt«, fuhr die Tankstellenpächterin fort. »Dabei war sie heute Nacht gar nicht da. Wir hatten getauscht, weil sie Geburtstag hatte. Wenn ich nicht sofort Ersatz für die Nachtschicht gefunden hätte, wäre ich jetzt ganz schön in den Arsch gekniffen.«

»Danke für Ihre Auskunft.« Ihre Personalsorgen interessierten Thilo nicht. Er nahm sich ein Sandwich aus dem Kühlfach und zahlte. Sie zögerte, sein Polizistengeld anzunehmen, aber er bestand darauf.

Die Frau befeuchtete eine Fingerkuppe und strich über ihre Augenbrauen. Ihr Mund leuchtete rosa, der Lippenstift ging über die Kontur ihrer Lippen hinaus, um sie voller wirken zu lassen. Thilo musste an einen Clown denken.

»Gleich muss ich den Neuen einweisen«, sagte sie. »Was ist übrigens mit diesem Frauenmörder geworden, dem Mann mit der Fliege?«

»Wieso?«

»Ich hab doch angerufen. Er hat hier getankt. Der Polizist, dem ich es gemeldet habe, war übrigens gar nicht freundlich. Ziemlich arrogant, würde ich sagen.« Sie sah Thilo an, als gelte hier Sippenhaft.

Ihm fiel ein, dass er immer noch Kopien der Phantombilder mit sich trug. Er strich sie auf der Theke glatt. Sie erkannte den Fliegenmann sofort.

»Genau der.«

»Und die Frau?«

»Ist das die Tote? Nee, kenn ich nicht. Der Typ mit der Fliege war allein.«

»Wann war das?«

»Am vierten Advent. Früher Nachmittag.«

Ein paar Stunden nach dem Mord an der Krankenschwester. Thilo erinnerte sich: Als er neulich zur Morgenbesprechung gekommen war, hatte Engel von einem Angestellten der Tankstelle an der Kölner Landstraße einen ähnlichen Hinweis auf den Tünnes mit der Fliege entgegengenommen. Auch dort hatte Winter getankt und auch dort hatten die beiden Russen die Kasse geleert, etwa eine Woche danach.

Thilo bedankte sich.

»Werden Sie die Burschen fangen? Ich hab Angst, dass sie wiederkommen.«

»Wir tun unser Bestes.« Er faltete die Zettel, wandte sich zum Gehen und lief in einen Dicken, der hinter ihm stand.

»So tut ihr das?« Der Mann hielt ihn mit kräftigen Armen fest. Thilo roch eine leichte Schnapsfahne. »Mensch, Thilo. Mach mal langsam.«

»Schalli, was machst du hier?«

Sein Ex-Kollege begrüßte die Pächterin, die sogleich begann, ihm die Elektronik der Kasse zu erklären. Thilo erkannte rasch, dass sein Kumpel nicht zum ersten Mal hinter dieser Theke stand.

»Sie werden's schaffen. Wird 'ne ruhige Nacht, ich hab's im Gefühl«, sagte die Frau schließlich und zupfte noch einmal an ihren Locken.

»Klar«, sagte der Dicke.

»Ich müsste mal für 'ne halbe Stunde weg. Können Sie mich vertreten? Ich zahl Ihnen 'ne ganze. Ist das okay?«

»Kein Problem.«

Die Pächterin verschwand, eine Wolke süßlichen Parfüms wie eine Fahne hinter sich herziehend.

Heinz Schalowski stützte seine großen Hände besitzergreifend auf die Verkaufstheke und strahlte Thilo an. »Vom Bullen zum Ladenhüter an der Tanke. Tolle Karriere, was?«

»Ging schnell mit dem neuen Job.«

»Von mir aus kann sie den ganzen Tag wegbleiben. Der neue Job ist das Beste, was mir passieren konnte. Zu Hause könnte ich's im Moment sowieso nicht aushalten.« Brauning habe sich daran erinnert, dass Heinz schon früher als Kassierer sein Bullengehalt aufgebessert hatte, erklärte Schalli. So hatte er von der freigewordenen Stelle erfahren.

»Keine Angst vor einem Überfall?«, fragte Thilo.

»Ach, was. Wenn die tatsächlich wiederkommen, rück ich eben die Kohle raus. Die haben bislang noch nie von ihren Kanonen Gebrauch gemacht, sagt dein Onkel. Herausfordern werd ich's auf keinen Fall. Die Alte glaubt natürlich, ein Ex-Bulle sei ideal für den Job. Der Objektschutz von *Fichte* ist ihr zu teuer.«

Ein Bankertyp schob sich an die Theke und steckte eine grüne Kreditkarte in den Scanner. Er sah Thilo missbilligend an, als sei ein Schwätzchen mit dem Angestellten tödlich für den Standort Deutschland. Schalli tippte den Betrag ein – er schaffte es beim zweiten Anlauf.

»Ich mach das nur für den Übergang.« Er schnappte sich eine kleine Weinbrandflasche aus dem Regal. »Auch einen Schluck?«

Thilo winkte ab.

»Cola, Buttermilch, Multivitaminsaft?«

Schalli brachte ihm eine Fruchtsaftmischung aus dem Kühlfach. Er zeigte ein maliziöses Lächeln. »Bald bin ich Firmeninhaber. Wetten, dass aus Heinz Schalowski noch was wird?« Er setzte den Zehntelliterflachmann an den Mund und nahm einen langen Schluck. Dann zückte er sein Portemonnaie. »Wie sagt man so schön? Ich werde den Herren ein Angebot unterbreiten, das sie nicht ablehnen können.«

»Was für eine Firma?«, fragte Thilo.

Schallis Lächeln wurde immer schräger, als verberge er etwas vor ihm. Dann pfiff er eine Nicht-Melodie wie ein Lausbub, der dadurch erst recht auf seinen Streich aufmerksam macht. »Schon gut, vergiss es.« Er hielt Thilo eine Hand voll Geld hin. »Hundertzweiunddreißig. Zähl's nach. Heinz Schalowski bezahlt seine Schulden.«

Der junge Kommissar steckte es ein. »Mach keinen Scheiß, Alter«, mahnte Thilo. »Was du erzählst, klingt nach Erpressung.«

»Legal, illegal. Der Unterschied oft minimal«, reimte der Dicke. »Die glauben, einen verkrachten Säufer braucht man nicht ernst zu nehmen. Die kriegen den Hals nicht voll und wollen nicht teilen.« Schalli legte die Stirn in Falten. Sein Blick wurde hart, als gebe er Thilo die Schuld an seiner Situation. Aber seine Worte zielten in eine andere Richtung. »Was wären die feinen Herren denn ohne mich? Ich hab jetzt eine Partnerin. Die weiß auch, wie man Geschäfte macht. Ich hol mir meinen Anteil.«

»Schalli, sprich nicht in Rätseln!«

Eine Kundin zahlte, sie wirkte verstört. Thilo zwang sich zu warten. Der Frau fiel ein, dass sie noch eine *Morgenpost* wollte. Endlich war sie verschwunden.

»Schalli!«, zischte Thilo. »Wen meinst du? Welchen Anteil?«

»Ich hab zu viel geplappert. Ich glaub, der Benzingeruch steigt mir zu Kopf.«

»Geht's um Oswald?«

»Vergiss es. Ich zieh dich da nicht rein. Die Geschichte würde dir nicht gefallen.«

»Welche Geschichte?«

Schalli stützte sich wieder auf den Tresen und beugte sich so weit über den Tisch, wie sein Bauch es zuließ. »Lass die Finger vom Kannibalen, Partner. Gut, dass du nicht mehr daran arbeitest. Ich sag nur eins: Weißt du, warum man zu Geld auch Knete sagt? Weil man sich Menschen damit kneten kann, wie man sie haben will.«

34.

First Class – Second Hand stand auf dem roten Transparent, das über der Ladenfront flatterte. Im Fenster standen seltsam verdrehte Puppen, die statt Klamotten Schilder mit den Namen bekannter Designer trugen. Ein Schild in der Tür: *Yes, it's open*.

Ben öffnete. Der Klang der Glöckchen ließ zwei Frauen herumfahren, die zwischen den Kleiderständern verhandelten. Ben nickte ihnen zu und tat, als interessiere er sich für die Mäntel, die neben dem Eingang hingen. Es waren ausschließlich Damensachen.

»Was kann ich für Sie tun?«, fragte die Ladeninhaberin, als ihre Kundin gegangen war. Ihr Blond war so wenig echt wie ihre Bräune, ihr Lächeln spöttisch – Ben war bei den Dessous gelandet.

»Ivana Voss, geborene Wölfel?«, fragte der Hauptkommissar, seinen Dienstausweis zeigend. Ihr Mund wurde sofort streng, Misstrauen lauerte in ihren Augen.

»Die Öffnungszeit am Sonntag geht in Ordnung«, sagte sie. »Kollektionsverkauf an Privatkunden.«

»Darum geht es nicht. Sie hatten vor einigen Jahren einen Prozess gegen einen gewissen Friedrich Winter.«

Sie verschränkte die Arme. »Steht alles in den Akten.« Er sah ihr an, dass sie ihn am liebsten wieder los wäre.

»Den Eindruck habe ich nicht. Und Sie wissen genau, warum ich hier bin. Oder lesen Sie keine Zeitung?«

Ihr Lachen war zynisch und hart. »Voilà, die alten Zeiten.« Sie drehte das Schild an der Tür um, *Yes, it's open* hing jetzt nach innen.

Ben folgte ihr in einen kleinen Raum hinter der Verkaufstheke. Sie öffnete einen Kühlschrank und brachte eine Flasche Sekt zum Vorschein. Ben lehnte ab. Ivana, die Ex-Nutte, genehmigte sich ein Glas. Für Ende dreißig war ihre Haut unter dem Make-up eine Spur zu schwammig, ihr Mund wirkte herb, wenn sie ihn nicht zum Lächeln zwang – zu viele Gläser Sekt, zu viele schlechte Erfahrungen.

»Ich bin jetzt gut verheiratet. Mein eigenes Geschäft«, sagte sie. »Niemand, der mich heute kennt, weiß, was ich früher gemacht habe. Winter ist eine Figur aus einem anderen Leben.«

»War er öfters Ihr Kunde?«

»Ich weiß nicht, warum ich Ihnen Auskunft geben soll, wenn Sie mich in Verdacht haben, ich hätte im Prozess gelogen.«

»Wollen Sie den Kannibalen decken?«

Sie leerte das Glas in einem Zug. »Winter war nicht der Kannibale. Er hat mich nur zu diesen Partys gefahren. Das war '85 und '86. Ich war finanziell arg in der Klemme und für die Partys gab's 'ne Menge Knete. Es gab nicht viele Mädchen, die dazu bereit waren.«

»Wozu?«

»Ich bekam die Augen verbunden und wurde manchmal auch gefesselt. Ich war völlig wehrlos. Da waren Prominente dabei, die nicht erkannt werden wollten. Ich durfte nicht einmal wissen, wo Winter mich hinfuhr.«

»Hatten Sie keine Angst?«

»Sie sind ein herziges Kerlchen! Natürlich. Jedes Mal. Winter sagte zwar, das sei nicht richtig Sadomaso, aber du weißt nie, was wirklich auf dich zukommt. Ich hatte Glück. Mir ist nichts passiert.«

»Warum haben Sie Winter dann angezeigt?«

Ivana Voss suchte nach ihrer Zigarettenpackung. »Die letzte Party, auf der ich war, sollte eine Geburtstagsparty sein für einen, der noch Jungfrau war. So ein reiches Söhnchen, das volljährig wurde. Das war alles, was Winter mir erzählte. Er hat mir noch im Auto die Augen verbunden und dann ging's raus aus Düsseldorf. Als wir ankamen, wurde ich auf so einer Art Liebesschaukel angeschnallt. Da waren noch andere Frauen, Asiatinnen, so viel ich akustisch mitbekam. Die Männer sprachen Englisch mit ihnen. Und dann fing eine der Frauen an zu schreien. Ich weiß nicht, was sie mit ihr gemacht haben, aber es war fürchterlich. Sie schrie wie am Spieß, minutenlang. Ich träume heute noch manchmal davon.«

Sie brauchte drei Anläufe, um ein Streichholz zum Brennen zu bekommen. Mit einem tiefen Zug zündete sie ihre Zigarette an. »Ehrlich gesagt, ich weiß nicht, ob die Frau das überlebt hat. Das war wie ein Todesschrei.«

»Was überlebt?«

»Keine Ahnung. Ich hab nichts gesehen. Da muss einer durchgedreht sein. Ein paar Männer wollten ihr zu Hilfe kommen, aber der Oberboss sagte nur: Lasst ihn, es ist sein Geburtstag.«

»Und Sie wissen nicht, wer dieser Oberboss war?«

»Nein. Die Party war vorbei und die haben mich noch 'ne Weile mit der Binde vor den Augen auf der Liebesschaukel frieren lassen. Mann, ich glaub, ich hab vor lauter Schiss alles vollgepinkelt. Winter hat mich dann nach Hause gefahren. Das war der Einzige, den ich jemals zu Gesicht bekam. Ich hab gedacht, wenigstens das Schwein soll dafür bluten.«

»Rache für eine gequälte Kollegin?«

Ivana blies eine Rauchsäule gegen die Zimmerdecke.

»Ich glaube eher, Sie witterten Geld und wollten sich für Ihr Schweigen bezahlen lassen. Das klappte nicht so, wie Sie sich das vorgestellt hatten. Hab ich Recht?«

Sie nahm einen kurzen, heftigen Zug. »Ich bin sofort zum Arzt gegangen und der hat ein Attest geschrieben, dass ich vergewaltigt worden wär. Damit bin ich zur Polizei und hab Winter angezeigt. Für 'ne hübsche Summe hätte ich die Anzeige zurückgezogen. Ich dachte, da sei was drin. Aber die feinen Herren haben Winter hängen lassen, so sah's zunächst aus. Kein Pfennig sprang für mich raus.«

»Ist Ihnen jemals der Name Adi Oswald begegnet?«

»Dieser Fernsehmensch? Nein, nie.«

»Und als der Prozess in die Berufung ging ...«

»... hab ich die Aussage entschärft.«

»Ohne auf Bezahlung zu bestehen?«

»Mir war das echt 'ne Nummer zu groß geworden. Ich hab Schiss gekriegt und Winter war mir sowieso egal. Ich weiß nicht, ob Sie das nachvollziehen können, aber ich war 'ne Nutte, der zufällig mal ein Richter geglaubt hat, und auf der anderen Seite war richtig viel Knete. Und das heißt Macht.«

Ivana schenkte sich nach. Jemand klopfte an die Ladentür, doch sie ignorierte es. »Jetzt wissen Sie Bescheid. Zeigen Sie mich an?«

»Verdient hätten Sie's wahrscheinlich. Haben Sie nie daran gedacht, dass Ihr Erlebnis etwas mit dem Kannibalen zu tun haben könnte?«

»Mann, ich wollte das Ganze vergessen. Verstehen Sie das nicht?«

35.

Eine Flut von Gedanken schwappte durch sein Hirn. Thilo nahm die Ausfahrt Mettmann erst wahr, als er sie passiert hatte. Er musste bis zum Breitscheider Kreuz auf der Autobahn bleiben, die halbe Strecke bis Duisburg. Erst dort konnte er die A 3 verlassen und in Gegenrichtung auffahren. Er verfluchte seine Unkonzentriertheit.

Beim zweiten Anlauf klappte es. Der junge Kommissar kurvte durch die Ausläufer des Bergischen Landes.

Ihm kam in den Sinn, was Brauning am Nachmittag über seinen Vater gesagt hatte: *Reich ihm die Hand, Junge. Es tut ihm weh, dass du immer auf Distanz gehst, und es tut mir weh, das mit anzusehen. Die Familie muss zusammenhalten.*

Thilo dachte an seine Mutter, die sich bei ihm über Christa ausgeweint hatte. *Ich will, dass wir drei wieder zueinander finden.*

Eigentlich hatte er den Rottweiler so vieles fragen wollen: Familiengeschichten, Kannibalenfall, Adi Oswald. Aber sein Onkel hatte das Gespräch bestimmt, auf eine Art, die kein Abschweifen erlaubte: *Hermann hat die Firma nur ungern übernommen. Am Anfang war er auf Renate genauso sauer wie du auf ihn. Du tust ihm unrecht, Junge.* Der Rottweiler mit dem großen, sentimentalen Herz. Der Onkel wollte Vater und Sohn zusammenbringen, er meldete sich bei Schalowski, um dem ehemaligen Mordermittlerkollegen einen neuen Job zu vermitteln.

Thilo schloss aus Braunings Worten, dass es Mutter war, die Vater veranlasst hatte, Mietbulle zu werden. Erst gegen Ende der Unterredung hatte Thilo den Onkel auf die Wiederkehr des Kannibalen angesprochen. Die Antwort war kurz und bündig: *Lass die Vergangenheit ruhen. Schau lieber nach vorn. Hanke hat noch vor der Weihnachtsfeier eine Spitzenbeurteilung über deine Zeit beim Einsatztrupp geschrieben. Wenn du mithilfst, den Tankstellenräubern das*

Handwerk zu legen, steht deiner Beförderung zum Kriminaloberkommissar nichts mehr im Weg.

Sein neuer Job – während Thilo hinter einem stinkenden Kleinlaster die Landstraße entlangzockelte, sah er sich schon wieder Klinkenputzen. Braunings Strategie, die Räuber mit dem russischen Akzent dingfest zu machen: Die Mehrzahl der Russlanddeutschen wohnte in einigermaßen exakt definierbaren Gettos. Unter den Jugendlichen und jungen Männern war die Kriminalitätsrate hoch, denn sie zu integrieren war angesichts des Lehrstellenmangels so gut wie unmöglich. In den Wohnblocks der Aussiedler wusste jeder über jeden Bescheid – ab morgen würden die OK-Ermittler dort nach den typischen Informanten suchen: Kleindealer, Gelegenheitsnutten oder Hehler, die ihnen jeden ans Messer liefern würden, um zu vermeiden, dass sie selbst in den Bau wanderten. Und ein schwules Räuberpärchen konnte im Getto einer Russlanddeutschensiedlung nicht verborgen bleiben. *Schröder* mit der Pumpgun, *Lafontaine* mit der Aufschrift *Killer*.

Thilo verfolgte einen zweiten, noch besseren Plan – er beruhte auf Elas Idee, aber das musste er keinem auf die Nase binden. Anhand der Liste aller in Düsseldorf zugelassenen Volvo 324 würde es ein Leichtes sein, die Täter zu finden – vorausgesetzt, der Fluchtwagen war nicht geklaut oder das Nummernschild gefälscht. Er brauchte nur nach russisch klingenden Namen Ausschau halten. Er hatte mit der kleinen, piepsstimmigen Verwaltungsangestellten der Kriminalaktenhaltung geflirtet, bis sie ihm versprach, bei der Zulassungsstelle die in Frage kommenden Namen und Adressen zu erfragen. Thilo hatte diesen Weg gewählt, weil er die Liste per Hauspost wollte, nicht über das Faxgerät in Braunings Büro. Es sollte eine Überraschung werden. Die Täter auf dem Silbertablett – sein Einstandsgeschenk für die OK-Gruppe.

Thilo sah das Schild und bog auf den Kiesweg, der zu Dr. Uhlaus *Haus am Park* führte. Er dachte daran, dass er vorgestern, bei seinem ersten Besuch, de facto noch Beamter der Altstadtwache gewesen war. Ein kleiner Kommissar im Straßendienst, Mitglied des Einsatztrupps der verrufensten Dienststelle der Stadt und frisch in einen Skandal verwickelt, für den ihn die Obermuftis verantwortlich machen wollten. Jetzt war er Teil einer Eliteeinheit – seine Karriere erschien Thilo auf einmal als etwas Unwirkliches und der Gedanke daran ließ ihn schwindlig werden.

Er brachte sein Auto zum Stehen und atmete durch. Er schob es auf die dunklen Wolken, dass ihm die Privatklinik heute weniger prachtvoll vorkam. Angespitzte Gitter, Scheinwerfer und Überwachungskameras fielen ihm auf.

Der Portier mit dem dünnen Schnurrbart erkannte ihn und schickte ihn in den Park, wo Paul Zimmermann und Schwester Lisa Arm in Arm ihre Runden drehten. Die Klinikangestellte war froh, dass Thilo sie ablöste.

Der alte Herr zitterte kaum, dafür war er nicht sehr gesprächig. Thilo brachte ihn dazu aufzuzählen, was es an diesem Sonntagmittag zu essen gegeben hatte. Der alte Herr reagierte unwirsch, weil es ihm nicht gleich einfiel.

Pauls knochiger Griff um Thilos Oberarm wurde fester, schließlich brachte er das Mittagsmenü auf die Reihe: Sauerampfersuppe, Lammbraten mit Ratatouillegemüse und Kartoffelgratin, dazu ein Gläschen Rotwein und zuletzt ein Schokoladenmousse. Nach dieser Gedächtnisleistung versank der alte Herr in Schweigen. Thilo vermutete, dass er unter Beruhigungsmitteln stand. Der Mann, der ihm einst das Tennisspielen beigebracht hatte und jedes Jahr zum Berlin-Marathon gefahren war, konnte nur noch mit Mühe einen Fuß vor den anderen setzen.

Unweit der hohen Mauer am Ende des Parks stand eine Bank, umgeben von Hecken. Paul bettelte darum, sich setzen zu dürfen. Thilo widersprach, es war zu kalt. Er wollte ihn ermuntern durchzuhalten, doch plötzlich hörte er eine Stimme, die ihm bekannt vorkam – in hoher Tonlage, aber eindeutig männlich. Unwillkürlich blieb Thilo stehen.

Paul nutzte die Gelegenheit und ließ sich auf die Sitzfläche sinken. Sein Atem ging rasch und laut pfeifend. Die Stimme kam näher, doch Thilo wurde enttäuscht. Kein Showstar, kein Politiker. Um eine Hecke bog ein Pfleger im weißen Kittel. Er war etwa dreißig Jahre alt und hatte eine kaum ältere Frau untergehakt, die offenbar nicht besser zu Fuß war als Paul. Die beiden unterhielten sich und Paul grüßte: »Hallo, Herr Konrad.«

Der Pfleger fuhr sich mit der Hand durchs schwarze Haar und rief zurück: »Herr Zimmermann, wann besuchen Sie mal wieder unsere Therapiegruppe? Das würde Ihnen sicher gefallen.«

Statt einer Antwort zog Paul ein halbes Brötchen aus der Manteltasche und zupfte Stückchen ab, die er den gierigen Spatzen vorwarf, die zu seinen Füßen landeten. Zu spät fiel Thilo ein, dass er Konrad über den Zustand Paul Zimmermanns ausfragen konnte – der Pfleger war mit seiner Patientin bereits außer Sicht.

Neben Thilo bibberte der alte Herr. »Kalt«, sagte er. Das Brötchen war verfüttert, die Spatzen flatterten davon.

Thilo half Paul beim Aufstehen. »Warum gehst du nicht in die Therapiegruppe?«

»Seit seinem Urlaub hat Herr Konrad seine Haare anders«, bemerkte der alte Herr statt einer Antwort. Offenbar war ihm die Frage unbequem. Er wollte nicht therapiert werden.

Im Zimmer fiel Thilo auf, dass Christas Foto fehlte. Über dem Sofa hing wieder das Kruzifix.

»Wo ist das Bild?«, fragte er Paul, während er ihm aus dem Mantel half.

»Welches?«

»Christa.« Thilo erkannte Unverständnis in den rotgeäderten, trockenen Augen des alten Herrn. Er zog die Schublade auf, in die er den Gekreuzigten gelegt hatte – da lag das Foto.

Paul sackte in einen Sessel. »Das war die junge Schwester. Ich glaub, sie hat's mit der Religion.«

»Sie kann dir keine Vorschriften machen.« Zum zweiten Mal tauschte Thilo den Wandschmuck über dem Sofa.

Er suchte Lisa in der Teeküche am Ende des Flurs und stieß auf einen jungen Mann mit Stoppelgesicht und silbernen Ringen im linken Ohr. Der Zivildienstleistende, vermutete Thilo. Hastig drückte der junge Mann die Zigarette aus und sah Thilo schuldbewusst an – offenbar war Rauchen nicht erlaubt. Der Zivi wusste nicht, wo Lisa steckte. Er sah auf die Uhr. »Sie hat jetzt Feierabend. Vielleicht isse drüben bei Konrad, ihrem Verlobten. Isset wichtig?«

»Ich wollte mit ihr über Paul Zimmermann sprechen, meinen – ähm – Onkel.«

Der Dreitagebart sah noch einmal auf die Uhr. »Na schön, ich bring Sie rüber. Allein komm' Sie da nich' rein.«

Thilo folgte dem Zivi durch den Park.

Wo die Mauer an das Nebengebäude grenzte, befand sich ein altes Holztor mit schweren Eisenbeschlägen. Daneben war ein Kästchen, das wie ein übergroßer Taschenrechner aussah. Der Pfleger gab den Code ein, es summte und das Tor ließ sich aufdrücken.

»Herr Konrad wohnt in der geschlossenen Abteilung?«

»Ja. Ihm macht dat nix aus und Uhlau freut sich, dat er seinen verwöhnten Patienten Betreuung fast rund um die Uhr bieten kann. Wenn Se mich fragen, lässt Konrad sich ausbeuten. Uhlau hat mich gefragt, ob ich nach'm Zivildienst bleiben will. In der Geschlossenen, als Nachfolger von 'nem Kollegen, der das Handtuch geworfen hat. Nee, nee, für mich is dat nix.«

Der Zivi führte Thilo durch einen breiten, mit orientalischen Teppichen ausgelegten Gang, vorbei an Speisesaal, Fernsehzimmer und Bibliothek. Einen Patienten sah der junge Kommissar nicht.

»Normalerweise dürfte ich Sie hier gar nich' reinlassen. Zu viel Prominenz, die inkognito bleiben will. Aber die sin' jetzt alle bei Uhlau im Therapieraum.«

Sie nahmen eine Treppe in den ersten Stock, wo die Apartments der Angestellten lagen. Hier hatte Winter gelebt, elf Jahre lang – seit Christas Ermordung. Der Kollege, der das Handtuch geworfen hatte, vermutete Thilo.

Ein Fiepsen ließ den jungen Mann anhalten. Er zog ein Kästchen aus der Tasche und stellte das Geräusch ab. »Scheiße. 'tschuldigung. Ich muss sofort ins Haupthaus. Konrads Apartment is dat zweite, gleich um die Ecke links.« Der Angestellte rannte zurück, als sei der Teufel hinter ihm her.

Thilo folgte der Wegbeschreibung. Die Tür war angelehnt. Er klopfte und rief leise: »Lisa? Herr Konrad?«

Die Tür gab nach und Thilo steckte den Kopf hinein. »Herr Konrad?« Er erkannte einen weißen Schrank, eine Garderobe mit Spiegel. Alles machte einen aufgeräumten, sterilen Eindruck – passend zur Klinik.

Konrad kam ihm mit wehendem Kittel entgegen. Der einzige Pfleger, der einen Kittel trug – vielleicht wollte er damit Eindruck schinden. »Was wollen Sie?«, fragte Konrad schroff. »Wie kommen Sie hierher?«

»Der Zivildienstleistende sagte, ich würde Schwester Lisa hier treffen. Aber vielleicht können Sie mir auch Auskunft geben. Ich wüsste gern, wie es Paul Zimmermann ...«

»Tut mir Leid. Da müssen Sie schon Lisa oder Dr. Uhlau selbst fragen. Herr Zimmermann war nur selten bei mir in der Beschäftigungstherapie. Ich bin für die Patienten der geschlossenen Abteilung zuständig. Suchtpatienten und Suizidgefährdete.«

Thilo wollte sich verabschieden, doch Konrad hielt ihm die Tür auf und winkte ihn ins Zimmer. Er hatte nun ein Lächeln aufgesetzt. »Wenn Sie wollen, können Sie hier auf Lisa warten. Sie muss jeden Augenblick zurück sein. Kommen Sie schon.«

Thilo betrat Konrads Zimmer. Sein Blick fiel auf medizinische Poster: Zeichnungen von Menschen, deren Muskelstränge, Nerven oder Knochengerüst freigelegt waren.

Er bemerkte, dass der Klinikgeruch auch hier zu Hause war. Das Beste an dem Apartment war der Ausblick, der auf den Garten ging, ein leicht abfallendes, mit alten Obstbäumen bestandenes Gelände.

»Sie leben mitten in der Natur«, sagte Thilo.

»Ja. Aber ab und zu muss ich raus. Tapetenwechsel.«

»Verständlich. Aufreibender Job, denke ich. Und dann auch noch in der Klinik zu wohnen.«

»Die Patienten brauchen Unterstützung. Wir haben es hier nicht mit normalen Kassenpatienten zu tun. Unsere Klientel stellt Ansprüche.«

Arroganter Schnösel, dachte Thilo. Dann fiel ihm ein, dass er froh sein konnte, dass auch Paul so gut umsorgt wurde.

»Herr Uhlau hat Ihnen viel zu verdanken.«

»Und umgekehrt. Der Doktor hat mich ausgebildet. Er hilft mir beim Studium.«

»Deshalb die Poster.«

»Fern-Uni. Ich will mich mal auf Nervenheilkunde spezialisieren. Liegt nahe, was?«

Hoffentlich würde Lisa bald kommen. Thilo war nicht gut in Smalltalk und der freundliche Pfleger ging ihm auf die Nerven. Der junge Kommissar wusste nicht, woran es lag. Vielleicht am Geruch. In Krankenhäusern hatte es Thilo noch nie lange ausgehalten.

Ein einziges Bild hatte keinen medizinischen Zweck. Das Plakat zu einer Ausstellung afrikanischer Masken in der Düsseldorfer Kunstsammlung.

Konrad bemerkte seinen Blick. »Interessieren Sie sich auch für primitive Kunst?«, fragte er.

»Eher am Rande.« Thilo versuchte, höflich zu sein.

Sein Alter hatte kürzlich ein Holzding gekauft, das angeblich aus Afrika stammte. Seiner Mutter hatte es gar nicht gefallen. Vater hatte es zu Hause nicht aufhängen dürfen.

»Kommen Sie mit, ich will Ihnen was zeigen.« Der Pfleger lotste ihn in das Nebenzimmer.

Neben dem Bett standen drei grimmige Voodoo-

Häuptlinge mit Nägeln im Bauch und erhobenen Fäusten. So ziemlich das Letzte, was sich Thilo ins Schlafzimmer gestellt hätte.

»Ein Geschenk meines Vaters zum Physikum.«

»Gratuliere«, sagte Thilo, weil ihm nichts anderes einfiel.

»Was machen Sie hier?«, fragte eine Frauenstimme. »Hey, Konni, nervst du Herrn Zimmermann mit deinen schrecklichen Figuren?« Es war Lisa, einen Karton im Arm, den Konrad ihr abnahm.

»Becker«, verbesserte der junge Kommissar.

»Klar, Sie sind der Neffe ...«

»Ja. So ungefähr.«

»Sie sollten mal das Apartment nebenan sehen, das zurzeit leer steht«, sagte Lisa. »Was Konni hier nicht unterbringt, deponiert er dort. Sieht aus wie in einem Museum.«

Verlegen fuhr sich der Pfleger durch sein schwarzes Haar. »Herr Becker möchte sich wegen seines Onkels erkundigen.«

»Oh. Die Medikamente helfen ihm. Wir hoffen, die Suizidgefahr auf diese Art herabzusetzen.«

»Ich danke Ihnen, dass Sie sich so gut um ihn kümmern«, sagte Thilo. Eigentlich wollte er ein *Aber* dazufügen.

»Dafür werden wir bezahlt.«

»Die Konfession der Patienten ist sicher deren Privatsache.«

»Klar, wieso?«

»Paul Zimmermann hat lieber ein Foto seiner Frau an der Wand als das Kruzifix. Bitte respektieren Sie das.«

»Aber natürlich. Er kann an die Wand hängen, was er will. Keiner macht ihm hier Vorschriften.«

»Dann haben Sie nicht ...?«

»Was?«

»Das Foto abgenommen und das Kreuz wieder hingehängt?«

»Nein. Das muss er schon selbst getan haben.«

Thilo nickte, als verstünde er. Er bedankte sich noch einmal und wollte sich verabschieden.

Die Krankenschwester winkte mit ihrem Schlüsselbund. »Ohne mich kommen Sie hier nicht raus.«

Am Ausgang des Prominententrakts hielt Thilo inne. Schwere Tropfen prasselten auf den Garten. Die Kieswege glänzten vor Nässe.

Thilo bemerkte, dass Lisa, die ihm aufgeschlossen hatte, noch immer hinter ihm stand. Er warf ihr ein verzweifeltes Lächeln zu und setzte zum Spurt durch den Wolkenbruch an. Eine Frage der hübschen Krankenschwester hielt ihn zurück. »Herr Zimmermann?«

Er verzichtete darauf, sie zu korrigieren. »Ja?«

»Wie finden Sie Konrad?«

»Nett. Doch. Wieso?«

»Hier in der Klinik meinen alle, ich wär nur scharf auf die Kohle seines Alten. Lauter Spinner, das sag ich Ihnen. Manchmal denk ich, die sollten mal tauschen. Die Kollegen und die Patienten, mein ich. Uhlau in die Geschlossene, das wär's.«

»Mag sein. Hören Sie nicht auf die anderen. Viel Glück.« Thilo rannte los.

Völlig durchnässt erreichte er das Haupthaus, passierte den freundlich grüßenden *Fichte*-Pförtner und ging zum Portal hinaus auf den Parkplatz.

Verwirrt durch Lisas Vertraulichkeit und das Rätsel um Christas Foto startete Thilo sein Auto. Er blickte zurück zu dem schlossartigen Gebäude, das mit seinen Türmen, Zinnen und Erkern vor dem düsteren Himmel aufragte.

Der Lieferwagen einer Wäscherei fuhr vor und der junge Kommissar sagte sich, dass es eine ganz normale psychiatrische Klinik war – nur eben für einen etwas exklusiveren Patientenkreis.

36.

Ben war an einem toten Punkt angelangt. Er hatte die Kaffeetante am EDV-Terminal der Kriminalaktenhaltung bei der Maniküre gestört, eine kleingeratene Minirockpuppe mit piepsiger Stimme und hochtoupierten Haaren, die den Job als eine Art Kontaktbörse verstand. Sie hatte seine Anforderungsformulare beäugt, als wolle er ihr benutztes Klopapier in die Hand drücken. Er musste ihr erst lauthals den Kannibalen an den Hals wünschen, damit sie endlich versprach, innerhalb einer Stunde mit den Computerausdrucken rüberzukommen.

Als er von seinem Besuch bei Ivana Voss zurückkehrte, lagen die Daten vor – das Ergebnis der Recherche war ernüchternd.

Kein Spanner, der in Frage kam, weder in Bilk, noch in der Gegend um den Fürstenplatz. Keine Wohnungseinbrüche, keine Vergewaltigungen, weder vollendete noch versuchte, in den in Frage kommenden Stadtteilen, deren Täter Ben mit dem Kannibalen in Verbindung bringen konnte. Keine Anzeige, die Helga Neumeier erstattet hatte, weder gegen lästige Verfolger, noch gegen junge Männer, die durch ihr Fenster lugten. Den Einbruch in ihre Wohnung hatte sie tatsächlich nicht angezeigt – in einem Anfall von Misstrauen gegen Hermann Becker hatte Ben sogar danach suchen lassen.

Vielleicht drehten seine Nerven durch und er sah Zusammenhänge, wo es keine gab.

Vielleicht waren die damaligen Ermittler aus guten Gründen nicht jeder vermeintlichen Spur nachgegangen – immerhin hatten sie die Zeugen persönlich in Augenschein nehmen können.

Vielleicht hatte Ben begonnen, aus haltlosen Gerüchten absurde Theorien zu spinnen.

Er suchte Winter in seiner Zelle auf und konfrontierte ihn mit der Aussage von Ivana Voss. Der Fliegenmann bewahrte seine aalglatte Ruhe. Er verwies auf seinen Freispruch von damals. Die sadistischen Spiele, der Todesschrei – alles nur Märchen. Ben hätte nur zu gern die Wahrheit aus der feisten Vertretervisage des ehemaligen Krankenpflegers und Bodyguards herausgeprügelt.

Ab morgen würde ein Mobiles Einsatzkommando zur Observierung bereitstehen, Winter würde auf freien Fuß gesetzt werden. Doch Ben glaubte nicht daran, dass der Fliegenmann so dumm wäre, seine Beschatter zum Kannibalen zu führen.

Er fühlte sich, als stünde er wieder am Anfang. So viele Hinweise – lauter lose Enden, die nicht zusammenzupassen schienen.

Ben sah ein, dass er Abstand brauchte zu all seinen Akten und Theorien. Frische Luft – warum nicht ein Spaziergang entlang der Zufahrtsstraße zum Südstrand des Unterbacher Sees. *Am Kleinforst.*

Nach einer zwanzigminütigen Fahrt erreichte Ben die Straße, die der anonyme Zeuge genannte hatte. Der Regenschauer, der ihn begleitet hatte, ebbte ab, der Himmel riss auf und die tief stehende Sonne ließ den Asphalt glänzen.

Ich glaub, ich hab da Schreie gehört. Schlimme Schreie.

Links lag ein Sportplatz, rechts eine Reihe von Baumärkten, dahinter die Kleingärten, die sauber waren. Ben rollte langsam weiter, vorbei an einer Holzhandlung, an Bauwagen, Containern und Schotterhaufen. Jetzt erstreckte sich zu seiner Linken der Stadtwald, den die Einsatzhundertschaft am Freitag durchkämmt hatte.

Vor einem Tor hielt Ben an. Er stieg aus dem Golf und streckte sich. Eine Windbö kräuselte die Pfützen, ein Ölfilm ließ die Oberfläche in allen Farben schillern. Der Regen hatte die Luft gewaschen – gierig sog der Hauptkommissar sie ein. Er nahm sich vor, wieder regelmäßig zu joggen. Wenn der Fall abgeschlossen war.

Er sah sich um: Hinter dem Zaun standen Schrottautos, weitere Container und Betonröhren. Auf der anderen

Seite der Straße war der Parkplatz für Wanderer. Ben interessierte sich nicht für das Naturschutzgebiet *Eller Forst* – er schlug den Kragen hoch, vergrub die Hände in den Taschen seiner Jacke und machte sich auf den Weg. Nach zehn Minuten entlang des Zauns erreichte er die Fußgängerbrücke, die nach Süden über die Bahnlinie zum Wohngebiet am Hasseler Richtweg führte, das Becker und die Kollegen aus Eller abgeklappert hatten.

Ben erklomm die Stufen. Von oben ging der Blick über Ödland: Rostige Fässer, Bretter und ausrangierte Autoreifen lagen zwischen Schutt und Gestrüpp längs der verzweigten Schienenstränge. Elfspurig, zählte er, dann wieder Bäume. Weiter vorn war der Abstellplatz einer Tiefbaufirma. Dutzende Maschinen standen auf einer weiten Fläche, im späten Sonnenlicht strahlte das Orange von Lastwagen und Baggern. Eine Wellblechbude erregte Bens Interesse. Er verließ die Brücke, von irgendwoher ertönte Hundegebell.

Nach zweihundert Metern stand Ben vor einer verschlossenen Zufahrt. Einem Schild konnte er entnehmen, dass die Firma Maschinen verlieh. Er fragte sich, ob das Areal bewacht wurde. Er rief ein paar Mal und als niemand antwortete, erklomm er das Tor. Er schaffte es, ohne den Wollstoff seiner Hose am Stacheldraht zu beschädigen. Auch die Hütte war verriegelt. Aus dem Wellblechdach ragte ein Kamin aus verwitterten Ziegeln – kein Rauch. Ben rief noch einmal, nichts rührte sich. Er umrundete das barackenartige Gebäude. Keine Zuleitung verriet, dass es hier fließendes Wasser gab. Ben drückte die Nase gegen das einzige Fenster und sah Werkzeug, Regale und Kisten – eine Gerümpelkammer. Er trat den Rückzug an.

Vom Firmenschild schrieb er Namen und Telefonnummer ab. Er registrierte, dass seine Schuhe über und über mit Schlamm verschmiert waren. Leise fluchte er vor sich hin, dann hörte er den Piepser in seiner Jackentasche. Das Display zeigte eine Festungsnummer: Elas Durchwahl.

Mehr als die halbe Straße lag hinter ihm und Ben dachte daran, zum Auto zurückzukehren. Er änderte seinen Plan, als er weiter vorn die Scheiben einer Telefonzelle aufblinken sah. Er fiel in einen Joggingtrott, während in seinem Rücken die Sonne unterging. Die Winterfarben der Landschaft erblassten, die Schatten wurden endlos, der kalte Wind frischte auf.

Es war einer der selten gewordenen Münzfernsprecher. Das Glas der Tür war herausgebrochen, auf dem Boden stand Regenwasser.

Ben kramte nach den Groschen in seinem Portemonnaie und wählte Elas Nummer, während ein verbeulter Lastwagen vorbeiklapperte.

Der Automat funktionierte und Kollegin Bach war tatsächlich im Büro.

»Hast du mich angepiepst?«, fragte Ben.

»Ja. Sonntag dreht jetzt völlig durch. Es soll eine Sonderkommission geben, die nach der Oswaldtochter sucht. Der ZKB-Chef will, dass ich da mitmache.«

»Hat der sie nicht mehr alle? Das ist völlig unmöglich, das lass ich nicht zu. Ich brauch dich.«

»Das hab ich ihm auch gesagt. Er glaubt, der Kannibale habe das Mädchen in seiner Gewalt. Du musst unbedingt mit Sonntag reden.«

»Für Vermisste ist das KK 12 zuständig, und wenn die bei jeder ausgebüxten Tochter ...«

Ein kurzes, schrilles Quietschen unterbrach Ben.

Er wusste sofort, dass er es nicht zum ersten Mal gehört hatte.

»Bist du noch dran?«, fragte Elas Stimme im Hörer.

Da war es wieder: ein Aufkreischen, Metall auf Metall, das Ben durch die Knochen fuhr. Er rief in den Hörer – die Aufregung ließ seine Stimme fast überschlagen: »Sag Sonntag, er kann mich mal!«

Ben stürzte aus der Zelle und starrte auf das schaukelnde Blechschild einer Gerüstbaufirma. Noch einmal kreischte es, dann ließ der Wind nach.

Schlimme Schreie.

Von hier aus hatte sich der anonyme Zeuge am Freitagmorgen gemeldet. Ben blickte sich um. Die bewohnten Häuser am Ende der Straße. Bis zum ersten waren es noch etwa fünfhundert Meter.

37.

Zweimal hatte Antje ihm auf Band gesprochen. Zuerst eine Beschwerde, dann eine Drohung. Thilo mache sich rar, lasse nichts von sich hören. Sie werde Schluss machen, wenn er nicht bald zurückrufe.

Und wenn schon, dachte Thilo. Seinen Zehnminutenspaß hatte er auch mit Ela.

Er öffnete den Kühlschrank und entschied sich für ein Bier. Prost auf den neuen Job. Mordermittlungen ade – er war jetzt im Bannkreis seines Onkels gelandet. Aber er würde versuchen, nebenher seine eigenen Ermittlungen im Kannibalenfall anzustellen. Am Ball bleiben. Christa zuliebe.

Vogels Schnappschuss lag auf dem Tisch. Thilo fiel auf, dass sein Onkel auch dem Medienmogul gegenüber nicht den entschlossenen Blick, das überlegene Lächeln abgelegt hatte. Der Rottweiler – durch nichts zu erschüttern.

Thilo beschloss, dass er für das Foto einen sicheren Platz brauchte. Er wickelte es in die Seiten mit den Oswaldartikeln, die er aus *Spiegel* und *Focus* gerissen hatte, trug sie ins Bad und ließ sie hinter dem Spiegelschrank verschwinden.

Es pochte an der Tür. Thilo kannte nur eine, die klopfte, anstatt die Klingel zu benutzen. Er stieg in seine Schuhe und streifte die erste Jacke über, die er zu fassen bekam. Er trat ins Treppenhaus und packte Antje am Arm. »Komm mit.«

»Was soll das?«, fragte sie widerstrebend.

»Er weiß Bescheid. Er observiert dich.« Er zerrte sie die Stufen hinunter. »Wenn wir in meiner Wohnung bleiben, glaubt er, du würdest ihn mit mir betrügen.«

»Heinz?«, fragte sie ungläubig. Dann ertönte ihre dreckige Lache. »Du machst Witze. Hey, es ist kalt draußen.«

Er erreichte die Haustür. »Sieh dich nicht um. Er soll glauben, unser Treffen habe nichts mit deinem Fremdgehen zu tun.«

»Spinnst du? Wo willst du hin?« Sie lachte wieder, doch jetzt klang es unsicher.

»In den Park. Er soll uns sehen.«

Thilo berichtete, was Schalli ihm erzählt hatte. Es dämmerte, sie hielten sich in der Nähe der Laternen.

»Jetzt versteh ich, warum er zu Hause tut, als sei ich Luft.«

Thilo flüsterte: »Wehe, du beichtest ihm die Geschichte. Ich will auf keinen Fall die Freundschaft mit ihm riskieren. Ich muss dir was erzählen. Du erinnerst dich an meine Narbe? Er hat mich damals gerettet. Er ist mein Lehrmeister. Er ist der beste Kumpel, den ich habe.«

»Klasse Lehrmeister«, sagte Antje kühl. »Hast du Shit dabei?«

»Jetzt nicht.«

»Ich wusste, dass du ein Geizhals bist.«

Einen Moment gingen sie schweigend. Dann machte Antje Anstalten, sich umzusehen. Thilo packte ihren Arm, damit sie es unterließ.

»Klasse Lehrmeister«, wiederholte sie. »Weißt du, warum sie ihn gefeuert haben? Hat es was mit dieser Orgie zu tun?«

»Keine Ahnung«, log Thilo. »Sie brauchten einen Schuldigen, den sie der Presse zum Fraß vorwerfen konnten.«

»Sein Suff ist schuld. Ich wusste, dass es so kommen würde. Sie haben ihn am Vormittag ins Präsidium bestellt.« Flüsternd fügte sie hinzu: »In der Zeit hätten wir uns prima treffen können. Ohne dieses Theater. Ich hab dich angerufen. Wo warst du den ganzen Sonntag?«

»Arbeiten. Sie haben mich zur Organisierten Kriminalität versetzt. Weißt du, was Schalli vorhat?«

»Hör mir mit dem Träumer auf. Er wartet auf das große Geld, weiß der Teufel, woher. Irgendjemand hat ihm einen Floh in den Kopf gesetzt. Wenn er telefoniert und ich komm ins Zimmer, flüstert er plötzlich und legt auf. Er redet wirres Zeug über irgendwelche Geschäfte. Er sagt, es sei ein Glücksfall, dass der Kannibale wieder aufgetaucht sei. Schalli ist durchgeknallt. Völlig verstrahlt. Ich sag's dir.«

»Als ich ihn heute in der Tankstelle sah, tat er so, als plane er eine Erpressung.«

»Er sagt, du hättest ihn auf die Idee gebracht«, behauptete Antje.

»Was meint er damit?«

»Keine Ahnung. Ich weiß nicht, was Heinz plant, und ich will's nicht wissen. Er kann sich meinetwegen zum Mond schießen. Weißt du übrigens, dass er seit Freitag nichts mehr trinkt?« Es klang, als sei sie darüber am meisten empört.

»Die Meldung ist veraltet. Heute Mittag hing er wieder an der Flasche.«

»Auch egal. Der Träumer kann mir gestohlen bleiben. Was ist? Um acht muss Heinz wieder in seiner neuen, tollen Firma antreten. Nachtschicht. Dann kann er uns nicht mehr nachschleichen.«

»Warum arbeitet er in der Tankstelle, wenn er glaubt, dass ihn jemand an einem großen Geschäft beteiligt?«

»Wahrscheinlich glaubt er selbst nicht daran. Er will sich nur wichtig machen. Heinz weiß selbst am besten, was für ein Versager er ist. Ohne den Job an der Tankstelle könnte er sich an die Kö setzen, mit einem Hut und einem Schild: Habe alles versoffen und verwettet.«

Antje hatte wahrscheinlich Recht, aber es tat Thilo weh, wie sie über den Dicken redete. »Hör zu, du musst zu ihm halten. Er hat im Grunde nur uns beide und sein altes Saxophon.«

»Das schmeiß ich demnächst aus dem Fenster.«

»Antje, wir müssen sehen, wie wir aus der Sache rauskommen, ohne dass er etwas merkt.« Thilo hielt an. Sie waren einen großen Bogen gegangen und standen wieder vor seiner Haustür.

»Rauskommen?«

»Pass auf. Wenn er fragt, warum wir uns getroffen haben, dann sagst du ihm, du wolltest hören, ob ich was gegen seinen Rausschmiss tun kann.«

»Und?«

»Kann ich nicht.«

»Das mein ich nicht.« Antjes Blick tat ihm weh. »Was ist mit heute Nacht? Ich hab dich vermisst, die letzten Tage.«

Thilo sah auf die Uhr. »Heute nicht.«

»Meinst du das mit rauskommen? Willst du mit mir nichts mehr zu tun haben?«

»Nur vorübergehend. Ich mein, Schalli soll erst mal zur Ruhe kommen«, sagte er mit einem verschwörerischen Zwinkern. Ob das mehr war als nur ein Vorwand, das verlogene Offenhalten eines Hintertürchens, wusste er selbst nicht so genau.

38.

Niemand reagierte auf sein wiederholtes Klingeln. Ben folgte dem Pfad, der durch den verwilderten Garten führte, und stieß auf Fahrspuren, die vor der bemoosten Rückseite des Hauses endeten. Im Schein einer Baustellenlampe lud ein etwa siebzigjähriger, krumm gewachsener Mann Brennholz von einem verbeulten Laster ab, dabei unverständliche Laute vor sich hinbrabbelnd – Jakob Mellenthin, der Mann, der den Brandanschlag vereitelt hatte, am Abend nach dem mysteriösen Anruf.

Ben zückte seinen grünen Lappen und störte den Alten beim Selbstgespräch. Mellenthin reagierte zunächst unwirsch, dann begriff er und kam sich höchst wichtig vor. Er zauberte eine Taschenlampe aus dem Blaumann, der um seinen Buckel schlotterte, und ging Ben voraus. Sein Hund, ein dickbäuchiger Dackel, folgte.

Das hohe, nasse Gras durchweichte Bens Hosenbeine. Sie stiegen über Maschendraht, der sich fast bis auf die Erde herabsenkte – für sein Alter bewies Mellenthin erstaunliche Gelenkigkeit. Hinter dem Zaun erstreckte sich weitläufiges Ödland, zum Teil von Schotterflächen überzogen. Etwa hundert Meter entfernt zeichnete sich in der Dämmerung eine lang gestreckte Lagerhalle ab. Darauf stiefelten Ben und Mellenthin jetzt zu.

Als das Privatfernsehen zu Beginn der achtziger Jahre startete, hatte *Pro-Sat* hier ein Studio, erklärte der Alte. Später benutzten sie die Halle, um Kulissen zu lagern. Jetzt stand sie leer und keiner wusste, wem das Gelände gehörte.

Unkraut schoss zwischen den Schottersteinen hoch. Mellenthin blieb stehen, sein Dackel umschnüffelte Bens Beine.

Der Alte deutete zur Straße hin. »Freitag abend war's. Zuerst bemerke ich Lichter von 'nem Auto und zwei Gestalten. Das Tor war offen. Moment mal, denk ich. Seit ewigen Zeiten hab ich's nur verschlossen gesehen. Die müssen einen Schlüssel haben, denk ich. Dann knurrt Willi und ich seh den dritten Mann. Er hatte 'nen Kanister, dort drüben war das. Kommen Sie.«

Am Ende des Grundstücks duckte sich ein Holzhäuschen gegen einen Lattenzaun, überragt von meterhoch gestapelten Brettern. Mellenthin ließ den Strahl seiner Taschenlampe über eine angekokelte Wand huschen, eingeschlagene Fenster, eine völlig versengte Tür. Dann leuchtete er über den Zaun auf das Nachbargelände.

»Das ganze gute Holz wär mit abgebrannt. Gehört 'nem Gerüstbauer in Langenfeld.«

»Wohnt jemand in der Hütte?«

»Nie jemanden gesehen. Außer vorgestern Abend.« Mellenthin bückte sich nach einem Plastikkanister, der neben der Hütte auf einem Schutthaufen lag.

»Fassen Sie nichts an!«, rief Ben.

Der Alte wies auf einen Teppichrest. »Damit hab ich

das Feuer ausgemacht. Brannte zum Glück nicht besonders gut. Alles morsch und feucht hier.«

Die Tür stank nach Ruß. Sie war nur angelehnt. Ben bat Mellenthin um die Taschenlampe.

»Sie warten hier«, sagte er, nahm die Sig-Sauer aus dem Holster und schob mit dem Fuß die knarrende Tür auf. Er leuchtete ins Dunkle, ohne viel zu erkennen, und trat langsam ein. Ein loses Bodenbrett gab unter seiner Sohle nach. Mellenthins Funzel flackerte, als Ben sie bewegte – Wackelkontakt. Ein penetranter Geruch nach Benzin und Moder schlug ihm entgegen. Mit der Hand, die die Pistole hielt, presste er sein Taschentuch gegen die Nase. Es half nicht viel.

Dämmerlicht fiel in Streifen durch die Ritzen in der Bretterwand. Vor dem Fensterloch hing ein Vorhang. Ben riss ihn zur Seite. Staub tanzte, ein leises Summen kam von irgendwoher. Der Raum war mit ausrangierten Polstermöbeln vollgestellt, auf einem Sofa lagen Decken und Zeitungen, vor einem kleinen Ofen häuften sich Holzscheite. Ben tastete sich weiter, mit dem Fuß stieß er leere Flaschen um – ein Pennerrefugium.

Ben wandte sich zum Gehen. Der Strahl der Lampe streifte Zeitungsmeldungen, fein säuberlich ausgeschnitten und neben der Tür an die faulige Holzwand gepinnt. Mellenthins Funzel setzte aus, Ben schlug sie gegen die Bretter.

Beim dritten Mal sprang sie wieder an:

LEICHE EINER UNBEKANNTEN FRAU GEFUNDEN
KANNIBALE VON HEERDT WIEDER AKTIV?
BRUTALER MORD AN DÜSSELDORFERIN GIBT RÄTSEL AUF
ERSTE FESTNAHME – NUR EIN BERUHIGUNGSMANÖVER?

In Bens Schläfen hämmerte der Puls.

Eine Ritze fiel ihm auf, halb verdeckt von aufeinander

geschichteten Sesseln, die einen besonders starken Treibstoffgeruch ausströmten. Ben hielt die Luft an und schob sie beiseite, ohne Pistole und Lampe aus der Hand zu legen.

Eine zweite Tür – ein zweiter, abgedunkelter Raum.

Die Dienstwaffe in Bens Hand zitterte leicht. Er nahm die Linke zu Hilfe, die flackernde Funzel gegen den Lauf gepresst.

»Ist da wer?«, fragte er, obwohl sein Verstand ihm sagte, dass man sich nicht von innen mit Sesseln verbarrikadieren konnte.

»Haben Sie was gefunden?«, hörte er Mellenthin von draußen rufen.

Der Hauptkommissar tastete sich in die Finsternis. Unter seinen Füßen war ein Knacken und Knirschen. Das Summen wurde lauter. Ben leuchtete nach unten: zahllose Maden, tote Fliegen. Er hielt die Lampe in den Raum: Bett, Tisch, eine alte Badewanne auf geschwungenen Füßen. Ben stolperte über Trümmer eines Stuhls, die verstreut auf dem Boden lagen. Er strauchelte und stützte sich auf einem ächzenden Möbelstück ab. Eine Küchenspüle – angewidert zog Ben die Hand zurück. Die kalte Oberfläche klebte vor Schmutz.

Es stank bestialisch, weniger nach Benzin als nach fauligem Fleisch und rostigem Eisen. Ben atmete so flach wie möglich. Wie im ersten Raum war das Fenster verdunkelt. Kein Luftzug, das Glas war intakt. Er wollte nach dem Vorhang greifen und stellte fest, dass es keinen gab: Die Scheibe war schwarz vor Fliegen, die sich halb tot nach dem letzten Licht des Tages drängten. Doch das Summen kam von der gegenüberliegenden Seite.

Ben hörte ein hektisches Atmen, das nicht von ihm kam. Eins der Stuhlbeine schlurfte über den Boden.

Adrenalin flutete in Bens Adern, er wirbelte herum – die heftige Bewegung ließ die Taschenlampe ausgehen. Ben erkannte nur noch Umrisse.

»STEHEN BLEIBEN!«, schrie er, dann drückte er die Waffe ab. Zweimal, rasch hintereinander.

Mit ohrenbetäubendem Knall schlugen die Geschosse in die Bretterwand, die Taschenlampe polterte auf den Boden – und der Dackel des Alten huschte zur Tür hinaus.

»Willi!«, rief Mellenthin vor der Hütte besorgt.

Ben bückte sich nach der Lampe, die durch den Aufprall wieder brannte. Sein Herzklopfen legte sich nicht. Im schwachen Schein erkannte er die Quelle des summenden Geräusches: Eine Wolke von Fliegen hing über dem Bett. Der Hauptkommissar machte eine verscheuchende Handbewegung und griff nach dem braunen Laken.

Es war klebrig und fast starr – vollgesogen mit Blut, das zu einer Kruste geronnen war. Ben musste husten, die Fliegen schwirrten vor seinem Gesicht. Mit der Linken wischte er sie fort. Dann fiel sein Lichtstrahl auf das Regalbrett.

In Kopfhöhe standen zwei große Einmachgläser. In einer klaren Flüssigkeit schwamm jeweils ein ausgefranster Gewebeklumpen von der Größe eines halben Tennisballs. Auf jedem war ein etwa markstückgroßer, dunkler Fleck. Ben brauchte eine Schrecksekunde, bis ihm klar wurde, was ihm da entgegenstarrte: die abgetrennten Brustwarzen einer Toten.

Er wich zurück, die Badewanne rammte seine Kniekehlen. Er stürzte in den Vorraum, glitt aus und verlor die Lampe. Er kämpfte gegen den Würgreiz an, der sein Zwerchfell verkrampfte, stieß gegen polternde Sessel und rannte ins Freie, nach Luft hechelnd wie ein Ertrinkender.

Jakob Mellenthin sah ihn an, als sei er ein Gespenst.

39.

Ela lag bäuchlings auf Thilos Bett und gab ein wohliges Brummen von sich, während Thilo ihr den muskulösen Rücken massierte. Er hatte keinen Schimmer, wie das richtig ging, und eigentlich hatte er wenig Lust, den Sensiblen zu spielen. Es war schon nach Mitternacht, aber die Kollegin war noch immer nicht müde.

»Thilo?«, fragte sie.

»Ja.«

»Wie stellst du dir eigentlich Silvester 1999 vor?«

Wie aufs Stichwort knatterten unten auf der Straße Knallfrösche los. Kids, die nicht bis Mittwoch warten konnten, machten sich einen Spaß.

»Weiß nicht«, sagte Thilo. »Vielleicht auf dem Eiffelturm. Oder auf einer Südseeinsel. Oder beides. Mit der Concorde soll das angeblich gehen. Schneller als die Erdumdrehung. Zweimal hintereinander feiern, das wär's doch.«

»Ein bisschen teuer.«

»Ja, wahrscheinlich.«

Die Musik ging zu Ende, das letzte Stück der Salsa-CD, die Ela aus Thilos Sammlung gewählt hatte. Sie verlangte, dass er sich nicht darum kümmern, sondern weiter ihre Schultern kneten sollte.

»Und du?«, fragte er und widmete sich den Abschnitten zwischen den Riemen ihres BH, den sie auch diesmal nicht abgelegt hatte.

»Ich weiß nur, dass ich zur Jahrtausendwende nicht allein sein möchte.« Sie sagte das mit einem Ernst, der ihm das Gefühl gab, oberflächlich zu sein und die Freundschaft dieser Frau nicht zu verdienen. Was wollte sie von ihm? Thilo war zu vielem bereit, um an guten Sex zu kommen, sogar zu Massagen. Aber nicht zu leichtfertigen Liebesschwüren. Auch wenn er Ela wirklich mochte – sie sollte nur nicht zu tiefsinnig werden.

»Warum bist du eigentlich zur Polizei gegangen?«, wollte er wissen. Vielleicht war das eine Frage, die sie als interessiert und einfühlsam empfand.

»Und du?«, erwiderte sie statt einer Antwort.

Er dachte nach, was er sagen sollte. Ihm fiel nichts Intellektuelles ein.

Sie beendete seine Knetarbeit, indem sie sich umdrehte. »Ich weiß schon. Du hast an Christa Zimmermann sehr gehangen. Deshalb, stimmt's?«

»Wer hat dir das erzählt?«

»Rate mal.«

»Nicht schon wieder Engel. Dieser arrogante Arsch.«

»Hältst du's für möglich, dass die Zimmermann einen Liebhaber hatte? Dass ihr Mann sie erschlagen hat? Du hast die beiden doch gekannt.«

»Um Gottes willen, nein.« Paul als Mörder – es würde seine Depressionen erklären, das abgehängte Foto. Verunsichert schüttelte Thilo den Kopf. »Damals war ich erst fünfzehn.« Er spürte, dass das nicht die Antwort war, die Ela erwartete.

»Willst du was rauchen?«, fragte er.

»Nein, danke.«

Er zog den Rest Shit aus dem Tabakpäckchen. »Gutes Zeug.«

»Du kiffst?«

»Es beruhigt. Möchtest du?«

»Danke. Ich kann nicht inhalieren. Ich würd dir nur was vorhusten.«

Er steckte das Päckchen weg – alleine hatte er keine Lust. Draußen rauschte der dünner werdende Sonntagabendverkehr. Eine verfrühte Silvesterrakete pfiff gellend vorbei, der Lautstärke nach zu urteilen ganz dicht am Fenster. Ela zuckte zusammen.

Thilo kniff sie scherzhaft in die Seite und suchte ihren Blick. »Du hast *meine* Frage nicht beantwortet.«

»Ich wollte ein starkes Mädchen werden, das sich verteidigen kann«, sagte sie voll Ironie, als gäbe es einen anderen Grund, den sie nicht preisgeben wollte.

Sie kletterte über Thilo, um ihn in den Schwitzkasten zu nehmen. Er bäumte sich auf, ihre Muskeln blieben hart. Der Bettkasten knackte bedenklich und nach kurzem Ringen kniete Thilo über ihr. Sie zerrte ihre Handgelenke aus seinem Griff und wandte den Blick ab. Schlechte Verliererin.

»Entschuldige«, sagte Thilo vorsichtshalber.

»Schon gut.«

Schweigen. Bedrückende Stille. Er küsste ihr Gesicht, Nase, Lippen und Wangen. Nach einer Weile reagierte Ela. Ihre Fingerspitze umkreiste die weiße Linie über seinem Herzen, ganz sanft.

»Ein Messerstich«, erklärte er.

»Warst du wehrlos? Hast du es kommen sehen?«

»Nein, es ging ganz schnell. Ich hab erst hinterher kapiert, was passiert ist.«

»Dann ging der Stich nicht bis zur Seele.«

Wieder eine tief schürfende Weisheit. Thilo kam sich unsensibel vor. Er wollte nicht nachfragen, was sie damit meinte. »Du hast süße Sommersprossen«, sagte er stattdessen.

»Findest du? Im Sommer hoffe ich immer, dass sie zusammenwachsen, damit ich endlich braun werde.« Sie lachte – ihr forschender Blick ließ seine Augen eine Ewigkeit nicht los.

Auch unterhalb der Halsgrube waren hellbraune Pünktchen über ihre Haut verstreut. Thilo zeichnete mit dem Finger die Umrisse ihrer BH-Körbchen nach. Er beschloss, seiner Neugier Ausdruck zu geben – scheiß drauf, wenn er was Falsches sagte. Sie musste ihn eben akzeptieren, wie er war: »Lass mich deine Brüste spüren. Ohne das Geschirr. Lass mich an deinen Brustwarzen knabbern.«

Sie hielt seine Finger fest, bevor sie sich unter den Stoff schieben konnten. Ihr ernster Blick rief ihn zur Besinnung. Ein schwieriges Mädchen, zumindest im Vergleich zu Antje. Er fragte sich, wer mehr mit dem anderen spielte – er oder Ela.

»Wir tun's auf meine Art«, sagte sie. »Denk meinetwegen an Marylin Monroe.«

Ihre weichen Lippen verschmolzen mit seinen. Ihre Finger klammerten sich um seinen Hintern. Sie kamen zur Sache. Endlich.

Das Telefon klingelte. Thilo ignorierte es. Er japste, als sie ihn zärtlich biss. Ihre Hand fuhr unter seinen Hosenbund. Im Gegenzug tastete er dorthin, wo ihre Haut am wärmsten war. Ihr anfeuerndes Keuchen schob das Läuten des Telefons kilometerweit weg.

Der Anrufbeantworter schaltete sich ein. Klicken, Rauschen, dann die Rottweilerstimme seines Onkels. »Hab gerade Meldung von einem Raubüberfall erhalten. Geh ran, wenn du zu Hause bist.«

Elas Hand machte weiter, ihre Zähne knabberten an seinem Ohrläppchen.

Brauning klang auf seltsame Art feierlich. »Ich sag das als dein Vorgesetzter. Melde dich, mein Junge.«

Thilo löste sich von Ela. »Tut mir Leid.« Er griff nach dem Hörer. »Was gibt's?« Thilo hoffte, Ela würde protestieren.

»Südring«, antwortete sein Onkel. »Zum zweiten Mal innerhalb von vierundzwanzig Stunden, verdammtes Pech. Diesmal soll's einen Verletzten geben.«

Mein Gott, Schalli – Thilo dachte nur noch an seinen Kumpel.

40.

Ben war in der Hütte geblieben, um den Kriminaltechnikern zu helfen, bis ihm vor Müdigkeit die Augen schmerzten.

Sigrid Romberg, die Psychologin, hatte ihnen eine Weile Gesellschaft geleistet. Sie studierte den scheußlichen Ort, um sich in den Straftäter hineinzuversetzen. *Profiling* – die Bluttat nachempfinden, den Mörder verstehen. Vielleicht voraussehen, was er als Nächstes tun würde.

Ben fragte sich, wie ausgerechnet eine Frau die kranken Gedanken eines Sexualmörders nachempfinden wollte. Er selbst konnte es nicht einmal ansatzweise, trotz des Horrors, in dem er selbst aufgewachsen war – oder vielleicht deswegen. Er weigerte sich, in dem Mörder etwas anderes zu sehen als eine Bestie, die so rasch wie möglich aus dem Verkehr zu ziehen war. Ihm war, als tue Sigrid die eigentliche Drecksarbeit, während er nur die objektiven Spuren sicherte.

Und die waren grausig genug.

Das Opfer hatte sich kurzzeitig befreien können. An der losen Stuhllehne waren Blut und Haare – nicht hell wie die der Landwehr, sondern rötlich.

Der zweite Mann.

Ben vermutete, dass sich die Krankenschwester gewehrt und ihm eine Kopfverletzung zugefügt hatte. Offenbar schaffte sie es nur bis in den Vorraum, wo sie zwischen den Sesseln überwältigt worden war. Zwischen Hütte und Zaun fand Ben unter anderen Abfällen ein Stück Elektrokabel, an dem er Blut und Hautpartikel entdeckte. Damit hatte der Täter die Landwehr aufs Bett gebunden, wo er sie folterte und ausbluten ließ.

Die Badewanne war der einzige saubere Ort in dieser Hölle. Der Täter hatte sie blitzblank geputzt. Mit dem Einsatz von Leukomalachit konnten die Techniker Blutspuren nachweisen – in der Wanne hatte der Täter die aufgeschlitzte Leiche gewaschen.

Aus Lebensmittelresten in der Spüle und Kothaufen zwischen den Sträuchern am Rand des Grundstücks schlossen die Techniker, dass der Psychopath sich nach der Tat noch einige Tage in der Hütte aufgehalten hatte. Etwa bis zu dem Abend, an dem Mellenthin die versuchte Brandstiftung entdeckt hatte.

Gewebeteile auf dem Boden und dem blutverkrusteten Bett waren die Brutstätte all der Maden und Fliegen. Die Techniker identifizierten Sehnen, größere Blutgefäße und Stücke der Leber. Im Kühlschrank, der nicht abgestellt war, fand sich auf dem Gitterrost ein weiteres Stück – angelaufen, eingetrocknet, von der Größe eines kleinen Steaks. Madenfrei. Blut war heruntergetropft und bedeckte als dunkelbraune Schicht den Glasboden.

Ben half mit, Überbleibsel in Tütchen zu packen, Schildchen für den Fotografen aufzustellen, Blutkrusten abzuschaben und zu asservieren. Aus einer Pfanne kratzte er angebrannte, schwärzliche Rückstände. Die Unterstellung, die vor elf Jahren zur Bezeichnung ›Kannibale‹ geführt hatte, passte absolut.

Bis auf einen grauen, verdreckten Kaschmirpullover der Edelmarke *Kiton*, den Ben unter dem Bett hervorzog, hatten der Mörder oder die Brandstifter alle persönlichen Gegenstände entfernt. Ben ließ den Pullover fotografieren, bevor er für das Labor eingetütet wurde.

Schließlich erkannte er, dass er den Kollegen keine große Hilfe mehr war. Er verabschiedete sich.

Sein Golf stand noch immer dort, wo er ihn am späten Nachmittag geparkt hatte, einen knappen Kilometer westwärts.

Nach den Stunden in der Hütte empfand er jetzt ein Gefühl der Weite und der Ruhe. Er inhalierte die klare Luft – sie tat gut, als könne sie den Kopf leerfegen, von all dem Grauen befreien.

In seinen ersten Jahren als Polizist wäre er nach einer solchen Entdeckung wahrscheinlich durch die Kneipenviertel gezogen, auf der Suche nach Streit, voller Sehnsucht nach dem Gefühl, ein Held zu sein. Im Rückblick ein absurdes Verhalten: Ein paar Mal hatte er raufende, zeternde Paare getrennt und den männlichen Teil vermöbelt, bis die Knöchel brannten – ignorierend, dass die Frau, die eben noch unter den Tritten und Beleidigungen ihres betrunkenen Begleiters gelitten hatte, nun auf *ihn* losging, um den Freund oder Ehemann zu schützen. Der junge Beamte hatte in jenen Momenten nur noch seine Mutter im Kopf, der er einst nicht hatte helfen können.

Nichts hatte seine Schuldgefühle je ganz vertreiben können. Weder die Amokläufe von damals noch die Gespräche mit Sigrid Romberg, nachdem seine Gewaltausbrüche aktenkundig geworden waren.

Der Hauptkommissar erreichte seinen Privatwagen. Als er vor der Zufahrt des Schrottplatzes den Rückwärtsgang einlegte, wusste er, dass er auch heute Nacht nicht einfach nach Hause fahren konnte.

Ben klingelte Sturm, ihm war gleichgültig, wie spät es war. Er wollte *jetzt* wissen, was es mit den düsteren Andeutungen des Reporters auf sich hatte.

Alex Vogel erschrak, als er das grimmige Gesicht des Mordermittlers erkannte, und flüsterte: »Wehe, du hast die Kleine geweckt!«

Der Zeitungsmann führte ihn in die Küche.

Ben zog den Umschlag aus der Tasche. »Ich hab die Fotos.«

Der Reporter riss sie an sich. Hastig blätterte er die Bilder durch. Dann knallte er sie auf den Tisch.

»Oswald«, sagte Ben. »Dein Verleger.«

»Scheiße, ja. Das wusst ich doch. Aber da fehlt was!«

»Die Schnappschüsse, die du in der Altstadtwache gemacht hast. Die hab ich zerrissen und ins Klo geworfen. Wenn dir die noch wichtig sind, musst du danach tauchen.«

»Die mein ich nicht.« Der Zeitungsmann suchte einen Abzug aus dem Stapel und drehte ihn Ben hin. »Da. Was siehst du hier?«

Oswald und ein Zweiter, dessen breiter Rücken die rechte Hälfte des Fensters verdeckte. Vogel beantwortete seine Frage selbst.

»Er unterhält sich mit jemandem. Und wer ist dieser Jemand?« Vogel legte seinen ganzen Unmut in das Flüstern. »Ich weiß ganz genau, dass ich diesen Mann auch von vorn erwischt habe. Warum hältst du das Foto zurück? Und wo sind die Negative?«

Becker junior – der Blondschopf hatte den Negativfilm und hielt eine Aufnahme zurück. *Es war jemand auf dem Foto, den der Junge kannte.*

»Was soll an dem Treffen so bedeutsam sein?«, wollte Ben wissen.

Vogel schüttelte entschieden den Kopf. »Nein, mein Lieber. Erst verrätst du mir, wer der Mann ist, der sich mit Oswald getroffen hat.«

»Wenn du glaubst, das Treffen hat etwas mit den Morden zu tun, musst du mir sagen, was du weißt.«

»Wirst du mich beim nächsten Leichenfund über die Absperrung klettern lassen?«

»Lass die Spielchen, Alex. Dafür bin ich zu müde.«

»Kannst du mir garantieren, dass deine Pressestelle nach der Aufklärung des Kannibalenfalls die Öffentlichkeit erst informiert, wenn ich die Geschichte verkauft habe? Sicherst du mir zu, dass du mich sofort informierst, wenn du eine neue Spur oder einen Verdacht hast?«

»Du weißt, dass du das nicht verlangen kannst.«

Vogel lehnte sich zurück und schnaubte. »Aber ich soll die Hosen runterlassen, was? Ich soll auf meine Geschichte verzichten und dann in jeder Zeitung lesen, was für ein toller Hecht Ben Engel ist. Hör mal, ich bin nicht Mutter Theresa. Ich hab nichts zu verschenken.«

Vogels Frau kam herein, eine kleine Pummelige im weißen Frotteepyjama. Barfuß. »Wisst ihr, wie spät es ist? Seid leise, sonst weckt ihr die Kleine.« Sie ging zum Kühlschrank und angelte eine Flasche Mineralwasser heraus.

»Auch was trinken?«, fragte sie, stellte zwei Gläser auf den Tisch und goss ein. Sie musterte Ben, dann ihren Mann. »Sag's ihm, Alex. Die Sache ist zu groß für dich. Denk an Christina. Was hat sie davon, wenn du unter die Räder gerätst?« Sie sah ihren Mann eindringlich an und kraulte kurz seinen Kopf, dann verschwand sie mit der Flasche.

»Und?«, fragte Ben.

Der Zeitungsmann schüttete das Wasser in die Spüle, ging zum Kühlschrank und füllte das Glas mit Birnengeist. Ben wartete.

»Glaub nicht, dass mir die Eier dazu fehlen, die Sache allein durchzuziehen.« Vogel nippte vom Schnaps. »Erinnerst du dich an die Serie, die ich neulich geschrieben hab? Prostitution in Düsseldorf.«

»Ja«, log Ben.

Vogel nahm einen größeren Schluck. »Dabei bin ich auf etwas gestoßen.«

»Adi Oswald?«

»Die gesamte Presse wundert sich seit Jahren, wie Oswald es schafft, Lizenzauflagen zu umgehen, ohne dass ihm jemand auf die Finger klopft. Wie er seine Fusionen genehmigt bekommt, seine Monopole. Wie er es schafft, dass nicht einmal seine Konkurrenten dagegen klagen.« Vogel kippte den Rest. »Hör zu. Oswald hat eine Villa in Meerbusch. Da wohnt er, wenn er nicht gerade in München zu tun hat oder in Berlin oder in Amerika oder weiß der Geier. Es gibt ein paar Nutten, ausgewählte, gut bezahlte Edelnutten, die können dir erzählen, dass er seinen Mundschutz auch beim Vögeln nicht abnimmt.«

Ben hatte keine Lust auf Boulevardklatsch. Er gähnte still vor sich hin.

»Spitzenpolitiker gehen dort ein und aus. Medienpolitische Sprecher, Wirtschaftsminister, EU-Bürokraten.«

»Was willst du damit sagen?«

»Dort finden Partys statt, gegen die sich die Weihnachtsfeier in der Altstadtwache wie ein Kindergeburtstag ausnimmt. Und Oswald hat seine Gäste in der Hand. Wenn rauskommt, was dort gefeiert wird, kostet es sie den Job. Die Wiederwahl. Zumindest den häuslichen Frieden.«

»Eine Nutte hat dir das weisgemacht?«

»Wenn drei Prostituierte unabhängig voneinander das gleiche Gerücht erzählen, dann weißt du, dass was dran ist.« Vogel schwenkte das leere Glas und wollte Nachschub holen, doch Ben hielt den Fuß vor die Kühlschranktür.

»Was noch?«

»Am Tag, als wir mit der Kannibalengeschichte aufmachten, rannte Oswalds Adjutant zu unserem Chefredakteur und verlangte, dass wir uns künftig mit solchen Spekulationen zurückzuhalten hätten. Bei mir sprangen sämtliche Sirenen an.« Vogel tippte sich mit dem Glas gegen die Stirn. »Ich besuchte eine Ex-Nutte, von der gemunkelt wurde, dass sie bei Oswalds Einladungen dabei gewesen war.«

Ben musste plötzlich an Ivana Voss denken.
»Einen noch«, bettelte Vogel und der Mordermittler gab den Kühlschrank frei. Der Reporter angelte nach der Flasche und goss sein Glas voll. »Und jetzt erzähle ich dir etwas, das sich genau einen Monat vor dem ersten Mord des Kannibalen abgespielt hat.« Er kippte das Glas zur Hälfte.
»Ich kenn die Geschichte schon.«
»Was?«
»Besitzt deine Ex-Nutte einen Second-Hand-Laden?«
Vogel vergaß, leise zu bleiben. »Du warst bei ihr? Warum hast du Oswald dann nicht festgenommen?«
»Den Namen hat die Voss nicht erwähnt.«
Der Reporter starrte in die klare Flüssigkeit. Ben dachte an Fesseln und Augenbinden. An Thaimädchen. An den Schrei.
Der Zeitungsmann stand auf und machte sich am Boiler über der Küchenspüle zu schaffen. Er zog einen wasserdichten Beutel heraus, ließ ihn abtropfen und legte den Inhalt auf den Tisch. Dutzende von Fotos, durch Fenster geschossen, aus dem Auto, aus großer Distanz mit dem Tele: Geschäftsessen, Meetings in Büros, Händeschütteln vor der Staatskanzlei.
Oswald, Oswald, Oswald. Und Gesichter, die Ben aus der Zeitung kannte, aus den Fernsehnachrichten.
Vogel ließ den Rest Birnengeist in die Kehle laufen und ging wieder an den Kühlschrank.
»Schluss jetzt«, sagte Ben.
Der Reporter kochte. »Ich wette, du deckst das Schwein. Sonst würdest du mir dieses eine Foto nicht vorenthalten.«
»Beruhig dich, Alex.«
»Hat er dich auch in der Hand wie all die Figuren hier?« Er wischte über den Tisch, Prominentengesichter segelten zu Boden.
Ben griff nach Vogels Arm. »Ich werd dir das fehlende Foto besorgen. Versprochen. Bist du sicher, dass Ivana Voss wirklich Oswalds Namen genannt hat?«

»Ja. Und der Mann mit der Fliege war sein Fahrer. Ich hab vier Flaschen Sekt mit der Voss getrunken, bis sie alles auspackte. Alles passt. Oswald ist der Kannibale. Mein Verleger Adi Oswald. Deutschlands Medienmogul Nummer eins.«

»Hat dir irgendjemand Ivanas Geschichte bestätigt?«

Vogel nickte zögernd.

»Also nein«, sagte Ben.

»Doch. Andeutungsweise, aus zweiter Hand. Ein Zuhälter, der in den achtziger Jahren Asiatinnen an Winter vermittelt hat. Die Mädels selbst kriegst du nicht mehr. Die sind längst wieder auf ihre Reisfelder zurückgekehrt. So weit sie überlebt haben.«

Die Thaimädchen – trotzdem stimmte Vogels Geschichte nicht.

Ben schüttelte den Kopf. »Ich muss dich enttäuschen, Alex. Der Mann, der Britta Landwehr aufgeschlitzt hat, ist rothaarig. Definitiv.«

»Oswald ...«, begann Vogel und ließ den Mund offen stehen.

Ben brachte den Satz zu Ende: »... ist seit Jahren grau wie ein Steinesel.«

Die Tür ging auf und ein verschlafenes Mädchen tapste herein, einen abgekauten Stoffhund im Arm. Als sie Ben sah, presste sie das graue Tier gegen den Leib und wich einen Schritt zurück, in Richtung ihres Vaters.

Sofort ging der Reporter auf die Knie und fiel in einen kindlichen Tonfall: »Christinchen, warum schläfst du nicht?«

Aus sicherer Entfernung betrachtete das Mädchen voller Neugier den fremden Besucher. Vogels Augen, dachte der Hauptkommissar und schenkte Christina ein freundliches Lächeln.

Das Mädchen schmiegte sich an ihren Vater und antwortete im Ton einer Beschwerde: »Kann nicht. Meine Augen sind noch offen.«

In Bens Hosentasche ging der Piepser los. Er förderte das Kästchen zutage.

»Was ist das?«, fragte die Kleine.

»Damit sagt mir jemand Bescheid, dass ich ihn anrufen soll.« Die Woche seiner Mordbereitschaft war noch nicht zu Ende. Das Display zeigte die Nummer der Leitstelle.

»Hast du kein Handy?«, wollte das Mädchen wissen.

»Nein. Und so lange die Journalisten sich in ihren Zeitungen darüber beklagen, dass der öffentliche Dienst zu teuer ist, wird sich das nicht ändern.«

»Was ist öffentlicher Dienst?«

Vogel sagte: »So was Ähnliches wie die Müllabfuhr.« Er kramte sein Mobiltelefon hervor, reichte es dem Hauptkommissar. Ben tippte die Nummer ein.

Vogels Tochter kam näher. »Fährst du den Müll zur Brennanlage?«

Für ihr Alter war die Kleine ganz schön aufgeweckt. Und für die Uhrzeit.

»Lass den Onkel jetzt zufrieden«, forderte Vogel sie auf.

Der Kollege in der Leitstelle nannte Ben eine Adresse im Stadtteil Bilk.

Der Mordermittler gab das Handy zurück und blickte Vogel aus müden Augen an. »Ich hab 'ne Story. Weil du's bist, kannst du mitfahren.«

Der Uniformierte an der Absperrung erkannte Ben. Der Hauptkommissar stieg über das rotweiße Plastikband.

»Und jetzt?«, rief ihm Vogel hinterher.

»Du hast doch ein Tele.«

Der Asphalt glänzte ölig und reflektierte grünes Neonlicht. Ein unwirklicher Ort, wie aus einem Sciencefiction-Film. Ben entzifferte die Zeiger seiner Armbanduhr: zehn vor eins. In nur sechs Stunden würde er wieder in der Festung antreten müssen.

Der Tote lag im Verkaufsraum. Davor und drinnen wimmelte es von Kollegen: Schupos, ein Pärchen von der Kriminalwache, Techniker in weißen Overalls. Und Brauning, der OK-Chef, sowie sein Neffe Thilo Becker, der schluchzend neben der Leiche kniete.

Ben erkannte den Dicken, den er vergeblich auf der Weihnachtsfeier nach den früheren Mordfällen des Kannibalen ausgefragt hatte. Er lag auf dem Rücken und trug einen grünen Kittel, die mächtige Wölbung der Leibesmitte war in blutige Fetzen geschossen. Großkalibrige Schrotmunition, schätzte der Hauptkommissar.

»Thilo?«, fragte er, doch der Junge vor dem Toten drehte ihm den Rücken zu. Seine Schultern bebten.

»Ein Kollege aus der Altstadtwache«, erklärte Rottweiler Brauning, sichtlich verlegen über den Gefühlsausbruch seines Neffen.

»Zeugen?«

»Nein. Offensichtlich der zweite Raubüberfall innerhalb kürzester Zeit. Die Kasse ist leer. Wir sind seit einer Woche an dieser Serie dran.«

»Wie zum Teufel kommt Schalowski hierher?«

Becker erhob sich. Der Blondschopf zerzaust, das Hemd falsch zugeknöpft. Sein Gesicht war gerötet, aber tränenlos. »Scheißrussen!« Er schrie wie verrückt auf Brauning ein. »Ich krieg sie! Verdammte Scheiße! Ich wünschte, Sonntag hätte hier arbeiten müssen und nicht Schalli!«

»Ganz deiner Meinung, Thilo«, versuchte sein Onkel ihn zu beruhigen. »Wir werden uns die Russen vorknöpfen. Wir werden sie kriegen.«

»Nicht Schalli! Verdammt noch mal!« Jetzt blinzelte der Junge Ben an. Fast stolperte er dabei rückwärts über die Leiche. »Was willst du hier, Engel? Hau ab. Du hast Schalli verpfiffen, stimmt's?«

Brauning nahm seinen Neffen in den Clinch, Ben dabei abschirmend. »Er meint es nicht so«, brummte die Rottweilerstimme in das betretene Schweigen.

Becker riss sich los. »Ich mein das, wie ich's verdammt noch mal sage! Hau ab, du arrogante Verrätersau! Du bist schuld, dass Schalli tot ist!«

»Die Zuständigkeit diskutieren wir morgen«, sagte Ben zu Brauning und winkte den übrigen Kollegen einen matten Abschiedsgruß zu. Die Tatortaufnahme konnte er auch dem Team der Kriminalwache überlassen.

Durch leere Straßen fuhr er nach Hause.

Rasch und ohne Licht zu machen zog er sich aus und glitt unter die Bettdecke. Er fühlte sich elend und wäre gern wie ein Kind in die warme Dunkelheit des Schlafs geglitten.

Die alten Dämonen hinderten ihn daran.

Kurz nach sechs stand Benedikt Engel auf und schaufelte sich eine Hand voll eiskalten Leitungswassers ins Gesicht. Als er hochblickte, sah er sein Gesicht im Spiegel und zweifelte für eine Sekunde, dass er es war.

Becker senior, seinen Vorgänger im Kannibalenfall, hatten Familie und Firma vor dem Verrücktwerden bewahrt. Ben besaß keinen solchen Halt. Er hatte nichts als eine Mordserie, die seine Nerven vibrieren ließ.

Er drückte klebrigen Schaum aus der Dose. Jazzklänge tönten ins Badezimmer – *Maiden Voyage,* Herbie Hancocks legendäre Aufnahme von 1965. Ben dachte daran, dass er Sonja nie gefragt hatte, ob sie diese Art von Musik mochte.

Er starrte auf den weißen Klecks in seiner Hand. Er drehte das Wasser auf und spülte den Schaum in den Ausguss. Kein Spott heute. Keine multiplen Schnittverletzungen seiner Epidermis, die an Nassrasur nicht gewöhnt war. Er würde sich einen Bart wachsen lassen. Nein, lieber einen neuen Elektrorasierer kaufen.

Das Telefon klingelte – dreimal, bis er endlich den Hörer in der Hand hielt. Er war nicht der Schnellste heute Morgen.

Es war Sonja. »Du hast noch Sachen bei mir«, sagte sie.

Im gleichen Ton würde sie ihre Aushilfe auf Fehler in der Abrechnung hinweisen, dachte Ben. Oder bei der Versicherung einen Transportschaden melden. »Stell dir vor, gerade hab ich auch daran gedacht«, antwortete er.

»Wenn du sie nicht heute Nachmittag abholst, wirst du sie noch länger vermissen. Ich ...« Sie schien kurz zu überlegen. »Ich fahre nämlich weg.«

»Okay, ich versuch, es zu schaffen.«

»Und bring mein Notizbuch mit, wenn du's hast.«
»Sonja, ich hab's wirklich nicht.«
Sie legte auf.

41.

Thilo fand eine Parklücke im Hof der Festung. Er klemmte sich die Montagsausgabe des *Blitz* unter den Arm – die Schlagzeile hatte ihn ausnahmsweise zum Kauf veranlasst:

MARITA OSWALD VERMISST
MEDIENZAR SETZT HOHE BELOHNUNG AUS

Als der junge Kommissar ausstieg, hupte ihn ein Opel an.
»Hey, das ist mein Platz!«, rief der Fahrer, ein älterer Beamter – keiner der Obermuftis, die Thilo kannte.
»Such dir 'n anderen.«
Plätze waren knapp, aber nicht reserviert. Der andere hupte. Thilo ging weiter und zeigte ihm den Mittelfinger, ohne sich umzudrehen. Rechthaber und Besserwisser wie dieses Arschloch waren schuld an Schallis Tod.
Mit schnellen Schritten überquerte er den Jürgensplatz. Hinter einem Klienten der Naturheilpraxis im Erdgeschoss schlüpfte er ins Treppenhaus des weiß gestrichenen Gründerzeitgebäudes gegenüber der Festung. Ein dunkelroter Teppich dämpfte seine Schritte – Thilo musste an das Blut des Dicken denken.
Er hatte bereits das Treppengeländer in der Hand, als er von oben die Stimme des großen, braun gebrannten Soko-Leiters hörte.
»... ich hab sowieso keine Leute, um auch den Fall zu ermitteln.« Engel klang gereizt.
Thilo zögerte weiterzugehen. Er hatte den Langen heute Nacht auf einen bloßen Verdacht hin beleidigt. Die Worte wusste er nicht mehr – er wollte sie nicht wissen.
»Noch 'ne Frage, Frank. Erinnerst du dich an die Mor-

de an Helga Neumeier und Christa Zimmermann vor elf Jahren?«

Thilo spitzte die Ohren. Zwei Sekunden knisterndes Schweigen.

»Ungern«, antwortete die Stimme seines Onkels.

»Die Polizeipsychologin hält es für möglich, dass es im zweiten Fall ein Trittbrettfahrer war.«

»Wenn diese Seelenklempner sich nicht wichtig machen können, fehlt ihnen was.«

»Hältst du's für denkbar?«

»Ach was. Woher? Wir haben den M. o. strikt geheim gehalten. Ich war damals mehr als sorgfältig, es war einer meiner ersten Fälle als Kommissariatsleiter. *Nach* dem zweiten Mord ist etwas durchgesickert, ab da sprach die Presse vom Kannibalen. Aber vorher – nein. Einzig und allein der Mörder an der Neumeier konnte die Zimmermann so zugerichtet haben, wie sie gefunden wurde.«

»Und ihr?«

»Wie meinst du das?«

»Ihr habt dichtgehalten? Auch gegenüber Kollegen oder den Leuten zu Hause?«

»Ich kann nicht für jeden Kriminaltechniker die Hand ins Feuer legen. Aber von denen hatte keiner einen Irren in der Familie. Und, glaub mir, wir haben jeden verdammten Irren überprüft.«

»Danke, Frank«, sagte Engel.

Oswald, dachte Thilo. *Frag ihn nach Adi Oswald*.

»Du siehst fertig aus, wie ausgekotzt, Ben«, brummte die Rottweilerstimme. »Solltest wirklich mal ausspannen.«

Eine Diele knarrte und Thilo wandte sich rasch der Kellertreppe zu. Er wollte nicht als Lauscher ertappt werden, schon gar nicht von dem Langen.

Plötzlich hörte er Engels Stimme: »Ist dir jemals der Name Oswald begegnet, ich meine während der Ermittlungen damals?«

»Medien-Oswald?«

Thilo drückte sich in den Kellereingang und hielt unwillkürlich die Luft an. Der Lange ahnte nicht, dass Vogel auch Brauning fotografiert hatte – *das* Foto hatte Thilo ihm vorenthalten.

»Genau den«, antwortete der Soko-Leiter.

Eine Dunkelhaarige in Lederklamotten betrat das Haus. Thilo nickte ihr einen Gruß zu, als sei es völlig normal, im Treppenhaus herumzulungern. Die Frau drückte die Tür zur Naturheilpraxis auf – der Laden schien gut zu laufen.

»Wie kommst du auf Oswald?«, hörte Thilo seinen Onkel fragen. Ehrliches Erstaunen – entweder hatte Brauning sich perfekt unter Kontrolle, oder sein Treffen mit dem Medienmogul hatte tatsächlich nichts mit dem Fall zu tun. Thilo war gespannt, ob Engel die Quelle preisgeben würde – den Fotografen.

»Seine Tochter wird vermisst«, antwortete Engel. »Sonntag glaubt, dass der Kannibale sie vielleicht entführt hat.«

Brauning bellte voller Verachtung: »Der senile Korinthenkacker hat sie nicht alle. Die Oswaldtochter ist wahrscheinlich nur mal zum Drogeneinkauf nach Amsterdam getrampt.«

»Einen Zusammenhang gibt es«, sagte der Lange. »Oswald hatte *Fichte Security* beauftragt, seine Tochter zu schützen, und ...«

»... einer der Bodyguards war Pollock beziehungsweise Winter, ich weiß. Mein Schwager hat's mir erzählt.«

»Und?«

»Weltenlauf, dein Name ist Zufall.«

»Glaub ich nicht. Vielleicht hat Winter seine Identität gefälscht, um an die Tochter ranzukommen.«

»Wieso sollte er einen falschen Namen angeben? Hermann kannte den Mann doch gar nicht. Und meinst du, einer wie Oswald gibt sich mit einem kleinen Bodyguard ab? So einer lebt in einer anderen Welt. Selbst Hermann hat mit Oswald nie persönlich zu tun gehabt.«

Aber du, dachte Thilo.

Engel insistierte: »Trotzdem könnte Winter sie dem Kannibalen zugeführt haben.«

Schweigen. Knistern.

Dann fragte Brauning: »Was sagt Winter dazu?«

»Nichts. Heute werden wir ihn freilassen.«

»Observation?«

»Der bekommt einen Schweif, so lang wie der Halleysche Komet.«

»Und der ominöse zweite Mann, nach dem du jetzt fahnden lässt?«

Thilo hatte den Eindruck, dass sein Onkel sich darüber amüsierte, dass der Lange nicht weiter kam als er selbst vor elf Jahren.

»Wir sind nach wie vor auf Hinweise aus der Bevölkerung angewiesen. Du weißt, wie das ist.«

»Gequirlte Kannibalenkacke. Wenn's den Irren noch gäbe, hätten wir ihn gefunden. Spann mal aus, Ben.«

»Tu ich. Bald.«

Dielen knarrten, Schritte. Thilo verdrückte sich in den Kelleraufgang.

Der Mordermittler kam den Treppenläufer herabgetrabt, hinter ihm fiel die schwere Eingangstür des Altbaus ins Schloss.

Thilo zählte bis zwanzig, dann ging er nach oben. Er tippte den Zifferncode in die Tasten neben dem Eingang zu *Art & Fashion* und drückte die Tür auf. Es war still in der OK-Gruppe, offenbar waren Ebner und Heintze noch nicht da. Sein Onkel telefonierte leise hinter der angelehnten Tür seines Büros. Thilo rief einen Gruß hinüber und warf die Zeitung auf seinen Tisch.

Marita Oswald lächelte ihm von der Titelseite entgegen. Trotz ihrer einfachen Frisur und der schmucklosen Brille glaubte Thilo, den Dünkel eines verwöhnten, reichen Görs in ihrem Gesicht zu erkennen. Sie hatte die markante Nase ihres Vaters. Die Erpresser hätten sich noch nicht gemeldet, hieß es im Text.

Thilo bemerkte die Schritte des OK-Leiters erst, als sie unmittelbar hinter ihm waren. Er fuhr zusammen.

Brauning legte seine schwere Pranke auf die Schulter des Neffen. »Mensch, Junge! Schreckhafte Leute haben eine finstere Seele, sagt man. Ich hoff, das trifft nicht auf dich zu.«

Er ließ einen Hauspostumschlag auf die Zeitung klatschen – Adressat: Thilo Becker, Absender: die Angestellte aus der Kriminalaktenhaltung.

Sein Onkel knetete Thilos Schulter. »Hier. Ein Liebesbrief von der Kaffeemieze aus dem dritten Stock. Treibst du's jetzt auch schon mit den Hühnern in der Aktenhaltung? Kümmer dich lieber um unsere Russen. Ebner und Heintze sind schon unterwegs.« Er gab ihm ein Blatt Papier mit Adressen. »Das sind sämtliche Aussiedlerwohnheime der Stadt. Ebner macht die ersten fünf durch, Heintze klappert Nummer sechs bis zehn ab. Du fängst am unteren Ende der Liste an. Denk dran, wir brauchen Informanten, die uns zu den Tätern führen. Weißt du, wie das geht?«

»Vergiss nicht, ich war beim Einsatztrupp. Ich erkenn jedes schlechte Gewissen auf fünfzig Meter Entfernung.«

»Dann nimm die Nase aus der Zeitung, mein Junge. Beweg deinen Arsch und denk dran, einer der Räuber ist das verfluchte Schwein, das deinen Kumpel Schalowski abgemurkst hat.«

Die Erinnerung seines Onkels war so überflüssig wie ein Kanister Benzin, den man in die Sonne goss. Sobald der Rottweiler den Raum verlassen hatte, riss Thilo den braunen Umschlag auf.

Die Liste.

Das Herz des jungen Kommissars schlug schneller. Eng bedrucktes Papier: alle in Düsseldorf zugelassenen weißen Stufenhecklimousinen des Typs Volvo 324. Einhundertzweiundfünfzig Wagenhalter, Namen und Adressen.

Einer von ihnen war es. *Das verfluchte Schwein.*

Sein Onkel würde staunen.

42.

Ungeduldig fieberte Ben der Morgenbesprechung entgegen, gespannt auf die Ergebnisse der Spurensicherung. Die ersten Kollegen kamen in sein Büro. Andere ließen sich Zeit, hielten noch einen Schwatz im Vorzimmer – der Tod des Ex-Kollegen Schalowski sorgte für Stoff.

Ben zeichnete Linien und Kringel auf seinen Notizblock und wälzte im Kopf die Ereignisse der letzten acht Tage. Er nippte vom Kaffee – zu dünn, um munter zu machen, zu bitter, um die Magenschleimhaut nicht doch zusammenzucken zu lassen.

Kollege Biesinger tat, als habe er vom Mord an der Krankenschwester erst heute erfahren. Selbstverständlich hätte er den Urlaub sonst abgebrochen, beteuerte er.

Ben knurrte: »Lüg nicht so unverschämt.«

Biesinger musterte ihn mit gespieltem Misstrauen, als verkörpere sein Kommissariatsleiter einen neuen, völlig unglaublichen Modetrend.

»Was ist?«, fragte Ben.

»Du siehst aus wie ...«

»Wie ausgekotzt, ich weiß.«

»Nein, das mein ich nicht«, widersprach Biesinger. »Lässt du dir einen Bart wachsen?«

Ela kicherte. »Seine Freundin rückt den Rasierapparat nicht raus.« Sie trug ein lilafarbenes Seidentuch, das den Ausschnitt ihres schlabberigen Sweatshirts verhüllte. Ben fragte sich, womit sie im Sommer bei fünfunddreißig Grad Hitze ihre Figur unkenntlich machen würde.

Sigrid Romberg blätterte in einem Fachbuch. Um ihre Lippen spielte das Lächeln der allwissenden Seelenkundlerin, doch die Schatten um ihre Augen verrieten, wie sehr auch ihr die letzte Nacht zugesetzt hatte. Ben reckte sich zur Seite, um einen Blick aufs Cover ihrer Lektüre zu werfen: *Women who kill* von einer gewissen Ann Jones.

Sigrid blickte hoch. »Hast du mal daran gedacht, dass der Täter zur Hütte zurückkehren könnte?«, fragte sie. »Vielleicht fällt ihm ein, die Souvenirs abzuholen. Oder er will sich einfach noch mal das Gefühl in Erinnerung rufen, wie es mit der Landwehr war.«

»Guter Tipp.«

Ben rief in der Eller Wache an und überzeugte den Wachdienstführer. Ein Zweimannteam würde hinausfahren und das Gelände überwachen.

Unterdessen nahm der leitende Kriminaltechniker von gestern Abend neben der Psychologin Platz – er hatte wahrscheinlich am wenigsten geschlafen. Ben warf ihm einen fragenden Blick zu. Der Beamte zog zweimal die Schultern hoch – keine Identifizierung der Fingerprints, die sie in der Hütte gefunden hatten. Ben hoffte, ihn falsch verstanden zu haben.

Hillu Sachs, die Leiterin des KK 12 für Sitte und vermisste Personen, sowie Schmitz-Brockhaus vom KK 32 für Diebstahl und Hehlerei zogen beim Eintreten ihre Zigaretten hervor, fast synchron.

»Bitte nicht«, widersprach Ben.

Die Mordermittler Schranz und Gerres segelten mit zehnminütiger Verspätung herein, beide braun gebrannt. Der eine hatte Weihnachten in Südafrika gefeiert, der andere in den Alpen. Sie hatten ihre Stühle mitgebracht, der Raum war jetzt voll.

Gerres deutete auf die Wand und probte ein Grinsen. »Wurde auch Zeit, dass du mal die Poster gewechselt hast.«

Ben wurde klar, dass es keinen Sinn hatte, länger zu warten – der Rest der Mannschaft hatte noch Urlaub, bis zum Zweiten oder länger.

Er schaltete Monitor und Recorder an und erklärte anhand der Videoaufnahmen der Kriminaltechniker den Ablauf der Mordnacht, wie Britta Landwehr ihn höchstwahrscheinlich erlebt hatte. Das erste Band zeigte den Fundort der Leiche, das zweite die Hütte. Ben hatte den Eindruck, gut darin zu sein, das Grauen zu vermitteln –

zumindest lauschten die Kollegen wie Kinder dem Nikolaus.

Er beschrieb die Parallelen zu den Morden vor elf Jahren – die Kollegen, die neu dazugekommen waren, scheuerten mit dem Hosenboden auf den Holzstühlen, spielten unruhig mit ihren Kugelschreibern. Sie spürten die Anwesenheit der toten Frauen.

»Ein Serienkiller?«, fragte Biesinger ungläubig.

»So lautet der Fachbegriff«, antwortete Ben, plötzlich gereizt. »Was ist? Hat noch jemand einen Motivationsschub nötig? Dann schaut mal im Kühlraum der Gerichtsmedizin nach!«

Die Tür schwang auf – der Leiter der Unterabteilung Zentrale Kriminalitätsbekämpfung betrat das Büro. Wortlos bezog Sonntag einen Stehplatz am Fenster. Zwischen Daumen und Zeigefinger das Revers seines grauen Sakkos reibend, verfolgte er die Besprechung. In seiner Brusttasche entdeckte Ben drei Kugelschreiber, als würde der Alte sie dort horten. Der Hauptkommissar überlegte, den ganzen Kram hinzuwerfen, wenn Sonntag ihm auch nur einen seiner Leute für die bescheuerte Oswaldtochter-Soko abzog.

Der Fingerabdruckexperte war an der Reihe, seine Neuigkeiten zu verkünden: Sämtliche Prints im Inneren der Hütte stammten von einer einzigen Person.

»Schöne Papillarleistenabdrücke«, sagte der Kriminaltechniker schließlich. »Wir haben sie digitalisiert und ins AFIS eingegeben.« Er legte wichtigtuerisch die Stirn in Falten. Als gebe ihm eine durchgearbeitete Nacht das Recht, eine ganze Sonderkommission auf die Folter zu spannen.

»Und?«, fragte Ben. Jede Person, die im Rahmen einer erkennungsdienstlichen Behandlung ihre geschwärzten Finger auf das Formblatt rollte, wurde seit Ende der achtziger Jahre in der AFIS-Datei des Bundeskriminalamts festgehalten. Die Abkürzung stand für *Automatisiertes Fingerabdruckinformationssystem.* Wenn Polizeibehörden eines meisterlich beherrschten, dann war es die Erfindung bürokratischer Wortungetümer und Buchstabenkürzel. Als helfe eine Geheimsprache beim Verbrecherfang.

Der Spurensicherer sah sich nach jedem Kollegen einzeln um. Er sollte seine verdammten Kunstpausen im Theater inszenieren, dachte Ben und beantwortete die Frage selbst: »Fehlanzeige.«

»Genau«, sagte der Wichtigtuer.

Sonntag kratzte an seiner Krawatte, als gefiele ihm das Muster nicht. »Winter?«

»Auch nicht. Negativ.«

»Wie lange hat sich der Mörder in der Hütte aufgehalten?«, fragte Gerres.

»Schwer zu sagen«, antwortete der Techniker. »Schätzungsweise eine Woche, höchstens zwei, nach dem Abfall hinter der Hütte zu schließen. Er hat sich weitgehend von Doseneintopf und Knäckebrot ernährt. Und – ähem – von Leber. Wir haben einen Pullover gefunden, der möglicherweise dem Mörder gehört. Sonst hat er nicht viel zurückgelassen. Ein paar Lebensmittel. Margarine, Ketchup, eine Dose Erbsensuppe und ...« Sein Blick wandte sich Hilfe suchend an den Sokoleiter.

Nichts da, dachte Ben. Wer so atemberaubend über Papillarleisten doziert, kann auch die unappetitlichen Details übernehmen.

Der Kriminaltechniker musste sich wieder räuspern, bevor er fortfahren konnte: »Reste von Leber. Ich meine, von *der* Leber. Das Labor konnte sie eindeutig dem Mordopfer zuordnen.«

»Wir werden versuchen herauszufinden, in welchem Laden der Pullover gekauft wurde«, sagte Ben.

Sonntag räusperte sich. »Wenn es nicht Winter war, wer dann? Der zweite Mann, von dem die Kellnerin gesprochen hat?«

»Ja«, sagte Ben. »Der Rothaarige.«

Ben verteilte Kopien des Computerbilds, das der Zeichner nach den Angaben der Kellnerin aus dem *Marktbistro* angefertigt hatte – *er hatte einen hungrigen Blick.*

Die letzte Kopie ging an die Leiterin der Sitte. »Bedaure«, sagte Ben. »Die Überprüfung der bekannten Sexualstraftäter wird nichts bringen, denn deren Abdrücke sind gespeichert.«

»Ich hab euch trotzdem was mitgebracht«, antwortete Hauptkommissarin Sachs etwas angesäuert. Sie gab Ben eine Auflistung aller Fälle aus ganz Nordrhein-Westfalen, von 1980 bis heute, versuchte Nötigung bis hin zum Mord – eine fürchterlich lange Liste, dabei enthielt sie nur Täter, die zwischen 25 und 35 Jahre alt waren und nicht in der Nacht zum vierten Advent oder vor elf Jahren im Knast gesessen hatten.

»Lassen Sie das sicherheitshalber nicht ungeprüft«, verlangte Sonntag.

Ben tat, als sei er einverstanden, und gab die Aussage Jakob Mellenthins wieder, die er für wirklich wichtig hielt. *Drei Männer, die am Freitag, den 26.12., gegen 23 Uhr die Hütte verließen.* Einer schüttete Benzin gegen Sessel und Tür, zog jedoch ab, als der alte Nachbar mit seinem Dackel aufkreuzte.

»Das war sechs Tage nach dem Mord«, sagte Ben. »Bis dahin bewohnte der Mörder die Hütte.«

»Du meinst, er hatte zwei Helfer, die ihn wegbrachten und die Spuren vernichten wollten?«, fragte Schranz.

»Genau das. Helfer, die an alles dachten. Sie hinterließen keine Fingerabdrücke, nicht einmal auf dem Benzinkanister. Sie gingen kein Risiko ein, als sich der Zeuge näherte.«

Im Raum war es still. Sonntag legte die Stirn in Falten. Elas Mund wirkte sinnlicher denn je.

Biesinger setzte zu einer Frage an: »Hat dieser ...«

»Mellenthin.«

»Hat er jemanden erkannt?«

»Ich nehme an, dass Winter einer der beiden Helfer ist. Wir werden es heute mit einer Gegenüberstellung versuchen. Unser allerletzter Versuch, bevor wir ihn freilassen.«

Ohne große Hoffnung. Ben hatte Mellenthin bereits das Foto des Fliegenmanns sowie das Phantombild des

Rothaarigen gezeigt – kein Erkennen, nicht einmal ein Vielleicht. Der Mann mit dem Benzinkanister hatte etwas älter und noch breiter gewirkt. Die beiden anderen waren zu weit entfernt gewesen. Es war spät an dem Abend. Und dunkel.

»Helfer, soso«, ließ Sonntag hören. Ben fragte sich, ob er sich den Spott in der Stimme des Kripochefs nur einbildete. Er kam nicht gegen die Aggressionen an, die der Vorgesetzte in ihm auslöste.

»Warum hat eigentlich der *Blitz* das Fahndungsbild dieses unbekannten Zweiten nicht gedruckt?«

»Fragen Sie doch den Polizeisprecher«, entgegnete Ben. Wenigstens die *Morgenpost* hatte das Computerfoto gebracht – ein Spinner hatte bislang angerufen, der sicher war, dass nordkoreanische Kommunisten den Kannibalen geschickt hatten.

Sonntag befingerte seinen Krawattenknoten.

Ben wandte sich an den KK 32-Leiter: »Habt ihr was über das Kettchen gehört, den goldenen Delphinanhänger?«

»No, Sir, aber wir sind dran«, antwortete Schmitz-Brockhaus. »Der Hersteller ist eine Firma in Pforzheim. Sie haben Zehntausende davon verkauft. Pfandhäuser, Fundbüros und Juweliere in ganz Nordrhein-Westfalen sind verständigt. Unsere Informanten unter den Hehlern wissen Bescheid. Sobald das Ding auftaucht, schlagen wir zu.« Der übliche überschäumende Optimismus des Diebstahlermittlers, der mit seinem ausladenden Schnurrbart wie die Karikatur eines mexikanischen Revolutionärs wirkte.

»Vielleicht sollten wir eine Beschreibung an die Presse geben«, schlug Sonntag vor.

»Dann wäre der Täter gewarnt. An seiner Stelle würd ich's die Kette dann rasch in den Rhein werfen«, sagte Schmitz-Brockhaus. »Wartet damit noch etwas.«

Ben bedankte sich bei dem KK 32-Leiter, der froh war, die Sitzung verlassen zu können.

»Bin ich dran?«, fragte Sigrid Romberg.

»Einen Moment«, sagte Sonntag. »Bevor ich auch gehe, muss ich Ihnen noch etwas mitteilen.«

Ben ahnte, was dem alten Korinthenkacker wichtiger war als die Jagd auf den Kannibalen.

Der Kripochef fuhr fort: »Erstens: Marita Oswald ist noch immer vermisst. Meine Damen und Herren, wir müssen jetzt von einer Entführung ausgehen. Zweitens: Das MEK für Winters Observation steht ab zwölf Uhr bereit. Vielleicht führt er uns zu Marita Oswald. Hauptkommissarin Sachs vom KK 12 leitet die Suche nach der Vermissten. Das KK 11 stellt einen Beamten dafür zur Verfügung.«

Entschieden zu viel Lärm um ein davongelaufenes Gör. Der Alte drehte durch. Ben protestierte. Sonntag setzte sich darüber hinweg.

Mit Nachdruck fuhr er fort: »Drittens: Nachdem der jüngste Tankstellenraub ein Todesopfer gekostet hat, ist die Überfallserie ebenfalls eine Sache für das KK 11. Ich will, dass Sie die Sache gemeinsam mit Braunings OK-Gruppe verfolgen.«

Als würde der Rottweiler Beistand nötig haben. Reine Schikane.

»Sehen Sie sich doch um«, setzte sich Ben zur Wehr. »Hier sitzt die gesamte Sonderkommission Landwehr. Wollen Sie uns weiter dezimieren? Soll ich den Serienmörder vielleicht alleine jagen?« Er spürte, wie seine Kollegen neugierig dem Disput folgten – es kam selten vor, dass eine Anordnung des Kripochefs auf offenen Widerstand stieß.

Sonntag giftete zurück: »Wie kommt's, dass so viele Ihrer Leute zugleich in Urlaub sind?«

»Weihnachten, Neujahr! Die Kinder haben Winterferien, wann sollen meine Leute sonst frei nehmen?«

»In Zukunft legen Sie mir die Urlaubspläne Ihrer Dienststelle zur Genehmigung vor«, ordnete Sonntag an.

»Davon wird die Personalknappheit auch nicht weniger!«

Der Kripochef wurde laut: »Verdammt noch mal! Alle

Welt schreit nach höherer Polizeipräsenz. Was soll ich machen, wenn der Innenminister verlangt, die Zahl der Fußstreifen zu erhöhen, damit die Leute sich sicherer fühlen? Wo sollen die Planstellen herkommen, wenn nicht aus den Dienststellen der Zentralen Kriminalitätsbekämpfung? Sie wissen verdammt gut, wie der Hase läuft, Herr Engel. Stellen Sie keine Forderungen, zeigen Sie lieber Ergebnisse! Sonst muss ich glauben, einen Fehler gemacht zu haben, als ich Ihnen die Leitung dieser Dienststelle übertrug.«

Sonntag verließ den Raum, die Tür hinter sich zuschlagend. Er hatte Ben vor seinen Mitarbeitern zurechtgewiesen – dies würde den Ehrgeiz einiger Kollegen anstacheln, Ben als Kommissariatsleiter auszubooten. Gerres, der immer den Witzigen spielte, war einer von der Sorte.

Die betretene Stille unterbrach ein Räuspern. Auch Hillu Sachs von der Sitte verabschiedete sich, Sonntag nacheilend – die Arme musste die Suche nach der Oswaldtochter koordinieren.

»Was erlaube Strunz?«, sagte Gerres in Anspielung auf den italienischen Fußballtrainer, der im letzten Jahr bei Bayern München die Klamotten hingeworfen hatte. »Habe ermittelt wie Flasche leer. Ich habe fertig!«

Ben registrierte mit Genugtuung, dass keiner lachte. »Weiter«, sagte er. »Der Kripochef hat seine Personalanforderung nicht wiederholt. Ich gehe davon aus, dass die Soko ab jetzt in dieser Zusammensetzung weiterarbeitet. Also, der Mörder: rötliches Haar, etwa dreißig Jahre alt. Sigrid, bitte, was gibt es noch über ihn zu sagen?«

»Wir haben es mit einem seelisch abnormen Mann zu tun«, begann die Psychologin. »Wir müssen davon ausgehen, dass er elf Jahre vor Britta Landwehr bereits Helga Neumeier tötete. Was für ein Mensch ist ein solcher Mehrfachtäter? Prinzipiell unterscheiden wir zwei Typen. Den einen bezeichnen wir als psychotisch, er tötet im Wahn, die Tat geschieht chaotisch, unorganisiert. Unser Mann gehört zum zweiten Typ. Der Paragraph 20 des Strafgesetzbuchs, der die Schuldfähigkeit behandelt, spricht von der so genannten anderen seelischen Abartigkeit. Die Wissenschaft nennt es eine abnorme Persönlichkeit. Landläufig: Psychopath. Im Unterschied zum psychotischen Typ gehen solche Leute planvoll vor, meist nach ein und derselben Methode. Ein organisierter Täter.«

Abnorm – normal. Ben fragte sich unwillkürlich, wo die Grenze lag. Sigrids Auftreten bewies Übung: Vorlesungen, Kongresse. Ihm fiel auf, dass die Psychologin den Fall Zimmermann unerwähnt gelassen hatte.

»Das Denken und Handeln unseres Täters ist auf ein einziges Ziel fixiert. Er genießt es, die Frau, die er auswählt, physisch zu zerstören. Er befriedigt seinen sexuellen Trieb durch Quälen und Töten. Dabei liebt er den direkten Kontakt, deshalb benutzt er Messer, seine Fäuste, keine Schusswaffen.«

Sigrid Romberg wies auf die Fotos an der Wand. »Betrachten Sie die äußerliche Ähnlichkeit der Opfer Nummer eins und drei. Unser Mann tötet Frauen, die in ein bestimmtes Schema passen. Das Aussehen wirkt als Schlüsselreiz. Britta Landwehr und Helga Neumeier waren beide Anfang zwanzig, nicht sonderlich groß, hatten langes Haar, das sie offen trugen, blond beziehungsweise dunkelblond. Beide wirkten extrovertiert und hatten laut Zeugen trotz ihrer Jugend etwas Zupackendes, ich würde sagen, etwas Mütterlich-Dominantes.«

Ela mischte sich ein: »Christa Zimmermann fällt aus dem Rahmen. Vielleicht gibt es noch etwas anderes, wonach der Täter auswählt.«

»Christa Zimmermann fällt auch in Hinsicht des Modus operandi aus dem Rahmen. Ihr Mörder hat sie mit einem Hieb erschlagen und nicht vorher gefoltert. Keine Vergewaltigungsspuren.«

»Und die Stichverletzungen, die geöffnete Bauchdecke?«

»Ich bin sicher, dass es jemand war, der die Handschrift des Kannibalen kannte und es so aussehen lassen wollte, als sei es der Mörder von Helga Neumeier gewesen.«

In Ben kämpften zwei Meinungen. Immerhin hatten drei der damaligen Ermittler übereinstimmend erklärt, dass ein Trittbrettfahrer nicht in Frage kam. Frank Brauning, Hermann Becker und Heinz Schalowski – wieso sollte er ihnen nicht glauben? Er widersprach Sigrid und allzu gern gab er ihrer demonstrativen Selbstsicherheit einen Dämpfer: »Unwahrscheinlich. Über den Modus operandi ist nichts nach außen gedrungen.«

Die Psychologin senkte den Blick in ihre Notizen und fuhr fort, seinen Einwand ignorierend: »In der Hütte lebte der Täter alles andere als sauber, aber die Leiche wusch er, bevor er sie wegbrachte. Vielleicht dachte er gar nicht daran, dadurch Spuren zu verwischen. Vielleicht war es eher eine Art Dienst an seinem Opfer. Ich kann mir vorstellen, dass er Frauen, die er nicht tötet, äußerst zuvorkommend und höflich behandelt, vielleicht sogar devot. Er selbst ist nicht sehr kontaktfreudig und -fähig. Wenn die Beobachtung der Kellnerin stimmt, hat er sich des Helfers auch bedient, um Britta Landwehr zu überreden, in sein Auto zu steigen.«

»Winter«, sagte Ela.

»Ein Irrenduo«, warf Schranz ein. »Soviel ich weiß, hat es so etwas mal in den USA gegeben.«

Sigrid zeigte die Andeutung eines Lächelns. »Otis Toole und Henry Lee Lucas, zwei bisexuelle Sadisten, die sich 1979 bis '81 zusammentaten und eine Reihe von Trampern ermordeten. Nein, Winter ist vielleicht labil, aber kein Psychopath. Er kann zwischen Handlungsalternativen abwägen, Konsequenzen seines Handelns einschätzen. Winter hat seine Opfer nie misshandelt, abgesehen von dem Fall im Juni 1987, der vor Gericht kam.«

»Wenige Monate vor dem ersten Kannibalenmord«, bemerkte Schranz.

Ben berichtete, was Ivana Voss ihm über die Anzeige von damals verraten hatte. Der Fliegenmann als Fahrer, als Faktotum anderer.

»Winter ist nicht Mörder, aber Helfer«, fasste er zusammen. »Vielleicht wird er vom Mörder bezahlt. Oder von dessen Familie, die den Mord vertuschen will. Wahrscheinlich weiß Winter ganz genau, wo sich der Kannibale jetzt aufhält.«

Biesinger sagte: »Und so einen Mann müssen wir freilassen. Ein Jammer.«

»Keine Beweise«, bemerkte Ela.

»Ich hab mich oft gefragt, wie ein Mensch zu so einem Ungeheuer wie unser Kannibale werden kann«, sagte Schranz.

»Eine extrem lieblose Kindheit. Der Rothaarige wuchs ohne Vater auf oder hatte massive Probleme mit ihm. Misshandlung oder Missbrauch.« Ben wusste nur zu gut, dass seine Sätze zu einem guten Teil auch auf ihn passten.

Die Psychologin ergänzte: »Er wurde höchstwahrscheinlich bereits in seiner Jugend auffällig, wahrscheinlich als Tierquäler oder Pyromane. Dabei erlebte er eine starke, sexuelle Befriedigung und entwickelte sein abnormes Verhaltensmuster weiter. Im Verlauf seiner Pubertät begann er, seine Aggressionen gegen Frauen zu richten, die ihm gefielen. In seinen Masturbationsphantasien wiederholt er die Gewalttaten und sobald der Reiz durch die Souvenirs nicht mehr ausreicht, wird er sie reell wiederholen, notfalls auch ohne Helfer. Sein Verstand wird ihm davon abraten, aber er kann nicht darauf verzichten. Es ist die lustvollste, die wunderbarste Erfahrung seines Lebens.«

»Typisch Mann. Die Eier setzen sich immer durch«, sagte Gerres und kam sich witzig vor.

Sigrid ging nicht auf ihn ein. »Es muss sich übrigens keineswegs um einen verschrobenen Einzelgänger handeln. Bei aller Perversion kann unser Täter durchaus normale Kontakte zu Frauen haben, sogar Beziehungen.«

»Aber manchmal geht es mit ihm durch«, sagte Gerres.

Biesinger schnaufte. »Wenn wir Glück haben, erst wieder in elf Jahren.«

Ben notierte: *Kriminalakten nach jugendlichen Brandstiftern und Tierquälern überprüfen, Zeitraum 1980-87.* Er war heilfroh, dass er nie Frösche aufgeblasen und Hunde abgefackelt hatte. Trotz der Dämonen, die ihn verfolgten, hatte er sich stets im Zaum halten können.

Schranz hob die Hand wie ein Schuljunge, der etwas wusste. »Vielleicht klingt es doof, aber ich muss an *Das Schweigen der Lämmer* denken.« Da ihm niemand widersprach, fuhr er fort: »Hannibal Lecter macht die FBI-Agentin darauf aufmerksam, dass das erste Opfer eines Serientäters manchmal aus dem Umfeld des Täters stammt. Er sieht es häufig und er beobachtet es, bevor er es ermordet. Er begehrt es, weil er es kennt.«

»Du guckst zu viel Filme«, sagte Gerres, aber alle Augen richteten sich auf die Psychologin.

»Denkbar«, sagte sie leise. »Er hat das Gesicht Helga Neumeiers bis zur Unkenntlichkeit eingeschlagen. Das könnte dafür sprechen, dass er die Frau kannte.«

Gesehen oder beobachtet. Bens Gedanken drängten sich die Details aus der Neumeierakte auf: der lästige Kunde, der Einbrecher, der Voyeur. *Dieser junge Knilch aus dem Metzgerladen.*

Er sagte: »Schranz könnte Recht haben. Es gibt tatsächlich Hinweise in den alten Zeugenaussagen, die diese These bestätigen könnten. Die Neumeier hat sich von einem Typen belästigt gefühlt. Vielleicht war es der Kannibale, vielleicht auch nicht. Wir sollten die alten Zeugen noch einmal ausgraben.«

Ben sah die Zustimmung in den Augen der Kollegen und teilte die Arbeit ein: Schranz und Biesinger sollten sich die Namen aus der Neumeierakte noch einmal vorknöpfen – Freunde, Nachbarn, Kollegen und Eltern, so weit sie nach elf Jahren noch auffindbar waren. Gerres sollte die Akte Zimmermann unter dem Aspekt der Nachahmungstat durchforsten. Ela und Ben würden sich um die Spuren im Fall Landwehr kümmern, die Herkunft des Pullovers ermitteln, Winter ein letztes Mal unter Druck setzen.

Schließlich blieb die Hoffnung auf die Observation des Fliegenmanns und auf neue Anrufe – vielleicht erkannte jemand das Phantombild des Rothaarigen in der *Morgenpost*.

Nervöse Unruhe riss die Ermittler von den Stühlen. Aufbruchstimmung. Die Arbeit wurde konkret.

Ben dagegen fühlte sich müde und ausgelaugt. Sein Magen zwickte. *Die Souvenirs* – sie waren seit gestern sichergestellt. Die Erinnerungen des Psychopathen würden mit jedem weiteren Tag verblassen. Die kranke Seele nach dem nächsten Opfer verlangen.

Das Telefon klingelte – vielleicht ein neuer Zeuge. Einige Kollegen blieben neugierig stehen.

Am anderen Ende gab ein aufgeregter Beamter der Leitstelle eine Meldung durch: Eine Frauenleiche sei gefunden worden, offenbar Tod durch Fremdeinwirkung. Der Mann nannte eine Telefonnummer, unter der die Kollegen des Schutzbereichs eins zu erreichen seien, die gerade den Tatort sicherten und eine Zeugin festhielten.

Ben kannte die Nummer. Zu gut.

Gebannt sahen die Kollegen zu, wie er die Ziffern in die Tasten seines Apparats hackte – als könnten sie in seinem Gesicht lesen, was in ihm vorging.

»Ja?«, meldete sich eine weibliche Stimme – eine unbekannte Frau. Nicht Sonja.

»Engel, KK 11. Ich soll mich mit Ihnen in Verbindung setzen.«

»Hauptmeisterin Schönlein. Bilker Straße, Karlstadt. Eine Art Galerie oder so. Schrecklich. Nichts als Voodoo-Figuren und Blut. Die Ermordete ist wirklich übel zugerichtet. Die Hausnummer lautet ...«

43.

Obwohl nur wenige Typen und Jahrgänge des schwedischen Herstellers in Frage kamen, umfasste die Liste der Zulassungsstelle so viele Wagenhalter, dass es Thilo unmöglich schien, jeden persönlich aufzusuchen. Die Stadt war größer, als er es normalerweise empfand. Sie bestand eben nicht nur aus den Vierteln, in denen er aufgewachsen war und gewohnt hatte, oder der Altstadt, die er im knappen Jahr seines Dienstes an der Heinrich-Heine-Allee in- und auswendig kennen gelernt hatte.

Einhundertzweiundfünfzig Namen, darunter nur ein einziger Sascha, kein Iwan – deutschstämmige Russen konnten auch anders heißen.

Thilo kramte in den Unterlagen der Kollegen, mit denen er den Raum teilte. Auf Heintzes Tisch wurde er fündig – das in Plastik gebundene Heft trug den Titel *Sozialräumliche Gliederung der Stadt Düsseldorf*. Mit Textmarker gezogene Kringel und Unterstreichungen wiesen Thilo den Weg zu den Wohnbezirken der Aussiedler. Er schrieb sämtliche Straßennamen ab und verglich sie mit den Adressen der Volvobesitzer. Zwölf blieben übrig, sieben davon waren Männer – ein Pensum, das bis zum Abend zu schaffen war. Er fand einen Stadtplan, auch hier waren die Gettos der Russlanddeutschen bereits markiert. Thilo kreuzte die sieben Orte der männlichen Volvobesitzer an und legte sich die Route zurecht. Sascha machte den Anfang. Ein Kinderspiel.

Er überprüfte den Sitz seiner Sig-Sauer P6. Ihm war klar, dass er die Mörder Schallis nur ermitteln sollte – für die Festnahme von Verbrechern solchen Kalibers waren Sondereinheiten zuständig, die das fast täglich trainierten, mit Blendgranaten und Präzisionsgewehren, zu Lande, zu Wasser und aus der Luft. Aber da Thilo nicht sicher sein konnte, was geschehen würde, wenn er plötzlich den beiden Gangstern gegenüber stand, angelte er sich aus dem Schrank im Flur eine schusssichere Weste – hoffentlich war es nicht eines der Schrottmodelle, die aus den Einkäufen des Kollegen vom Beschaffungswesen stammten, den das LKA vor zwei Jahren der Bestechlichkeit überführt hatte.

Sich das schwere Ding umschnallend, klopfte er an Braunings Tür, die verschlossen war. Keine Antwort. Er öffnete und sah hinein – Brauning war aufgebrochen, ohne Bescheid zu sagen.

Mit dem Kollegen von der Fahrbereitschaft gab es Ärger – angeblich war gerade kein Dienstwagen verfügbar. Rechtzeitig anmelden, lautete die triumphierende Belehrung des Polizeihauptmeisters – ein hoffnungslos verkalkter Verwaltungsarsch.

Thilo lief in den Hof und steuerte seinen Privatwagen aus der Lücke.

Erst als er auf dem Fürstenwall beschleunigte, fiel ihm ein, dass er besser einen Zettel im Büro hinterlassen hätte. Kein Funk im Auto, keiner wusste, wohin Thilo unterwegs war.

44.

Zum ersten Mal war Ben froh, dass Ela an seiner Seite war. Mit spitzen Fingern hielt sie ihm eine Tasche entgegen. »Schau mal, Männersachen.«

»Ich weiß«, sagte Ben aufgewühlt. »Da drin ist mein Rasierapparat.«

»Oh Gott.« Ela starrte abwechselnd die Leiche und Ben an, dann trug sie seine Tasche zurück in Sonjas Schlafzimmer.

»Ela!«, rief Ben ihr hinterher.

Die Kriminaltechniker arbeiteten weiter, als sei alles ganz normal: ein Mordermittler, der vor einer Toten hinkniete und Händchen hielt – viel länger als zum Fühlen der Temperatur nötig. Ein erfahrener Hauptkommissar, der wie eine schockierte Betschwester mit den verstreuten Kleidungsstücken die nackte, zerstochene Haut der Leiche bedeckte, kaum dass der Fotograf seine Bilder gemacht hatte. Und nun fand sich auch noch der Rasierapparat des Soko-Leiters in der Wohnung der Toten.

Kollegin Bach kam zurück. Sie sahen sich wortlos an, dann legte Ela tröstend ihren Arm um seine Schulter. Keiner der Techniker guckte her.

»Tut mir Leid«, sagte Ela leise.

»Wir hatten uns vorgestern getrennt. Ich meine, es war sicher nicht die große Liebe, aber trotzdem ...«

»Klar. Du siehst gar nicht gut aus. Vielleicht solltest du dich ein wenig hinlegen.«

»Unsinn, das wird schon wieder.«

»Doch. Ich bestell dir ein Taxi. Du fährst nach Hause und ruhst dich ein wenig aus. Das mein ich ernst.«

»Unmöglich. Außerdem könnte ich jetzt kein Auge zumachen.«

»Du hast die halbe Nacht durchgearbeitet. Du brauchst dringend Erholung. Wenigstens ein paar Stunden. Nimm eine Tablette.«

»Ich kann dich doch nicht, ich meine, der Tatortbefund und alles.«

»Ich mach das schon«, sagte sie.

Rosenbaum betrat das Apartment. Er nahm den gleichen Weg wie Ben und die Polizisten zuvor – und wie die Passantin, die das Verbrechen entdeckt hatte: durch die Galerie, deren Tür nicht abgeschlossen war.

Die Zeugin hatte im Fenster eine Figur gesehen, die ihr gefiel. Sie war hereingekommen und hatte gemäß ihrer wirren und sehr bruchstückhaften Aussage Geräusche im Nebenraum gehört. Sie habe gerufen und sei ins Büro gegangen, um die Galeristin nach dem Preis zu fragen.

Zuerst hatte sie das Blut und die umgestoßenen Möbel entdeckt, dann die halb im Flur ihrer Wohnung liegende, entkleidete und mit Stich- und Schnittwunden übersäte Tote. Möglicherweise hatte die Zeugin den Kannibalen überrascht und in die Flucht geschlagen. Genaues stand im Moment nicht fest – wegen ihres Schockzustands war die Frau von einem Rettungswagen abgeholt worden.

Warum ausgerechnet Sonja?

Ben erkannte, dass er ebenfalls unter einer Art Schock stand. Er begrüßte den Professor der Rechtsmedizin mit Handschlag. Als er spürte, dass er es schaffen würde, die Tränen zurückzuhalten, verabschiedete er sich von Ela.

Um zwei Uhr, so versprach er, werde er sie vor der Baracke des Rechtsmedizinischen Instituts treffen, rechtzeitig zur Obduktion.

45.

Die dritte Adresse auf Thilos Route – ein grauer, sanierungsbedürftiger Wohnblock aus der Nachkriegszeit. Drei Eingänge, die offenbar zur selben Hausnummer gehörten. Thilo tippte auf den, der am nächsten zur Straße lag. Tobende Kinder rempelten ihn an, vor der Tür lagen aufgeplatzte Mülltüten, die Briefkästen waren demoliert. Vergeblich versuchte Thilo, die Namen auf den Klingelschildern zu entziffern – ein Scherzkeks hatte die Anlage mit Gips verschmiert.

Kot war auf den Treppenstufen verschmiert, ein kleiner Hund knurrte ihn an. Thilo redete dem Mischlingsköter gut zu und schob sich langsam an den gefletschten Zähnen vorbei. Ihm fiel ein Stein vom Herzen, als er bereits an einer Wohnungstür im Erdgeschoss auf den Namen stieß, der auf seiner Liste der Volvohalter stand. Nichts Russisches: Herbert Nitz.

Hinter der Tür waren Stimmen, die sich lautstark stritten. Thilo klingelte und ein etwa vierzigjähriger Mann mit Schnurrbart, Glatze und Ohrring riss die Tür auf.

»Wat wollt ihr schon wieder?«, fuhr er den jungen Kommissar an.

Thilo zeigte seinen grünen Lappen. »Sind Sie Herbert Nitz?«

Der Mann stutzte. Er zog die Jeans hoch, die auf seine Hüften gerutscht war. An seinem engsitzenden Hemd fehlte ein Knopf, es gab über dem Bauch weißen Doppelripp frei.

»Polizei? Haben die Kerle schon wieder was ausgefressen?«

»Welche Kerle?«

»Kommen Se rein.«

Thilo folgte ihm durch einen dunklen Flur in eine überheizte Küche. Die streitenden Stimmen kamen aus dem tragbaren Fernseher, der auf einer alten Anrichte stand. Nitz stellte den Ton ab. Das Bild lief weiter, eine Talkshow. »Kaffee?«

»Okay.«

»Bin hier der Hausmeister«, erklärte der Kahlköpfige, der nie und nimmer einer der beiden Räuber war. »Hier gibt's 'ne Menge wilder Kerle. Wer stellt schon 'n Kasachen ein, der nur gebrochen deutsch spricht. Die jungen Burschen wissen nicht, wohin mit ihrer Energie. Sind schnell mit 'm Messer zur Hand, wa? Wir haben oft die Polizei da. Wat kann ich für Sie tun?« Er knallte einen Porzellanbecher auf den Tisch und goss ein.

Müllgeruch beherrschte die trockene Heizungsluft, in der Spüle türmte sich verkrustetes Geschirr, Thilos Füße stießen gegen Stapel von Altpapier und leere Flaschen. Offenbar hatte es dieser Hausmeister selbst in den eigenen vier Wänden aufgegeben, für Ordnung zu sorgen. Misstrauisch beäugte Thilo die Kaffeetasse.

»Sie besitzen einen weißen Volvo 324. Verleihen Sie den manchmal?«

»Brauchen Sie 'n fahrbaren Untersatz, wa?« Nitz lachte über seinen eigenen Scherz und zwinkerte.

Thilo blies in den Kaffee. Der Becher wärmte seine Finger. »Nein, nur 'ne Antwort auf meine Frage.«

»Schon gut, Herr Kommissar.« Mit einem Auge verfolgte der Hausmeister das stumme Treiben auf der Mattscheibe – prollig wirkende Selbstdarsteller, die sich gegenseitig beschimpften, kaum gebändigt von einer blonden Moderatorin, die sich verzweifelt an Manuskriptblättern festhielt. »Verleihen? Nein. Und schon gar nicht an die Leute hier. Die klauen sich ihre Untersätze selber, wa.«

»Ich suche einen Burschen, der eine Windjacke trägt. Auf den Rücken hat er Buchstaben genäht ...«

»Buchstaben?«

»Das Wort *Killer*.«

»So wat mögen wir hier gar nich'. Nee, Herr Kommissar, ehrlich, wa.«

Thilo kostete vom Kaffee. Die Brühe, die der Hausmeister zubereitete, hatte es in sich.

Der junge Kommissar beschrieb den zweiten Typen. Auch damit konnte Herbert Nitz nichts anfangen. Thilo fragte nach Schusswaffen. Der Kahle mit dem Ohrring machte große Augen und versicherte, dass er schon dafür sorgte, dass seine Kasachen nichts dergleichen ins Haus brachten. Dann zwinkerte er wieder, als wolle er mit Thilo flirten.

»Entschuldigen Sie die Störung.« Thilo stand auf.

Nitz protestierte: »Sie haben noch Kaffee im Becher. Bleiben Se noch. Ich hab auch Kuchen, wa.«

»Muss weiter. Vielen Dank.«

Der Hausmeister ging voraus in den Flur und knipste die Deckenlampe an. Dann blieb er stehen und streckte Thilo die Hand zum Gruß hin. Der junge Kommissar vernahm den Schweißgeruch, den Nitz ausströmte. Angewidert zwängte er sich im engen Gang an dem Mann vorbei. Er schrammte gegen eine Pinnwand, Zettel flogen zu Boden, Stecknadeln, ein dünnes Goldkettchen.

Thilo hob es auf.

Der Kahle lächelte süßlich. »Gefällt's Ihnen?«

Der Anhänger hatte die Form eines Delphins, ebenfalls aus Gold. Ein winziger Brillant stellte das Auge dar.

»Süß, wa?« Nitz nahm es von der Korkfläche. »Super Gelegenheit. Hundert Mark und es gehört Ihnen. Nein? Gut, achtzig Mark. Sie verstehen was von Schmuck, das seh ich.« Nitz zwinkerte verführerisch. »Siebzig, weil du's bist.«

Britta Landwehr.

Thilo zog seine Waffe und trat zwei Schritte zurück, aus der Reichweite des Mannes, der ihn verständnislos anglotzte.

»HÄNDE HOCH! KEINE BEWEGUNG!«

Herbert Nitz gehorchte. Thilo ließ ihn drei Schritte zurückgehen. Dann zog er die Wohnungstür hinter sich zu, trat ans Telefon und wählte Braunings Nummer. Er ließ es lange klingeln, vielleicht würden Ebner oder Heintze rangehen – nichts.

Der Hausmeister begann zu betteln. Das Zwinkern war ihm vergangen.

Thilo hielt die Waffe auf ihn gerichtet – die Distanz war groß genug, dass der andere ihm nicht die Pistole aus der Hand schlagen konnte. Ein Zittern war in Thilos Stimme. »Ich nehme Sie fest wegen Mordverdachts. Sie haben in der Nacht zum 21. Dezember Britta Landwehr ermordet.«

Er wählte die Nummer des KK 11-Leiters.

»Nein, das ist doch Wahnsinn! Wie kommen Sie darauf? Wegen dem Kettchen? Das ist ein schrecklicher Irrtum. Hören Sie auf!«

Elas Durchwahl – auch sie war ausgeflogen. Thilo beschloss, die Leitstelle zu beauftragen, einen der Mordermittler anzupiepsen.

»Ich hab damit nichts zu tun. Ein Bekannter hat mir das Kettchen gegeben.«

Thilo legte den Finger auf die Gabel und unterbrach das Tuten des Freizeichens. »Wer? Und wehe, du tischst mir Lügen auf, Scheißkerl!«

»Friedrich Winter. Den kenn ich aus dem Knast. Er hat's mir für dreißig Mark verkauft. Ich hatte keine Ahnung, woher er das Ding hat. Ehrlich.«

Der Fliegenmann. Thilo spürte, wie seine Kehle bebte. Die Finger, die den Griff seiner Sig-Sauer umklammerten, waren blutleer. Zweimal war Winter gesehen worden in Tankstellen, die eine Woche später überfallen wurden. Und Nitz fuhr einen weißen Volvo 324, wie ihn die Kassiererin am Südring identifiziert hatte. *Kein* Zufall.

»Winter war euer Tippgeber, stimmt's?«

»Nein, äh, ja, ja!«

»Du hast das Fluchtfahrzeug gefahren, während deine beiden kasachischen Freunde die Kassiererinnen abgezogen haben.«

»Ja, ja!« Nitz hatte noch immer die Arme in der Luft.

Thilo hatte Lust, den Abzug seiner Waffe durchzuziehen. »Und heute Nacht habt ihr meinen besten Kumpel erschossen!«

Nitz begann zu wimmern, seine Hose färbte sich im Schritt dunkel. »Nein, nein!« Er trippelte zwei Schritte auf Thilo zu, die Arme flehend ausgebreitet.

»STOPP!«

Thilo spürte, wie die Adern auf seiner Stirn pochten. Er scheuchte Nitz in sein Wohnzimmer und befahl ihm, sich auf den Boden zu legen. Er nestelte die Handschellen vom Gürtel und fesselte ihn an den Heizkörper. Der Hausmeister roch noch ekelhafter als zuvor.

Thilo brüllte ihn an: »Wo sind deine kasachischen Freunde? Und wenn du versuchst, mich zu verscheißern, knall ich dich ab!«

»Lukas und Waldemar. Treppenaufgang Nummer drei, die oberste Wohnung rechts. Die Klingel funktioniert nicht, Sie müssen ...«

Thilo stürmte aus der Hausmeisterbude und rempelte gegen eine dicke Frau mit Kopftuch. Ihr Wäschekorb polterte die Stufen hinab, der Inhalt ergoss sich über den dreckverschmierten, mit Reklamezetteln überhäuften Hausflur. Der junge Kommissar ignorierte ihr russisches Schimpfen, lief hinaus, vorbei an ausrangierten Waschmaschinen und einem seilhüpfenden Mädchen, holte sich in den Pfützen nasse Füße, fand den dritten Eingang und stürmte mit vorgestreckter Waffe eine abfallübersäte Treppe nach oben, zwei Stufen auf einmal nehmend.

Die Klingel interessierte ihn nicht. Er ging in die Grundstellung, die er im Karatetraining gelernt hatte, und trat unmittelbar neben dem Schloss gegen die Tür. Holz splitterte, das Türblatt schwang krachend auf. Eine Geruchsgemisch aus Katzenpisse, Räucherstäbchen und Marihuana schlug Thilo entgegen.

Der Flur – ein Schlachtfeld. Klamotten lagen durcheinander, Schuhe, Bierflaschen, volle Einkaufstüten, eine Kiste mit verklumptem Granulat. In Thilos Ohren war das Rauschen seines Pulsschlags, wie Tausende von Armeestiefeln im Gleichschritt.

»KEIN WIDERSTAND! POLIZEI! ERGEBEN SIE SICH!«

Im Raum, der rechts von ihm lag, antwortete ein Rascheln. Thilo sprang nach vorn und richtete die Waffe hinein. Ein Mädchen starrte ihm entgegen.

»HÄNDE HOCH!«

Sie reagierte nicht. Vorsichtig trat er näher. Die Kleine hielt regungslos ein Sofakissen umarmt. Leerer Blick, völlig weggetreten. Er glaubte, ihr Gesicht zu kennen, doch ihm fiel nicht ein, woher. Auf dem Glastisch vor ihr qualmte ein Räucherstäbchen, daneben lag eine Brille inmitten von Resten eines weißen Pulvers. Wodkaflaschen, volle Aschenbecher und die Schwulenpornos aus der Tankstellenbeute lagen auf dem Boden verstreut. Die Möblierung des Raums schien weitgehend aus dem Sperrmüll zusammengelesen zu sein.

Aus einer Ecke grinsten Thilo zwei Plastikgesichter entgegen: Schröder und Lafontaine. Der junge Kommissar schwitzte unter der Bleiweste, er kam sich vor wie im falschen Film.

Dann ging alles blitzschnell.

Die Augen des Mädchens weiteten sich vor Schreck. Thilo wirbelte herum und blickte in die Mündung einer abgesägten Flinte. Statt sich mit einem Hechtsprung in Sicherheit zu bringen, drückte Thilo reflexartig den Abzug durch. Sein erster Schuss schlug zu hoch ein.

Der blonde Kasache floh ins Treppenhaus, Thilo setzte hinterher. In der Wohnungstür stehend, überlegte es sich der Bursche anders, zielte wieder auf Thilo, doch der zweite Schuss des jungen Kommissars warf den Räuber gegen das Treppengeländer. Die Pumpgun glitt scheppernd auf die Fliesen und der Bursche sackte in sich zusammen.

Thilo fuhr herum und stürmte nacheinander die restlichen drei Räume der Wohnung. Nichts. Die letzte Tür war die zum Klo. Thilo riss sie auf. Kein Licht, undeutlich zeichnete sich eine Gestalt ab. Sie saß, etwas Helles schimmerte auf.

Der junge Kommissar zögerte keine Sekunde. Bevor der andere schießen konnte, leerte Thilo sein Magazin in dessen Richtung. Nach dem letzten Schuss glitt der zweite Kasache wie in Zeitlupe von der Kloschüssel und knallte mit dem Gesicht vor Thilos Füße. Die Hose hing um seine Waden, in der Hand lag ein Blatt weißes Toilettenpapier.

Durch die Bomberjacke sickerte Blut, die Buchstaben *Killer* versanken darin. Dann hörte der Fleck auf zu wachsen – tot.

Draußen waren ängstliche Stimmen in fremder Sprache, Schritte. Eine Katze mit weißen Vorderpfoten huschte an Thilo vorbei ins Treppenhaus. In der Nachbarwohnung rief jemand in gebrochenem Deutsch. Thilo verstand das Wort »Polizei«.

Er lehnte sich gegen die Wand und zitterte. Er übergab sich auf den abgewetzten Teppichboden. Ihm wurde schwarz vor Augen und er ließ sich an der Mauer entlang zu Boden sinken, um nicht umzukippen. Das war er also, der Adrenalinschock.

Sirenen kamen näher, Reifen schlitterten. Aufgeregtes Schreien, das den Schupo-Kollegen den Weg nach oben wies.

Thilo dachte an Schalli und fragte sich, ob sein dicker Kumpel dort droben das Konzert mitbekommen hatte, das er in dieser Bruchbude für ihn aufgeführt hatte. Er überlegte, ob sich Heinz freuen würde. Dann erkannte er, dass sein alter Lehrmeister ihm nicht helfen konnte, damit fertig zu werden.

Er blickte in die Mündungen zweier Polizeipistolen. Er fühlte sich zu schwach, um zu reagieren.

Ihr könnt schießen, wenn ihr wollt, fuhr es ihm durch den Kopf.

46.

Erschöpfung ließ Ben in einen schlafähnlichen Zustand fallen, aber sein Bewusstsein sackte nicht völlig weg. Er sah Bilder, die er nicht steuern konnte. Die Neumeier und die Zimmermann, Britta und Sonja. Alte Erinnerungsfetzen drängten sich dazwischen, die ihn bis ans Lebensende verfolgen würden.

Ein schrilles Scheppern beendete den Traum. Mit einem Ruck riss Ben sich hoch, öffnete die schlafverklebten Augen. Ein erster Orientierungsversuch: Mildes Licht drang auf ihn ein, es dämmerte draußen. Ben blinzelte und erkannte die Leuchtziffern des Weckers: halb fünf.

Er hatte drei Stunden länger geschlafen als beabsichtigt. Der schrille Lärm riss nicht ab. Ben erkannte, dass es nicht der Wecker war – er hatte ihn offenbar im Schlaf ausgemacht.

Jemand klingelte an der Wohnungstür.

»Ja, ich komme!«, rief Ben und stand auf. Hemd und Hose, die er anbehalten hatte, waren völlig zerknittert. Er knipste Licht an und schlurfte auf Socken zur Tür. Sein Kopf war schwer, die Haarwurzeln schmerzten. Wenigstens machte das Stechen im Magen Pause.

Es war Ela, die er im Stich gelassen hatte.

Ihr Blick war freundlich besorgt, als hätte sie nicht selbst Beistand nötig. Ben wusste, dass sie aus der Gerichtsmedizin kam. Er machte sich Vorwürfe, dass er ihr die Leichenöffnung nicht erspart hatte. Er versuchte, seine Klamotten glatt zu streichen.

»Wie geht's?«, fragte sie.

»Weiß ich noch nicht.« Er zeigte ihr den Weg ins Wohnzimmer und ging in die Küche. »Tee?«, rief er durch die Durchreiche und schaltete den Wasserkocher ein.

»Gern.«

»Verpennt. Tut mir Leid.«

»Macht dir keine Sorgen. Die Kollegen glauben, du warst mit mir bei der Obduktion.«

»Du hast einen großen Gefallen bei mir gut.«

Ben hängte zwei Beutel in eine Kanne, brühte sie auf und trug das dampfende Gefäß hinüber zu Ela. Sie stand vor dem Regal und studierte neugierig die Buchrücken.

»War's sehr schlimm?«, wollte Ben wissen.

Ihr Blick wanderte weiter durch den Raum und blieb an einer kleinen Schnitzerei hängen, die auf der Kommode lag. Eine Puppe aus Ghana – das Einzige, was er in Sonjas Galerie an Erschwinglichem gefunden hatte.

»Der Rechtsmediziner meint, sie ist sehr schnell gestorben.«

Schwacher Trost.

»Wusstest du, dass sie schwanger war?«, fragte Ela.

»Unmöglich. Das hätte sie mir doch gesagt.«

»Achte Woche«, sagte die Kollegin.

»So lange kannten wir uns noch gar nicht.«

»Verstehe. Es gab also noch ...«

»Einen anderen, meinst du?« *Das weiche Herz.* Ben nahm zwei Tassen aus der Kommode und goss ein. »Ich frag mich nur, wie der Kannibale auf Sonja kam. Ich meine, sie ist ein völlig anderer Typ gewesen als zum Beispiel diese Krankenschwester. Die Psychologin muss sich tatsächlich geirrt haben, was den Schlüsselreiz anbelangt.«

»Pfefferminz?«, fragte Ela und meinte den Tee.

Ben sah ihr an, dass sie eine Menge Neuigkeiten mitgebracht hatte und nach dem richtigen Anfang suchte.

»Was sagt Rosenbaum?«, fragte er.

»Er schließt aus, dass es unser Serienmörder war.«

»Wie das?«

»Keine Folter. Keine Spermaspuren. Die Leiche wurde nicht richtig aufgeschlitzt, geschweige denn Organe entnommen. Sie wurde erschlagen, Messerstiche erst post mortem. Wie bei Christa Zimmermann. Anders als die Landwehr ist Sonja Thieles Körper auch nicht gereinigt worden.«

»Der Kannibale hatte keine Zeit, er wurde gestört. Er konnte nicht vorgehen wie sonst. Ist die Zeugin schon vernehmungsfähig, die den Mord gemeldet hat?«

»Nein. Hör zu. Das war nicht die geplante Tat eines Psychopathen. Deine Freundin wurde mit einer hölzernen Statue erschlagen, die dort stand. Es gleicht dem Fall Christa Zimmermann, verstehst du?«

»Du meinst ...«

»Der Mörder versuchte hinterher, es nach einem Sexualmord aussehen zu lassen. Aber nicht echt genug, meint Rosenbaum. Kein Skalpell, keine Trophäe.«

»Ein Trittbrettfahrer? Und vor elf Jahren im Mordfall Zimmermann soll es auch einer gewesen sein? Das gibt's doch nicht, dass alles wiederkommt!«

Draußen knallten Böller, Kinder johlten. Noch zwei Tage bis Silvester.

Ela redete auf Ben ein, als sei er schwer von Begriff. »Es wurde nichts geraubt. Sie hat dem Täter aufgemacht, obwohl der Laden offiziell erst um zwölf öffnete. Wir müssen in erster Linie davon ausgehen, dass es jemand aus dem Bekanntenkreis deiner Freundin war.«

»Ex-Freundin«, korrigierte der Hauptkommissar.

»Egal.«

»Ich hab jedenfalls ein Alibi.« Es sollte scherzhaft klingen.

»Keine Angst, Benedikt. Keiner in der Festung hält es im Ernst für denkbar, daß du's warst.«

Durch die Art, wie Ela ihn beruhigen wollte, wurde ihm klar, dass es sehr wohl Kollegen gab, die ihm etwas anhängen wollten.

Ela fuhr fort: »Aber Sonntag meint, du wärst in die Sache zu stark persönlich involviert. Deshalb hat er dem Chef der OK-Gruppe die Leitung der Ermittlungen übertragen.«

»Wir müssen noch heute die Nachbarn befragen. Vielleicht hat jemand den flüchtenden Mörder gesehen. Dann gibt es eine Freundin namens Gabi, die ab und zu in der Galerie arbeitet.«

»Benedikt ...«

»Gabi kann uns sicher weiterhelfen. Dann müssen wir die Bücher durchsehen. Die Kunden. Und Sonjas Eltern. Sie leben irgendwo am Main ...«

Ela legte eine Hand auf Bens Arm, um ihn zu stoppen. »Verstehst du nicht, Benedikt? Du bist raus.«

»Wie – raus?«

»Ja. Seit Sonja Thieles Tod ist nichts mehr wie zuvor. Das Fernsehen plant Sondersendungen, die Obermuftis brüllen sich gegenseitig an. Nachdem unsere Kriminaltechniker abgezogen waren, rückte das Landeskriminalamt an. Das ist kein normaler Fall mehr.«

»Das war es auch vorher nicht.«

»Der ZKB-Leiter meint, dass Brauning als dein Vorgänger am besten geeignet sei. Außerdem hat er schon vor elf Jahren ...«

»Brauning? Heißt das, ich bin aus der gesamten Kannibalensache raus?«

Sie griff nach der Tasse und schlürfte.

»Obwohl der Mord an Sonja nichts damit zu tun haben soll? Das kann Sonntag mit mir nicht machen.«

»Eine Verbindung gibt es sehr wohl. Sonjas Mörder weiß, wie der Kannibale vorgeht.«

»Ich fass es nicht.«

»Der ZKB-Leiter meinte, die Sache würde dich aus dem Gleichgewicht bringen. Rachegedanken, Kreuzzugsmentalität und so. Du solltest prinzipiell keine Fälle behandeln, in denen es um tote, misshandelte Frauen geht.«

»Sonntag kann mich mal.« Die alte Leier. Seine Überreaktionen. Die nächtlichen Kreuzzüge in seiner Zeit als Streifenpolizist.

»Du hättest dich nicht mit ihm anlegen sollen. Ich glaube, du hast es dir gründlich mit ihm verscherzt.«

»Was ist mit Winter?«

»Das wollte ich dir gerade erklären.«

»Was?«

»Er wurde wie geplant am Mittag freigelassen und das MEK hat sich an seine Fersen geheftet. Er ist in ein Café gegangen, hat ein paar Mal telefoniert, dann fuhr er mit einem Taxi weg. Drei Zweierteams im Wechsel hinterher. Sie schwören, dass sie das Taxi keinen Moment aus dem Auge verloren haben. Aber als es anhielt, war nur noch der Fahrer drin. Als wäre Copperfield am Werk gewesen.«

»Ich hab's befürchtet. Hinweise auf den Rothaarigen? Irgendwelche Anrufe?«

»Nichts Heißes.«

»Wir können also wieder bei Null anfangen.«

Ben erbat sich Elas Notizblock. Er las, was sie während der Obduktion mitgeschrieben hatte. Er bemühte sich, die Erinnerung an die lebende Sonja zu verdrängen, in der Leiche nur den Spurenträger zu sehen. *Breite Einschiebung der knöchernen Gesichtspartie in die Schädelbasis. Augen und Nasenwurzel eingedrückt. Massives Schädeltrauma. Keine Abwehrverletzungen, keine Haare oder Hautpartikel des Täters unter den Fingernägeln.*

Arme Sonja. Wieder ein Trittbrettfahrer?

Das Telefon verjagte Bens trübe Gedanken. Einer von Sonntags Kofferträgern war dran. Ben hörte, was der Mann zu sagen hatte, legte auf und stieg in seine Schuhe.

»Was ist los?«, fragte Ela.

»Der Kannibale killt munter weiter, der Kripochef hat mich abserviert und jetzt ist auch noch dein Freund Becker durchgeknallt. Ich hätte mich wirklich nicht hinlegen sollen.«

47.

»Wir kriegen das hin«, sagte Brauning, der am Steuer saß. Er fuhr einen heißen Reifen. »Ich hab das schon mal gemacht. Erinnerst du dich an Rolf Nowak? Der hatte mal einen umgenietet, als er unter Aufputschmitteln stand. Dagegen ist deine Sache ein Kinderspiel. Ich bring dich erst mal zu deiner Tante. Gerda wird dir eine kräftige Suppe kochen und dann schläfst du dich aus.«

Matthias Heintze drehte sich zu Thilo nach hinten. Er war ganz aus dem Häuschen. »Thilo, das war voll in Ordnung. Ich hätt's nicht besser hingekriegt. Glatte Notwehr. Der eine hatte 'ne Pumpgun, der andere lauerte auf dem Scheißhaus. Und beide hast du von vorn genommen. Kann keiner was sagen.«

Thilo klammerte sich an die Halteschlaufe. Zwei Menschen getötet. Von wegen Notwehr! In einem Fall war es eindeutig Totschlag. Der zweite Kasache hatte ihn nicht einmal bedroht.

»Die Typen haben's absolut verdient. Wie kaum ein anderer«, bellte der Rottweiler.

Die Ampel sprang auf Grün, er hupte den Vordermann wach und beschleunigte energisch.

»Ganz mein Prinzip: Solche Scheißkerle darf man nicht behandeln wie braves Kirchenvolk. Sieben Mal bewaffneter Raub, Totschlag und ein fast minderjähriges Mädel entführt und unter Drogen gesetzt. Verdammte Schwuchteln. Bei unserer liberalen Justiz wären sie nach drei Jahren freigekommen und alles wär wieder von vorn losgegangen.«

»Sie hatten 'nen Ex-Polizisten auf'm Gewissen«, sekundierte Heintze vom Beifahrersitz aus. »Ich meine, fast einer von uns. Du hast sie aus'm Verkehr gezogen.« Er zeigte den erhobenen Daumen. »Astrein.«

Der junge Kommissar wusste nicht, ob ihm vom Fahrstil seines Onkels schlecht wurde oder vom zynischen Gerede der beiden OK-Kollegen.

Brauning erreichte die Autobahn und ließ den Benz auf die linke Seite schießen. Er setzte den Blinker, gab Gas und fegte die Spur frei. Die Lichter auf der Gegenfahrbahn blendeten. Thilo wischte sich Schweiß von der Stirn. Er schälte sich aus der Bleiweste.

Wahrscheinlich würden die internen Schnüffler in der Kasachenwohnung genügend Spuren finden, um Thilo gründlich in die Pfanne hauen zu können. Er hatte so gut wie alles versiebt. Beim Blonden hätte er tiefer zielen müssen. Den anderen hätte er ohne Waffengebrauch festnehmen können. Er hatte sich dämlich angestellt. Er hätte den gesamten Zugriff einem Sondereinsatzkommando überlassen müssen. Nach der Skandalparty in der Altstadtwache war Thilo klar, was ihm blühen würde.

»Ist der Job an der Tankstelle noch frei?«, fragte er.

»Red keinen Scheiß, Junge«, bellte Brauning.

»Sonntag wird jubeln«, versicherte Heintze.

Thilo glaubte, er höre nicht recht.

Brauning fixierte seinen Neffen im Spiegel, bestens gelaunt. »Das gibt 'ne dicke Belobigung. Goldener Eintrag in der Personalakte. Abgesehen von der ausgesetzten Belohnung. Ich seh schon die Schlagzeilen: Heldenhafter OK-Ermittler befreit Tochter des Medienzaren aus Klauen ihrer Entführer. Großbuchstaben über die halbe Seite!«

»Und was steht im Mittelteil?«

Die Männer vor ihm feixten.

Allmählich begriff Thilo. »Das Mädel, ich mein, die Kleine in dieser Wohnung, das war ...«

»Marita Oswald!«, tönte es unisono von vorn.

Thilo begann zu kichern. Zunächst lachten Brauning und Heintze mit, dann hielten sie inne. Thilo gluckste weiter und hielt sich den Bauch.

Mitten in einer Kurve drehte sich der Rottweiler zu seinem Neffen um. Dann trat er das Gaspedal ganz durch und sagte zu Heintze: »Ich fürchte, den Jungen hat's stärker erwischt, als ich dachte. Gerda wird ihm einen Grog brauen, der ihn erst mal für vierundzwanzig Stunden in die Federn legt.«

48.

»Dein Freund hat die Tankstellenräuber erschossen.«

»Thilo?«

»Hast du noch andere? Scheiße, das ist jetzt mein neuer Job. Ich soll Thann von den internen Schnüfflern helfen.«

»Ich komme mit.«

Sie ließen den Tee stehen, griffen nach ihren Jacken und rannten die Treppe hinunter. Ben wohnte im vierten Stock ohne Aufzug – schade, er hätte die Kollegin jetzt gern getestet.

»Was wird mit ihm geschehen?«, fragte sie atemlos.

»Nichts. Er hat angeblich Marita Oswald befreit.« Die kalte Straßenluft ließ seine Wangen brennen. Voller Widerwillen schloss er den Golf auf.

»Hör ich da Zynismus raus?« Sie stieg ein und prüfte im Spiegel der Sonnenblende ihre Frisur.

Ben sah sie an und bemerkte zum ersten Mal die kleinen Sprenkel auf dem Rücken ihrer Nase. »Jedenfalls stinkt es mir, wenn sich einer aus Dusseligkeit in Gefahr begibt und zwei Menschen erschießt.« Er startete und stieß rückwärts aus der Einbahnstraße, um den Stau zu umgehen, den ein Parkplatzsucher vor ihm erzeugte. »Und noch mehr stinkt es mir, wenn mir vorgeschrieben wird, dass am Ende der Ermittlung zu stehen hat, dass der Mann ein Held ist.«

»Klar. Der unbestechliche Mordermittler, der nicht an sich denkt, sondern nur an die Gerechtigkeit.«

Ben erreichte die Hauptstraße und trat aufs Gaspedal. »Jetzt wirst du zynisch. Dafür bist du noch zu jung, Ela.«

»Was würdest du tun, wenn du den Mörder von Sonja Thiele zu fassen bekämst, ohne dass Zeugen in der Nähe sind?«

Die nächsten Minuten verbrachten sie schweigend. Ein Wust von Gedanken brandete durch Bens Kopf. Eine Ampel sprang auf Rot.

Ben konnte nicht länger stillhalten. »Es gab mal einen Kommunalbeamten in einem Kaff am Niederrhein. Tiefbauamt. Seine Frau war Hausfrau. Er hat sie und seinen Sohn geschlagen, wenn er betrunken war, und das war er oft. Kriegserlebnisse, mit denen er nicht fertig wurde. Als sie dahinter kamen, dass er sich für öffentliche Aufträge schmieren ließ, haben sie ihn gefeuert und er hatte noch mehr Zeit, zu trinken und seiner Familie das Leben zur Hölle zu machen.«

»Warum soll ich mir das anhören?«

»Du sagtest, es gebe nichts Spannenderes als das Privatleben des Chefs.«

»Grün.«

Ben trat aufs Gas.

»Was hat das mit dir zu tun?«, fragte sie.

Er begriff, dass Ela sich unwohl fühlte. »Im Suff erschlug mein Vater meine Mutter und landete dafür im Knast. Ich war damals zehn. Lange Zeit hab ich mit Schuldgefühlen zu tun gehabt, als hätte ich meine Mutter schützen können. Ich hatte Komplexe, so nennt man es wohl. Und das hat sich auf meine Arbeit als Polizist ausgewirkt. Unkontrollierter Übereifer, steht in der Personalakte.«

Ben bog in die Straße ein, die zum Aussiedlerheim führte. Zwei Grünweiße und ein halbes Dutzend Zivilfahrzeuge der Polizei standen kreuz und quer vor den Hauseingängen des Wohnblocks.

»Wieso erzählst du mir das?«, fragte Ela. Zwei tiefe, senkrechte Falten gruben sich über den Sommersprossen in die Stirn.

»Weil ich wissen will, was *dich* umtreibt.«

»Ich hab keine Komplexe, wenn du das meinst.«

»Komm schon. Deine Angst vor dem Paternoster. Deine Panik, wenn mal die Autotür klemmt. Jeden Dienstag kommst du erst um halb drei aus der Mittagspause zurück. Dein Psychiatertermin.«

»Schnüffelst du allen deinen Mitarbeitern hinterher?«

»Sigrid Romberg hat mich gewarnt, dass du in gefährlichen Situationen ein Risiko darstellen würdest. Dass du im Dienst so was wie eine Eigentherapie siehst. So was ist wirklich nicht gut. Ich weiß das aus eigener Erfahrung.«

Ben registrierte, dass in der jungen Kollegin Wut aufwallte. Er hatte es nicht geschafft, ihr klarzumachen, dass er auf ihrer Seite stand. Dass er sie mochte und als Mitarbeiterin behalten wollte. Er legte seine Hand auf ihren Arm, doch sie riss die Tür auf und stieg aus.

Eine Straßenlaterne beleuchtete den Platz vor dem Wohnblock nur schwach. Ben lief Ela hinterher und versuchte, den Pfützen auszuweichen.

»Sie hat mich gewarnt, dass du so reagieren würdest«, rief er.

Kollegin Bach ging auf den ersten Treppenaufgang zu.

»Nicht hier. Zwei Türen weiter«, sagte Ben.

Sie blieb stehen, ein grimmiges Blitzen in den Augen. »Ich geh nicht zurück zum LKA. Eher kündige ich!«

»Beruhig dich. Darum geht es doch gar nicht.«

»Du hast gesagt, ich hab bei dir einen Gefallen gut. Also. Frag mich nie wieder. Lass meine Psyche in Ruh. Ich tu meinen Job, okay? Gut, ab jetzt werde ich eben deinen verdammten Paternoster benutzen.«

»Ela.«

»Ich bin fast dreißig und ich brauch keinen, der mir in der Aufzugkabine das Händchen hält. Diese Romberg kann mir den Buckel runterrutschen. Sag deiner tollen Psychologin, wie beschissen ich es finde, dass sie über mich tratscht. Mich sieht sie jedenfalls nicht wieder.«

»Das war kein Tratschen. Das war ihre dienstliche Pflicht.«

»Das war Scheiße. Dienstliche Scheiße.« Sie stapfte weiter die Hausfront entlang. Vor dem dritten Eingang überholte Ben sie.

»Einverstanden. Ich frag dich nie wieder. Frieden?«

»Ist es hier?« Sie atmete ruhiger, aber die zwei steilen Falten waren nicht verschwunden. Dann lief sie die Treppe hoch, als fliehe sie vor Ben.

Thann führte Ben durch die Wohnung der Tankstellenräuber und der Mordermittler erkannte schnell, dass es dem Kollegen nur darum ging, die vom Kripochef ausgegebene Marschroute einzuhalten. Wie Ben ihn kannte, gehörte Thann nicht zu der Sorte Kollegen, die mehr oder weniger klammheimlich den Amoklauf des jungen Bekker für die beste Art hielten, Ordnung zu schaffen. Wahrscheinlich machte sich der interne Schnüffler den pragmatischen Zynismus Sonntags zu Eigen, nachdem ein Polizist als Held zu gelten hatte, wenn es in das Bild der Medien passte.

Die beiden Leichen waren bereits zur Gerichtsmedizin geschafft worden. Ela besah sich ausgiebig die übrigen Spuren der Schießerei und Ben hätte viel dafür gegeben zu erfahren, was in ihrem Kopf vorging. Becker junior war abgetaucht – von seinem Onkel unter die Fittiche genommen, wie die anwesenden Schupos munkelten. Thann schien es nichts auszumachen. Keiner hatte vor, Thilo Becker ernsthaft zu verhören.

Ben legte sich die Formulierung zurecht, die er in seinen Bericht schreiben würde: Notwehr bei einem Zugriff im Alleingang, der geboten war, da aufgrund einer Geiselnahme Gefahr im Verzug geherrscht hatte – himmelschreiender Schwachsinn, der allen Lehrmeinungen über Polizeitaktik widersprach. Ben beschloss, das Spiel mitzuspielen. Ein wenig fühlte er sich mitschuldig am Rauswurf Schalowskis, der den Dicken zur Annahme des Tankstellenjobs getrieben hatte – und damit in den Tod. Vielleicht konnte Ben Wiedergutmachung üben, indem er den Rachefeldzug des Blondschopfs deckte.

Die Heimbewohner lungerten noch immer im Treppenhaus. Die meisten von ihnen waren auf die beiden Toten schlecht zu sprechen. Plötzlich gab es einen Tumult, der Ben neugierig machte. Von unten zeterte eine alte Frau auf Russisch. Ein Mädchen mit dicken Gretelzöpfen rief zurück und winkte die Leute zusammen. Ben verstand »Hausmeister« und folgte den Aussiedlern nach unten und durch den vorderen Hauseingang zu einer offen stehenden Wohnungstür, auf der mit Klebebuchstaben der Name *Herbert Nitz* stand.

Die alte Frau sprach jetzt deutsch. Vorwurfsvoll wandte sie sich an Ben: »Warum ist Hausmeister gefesselt?«

»Helft mir doch, ihr Russenbande!«, rief jemand von innen. »Im Werkzeugkasten ist 'ne Eisensäge. Unterm Schrank im Flur!«

Das Mädchen mit den Zöpfen lief in die Wohnung und bückte sich. Als sie hochkam, schimmerte ein Kettchen in ihrer Hand.

Ben entriss es der Kleinen und scheuchte sie und die nachdrängenden Aussiedler aus der Wohnung. Er ignorierte das Rufen aus dem hinteren Teil der Wohnung. Er starrte auf den kleinen Delphin. Auf das Auge, das im Licht der Deckenfunzel blinkte.

Der Kannibale.

Ben rief einen Uniformierten herbei und postierte ihn vor die Wohnungstür. Er ging ins Wohnzimmer des Hausmeisters und fand einen Glatzkopf in seiner eigenen Pisse vor dem Heizkörper sitzend. Offenbar hatte Becker ihn gefesselt – und vergessen.

Ben befreite Nitz von seinen Fesseln und erkannte auf seinen Handgelenken Tätowierungen, die ihn als Ex-Knacki auswiesen. *Hörbi,* schoss es ihm durch den Kopf. Der Bekannte des Fliegenmanns, den die Wirtin aus Winters Stammkneipe erwähnt hatte. Vielleicht konnte der Kahle ihn zu Winter führen.

»Wir waren das nicht! Wir waren das wirklich nicht«, sprudelte es ungefragt aus Nitz heraus. »Dieser rabiate Kollege hat gesagt, wir hätten jemanden erschossen. Aber ich war die ganze Nacht zu Hause. Ich schwör's. Sie müssen mir glauben!«

Ben begriff. Ein Komplize der beiden Räuber. Er begann, Nitz nach der gestrigen Nacht zu befragen. Nitz gab an, er habe sich um Lukas und Waldemar »gekümmert«, die keine Chance auf eine Lehrstelle oder irgendeine Arbeit als Aushilfskraft besaßen. Er habe ihnen ausreden wollen, Waffen zu benutzen, und sich an den Überfällen nur beteiligt, um sie »zu kontrollieren«. Ben durchschaute den Mann: ein homosexueller Ex-Knacki, dessen Job als Hausmeister das Höchste war, was er im bürgerlichen Leben erreichen konnte. Die wilden Kasachen faszinierten ihn, zogen ihn an.

Herbert Nitz blieb beharrlich bei der Version, nichts vom gestrigen Überfall zu wissen. Für Lukas und Waldemar hatte er kein Alibi. Er habe ihnen sein Auto nicht geliehen, konnte aber nicht ausschließen, dass die Burschen einen Zweitschlüssel hatten.

Endlich sagte Ben dem Hausmeister, dass sie tot waren. Der Mann war erschüttert.

Der Hauptkommissar hielt Abstand zu dem stinkenden Kerl und löcherte ihn nun mit Fragen nach Winter.

Der Fliegenmann habe die Tankstellen ausgewählt, erklärte Nitz. Er wusste, welche Benzinstation frei von Sicherheitskräften der *Fichte Security* war, ob es Alarmanlagen gab und zu welchen Zeiten das meiste Geld in der Kasse war. Ben spürte, dass Nitz sich von Winter betrogen glaubte, da dieser als Tippgeber einen Festbetrag beanspruchte – in einem Fall hatte die Beute nicht einmal Winters Forderungen gedeckt. Deshalb hatte das Trio einen Raubzug ohne den Tippgeber unternommen – prompt waren Waldemar und Lukas vor die Linse einer Überwachungskamera gelaufen.

Über den Sexualmörder wusste Nitz angeblich nichts. Winter habe ihm das Kettchen samt Anhänger verkauft, ohne dass sie über die Herkunft geredet hatten. Ben ließ sich erzählen, woher der Hausmeister den Fliegenmann kannte: Die beiden hatten sich Ende der siebziger Jahre im Knast angefreundet.

»Was machte Winter, nachdem er rauskam?«, fragte der Hauptkommissar.

»Krankenpfleger. Der Job, den er gelernt hat.«

»Warum hat er damit aufgehört?«

»Keine Ahnung. Hatte keine Lust mehr. Der Job ging ihm auf die Nerven.«

»Was machte er vorher? 1982 bis '87?«

»Geschäfte«, sagte Nitz einsilbig – Ben witterte, dass er einen interessanten Punkt getroffen hatte. Der Hausmeister blickte auf und Ben bemerkte Ela, die in der Tür stand und zuhörte.

»Meine Kollegin. Red schon, was für Geschäfte?«

»Er hat Mädchen vermittelt, vor allem Thaimädchen, aber völlig legal. Die waren volljährig und hatten alle ein

Touristenvisum. Nach drei Monaten wurden sie ausbezahlt und bekamen den Rückflug spendiert.«

Die Erinnerung der Ex-Nutte Ivana an eine Orgie im Jahr 1986: *Da waren noch andere Frauen, Asiatinnen.*

»Wer waren Winters Auftraggeber?«

»Keine Ahnung. Nachtclubs, Callgirlringe, private Kreise und so. Wir – wir haben nie so genau über das Geschäftliche gesprochen.« Der Schweiß auf der Stirn strafte den Hausmeister Lügen.

Ben warf Ela einen Blick zu – sie glaubte dem Hausmeister ebenso wenig wie er. Ben dachte an Vogels Geschichte. Er sagte: »Oswald.«

»Nein, nein. Nie gehört. Ich sag doch, dass ich nichts über die Geschäfte von Fritz wusste.«

Ela zog die Stirn kraus – sie konnte nicht wissen, wie Ben auf den Namen des Filmhändlers kam.

Ben beschloss, den Druck zu erhöhen. »Warum haben Sie das Kettchen nicht gemeldet? Es stand in allen Zeitungen, dass die ermordete Krankenschwester einen solchen Anhänger getragen hatte.« Das war geschwindelt. »Dass Sie uns nicht anriefen, wird Ihnen den Vorwurf der Beihilfe zum Mord einbringen.«

»Das ist doch ...«

»Der Staatsanwalt ist ein harter Brocken.«

»Bitte!«

»Und Sie behindern die Aufklärung weiterhin, wenn Sie mir nicht sofort Namen nennen. Wer ist Winters Auftraggeber?«

Nitz duckte sich, in seinen Augen war Angst.

»Wie ist sein Verhältnis zu Adi Oswald?«

»Keine Ahnung. Ich hör den Namen Oswald zum ersten Mal.«

Ela trat neben Ben und fragte mit ungewohnter Schärfe: »Und warum wurde das Mädchen entführt? War das Winters Plan?«

Nitz machte große Augen. »Marita?«

Plötzlich begriff Ben, dass er die ganze Zeit einem Märchen aufgesessen war, das nur deshalb so glaubhaft war, weil es allen Beteiligten wunderbar in den Kram passte – vom Vater über den Kripochef bis hin zu Racheengel Thilo Becker.

»Willst du sagen, die Kleine war freiwillig hier?«, fragte Ben.

Nitz sah Ela an, dann Ben, schließlich brach er in hysterisches Kichern aus. »Entführt? Soll das ein Witz sein?« Er wählte jedes Wort sorgfältig aus – vor irgendetwas hatte der schwule Glatzkopf eine Heidenangst. »Winter hat die Kleine mitgebracht. Er – er war ihr Leibwächter. Es gefiel ihr, bei den Jungs rumzuhängen. Für Winter war es – ja, es war einfach bequem für ihn. Die Jungs – bei den Jungs war Marita sicher.«

»Sicher?«, wiederholte Ben. Er konnte sich lebhaft vorstellen, was es bedeutete, mit den Jungs rumzuhängen – die Kollegen hatten in der Räuberhöhle Drogen aller Art gefunden, von weich bis ganz hart.

»Die Jungs haben sie jedenfalls nicht angefasst.«

»Klar, sie waren schwul.«

»Haben Sie Vorurteile?«

»Nein. Nur wenn jemand so stinkt wie du.«

»Dafür kann ich nichts. Dieser blonde Polizist ...«

»Also hatten die Jungs Marita nicht entführt?«, fragte Ela.

»Nein. Winter sagte immer, der alte Oswald wollte um jeden Preis verhindern, dass jemand sein Töchterchen verführt. Und da war sie bei uns auf jeden Fall sicher.«

»Der alte Oswald?«, hakte Ben ein. »Ich dachte, du hast den Namen noch nie gehört.«

»Das – das – ich wusste nicht, dass Sie den gleichen Oswald meinen.«

Der Hauptkommissar gab Kollegin Bach ein Zeichen. Sie hatten genug erfahren. Der Rest war Frank Braunings Sache. Ben beauftragte den Uniformierten, der vor der Tür stand, Nitz ins Präsidium zu bringen.

Ela trug wieder die beiden senkrechten Sorgenfalten. »Wenn Marita Oswald tatsächlich nicht entführt worden ist ...«

»Dann ist dein Freund Thilo kein Held. Aber keine Angst. Ich behalt's für mich.«

Sie setzten sich in Bens Auto, ohne ein Ziel zu haben. Es war der nahe liegendste Raum, in dem man sich beraten konnte – die aufgeregten Blicke der draußen versammelten Aussiedlerfamilien folgten ihnen.

»Vielleicht lügt Nitz, damit man ihm keine Beteiligung an der Entführung vorwerfen kann«, sagte die Kollegin.

Ben erkannte im Schein der Straßenlampe, dass sie diesen Einwand selbst nicht ganz ernst nahm. »Genau so wird es Brauning zugunsten seines Neffen darstellen. Darauf kannst du Gift nehmen.«

Sie kurbelte mit energischer Bewegung das Fenster herunter. Die Luft war frisch, vom Regen gereinigt. »Wir haben keinen Beweis dafür, dass Nitz die Wahrheit sagt.«

»Ich find's prima, wenn eine Frau zu ihrem Freund hält«, spottete der Hauptkommissar.

»Idiot.«

Ben glaubte, in ihrer Reaktion eine Distanzierung von Becker zu erkennen. Amüsiert spielte er den Empörten: »Hey, so redet man nicht mit seinem Chef.«

Im Rückspiegel sah er, wie Thann das Haus verließ und in seine Schrottkarre stieg. Die schlecht eingestellten Scheinwerfer blendeten, im Vorbeifahren winkte der Leiter der internen Schnüffler ihm zu.

»Was hat dieser Filmhändler mit Winter zu schaffen?«, fragte Kollegin Bach.

»Als Oswald noch in erster Linie Playboy und Partylöwe war, schickte Winter ihm mandeläugige Schönheiten aus Thailand. Aber frag mich nicht, ob das irgendetwas mit dem Kannibalen zu tun hat.«

»Fährst du mich nach Hause?«

Wortlos zündete Ben den Motor. Langsam ließ er das Auto durch die regengefüllten Schlaglöcher zur Straße rollen. Er dachte jetzt an Sonja. Das Gefühl eines grenzenlosen Verlustes erfasste ihn und er erinnerte sich an die Kassette mit den melancholischsten Balladen von Miles Davies, die er einmal zusammengestellt hatte.

Er ließ den Recorder ausgeschaltet. Er würde anfangen zu heulen und das würde nicht gut aussehen.

49.

»Nimm's doch nicht so schwer«, sagte Gerda Brauning und schaufelte Eintopf aus der dampfenden Terrine in Thilos Teller. Wenn dicke Köche die besten Speisen bereiteten, dann musste dieser Eintopf drei Sterne wert sein. »Du konntest doch nicht wissen, dass es nur Klopapier war, was der Junkie in der Hand hatte.«

Thilo stocherte in seinem Teller. Gemüse, Räucherspeck, Knoblauchwurst. Ihm war, als könne er nie wieder mit Appetit essen.

»Hätte auch eine Waffe sein können. Du musstest so handeln. Du kannst dir wirklich nichts vorwerfen.«

Halt den Mund, Tante, dachte Thilo. Du machst es nur noch schlimmer. Keiner kann mir helfen, damit fertigzuwerden. Dein Mann nicht und du auch nicht.

Sein Onkel kam zurück. Gerda bat ihn, den Christbaum anzuzünden – bei den Braunings waren echte Kerzen Tradition. Sich mit dem Streichholz in den Baum reckend, berichtete Frank die letzten Neuigkeiten. Thilo nahm es als willkommene Ablenkung.

Oswald hatte seine Tochter umgehend in die Nervenklinik von Dr. Uhlau bringen lassen. Dort hatte sie in einer ersten Vernehmung durch Brauning die Entführung bestätigt. Die beiden Kasachen hätten sie unter Drogen gesetzt und in der vergangenen Nacht für eine Stunde alleingelassen – die Zeit stimme exakt mit der des Überfalls überein. Brauning versicherte Thilo, dass ihm kein Mensch wegen der toten Kasachen an den Kragen gehen würde, weder Karl Thann, der Ermittler in Sachen Beamtendelikte, noch Benedikt Engel, der die Schüsse im Aussiedlerheim gemeinsam mit dem internen Schnüffler zu bearbeiten hatte.

Die Raubserie war aufgeklärt.

Eine weitere Nachricht hatte sein Onkel parat, die Thilo in Erregung versetzte: Dem Langen sei die Kannibalensache entzogen worden – es hatte eine vierte Tote gegeben, laut Brauning der gleiche Modus operandi. Eine Bekannte Engels, den Sonntag deshalb nicht mehr mit der Mordserie befasst sehen wollte.

Brauning war der neue alte Kannibalenjäger.

Wie hypnotisiert sah Thilo in die flackernden Lichter der Weihnachtstanne – Christa Zimmermann war wieder sein Fall, denn er war Braunings Mitarbeiter. Er beobachtete den massigen Leib des Rottweilers und fragte sich, ob so ein Bock aussah, den man zum Gärtner gemacht hatte. Er konnte nur den Onkel erkennen, der ihm einst in den Sommerferien das Schwimmen beigebracht und die Waldpilze zu unterscheiden gelehrt hatte. Der Thilo sogar gegenüber seinem eigenen Sohn in Schutz genommen hatte, der schon mit zwölf ein Raufbold und Wichtigtuer war. Für Frank Brauning waren Gerechtigkeit und Familiensinn weit mehr als nur Floskeln, mit denen man sonntags die Predigt schmückte.

Als Anita, das Nesthäkchen, nach Hause kam, witterte sie sofort, dass die Anwesenheit ihres Cousins nichts mit einem nachweihnachtlichen Verwandtenbesuch zu tun hatte. Die Sechzehnjährige drängte sich voller Neugier auf, doch ihre Eltern schickten sie auf ihr Zimmer.

Ständig ging das Telefon. Kollegen der Kriminalgruppe für Organisierte Kriminalität, die ihren Chef sprechen wollten. Karl Thann, der nach Thilo fragte und den Brauning auf morgen vertröstete. Sein Onkel schirmte Thilo ab. Solange er aufgewühlt sei, laufe er Gefahr, sich zu verplappern, meinte der Rottweiler.

Thilo fühlte sich in Watte gepackt und zugleich wie ein Gefangener.

Auch sein Vater rief an. Mit ihm durfte er reden. Thilo versicherte ihm, dass es ihm gut ginge.

Hermann Becker klang besorgt. »Tut mir Leid um Schalowski«, sagte er und Thilo fiel ein, dass die beiden vor langer Zeit Kollegen gewesen waren. »Ich würde dich jetzt gern sehen«, sagte sein Vater. »Aber ich hab gerade selber Stress.«

»Was ist los?«, fragte Thilo.

»Ich packe. Ich verlasse deine Mutter.«

»Was heißt das? Für länger? Willst du dich scheiden lassen?« Trotz aller Kräche zwischen seinen Eltern hätte Thilo das nie für möglich gehalten. Er sah, dass die Braunings hellhörig wurden. »Ich versteh das nicht. Hast du eine andere?«, fragte er in den Hörer.

»Nein. Es geht einfach nicht mehr.« Thilo war sich nicht sicher, aber er glaubte zu spüren, dass sein Vater weinte. »Ich kann's dir im Moment schlecht erklären.«

»Bist du zu Hause?« Er dachte an Mutters Tränen, neulich, als sie von Christa gesprochen hatte. Ihre Worte: *Ich will, dass wir drei wieder zu einander finden.* »Was sagt Mutter dazu?«

Er hörte, wie Gerda ihren Mann aufforderte: »Du musst das regeln, Frank.«

»Renate will natürlich, dass ich bleibe«, antwortete die Stimme am Ende der Leitung – traurig, aber gefasst. »Aber ich schaff es nicht.«

Sein Onkel kam kopfschüttelnd auf ihn zu.

»Ich komm zu euch rüber«, rief Thilo ins Telefon.

»Lass mich mal«, sagte Brauning und streckte die Hand aus. Widerstrebend gab Thilo nach.

Der Rottweiler bellte ins Telefon: »Mach keinen Scheiß, Alter! Jetzt ist wirklich nicht der richtige Zeitpunkt für hormongesteuerte Schnellschüsse. Wo steckst du?« Er nickte Thilo verschwörerisch zu: Ich krieg das schon hin, Junge.

Brauning lauschte in den Hörer, dann sah er auf die Uhr und sagte: »In zehn Minuten bin ich bei dir. Rühr dich nicht weg, Hermann.« Krachend legte er auf.

»Muss mal wieder Feuerwehr spielen. Ihr entschuldigt mich, bitte.« Onkel Frank streifte seinen abgewetzten Mantel über. Thilo sprang auf, doch der Rottweiler hielt ihn zurück. »Du bleibst besser hier und erholst dich. Mach dir keine Sorgen. Die beiden bleiben zusammen. Ist nicht das erste Mal. Ich sag immer: Wenn ich die Beckers und meinen Löffel nicht hätte, müsste ich die Suppe trinken.«

Die Tür schepperte hinter ihm nach und das Rasseln des Dieselmotors entfernte sich in die Nacht.

Gerda bot Thilo eine Schlaftablette an. Er lehnte ab. Als es wieder klingelte, ging Gerda ran. Mit wichtiger Miene winkte sie ihren Neffen ans Telefon.

»Becker«, meldete er sich.

»Oswald hier. Ich hab g'hört, Sie san der Retter. Lassen's mich meinen Dank ausdrücken.«

Thilo war irritiert. Er musste an die Fotos denken, die er von Oswald gesehen hatte. Die Stimme klang, als habe der Medienzar seinen Mundschutz abgenommen. »Die Marita ist mein Ein und Alles. Sie glauben nicht, was ich mir für Sorgen um das Maderl g'macht hab. Im Alter merkt man erst, wie wichtig Kinder san. Passen's auf, Sie Held.« In Oswalds Aussprache klang es wie *Höld*. »Ich möcht Sie gern persönlich kennen lernen. Mein Düsseldorfer Büro ist oben im Stadttor. Morgen um elf?«

Thilos Herz klopfte, sein Hirn ratterte.

»Wos is? San's no dran?«

»Ja, elf Uhr, das geht.«

»Großartig. Wird mir eine Ehre sein. Wir seh'n uns!« Oswald legte auf.

»Und?«, fragte Gerda.

»Er will den Hölden kennen lernen, morgen um ölf«, sagte Thilo und musste kichern, mehr aus Nervosität.

»Du Glücklicher! Du musst mir unbedingt erzählen, was Adi Oswald für ein Mensch ist«, antwortete die Tante mit der ganzen Neugier einer leidenschaftlichen Yellow-Press-Leserin.

Er spürte, dass etwas daran unecht war. Als wollte sie von Thilos Schuld ablenken. Ihn auf andere Gedanken bringen.

Als die Tante in die Küche ging, um sich ein Glas Wein zu holen, griff Thilo nach dem Hörer und wählte Elas Nummer. Es tat ihm Leid, dass er gestern Abend ungeduldig mit ihr gewesen war. Er hatte das Gefühl, dass die kluge Kollegin Antworten auf seine Fragen hatte. Wenn ihn jemand verstand, dann war es Ela.

Beim zwölften Klingeln legte er auf.

Gerda Brauning kam zurück. Thilo täuschte Müdigkeit vor und verzog sich ins Gästezimmer im ersten Stock. Dort rollte er die Bettdecke zusammen, damit man bei flüchtigem Hinsehen glauben konnte, jemand liege darin. Dann öffnete er das Fenster. Das Gitter, an dem Efeu die Mauer hochrankte, war eine knappe Armlänge entfernt. Thilo hangelte sich hinüber, eine Sprosse knackte unter seinem Schuh, die nächste hielt. Er ließ sich auf den Rasen hinab und sah sich um.

Das Nachbargrundstück war nur durch eine niedrige Hecke abgegrenzt. Thilo nahm Anlauf, setzte darüber, rannte weiter, an einer Garage vorbei bis zum Zaun. Irgendwo kläffte ein Köter, Thilo nahm das letzte Hindernis und stand auf der Straße.

Er lief über mehrere Kreuzungen hinweg, bis er in einer der Querstraßen einen Taxistand sah. Ein einsamer Benz stand neben der Rufsäule, das gelbe Schild auf dem Dach brannte. Thilo beschleunigte seinen Lauf.

Er hämmerte gegen das Seitenfenster, bis sich der schlaftrunkene Fahrer zu ihm umdrehte. Thilo stieg hinter ihm ein und sagte atemlos: »Düsseldorf, Eibenstraße. Stadtteil Unterbach.«

Am Beginn der Sackgasse ließ Thilo das Taxi halten. Er erkannte den alten Mercedes seines Onkels vor dem niedrigen Haus der Eltern. Der Fahrer streckte ihm das Wechselgeld entgegen, Thilo winkte ab und stieg aus.

Von der Straße aus war kein Licht zu sehen, die beiden einzigen Fenster auf dieser Seite gingen zur Gästetoilette und zur Garderobe. Das Schloss der Eingangstür war zu laut, als dass Thilo hoffen konnte, unbemerkt ins Haus zu gelangen. Die Mauer war zu hoch, um sie ohne Leiter zu überwinden.

Thilo erinnerte sich an die Pfade seiner Kindheit. Über Nachbargärten und niedrige Holzzäune gelangte er an die große Hecke, die den Maschendraht umwucherte, der rund ums elterliche Grundstück lief. Er wühlte unter den Zweigen und fand das alte Schlupfloch. Es war viel kleiner, als Thilo es in Erinnerung hatte. Er bog die losen Drahtenden auseinander, dennoch schrammten sie seine Schultern, als er sich durch das Loch zwängte, das er selbst vor vielen Jahren in den Zaun geschnitten hatte. Er holte sich schmutzige Knie und einen Kratzer am Kopf, endlich konnte er sich ins Freie zwängen.

Die abschüssige Grasfläche vor ihm war überflutet vom Licht, das durch große Fensterscheiben im Erdgeschoss nach draußen drang. Er vernahm aufgeregte Stimmen und sah die Silhouetten zweier Männer hinter der Gardine.

Thilo verfluchte das helle, ausgewaschene Jeansblau der Jacke, die er trug – es reflektierte zu viel Licht. Er musste versuchen, sich von der anderen Seite dem Fenster zu nähern, um nicht entdeckt zu werden und dennoch etwas von dem Streit zu verstehen, der drüben im Wohnzimmer geführt wurde. Er kroch an der Hecke entlang zum unteren Ende des Gartens, huschte zur anderen Seite und robbte zurück, den Hang hinauf bis vor das Haus. Auf dieser Seite des Panoramafensters stand ein alter Sessel, dessen Lehne hoch genug war, um ihn zu verdecken, wenn er von draußen sein Ohr gegen die Scheibe presste. Er tat es – nicht zum ersten Mal.

»... wenigstens so lange, bis ich die Sache abgeschlossen habe«, hörte Thilo seinen Onkel bellen.

Die Stimme seines Vaters war genauso traurig und gefasst wie vor einer guten halben Stunde am Telefon: »Du machst dir keinen Begriff, wie schwer das ist. Ich hätte mich schon damals von ihr trennen sollen. Das war mein eigentlicher Fehler.«

»Damals ging das genauso wenig. Das weißt du genau. Du musst durchhalten. Denk an die Firma. Denk an deinen Sohn.«

Die Scheibe war eiskalt und die kauernde Stellung ließ Thilos Knie schmerzen. Er erinnerte sich an eine Nacht vor vielen Jahren, als er schon einmal hier gelauscht hatte. Damals waren es die Frauen gewesen, die bei einem Gespräch zusammensaßen, das nach Krise klang. *Denk an Thilo und die Firma,* hatte Tante Gerda gesagt.

Thilo war erregt wie der junge Lauscher von damals, als er jetzt hörte, wie sein Vater antwortete: »Ich kann auch ohne die Firma leben. Ich kann auch mit fünfzig noch was reißen. Zwischen Renate und mir ist kein Funken Gefühl. Seit damals nicht mehr. Seit elf Jahren Eiszeit. Stell dir das mal vor.«

»Verdammt noch mal, Hermann! Die Firma ist unsere Existenz und die Garantie für den Lebensabend, den wir uns immer gewünscht haben. Du kannst das jetzt nicht hinwerfen. Das lasse ich nicht zu!«

Der letzte Satz des Rottweilers klang fast wie eine Drohung. Thilo bedauerte, nicht die Gesichter sehen zu können.

Hermann Becker antwortete resignierend: »Ich wollte ein neues Leben anfangen. Eine neue Familie.«

Thilo erkannte: Sein Vater hatte eine andere. Es war ihm ernst. Richtige Liebe.

Brauning schien davon nichts zu halten. »Gequirlte Scheiße. Wieder eine Kuh, die dir mit ihrer Muschi das Hirn frittiert hat!«

»Red nicht so über sie.«

»Komm, komm. Du und deine Eier. Ihr habt eine gehörige Portion Mitschuld an allem.«

Drinnen klapperte etwas, eine Schranktür, Gläser, Schritte. Thilo musste wieder an die Nacht denken, als er die Frauen belauscht hatte. Renate Becker war voller Trotz gewesen: *Es ist alles nur Hermanns Schuld.* Thilo wurde klar, wann das gewesen war: am Vorabend der Beerdigung von Christa Zimmermann.

Thilo hielt es nicht mehr aus auf den harten Terrassenfliesen vor dem großen Fenster. Er verlagerte das Gewicht, um wenigstens ein Knie zu entlasten. Unter seinem Fuß knirschte ein Steinchen, Thilo wich aus und machte es noch schlimmer: Das Holster pochte leicht gegen die Scheibe. Sofort rollte er sich weg und tauchte unter die Sträucher zu seiner Linken.

Ein Flügel des Fensters glitt zur Seite und sein Vater steckte die Nase in die Winternacht. Sein Atem bildete Dampfwolken. Er sah sich um. »Nichts«, sagte er nach drinnen. »Die Nachbarskatze.« Das Fenster glitt wieder zu.

Mit pochendem Herzen lag Thilo im kalten Gras. Er versuchte, sich einen Reim darauf zu machen, was er belauscht hatte. *Fehler, Firma, Familie, Schuld*. Die Verbindungen, die seine Vorstellungskraft aus diesen Worten zog, ließen ihn schaudern.

Als gebe es einen Zusammenhang zwischen dem Kannibalen und dem Zwist seiner Eltern.

Es drängte Thilo, die ganze Wahrheit zu erfahren. Zentimeter für Zentimeter rutschte er zurück auf die Terrasse, dem Fenster entgegen. Jedes noch so kleine Steinchen, das im Weg lag, sammelte er auf. Er nahm wieder die Lauschposition ein, die Hüfte mit dem Holster der Scheibe abgewandt, das Ohr vorsichtig ans kalte Glas gelegt.

Sein Vater sprach leise, Thilo konnte nichts verstehen.

»Er ist der Einzige, der uns alles kaputtmachen kann«, antwortete Brauning. Wahrscheinlich saß jetzt er im Sessel, der unmittelbar vor der Scheibe stand. »Wenn er singt, ist alles aus. Aber ich krieg ihn. Ich regel das. Vertrau dem alten Rottweiler.«

Wieder sprach sein Vater. Thilo presste sich vergeblich gegen die Scheibe. Dann rief Hermann Becker erstaunt: »Renate!«

Über das Parkett schlurften Pantoffelschritte. Für Sekunden war nur Schweigen. Thilo glaubte, das Unbehagen der drei Menschen auf der anderen Seite des Panoramafensters zu spüren.

»Ich dachte, du hast ihr was gegeben«, hörte er seinen Onkel schließlich sagen.

»Ich nehm das Tablettenzeug nicht.« Die Stimme seiner Mutter, klar und entschlossen.

Wieder hätte sich Thilo am liebsten aufgerichtet, um über den Sessel hinweg nach den Gesichtern zu spähen. Die Erinnerung an die Nacht vor elf Jahren ließ ihn nicht los. Er kam sich vor, als sei er noch einmal sechzehn.

»Glaubt ihr, ich könnte schlafen, wenn ihr hier unten zusammenhockt?«, fragte Renate Becker jetzt. »Ich weiß doch, was ihr denkt. Aber es stimmt nicht. Hermann, du musst mir endlich glauben.«

»Sicher«, sagte ihr Mann und trotz der Scheibe glaubte Thilo den unverhohlenen Sarkasmus hören zu können.

»Und? Was habt ihr ausgeheckt?«, fragte sie schneidend.

Der Sessel drückte polternd gegen das Fenster, Braunings Stimme war ganz nah: »Ich hab Hermann klargemacht, dass ihr jetzt zusammenhalten müsst. Wenn die eine Geschichte ans Tageslicht kommt, dann fliegt auch alles andere auf. Das kann niemand wollen.«

»Da bin ich mir nicht sicher«, sagte Mutter.

»Siehst du, Frank. Das meinte ich, als ich von Gefühlskälte sprach.«

»Mensch, vertragt euch endlich.«

Thilos Herz pochte, als wollte es den Brustkorb sprengen. *Was würde auffliegen? Welche Geschichte könnte ans Tageslicht kommen?*

»Meine Kandidatur ist übrigens beschlossene Sache«, sagte Mutter mit schrillem Ton. »Da kann ich einen Skandal nicht gebrauchen.«

»Skandal«, erregte sich Vater. »Du hast jeden Bezug zur Wirklichkeit verloren. Als ginge es hier um irgendeine Affäre.«

»Da muss ich Hermann verdammt noch mal Recht geben, Renate. Es geht um die Existenz der Firma und die der gesamten Familie. Ich werde nicht zusehen, wie ihr alles aufs Spiel setzt. Das bin ich euch und Gerda schuldig.«

»Und dir«, hörte Thilo seine Mutter giften.

»Jawohl, auch mir. Also rauft euch zusammen. Tut wenigstens so!«

Noch einmal rumpelte der Sessel gegen die Scheibe, Brauning schien aufzustehen. Thilo hörte Abschiedsworte, die Stimmen entfernten sich.

Das Licht erlosch. Terrasse und Garten versanken im Dunkeln.

Der junge Kommissar trat den Rückzug an.

Eine neue, beklemmende Angst griff nach ihm.

50.

Für einen Montag zwischen Weihnachten und Silvester war das *Notorious* äußerst schlecht besucht. Ein Pärchen nippte Gin-Tonics, eine Gruppe Vertreter erholte sich von einer Schulungsveranstaltung. Ein einsamer Zecher döste auf dem Barhocker, sein Kopf ruhte auf dem Tresen. Aus den Lautsprechern weinte Billie Holiday einem verflossenen Liebhaber hinterher, obwohl er sie nach Strich und Faden ausgenutzt hatte.

Schranz saß im hintersten Eck und winkte eifrig. Ben hatte ihn längst entdeckt. Er setzte sich zu ihm und bestellte bei der langmähnigen Bedienung im hautengen Cat-Suit sein übliches Mineralwasser. Wenn Jazzmusik und sexy aufgemachte Kellnerinnen nicht mehr zogen, würde der Besitzer bald eine Pizzeria aus dem Laden machen, wie es schon zu viele in der Altstadt gab.

»Hier hat also alles begonnen«, sagte Schranz.

»Stimmt. Neun Tage ist es schon her. Hier hat der Werbefritze seine hübsche Britta verlassen.« Ben sah die zerschundene Leiche vor sich, wie sie neben der Fabrikmauer gelegen hatte. Die steifen Arme, als er sie auf den Rücken drehte. Die Bauchdecke, die auseinander klaffte. Er dachte an Sonja und musste schlucken.

»Bist du öfters hier?«, fragte Schranz.

»Wenn mir zu Hause die Decke auf den Kopf fällt. Ich wohn um die Ecke.«

»Tut mir Leid wegen deiner Freundin. Scheiße, ich bin nicht gut in Beileidsbekundungen.«

»Am schlimmsten ist, dass der Kannibale noch frei rumläuft und ich nicht mehr ermitteln soll. Was unternimmt Brauning?«

»Er schimpft auf Sonntag, weil der schuld dran sei, dass Winter entwischt ist.«

»Da hat der Rottweiler recht.«

»Als er hörte, dass wir die Fälle Neumeier und Zimmermann noch einmal aufrollen, meinte er, das wäre Zeitverschwendung. Für ihn sind die alten Fälle abgehakt. Ich glaube, der könnte sich niemals eingestehen, dass ein Psychopath, der ihm durch die Lappen ging, weitermordet. Er hält auch nichts von der These, dass Sonja Thiele von einem anderen getötet wurde als Britta Landwehr. Rosenbaum soll die These aufgebracht haben.«

»Und was meinst du?«

»Ich war nicht am Tatort. Ich kenn nur die Fotos und den Bericht. Jedenfalls macht Brauning einen recht aufgeregten Eindruck. Den ganzen Nachmittag war er wegen seines Neffen unterwegs.«

»Wie reagieren die anderen?«

»Dass Gerres dem Rottweiler in den Arsch kriecht, kannst du dir denken.«

»Wahrscheinlich zieht er über mich her und glaubt, auf die Art Punkte zu sammeln.«

»Das ist so durchsichtig, dass keiner darauf reinfällt, nicht einmal Sonntag, mit dem du es gründlich verschissen hast. Unser Küken, Ela Bach, kann ich nicht einschätzen.«

»Die ist in Ordnung.«

»Und Biesinger, naja, du kennst ihn. Ihm geht die Muffe. Er weiß nicht, auf wessen Seite er sich schlagen soll. Die Zeugen im Fall Neumeier musste ich jedenfalls alleine abklappern.«

»Danke.«

»Langsam, Alter. Glaub bloß nicht, daß ich's aus Liebe zu dir tu.«

»Was hast du rausgekriegt?«

Plötzlich wurden die Vertreter laut. Der Typ, der am Tresen eingeschlafen war, war vom Hocker gefallen. Der Barmann schob den Zecher unter schadenfrohem Gelächter nach draußen.

Schranz antwortete: »Der Schulfreund, dem die Neumeier von dem Spanner erzählt hatte, ist weggezogen. Und die Nachbarin, von der der Hinweis auf den Wohnungseinbruch stammt, lebt nicht mehr. Aber den Kollegen aus dem Supermarkt, Kurt Faßkemper, hab ich ausfindig gemacht.«

»Und?«

»Seine Frau ist auch nach elf Jahren noch eifersüchtig auf Helga Neumeier. Ich musste mit dem Typen einen Spaziergang machen. Er bestätigte die Spannergeschichte. Er sagte, er hätte der Neumeier vorgeschlagen, das Stadtviertel zu wechseln. Faßkemper sagt auch, dass er den Jungen selbst mehrfach gesehen hat, wie er sich im Laden rumdrückte und höchstens mal einen Kaugummi kaufte. Wenn Helga an der Kasse saß.«

»Ein Junge? Wie beschreibt ihn Faßkemper?«

»Er war damals etwa achtzehn Jahre alt, schlank und groß gewachsen. Rate mal, welche Haarfarbe.«

»Rötlich.«

»Genau. Die perverse Karotte.«

»Bingo«, sagte Ben. »Die Metzgerei. Laut einem Schulfreund hat die Neumeier den Jungen mit einem Metzgerladen in Verbindung gebracht.«

»Ich kann's nicht fassen, dass diese Spur niemals ernsthaft verfolgt wurde.«

Manchmal brauchte man Abstand, um die Wichtigkeit einer Spur einschätzen zu können, dachte Ben. »Wir müssen die Metzgereien abklappern. Wir haben ein gutes Phantombild des Rothaarigen, wie er heute aussieht. Er kann sich nicht großartig verändert haben. Er ist weder dick geworden, noch hat er sich einen Bart zugelegt.«

»Ich hab mir die Kriminalakten aus den Jahren 1984 bis '86 noch einmal angesehen.«

»Hab ich auch schon gecheckt. War nichts.«

»Du hast nach Sexualdelikten gesucht. Ich hab mir eine andere Rubrik vorgeknöpft. Tierquälerei und Brandstiftung. Die Psychologin sagte, der Täter könnte in seiner Jugend ...«

»Und?«

»Falls der Rothaarige tatsächlich in der Nähe der Neumeier aufwuchs, dann ...«

»Ja, sag schon!«

»Ich hab zwei Anzeigen von Leuten, deren Hunde tot in der Mülltonne gefunden wurden. Aufgeschlitzt und ausgeweidet. Mai 1985, beide Adressen Karolinger Straße.«

»Bingo. In der Parallelstraße wohnte Helga Neumeier bei ihren Eltern.«

»Ich könnte gleich morgen früh ...«

»Abgemacht. Ich komme mit.«

Neue Gäste betraten das *Notorious*. Ben erkannte den Leiter des Sportamts, für den er das österliche Street-Soccer-Turnier organisieren sollte. Er drehte sich zur Seite – keine Lust auf Diskussionen über die Zukunft von *Sport gegen Gewalt e.V*.

Sein Blick fiel aus dem Fenster. Draußen ging Alex Vogel vorbei, zwei Kolleginnen im Schlepptau. Sie blieben vor der Tür des Lokals stehen, beratschlagten sich kurz und kamen herein.

Ben schirmte sein Gesicht mit der Rechten ab. »Scheiße, der *Blitz*. Hab keine Lust mit der Presse über Sonjas Tod zu reden.«

»Verstehe.«

»Siehst du den Reporter?«

»Er bestellt was. Jetzt verschwindet er auf die Toilette.«

Ben nutzte die Gelegenheit und verabschiedete sich. Auf dem Heimweg überkam ihn eine grenzenlose Wut auf den rothaarigen Frauenmörder, und Ben fragte sich vergeblich, was Sonja mit den anderen Toten gemeinsam hatte, als sie noch lebte.

Teil III

Familienbande

»Doch der schrecklichste der Schrecken ist der Mensch in seinem Wahn.«

Friedrich Schiller

»Die Liebe brennt wie ein Feuer in mir, und der Rest der Welt wird schwarz.«

Die Toten Hosen

51.

In einem alten Bademantel seines Onkels stieg Thilo Becker die Treppe hinunter, ein blaurot gestreiftes Fossil aus der Zeit, als der Rottweiler noch schlank gewesen war. Thilo hatte es nicht fertig gebracht, seinen Pulli anzuziehen – kleine Blutspritzer sprenkelten die Vorderseite. Wenn er nicht hier draußen in Hilden übernachtet hätte, wäre er erst gar nicht aufgestanden.

In der Küche roch es nach Kaffee, das Transistorradio auf der Anrichte spielte Klassik. Tante Gerda saß am Küchentisch und studierte Aktienkurse im *Handelsblatt*. Sie hob kurz die Nase aus der Zeitung und grüßte freundlich. Dann suchte sie weiter nach der Notierung eines Investmentfonds, dem sie Erspartes anvertraut hatte.

Zwei frische Gedecke warteten auf Thilo und seinen Onkel – Frühstückseier, Orangensaft. Daneben lag der *Blitz* von heute, Dienstag, der 30. Dezember. Thilo griff zu.

DÜSSELDORF: KUNSTHÄNDLERIN IN IHRER GALERIE ERMORDET! WAR ES ERNEUT DER KANNIBALE?

Die Tötung der beiden Kasachen war dem Blatt von zweitrangiger Bedeutung, die Überschrift dazu stand weiter unten, neben dem obligatorischen Nacktfoto, aber kaum weniger auffällig – Thilo hatte es leider nicht bloß geträumt:

BEHERZTER POLIZEIEINSATZ: MARITA OSWALD BEFREIT! ENTFÜHRER ÜBERLEBTEN SCHUSSWECHSEL NICHT

So konnte man es auch ausdrücken. Er bewunderte die Phantasie der Reporter – oder die des Polizeisprechers, der es den Zeitungsleuten so verkauft hatte.

Mechanisch schmierte Thilo ein Brötchen. Frank Brauning betrat die Küche – mit seinem Schulterholster über dem weißen Hemd wirkte er wie ein bodenständiger Cop aus einer amerikanischen Fernsehserie.

»Stell dir vor, Frank, Oswald will ihn sehen«, sagte Gerda.

Der Onkel brummte und ließ sich geräuschvoll am Tisch nieder. »Mensch, Junge«, sagte er. »Du siehst ja aus wie hingeschissen. Hast du nicht gut geschlafen?«

»Doch«, log Thilo. »Wie geht's meinen Eltern?«

»Die kriegen sich wieder ein. Du kennst sie ja.« Brauning wandte sich an seine Frau. »Erst mal werden sie die Wahlen abwarten.« Der Rottweiler köpfte ein Frühstücksei, das Gelbe floss die Schale hinunter, Brauning schlürfte es auf.

Thilo fror. Er kaute lustlos. Irgendwie hatte er heute kein Geschmacksempfinden. Thilo erklärte, dass er nach Hause müsse, um frische Klamotten anzuziehen.

Er brauchte Abstand. Vom Job und von der Familie, auch von Gerda und Frank. Doch sein Onkel ließ es sich nicht nehmen, ihn in die Stadt zu fahren.

Der alte Diesel schnurrte durch den grauen Morgen. Brauning versuchte die ganze Fahrt über, seinem Neffen einzuschärfen, wie er sich bei den Vernehmungen zu verhalten habe, die ihm bevorstünden. Nur pro forma würden sich die internen Schnüffler auf Thilo stürzen, und Benedikt Engel sei von ZKB-Chef Sonntag nur deshalb an der Untersuchung beteiligt worden, um ihm eine Beschäftigung zu geben, nachdem er aus der Kannibalengeschichte hinausgekickt worden war.

»Du hast dich doch bei Ben für deine Entgleisung entschuldigt, vorgestern in der Tankstelle?«, fragte sein Onkel.

»Ja, ja«, log Thilo. Vorgestern – wie lang war das her.

Schon wieder eine Frauenleiche. *Kunsthändlerin in ihrer Galerie ermordet.* Was hatte sein Onkel erzählt? Eine Bekannte des Langen.

Thilo schwieg, bis Frank Brauning ihn vor seiner Wohnung absetzte.

Die Beklemmung blieb, als der alte Mercedes davonrasselte und Thilo die Treppe hinaufstieg.

Als Erstes wählte er Elas Privatnummer.

»Ja«, meldete sich die Kollegin nach dem zweiten Klingeln. Es klang misstrauisch, fast aggressiv.

Thilo war froh, dass er sie erwischt hatte, bevor sie zum Dienst fuhr. »Ich bin's, Thilo.«

»Hallo.« Sie war reserviert – er hatte sich am Sonntagabend zu plötzlich von ihr getrennt.

»Ich wollte nur deine Stimme hören.«

»Verstehe.«

Thilo wurde klar, dass Ela Bescheid wusste und deshalb so kurz angebunden war.

»Wie geht's?«, fragte sie.

»Ich versuch, nicht groß drüber nachzudenken.«

»Das ist dein Weg, mit den Dingen umzugehen, stimmt's?«

»Ich wünschte, du wärst jetzt bei mir«, antwortete er und überlegte, wie weit das der Wahrheit entsprach.

»Darf ich dich was fragen?«

»Bitte«, sagte Thilo. »Aber nichts Tiefschürfendes. Danach ist mir im Moment nicht.«

»Siehst du? Genau das ist es. Du bist so glatt.«

»Findest du wirklich?«

»Ja. Ich komm da nicht immer mit.«

»Und was wolltest du fragen?«

»Vergiss es.«

»Nein, ich werd mir wirklich Mühe geben. Versprochen.«

Sie zögerte einen Moment, dann fragte sie: »Wem wolltest du etwas beweisen, als du die zwei Junkies abgeknallt hast?«

»Ich dachte, du würdest nicht zu denen gehören, die mich fertig machen wollen.« Er bereute es, Ela angerufen zu haben.

»Keiner hat vor, dich fertig zu machen.«

»Ich könnte dir alles erklären«, antwortete er und wettete, dass es dazu nicht mehr kommen würde.

»Marita Oswald ist übrigens gar nicht entführt worden.«

Für eine Sekunde war Thilo verwirrt. »Wer sagt das?«

»Der Hausmeister.«

»Nitz? Der Typ, der das Kettchen hat?«

»Wusstest du, dass die Kleine freiwillig bei Lukas und Waldemar war?«

Sie nennt die Kasachen beim Vornamen, um mir wehzutun, schoss es Thilo durch den Kopf.

Ela sagte: »Es wird in keinem Protokoll stehen, keine Angst. Kein Grund, sich allzu viele Gedanken zu machen.«

Thilo legte auf und fühlte sich wie ein Seiltänzer, dem man während der Vorstellung das Auffangnetz abmontierte.

52.

Von alten Kastanien gesäumt, trennte die Düssel die beiden Fahrtrichtungen der Straße. Im Sommer sicher ein schönes Stück Bilk, doch jetzt standen die Bäume kahl und traurig und es begann zu regnen. Benedikt Engel trabte zum Hauseingang Nummer fünfzehn und wartete unter dem Vordach auf Schranz, der erst noch mit seinem Schirm kämpfte, bevor er hinterhertappte.

»Wie war der Name?«, fragte Ben.

»Noethe. Claudia Noethe.«

Die Haustür war unverschlossen. Auf dem Weg nach oben erklärte Schranz: »Fand ihren Köter in einer der Mülltonnen im Gemeinschaftskeller des Hauses. Im Mai 1985, also gut zwei Jahre vor dem Mord an der Neumeier. Der Hund war übel massakriert, die Kollegen hatten zu viel um die Ohren, keiner kümmerte sich richtig um die Sache. Als man drei Wochen später in der Nachbarschaft ein ähnlich zugerichtetes Tier fand, war klar, dass der Täter nicht notwendigerweise in diesem Haus wohnte. Keine weiteren Fälle, also wurde die Geschichte eingestellt.«

»Jugendsünden des Kannibalen. Da gibt's sicher noch mehr, was nicht angezeigt wurde.«

Ben drückte die Klingel im zweiten Stock.

Claudia Noethe öffnete nur einen Spalt weit. »Ich gebe nichts und ich brauche keine Zeitschriften«, sagte sie mit rauer Stimme.

»Polizei.«

Sie musterte Bens Dienstausweis und zog die Tür auf. Die Frau war groß und kräftig, ihr Gesicht ließ verflossene Schönheit ahnen. Etwa fünfzig Jahre alt, leicht aufgeschwemmte Züge. Der Likör schmeckt ihr zu gut, schätzte Ben.

Er steckte den Lappen weg. »Wir haben nur ein paar Fragen, Frau Noethe.«

Das Wohnzimmer ließ Ben den Atem anhalten. Auf den Sesseln und dem Sofa, auf der Kommode, sogar auf dem Fernsehgerät: überall thronten Puppen. Billige Kopien von Käthe-Kruse-Geschöpfen, Kindsköpfe mit großen Kulleraugen und in romantischen Kleidchen. Stofftiere füllten die Regale, wo andere Leute Bücher hatten. Die Wände waren beherrscht von Postern und Kalenderbildern: Katzen, Hunde, Pferde.

Auf dem Tisch lag der *Blitz* – noch hatte sich die Frau nicht völlig in ihre Kitschwelt geflüchtet.

Frau Noethe wies auf die Sessel, ohne die Puppen beiseite zu räumen. »Sie wünschen?«

Ben setzte sich auf den Rand, um Rüschen und Minischühchen nicht zu zerdrücken. Schranz blieb stehen. Er antwortete an Bens Stelle: »Sie erinnern sich an Ihren Hund, der vor dreizehn Jahren umgebracht wurde? Sie haben damals Anzeige erstattet.«

»Soraya. Ein Weibchen. Ein Pudelweibchen.«

»Haben Sie je erfahren, wer der Täter war?«

»Nein. Ihre Kollegen haben es nicht herausbekommen.«

»Hatten *Sie* einen Verdacht?«

»Nein. Wieso fragen Sie?«

»Weil es ...«

Ben unterbrach ihn: »Weil es kürzlich einen ähnlichen Fall gegeben hat.«

Frau Noethe strich die Spitzendecke auf dem Couchtisch glatt. Tränen brachen aus ihren Augen. »Seit damals hab ich mir kein neues Tier zugelegt. Ich hatte immer Pudel um mich rum. Früher. Immer. Sie sind so treu, so gehorsam, so ...« Sie schnäuzte sich.

Ben konnte Schranz ansehen, dass er am liebsten wieder gehen würde.

»Dann tötet dieser Kerl meine Soraya. Ich hab mich nie wieder getraut, ein Tier zu halten. Ich musste immer an Soraya denken.«

»Danke«, sagte Schranz. »Ich meine, das tut uns schrecklich Leid.«

»Dieser Kerl, sagten Sie. Meinen Sie jemanden aus der Nachbarschaft?«, fragte Ben.

»Ich weiß es nicht.«

»Gab es ähnliche Vorfälle in dieser Gegend?«

»Weiß nicht mehr. Schon lange her.«

Nicht lange genug, um nicht immer noch darunter zu leiden, dachte Ben.

»Da *war* ein ähnlicher Fall«, versuchte Schranz, sie zu erinnern. »Die Heinemanns. Ein paar Häuser weiter.«

»Ach ja. Ich kenne die Leute nicht, aber ich habe davon gehört.«

Ben versuchte einen letzten Anlauf: »Lebte in dieser Zeit ein auffälliger Jugendlicher in der Gegend, etwa sechzehn Jahre alt? Versuchen Sie bitte, sich zu erinnern. Ein wilder Bursche, der üble Streiche spielte? Den vielleicht die Nachbarn verdächtigten, die Hunde getötet zu haben?«

Schranz studierte das Poster eines Schimmels, der auf einem Strand in den Sonnenuntergang galoppierte. Dann sah er Ben an und hob die Augenbrauen: Lass die Frau in Ruhe.

»Denken Sie bitte nach«, drängte der Hauptkommissar noch einmal. »Ein rothaariger Junge.«

Claudia Noethe schüttelte den Kopf und schnäuzte sich wieder.

Fünf Häuser weiter: Vor der Wohnungstür der Heinemanns trafen die Ermittler einen Rentner, der eine Tüte mit frischen Brötchen unter den Arm klemmte und in den Hosentaschen nach seinem Schlüssel suchte. Ben und Schranz stellten sich ihm vor.

»Sie kommen grad richtig zum Kaffee«, sagte der Mann und hielt ihnen die Tür auf. »Maria«, rief er in den Flur. »Gäste!«

Die Küche roch frisch tapeziert, alte Möbel kontrastierten mit einer Designerlampe – vielleicht ein Geschenk der Kinder. Frau Heinemann war ganz aus dem Häuschen wegen des unerwarteten Besuchs.

Die Beamten hatten Mühe abzuwehren, dass die beiden Alten ihr Frühstück mit ihnen teilten. »Wir haben nur ein paar Fragen«, sagte Ben und goss reichlich Milch in den Kaffee, den Maria Heinemann ihm aufgedrängt hatte – sicher würde sein Magen rebellieren.

»Es geht um Mäxi«, informierte Martin Heinemann seine Frau.

»Nach dreizehn Jahren?«, wunderte sie sich. »Ich dachte, das war nur Sachbeschädigung.«

»Maria war damals sehr böse auf Ihre Kollegen«, erklärte ihr Mann.

»Du nicht?« In ihrer Stimme war etwas Biestiges. »Die Polizei hat nicht den Eindruck erweckt, dass ihr der Mord an Mäxi wichtig sei.«

»Jetzt *ist* er uns wichtig«, versicherte Ben.

»Hat der Täter wieder zugeschlagen?«

»Ja.« So konnte man das nennen, dachte Ben. »Hatten Sie damals einen Verdacht?«

»Nein«, sagte Herr Heinemann.

»Doch«, widersprach seine Frau. »Du hast ihn sehr wohl verdächtigt.«

»Es war nur so ein Gefühl.«

Der Hauptkommissar beschloss, dass es Zeit war einzuschreiten. »*Wen* haben Sie verdächtigt?«

Maria Heinemann antwortete: »Da gab es diesen Taugenichts ein paar Häuser weiter. Der war ...«

»Verhaltensgestört«, kam ihr Mann zu Hilfe.

»Schon als er klein war, als seine Mutter hierherzog, wollte kein Kind mit ihm spielen. Unsere Daniela hat sich vor ihm gefürchtet, obwohl sie drei Jahre älter war. Ich sag immer, Kinder von allein erziehenden Müttern. Der Bursche ließ sich von niemandem etwas sagen.«

»Erinnern Sie sich an seine Haarfarbe?«

»Feuerrot. Einmal hat er ein Kind verprügelt, das ihn deshalb geneckt hat.«

»Im Grunde wahrscheinlich ein armer Kerl«, erläuterte Heinemann.

Ben erinnerte sich, dass er auch nicht gerade ein Musterknabe gewesen war. »Haben Sie den Beamten damals von Ihrem Verdacht erzählt?«

»Nein«, sagte Heinemann. »Man schwärzt einen doch nicht auf ein bloßes Gefühl hin an.«

»Gab es noch andere Vorfälle in der Nachbarschaft, außer den beiden toten Hunden?«

»Ja«, sagte Frau Heinemann. »Es sind immer wieder Haustiere verschwunden, weißt du noch, Martin?«

»Die können auch entlaufen gewesen sein.«

»Und die toten Kanarienvögel, die eines Tages vor der Haustür lagen, erinnerst du dich nicht?«

»Wie hieß der Bursche?«, fragte Schranz.

»Seinen Namen weiß ich nicht«, sagte Maria Heinemann. »Du, Martin?«

»Dass er es war, kann man nicht mit Sicherheit behaupten. Ich will ja niemanden belasten, gegen den ich keine Beweise habe.«

»Damals hast du anders über ihn gesprochen«, erinnerte sich Frau Heinemann. »Als er die Schlachterlehre anfing, sagtest du, jetzt braucht er seine Aggressionen nicht mehr an Hunden und Katzen auszulassen.«

»Schlachterlehre?«, fragte Ben.

»Ja. Jeden Tag stand der Bursche im Laden. Fast ein Jahr lang. Wär die Wurst nicht so gut gewesen, wären wir nicht mehr hingegangen.«

Der junge Knilch aus dem Metzgerladen.

»Wie heißt die Metzgerei?«

»Ach, die gibt's schon lang nicht mehr«, antwortete Frau Heinemann. »Martin, weißt du noch, wie der Besitzer hieß? Unten an der Aachener Straße, neben dem Sanitätshaus.«

»Nein. Tut mir Leid. Außerdem können wir wirklich nicht sagen, ob das der Junge gewesen ist«, wiederholte ihr Mann.

Mehr war von dem Rentnerpaar nicht zu erfahren.

Die Sonne brach durch die Wolken. Aprilwetter im Januar.

»Die Metzgerei kriegen wir raus«, sagte Schranz.

»Hast du die Adresse der Neumeier-Eltern?«, fragte Ben.

Schranz nickte und blätterte in seinem Kalender.

Das Haus in der Suitbertusstraße ähnelte denen, die sie in der Karolinger aufgesucht hatten. Schmuckloser Altbau mit hohen Decken und grauen Steintreppen. Auf dem Weg in die dritte Etage mussten sie einer dicken Mittfünfzigerin Platz machen, die schwer keuchend zwei große Koffer nach unten schleppte. Sie hörten ihr Poltern noch, als sie klingelten und vergeblich warteten, dass jemand öffnete.

Ben versuchte es ein zweites und ein drittes Mal.

»Satz mit x – war wohl nix«, reimte Schranz.

Die Tür gegenüber ging auf. Die Nachbarin steckte ihren Kopf in den Hausflur. »Wollen Sie zu Frau Neumeier? Die ist gerade abgereist. Seit ihr Mann verstorben ist, überwintert sie jedes Jahr ...«

Ben jagte die Stufen hinab, Schranz schaltete fast genauso schnell.

Vor der Haustür lud ein Taxifahrer die Koffer der Dicken in seinen Benz. Sie wollte gerade einsteigen.

»Kriminalpolizei«, sagte Ben. »Frau Neumeier? Wir haben ein paar Fragen an Sie, bevor Sie abfahren.«

»Aber mein Flieger geht in einer knappen Stunde. Ich bin spät dran.«

»Wir bringen Sie hin.« Er wandte sich um. »Schranz, gib dem Fahrer mal zehn Mark.«

Der Verkehr staute sich, Schranz heftete das Blaulicht aufs Dach und passierte die Schlange. Gunda Neumeier keuchte vor Aufregung.

»Sehen Sie«, sagte Ben, der neben der Dicken auf der Rückbank Platz genommen hatte. »Das geht schneller als mit dem Taxi. Sie werden die Maschine auf jeden Fall bekommen.«

»Ich hab in der Zeitung gelesen, dass Helgas Mörder wieder jemanden umgebracht haben soll. Dafür, dass Sie das Schwein finden, würde ich auf jeden Urlaub meines Lebens verzichten.«

»Nicht nötig. Ich weiß, dass Helga beunruhigt war, wegen eines jungen Mannes, der sie verfolgte. Wir glauben, dass es ihr Mörder gewesen sein könnte.«

»Ja, nach dem Burschen bin ich schon damals befragt worden, aber da muss ich passen. Mir hat Helga nie etwas Derartiges erzählt. Wahrscheinlich hatte sie Angst, dass wir sie bedrängen würden, zu uns zurückzukehren. Mein Mann und ich waren nämlich dagegen gewesen, dass sie von zu Hause auszog.«

»Erinnern Sie sich an einen Jungen mit rotem Haar, der in Ihrer Gegend lebte? Er arbeitete in einem Metzgerladen an der Aachener Straße, den es heute nicht mehr gibt.«

An der Abzweigung zum Kennedydamm sprang die Ampel auf Rot. Schranz setzte das Blaulicht wieder in Gang und fuhr weiter, im Dauerton hupend.

»Ich weiß, welchen Laden Sie meinen. Aber ich habe immer in dem Supermarkt eingekauft, in dem Helga ihre Lehre machte.«

»Der Junge, von dem ich spreche, soll etwa zwei Jahre

vor dem Mord an Ihrer Tochter als Tierquäler aufgefallen sein.«

»Im Haus meiner Freundin gab es einen Kerl, über den man sich solche Sachen erzählte. Ein schwieriger Bursche, der nicht mit den Bekanntschaften seiner Mutter zurechtkam, sagte meine Freundin immer. Meinen Sie den?«

»Kann sein.«

Gunda Neumeier schüttelte nachdenklich den Kopf. »Aber ich kann nicht glauben, dass jemand seinen eigenen Pudel umbringt.«

»Den *eigenen*?«, fragte Ben.

Wieder prasselte Regen auf die Scheibe. Es wurde dunkel, fast als breche die Nacht an.

»Mist!«, rief Schranz. »Ich hab meinen Schirm bei der Noethe liegen lassen.«

»Dort müssen wir sowieso noch einmal hin«, beruhigte ihn Ben. Der Hauptkommissar wandte sich an die Dicke neben ihm. »Sie meinen also den Sohn von Claudia Noethe? Was wissen Sie über ihn?«

»Ein ungewaschener Kerl, der nie die Tageszeit sagte, wenn man ihm begegnete. Meine Freundin hat mir einiges über seine Mutter erzählt. War fast so was wie eine Berühmtheit im Haus. Reich geheiratet, merkt, dass sie nicht in die Welt des Mannes passt, versucht, ihn durch ein Kind zu binden, und dann kommt trotzdem die Scheidung. Angeblich hat sie ihr Geschiedener völlig im Stich gelassen. Nichts war's mit den Millionen. Die Zeitungen haben damals viel darüber geschrieben. Ich kenn die Noethe ja nur vom Sehen. Mit den Männern hatte sie kein Glück, obwohl sie sich angeblich reichlich Mühe gab. Sie hat getrunken, sagt man. Ach ja, und eine Zeit lang hat sie in einer Kneipe gearbeitet, die es jetzt auch nicht mehr gibt. Der Junge ist ihr völlig entglitten. Sie hat es mit Strenge versucht, aber wahrscheinlich fehlte dem Jungen der Vater. Als Oswald ihn endlich zu sich holte, haben alle im Haus aufgeatmet.«

»Oswald? Sagten Sie Oswald?«, fragte Ben.

»Ja. Die *Neue Post* hat einmal eine ganze Serie gebracht über die Verflossenen des Playboys Adi Oswald. Was aus ihnen geworden ist und so. Ex-Stewardess Claudia Noethe hieß es da. Sie hatten sie in dieser Kneipe fotografiert. Ihr Junge stand neben ihr mit seinem Trotzkopf und seinen feuerroten Locken. Glauben Sie denn, *der* hat meine Helga auf dem Gewissen?«

53.

Die Bauherren hatten es Stadttor getauft und seine Einweihung im vergangenen Frühjahr mit dem größten Feuerwerk gefeiert, das Düsseldorf seit der 700-Jahrfeier gesehen hatte. Thilo legte den Kopf in den Nacken und bestaunte den Glaspalast aus nächster Nähe. Ein Gerüst aus riesigen Röhren trug die transparente Hülle und siebzehn Stockwerke, die zum Foyer hin ebenso aus Fensterfronten bestanden wie nach außen. Das achtzehnte Stockwerk bildete die Decke des Foyers, das zwanzigste den Abschluss des gesamten Gebäudes.

Eine Rolltreppe brachte Thilo vor den Schalter einer Empfangsdame. Ebene vier. Zugluft strich durch die Halle. Fast mit Erleichterung registrierte Thilo, dass die Frau nicht die Uniform der *Fichte Security* trug. Er fragte sie nach dem Weg zu Oswald, sie bat ihn zu warten und telefonierte.

Männer in grünen Overalls schleppten Umzugskartons und stapelten sie neben einem der Aufzüge. Die Kisten waren mit Filzschreiber markiert. Jede zweite trug in roter Farbe die Buchstaben *MP*.

Ein kleingewachsener Anzugträger mit weißen Handschuhen sprach Thilo an: »Herr Doktor Oswald erwartet Sie.«

Thilo ließ sich in eine Fahrstuhlkabine aus Milchglas führen. Sein Begleiter drückte eine Magnetkarte gegen die Kabinenwand. Der Aufzug beschleunigte lautlos, Thilo sah nach oben: Die Decke des Foyers flog ihm entgegen. Sie durchbrachen die achtzehnte Etage und wurden sanft abgebremst. Die Tür glitt zur Seite.

Thilo bestaunte das Panorama, das sich von hier oben bot – nichts als Postkartenmotive: Unter ihm lag der Landtag, dahinter, fast zum Greifen nah, die Biegung des Flusses und die Promenade. Weiter entfernt die Tonhalle und der runde Turm der Victoria-Versicherung, auf der anderen Seite Oberkassel.

Die Stimme seines Begleiters riss ihn von dem Ausblick los. »Wenn Sie mir bitte folgen würden.«

Tornado-Film stand auf dem Schild neben der Tür. Ein Dutzend weiterer Firmennamen, doch zum Lesen fehlte Thilo die Zeit, denn der kleine Anzugträger eilte weiter, durchquerte ein Großraumbüro, in dem mindestens zwanzig Leute gleichzeitig telefonierten. Dann ein Gang, der voller gerahmter Filmplakate hing – Hollywood-Hits der letzten dreißig Jahre. Thilos Begleiter klopfte an die letzte Tür, öffnete und ließ Thilo vorangehen. Oswalds Sekretariat.

Zwei gut aussehende Frauen in schicken Kostümen saßen hinter weißen Schreibtischen, telefonierten und schenkten Thilo ihr Lächeln. Er fragte sich, wie viele Fernsehkarrieren hier schon begonnen hatten. Von der Sekretärin zur Showmasterin – im Vorzimmer des großen Chefs war sicher alles möglich. Ein Brillenträger in blauer *Fichte*-Uniform überreichte ihm ein paar weißer Stoffhandschuhe. Klar, Oswald ließ sich von Mietbullen seines Vaters schützen. Thilo streifte die Handschuhe über.

Der laufende Meter im Zweireiher hielt ihm Überschuhe aus Plastik hin. »Herr Doktor Oswald möchte das Einschleppen schädlicher Keime nach Möglichkeit vermeiden.«

»Man kann heutzutage nicht vorsichtig genug sein«, sagte Thilo.

Der *Fichte*-Mann deutete eine Verbeugung an. Hinter ihm war eine zweite Tür – die zum Allerheiligsten. Der Anzugträger schickte einer der Sekretärinnen einen fragenden Blick, sie nickte, ohne ihr Telefonat zu unterbrechen. Thilos Begleiter klopfte, wartete drei Sekunden und riss die Tür für den jungen Kommissar weit auf.

Ein Raum wie ein Ballsaal, Kristallleuchter unter der Decke, zwei Wände waren ganz aus Glas. Wer hier residierte, dem lag die Stadt zu Füßen.

»Da ist er ja, unser Höld.« Der Medienzar erhob sich hinter seinem Schreibtisch und winkte Thilo näher. »Willkommen!«

Oswald trug weder Mundschutz noch Handschuhe.

Der junge Kommissar hörte ein leises Knistern, es roch nach Ozon. Vermutlich eine verborgene Bazillenvernichtungsmaschine.

Im Rücken des Medienzaren lag der Rheinhafen mit seiner Mischung aus futuristischen Bürogebäuden und denkmalgeschützter Industriearchitektur – das Boom-Viertel der Stadt.

Der Filmhändler bemerkte Thilos Blick. »Net wahr, eine herrliche Aussicht. Vielleicht ein bisserl zu modern, was der Frank Gehry da baut, aber mich stört's net. Tolle Lage, mit dem Heli bin ich in nur drei Minuten am Airport, in fünfzehn Minuten bei meiner Cessna in Mönchengladbach.«

Oswald winkte kurz in Richtung Tür. Sein Assistent schloss sie von außen. Thilo war jetzt allein mit dem Medienzaren, dessen Stimme in dem riesigen Raum hallte.

»Wissen's, dass die Staatskanzlei grad hier einzieht? Demnächst hab ich den Ministerpräsidenten quasi unter mir, haha. Im Ernst: Wenn Rot-Grün net wär, würd ich auf die bayerischen Fördergelder verzichten und meine ganze Holding hierher an den Rhein holen. Ich hab's dem MP schon so oft g'sagt. Irgendwann hört er auf mich.«

MP – wie auf den Umzugskisten. Oder wie Maschinenpistole.

Ein Kästchen auf Oswalds Schreibtisch krächzte: »Herr Doktor?«

Der Fernsehtycoon drückte die Sprechtaste. »Was gibt's?«

»Ein Anruf aus Zug. Wegen der Option auf das *Disney*-Paket.«

»Net jetzt. Ich hab B'such. Sagen's dem Kißmann, er soll sich in zehn Minuten noch mal mölden.«

»Ich will Ihnen keine Umstände bereiten«, sagte Thilo.

»Ach was. Des war bloß mein Strohmann aus der Schweiz. Wenn Sie mithören, wos ich mit dem zu reden hob, werden's bloß nervös als braver Beamter. Ich hob die Fülme an ein' Bekannten ab'geb'n, damit der sie für mich an meinen Sender weiterverkauft. Sieht besser aus. Offiziöll macht er den Reibach und weder meine Mitgesöllschafter bei *Pro-Sat* noch das Finanzamt können rechtlich wos dagegen haben.«

»Wenn Sie mir noch mehr erzählen, werde ich wirklich nervös«, sagte Thilo und dachte an die Geldsummen, um die es dabei ging. *Pro-Sat* war ein notorischer Verlustbetrieb. Jetzt ahnte Thilo, was den Sender am Laufen hielt. Er fragte sich, was sein Onkel mit diesem Ekel zu schaffen hatte.

»Ein korrekter junger Mann. Das g'fällt mir. Grüßen's Ihren Herrn Vater und Ihren verehrten Herrn Onkel von mir. Sagen's, kann ich Ihnen finanziöll irgendwie unter die Arme greifen? Als kleines Dankeschön für die Rettung meiner Tochter?«

»Nicht nötig.« Für einen Moment überlegte Thilo, was geschehen würde, wenn er die Dienstwaffe ziehen und das Magazin in den alten Großkotz verballern würde. Die Wucht der Neunmillimetergeschosse würde Oswald durch das Glas brechen lassen. Die Schlagzeilen würden alles in den Schatten stellen, was über den Kannibalen je geschrieben wurde.

»Net so bescheiden, Herr Becker. Von Göld kann man nie genug kriegen. Wissen's warum man auch Knete dazu sagt? Haha! Weil man sich die Menschen damit kneten kann.«

Thilo erinnerte sich, den Spruch schon einmal gehört zu haben. In seiner Phantasie sah er dem toten Medienzaren hinterher, der in Zeitlupe von Kugeln durchsiebt aus dem zerberstenden Fenster stürzte, zwanzig Stockwerke tief, im Sterben mit den Armen rudernd. Wahrscheinlich würde der Grauhaarige schreien – letzte Worte, die ihm der Wind davonreißen würde.

»Göld macht's Leben einfach erträglicher. Mir geht's net aus. I hob so viel Schulden, dass sie mir immer neues pumpen müssen. Schauen's das Gebäude hier an. I bin an dem Konsortium beteiligt, wos des Ding g'baut hat. Auf meine Anregung gibt's hier ein paar Extras, ganz für mich allein. Zum Beispiel einen Aufzug, der nur zweimal hält zwischen Tiefgarage und Hubschrauberlandeplatz.« Oswald deutete auf eine Edelstahltür am Ende des Raums. »Hier und beim MP.«

Thilo antwortete: »Ich dachte, das Parkhaus ist auf der anderen Seite der Straße.«

»Das öffentliche.« Oswald lächelte gönnerhaft. Er nahm einen Umschlag aus der Schublade und warf ihn Thilo zu, der überrascht fing. »Da, nehmen's des. Und ein herzliches Dankeschön von Marita. Des arme Maderl. Wenn Sie net g'wesen wären. Kinder san ja so wertvoll. I hab nur zwei. Hab so viele Frauen g'habt, aber nur zwei Kinder. Mein Sohn is' ein bisserl aus der Art g'schlagen, aber Marita is' ein wahrer Schatz. Haben Sie Kinder? Nein? I geb Ihnen ein' Rat, junger Mann. Schauen's sich die betreffende Frau vorher genau an, bevor Sie welche in die Wölt setzen. Was machen's eigentlich zu Sülvester?«

»Weiß ich noch nicht.«

»Haben's ein' Smoking? I hob 'n paar Leut' eing'laden. Kleiner, privater Rahmen. Marita hat noch kan Tischherrn und alte Säcke wie mich mag's eh net leiden. Der Chauffeur holt Ihr Gepäck heut' Abend ab, sagen wir um zehn. Wenn Sie morgen runterfliegen, hängt's frisch gebügelt in der Kabine. Morgen, sechzehn Uhr, holt Sie der Fahrer ab. Is' des genehm? Unterhalten's die Marita, aber lassen's d' Finger von dem Maderl!«

Thilo kapierte: Er durfte flirten, aber als Vater von Oswalds Enkeln wäre er nicht gut genug. »Wo ist das?«, fragte er aus reiner Neugier.

»Ich hab a Yacht in Nizza drunten. Da regnet's wenigstens net. Ein schönes Feuerwerk soll's a geben.«

Durch den Umschlag spürte Thilo ein dickes Bündel Geldscheine. *Wissen's, warum man dazu auch Knete sagt?* Er fragte sich, ob auch sein Onkel zu Oswalds Knetmasse gehörte.

Die Konzentration auf den Straßenverkehr fiel Thilo schwer. Der dicke Umschlag lag auf dem Beifahrersitz. *Knete.* Schallis Verbitterung ging ihm durch den Kopf. *Die kriegen den Hals nicht voll und wollen nicht teilen* – hatte sein dicker Kumpel womöglich Frank und Gerda gemeint? Seine Eltern?

Vor dem Fitnessstudio in der Klosterstraße brachte Thilo sein Auto zum Stehen. *Lady's Body* – der Schriftzug überstrahlte in blauem Neon das trübe Tageslicht. *Wenn sie was mit dem Trainer hat, bring ich das Schwein um,* hatte Heinz Schalowski gedroht. Dabei hätte es der Dicke besser wissen müssen: Es war ein Laden nur für Frauen und auch das Personal war ausschließlich weiblich.

Ein Vorraum mit orientalisch wirkenden, handgeschnitzten Paravents. Esoterische Lautsprecherklänge. Thilo ging rasch weiter. Eine Saftbar, erste Rufe.

»Hey, das ist nichts für Macker!«

»Draußenbleiben!«

»Sieht süß aus, der Kleine.«

Vorbei an klirrendem Eisen und ächzenden Kundinnen. Es roch nach Schweiß, Parfum und Putzmitteln.

Thilo ignorierte die Blicke. Er steuerte das Untergeschoss an. Auf der rechten Seite wiesen Schilder zu Umkleidekabinen, Sauna und Duschen. Thilo schüttelte eine Frau ab, die sich ihm in den Weg stellen wollte. Er wählte die linke Tür.

Technomusik brandete ihm entgegen. Die Vorturnerin bemerkte ihn zuerst. Wie auf Kommando drehten sich die anderen um – zwei Dutzend schlanker Frauen in hautengen, neongrellen Sachen. Hätte er die freie Wahl gehabt, wäre der junge Kommissar ins Schwanken geraten.

»Thilo«, rief Antje. Es klang, als könne sie sich nicht zwischen Verwunderung und Freude entscheiden. Sie lief zu ihm auf den Gang, die anderen hopsten weiter – mühelos fanden sie zurück in den Rhythmus der Musik.

Er schloss die Tür. »Ich wusste, dass du dich auch von Schallis Tod nicht vom Rumhüpfen abhalten lässt.«

»Hier muss ich wenigstens nicht nachdenken.«

»Dann sollte ich's vielleicht auch mal probieren.«

»Aber nicht hier.« Sie lächelte matt. Gern hätte er noch einmal ihre ungehemmte, dreckige Lache gehört. Stattdessen sagte sie ernst: »Ich hab schon gedacht, du willst nichts mehr von mir wissen.«

Thilo gab ihr den Umschlag. »Hier, für dich.« Fünfzigtausend Mark – mehr als genug für Schallis Beerdigung.

Sie entdeckte die Scheine. »Was ist das?«

»Die Beteiligung, von der Heinz gesprochen hat. Das Geld, das er erwartet hat.«

»So viel? Woher hast du die ganze Knete?«

»Frag nicht. Investier es in deine Zukunft.«

Knete. Auch Schalli hatte Oswalds Leitsatz gekannt. Wenige Stunden bevor ihn die Kasachen kaltmachten, hatte er ihn aufgesagt: *Weil man sich Menschen damit kneten kann.*

»Zukunft«, sagte Antje. »Da bin ich gespannt.«

Er nahm sie in die Arme. Sie drängte sich gegen seinen Körper, die Frauen ignorierend, die an ihnen vorbei aus dem Umkleideraum strömten. Thilo küsste Antje aufs ganze Gesicht, nur den Mund ließ er aus.

Sie löste sich von ihm und sah ihm in die Augen. »Ich hab was entdeckt.«

»Was denn?«

»Schnipsel im Papierkorb. Ich hab sie zusammengesetzt. Es ist ein Brief. Von Heinz an dich.«

»Und?«

Antje ließ die Tränen laufen. »Er hat gewusst, was zwischen uns beiden lief.«

»Warum hat er nichts gesagt?«

»Ich glaub, er hat dich mehr geliebt als mich.« Sie griff nach seiner Hand und verschlang ihre Finger mit seinen. »Hast du heute Abend Zeit?«

»Ich weiß nicht.«

»Wann sehen wir uns wieder?«

»Mal sehen. Muss noch was erledigen.«

54.

»Konni war nicht so schlimm, wie die Leute immer gesagt haben. Nicht, als er klein war. Er war es nicht. Das hab ich schon damals den Beamten gesagt.«

Ben hatte befürchtet, dass sie leugnen würde oder unter Tränen zusammenbrechen, aber Claudia Noethe schien plötzlich froh zu sein, Zuhörer zu haben, um jahrzehntelang aufgestauten Kummer von der Seele zu reden. Sie hatte das Sofa kurzerhand von allen Puppen freigeschaufelt. Ben und sein Kollege hörten zu, machten ab und zu Notizen. Schranz hielt seinen Schirm fest zwischen die Knie gepresst, um ihn nicht wieder liegen zu lassen.

»Er hat schon mit sechs im Haushalt geholfen. Ich musste arbeiten gehen. Bei der Airline haben sie mich nicht mehr genommen. Es war eine schwere Zeit. Mein Ex-Mann hat mich bei der Scheidung über den Tisch gezogen. Seine Anwälte haben meinen Anwalt bestochen. So macht er das immer. Er wollte mir Konrad wegnehmen, aber das Jugendamt war auf meiner Seite. Ich hab denen erzählt, meine Mutter würde sich um den Jungen kümmern, aber das war gelogen. Als Konni später so wild wurde, hab ich mich gefragt, was ich falsch gemacht habe. Sicher, ich hab getrunken, das lag am Job, und ich war manchmal ungerecht zu dem Jungen. Zu wenig für ihn da. Ich dachte immer, wenn ich einen Mann bei mir habe, wird es besser. Aber Konni konnte keinen meiner Freunde leiden, am wenigsten Knut. Als ich mit Knut Herzog zusammen war, fing es mit den

Aufsässigkeiten richtig an. Dabei gab sich Knut so viel Mühe. Wir konnten machen, was wir wollten. Ein Wunder, dass Knut es überhaupt so lange mit uns ausgehalten hat. Als dann die Haustiere in der Nachbarschaft verschwanden, wurde das Getuschel der Leute unerträglich. Ich wusste, dass sie Konni verdächtigten, auch wenn sie nicht mit mir darüber redeten.«

»Aber auch Sie waren nicht frei von Verdacht, stimmt's?«, fragte Ben.

»Ich weiß nicht. Zu der Zeit hat er schon nicht mehr mit mir geredet. Ich war es satt, ihn immer in Schutz zu nehmen. Egal, was passiert ist, immer soll es mein Junge gewesen sein. Ich war froh, als er bei der Fleischerei anfing.«

»Wo steckt Konrad heute?«

»Adi hat ihn abgeholt. All die Jahre hatte er sich nicht um seinen Sohn gekümmert. Wenn ich ihn um Hilfe bat, ließ er sich verleugnen. Doch eines Tages stand er mit seinem dicken, großen Auto vor der Tür. Konni ist mitgegangen, als ob ich ihm nichts bedeuten würde. Ich geb zu, es war auch eine Erleichterung für mich. Adi hat mich natürlich wieder heruntergeputzt. Ich sei keine gute Mutter, zu nichts fähig. Er hatte was gegen das Fleischereifach. Nicht gut genug für Konni.«

»Sie haben Ihren Sohn nie wieder gesehen?«

»Doch. Einmal. Ein Jahr später, im September. Er brachte Pralinen mit. Unten stand ein großer Wagen mit Chauffeur. Konni trug einen teuren Kaschmirpullover und sagte, er mache jetzt das Abitur nach. Auto, Klamotten, Schule, Psychiater. Das hätte ich ihm natürlich nicht bieten können.« Sie lächelte. »Im nächsten Jahr wird er dreißig. Ich feiere jedes Jahr seinen Geburtstag. Ich stell mir immer vor, was aus ihm geworden sein könnte.«

Ben tauschte einen raschen Blick mit Schranz. Er sah, dass der Kollege das Gleiche dachte. »Sie haben nie versucht, Kontakt zu ihm aufzunehmen?«, fragte der Hauptkommissar weiter.

»Doch. Aber mein Ex-Mann hat es mir verboten. Er kam persönlich hierher. Das war im Oktober 1987. Er hat mir noch schlimmere Sachen an den Kopf geworfen als beim ersten Mal. Er gab mir Geld, damit ich Ruhe gab. Göld, sagte er. Er redet immer nur von seinem Göld. Für mich hatte Adi nie ein gutes Wort. Seit meiner Schwangerschaft. Er drehte immer alles so, dass er Recht hatte. Von dem Geld, das Adi mir damals gegeben hat, lebe ich noch heute. Aber ich bin sicher, dass es nur ein Bruchteil von dem ist, was mir bei der Scheidung zugestanden hätte.«

Sie standen auf, um sich zu verabschieden.

Oktober '87 – nach dem Mord an Helga Neumeier.

Claudia Noethe brachte die Beamten zur Tür. Sie flüsterte – als hätte sie Bens Gedanken erraten: »Jetzt hat es wieder einen ähnlichen Fall gegeben, sagen Sie? Ich kann's mir nicht vorstellen, dass der Junge etwas damit zu tun hat.«

»Wir werden es überprüfen«, antwortete Ben.

»Fragen Sie Adi, wo sein Sohn steckt. Das hab ich auch damals zu Ihrem Kollegen gesagt. Wenn es nach dem gegangen wäre, dann ist Konni ein wahres Ungeheuer. Dabei ist es doch ein Riesenunterschied, ob man einen Hund tötet oder einen Menschen, nicht wahr?«

Neben Ben polterte es – Schranz war der Schirm aus den Händen geglitten.

»Welcher Kollege?«, fragte Ben.

»Na, der von der Mordkommission. Wie er hieß, weiß ich nicht mehr.«

»Wann war das?«

»Zwei Tage, bevor Adi das Geld brachte. Ich machte ihm klar, wie absurd seine Vorwürfe waren. Ich weiß doch noch genau, wie der Junge für das Mädchen schwärmte. Er sah sie, wenn sie mit ihrer Mutter hier im Haus war. Sie lernte Verkäuferin bei *Kaisers* an der Ecke. Konni haben sie dort leider nicht genommen. Er war schwierig, das stimmt. Aber er ist doch kein Mörder, oder?«

Ben bedankte sich für die Auskunft. Ihre letzte Frage ließ er unbeantwortet.

Schweigend tappten sie die Treppe hinunter.

Claudia Noethe schrie hinterher: »Ich bin doch nicht die Mutter eines Mörders!«

55.

Thilo steuerte die Kettwiger Straße an, entschied sich aber im letzten Moment, das Gebäude der *Fichte Security* zu passieren, als könne er sich vor der Entscheidung drücken.

Oswalds Einladung ging ihm durch den Kopf: die Silvesterfeier auf einer Yacht im Mittelmeer. Mit der Tochter des Medienmoguls die Farce vom Entführungsopfer und seinem Befreier aufführen. Danach ein Polittermin, die Neujahrsfeier bei Dr. Benrather: seiner Mutter applaudieren, der Bundestagsabgeordneten in spe. Lächeln und Gläserheben zum Phrasendreschen.

Wie würde er ein Jahr ertragen, das so begann? Das weiterging, indem er in Braunings Kriminalgruppe den Musterknaben spielte – als könne er sich nicht zusammenreimen, wie alles in Wahrheit gewesen war?

Ohne nachzudenken, wohin er seinen Wagen lenkte, fuhr er weiter und erst, als er Eller durchquerte, erkannte er, dass er sich auf dem Weg in die Gegend befand, in der er einst aufgewachsen war. Die Gesamtschule, der Autohändler, der ihm den klapprigen Fiat Panda angedreht hatte, als er achtzehn wurde. Der Schlosspark – dahinter lag das Viertel, das er gemeinsam mit den Kollegen aus Eller auf der Suche nach Zeugen durchgekämmt hatte. Er nahm die Vennhauser Allee in Richtung Unterbach. Bald würden die Häuser feiner werden, die Gärten gepflegter.

Was sollte er den Eltern sagen, wenn sie zu Hause waren?

Thilo bremste und verließ die Straße hinter der S-Bahnunterführung, bog noch einmal links ab und fuhr die schmale Straße den Stadtwald entlang. *Am Kleinforst.*

Die Sonne brach durch die Wolken und zauberte einen zarten Regenbogen auf den düsteren Himmel über der Autobahn im Osten. Zu dieser Jahreszeit war die Gegend ausgestorben. Keine Wanderer, die durch den Wald streiften, keine Erholungssuchenden, die in Richtung See bretterten.

Zäune, Erdhügel. Ein paar Baumaschinen überwinterten hier, Gebrauchtwagen setzten Rost an. Kurz hinter der Telefonzelle hielt Thilo an.

Nur das Quietschen des Blechschilds einer Gerüstbaufirma störte die Ruhe an dem Ort, wo Britta Landwehr gefoltert und ermordet worden war. Mit jeder Windbö kam der durchdringende, klagende Laut.

Thilo stieg über das rotweiße Absperrband. Seine Schuhe brachen durch aufgeweichten Schutt. Er näherte sich der angekokelten Hütte, in die sich der Kannibale verkrochen hatte. Die Tür war von den Kriminaltechnikern versiegelt worden.

Thilo warf einen Blick durchs Fenster, doch im Dunkel der Kammer erkannte er nur einen Haufen alter Möbel. Er stellte sich vor, sie säßen hier drinnen: Oswald und seine Geschäftspartner, Mutters Parteibonzen, die Obermuftis der Festung – jede Fresse ein Grund, hineinzugehen und draufzuschießen. Die Bude in Brand zu stecken und die Schweine zu rösten.

Nein. Auch das würde nichts ändern.

Ihm war klar, dass sein Problem viel näher lag. Eine Familienangelegenheit.

Beim Verlassen der Hütte überprüften ihn zwei Schutzpolizisten, die das Gelände überwachten, als käme der Kannibale noch einmal hierher. Thilo musste seinen Dienstausweis zeigen, damit die Kollegen ihn laufen ließen.

Er ging zurück zur Telefonzelle, die noch immer im alten Gelb der Bundespost gestrichen war, als hätte die Telekom sie vergessen. Mit zitternden Fingern tippte er

Braunings Nummer ein. Er bemühte sich um eine ruhige, feste Stimme, doch immer wieder musste er sich unterbrechen, um nicht loszuheulen, zu brüllen, zu schluchzen.

Zu Hause lief Thilo mit pochendem Herzen ins Badezimmer und stocherte mit der Zahnbürste in der Ritze hinter dem Spiegelschrank. Zuerst förderte er große Staubflocken zu Tage, dann zerknitterte Zeitschriftenseiten. Das Foto, das er dem Reporter gestohlen hatte, fiel zu Boden.

Noch einmal faltete er die Artikel auseinander und studierte die Abbildungen: Adi Oswald als Medienkönig, als Filmhändler und Fernsehtycoon, als Partylöwe der achtziger Jahre. Auf den älteren Aufnahmen war Oswalds Haar feuerrot.

Als Thilo sich bückte, um das Foto vom ersten Weihnachtstag aufzuheben, hörte er das Rauschen des Blutes in seinem Kopf.

Er verließ die Wohnung und startete sein Auto. Er ignorierte die kommunale Angestellte, die ihm wegen Falschparkens ein Knöllchen unter den Wischer klemmte. Bald würde auch diese Arbeit privatisiert und Mitarbeitern von *Fichte Security* übertragen werden.

Er fädelte sich in den Verkehr. Wieder strömten die Stimmen der letzten Tage auf ihn ein. Großkotz Engel hatte instinktiv richtig getippt: *Entweder hat Vogel ein hohes Tier der Polizei beobachtet oder jemanden aus seinem eigenen Laden*. Auch die Worte seiner Mutter gingen Thilo nicht aus dem Sinn: *Christa hat sich die Rosinen aus meinem Leben gepickt*.

Er fand eine Lücke im Halteverbot und betrat die *Taverne Paros*, das Lieblingslokal Braunings für vertrauliche Zusammenkünfte.

Am Spielautomaten neben dem Eingang verdaddelte eine Frau in Pantoffeln ihre Sozialhilfe. Ein Kellner wuselte überfordert zwischen den Tischen umher. Es roch nach billigem Gyros. Das Folkloreband, das aus dem Lautsprecher dudelte, war das gleiche wie immer.

Nikos, der Wirt, kam aus der Küche, nickte Thilo zu und schnappte sich ein Tablett von der Theke: ein großer Vorspeisenteller, zweimal Besteck, zwei Gläser und eine Flasche Ouzo – Onkel Frank liebte das Aniszeug. Nikos ging voraus, die Tür zum Hinterzimmer mit dem Ellbogen öffnend.

Der Rottweiler saß unter einem verblichenen Plakat. *Olympic Airways*. Er grüßte Thilo mit Handschlag und bedankte sich beim Wirt, der das Tablett abstellte und mit einer angedeuteten Verbeugung verschwand. Nikos wusste, dass Brauning das Einschenken am liebsten selbst übernahm – keine Zeugen, Diskretion.

Thilo wollte nicht lange um den heißen Brei herumreden. Er zog Vogels Foto aus der Jacke und warf es dem Onkel hin.

Die Rottweilerstimme blieb gefasst, aber ein Zucken auf Braunings Schläfen verriet Anspannung. »Wo hast du das her?«

»Ich hab's. Das genügt. Wie viel habt ihr Oswald abgeknöpft? Hat es sich wenigstens gelohnt?«

»Du bist der gleiche Moralist wie dein Vater. Der braucht auch immer 'ne halbe Ewigkeit, bis er kapiert.« Brauning zog einen Aschenbecher zu sich und begann, die Aufnahme in kleine Fetzen zu zerreißen.

»Das ist nur ein Abzug«, sagte Thilo. »Es gibt noch ein Negativ.«

»Das ist mir klar. Was weißt du, mein Junge?«

»Die ganze Wahrheit. Konrad Oswald ist der Kannibale. Ihr habt es vertuscht und euch von Oswald dafür bezahlen lassen, damit sein Sohn nicht vor Gericht kam, sondern in die feine Privatklinik des Herrn Dr. Uhlau. Sag's mir: Wie viel Knete braucht ein Adi Oswald, um aus dir und meinem Vater Handlanger zu machen?«

Brauning schwieg.

»Was kostet es, euch beiden die Ehre abzukaufen?«

»Wie bist du auf Konrad gekommen?«

Dass sein Onkel nicht einmal den Versuch unternahm, den Vorwurf abzustreiten, machte Thilo wütend. Bis zuletzt hatte er gehofft, es gebe noch eine andere Erklärung. »Sag schon, wie viel?«

»Beruhig dich, Junge. Du siehst das falsch. Du weißt selbst, wie schlecht es der Firma deines Opas ging. Der alte Fichte hatte heruntergewirtschaftet, die Banken drohten, alles zu übernehmen.« Während er sprach, hielt der Rottweiler die Flamme seines Feuerzeugs an die Schnipsel. Sie schrumpelten, verfärbten sich schwarz. Es stank.

»Oswalds Geld kam wie gerufen. Scheiß auf dein Gerede von der Ehre. Das Gericht hätte Konrad in die Sicherheitsverwahrung einer Landesklinik eingewiesen, wahrscheinlich nach Langenfeld. Da konnte er genauso gut in Uhlaus Luxusschuppen untertauchen. Wo liegt der Unterschied? Uns konnte es scheißegal sein. Oswald hätte negative Publicity schwer geschadet und er hoffte, dass aus seinem Sprössling trotz allem noch etwas werden könnte. Sein Seelenklempner sicherte zu, dass er die Krankheit Konrads mit irgendeinem Pillenscheiß in den Griff kriegen würde.«

»Es hat bloß nicht funktioniert«, sagte Thilo.

»Keine Ahnung, warum dieser Irre nach elf Jahren plötzlich ausgebrochen ist. Vielleicht, weil Winter als sein Kindermädchen abgesprungen war, was weiß ich. Konrad hat alles in diesem Luxusschuppen. Er ist perfekt ins Klinikleben integriert. Spielt sogar den Pfleger. Studiert. Will Seelenklempner werden. Das muss man sich mal vorstellen. Uhlau hilft ihm dabei, soviel ich weiß. Scheiß drauf, aus der Sicherheitsverwahrung hätte er genauso fliehen können. So etwas passiert alle Nase lang. Brauchst nur die Zeitung aufzuschlagen.«

Brauning schob den Aschenbecher weit weg. Er rieb sich die Schläfen. Sein Blick wanderte zwischen Ouzo und gefüllten Weinblättern hin und her.

»Oswald hat eine hübsche Summe nachgelegt, wir haben seinen Bastard zurückgebracht und jetzt wird Uhlau besser aufpassen. Wie gesagt, auch aus der Landesklinik reißen die Irren aus, wenn sie wollen. Scheiß auf dein Gerede von der Ehre, verdammt noch mal.«

»Du wiederholst dich.«

»Na und? Klapsmühle ist Klapsmühle.«

»Mit dem Unterschied, dass meine Familie Mitschuld an einem Mord trägt. Und sich daran noch bereichert.«

»Schwachsinn.« Brauning schraubte die Flasche auf und goss ein. Er kippte hastig den ersten Ouzo. »Wie bist du dahinter gekommen? Das Foto allein kann es nicht gewesen sein.«

»Mich hat vieles stutzig gemacht. Die Haarfarbe des Mörders von Britta Landwehr. Oswald hat das rote Haar an seinen Sohn vererbt. Hast du veranlasst, dass Konrad sich nach der Rückkehr die Haare färbte?«

Paul Zimmermann war es nicht entgangen: *Seit seinem Urlaub hat Herr Konrad seine Haare anders*.

»Ja. Kompliment. Dann begreifst du sicher auch, dass ich die Sache zu Ende bringen musste. Konrad wird nie wieder an einen Schlüssel kommen. Uhlau hat es zugesichert. Und mit Oswalds Geld kann *Fichte* endlich die anstehenden Investitionen tätigen und expandieren. Ein schöner Nebeneffekt.«

»Bravo. Ihr verdient auch noch am Tod von Britta Landwehr.«

»Glaubst du, mich hat die Sache kalt gelassen?« Als müsse er seine Betroffenheit unterstreichen, goss sich Brauning nach. »Es ist Winters Schuld. Er hat Konrad mit dieser Landwehr verkuppelt und geglaubt, der Kerl würde sich auch ohne Medikamente auf Blümchensex beschränken.«

»Was willst du deinen Vorgesetzten erzählen? Sonntag, Friedrichsen?«

»Einen Scheißdreck.«

»Dem Polizeipräsidenten? Den Medien?«

»Meinst du, ich mach die ganze Drecksarbeit und geh dann dafür auch noch in den Knast? Ich hab die Fäden in der Hand. Engel ist ausgebootet. Keiner weiß was. Nichts wird geschehen.« Der Onkel deutete auf den Aschenbecher. »Sag mal, das Negativ, du hast es doch, oder?«

Thilo schwieg.

»Du machst doch keinen Scheiß damit?« Die Rottweilerpranke ergriff das Glas. Ouzo schwappte über seine Finger und auf die Tischdecke. »Willst du deine Familie ins Unglück stürzen?«

Als steckten sie nicht längst mittendrin.

»Mach bloß keinen Scheiß, Junge!« Brauning kippte das Glas.

»Du hast mir noch nicht alles gebeichtet.«

»Was willst du noch?«

»Die Tote von gestern. Die Freundin des Langen vom KK 11. Zu der Zeit war Oswalds Sohn schon längst zurück in der geschlossenen Abteilung.« Thilo war kalt, wahrscheinlich wurde das Hinterzimmer nicht geheizt.

»Ein Trittbrettfahrer«, sagte Brauning.

»Derselbe, der auch Christa umbrachte?«

»Beruhig dich, Junge. Christa geht aufs Konto des Kannibalen.«

»Ich würde dir gern glauben, aber irgendwie schaff ich's nicht.«

Der Onkel schwieg, wich Thilos Blick aus. Dann sagte er leise, mit belegter Stimme: »Junge, vergiss den Scheiß von damals. Das bringt nichts.«

»Ich war in der Klinik und hab mir die Bücher zeigen lassen. Seit Oktober 1987 war Konrad dort. Als Christa erschlagen wurde, saß der Kannibale bereits seit vier Wochen in der geschlossenen Abteilung.«

So unsicher hatte Thilo seinen Onkel noch nie gesehen: Er knetete das leere Glas, kratzte sich den ausrasierten Nacken, ließ ein Räuspern hören, das in Husten überging, als kämpfe er mit sich selbst darum, wie viel Wahrheit er dem Neffen zumuten konnte. Endlich fand sein Blick Thilos Augen und fixierte sie eindringlich.

»Mutter«, sagte Thilo.

»Hör auf, Junge. Mach's nicht noch schlimmer. Geschehen ist geschehen.«

»Du hast es vertuscht. Falsche Spuren gelegt.«

»Das war das Mindeste, was ich tun konnte. Mein Gott, die Schwester meiner Frau.« Schweiß perlte auf Braunings

Stirn – Thilo erkannte, dass die Kälte, die er spürte, in ihm selbst saß.

»Du hast Christas Leiche so zugerichtet, damit es aussah, als habe Helga Neumeiers Mörder wieder zugeschlagen?«

»Scheiße, ja. Keiner hatte geahnt, dass dein Vater es mit dieser Schlampe trieb. Die Nachbarin. Eine Freundin der Familie. Schöne Freundin. Renate rief an und sagte, Christa ist tot, komm und hilf mir. Was hätte ich tun sollen? Mir blieb nichts anderes übrig.«

»Und Sonja Thiele, diese Galeristin?«

Brauning wischte sich über die Stirn. »Hör auf, Junge. Es reicht.«

Sie schwiegen sich minutenlang an.

Dann räusperte sich Brauning wieder und sagte: »Es begann im November. Als dein Vater dieses Buschnegerding anschleppte. Diese beknackte Maske. Schon damals sprach Hermann von Trennung. Ich dachte, ich hätt's ihm ausgeredet. Mit fünfzig gibt man doch nicht alles auf. Zugegeben, Renate kann manchmal schwierig sein, aber man kann sich arrangieren.«

Der Streit um die afrikanische Maske – Thilo hatte gespürt, dass mehr dahinter steckte als eine Auseinandersetzung um ästhetische Fragen. Die Maske verließ das Haus, wurde in die Firma verbannt. Es kehrte Ruhe ein. Nicht Frieden, sondern der übliche Waffenstillstand.

»Ich hab mit dieser Galeristin ein ernstes Wörtchen geredet. Der Witz war, sie wollte gar nicht, dass Hermann sich wegen ihr von Renate trennt. Sie war ganz versessen drauf, ihre Unabhängigkeit zu behalten. Dann fuhr sie in Urlaub. Doch als sie zurückkam, rief die Schlampe wieder an und erzählte deinem Vater, sie sei von ihm schwanger. Hermann ist völlig durchgedreht, lief ihr wie ein Dackel hinterher. Ich hab nie kapiert, was dran war an dieser Thiele. Eine Wundermuschi? Vergoldete Titten? Kommt Parfüm raus, wenn sie pinkelt? Oder ist was mit Hermanns Hormonen nicht in Ordnung? Wahrscheinlich liegt's daran.«

Thilo hatte Mühe, sich auf Braunings Worte zu konzentrieren. Es war seine Schuld, dass die Familie auseinander flog. Vielleicht wäre alles ganz anders gekommen, wenn er sich mehr um seine Eltern gekümmert hätte.

»Deine Mutter war völlig aus dem Häuschen«, sagte Brauning. »Du kennst sie ja. Sie hatte sich immer ein zweites Kind gewünscht. Und dann macht es Hermann dieser jungen Schlampe. Renate hat sich nicht mehr eingekriegt.«

»Hat sie dich wieder um Hilfe ...«

»Nein.« Sein Onkel wischte mit beiden Händen über die Papiertischdecke, als müsse er sie glatt streichen. »Den Modus operandi kannte sie ja vom letzten Mal. Trotzdem hab ich jetzt die ganze Scheiße am Hals.«

»Und dein Gewissen?«

Brauning lachte – es klang hysterisch. »Ich bin immer nur der Ausputzer gewesen. Für deinen Vater, für deine Mutter. Für dich, mein Junge. Vielleicht hast du Recht. Ich hab meine Ehre verloren. Aber vielleicht gibt es Wichtigeres als die Ehre. Ich denk oft drüber nach, glaub's mir, Thilo.« Brauning streckte ihm die Fäuste entgegen. »Hier. Leg mir das Fangeisen an. Ruf 'nen Funkwagen. Lass deinen alten Onkel mit Blaulicht in die Festung schaffen. Vielleicht hab ich's verdient. Ruinier die Firma. Mach deinen Vater restlos fertig. Wirf deine Mutter dem Lackaffen Engel zum Fraß vor. Dem Staatsanwalt, dem Richter, den Zeitungen. Vielleicht hat sie's verdient, ich weiß nicht.«

Thilo schluckte. Der Kloß in seinem Hals ging nicht weg. Braunings Fäuste waren dicht vor Thilos Gesicht. Die Rottweilerpranken, die ihn als Kind auf der Kirmesachterbahn festgehalten hatten. In denen er sich stets geborgen gefühlt hatte.

»Was ist?«, fragte sein Onkel leise. »Wo bleibt deine Moral?«

Es klopfte. Nikos brachte ein schnurloses Telefon. »Ein Anruf für Sie, Herr Brauning.« Der Wirt legte den Hörer auf den Tisch und verschwand.

Sie sahen sich weiter in die Augen.

»Geh schon ran«, sagte Thilo schließlich.

Der Rottweiler nahm den Hörer. »Ja?«

Thilo bekam nicht mit, worum es ging. Er fühlte sich, als sei sein Schädel mit Blei gefüllt. Er hätte bei der Einsatzgruppe der Altstadtwache bleiben sollen. Er verfluchte seinen Eifer, der ihn befallen hatte, als er von der Rückkehr des Kannibalen erfahren hatte. Als er an Christa erinnert worden war. Statt den Psychopathen zu jagen, hätte er seiner Mutter beistehen sollen.

Brauning legte den Hörer weg. »Winter«, sagte er. »Er wurde im *Hotel Kontinental* gesehen. Ich muss los.« Er stand auf und stützte sich mit beiden Händen auf Thilos Schultern. »Ruh dich aus, mein Junge. Hast viel mitgemacht. Iss was. Weinblätter, Octopus, Auberginenmus. Wär schade um das Zeug.«

Der Rottweiler rauschte aus dem Zimmer, als habe er es eilig, von Thilo wegzukommen.

Dem jungen Kommissar war nicht nach Essen zumute.

56.

Oswald war ausgeflogen. Nicht im Düsseldorfer Büro, nicht in der Villa in Meerbusch, weder in der Münchner Zentrale, noch zu Hause im feinen Grünwald. Am Rhein und an der Isar schwärmten Beamte aus. Ben wollte sicher gehen, dass der Medienmogul sich nicht verleugnen ließ.

Der Hauptkommissar tippte sich die Finger wund, klapperte das weitere Firmenimperium ab, ging den Mutmaßungen auskunftsfreudiger Mitarbeiter nach. New York, Los Angeles, Kitzbühel, Nizza – keine Spur.

Nach allem, was sie bei Claudia Noethe erfahren hatten, fühlte sich Ben befugt, die Ermittlungen wieder aufzunehmen. Egal, wie Sonntag oder Brauning darüber denken würden.

Thann betrat das Büro. Er musterte die Bilder an den

Wänden und ließ eine Akte auf Bens Schreibtisch klatschen. An den Fotos vom Fundort der Landwehr blieb sein Blick hängen. »Es geht doch nichts über geschmackvollen Wandschmuck, was, Alter?«

Der Mordermittler griff nach dem Ordner und blätterte in den Seiten.

Der interne Schnüffler erläuterte. »Schau's dir durch und sag mir, was du davon hältst. Von mir aus können wir die Sache einstellen. Ich hab die Kleine vernommen. Die Ärzte haben sie völlig wiederhergestellt. Den Luxusschuppen hättest du sehen sollen.«

»Marita Oswald?«

»Sie hat alles bestätigt. Sonntag will wissen, was er an die Presse geben soll.« Thann sah auf die Uhr. »Ruf mich um vierzehn Uhr an. Ich überlass es dir, falls du Thilo Becker noch einmal vernehmen willst.«

Ben zuckte die Schultern. Noch einmal ist gut. Sein Onkel hatte ihn aus der Schusslinie genommen, bevor der Kripochef Ben auf den Fall angesetzt hatte. Hauptkommissar Thann sagte etwas von einem genießbaren Eintopf, den es in der Kantine gebe. Ben hatte keine Lust darauf.

Er blieb in seinem Büro und überflog Maritas Aussage. Einer von beiden hatte gelogen: der Hausmeister oder die Oswaldtochter. Nach ihrer Version hatte Winter sie gegen ihren Willen ins Aussiedlerheim gebracht. Dort wurde sie unter Drogen gesetzt, in der Nacht von den beiden Kasachen ans Bett gefesselt und für eine Stunde allein gelassen. An die Uhrzeit konnte sich das Mädchen erinnern: Es war die Stunde des Tankstellenüberfalls, bei dem Heinz Schalowski erschossen wurde.

Ein anderes Detail fesselte seine Aufmerksamkeit. Thann hatte Marita Oswald in der Privatklinik des Dr. Uhlau vernommen.

Den Luxusschuppen hättest du sehen sollen.

Ein Anruf Sigrid Rombergs unterbrach Bens Überlegungen. Sie hatte wieder in der Fachliteratur gestöbert und war zu einer Schlussfolgerung gelangt, die das Täterprofil ergänzte: Der Kannibale sei möglicherweise Psychiatriepatient gewesen.

»Es ist verblüffend«, sagte die Psychologin. »Sie nennen keinen Grund, aber ihre Thesen beruhen auf 'ner Menge an Erfahrungen. Pass auf, ich les dir vor: Wenn ein blutverschmierter Tatort ein Element enthält, das äußerst sauber aussieht, ist das *sehr wahrscheinlich* ein Hinweis darauf, dass der Mörder innerhalb der letzten sechs Monate aus einer psychiatrischen Anstalt entlassen worden ist. Zitatende. Erinnerst du dich an die blitzblanke Badewanne?«

»Wie kann man so was behaupten?«

»Das ist aus einer Studie der *Behavioral Science Unit* des FBI in Quantico, Virginia. Die haben seit 1979 fast zehntausend Mordfälle ohne erkennbares Motiv ausgewertet. Die meisten davon gehen aufs Konto kranker Serienmörder. Typen wie unser Kannibale also.«

Fast zehntausend. Ben versuchte sich die Zahl vorzustellen. Die USA als kulturelles Vorbild, na prima.

»Auf alle Fälle gibt es offenbar eine signifikante Korrelation«, erklärte Sigrid.

»Danke.«

»Kantine?«

»Nein.« Er legte auf.

Bevor er seine Gedanken ordnen konnte, klopfte an der Tür. Diesmal war es Ela.

»Gehst du mit in die Kantine?«, fragte sie etwas unsicher.

»Keinen Hunger.« Ben war froh, dass sein Magen momentan Ruhe gab.

»Du hast Oswald nicht erreicht?«

»Erraten. Hast du was Neues?«

»Winter war vor einer Stunde angeblich in diesem Hotel, wo wir ihn erwischt haben. Brauning meint, der Fliegenmann habe irgendwas vor. Er hat seine OK-Leute auf ihn angesetzt. Ich hab den Besitzer der Fleischerei ausgegraben. Schranz ist rausgefahren, um mit ihm zu reden. Sag mal, Benedikt, stimmt es, dass vor elf Jahren schon mal ein Kollege auf Konrads Spur gestoßen ist, ohne dass es in den Akten steht?«

»Sieht so aus.« Ben griff nach Notizbuch und Kugelschreiber. Ihm fiel auf, dass Ela heute keinen ihrer üblichen Schlabberpullover trug. Hellblaue Bluse zur engen Jeans. Er traute sich kaum hinzusehen.

»Heißt das ...«

»Ich weiß es nicht. Gegenfrage: Was würdest du an Oswalds Stelle mit einem psychisch schwer kranken Jungen tun?«

»Zu einem Arzt bringen, denke ich.«

»Seine Tochter hat er zur Entgiftung zu Dr. Uhlau gebracht.«

»Wo auch Winter gearbeitet hat.«

Ben angelte sich die Lederjacke vom Haken und streifte sie über. »Kannst du deinen Appetit auf Kantinenfraß noch ein wenig aufschieben?«

»Klar«, sagte Ela. Auf ihrer Stirn lagen Sorgenfalten. »Uhlau«, meinte sie. Offenbar gingen ihre Gedanken den gleichen Weg wie seine.

An der Tür hielt Ben sie zurück. »Hey, sag mal, Ela, deine Haare!«

»Findest du's blöd?«

»Nein, wieso? Steht dir.«

»Ich hab sie früher schon mal blond gehabt. Ich wollt einfach mal was ändern. Braun fand ich plötzlich so langweilig. Was meinst du?«

Der Hauptkommissar trat auf den uniformierten Portier zu, während Ela tat, als würde sie die üppigen Blumensträuße und die Sandsteinlöwen bewundern, die das Foyer der Klinik schmückten. Leise Musik füllte die Luft – das Erste der Brandenburgischen Konzerte von Johann Sebastian Bach. Eins der wenigen Stücke alter Musik, die Ben auf Anhieb identifizieren konnte.

Das Lächeln unter dem schmalen Bärtchen des Mannes hinter dem Tresen erlosch, als der Mordermittler seinen Dienstlappen vorzeigte und darauf bestand, *sofort* mit dem Klinikchef zu sprechen. Der Blauuniformierte wandte sich ab und sprach leise in einen Telefonhörer. Es dauerte keine Minute, bis Dr. Uhlau mit wehendem Kittel eintraf.

Ben hatte einen dicken Mann mit Ziegenbart erwartet, stechende Augen hinter kleinen, runden Brillengläsern. Doch dieser Mann war fast so groß wie er, braun gebrannt, sportlich und schlank. Trotz seiner etwa sechzig Jahre war sein Haar dunkelbraun, ohne eine einzige graue Strähne. Seine Art, Ela zu begrüßen, hatte etwas Galantes. So sehen in die Jahre gekommene Skilehrer oder Golfprofis aus, dachte Ben, als er den festen Handgriff des Psychiaters spürte. Uhlau bemühte sich um ein offenes Lächeln.

Auf den zweiten Blick erkannte Ben einen gehetzten Ausdruck in Uhlaus Gesicht. Der Mann hatte Sorgen. Akuten Stress.

Uhlau fragte die beiden Ermittler nach ihrem Anliegen. Er machte keine Anstalten, sie in ein Büro zu führen oder ihnen wenigstens einen Platz in den Ledersesseln anzubieten, die ein paar Schritte entfernt einen Zierbrunnen umringten.

»Kennen Sie Konrad Oswald?«, fragte Ben.

»Ja. Er – er lebt in diesem Haus.«

Ben war Uhlaus Zögern nicht entgangen, auch nicht die zunehmende Anspannung Elas. »Führen Sie mich bitte zu ihm.«

»Das geht nicht.«

»Hören Sie, kommen Sie nicht mit dem Arztgeheimnis. Konrad Oswald wird des zweifachen Mordes beschuldigt. Wenn Sie nicht kooperieren, besorge ich mir einen Durchsuchungsbefehl und lasse so viele Beamte aufmarschieren, dass es der Presse nicht verborgen bleibt.«

Uhlau erblasste unter seinem sonnengebräunten Teint. »Es hat keinen Zweck, wenn Sie mir drohen. Ich würde Ihnen gerne helfen, aber Konrad ist seit heute früh verschwunden.«

»Was heißt das?«

»Er ist nicht da. Er – er lebt in der geschlossenen Abteilung. Es ist mir ein Rätsel, wie er die Station verlassen konnte.«

»Wann haben Sie es bemerkt?«

»Kurz nach zehn. Er sollte die Zeichenstunde unserer Suizidgruppe leiten, aber er erschien nicht.«

»Was heißt leiten? Ist er Patient oder Therapeut?«

»Beides. Ich meine, er lebt schon so lange bei uns und hat sich so gut eingefügt, dass er auch Pflegertätigkeiten übernommen hat.«

Ein gemeingefährlicher Psychopath, der Selbstmordgefährdeten erzählte, was sie malen sollten – Ben hatte Schwierigkeiten, das zu begreifen.

Uhlau sah es ihm an. »Sie müssen sich das so vorstellen: Solange er seine Medikamente einnimmt, ist er relativ ausgeglichen. Er ist intelligent und keineswegs asozial. Er hat sogar mit gewissem Erfolg ein Studium an der Fernuniversität Hagen aufgenommen.«

»Diese Logik erklären Sie mir später. Erst mal müssen wir ihn kriegen. Sie haben wirklich keine Ahnung, wo er sein könnte?«

»Nein. Er hat eine Freundin. Eine Angestellte, die heute frei hat. Sie wohnt in Mettmann. Wir haben dort angerufen, aber sie ist nicht zu Hause.«

»Und sein Vater?«

»Ich hab selbst versucht, Herrn Oswald zu erreichen. Aber ...«

»Ich müsste mal telefonieren«, sagte Ben.

Uhlau wies zum Empfangsschalter. Der Pförtner winkte mit einem Telefonhörer.

»Nein«, sagte Ben. »Ihr Büro wäre mir lieber.«

Er verständigte das für Fahndung zuständige KK 41. Dann rief er die Altstadtwache an und bat den Wachdienstführer, in den Cafés nach Konrad Oswald suchen zu lassen. Er gab der Mettmanner Polizei Bescheid – sie versprachen, sich nach Lisa Bernauer umzuschauen, der Freundin des Kannibalen. Ben versuchte, den Gedanken zu verdrängen, dass der Oswaldsohn seinen perversen Trieb auch an dieser Krankenschwester austoben könnte.

Ela übernahm die weitere Koordination sowie die Recherche nach dem Verbleib des Medienmoguls und der Krankenschwester Lisa. Uhlaus Büro wurde zur improvisierten Einsatzzentrale. Der Klinikleiter gab sich kooperativ. Aus schlechtem Gewissen, vermutete Ben.

Während Ela telefonierte, ließ Ben sich von dem Psychiater eine Telegrammversion der Geschichte Konrad Oswalds erzählen. *Triebanomalie, Hypersexualität, gute medikamentöse Therapierbarkeit, Androcurverabreichung, wohlorganisiertes Patientenverhalten.* Ben notierte die Fakten, das Begreifen hob er sich für später auf. Ihm fiel auf, dass sich Uhlau nicht nach den Morden erkundigte, die dem Oswaldsohn angelastet wurden.

Ben fragte: »Sie wissen, was Konrads Einlieferung vorausgegangen ist?«

»Selbstverständlich. Konrad litt unter sadistischen Phantasien, die er seit Beginn der Pubertät an Katzen und Hunden abreagierte. Außerdem war er als Voyeur auffällig geworden.«

»Man hat Ihnen nicht alles über den Burschen gesagt. Er hat mindestens zwei Frauen ermordet. Aus purer Lust am Töten.«

»Das kann ich mir nicht vorstellen. Ich habe ihn selbst analysiert.«

»Der erste Mord geschah am dreizehnten September 1987. Da war Konrad Oswald noch nicht bei Ihnen. Stimmt's?«

»Nein.«

»Und wo war er in diesem Jahr zwischen dem 20. und 26. Dezember?«

»Wieso fragen Sie das?«

»Lesen Sie keine Zeitung?«

»Konrad ist kein Mörder. Er ist krank, aber mit Medikamenten können wir die Schübe ...«

»Keine Vorträge, bitte. Wo war er über die Weihnachtstage?«

»Er war für eine Woche weg. Aber am Samstagmorgen war er wieder zurück. Freiwillig. Ich hatte keinen Grund zur Annahme, dass ...« Uhlau ließ den Satz unvollendet.

Ben nahm dem Klinikchef die Unwissenheit nicht ab. Er wies ihn an, die Stadt nicht zu verlassen, und gab ihm einen Termin zur Vernehmung in der Festung. Als Zeuge, sagte der Hauptkommissar und der Psychiater nickte eifrig, als komme etwas anderes nicht in Frage.

Ela hatte ihre Ferngespräche beendet. »Fehlanzeige. Keine Spur von Oswald oder seinem Sohn. Was jetzt?«

»Marita«, sagte Ben. »Herr Uhlau, bitte führen Sie uns zu Konrads Schwester.«

»Sie braucht Ruhe. Sie hat viel mitgemacht. Ich glaube nicht, dass sie Ihnen weiterhelfen kann.«

»Das möchte ich von ihr persönlich hören.«

»Aber – sie ist erst heute Morgen von einem Ihrer Kollegen vernommen worden.«

»Wenn es um Mord geht, kenne ich keine Rücksichtnahme. Nicht auf die arme Seele des Täters, nicht auf Maritas Ruhebedürfnis. Und schon gar nicht auf den Ruf Ihrer Klinik. Ich denke, wir haben uns verstanden.«

Uhlau ging voraus. Schwere Teppiche, frische Blumen, alte Stiche an den Wänden – die Station erinnerte Ben an ein Schlosshotel an der Loire, in dem er sich einmal eine Übernachtung und ein feines Abendessen geleistet hatte. Im Treppenhaus, in den Gängen, überall war leise Musik.

Im ersten Stock kam ihnen ein junger Pfleger entgegen, der Uhlau fast über den Haufen rannte.

»Herr Doktor – Fritz – die Patientin ...«

»Was ist los? Beruhigen Sie sich!«

Der Mann trug Privatkleidung, Jeans und ein weißes Hemd. Vier silberfarbene Ringe perforierten sein linkes Ohr. Die Anweisung seines Chefs tat Wirkung.

Er rang nach Luft und sagte: »Fritz. Er hat eine Pistole. Er hat Marita abgeholt. Ich konnte nichts machen, er hat mich bedroht.«

Ben hetzte den Weg zurück. Im Laufen öffnete er den Verschluss seines Holsters. Eine Vase, die in der Eingangshalle im Weg stand, kippte um – rote und gelbe Blüten schwammen auf der Welle des Blumenwassers über die Bodenfliesen. Der Hauptkommissar öffnete das Eingangsportal und zog die P6.

Draußen jaulte ein Motor, Schotter spritzte auf. Weißer Volvo 324 mit Stufenheck. Die Reifen hinterließen tiefe, dunkle Rillen. Ben zielte auf die Reifen – er wollte Winter lebend, er durfte die Oswaldtochter nicht gefährden.

Drei Schüsse – daneben. Der Volvo bog auf die asphaltierte Zufahrt und beschleunigte. Ben nahm sich vor, öfter zu trainieren.

Der Fliegenmann hatte das Auto von seinem Kumpel Nitz geliehen, um das Mädchen zu entführen. Hoffentlich ging es ihm nur um Lösegeld.

Ben lief ins Büro des Klinikleiters und hackte die Nummer der Leitstelle in den Apparat. »KHK Engel hier vom KK 11. Großfahndung. Dringend. Ich wiederhole: sofortige Großfahndung. Geiselnahme. Der gesuchte Friedrich Winter befindet sich auf der B 7, Bergische Landstraße zwischen Düsseldorf und Mettmann, Fahrtrichtung unbekannt. Er führt eine Handfeuerwaffe mit sich und hat eine junge Frau in seiner Gewalt. Ich wiederhole: Winter hat eine Geisel genommen und ist bewaffnet. Am besten, ihr setzt Helis ein und sperrt sofort die A 3.«

Er gab den Typ des Fluchtfahrzeugs durch. Am anderen Ende der Leitung setzte Hektik ein, der Beamte, der Bens Meldung entgegennahm, schrie Anweisungen durch den Raum. Dann wollte er die Personenbeschreibungen haben. Wie Winter aussah, konnte Ben auswendig hinunterleiern. Bei Marita Oswald improvisierte er anhand dessen, was er aus der gestrigen Zeitung und aus Thanns Akte wusste.

Er legte auf und ließ sich in den hohen, weichgepolsterten Chefsessel zurücksinken. Wenigstens hier war es still, kein Barock-Gefiedel.

Drei Sekunden Ruhe.

Dann schrillte Uhlaus Apparat und Bens Nerven vibrierten wieder.

»Ja?«

Eine Frauenstimme: »Christiani, *Tornado-Film*. Kann ich bitte Frau Bach sprechen?«

»Ich bin ihr Kollege. Ich weiß Bescheid. Was gibt's?«

»Frau Bach hat gerade nach Herrn Oswald gefragt. Es tut mir Leid, aber Herrn Oswalds Terminkalender gibt uns diese und nächste Woche keine Chance. Er lässt ausrichten: Wenn sie bitte am vierten Januar noch einmal anrufen könnte. Vielleicht ...«

»Danke.«

Ben ließ den Hörer auf die Gabel krachen.

Ela stand in der Tür. »Ich hab mir beschreiben lassen, was Winter und Marita anhaben. Soll ich das für die Fahndung durchgeben?«

»Keine Zeit. Wir haben Oswald«, sagte Ben. »*Tornado-Film*.«

Auf dem Weg in die Stadt zählten sie zwei Hubschrauber, die tieffliegend die Gegend nach dem Fliegenmann absuchten. Und dann gab es irgendwo hier draußen noch den Kannibalen. An den Trittbrettfahrer wollte Ben erst gar nicht denken.

»Ras nicht so«, sagte Ela. »Schnall dich wenigstens an, Chef.«

57.

Auch über dem Glaspalast kreiste ein Hubschrauber – kein Grüner. Er setzte gerade zur Landung an, als Ben und Ela die Ernst-Groß-Straße auf der Brücke überquerten, die das Parkhaus mit dem Stadttor verband.

Im Foyer gab sich Ben zwei Sekunden, um die Architektur zu bewundern. Dann zeigte er der Frau hinter dem Schalter den Dienstausweis. Sie griff nach einem Hörer.

»Warten Sie«, sagte er. »Es soll eine Überraschung sein.«

Die Empfangsdame begriff. Sie reichte ihm eine Magnetkarte. »Oberste Etage, Herr Kommissar.«

Ben wandte sich an Ela. »Wenn du willst, kannst du hier unten warten.«

Die Kollegin steuerte die Aufzüge an. »Kommt nicht in Frage«, giftete sie. Die Tür glitt auf und die beiden Ermittler betraten die Milchglaskabine. Ben hielt das Kärtchen gegen die dafür vorgesehene Fläche und Ela drückte die Taste mit der Ziffer zwanzig. Lautlos und sanft glitt der Aufzug nach oben. Immer schneller.

»Du hättest untenbleiben können. Ich hab's dir gesagt.«

»Pff«, machte die Kollegin und fixierte ihre Schuhe.

Tornado-Film stand zuoberst auf dem Schild. Die Tür führte in ein Großraumbüro. Auf der gegenüberliegenden Seite war ein Gang. An dessen Ende entdeckte Engel eine Messingtafel. Oswalds Name war eingraviert, der Zusatz lautete: *Senior President*. Er nickte Ela zu. Mit erhobenen Dienstausweisen störten sie die Ruhe des Vorzimmers und durchquerten es, die Protestrufe der Sekretärinnen ignorierend.

»Sie können jetzt nicht ...«

»Herr Oswald ist in einer wichtigen ...«

»Sie müssen erst ...«

Der Gorilla in der blauen Berufskleidung erkannte die grünen Lappen und gab die Tür zum Allerheiligsten frei.

Das Büro würde sogar auf einen Ölscheich Eindruck machen. Wände aus Glas, schwarzer Teppichboden, barocke Möblierung, ausladende kristallene Leuchter. Zwei Männer starrten die beiden Ermittler an, Oswald und ein Jüngerer, ein schlanker Dreißiger mit schwarzem Haar.

»Was wollen's? Haben's ein' Termin?«, fragte der Medienmogul und strich seine grauen Strähnen in Form. Durch die Decke drang der gedämpfte Klang im Leerlauf drehender Rotorblätter. Eine Edelstahltür glitt auf und gab den Blick in eine Fahrstuhlkabine frei. Das Hubschraubergeräusch war ein paar Sekunden lauter zu hören, dann glitt die Tür wieder zu, da niemand die Lichtschranke durchschritten hatte.

Ben ging auf Oswald zu.

»Bleiben's stehen. I hab mein' Mundschutz net auf.«

Ben hielt ihm den Dienstlappen entgegen. »Kriminalpolizei. Nur ein paar Fragen.«

Oswalds Blick richtete sich an seinen Assistenten, dann wanderte er hinüber zu Ela.

»Das ist meine Kollegin«, erklärte Ben. »Wir suchen Ihren Sohn.«

»Konni?«

»Haben Sie mehrere Söhne?«

»Nein. Konrad ist in einer Klinik. Ich lass Ihnen die Adresse geben, wenn Sie wollen.«

»Er ist wieder ausgebrochen. Wenn Sie uns nicht helfen, besteht die Gefahr, dass er einen dritten Mord begeht.«

Oswald lief rot an. »Mord? Ein unglaublicher Vorwurf. Wie kommen Sie dazu ...«

»Wenn Sie nicht kooperieren, muss ich Sie festnehmen.«

»Schau dir den schneidigen Burschen an. Denkt, weil er ein' Anzug und ein' Schlips trägt, kann er hier reinmarschieren und seine Kompetenzen überschreiten. Wie heißen's eigentlich, Herr ...«

»Engel. Benedikt Engel, Kriminalhauptkommissar und Leiter des Kommissariats für Tötungsdelikte.«

»Wissen's eigentlich, wen Sie vor sich haben, Herr Engel? In zwei Stunden bin ich mit dem Ministerpräsidenten Ihres Bundeslandes zum Essen verabredet.«

»Ich würde auch Herrn Clement in einer solchen Situation festnehmen.«

»Das wird ja immer schöner.« Oswald wandte sich an den Schwarzhaarigen. »Gehen's schon mal voraus, Herr Christiani. Sagen's dem Piloten, ich hab noch was zum regeln.«

Der Assistent nickte und schritt zur Stahltür.

In diesem Moment polterte es im Vorzimmer, eine junge Frau kreischte wie am Spieß. Noch ein Schrei, der eines Mannes: »Keine Bewegung!«

Die Tür flog auf, ein Mädchen stolperte in den Saal.

»Marita!«, rief Oswald.

Ein Mann folgte ihr und fuchtelte mit einer Pistole. »AUF DEN BODEN!«, schrie er. »ALLE!«

Winter. Mit seiner silberfarbenen Fliege sah er aus wie ein Oberstudiendirektor beim Schulball. Er erkannte Ben und wiederholte: »Runter. Hände in den Nacken!«

Um seiner Forderung Nachdruck zu verleihen, schoss Winter gegen die Fensterfront in Richtung Hafenbecken. Die Scheibe zersplitterte rund ums Einschussloch in tausend Partikel, die trotzdem hielten. Das Hubschrauberknattern war nun deutlich und laut.

Ben ging langsam auf die Knie, die Hände im Nacken verschränkt. Im Augenwinkel konnte er erkennen, dass der Assistent stehen blieb und nach dem Aufzugknopf tastete. Die Tür glitt auf.

»Weg vom Aufzug! Runter!« Der Fliegenmann ging zum Schwarzhaarigen, der sich ebenfalls hinkniete. »Du auch hier?« Er trat dem Mann, den sein Chef Christiani genannt hatte, in den Rücken. »Ganz runter!« Jetzt zielte er auf Ben. »Alle!«

Der Hauptkommissar gehorchte. Winter hob die Pistole etwas an und jagte den zweiten Schuss in Richtung WDR-Gebäude. Ben war, als könne er den Lärm auseinander halten: den Knall und das berstende Glas.

Hatte die Bürotür sich bewegt? Auch Ela rührte sich: Ihre Hand wanderte in Richtung Hüftholster. Ben behielt sie im Auge. *Mach keinen Unsinn, nicht die Heldin spielen.*

Der Fliegenmann knöpfte sich jetzt Oswald vor. Er griff in dessen graue Strähnen, hob den Kopf an und sagte: »Auf den Moment hab ich schon immer gewartet.« Er rammte dem Medienmogul den Lauf zwischen die Zähne. »Ist der Pilot in der Maschine?«

»Mhm«, machte Oswald. Von seinen Lippen tropfte Blut.

»Steh auf, du Schwein!«, befahl Winter. »Der Safe!« Der Filmhändler gehorchte und machte sich an der Wand zu schaffen, die der Fensterfront gegenüberlag. Mit einem Klicken sprang die Klappe des Bürosafes auf. Der

Fliegenmann griff mit der Linken hastig nach drei, vier Geldbündeln und stopfte sie in die Tasche. Winters Gesichtsausdruck war eindeutig: nicht die Summe, die er erwartet hatte.

Marita wimmerte. Oswald hielt sich den Mund. Durch die geöffnete Bürotür fiel Licht in den Saal. Etwas Blaues trat in die Tür. Der Gorilla.

Winter fuhr herum. Zwei Schüsse, fast gleichzeitig. Das Fenster splitterte hinter dem Fliegenmann, dessen Antwort saß besser: Der Blauuniformierte sackte vor der Tür zusammen und stöhnte. Schreiend flohen die Sekretärinnen. Winter sah nach – das Vorzimmer war leer. Er beugte sich über den heftig blutenden *Fichte*-Mitarbeiter, nahm ihm die Waffe ab und trat ihn mehrmals heftig in die Rippen.

Dann bemerkte er Ela.

Er feuerte knapp über sie hinweg. Ela nahm die Hand vom Holster und streckte sie von sich, die leere Innenfläche nach oben. Winter riss ihr die Sig-Sauer P6 aus dem Holster.

Der Fliegenmann verschwand aus Bens Blickfeld. Von unten drang jetzt der Lärm von Polizeisirenen herauf. Mindestens drei Funkwagen.

Ben spürte den Druck eines Pistolenlaufs im Nacken. Winter machte sich an seiner Hüfte zu schaffen. Dann war auch Ben entwaffnet.

Der Fliegenmann trat neben Marita. »Aufstehen«, kommandierte er.

»Nehmen Sie *mich* als Geisel«, sagte Ben. Er versuchte, ruhig zu wirken.

Winter ignorierte ihn und riss das Mädchen hoch. »Nein, bitte nicht«, flehte sie. Dann begann sie zu würgen und kotzte auf den schwarzen Wollteppich.

»Lassen Sie Marita hier. Ich nütze Ihnen viel mehr, Winter.« Ben zog die Beine an, ging halb in die Hocke, die Hände immer noch im Nacken. »Ich kann für Sie die Verhandlungen führen. Mit mir haben Sie eine Chance.«

Der Fliegenmann zielte mit erstaunlich ruhiger Hand.

Für einen Moment war Ben sicher, der Kerl würde ihn erschießen.

Stattdessen gab er der Oswaldtochter einen verächtlichen Stoß. »Aber keine Tricks«, sagte er zu Ben, weiter auf ihn zielend.

Im Aufzug ging Winter auf größtmögliche Distanz. Nur der Schweiß auf der Stirn verriet seine Anspannung. Ben verwarf den Gedanken, ihn hier zu überrumpeln. Mit einer Pistole in jeder Hand war der Fliegenmann ein zu großes Risiko.

Auf dem Dach wurden sie von Sturm und ohrenbetäubendem Krach empfangen. Die kreisenden Rotorblätter ließen Ben unwillkürlich den Kopf einziehen. Auch ohne Winters herrisches Fuchteln wusste er, wohin es ging.

Der Pilot trug Kopfhörer und las ein Taschenbuch. Er erschrak, als er erkannte, dass sich die Passagierliste geändert hatte. Noch mehr, als er Winters Schusswaffen sah.

Im gleichen Moment, als der Helikopter abhob, tauchte vor ihnen ein Polizeihubschrauber über den Rand des Hochhauses. Drei schwarzvermummte Rambos vom Sondereinsatzkommando auf jeder Kufe. Ben konnte nur hoffen, dass sie nicht den Befehl hatten, bereits jetzt auf Winter zu schießen. Einen Absturz würde er nicht überleben.

Winter tat unbeeindruckt. Er zeigte ein grimmiges Grinsen und zielte auf den Piloten und Ben zugleich.

In Sekundenschnelle ließen sie den Hafen und die Rheinschlinge unter sich zurück. Halb links blinzelte die Sonne durch graue Schleier. Es ging nach Westen.

Ben wandte den Kopf. Der grüne Heli hielt Abstand.

»Wenn wir erst mal in der Cessna sitzen, hängen wir die Bullenhummel ab«, rief Winter. Er klang tatsächlich, als glaubte er daran.

Flugplatz Mönchengladbach – die Cessna des Medienmoguls, riet Ben. Er berechnete die Chance, dass das SEK vor ihnen dort eintraf.

58.

Die Stahltür schloss sich hinter ihrem Chef und dem Fliegenmann. Ela zählte bis drei. Dann erhob sie sich mit weichen Knien.

Es roch nach Erbrochenem. Marita weinte. Ihr Vater spuckte Blut und heulte nach einem Arzt. Christiani lehnte neben dem Aufzug und starrte nach draußen.

Zum Greifen nah stieg vor dem zerschossenen Fenster ein Helikopter nach oben. Zwei Scharfschützen im Inneren, sechs weitere SEK-Kollegen an der Außenseite festgeschnallt. Elas Blick kreuzte sich für einen Moment mit dem des Piloten. Sie hob den Daumen und deutete Richtung Dach.

Hinter ihr war ein Stöhnen. Der Wachmann lebte noch.

Die Mordermittlerin stürzte zum Telefon und wählte den Notruf. Kaum hatte sie aufgelegt, stürmte wie zur Antwort ein Trupp Vermummter das Vorzimmer. Die Männer gingen an der Tür in Deckung, Läufe von Maschinenpistolen zielten ins Büro. Bitte keine Blendgranaten, dachte Ela.

»Er ist auf dem Dach!«, rief sie den SEK-Leuten zu.

Oswald sackte in die Knie und riss die Arme in die Höhe. Marita übergab sich ein zweites Mal. Christiani presste sich gegen die Wand.

Auch Ela nahm die Hände hoch. Die SEK-Männer standen wahrscheinlich nicht weniger unter Stress als sie. »Ich bin Ela Bach vom KK 11. Der Flüchtige hat jetzt einen Kollegen als Geisel. Meinen Chef, Benedikt Engel. Sie sind aufs Dach gefahren.«

Funkgeräte rauschten. Endlose Sekunden.

Dann rannten die Schwarzkittel ins Büro, mit ihren Maschinenpistolen Ela und die drei anderen in Schach haltend. Sie umrundeten den Schreibtisch und sahen, dass der Geiselnehmer tatsächlich nicht mehr da war. Endlich rissen die Männer ihre Mützen vom Kopf. Entwarnung.

Zwei kümmerten sich um den verletzten Wachmann, der Einsatzleiter ließ sich Elas Dienstausweis zeigen und nickte zufrieden.

Von den Hubschraubern war nichts mehr zu hören. Im Geiste drückte Ela ihrem Chef die Daumen. Sie war froh, nicht an seiner Stelle zu sein.

Sanitäter trafen ein und transportierten den Verletzten ab. Oswald rief nach seinen Sekretärinnen, doch niemand hörte auf ihn. Er streifte weiße Handschuhe über, griff selbst zum Hörer und rief jemanden an, dem er vorjammerte, sein Mund müsse umgehend von Bazillen gereinigt werden.

Als er auflegte, sprach Ela ihn an: »Sie haben unsere Frage nicht beantwortet. Wo befindet sich Ihr Sohn Konrad?«

Oswald sah sie gar nicht an. »Mit Ihn' kommunizier ich nur noch über mein' Anwalt. Und jetzt verschwinden's. Sehn's net, dass i unter Schock steh?«

Ela wandte sich an Marita. »Hast du eine Ahnung, wo dein Bruder sich aufhalten könnte?«

Die Oswaldtochter sah ihren Vater an, dann dessen Assistenten. Sie wirkte völlig apathisch und hielt ihren Bauch. Mit ihr war nicht zu reden, dachte Ela.

Drei Kriminaltechniker schoben sich mit ihren Koffern ins Büro, zwei Schupoleute der Wache am Jürgensplatz im Schlepptau. Ela erklärte ihnen den Ablauf der Schießerei.

»Das wär's dann wohl«, verabschiedete sich der Leiter der SEK-Einheit.

Ela wandte sich an die beiden Schupos. »Würdet ihr bitte ihn hier in die Festung bringen? Ja, den Herrn mit den Handschuhen. Ins Polizeigewahrsam. Er hat zwei Morde gedeckt und er verschweigt uns den Aufenthaltsort des Täters.«

»Kein Problem«, sagte einer der Uniformierten und löste die Handschellen von seinem Gürtel. Zwei Punkte auf der Schulterklappe, ein einfacher Polizeiobermeister.

»Ich bin mit dem Emm Pi verabredet«, protestierte der Konzernchef.

»Und ich bin der Kaiser von China«, antwortete der Kollege und ließ das Fangeisen um Oswalds Handgelenke schnappen.

»Atmen's net in meine Richtung. I hab mein' Mundschutz net auf«, beschwerte sich der Medienzar. »I verklag Sie alle!«

Betont ruppig stießen ihn die Uniformierten ins Vorzimmer. Sie ahnten nicht, wen sie da abführten.

Für Ela gab es nichts mehr zu tun. Sie musste sich mit dem Gedanken an eine erneute Aufzugfahrt anfreunden. Seit ihrer Jugendzeit litt sie an Angst vor engen Räumen – sie wusste nicht, woher das kam. Dass es seit einem Jahr schlimmer geworden war, verdankte sie ihrem früheren Chef beim LKA. Dem Überkorrekten. Dem Schwein. Vom ersten Tag an hatte er auf ihre Brüste gestarrt, als hätte er noch nie zuvor eine Frau gesehen. Als Ela anfing, weite Sachen zu tragen, begannen die anzüglichen Bemerkungen. Dann, im Aufzug des LKA-Gebäudes an der Volmerswerther Straße, drückte die perverse Sau den Nothalt und spielte den heißen Draufgänger. Der Versuch einer Vergewaltigung, der gründlich missglückte.

Aber seitdem verfolgte er sie mit übler Nachrede. Bauschte einen Vorfall aus ihrer Praktikumszeit auf, als sie sich mal blöd verhalten hatte. Dichtete ihr Neurosen an. Machte aus einer Mücke einen Elefanten. Wahrscheinlich hatte das Schwein sie bei Sonntag angeschwärzt. Warum sonst hätte der Kripochef ihr die Psychologin auf den Hals gehetzt.

Sie hatte keine Lust, zum Personalrat zu laufen und auf geschlechtsspezifische Benachteiligung zu machen. Ebenso wenig wollte sie sich bei Benedikt Engel ausweinen und das schutzbedürftige Mädchen spielen. Sie war mit dem LKA-Schwein fertig geworden. Sie fuhr seit heute Aufzug und trug wieder normale Klamotten. Sie würde es schaffen.

Der Schwarzhaarige sprach sie an: »Wir können diesen Fahrstuhl nehmen, geht schneller.«

Ela folgte ihm zur Edelstahltür, die zur Seite glitt. Noch enger als der Aufzug, mit dem sie gekommen waren. Was soll's, Kabine ist Kabine.

Christiani ließ Ela vorausgehen. Hinter ihm schloss sich die Tür. Eingeschlossen. Keine vier Quadratmeter.

Es gab nur vier Knöpfe. Ihr Begleiter drückte den unteren.

»Oswalds Privatlift?«, fragte sie mit gepresster Stimme.

Er nickte.

Das Ding beschleunigte. Ela spürte, dass Winters Überfall ihre dumme Angst wieder belebt hatte. Stahlblech an allen Wänden, künstliche Beleuchtung in der Decke – weiß der Teufel, wie lange die Atemluft reichte, wenn man stecken blieb. Und wenn die Stahlseile nichts taugten? In einem Neubau konnten allerhand Pannen geschehen.

Nur mit Mühe widerstand Ela dem Bedürfnis, nach der Hand des Fremden zu greifen, der neben ihr stand. Durch Reden versuchte sie, sich abzulenken. Ein altes Rezept.

»Und Sie sind Oswalds persönlicher Referent? Oder sagt man Assistent der Geschäftsleitung?«

Christiani sah ihr ernst in die Augen. Seine waren hell, mit einem grünlichen Schimmer, ein interessanter Kontrast zur Haarfarbe.

Er sagte: »Wir sind gleich unten.«

Scheiße, dachte sie. Er hat es gemerkt. Dann bewunderte sie sein Einfühlungsvermögen. Anderen nahm sie es übel, wenn sie auf ihre Beklemmungen angesprochen wurde. Aber Christiani war ohne Anflug von Spott, ohne lästige Neugier. Ela schätzte ihn auf ungefähr ihr Alter. Sanfte, angenehme Stimme.

»Kein Problem«, beteuerte sie.

Mit Erleichterung spürte sie, dass der Aufzug abbremste. Die Tür glitt zur Seite.

Die Tiefgarage sah anders aus als der Ort, wo ihr Chef geparkt hatte. Eine Reihe schwarzer Mercedes-Limousinen, eine graue Tür mit Aufschrift *Ausgang*.

Christianis Blick streifte ihr Haar. »Sie machen Ihren Job großartig, Frau Bach. Wie wird man eigentlich Polizistin?«

Sieh an, er merkte sich Namen. »Indem man sich bewirbt«, sagte Ela.

Christiani blieb ernst. Er deutete auf den dicksten Benz. »Wenn Sie wollen, bringe ich Sie hin.«

»Wohin?«

»Zu Oswalds Sohn. Den suchen Sie doch.«

Er weiß, wo der Kannibale steckt.

Die Aussicht, Konrad Oswald zu verhaften, elektrisierte Ela.

»Unbedingt«, antwortete sie.

59.

Ruh dich aus, mein Junge – nein, es war unmöglich. Thilo spürte, dass ihm die Wahrheit über den Kopf wuchs. Er hielt es nicht aus, allein in seinen vier Wänden. Er musste mit jemandem reden.

»*Fichte Security*, Büro Hermann Becker«, sagte die Sekretärin am anderen Ende.

»Thilo Becker. Ist mein Vater da?«

»Tut mir Leid. Ein auswärtiger Kundentermin.«

So war es immer gewesen, dachte er.

»Soll ich etwas für ihn notieren?«

»Nein, danke. Das heißt ...«

»Ja?«

»Was ist mit meiner Mutter?«

»Tut mir Leid, sie ist heute gar nicht gekommen. Vielleicht erreichen Sie sie zu Hause.«

»Danke.«

»Halt, warten Sie. Eben kommt Ihr Vater rein. Ich stell durch.«

Doch zunächst drückte sie die Warteschleife der Telefonanlage. Mozarts Kleine Nachtmusik. Thilo dachte daran aufzulegen.

»Thilo?«

»Hast du gewusst, dass Konrad Oswald der Kannibale ist? Hast ihn gemeinsam mit Frank bei Uhlau versteckt und dafür Geld von Oswald kassiert?«

»Hör mal, das ist eine längere Geschichte. Ich hab jetzt nicht viel Zeit. Ich weiß nicht, was Frank dir ... jedenfalls sollten wir mal, vielleicht am Neujahrstag ... Ich glaub, da hab ich frei.«

»Ja oder nein?«

»Du, so einfach ist das nicht. Bitte unternimm jetzt nichts Überstürztes. Ich versuch grad, alles ins Reine zu bringen. Hat Renate dir schon gesagt, dass ich heute Morgen ausgezogen bin? Es hat einfach keinen Zweck. Zumindest brauch ich erst mal Abstand. Zeit für mich selbst, verstehst du? Was aus der Firma wird, weiß ich noch nicht. Ich sondier grad die Lage. Mach dir keine Sorgen um deine Mutter. Sie wird auf alle Fälle gut versorgt sein. Ob sie die Wahl in den Bundestag schafft oder nicht.«

»Hast du gewusst, dass sie Christa ermordet hat?«

»Sie ... ja. Sie hat's mir erzählt. Ermordet ist sicher der falsche Begriff, juristisch gesehen. Sag mal, kannst du mir einen Gefallen tun? Ich hätt gern ein paar Sachen aus dem Haus. Mein Kulturbeutel und die Bücher, die auf meinem Nachtkästchen liegen. Ich kann da jetzt nicht rausfahren. Wenn du mir vielleicht bei Gelegenheit ... Ins *Lindner-Hotel*, du weißt schon.«

Kulturbeutel. Der Mann hatte wirklich Sorgen.

»Und Sonja Thiele?«, fragte Thilo.

Zuerst war Stille in der Leitung und er glaubte, sie seien unterbrochen worden. Dann antwortete sein Vater: »Du, ich muss dir was sagen.«

»Dass du mit der Thiele ein Verhältnis hattest, weiß ich. Das ist deine Sache. Ich will wissen, ob Mutter auch die Thiele ermordet hat.«

»Was soll ich tun? Nach Beweisen suchen? Sie streitet es ab, aber ... Es ist meine Schuld. Wenn ich mich von ihr getrennt hätte, bevor ich mich in Sonja verliebt habe, wäre alles ganz anders gekommen. Als Mordermittler würde ich sie jetzt festnehmen. Aber als Ehemann? Ich muss erst mal mit mir selbst ins Reine kommen. Weißt du übrigens schon, dass Paul tot ist? Paul Zimmermann? Er hat sich heute Morgen das Leben genommen.«

»Das ist nicht wahr!«

»Er hat Christas Tod nie überwunden. Als Uhlau mich anrief, dachte ich, Paul hat es vielleicht richtig gemacht. Alles ist irgendwie in Trümmern. Scheiße, ich will dir nichts vorjammern. Neujahr. Am Neujahrstag gehen wir miteinander spazieren. Ich freu mich drauf. Weißt du noch, wie wir früher manchmal an der Rennbahn ... im Wildpark ...?«

»Nein, weiß ich nicht«, sagte Thilo.

Als sein Vater nicht gleich weitersprach, legte er auf.

Er erinnerte sich nur, mit Christa und Paul dort gewesen zu sein. Oft. Mit trockenen Spaghetti hatten sie die Wildschweine und Rehe gefüttert. *Christa und Paul.*

Thilo ging hinunter zu seinem Wagen. Er fühlte sich wie ferngesteuert, als sehe er sich selbst zu. Er unternahm keinen Versuch, seine Gedanken und Bewegungen in eine andere Richtung zu lenken. Es war gut so. Irgendwie war er auf diese Art nicht verantwortlich für das, was er vorhatte.

60.

Behutsam setzte der Hubschrauber auf. Eine weite Betonfläche, kein Mensch in Sicht, kein Fahrzeug weit und breit. Der grüne Polizeiheli hatte schon nach wenigen Kilometern die Verfolgung aufgegeben, ohne ersichtlichen Grund.

Es sah aus, als seien sie allein auf dem Flugplatz.

Ben war nicht entgangen, dass der Pilot keinen geraden Kurs genommen hatte. Statt westwärts der A 52 zu folgen, war er über Büderich und Strümp nach Norden abgewichen und hatte sich ab da an den Verlauf der A 44 gehalten, die einen Bogen beschrieb und erst in Flugplatznähe die 52er-Autobahn kreuzte.

Der Fliegenmann war nervöser als zuvor. »Mach endlich das Ding aus!«, schrie er.

»Was?«, antwortete der Pilot.

Winter stieß ihm die Pistole gegen die Schläfe. »Ausmachen, verdammt!«

Der Rotor verlangsamte die Drehung. Der Pilot nahm die Kopfhörer ab. Sicher hatte er mit den Polizeikollegen in Funkverbindung gestanden. Ben konnte sich ausmalen, wie die Anweisungen gelautet hatten: *Zeit gewinnen, damit wir vor euch da sind. Dort landen, wo unser Zugriff am besten möglich ist.* Er war gespannt, ob die Rechnung aufgehen würde.

»Wo steht Oswalds Cessna?«, fragte der Fliegenmann.

»Im Hangar dort drüben.«

»Warum zum Teufel bist du nicht dort gelandet?«

»Ihre Anweisung.«

»Wieso?«

»Sie haben gesagt, ich soll alles wie immer machen. Als wäre ich mit Oswald unterwegs.«

»Mist«, knurrte Winter. »Wenn du mich verarschst, knall ich dich ab.«

Sie kletterten aus dem Heli. Der Fliegenmann ließ Ben und den Piloten vorausgehen. Gut dreihundert Meter bis zum Hangar.

Neben der Halle war ein weiteres flaches Gebäude. Dahinter hohes Gras und Gestrüpp entlang des Zauns.

»Wo wollen Sie eigentlich hinfliegen?«, fragte der Pilot.

»Das sag ich, wenn wir in der Luft sind.«

»Ich bekomme nicht überall Landegenehmigung.«

»Schnauze.«

»Und bedenken Sie die Reichweite der Cessna.«

Der Pilot hielt sich an die Direktive der Kollegen, dachte Ben. Halt ihn am Reden, damit er nicht bemerkt, wie er in die Falle tappt.

»Ist voll getankt?«, wollte Winter wissen.

»Ja.«

»Dann reicht's, du Klugscheißer.«

Noch zweihundert Meter.

Ben fragte: »Eins würde mich interessieren, Herr Winter. Warum haben Sie Britta Landwehr mit Konrad Oswald bekannt gemacht?«

»Warum wohl, du Schlaumeier. Er brauchte was zum Ficken. Das brauch ich auch, wenn das hier vorbei ist. Und du nie mehr, denn dir schieß ich die Eier ab, wenn du nicht die Schnauze hältst!«

»Es macht Ihnen zu schaffen, dass Konrad das Mädel umgebracht hat.«

»Ich sagte, nimm 'ne Nutte, aber er wollte nicht. Konnte ich ahnen, dass er sein Androcur abgesetzt hatte? Sonst hat's immer funktioniert.«

»Was soll das heißen?«

»Geh weiter, verdammt! Quatsch nicht so viel, Scheißbulle!«

Noch hundertfünfzig Meter.

Ohne den Kopf zu bewegen, ließ Ben den Blick schweifen. Alles ruhig. Vielleicht war der Umweg zu kurz gewesen, die Zeit für das Sondereinsatzkommando zu knapp.

Ben sagte: »Konrad hat die Klinik auch vorher schon einmal verlassen?«

»Einmal? Oft, überall hin. Mallorca, Florida, alles. Was meinst du? Ich war sein Anstandswauwau. Hab ihm die Pharmakeule gegeben, wenn er fickrig wurde. Der Bastard hatte sogar 'ne Büchse in der Klinik. Keine Ahnung, ob die Kleine mit ihm Spaß hatte. Testosteronhemmer. Ruhigsteller. Tote Hose, wenn du weißt, was ich meine.« Winter lachte auf. Dann rief er: »Schneller, ihr Penner!«

»Spaß hatten die anderen auch keinen.«

»Wer?«

»Die Neumeier und die Landwehr. Hat er Ihnen erzählt, was er mit ihnen ...«

Winter unterbrach ihn: »Schnauze jetzt!«

Noch einhundert Meter.

Ben machte sich darauf gefasst, dass jeden Moment die Blendgranaten fliegen würden – so weit man sich auf einen solchen Schock überhaupt vorbereiten konnte. Der Pilot verlangsamte den Schritt. Sein Blick wanderte über den Hangar. Nicht so auffällig, dachte Ben. Du warnst unseren Pistolero, wenn du dich umsiehst.

Winter gab dem Piloten einen harten Schubs. »Hey, hast du was an den Füßen? Beweg dich!«

Keine Scharfschützen auf den Dächern, kein Rascheln in den Büschen. Die SEK-Bullen waren gut versteckt. Oder sie würden zu spät kommen.

Ben versuchte, das Gespräch in Gang zu halten. »Warum sind Sie nicht in der Klinik geblieben?«

»Bei dem Bastard? Spinn ich? Die Neumeiersache war verjährt, zumindest, was mich betrifft. Finito, verstehst du?«

»Nichts ist verjährt. Tankstellenraub, Entführung, Geiselnahme. Gib auf, Fritz. Es lohnt sich nicht.«

»Du laberst zu viel, Bulle.«

»Ich leg ein Wort für dich ein.«

»Schnauze!« Jetzt kassierte auch Ben einen Rempler, der ihn fast auf den Boden schickte. Als er sich gefangen hatte, spürte er die Pistolenmündung an seinem Hinterkopf. Die letzten Schritte gingen sie wortlos.

Vor dem großen Wellblechschuppen machten sie halt.

Keine Granaten. Keine Schwarzvermummten, die sich vom Dach abseilten. Keine Rambos, die schreiend mit Automatikwaffen fuchtelten.

»Da drinnen ist die Maschine«, sagte der Pilot.

»Worauf wartest du?«, raunzte Winter ihn an. »Mach das Tor auf!«

Der Pilot stützte sich auf den Hebel, der das Rolltor verriegelte.

»Können Sie mir helfen?«, fragte er den Hauptkommissar. »Klemmt ein bisschen.«

»Tu, was er sagt«, befahl Winter und fuchtelte mit den Pistolen, die er in den Händen hielt. Zwei weitere, Bens und Elas Sig-Sauer, hatte er im Hosenbund stecken. Herr Kaiser von der Hamburg-Mannheimer als Räuber Hotzenplotz verkleidet.

»Zugleich, auf mein Kommando«, sagte der Pilot. Ben packte mit an.

»Achtung. Jetzt.«

Der Hebel glitt butterweich nach unten, der Pilot warf sich gegen den Hauptkommissar und fiel über ihn. Im gleichen Moment rumpelte das Rolltor zur Seite. Instinktiv schloss Ben die Augen und hielt sich die Ohren zu. Trotzdem war der Knall nicht zu überhören. Durch die zusammengepressten Lider nahm Ben den Blitz war. Salven von MP-Feuer donnerten aus der Halle.

Dann war es still.

Sechs SEK-Rambos stürmten heraus, umringten den Fliegenmann, der reglos auf dem kalten Beton lag. Sie zielten auf Winter, als könne sich ein Toter noch wehren.

Funkgeräusche krächzten, der Gruppenführer kam hinzu, beugte sich über den Fliegenmann, gab seinen Leuten Entwarnung. Sie nahmen die Tarnkappen ab.

Ein alter, weißer Mercedes rollte über die Landebahn und hielt schlitternd vor dem Hangar. Frank Brauning und zwei seiner OK-Leute stiegen aus. Ben wurde klar, warum der Einsatz so und nicht anders verlaufen war. Der Rottweiler hatte ihn befehligt.

Der OK-Chef schüttelte jedem der Rambos die Hand. »Ich danke euch, saubere Arbeit. Einfach klasse.«

Er kam bei dem Piloten an, der erst jetzt vor Aufregung zitterte. Brauning legte ihm die Rottweilerpranke auf die Schulter. »Sie haben das wunderbar gemacht. Das Land bräuchte mehr solcher Männer wie Sie.«

Dann stand Brauning vor Ben.

Er musterte den Mordermittler und schüttelte den Kopf. Er sah traurig aus, als würde er gleich vor Mitleid zerfließen. »Du hast dir hoffentlich nicht den guten Anzug ruiniert, Ben. Das fänd ich wirklich jammerschade.«

Du hättest Komödiant werden sollen, dachte Ben. Aber in diesem Moment stand ihm nicht der Sinn nach Theater.

Aus der Ferne kamen Polizeisirenen näher. Lichter blitzten auf. Eine Armada von Grünweißen und Rettungswagen rollte über die Landebahn.

Heintze, einer von Braunings Protegés aus der OK-Gruppe, untersuchte den Toten. Er hatte Mühe, mit den Knien der Blutlache auszuweichen. Zahllose Einschüsse hatten Winters braunen Anzug zerfetzt. Die Enden der silbernen Fliege vibrierten im Wind. »Gratuliere, Frank. Der nimmt keine Geisel mehr.«

Brauning ignorierte seinen Kollegen. Er folgte Ben und fasste ihn am Arm, als suche er Halt. »Du denkst jetzt, du hättest es anders gemacht, was Ben? Aber ich bin sicher, du hast keinen Schimmer, wie.«

»Schätze, Sie verdanken Frank Ihr Leben, Herr Engel«, bemerkte Heintze.

Ben pflückte seine P6 aus dem Gürtel des Toten. Er wusste wirklich nicht, wie er die Geiselnahme beendet hätte. Nur eins war ihm klar: dass er Winter lieber lebend gekriegt hätte. Aus reiner Neugier. Es gab eine Menge Fragen, die er dem Fliegenmann noch gern gestellt hätte. Wissbegier gehörte zum Polizeiberuf – auch wenn Typen wie Brauning das vielleicht anders sahen.

61.

Der S-Klassen-Benz rollte die Ausfahrt hoch. Eine eigene, exklusive Tiefgarage für Oswald und seine Geschäftspartner.

Ela spürte die Blicke des Mannes, der neben ihr saß. Christiani musterte ihr blondiertes Haar. Sie fühlte sich unbehaglich. Hatte sie es schlecht gefärbt?

»Wo fahren wir hin?«, fragte sie.

»Oswalds Villa in Meerbusch. Sein Vater hat Konrad aus der Klinik geholt. Er war dort nicht mehr sicher.«

Ela dachte über diese Bemerkung nach. Wie konnte Oswald erfahren haben, dass sie Konrad auf die Spur gekommen waren? Vielleicht hatte Konrads Mutter angerufen und den Filmhändler gewarnt.

Ela tastete nach ihrem Holster. Leer – Winter hatte sie entwaffnet. Außerdem brauchte sie Verstärkung.

»Können sie mich bitte zuvor am Präsidium absetzen?«, fragte sie den Fahrer.

Doch unter der Brücke am Fuß des Stadttors bog Christiani in den Tunnel, statt weiter geradeaus zu fahren.

»Haben Sie nicht gehört?«

Der Mann am Steuer zeigte keine Regung.

»Ich bin unbewaffnet!«, rief Ela. »Ich kann so nicht zu Konrad!«

Christiani drehte sich in ihre Richtung. Ein wuchtiger Fausthieb traf sie an der Schläfe. Ein leichtes Schlingern des großen Wagens war das Letzte, was sie wahrnahm, bevor sie die Besinnung verlor.

62.

Mutters BMW stand in der Garage. Thilo parkte davor. Mit seinem Schlüssel öffnete er die Haustür.

Renate Becker lag in einen Bademantel gehüllt auf der Couch und schlief. Die Decke war auf den Boden gerutscht. Ihm fiel auf, wie blass sie ohne Make-up war. Alt. Verletzlich. Ein guter Anwalt konnte möglicherweise erfolgreich auf Körperverletzung mit Todesfolge plädieren. Blackout. Mildernde Umstände. Es gab eine Menge Tricks, um halbwegs glimpflich davonzukommen. Aber vor dem Verfahren durften sich beide nicht drücken. Sie und Brauning.

Thilo breitete die Decke über seine Mutter. Sie schlug die Augen auf und rappelte sich hoch. Mit einem matten Lächeln begrüßte sie ihn. Er spürte, dass sie froh war, ihn zu sehen. Ihre Aussprache war schleppend – offenbar hatte sie doch Beruhigungsmittel genommen.

»Ich weiß Bescheid«, sagte Thilo.

»Was meinst du, Thilo?«

»Alles.«

Sie drückte Thilos Arm und schniefte leise vor sich hin. »Ich hab vorhin dran denken müssen, wie es war, als du noch klein warst. Du brauchtest nur das Auto zu hören, und schon kamst du mir durch das ganze Haus entgegengerannt. Ich dachte immer, noch ein paar Monate, dann läuft die Firma. Höchstens noch ein Jahr, dann hör ich auf und hab endlich Zeit für meinen kleinen Thiloschatz. So hab ich dich damals genannt, als du noch klein warst. Thiloschatz. Weißt du noch?«

Er nickte, aber es war nicht seine eigene Erinnerung, sondern nur ihre oft wiederholte Erzählung.

Seine Mutter kramte nach einem Taschentuch. Es war feucht und zerknüllt. »Was sollen wir tun?«

»Das fragst du mich?«

»Natürlich.«

»Mir wäre lieber, du würdest selbst draufkommen.«

Die Tränen liefen. »Ich hab alle Eskapaden Hermanns ertragen. Jahrelang. Als es mit Christa losging, dachte ich: Jetzt ist Schluss. Ich wollte mit Christa nur reden. Glaub mir, ich wollte wirklich nicht ...«

Thilo fragte sich, ob sie getrunken hatte, aber er konnte nichts riechen.

Ihre Finger kneteten seinen Arm. »Ich wusste nicht, wie lang das mit den beiden schon lief. Es war alles beschlossene Sache. Sogar das Sorgerecht für dich wollte dieses gefräßige Miststück. Hermann allein genügte ihr nicht.«

»Du kannst dir einen guten Anwalt leisten.«

»Hat Frank es dir erzählt? Er meinte, es käme alles in Ordnung.«

»Du hast ihn zum Straftäter gemacht, indem du verlangt hast, dass er dir hilft.«

»Ich habe sie so gehasst. Aber ich wollte nicht – ich ...« Sie schnäuzte sich in das völlig überforderte Taschentuch. »Und du kamst aus der Schule und hast immer nur nach ihr gefragt. Christa, Christa, Christa, Christa. So ging das die ganze Zeit.«

»Willst du damit sagen, es sei meine Schuld?«

»Du kannst nichts dafür. Die gefräßige Schlange hat dir den Kopf verdreht. Aber das ist jetzt vorbei. Wir müssen jetzt zusammenhalten. Hermann will mich verlassen.

Hilf mir, Thilo, versprich mir, dass du mich nicht allein lässt, wenn Hermann fortgeht. Ich hab nur noch dich.«

»Ich krieg nicht mal mein eigenes Leben auf die Reihe.«

»Wir beide kriegen das hin, was Thiloschatz? Alles wird wieder gut.«

Er musterte die Frau, die vor ihm saß – er empfand nur Mitleid. »Das glaubst du doch selbst nicht. Nichts wird gut. Nicht nach dem Mord an Sonja Thiele.«

»Das Galerieflittchen? Willst du behaupten, dass ich sie auch umgebracht habe? Hat dir Hermann diesen Floh ins Ohr gesetzt?«

»Komm mit mir ins Präsidium.«

»Ihr wollt es mir einreden, bis ich selbst daran glaube. Du hast dich mit Hermann verbündet, stimmt's? Ihr seid alle gegen mich. Ich soll an allem schuld sein.«

»Es geht so nicht weiter.«

»Warum nicht? Frank will, dass wir noch einmal von vorn anfangen.«

Thilo entfuhr ein zynisches Lachen. »Klasse. Von vorn. Vater geht wieder fremd und du bringst die Nächste um.«

»Nicht einmal gekannt hab ich dieses Galerieflittchen. Nur vom Hörensagen.«

»Sie war schwanger von Vater.«

»Und wollte den Bastard ohne ihn haben. Bei mir hat Hermann sich ausgeheult. Dafür war ich gut. Zu mir ist er gekommen, als sie ihn verschmähte. Die Thiele hatte ihre eigenen Pläne, ohne Hermann. Für sie war er doch bloß ein alter Sack. Er konnte das nicht verstehen. Der stolze Don Juan. Irgendwann wird er einsehen, dass er alles falsch gemacht hat. Und ich werde triumphieren.«

»Nicht nach dem Mord an Sonja Thiele.«

»Ich war's nicht. Ich schwör's.«

Ihr rotverquollener Blick flehte nach Zustimmung. Diese Frau würde zerbrechen, wenn man sie unter Anklage stellte. Das konnte Thilo nicht wollen. Alles andere aber auch nicht.

Er sagte: »Du meinst, man kann's dir nicht beweisen. Und ich hab das alles geerbt. Das ganze Schlechte in euren Seelen.« Thilo zog die Sig-Sauer aus dem Holster.

»Was hast du vor?« Sie hob langsam ihre knochigen Hände. »Du wirst doch nicht ...«

»Ich wünschte, du hättest mich nie geboren.«

Er ging zum Panoramafenster, drückte die Verriegelung und schob die Scheibe zur Seite.

Stocksteif sah seine Mutter ihm zu. Ihre Hände pressten den Kragen des Bademantels unter dem Kinn zusammen. Wie eine Vogelscheuche stand sie da.

Sie rief ihm zu: »Es wird doch alles wieder gut!«

Lügen. Nichts als Lügen. Thilo trat auf die glitschigen Fliesen. Kalte, feuchte Luft füllte seine Lungen.

Sie taumelte hinterher. »Nicht!«

Er stieg über das Beet und machte drei, vier Schritte die abschüssige Rasenfläche hinunter.

»Wir lieben dich doch!«

Das habt ihr mir bloß nie gezeigt, als ich es gebraucht hätte. Thilo setzte den Lauf an die Stirn. Nein, an die Schläfe. Oder doch die Stirn. Genau zwischen die Augen.

Renate Becker stand auf der Terrasse und schrie – ein schriller, endloser, panischer Schrei.

63.

Im Vorraum der Männertoilette kippte sich Ben einige Hand voll kaltes Wasser ins Gesicht und frottierte die Haut, den Mief ignorierend, der von dem Handtuch ausging.

Er spürte keine Erfrischung – ein Gespenst sah ihm aus dem Spiegel entgegen. Er ließ das Tuch unter das Waschbecken fallen, rückte den Knoten seiner Krawatte zurecht, öffnete ein Fenster und verließ die Toilette.

Weiter.

Marita Oswald wartete im Vorzimmer, ihr Vater saß in einer Zelle des Polizeigewahrsams auf der anderen Seite des Innenhofs. Der Alte konnte noch länger schmoren. Vielleicht war er dann leichter zu genießen.

Ben passierte das Büro, das sich Schranz und Biesinger teilten, und vernahm Stimmen. Er ging zurück und steckte den Kopf hinein. »Habt ihr was von Ela gehört?«

Beide Kollegen schüttelten den Kopf.

»Ist dir nicht gut?«, fragte Schranz. »Du siehst aus, als ...«

Ben knallte die Tür zu.

Am Ende des Gangs legte er die Hand auf die Klinke der Vorzimmertür und rekapitulierte. Marita war achtzehn. Elf Jahre jünger als ihr Halbbruder Konrad. Als sie sieben war, kam Konrad zu Uhlau. Davor lebte er bei seiner Mutter, Marita bei ihrer – der dritten Ehefrau Oswalds von insgesamt vier geschiedenen Gattinnen.

Wahrscheinlich hatte das Mädchen Konrad nie gesehen.

Ben trat ein. Die Kleine hielt den Kopf gesenkt und knabberte an den Fingernägeln. Sie war blass wie Schreibpapier, so weit er sehen konnte. Der Hauptkommissar erinnerte sich daran, dass seine Sekretärin in ihrem Schreibtisch immer etwas Süßes aufbewahrte. Die Kleine musste hungrig sein.

»'n Schokoriegel?«, fragte er.

Marita nickte kaum wahrnehmbar.

In der obersten Schublade wurde Ben fündig. Er reichte ihr ein *Hanuta* und beschloss, sie hier zu befragen – die Leichenfotos an den Wänden seines Büros würden sie nur einschüchtern.

Sie wickelte den Keks aus der Verpackung und biss hinein, den Blick noch immer auf ihre Turnschuhe gerichtet.

»Ich habe den Eindruck, du verschweigst uns etwas, Marita«, sagte Ben.

Das Mädchen sah ihn für eine halbe Sekunde an, dann tat sie, als bedürfe der Keks einer gründlichen Untersuchung.

»Du brauchst keine Angst zu haben. Deine Drogengeschichten interessieren mich nicht. Du bist hier nicht als

Beschuldigte, sondern als Zeugin. Als wichtige Zeugin. Hörst du mir zu?«

Wieder dieses Nicken, dann verschränkte sie die Arme und scharrte mit den Füßen. Sie kaute geräuschvoll.

»Du bist volljährig und führst dein eigenes Leben. In Zukunft hoffentlich ohne Drogen.«

»Sie haben mich dazu gezwungen.«

Fürs Erste war Ben froh, dass das Mädchen überhaupt sprach. »Du sagst, die beiden Jungs haben dich mit Klebeband gefesselt. Mit Tesafilm oder mit festem Paketband?«

»Paketband.«

»So ein braunes, breites?«

Sie nickte.

»Nur komisch, dass davon nichts in der Wohnung war.«

»Dann war es Tesafilm.«

»Auch das haben wir nicht gefunden.«

»Sie haben es mitgenommen.«

»Im Auto war nichts dergleichen.«

Die Kleine zog es vor zu schweigen.

»Ich möchte dir etwas verraten. In der Zeitung stand etwas von einem heldenhaften Polizeieinsatz. Ich glaube nicht, dass der Beamte, der die beiden Jungs erschossen hat, ein Held ist. Ich habe den Auftrag, den Tod der beiden zu untersuchen, um herauszufinden, ob mein Kollege vielleicht unrecht gehandelt hat. Und ich versuche, ohne Vorurteile an die Sache heranzugehen. Verstehst du?«

Das Mädchen zeigte keine Regung.

»Aber dazu brauche ich deine Hilfe. Deine ehrliche Aussage. Du bist die Einzige, die mir weiterhelfen kann. Möchtest du was zu trinken, eine Cola?«

Sie schüttelte den Kopf.

»Dass du mal Drogen ausprobieren wolltest, ist ungesund, aber keine Straftat. Und ich verspreche dir, dass dein Vater nichts davon erfahren wird.«

Zum ersten Mal sah Marita ihm jetzt richtig in die Augen. Ben hoffte, dass er den Zugang gefunden hatte.

»Ich mach mir Kaffee. Trinkst du einen mit?«

»Okay.«

Ben setzte die Maschine in Gang. Sie rülpste und gurgelte, wahrscheinlich war sie nie entkalkt worden. »Scheißtag, heute. Wir sind beide froh, dass wir Winters Amoklauf überlebt haben, was?«

Sie nickte.

»Soviel ich weiß, hat er den Job als Leibwächter angenommen, um auszukundschaften, wie er dich am besten entführen kann. Er kannte deinen Vater und wusste, dass der für dich jedes Lösegeld zahlen würde.«

»Er wollte zehn Millionen.«

»Erzähl.«

»Zuerst hatte er vor, mich bei Lukas und Waldemar unterzubringen, aber mit denen machte er schon diese Tankstellengeschichte. Dann sollte es ein Hotel sein. Fritz wollte nur so tun, als würde er mich entführen. Er war auch kein richtiger Leibwächter. Meistens hat er mich nur zu Lukas und Waldi gebracht und am nächsten Morgen wieder abgeholt.«

Vielleicht hatte Winter dem Mädchen einen Anteil am Lösegeld versprochen. Ben wollte nicht danach fragen. Die Kleine konnte jederzeit wieder zumachen. »Wie war es am Sonntagabend?«

»Das hat mich schon der andere Kommissar gefragt.«

»Erzähl's mir. Wie es wirklich war.«

»Wenn ich dem anderen Kommissar nicht die ganze Wahrheit ... ich meine, werde ich dann eingesperrt?«

Ein heftiges Röcheln signalisierte, dass der Kaffee durchgelaufen war. Ben schenkte ein.

»Nein. Versprochen.« Er gab ihr die saubere Tasse. »War es wirklich das erste Mal, dass du Heroin genommen hast?«

»Ja. Ehrlich. Lukas und Waldi waren viel netter als die Jungs, die ich sonst so kenne. Ich wollte nicht, dass sie Drogen nehmen. Sie sagten, ich könnte nur mitreden, wenn ich es auch mal ausprobiere. Sie waren keine Mörder.« Sie schniefte.

»Das sehe ich anders.«

»Ich hab gelogen. Dass sie mich gefesselt haben und weggefahren sind, um diese Tankstelle abzuziehen, hab ich nur erzählt, damit mein Vater nicht erfährt, dass ich mit Lukas und Waldi – ich meine, der wär ausgerastet.«

»Verstehe. Ihr wart also die ganze Zeit zusammen?«

»Ja.«

»In der Wohnung?«

»Ja.«

»Was habt ihr gemacht?«

»Glotze geguckt, ein bisschen gekifft. Sie haben mich zusehen lassen.«

»Beim Kiffen?«

»Nein, ich – ich wollte wissen, wie es ist, wenn Männer miteinander ...«

»Verstehe. Wann habt ihr das Heroin genommen?«

»Erst am nächsten Tag. Lukas hat mir gezeigt, wie man es macht.«

Unmittelbar bevor Becker junior die Wohnung stürmte, um die vermeintlichen Mörder seines Freundes zu bestrafen.

»Du kannst beschwören, dass Waldemar und Lukas sich den gesamten Sonntagabend in ihrer Wohnung aufhielten?«

»Ja.«

»Schmeckt der Kaffee?«, fragte der Hauptkommissar.

»Geht so.«

»Ich hab noch eine Bitte. Ich hab hier ein Bandgerät, das ich gern einschalten möchte. Wir sprechen noch mal zwei, drei Fragen durch, damit ich die Antworten abtippen kann und schriftlich habe. Wie du weißt, wurde in der Tankstelle ein Mann erschossen. Wenn es deine Freunde nicht waren, müssen wir uns wieder neu auf die Mördersuche machen.«

»Okay.«

Bingo, dachte Ben.

64.

Er konnte es nicht tun.

»Hör endlich auf zu schreien!«, fuhr Thilo seine Mutter an. Doch am meisten ärgerte ihn, dass ihm der Mut fehlte. Keine Eier, würde Brauning sagen.

Im Wohnzimmer klingelte das Telefon. Renate Becker ignorierte es. Sie stand auf der Terrasse und starrte Thilo an, gespannt, was er tun würde. Ihr Bademantel hing jetzt lose von ihren eingefallenen Schultern herab und gab den Blick auf einen rosafarbenen Frotteeschlafanzug frei. Sie wirkte älter, als sie war.

»Geh rein, Mama«, sagte er.

Sie tastete nach der Schiebetür und ging rückwärts, den Blick weiter auf ihren Sohn gerichtet, als habe sie einen Außerirdischen entdeckt. Endlich verschwand sie im Wohnzimmer, das Klingeln verstummte.

Thilo atmete die Winterluft. Hier draußen war sie reiner als in der Stadt. Er versuchte, sich auf das Piepsen der Meisen zu konzentrieren und seinen Kopf leer zu bekommen.

Dann hörte er, was Mutter sagte: »Er will sich umbringen. Tu was, Frank. Du musst herkommen.«

Der Rottweiler. Thilo folgte ins Wohnzimmer und nahm seiner Mutter den Hörer ab. »Ich tu's nicht. Keine Angst.«

»Gott sei Dank. Renate hat mir vielleicht einen Schrecken eingejagt.«

»Wirklich? Du wärst einen Mitwisser los.«

»Junge, red keinen Scheiß. Was hast du vor?«

»Wie kannst *du* damit leben?«, fragte Thilo und sofort wurde ihm klar, dass er sich die Frage sparen konnte. Sein Onkel kam seit elf Jahren mit seiner Schuld zurecht. Er war beruflich aufgestiegen und seine Frau verdiente prächtig an der Firma, die dank der Oswaldkohle florierte.

»Keiner kann uns etwas anhaben. Winter ist tot. Jetzt weiß nur noch Oswald Bescheid und der wird sich hüten auszupacken.«

»Winter ist tot? Wie hast du das angestellt?«

»Er hat auf der Flucht eine Geisel genommen und ein SEK hat ihn abgefangen.«

»Abgefangen?«

»Ja. Wie du neulich bei den Russki-Schwulis. Bamm-bamm-bamm.«

»Ich wette, du hast den Einsatz angeordnet.«

»Allemal besser, als in den Knast zu wandern oder sich selbst zu erschießen.«

Thilo war sich da nicht so sicher.

Als könne sein Onkel Gedanken lesen, sagte er: »Das wirst du noch lernen, Junge.«

65.

Ben drückte die Stopptaste und bedankte sich bei der Kleinen. Jetzt gab es einen Fall Schalowski und die erste Frage, die der Mordermittler sich stellte, war die nach dem Motiv.

Marita hatte den gesamten Vorrat an *Hanutas* aufgefuttert. Ben würde Nachschub besorgen müssen, bevor seine Sekretärin aus dem Urlaub zurückkam. Er hatte schon genügend Unordnung in ihrem Schreibtisch angerichtet, um es sich für die ersten Wochen des neuen Jahres mit ihr zu verderben.

Das Mädchen gab ihm die Hand. »Ich fand es klasse, dass Sie sich als Geisel zur Verfügung gestellt haben. Für mich, meine ich.«

»Schon gut.«

»Ich wär gestorben vor Angst. Hat Fritz den Leibwächter erschossen?«

»Der Mann hat es überlebt. Er liegt im Krankenhaus, aber er wird wieder gesund.« Dass Winter nicht mehr lebte, verschwieg er der Oswaldtochter.

»Was wollten Sie bei meinem Vater?«

»Er hat ein schweres Verbrechen gedeckt. Wir müssen ihn vernehmen.«

»Welches Verbrechen?«

»Wir glauben, dass dein Stiefbruder vor elf Jahren eine Frau tötete. Dein Vater hat ihn versteckt, damit ihn die Polizei nicht finden konnte. Das ist aus seiner Sicht verständlich, aber damit hat er sich strafbar gemacht. Das Schlimme ist, dass dein Bruder dadurch einen zweiten Mord begehen konnte.« Ben sagte nur zum Teil die Wahrheit. Auch ein Beamter hatte Konrads Mutter aufgesucht und die Identität des Mörders herausgefunden. Noch einer, der sein Wissen elf Jahre lang für sich behalten hatte.

»Aber warum hat mein Vater Handschellen angelegt bekommen und Konrad nicht? Wo Sie doch eigentlich Konrad suchen?«

»Wie meinst du das?«, fragte er zurück.

»Zu meinem Vater war die Polizei sehr unhöflich, aber mit Konrad ist Ihre Kollegin hinuntergefahren, ohne ihn zu fesseln. Die mit den blonden Haaren.«

»Dein Bruder war im Büro deines Vaters? Bist du sicher?«

Marita sah den Mordermittler mit großen Augen an. »Haben Sie ihn denn nicht erkannt? Bloß weil er die Haare gefärbt hatte?«

Der schwarzhaarige Assistent. Christiani – die Sekretärin, mit der Ben von Uhlaus Klinik aus telefoniert hatte, hatte sich mit diesem Namen gemeldet. Oswald hatte seinen Sohn so genannt, um zu tun, als sei er ein Mitarbeiter der Firma.

Ela. Verdammt, wo steckte Ela?

Der Hauptkommissar rannte in sein Büro und telefonierte im gesamten Haus umher. Keiner hatte die Kollegin gesehen. Weder mit Konrad noch allein.

Ben beorderte Beamte der Unterbilker Wache, die im Erdgeschoss der Festung saß, in das Stadttor, um den Weg zu untersuchen, den Ela und der Kannibale genommen hatten – der gleiche Aufzug, mit dem Winter und er aufs Dach gefahren waren. Er schärfte ihnen ein, dass Konrad Oswald gemeingefährlich war und Ela Bach möglicherweise in seiner Gewalt.

Dann bestellte Ben einen Zivilwagen mit Funkausrüstung bei der Fahrbereitschaft. Er wollte erreichbar bleiben. Er rief seine Leute zusammen. Schranz kam als Einziger.

»Wo sind die anderen?«, fragte Ben. Sein Telefon begann zu klingeln.

»Biesinger und Gerres sind raus, um die Nachbarn von Sonja Thiele zu befragen. Brauning wollte mit Oswald reden. Er sagt, wir sollen ihm Bescheid geben, wenn wir was unternehmen.«

Ben versuchte, das Klingeln zu ignorieren. »Einen Teufel werd ich tun.« Brauning war vor elf Jahren Mordermittler gewesen – vielleicht war ausgerechnet der Rottweiler derjenige, der Konni Oswald all die Jahre deckte.

»Willst du nicht endlich rangehen?«, fragte Schranz.

Es war der Kripochef. »Stimmt es, dass Adi Oswald festgenommen wurde?«, geiferte der Alte in Bens Ohr. »Wie konnte das passieren?«

»Morgen haben Sie meinen Bericht.«

»Was fällt Ihnen ein? Sie bearbeiten die Schießerei im Aussiedlerheim, sonst nichts! Ich warne Sie!«

Ben knallte den Hörer hin.

Es klingelte wieder.

»Sie können nicht einfach auflegen, wenn ich mit Ihnen spreche!«

Ben legte erneut auf.

Jetzt gab der alte Korinthenkacker Ruhe.

»War das ...«, begann Schranz zu fragen.

»Nenn bitte jetzt keinen Wochentag.«

»Was hast du vor?«

»Pass auf. Oswald wollte seinen Sohn verstecken. Er hat irgendwie Wind davon bekommen, dass wir ihm auf der Spur waren. Uhlaus Klinik war ihm zu unsicher geworden. Der Hubschrauber stand schon auf dem Dach bereit, als wir in Oswalds Büro aufkreuzten. Dank Winter ist aus dem Ausflug nichts geworden. Konrad kann nicht weit weg sein.«

Schranz war sofort Feuer und Flamme. »Die Hütte. Nach elf Jahren Klinik kennt er doch nur die Hütte.«

»Falsch. Er hat Ausflüge mit Winter gemacht. Er kann überall sein.«

Es klopfte. Marita stand in der Tür. Ben hatte das Mädchen völlig vergessen.

»Kann ich jetzt gehen?«, fragte die Kleine.

»Dein Stiefbruder. Wo könnte er sein? Wo würdest du an seiner Stelle hinfahren?«

Die Oswaldtochter überlegte kurz. Dann sagte sie: »Zu Fritz. Der kann ihm eine Bleibe besorgen.«

»Nicht schlecht, aber Winter scheidet aus. Wohin noch?«

»Die alte Villa. Das Haus, das mein Vater in Meerbusch hat. Da ist 'ne Menge Platz zum Unterkriechen.«

Ben warf einen Blick auf den Kollegen. Schranz nickte. Sie rannten zum Paternoster.

66.

Ela erwachte mit pochendem Schädel. Sie hielt die Augen geschlossen, um sich bewusstlos zu stellen. Vielleicht würde sich eine Gelegenheit zur Flucht ergeben, sobald ihr Entführer anhielt. Sie musste wachbleiben. Die Kontrolle zurückgewinnen.

Starke Windgeräusche, gleichmäßiges Motorbrummen. Autobahn. Der Benz bremste ab, Ela blinzelte. Ein Schild sauste vorbei. Irgendwas mit M. Mettmann, Meerbusch, Mülheim an der Ruhr.

Sie nahmen eine Abfahrt. Eine Kreuzung. Der Fahrer würgte den Motor ab. Im Augenwinkel erkannte Ela, dass die Tür verriegelt war. Hinter ihnen ungeduldiges Hupen. Der Mann neben Ela fluchte, dann fuhr er weiter, die Bundesstraße entlang. Langsamer als normal. Irgendwie unsicher, als habe er wenig Fahrpraxis. Ein Auto überholte, es klang wie ein zu hochtourig gefahrener Kleinwagen.

Ela blinzelte wieder. Häuser, Läden. Der Benz bog ab. Sie hörte Kirchenglocken, laute Hip-Hop-Musik aus einem entgegenkommenden Wagen. Nach fünf Minuten hatte Ela das Gefühl, dass sie im Kreis fuhren.

»Mist«, sagte der Mann neben ihr. Und dann: »Gleich gehörst du mir, du geile Nutte.«

Seine Stimme hatte jegliche Sanftheit verloren. Ihr wurde klar, dass sie diesen Mann schon einmal gehört hatte. Vor fünf Tagen, am Telefon. Genauer: aus dem kleinen Lautsprecher an Bens Apparat.

Der Mann, der den Hinweis gegeben hatte: *Schlimme Schreie*.

»Ich weiß, dass du nur so tust, als ob du tot bist, du Nutte«, sagte die Stimme.

Ihr wurde kalt. Rote Haare konnte man schwarz färben, genauso wie braune blond.

67.

Ben hatte das Gefühl, der Paternoster lasse sich heute noch mehr Zeit als sonst.

»Ich hab noch was Interessantes«, sagte Schranz, während die Holzkabine nach unten rumpelte. »Kennst du eine Freundin von Sonja Thiele namens Gabi Hüttner?«

»Ja. Sie war oft im Laden und hat dort gearbeitet.«

»Sie war heute Mittag hier, um ihre Aussage zu machen. Sie hat mir das gegeben. Deine Ex hatte es bei ihr liegen gelassen.« Der Kollege zog ein Büchlein aus der Jacke. Rotes Leinen. Auf der Vorderseite schwebte ein Amor.

Sonjas Notizbuch, das sie vermisst hatte – wen sollte das jetzt noch interessieren?

Im Erdgeschoss sprangen sie ab. In der Eingangshalle kam ihnen Becker junior entgegen. Ben machte sich auf weitere Beschimpfungen wegen Schalowskis Tod gefasst. Eine Fortsetzung der Wutausbrüche von Samstag nacht, als er den Jungen zum letzten Mal gesehen hatte.

»Ich muss eine Aussage machen«, sagte der Blondschopf.

Ben warf Thilo einen Blick zu. Sein Gesicht wirkte, als sei er um Jahre gealtert. Die Ähnlichkeit mit Hermann Becker war deutlicher denn je.

»Was ist denn mit *dem* los?«, fragte Schranz im Weitergehen.

Ben rief Becker zu: »Geh zu Thann, wenn du was loswerden willst!«

Der Blondschopf zögerte, dann folgte er Richtung Ausgang. »Nein, nicht wegen der Kasachen. Es geht um Christa und um Sonja Thiele. Unser Trittbrettfahrer.«

»Komm mit«, antwortete Ben. »Wir dürfen keine Zeit verlieren.«

68.

Konrad Oswald. Der Kannibale.

Ruhig bleiben. Keine Panik. Die Schmerzen verdrängen.

Wieder blinzelte Eva, den Nacken gegen die Kopfstütze gelegt, als sei sie noch immer bewusstlos: viel Grün, weitläufige Gärten, versteckte Häuser. Sie kurvten durch ein Villengebiet. Offenbar waren sie allein auf der Straße. Kein Brummen war hinter ihnen, kein Rauschen huschte vorbei.

Schließlich fand Konrad, was er suchte. Er hielt vor einem Tor, das zur Seite schwang, offenbar funkgesteuert. Das große Auto rollte weiter. Das Reifengeräusch wurde lauter, der Wagen holperte. Steinplatten, schätzte Ela.

Vorsichtiges Blinzeln: Es ging durch einen verwilderten Park.

Wieder stoppte der Mercedes.

Ela versuchte sich zu erinnern, was ihr die Trainerin im Kampfsportunterricht beigebracht hatte, und daran, wie sie sich das LKA-Schwein vom Leib gehalten hatte. *Am meisten schmerzt es, wenn man den Typen in die Eier tritt.*

Doch zunächst setzte sich der Luxusschlitten wieder in Gang. Konrad rangierte umständlich. Vor ihnen tat sich eine finstere Garage auf, die das Auto schluckte. Ein Tor schloss sich und die einzige Beleuchtung war eine defekte Neonröhre, die über der Windschutzscheibe in unregelmäßigen Abständen aufflackerte.

Ela stellte das Blinzeln ein. Sie versuchte, das Bohren und Pochen hinter ihrer Schläfe zu ignorieren. Sie wartete darauf, dass Konrad ausstieg und zur Beifahrertür ging, um sie herauszuzerren. Stattdessen beugte sich der Kannibale über sie – sein Atem war ganz nah. Er kontrollierte, ob sie wirklich noch ohnmächtig war.

Ein Schlag traf sie, brutaler als zuvor. Ihre Lippen platzten auf, die Zähne schmerzten. Sie riss die Arme hoch, um sich zu schützen, doch im zuckenden Licht der Neonröhre flogen Konrads Fäuste weiter auf sie zu, Haken auf Haken gegen ihren Kopf.

Sie sah Blitze vor den Augen, dann zog ein heftiger Schmerz sie zum zweiten Mal in den Abgrund der Bewusstlosigkeit.

69.

Schranz fuhr. Obwohl Ben sich für den besseren Fahrer hielt, hatte der Kollege darauf bestanden. Als müsse er seinen Chef schonen.

Ben organisierte unterdessen über Funk die Ringalarmfahndung nach Konrad Oswald. Dann funkte er die Wache an der Vennhauser Allee an. Noch immer lauerten zwei Kollegen bei der Hütte an der Zufahrt zum See auf eine Rückkehr des Kannibalen – bis jetzt hatten sie nichts Auffälliges bemerkt. Zuletzt bat Ben die Polizeiinspektion Mitte, noch einmal das *Hotel Kontinental* zu überprüfen. Sicherheitshalber.

Schranz lenkte den Omega der Fahrbereitschaft auf die Rheinkniebrücke und beschleunigte Richtung Westen auf die A 52 zu.

»Brauning und mein Vater wussten, wer Helga Neumeier getötet hat«, sagte Becker, der auf dem Rücksitz saß. Er atmete schwer, als sei er gerade vom Joggen zurückgekommen. »Sie ließen sich von Oswald bezahlen und dachten, Konrad sei in Uhlaus Klinik gut aufgehoben.«

»Was?«, rief Schranz und übersah beim Überholversuch einen Porsche, der auf der linken Spur von hinten heranraste.

»Mensch, pass auf«, mahnte Ben. Er drehte sich um und sah dem Blondschopf ins Gesicht. »Seit wann weißt du das?«

»Mein Onkel hat's mir heute Nachmittag selbst gebeichtet. Ich hab ihn zur Rede gestellt. Er war zusammen mit Oswald auf einem der Fotos, die der Reporter am ersten Weihnachtstag geschossen hat.«

Das Bild, das Thilo Becker ihm vorenthalten hatte. Weswegen sich Alex Vogel so aufgeregt hatte. Alles passte – deshalb hatte Winter keine Überlebenschance: Der Fliegenmann wusste zu viel über Konrad und die Umstände, die den Oswaldsohn in Uhlaus Klinik gebracht hatten. Sobald Winter selbst gesucht wurde, war er zum Unsicherheitsfaktor geworden.

»Hermann Becker und Sonja Thiele. Da gibt's übrigens 'ne Verbindung«, sagte Schranz.

»Konzentrier dich lieber aufs Fahren.«

»Er hat Recht«, bestätigte Becker junior.

Sie hatten die Oberkasseler Seite erreicht und schossen mit hundertvierzig in den Tunnel unter der Rheinallee.

»Schau in das Notizbuch, das ich dir gegeben habe«, insistierte Schranz, den Blick auf die Rücklichter des Porsches gerichtet, dem er jetzt dicht auffuhr.

Engel blätterte in Sonjas rotem Büchlein. Eine Art Terminplaner. Jedes Treffen, jedes wichtige Telefonat waren vermerkt. Die Woche nach ihrer Rückkehr von Lanzarote: zweimal *Ben*. Schöne Zeiten, dachte er.

Dann ein Arzttermin.
Nächste Seite: *20 Uhr Treibhaus, HB.*
Von hinten kam Thilos matte Stimme: »Mein Vater wollte sich wegen ihr von meiner Mutter trennen. Die Thiele war schwanger von ihm.«
Also doch. Ben musste die Information erst einmal verdauen. Sonja und der Sicherheitsunternehmer. Unfassbar. Der Kerl hätte fast ihr Vater sein können.
Schranz sagte: »Da steckt noch viel mehr drin. Telefonnummern und so. Das müssen wir alles noch checken.«
Der Omega schlingerte leicht, als Schranz abrupt auf die Bremse stieg. Die Fahrbahn wurde einspurig, mündete in die Strecke aus Richtung Theodor-Heuss-Brücke. Der Verkehr wurde dichter.
Ben schlug den Todestag Sonjas auf und blätterte zurück.
Samstag, 27.12.: *Vernissage/Osw.!!!*
Drei Ausrufezeichen – Oswald war nicht irgendein Kunde, er hatte eine bedeutende Summe Geld dagelassen.
Schranz hupte Dauerton, dann scherte er nach rechts aus und überholte auf der Standspur.
Weiter zurück.
Freitag, 26.12: *Heinz Schalowski, Op de Eck, Grabbepl., 12 Uhr.*
»Merkwürdig. Sie hat sich mit deinem Kumpel Schalowski getroffen«, sagte Ben nach hinten gewandt. »Am Tag der Weihnachtsfeier. Hat er dir was davon erzählt, Thilo?«
»Nein. Ich glaub nicht.«
Donnerstag, der erste Weihnachtstag: *12 Uhr Hermann.*
Wenige Stunden, nachdem Ben bei ihr war – das tat weh.
Beckers Sohn sagte: »Aber ich weiß, wer Christa und die Galeristin umgebracht hat. Wer unser Trittbrettfahrer ist.«
»Red schon!«

Für ein paar Sekunden war Schweigen. Schranz' Gasfuß malträtierte den Motor des Omega, der Blinker tickte nervös. Die Fahrer, die sie rechts überholten, antworteten mit zurechtweisendem Gehupe.

Dann antwortete Thilo: »Meine Mutter war's.«

Vor ihnen blockierte ein ADAC-Wagen die Standspur. Sie schossen direkt auf das gelbe Auto zu. Schranz hupte Dauerton und scherte vor einem Lastzug auf die reguläre Fahrspur. Vor ihnen ein weiterer Speditionsbrummi. Die Reifen des Omega quietschten beim Bremsen, der Hintermann ließ sein Presslufthorn dröhnen.

Schranz behielt den Außenspiegel im Auge, um bei der ersten Gelegenheit auf die mittlere Spur zu wechseln. Dann überlegte er es sich anders, schlug auf den Knopf der Alarmblinkanlage und schwenkte vor dem gelben ADAC-Wagen zurück auf den Standstreifen. Die schadhaften Fugen der Betonplatten stauchten die Federung des Omega.

»Was weißt du darüber?«, fragte Ben, Atem holend.

»Eifersucht. Den ersten Mord hat sie mehr oder weniger gestanden. Mein Onkel hat es so aussehen lassen, als sei es der Kannibale gewesen. Ihm geht die Familie über alles, weißt du?«

»Mein Gott«, sagte Schranz.

»Konzentrier du dich aufs Fahren.«

»Aber den Mord an Sonja Thiele streitet sie noch ab. Sie hat ein Motiv. Und das nötige Know-how. Meine eigene Mutter.«

Ben erinnerte sich daran, mit welcher Bestimmtheit Brauning abgestritten hatte, dass der Modus operandi des Kannibalen einem möglichen Nachahmer bekannt gewesen sein könnte.

Die Ausfahrt Meerbusch flog heran.

»Hier geht's raus, Schranz. Pass auf, die links vor uns wollen auch raus.«

»Das seh ich selbst.«

Ruckartiges Bremsen drückte die Polizisten in die Sitze, das Heck des Omegas schlingerte, als sie in die Kurve schleuderten. Ben spürte das Klopfen der Antiblockier-Einrichtung. Wie durch ein Wunder blieb die Karambolage mit dem Vordermann aus.

Dann steuerte Schranz nordwärts, Richtung Büdericher Ortsmitte.

Ben grübelte über die neuen Informationen. Mechanisch schlug er das Blatt in Sonjas Kalender um. Heiligabend. *20 Uhr Ben, Rheinturm.*

Zwei rot umkringelte Telefonnummern auf derselben Seite ließen ihn stutzen. Die eine kannte er – erst heute hatte er sie mehrfach gewählt: Adi Oswalds Büro bei *Tornado-Film*. Daneben stand: *AO anrufen.*

Die andere kannte Ben nicht.

Er las vor: »32 46 77. Sagt das jemandem was?«

»Schallis Nummer«, sagte der Junge auf dem Rücksitz erstaunt.

Ben war irritiert. An Heiligabend der Eintrag der Privatnummer, zwei Tage später ein Treffen. Was zum Teufel hatte Sonja mit dem Dicken zu schaffen? Ben erinnerte sich, wie Sonja aufbrauste, als er am späten Abend des 24. Dezember das rote Büchlein in der Hand hielt. Sie wollte, dass etwas geheim blieb, was sie notiert hatte. Warum?

»Deine Mutter als Trittbrettfahrerin. 'ne Eifersuchtsnummer. Und das zweimal auf die gleiche Tour? Wenn ich's wo lesen würde, tät ich's nicht glauben«, sagte Schranz.

»Bist du sicher, dass du den Weg zu Oswalds Villa kennst?«, fragte Ben scharf.

»Ja, klar. Geradeaus und dann irgendwo links. Keine Bange, das finden wir.«

Sie passierten einen blauen Geldtransporter, der vor einer Sparkassenfiliale parkte. Dann sprang die Ampel auf Rot. Die Reifen quietschten.

»Hat Brauning ihr auch nach dem Mord an Sonja geholfen?«, fragte Ben den Blondschopf.

»Er sagt nein.«

»Glaubst du ihm?«

»Ja, warum nicht?«

Kollege Schranz hatte Recht, dachte Ben. Zu viele Ungereimtheiten. Es klang zu einfach und zugleich viel zu unwahrscheinlich. Und wenn Renate Becker seine Ex-Freundin wirklich nicht ermordet hatte?

Sonja und Heinz Schalowski – Ben brauchte nicht lange nachzudenken: Hermann Becker war die Verbindung Sonjas zu dem Dicken. Aber was wollte die Galeristin von dem alkoholsüchtigen Saxophonspieler?

Ben ließ seine Phantasie spielen. Vielleicht hatte Becker senior, der einstige Mordermittler, mit Sonja über seine Arbeit in der *Kommission Schlitzer* gesprochen. Über den Fall, der ihn auch nach elf Jahren noch bewegte – und seit Britta Landwehrs Tod noch mehr denn je. Wie Helga Neumeier ums Leben kam. Wie er, sein Schwager und Heinz Schalowski den Kannibalen gedeckt hatten.

Auf der Vernissage hatte Hermann Becker es geleugnet, aber es war das übliche Spiel: Gewissensbisse im Bett abladen, Verfehlungen der Freundin beichten, um die eigene Seele rein zu waschen – Absolution von einer Außenstehenden erbitten und sie so zur Mitwisserin machen. Sie ungewollt in das Komplott hineinziehen.

Die weiteren Puzzleteile fügten sich in Bens Kopf fast mühelos zusammen: *Sonja nimmt Kontakt mit Hermann Beckers altem Kollegen auf. Schalowski, der sich von den alten Kollegen im Stich gelassen fühlt. Sonja, die dringend Geld braucht, aber Hermann Beckers Kohle zurückweist, um unabhängig zu bleiben. Sie und Schalowski reden über alte Zeiten. Spinnen Pläne. Der Sohn des Medienmoguls, der einen neuen Mord begangen hat.*

Erpressungspotential.

Ben drehte sich zu Thilo um. »Deine Mutter bestreitet, dass sie Sonja ermordet hat?«

»Ja. Sie sagt, sie kannte sie nicht einmal.«

»Wie siehst du die Sache?«

»Ich weiß nicht. Ich trau ihr alles zu. Mein Onkel ist der gleichen Meinung.«

»Noch mal, Thilo: Glaubst du ihm?«

»Meinst du ...«

»Denk gut darüber nach.«

Endlich Grün. Die Schlange setzte sich in Bewegung, ein dieselrußspeiender Laster machte den Anfang. Vorbei an Läden, einer Kirche. Wegen einer alten Oma musste Schranz wieder bremsen.

Thilo sagte: »Warum sollte mein Onkel sie anschwärzen, wenn es nicht so war? In allen anderen Punkten hat er mir gegenüber die Wahrheit sagt.«

»Nicht in allen. In einem Punkt würde er es niemals tun. Er weiß nämlich, wie viel Heinz Schalowski dir bedeutet hat.«

»Schalli? Was hat *der* damit zu tun?«

»Das ist wahrscheinlich die Schlüsselfrage.«

Ben hatte bereits seine eigene Antwort darauf gefunden – die logische Schlussfolgerung aus dem, was er über die beteiligten Personen wusste, ergänzt durch eine Prise Erfahrung und Menschenverstand:

Sonja und der abgewrackte Ex-Mordermittler erpressen Oswald. Der Medienmogul willigt ein, drei Statuen zu einem weit überhöhten Preis zu kaufen. Aber er ist nicht dumm. Die Erpressung könnte weitergehen. Oswald redet mit Brauning. Der Rottweiler muss ihm zum zweiten Mal aus der Patsche helfen. Immerhin hängt er voll mit drin. Sie treffen sich am ersten Weihnachtstag in einer Wohnung an der Citadellstraße. Ein Strategiegespräch über nötige Maßnahmen und ihre Kosten.

»Eins steht jedenfalls fest«, sagte Ben. »Der Dicke wurde nicht von den zwei schwulen Fixern erschossen, die du umgenietet hast.«

»Du lügst!«

»Beruhig dich, Thilo. Es stimmt. Marita Oswald war die ganze Nacht über mit den beiden im Aussiedlerheim. Sie hat es mir heute erzählt.«

»Das glaub ich nicht.«

»Es war eine falsche Spur. Die beiden Süßen hatten alles Mögliche auf dem Kerbholz, aber nicht den Tod deines Kumpels.«

Schranz pfiff durch die Zähne und bog endlich in das Villenviertel. Der Blondschopf schwieg.

Ben überließ es dem Jungen, die eigene Phantasie anzustrengen. Die Puzzleteile zu kombinieren. Vielleicht würde Thilo von sich aus zur gleichen Schlussfolgerung gelangen: dass sein Onkel, der OK-Gruppenleiter und Erste Hauptkommissar Frank Brauning vor dem Geiselnehmer Fritz Winter bereits zwei weitere Mitwisser aus dem Weg geräumt hatte – Sonja und Schalowski. Ihre Erpressung hatte zu viele Existenzen bedroht: Oswald und sein Medienimperium sowie Hermann Becker, Frank Brauning und das Familienunternehmen *Fichte Security*.

70.

Sie schlug ein Auge auf und setzte einen Presslufthammer in Gang. Mitten im Kopf. Sie drückte die Lider zu, doch das Bohren blieb. Blut und Zahnbrocken waren in ihrem Mund. Ela spuckte.

An ihrem Ohr war das Keuchen des Kannibalen.

Ihre Füße schleiften über den Boden, Beton riss die Haut an den Fersen auf. Sie hatte offenbar die Schuhe verloren. Konrad hielt sie an Handgelenk und Ellbogen ihres rechten Arms umklammert und zog sie rückwärts aus der Garage, mit seiner Schulter eine Seitentür aufstemmend.

Es wurde hell. Ela wusste nicht, wie lange sie die Schmerzen aushalten würde. Dann begriff sie, dass ihre Linke frei war. Sie tastete nach der empfindlichen Stelle zwischen Konrads Beinen. Sie griff zu, so fest sie konnte.

Konrad schrie auf und ließ sie fallen. Ela rollte sich zur Seite und rappelte sich hoch. Ihr rechtes Auge war zugeschwollen, sie sah nur noch mit dem linken. Sie spuckte noch mehr Blut, das aus Lippen und Zahnfleisch floss, und musste husten.

Der Kannibale machte einen Schritt auf sie zu. Ela wich zurück und trat auf Scherben und Unkraut. Ihr Rücken stieß gegen eine Wand. Endstation.

Sie sprang auf Konrad Oswald zu und zog ihr Knie hoch. Ihr Gegner wich zur Seite, sie verfehlte ihn und fühlte sich sofort gepackt von zwei Männerarmen, die sie umklammerten und ihr fast die Luft abdrückten. Das LKA-Schwein war nicht so kräftig gewesen. Auch die Kampfsportlehrerin hätte jetzt nicht mehr weitergewußt.

Der Kannibale hob sie hoch und trug sie zu dem Geräteschuppen, der sich an die Rückseite der Garage duckte.

Die junge Mordermittlerin kämpfte mit dem ganzen Rest ihrer Kräfte, wand sich und trat gegen seine Schienbeine. Er drückte sie nur umso fester gegen sich und schleifte sie weiter. Sie versuchte, die Arme loszubekommen und schlug mit dem Hinterkopf gegen Konrads Kinn. Er ließ sie los, aber nur, um wieder auf sie einzudreschen, immer wieder gegen den Kopf.

Dann fand sich Ela auf eine Art Werkbank gefesselt. Dicht über ihr drohte eine Bohrmaschine, die mit einer absenkbaren Vorrichtung verschraubt war. Sie drehte den Kopf: Zu ihrer Rechten hingen Zangen, Hämmer, Schraubzwingen, Metallsägen und anderes, zum Teil rostiges Werkzeug an der Wand, aufgereiht an starken Nägeln.

Ela konnte nur noch schreien, und das tat sie. Bis ihr ein Tuch auch diese Möglichkeit raubte. Konrad stopfte es in ihren zerschundenen, aufgeplatzten Mund. Zum Blutgeschmack kam der von Öl. Sie musste würgen. Ihr Peiniger ritzte sich die Hand am Bohrer auf und fluchte.

Dann wurde seine Stimme wieder sanft, wie zuvor im Aufzug. »Helga hat nicht geschrien. Ich hab ihr gesagt, dass wir uns wieder sehen werden. Sie hat mich verstanden.«

Ela dachte an die Fotos der Leichen und wünschte sich, wieder ohnmächtig zu werden. Oder wachzuwerden, und alles war nur ein schlimmer Traum.

Der Kannibale beugte sich an ihr Ohr und flüsterte: »Wir waren uns ganz nah. Du wirst mir auch ganz nah sein.« Er strich über ihr Haar. »Du wirst mir verzeihen.«

Plötzlich vernahm Ela ein Auto. Eine Männerstimme rief nach Konni Oswald.

Endlich.

Der Kannibale ließ von ihr ab. Sie wandte den Kopf nach links und sah, dass der Oswaldsohn eine Axt von einem Hackstock pflückte. Er bezog neben der Tür Posten, die schwere Klinge drohte über seinem Kopf.

Elas Versuch zu schreien verkümmerte zu einem »Mm-mm«.

Sie hörte, wie nebenan das Garagentor geöffnet wurde. Das Auto – jetzt musste der Retter wissen, dass Konrad hier war. Ela zerrte an den Fesseln, sie schnürten ein. Nur der Kopf hatte etwas Spielraum. Sie musste den Neuankömmling warnen.

»Mm-mm-mm.«

Es blieb still. Wahrscheinlich suchte der Retter in der Villa. Konrad bewegte sich nicht.

Minuten vergingen. Ihre Hoffnung schwand.

Konrad senkte die Axt und trieb sie mit einem wuchtigen Hieb in den Holzklotz. Er kehrte zu Ela zurück, seine Augen wanderten über ihren Körper.

Ein Messer. Konrad packte den Kragen ihrer Bluse und begann, sie zu zerfetzen. Die Klinge war rostig, er brauchte mehrere Anläufe. Er zerschnitt Jacke und BH, bis ihr Oberkörper freigelegt war. Konrad war erregt, sein Atem ging schnell.

Fast zärtlich befühlte er ihre Brüste. Dann ritzte er mit dem Daumennagel vom Brustbein abwärts bis zum Bund der Jeans.

Konrad löste ihren Gürtel, zog den Reißverschluss auf. Weil sie gefesselt war, musste er wieder schneiden.

Plötzlich war das Rufen des Retters wieder da, ganz nah: »Konni? Bist du hier drin?«

Der Kannibale schreckte hoch und griff wieder nach dem Beil. Es saß fest, Konrad bückte sich nach einer Eisenstange und trat neben den Eingang.

In der Türöffnung erschien die Gestalt eines großen, etwas übergewichtigen Mannes. »Bist du hier drin? Hätte mir denken können, dass du vergammelte Holzhütten am liebsten hast.«

Konrad hob die Stange.

»Ich will dir doch nur wieder helfen, Konni. Dein Vater schickt mich. Er hat ein neues Versteck für dich.«

Konrad senkte das Eisen und trat ins Licht, das von draußen hereinfiel. »Wo ist Fritz?«, fragte er.

»Der wartet auf dich.«

Der Kannibale verdeckte Elas Blick auf den Mann, den sie für ihren Retter hielt.

Sie gab ihr Bestes: »Mm-mm-mm!«

Der Mann trat an Konrad vorbei ins Innere der Hütte. Die Mordermittlerin erkannte ihn. Ihre Blicke trafen sich.

»Mein Gott«, murmelte der Rottweiler.

Konrad holte weit aus und versetzte Brauning einen schweren Hieb gegen den Kopf. Ela glaubte, Schädelknochen krachen zu hören.

71.

Die Straße gabelte sich. Weit und breit kein Mensch, den man fragen konnte. Es war das Viertel mit der höchsten Millionärsdichte der Republik, aber es schien, als scheuten die reichen Leute das Tageslicht.

»Ich dachte, du weißt, wo es ist«, knurrte Ben ungehalten.

»Hausnummer siebzehn, aber in dieser Scheißgegend gibt es keine Schilder«, antwortete Schranz. »Rechts oder links?«

»Was fragst du mich?«

»Da vorn ist ein offenes Tor!«, rief Thilo Becker von hinten.

Sie rollten näher. Ben entschied, auf der Straße zu parken und den Rest zu Fuß zu gehen. Der Kannibale sollte nicht durch Motorengeräusche gewarnt werden.

Die Parkanlage hatte ihre besten Zeiten hinter sich. Die Buchsbaumhecken waren außer Form, Unkraut wucherte kniehoch auf den Rasenflächen, Gras wuchs in den Ritzen der Platten, die aufs Haus zuführten. Entweder hatte Oswald seine Partys aufgegeben oder in einen anderen seiner Wohnsitze verlegt.

Am Ende der Auffahrt stand ein alter, weißer Mercedes, der Ben bekannt vorkam. Er sah Thilo an und sah, dass er richtig getippt hatte.

»Mein Onkel«, sagte Becker junior.

»Leise«, ermahnte Ben die Kollegen flüsternd.

Sie schlichen weiter, nestelten die Pistolen aus den Holstern und erklommen die drei Stufen, die zum Portal hochführten. Verschlossen.

Ben war, als hörte er nebenan ein Geräusch.

Eine Garage, das Tor war halb geöffnet. Er ging vorsichtig darauf zu, Schranz und den Blondschopf im Schlepptau.

Wieder – ein fast singendes Stöhnen, das Ben das Blut in den Adern gefrieren ließ. Dann ein Surren, wie das Zerreißen von Stoff.

Es kam von der Rückseite der Garage.

Ein Holzverschlag, die Tür stand offen. Sofort musste Ben an die Hütte denken, an Benzingeruch, an verkrustetes Blut und an die Leber von Britta Landwehr.

An Brustwarzen in Formalin.

Die Kollegen bezogen mit beidhändig erhobener Waffe neben der Tür Stellung. Schranz links, Becker rechts.

Ben ging hinein, blind ins Dunkle zielend. Dann sah er vor sich den Kannibalen.

Er machte sich an Ela zu schaffen, die auf einer Werkbank lag. Ohne Ben zu bemerken, kämpfte er mit dem Stoff ihrer Jeans, ihr Oberkörper war nackt. Elas Gesicht war zerschunden und rot angeschwollen, Blut strömte aus unzähligen Platzwunden. Aber sie lebte. Stumm starrte sie Ben mit einem hellen, weit aufgerissenen Auge entgegen.

Das Stöhnen kam von Brauning, der ebenfalls blutüberströmt auf dem Boden neben der Bank saß, mit den Armen an das Seitenteil gefesselt. Sein Kopf pendelte langsam hin und her, die Lider zuckten. Sein linkes Ohr war nur noch ein blutiger Fetzen aus Haut und Knorpel. Brauning hob den Kopf und öffnete die Augen. Ben glaubte zu spüren, dass der Rottweiler ihn erkannte. Er hörte auf zu stöhnen.

Der Kannibale fuhr herum, das rostige Messer in der Rechten.

Schranz und Becker waren nachgerückt.

»Hände hoch!«, schrie Ben. »Konrad Oswald, Sie sind festgenommen!«

Der Kannibale ließ das Messer fallen. Statt die Arme in die Luft zu strecken, wandte er sich rasch um.

Bevor Ben reagieren konnte, hatte Konrad eine Pistole in der Hand, die er gegen Elas Kopf richtete.

»Waffen runter, oder ich schieße!«, antwortete er.

Eine Sig-Sauer P6, wahrscheinlich hatte er sie dem OK-Chef abgenommen. Verdammt! Ben hätte damit rechnen müssen.

»Waffen runter!«, wiederholte der Oswaldsohn. Sein Atem ging schnell. Trotz der Kälte schwitzte er, Haarsträhnen klebten auf seiner Stirn, seine Pistole zitterte.

Ben vermutete, dass es Konrad egal wäre, weitere Menschen zu töten.

»Tut, was er verlangt«, sagte er. Die drei Kripomänner senkten ihre Pistolen.

»Dort rüber! Werft die Waffen dort rüber!«, kommandierte der Sohn des Medienmoguls.

Ben zögerte. »Ergeben Sie sich. Sie brauchen Hilfe. Medikamente. Einen guten Arzt. Wir helfen Ihnen, Konni. Sie wissen selbst, dass es so nicht weitergeht.«

»Halt's Maul! Weg mit den Waffen, hab ich gesagt!« Konrad drückte die Mündung gegen Elas Knebel. »Ich schieße, wenn ihr nicht macht, was ich sage!«

Ela blieb stumm. Ihr heiles Auge fixierte die Waffe vor ihrem Gesicht. Ben sicherte seine Sig-Sauer und schleuderte sie zur Seite. Schranz atmete tief durch und tat es ihm nach.

Nur Thilo Becker zögerte.

»Du auch!«, fuhr Konrad ihn an.

Zu seinen Füßen bewegte sich Brauning. Er zog die Knie an und schob den Oberkörper in eine aufrechtere Position.

»Thilo.« Der Rottweiler war kaum zu verstehen. »Tu, was er sagt.«

Blitzschnell nahm Konrad die Waffe von Elas Kopf, sprang einen Schritt zur Seite und richtete die Sig-Sauer gegen Frank Brauning. Auch jetzt, wo der OK-Chef verletzt und gefesselt war, schien der Oswaldsohn Respekt vor ihm zu haben.

Thilo gehorchte nicht. Seine Hand umschloss weiter den Griff der Pistole, die Knöchel waren weiß. Der Junge starrte auf seinen Onkel.

Der aufgeregt hechelnde Atem des Kannibalen war für einen Moment das einzige Geräusch.

»DU AUCH!«, schrie Konrad. »ICH SCHIESSE!«

Thilo Becker hob seine P6 und zielte ruhig auf den Kannibalen.

»Mach keinen Scheiß, mein Junge«, presste Brauning hervor.

In diesem Moment wusste Ben, was der junge Kollege vorhatte.

Drei knisternde Sekunden.

Konrads rasches Keuchen. Der beschwörende Blick des Rottweilers. Sein heftig blutendes Ohr. Die vibrierende Waffe in Konrads Hand.

»Thilo.« Braunings leise Stimme.

Der Blondschopf nahm seine Pistole nicht runter.

Der Kannibale drückte ab. Ein Neunmillimeter-Hohlmantelgeschoss aus Braunings Waffe jagte durch den Kopf des Rottweilers und zersprengte den Schädel. Braunings Kinn kippte auf die Brust.

Thilos Schuss kam wie ein Echo.

Konrad brach zusammen. Dann warf Becker junior die Waffe zu den anderen und ging nach draußen.

72.

Sanitäter brachten Ela in die Klinik. Kriminaltechniker in weißen Overalls nahmen sich des Schlachtfelds an. Thann traf ein, kurz darauf auch Sonntag persönlich. Zwei Rollbahren standen neben dem Schuppen für die beiden Leichen bereit. Die Bestatter warteten – graue Regenmäntel über dunkelblauen Anzügen, gelangweilter Blick.

»Wie konnte das passieren?«, raunzte der Kripochef, Blickkontakt vermeidend.

Ben zuckte nur mit den Schultern.

Clemens Sonntag wandte sich an Schranz, doch der schüttelte den Kopf. Ben machte, dass er wegkam.

Becker junior saß auf den Stufen der Villa und steckte sich eine Selbstgedrehte an.

Ben setzte sich neben ihn. Er nahm den süßlichen Geruch von Cannabis wahr.

»Er wird ein Begräbnis nach seinem Geschmack bekommen«, sagte Thilo zwischen zwei tiefen Zügen. »Was meinst du?«

»Ein Trauerzug von hier bis Wuppertal. Vielleicht spricht sogar der Innenminister. Einer der besten Polizisten des Landes. So was in der Art.«

»Das hat er sich immer gewünscht.«

»Mag sein.«

Thilo bot Ben einen Zug an.

»Nein, danke.«

Meisen flatterten durch die kahlen Bäume. Professor Rosenbaum rollte die Zufahrt entlang, im Auto seiner Schwiegertochter. Die Lichterkette im Heckfenster war ausgeschaltet.

»Er kriegt sogar den Chef der Rechtsmedizin«, sagte Thilo, als ginge es um eine Blinddarmoperation.

Der Kripochef kam um die Ecke. Feierlich sprach er Becker junior an: »Mein Beileid. Ihr Onkel war unser erfahrenster Kommissariatsleiter. Einer der besten Polizisten des Landes.«

Dass der Blondschopf kiffte, schien Sonntag zu ignorieren. Oder der Leitende Kriminaldirektor hatte tatsächlich keine Ahnung, wie Haschisch roch.

»Einen wie ihn gibt es nicht alle Tage«, sagte der Alte.

»Stimmt«, sagte Thilo und warf einen Seitenblick auf Ben.

Sonntag setzte sich zu Blondschopf Becker, als brauche der Junge tröstende Nähe. Ausgerechnet von dem alten Korinthenkacker.

Thilo bot ihm seinen Joint an. Vielleicht war er dabei durchzudrehen, dachte Ben.

»Nein danke«, sagte der Kripochef. Er beugte sich vor, um mit Ben zu reden. »Und ausgerechnet Konrad Oswald soll der Serienmörder gewesen sein?«

»Morgen Mittag haben Sie unseren Bericht«, antwortete Ben.

Wenn der Alte jetzt beleidigt war, ließ er es sich zumindest nicht anmerken. »Mensch, wie soll ich das den Medien erklären? Oswald, großer Gott. Und Sie, Becker, Sie haben Oswalds Sohn erschossen. Innerhalb von 48 Stunden der Dritte, den Sie erschießen. Ich hab doch richtig gezählt?«

Der Blondschopf sog am Glimmstängel, behielt den Rauch für Sekunden in der Lunge und blies ihn dann gegen den trüben Himmel. »Sicher, Herr Sonntag. Dafür sind Schreibtischhengste wie Sie ja da.«

Ben nahm Thilo beim Arm. »Komm, lass gut sein, Thilo.«

Sie schlenderten den gepflasterten Weg hinunter. Wo vorher nur Braunings alter Mercedes abgestellt war, standen jetzt mehr als ein Dutzend Autos, Stoßstange an Stoßstange.

»Reicht schon, wenn der Alte mich auf der Abschussliste hat. Wie fühlst du dich?«

»Weiß nicht.«

»Red mit der Romberg. Ist wirklich 'ne erstklassige

Psychotante. Brauchst keine Angst zu haben, dass man keine Karriere mehr machen kann, wenn man mal ein Fall für die Romberg gewesen ist. Schau mich an.«

»Ehrlich?«, fragte Thilo ungläubig.

»Bei unserer Psychologin saßen schon mehr von uns, als du dir vorstellst.« Ben dachte an Ela. Ihre Neurose war ihm jetzt egal – woher sie rührte, was sie für den Dienst bedeutete. Hauptsache, sie hatte den Kannibalen überlebt.

Am Ende der Zufahrt flatterte rotweißes Absperrband. Ein Dutzend Kollegen in Kutte hatten alle Hände voll zu tun, die Pressemeute zurückzuhalten.

»Tu, als würdest du lächeln, wenn sie ihre Fotos machen«, sagte Ben.

Thilo Becker inhalierte ein letztes Mal und schnippte den Stummel weg. »Der Alte hat Recht. Ich bin ein richtiger Killer, was?«

Spatzen hüpften vor ihnen, zwischen den Ritzen der Steinplatten nach Futter suchend. Der Wind frischte auf, das Tageslicht schwand allmählich. Die ersten Blitzlichter schossen entgegen, ein Kameramann knipste sein Headlight an.

Ben sah, wie der *Blitz*-Reporter Vogel vom Nachbargrundstück aus die Gitterstäbe erklomm.

Er gab Thilo einen Schubs. »Wenn du dich in Zukunft etwas zurückhältst, könnten wir ein gutes Team abgeben.«

Der Blondschopf lächelte zaghaft. »Und unter den Fotos steht: der Dressman und der Killer.«

Vogel kam in seiner weiten, wattierten Weste angerannt, riss die Nikon hoch und ließ es dreimal blitzen. »Danke.«

»Gern geschehen.«

»Oswalds Anwesen?«

»Nicht mehr so schick wie zu alten Partyzeiten.«

»Tote?«

Ben wies mit dem Daumen hinter sich. Vogel lief weiter, der Villa und dem Tatort entgegen.

»Die sind doch alle völlig verstrahlt«, sagte Thilo.

Blitzlichtgewitter blendete, die Schupos bemühten sich, eine Gasse für Ben und Becker junior zu öffnen. Sofort waren sie von Kamerateams eingekesselt, Mikros in monströsen Windschutzhüllen streckten sich entgegen. Radioreporter hielten ihre kleinen Aufnahmegeräte vor die Linsen und ernteten Beschimpfungen. Überall Schreibblocks und Fotoapparate.

Mindestens die Hälfte der Geier arbeitete für Adi Oswalds Imperium, schätzte Ben.

Fragen prasselten auf ihn ein, er ignorierte sie: »Stimmt es, dass Sie den Kannibalen geschnappt haben?« - »Wie viele Frauen hat er wirklich auf dem Gewissen?« - »Was hat Adi Oswald damit zu tun?« - »Können Sie bestätigen, dass der Kannibale aus einer geschlossenen Anstalt floh?« - »Wer trägt dafür die Verantwortung?«

Ben lächelte angestrengt und wühlte sich durch die Menge, den Blondschopf im Schlepptau.

Bestätigen – er würde sich hüten, den Obermuftis die Schau zu stehlen.

Verantwortung – wer wollte das beurteilen?

Die einen waren tot, die anderen würden vielleicht nicht einmal ins Gefängnis gehen. Hermann und Renate Becker – es gab gute Anwälte. Auch Staatsanwälte, Gutachter, Richter und die Medien waren oft überfordert, wenn sie über Schuld zu urteilen hatten. Ganz sicher hatte Ben eine Meinung, doch es war nicht sein Job, sie hier zu äußern.

Und was war mit der schönen Idee, von der er im Urlaub gelesen hatte? *Das perfekt kartographierte Paradigma des Lebens*. Ihm wurde klar, dass diese Formel nichts mit perfektem Leben zu tun haben konnte. Es gab keine perfekten Menschen, nur gebrochene, angeschlagene. Und so war die Welt, die sie Tag für Tag schufen.

Er führte Thilo Becker zu einem der Grünweißen und bat den uniformierten Fahrer, sie zur Festung zu bringen.

Minuten später fuhren sie die Rampe der Rheinkniebrücke hoch und sahen die Skyline der Düsseldorfer Innenstadt näherrücken.

»Danke«, sagte der Blondschopf.

»Wofür?«

»Du kannst dir nicht vorstellen, welcher Scheiß mir noch vor einer guten Stunde im Kopf rumschwirrte.«

Ben konnte es sich denken. Wahrheit tut weh.

Aus dem Funkempfänger quäkten unablässig Meldungen und Einsatzbefehle. Ein Unfall mit Personenschaden, ein Brand, die Vergewaltigung eines kleinen Jungen. Adressen, Namen, Nummerncodes. Die kaputte Seite der Stadt. Nur eine Frage von Stunden, bis es die nächste Leichensache geben würde – Signal 114 in der Funksprache.

»Weißt du, wie ich's geschafft hab, mich zusammenzureißen?«, fragte Thilo.

»Nein.«

»Ich hab mich gefragt, was würde dieser lange, geschniegelte, dieser besserwisserische und arrogante Schweinehund an meiner Stelle tun?«

Ben sah den Blick des Fahrers im Innenspiegel.

»Tut mir Leid wegen neulich«, ergänzte Becker junior.

»Schon gut.«

»Ehrlich.«

Völlig bekifft.

Sie hielten vor der Einfahrt am Fürstenwall. Der Kollege in Kutte griff nach dem Funkmikro. »Düssel vierundzwanzig fünfzehn, das Tor, bitte.«

Das Portal schwang zur Seite, der Schupo bedankte sich und lenkte den grünweißen Vectra auf den gepflasterten Hof der Festung.

Ben überlegte, was er wirklich an Thilo Beckers Stelle getan hätte. Schwer zu sagen – kein Vater mehr, keine Mutter. Nie einen Onkel gehabt.

Er kam zu dem Ergebnis, dass er es wirklich nicht wusste. Aber das kann ich dir nicht auf die Nase binden, Junge. Nicht jetzt.

Vielleicht nicht einmal in zwanzig Jahren. Wenn du überhaupt so lange lebst.

Danksagung

Der Dank des Autors gilt Kathie Wewer und Klaus Eckert für Ansporn und Kritik, Bertram Riedel für den Hinweis auf E. Kemper, Stefan Pütz nicht nur für den Halleyschen Kometen sowie Michael Roggow, Christoph Müller, Peter Schmidt und Arnfried Lenschow für weitere sachdienliche Hinweise und erhellende Diskussionen.

Dank auch an die Dienstgruppe 3 der Düsseldorfer K-Wache, die den Autor bei ihren Einsätzen mitnahm und einen Einblick in den Alltag der realen ›Festung‹ verschaffte.

Die Frau, deren schreckliches Erlebnis an der Düsseldorfer Hansaallee den Anstoß zu diesem Roman gab, hat überlebt. Der Täter wurde nie ermittelt. Die hier geschilderten Personen und Begebenheiten sind frei erfunden.

Krimis von Horst Eckert

»... durch einen ganz eigenen originellen Blick auf die Ereignisse und Personen schafft Eckert es, den üblichen Krimi-Klischees zu entkommen.« (WAZ)

Finstere Seelen

ISBN 3-89425-218-9 DM 19,80

Ist der ›Kannibale‹ nach 11 Jahren wieder aktiv geworden? Gibt es einen Trittbrettfahrer? Ein komplexer Fall voller Emotionen für die Mordermittler vom KK 11.

Aufgeputscht

ISBN 3-89425-078-X DM 19,80

Marlowe-Preis 1998 der dt. Chandler-Gesellschaft

Drei Kommissare - ein Wettlauf um Karriere und Geld, drei Fälle, die zu einem einzigen verschmelzen, erzählt auf die harte amerikanische Art.

Bittere Delikatessen

ISBN 3-89425-059-3 DM 16,80

Feinkostkönig Fabian wird niedergestochen; die Bluttat ist für die Medien ein gefundenes Fressen. Kommissar Engel gerät unter Druck - getrieben von Publicitysucht, gefordert vom Chef, angefeindet von Kollegen, angezogen von einer schönen Verdächtigen.

»Ebenso unverzüglich wie unverhofft wird der Leser ... mitten in eine packende Geschichte hineingezogen.« (Weinheimer Nachrichten)

Annas Erbe

ISBN 3-89425-053-4 DM 16,80

»Eine spannende, geheimnisumwitterte Geschichte, ... bitterböse Quasi-Enthüllungen über Filz, Korruption und Sittenpolizei, ein bißchen Liebe - und eine gekonnte Schreibe. ... ein vielversprechendes Debüt.« (Überblick)

Krimis von Leenders/Bay/Leenders

Königsschießen
Der erste Krimi mit dem Klever K 1
ISBN 3-89425-029-1 DM 14,80
»Das feucht-fröhliche Schützenfest in einem Dorf am Niederrhein endet jäh mit dem Mord am allseits beliebten Bäcker.« (Wiesbadener Kurier)

Belsazars Ende
Der zweite Krimi mit dem Klever K 1
ISBN 3-89425-037-2 DM 15,80
Das tote Genie liebte schöne Lolitas, die Honoratioren lieben große Feste, und Astrid Steendijk liebt es spontan und intensiv.

Jenseits von Uedem
Der dritte Krimi mit dem Klever K 1
ISBN 3-89425-045-3 DM 15,80
Auf der Herrensitzung im Karneval bricht Privatdetektiv te Laak tot zusammen - Giftmord? Welche Rolle spielen die beiden abgeschlachteten Zuchthengste? Was wollte te Laak vom dubiosen Apotheker Braun? Und wohin ist das Vermögen der toten Sopranistin verschwunden? Die Spuren führen Toppe und das Klever K 1 bis hinter Uedem...

Feine Milde
Der vierte Krimi mit dem Klever K 1
ISBN 3-89425-057-7 DM 15,80
Zwei tote Säuglinge in einem Kleinlaster und ein überfahrener Kripo-Mann nahe der holländischen Grenze - kein Sommerloch für die Klever Kripo.

Clara!
Der fünfte Krimi mit dem Klever K 1
ISBN 3-89425-071-2 DM 16,80
Wasserleiche, religiöser Wahn und Toppes Wohngemeinschaft, - und alles dreht sich um Clara.

Eulenspiegel
Der sechste Krimi mit dem Klever K 1
ISBN 3-89425-052-6 DM 16,80
Das K 1 wird vernetzte Musterbehörde, aber ein Irrer metzelt mit scheinbar sexuellem Hintergrund Promis.

grafit

azleende0998.cdr5